ZENCİ DEFTERİ

Pegasus Yayınları: 1177
Bestseller Roman: 528

ZENCİ DEFTERİ
LAWRENCE HILL
Özgün Adı: The Book of Negroes

Yayın Koordinatörü: Yusuf Tan
Editör: Ömer Çiftci
Düzelti: Cengiz Alkan
Sayfa Tasarımı: Meral Gök

Baskı-Cilt: Alioğlu Matbaacılık
Sertifika No: 11946
Orta Mah. Fatin Rüştü Sok. No: 1/3-A
Bayrampaşa/İstanbul
Tel: 0212 612 95 59

1. Baskı: İstanbul, Eylül 2015
ISBN: 978-605-343-698-0

Yayıncı Sertifika No: 12177

Pegasus Yayıncılık Tic. San. Ltd. Şti.
Gümüşsuyu Mah. Osmanlı Sk. Alara Han
No: 11/9 Taksim / İSTANBUL
Tel: 0212 244 23 50 (pbx) Faks: 0212 244 23 46
www.pegasusyayinlari.com / info@pegasusyayinlari.com

LAWRENCE HILL

ZENCİ DEFTERİ

İngilizceden Çeviren:
LEYLA İSMİER ÖZCENGİZ

PEGASUS YAYINLARI

Kızım ve ruh ikizim Geneviève Aminata'ya

Önünüze yaşamla ölümü, kutsamayla laneti koydum. Bu yüzden, yaşamı seçin.

—Yasa'nın Tekrarı (Tesniye) 30:19

Bu yüzden, Afrika haritalarında coğrafyacılar
Yaban resimleriyle doldururlar boşlukları
Ve o yaşanılmaz alt bölgelere
Filler koyarlar kentler yerine

—Jonathan Swift

Birinci Kitap

Yaşlandım artık

{LONDRA, 1802}

Ölemiyorum bir türlü. Aslında bu kadar uzun yaşayabilmiş olmama şaşıyorum desem yeridir. Yine de belanın kokusunu hâlâ şaşmadan alır burnum; tıpkı ocaktaki demir kapta pişenin domuz paçası mı yoksa tavuk boynu yahnisi mi olduğunu şıp diye anladığımda olduğu gibi. Kulaklarım hâlâ bir av köpeğininki kadar iyi işitir. Belin bükülmeye görsün, herkes seni sağır beller. Beyninin pelteleşmiş olduğunu varsayarlar. Geçen gün beni piskoposun biriyle görüşmeye götürürlerken dernekten bir hanımın diğerine, "Bu kadını en kısa zamanda Parlamento'ya götürmeliyiz. Daha ne kadar yaşar belli değil," dediğini duydum. İki büklüm halimle parmaklarımı sırtına geçiriverdim. Kadın çığlığı basıp bana dönünce, "Ayağını denk al," dedim. "Belli olmaz, belki de ben seni gömerim."

Diğerleri vurulup düşerken ya da gözlerini yumup yalnızca ölmeyi dilerken benim onca memleket görüp onca deniz aşmış olmamda bir anlam yatıyor olmalı. Çok eskiden, özgürlükten başka şey bilmediğim günlerde, duvarlarla çevrili köyümüzün dışına süzülür, babamın Kuran'ını –Bayo'da bir eşini daha görmemiştim– başımın üstünde dengeleyerek dosdoğru akasya ağacına tırmanır, bir dal ucuna yerleşir ve bir gün kitaptaki bütün o gizemleri nasıl çözeceğimi hayal ederdim. Sonra kitabı kapatıp ayaklarımı aşağı sallandırır, uzaktan yama işini andıran saz damları ve kerpiç duvarları seyre dalardım. İnsanlar hep hareket halindeydiler. Kadınlar nehirden su taşır, erkekler ateşte demir döver, oğlan çocukları tuzağa düşürdükleri kirpilerle ormandan zaferle dönerlerdi. Kirpiden et çıkarmak zahmetli iştir; bekleyen başka acil bir görev yoksa işe girişir, okları çıkarır, hayvanın derisini yüzer, içini temizler, keskin bıçaklarıyla o küçücük zavallı leş üstünde ameliyata girişirlerdi. Kendimi özgür ve keyifli hissettiğim günlerdi. Başıma herhangi bir şey geleceği aklımın ucundan bile geçmezdi. Kapana kıstırıldığımda bile kendimi feci sonlardan kurtarmayı başardım. Gelgelelim kendi çocuklarıma sarılıp onlarla birlikte ömür sürebilme, onları ailemiz darmadağın olmadan önce on on bir yıl anamla babamın beni büyüttüğü gibi büyütebilme ayrıcalığını yaşayamadım. Çocuklarıma sahip çıkamadım. Bu yüzden şimdi yanımda değiller; yemeğimi pişirip şilteme saman dolduran, üşüdüm mü sırtıma bir battaniye veren, benden çıktıklarını bilerek ve nemli toprakta boy atan mısırlar misali uzayıp giden o paylaşımı hissederek ateşin başında yanımda oturan yok. Bana şimdi başkaları bakıyor. Neyse, buna da şükür. Ama insanın kendi canından, kanından birileri tarafından mezara doğru pışpışlanması bambaşka bir şey. Ben çocuklarıma, varsa onların çocuklarına sarılma özlemiyle yanıp tutuşuyorum. Elim ayağım kopmuş olsa ne hissedeceksem, onların eksikliğini de aynen öyle duyuyorum.

Burada, Londra'da beni hiç rahat bıraktıkları yok. Kral George'la tanışacakmışım. Köle ticareti karşıtları bana iyice yapıştılar; şekeri boykot eden ama tütün kokan, mum üstüne mum yakıp sabahlara kadar planlar yapan kalın favorili, kabak kafalı, göbekli adamlar... Bu aktivistler beni tarihin akışını değiştirmelerine yardım etmem için İngiltere'ye getirdiklerini söylüyorlar. Her neyse, göreceğiz bakalım. Bu kadar uzun yaşadıysam bir sebebi olmalı. Benim dilimde *Fa*, baba anlamına gelir. *Ba* hem nehir, hem anne demektir. Çocukken benim *ba*'m nehre benzerdi. Gün boyu benimle birlikte akar da akar, geceleri beni koynunda saklardı. Artık kocamış biriyim ama onları hâlâ bilge büyüklerim olarak düşünür, bazen gümbür gümbür yükselen, bazen de kulağa şarkı gibi gelen seslerini duyarım. Onların beni tehlikelerden koruyan, üstünde yemek pişen ocaktan uzaklaştırıp yuvamızın serin gölgesindeki şilteye götüren ellerini hayal ederim. Elinde sivri sopasıyla sert toprağa çökmüş, yere kıvrımlı Arapça yazılar yazıp çok uzaklardaki Timbuktu'yu anlatan babam gözümün önüne gelir.

Köle ticareti karşıtlarının şu veya bu önerge için imza veya temsilcilik talepleriyle hortum gibi tepemde dönmediği zamanlar bir başıma kaldığımda, "Keşke anam babam yanımda olsaydı da bana baksaydı," diye geçiririm içimden. Ne tuhaf değil mi? Onca denizler aşmış, yük katırlarından çok daha fazla yol tepmiş şu zenci kocakarı halimle hâlâ sahip olamayacağım şeylerin hayalini kuruyor, çocuklarımı ve torunlarımı sevebilmeyi, anamla babamın kucağına sığınmayı hayal ediyorum."

Geçen gün öğrencilere konuşma yapmam için beni Londra'da bir okula götürdüler. Kızlardan biri bana sahiden bütün gazetelerin yazdığı o ünlü Meena Dee olup olmadığımı sordu. Anne babası benim o kadar ülke görmüş olabileceğime inanmıyormuş. Ona Meena Dee olduğumu, ama isterse bana çocukluk adım olan Aminata Diallo diyebileceğini söyledim. Bir süre ilk ismim üstünde çalıştık. Üç denemeden sonra kaptı. Aminata. Dört hece. Zor sayılmaz. A-Mi-Na-Ta diye tekrarladım. Kız anne ve babasıyla tanışmamı istiyordu. Hatta dedesiyle ve ninesiyle de. Dedesiyle ninesinin hâlâ hayatta olmalarına şaştığımı söyledim ona. "Onları çok sev," diye öğütledim. "Doya doya sev. Onlara her gün sevgini ifade et." Kız ten rengimin neden böyle simsiyah olduğunu sordu. Ben de ona neden bembeyaz olduğunu sordum. Kız bunun doğuştan olduğunu söyledi. "Benimki de öyle," diye karşılık verdim. "Kapkara olduğunuz halde belli ki eskiden çok güzelmişsiniz," dedi kız. Ben de, "Londra azıcık daha güneşli olsaydı sen de daha güzel olurdun," dedim. Bana yediklerimi sordu. "Dedem fil eti yediğinizden emin olduğunu söylüyor," diye konuştu. Ona kaç kez açlıktan bunu yapabilecek noktaya gelmiş olsam da ağzıma bir lokma fil eti girmediğini söyledim ve ekledim: "Yaşadığım süre içinde köylerden toplam üç yüz dört yüz fil kovalamışımdır ama hiç yerlerinde durmadıklarından, yakalayıp şöyle irice bir ısırık alamadım bir türlü." Kız güldü. Sahiden neyle beslendiğimi merak ediyordu. Aynı şeyleri yediğimizi anlattım ona: "Londra sokaklarında yenecek fili nereden bulayım? Yediğim şeyler sosis, yumurta, et yahnisi, ekmek, timsah, işte hep o bilinen yiyecekler..." Hemen, "Timsah mı!" diye oltaya geldi kız. Dinleyip dinlemediğini kontrol ettiğimi söyledim. Kız beni can kulağıyla dinlediğini söyleyip bir hayalet hikâyesi anlatmam için yalvardı.

"Tatlım," dedim, "benim hayatım baştan sona bir hayalet hikâyesi zaten." Kız, "O halde anlatın bana," diye üsteledi.

Ben de anlattım: Adım Aminata Diallo. Mamadu Diallo ile Sira Kulibali'nin kızıyım. Batı Afrika'nın Buğday Kıyısı'na yürüyerek üç ay uzaklıkta olan Bayo Köyü'nde doğdum. Ben bir Bamana'yım. Aynı zamanda bir Fula'yım. İkisi birden. Bunu daha sonra açıklayacağım. Tahminen 1745'te veya ona yakın bir tarihte doğmuşum. Şimdi hepsini yazıyorum. Yaşadığım her şeyi. Eğer bitiremeden gözlerimi kaparsam, John Clarkson'a yazdıklarımda hiçbir değişiklik yapılmaması talimatını verdim. Kendisi fazla gürültü koparmayan köle ticareti karşıtlarından biridir ama içlerinde en güvendiğimdir. Burada Londra'daki köle ticareti karşıtları daha önce benden insan ticaretinin neden bir nefret suçu olduğu ve neden durdurulması gerektiği konusunda on sayfalık kısa bir yazı yazmamı istemişlerdi. Dediklerini yaptım; makaleyi dernek bürolarında bulabilirsiniz.

Kömür siyahı bir ten rengine sahibim. Bazıları bunu mavi-siyah olarak tarif ediyorlar. Gözlerimden ne düşündüğümü anlayamazsınız, bu da hoşuma gidiyor benim. Güvensizlik, küçümseme, nefret... İnsan bu tür duyguların herkes tarafından anlaşılmasını istemez. Bir zamanlar tarifsiz bir güzelliğe sahip olduğumu söyleyenler çıkmıştır ama özgürlüğünü elinde bulundurmayan ve kendisine talip olan elleri seçme şansı olmayan hiçbir kadın için güzellik dilemek istemem.

O eski güzellikten pek eser kalmadı şimdi. Bu düz popolu İngilizler diyarında benimki gibi yuvarlak, kalkık kalçası olana pek rastlanmaz. Hele o dolgun, düzgün bacaklarım ve de olgun elmalar gibi sert baldırlarım... Bir zamanlar kibirli kuşlar gibi yükseklerde gezinen göğüslerim şimdi iyice sarkmış durumda. Dişimde yalnızca bir eksik var. Her gün temizlerim dişlerimi. Bana göre temiz, eksiksiz, bembeyaz ışıldayan dişler güzelliğin ta kendisidir. Temizlik için kullandığım ve üç dört kez dişlerime sertçe sürttüğüm küçük dal parçası sayesinde onları böyle korumayı başardım. Neden bilmem, köle karşıtları ne kadar ateşli olurlarsa nefesleri de o kadar çok kokuyor. Memleketimden kimi insanlar o acı kola fındığını o kadar çok yerdi ki dişleri turuncuya dönerdi. Gelgelelim, İngilizler daha da beter. Kahve, çay ve tütüne aşırı düşkünler.

Saçlarım epeyce seyreldi. Kalanı da kırlaşmış durumda. Kıvırcıklığı gitmedi, hepsi tepemde, ama saçımla derdim yok. Doğu Hindistan Şirketi, Londra'ya parlak ipek eşarplar getiriyor. Bir şilinimi gönül rahatlığıyla feda edip onlardan satın alıyorum. Kölelere özgürlük hareketini renklendirmem istendiğinde hemen birini takıveriyorum. Sağ göğsümün hemen üstünde, iki buçuk santim çapında bir daire içine yan yana sıkıştırılmış *GO* harfleri var. Maalesef damgalıyım ben; ne yapsam o izi tenimden söküp atamam. O damgayı on bir yaşından beri taşıyorum ama neyi simgelediğini yeni öğrendim. Neyse ki herkesin göremeyeceği bir yerde. Şahsen yanağıma işlenmiş o zarif hilalleri daha çok seviyorum. Elmacık kemiklerimin üstünden aşağı kıvrılan birer ince, narin hilal var. İnsana güzellik katan lekeleri hep sevmişimdir, ama İngilizler durup hayretle süzüyor insanı.

Beni kaçırdıklarında yaşıma göre uzun boylu bir kızdım. Ama o günden sonra boy atmam durdu. Bu yüzden ne yazık ki 1.57'den fazla değilim. İtiraf etmek gerekirse, o kadar bile görünmüyorumdur artık.

Yana doğru meyledip daha çok sağ bacağıma ağırlık vererek yürüyorum. Ayak tırnaklarım sarardı. Kalınlaşıp kabuklaştılar. Kesmesi çok zor oluyor. Son zamanlarda ayak parmaklarım yere yapışmak yerine havada duruyor. Ayakkabı giydiğim için dert değil; hoş, artık kimse koşmamı, hatta uzun mesafeler yürümemi bile beklemiyor benden.

Yatağımın başucunda sevdiğim birkaç parça eşya durur. Bunlardan biri mavi bir kavanoz içindeki vücut kremidir. Bunu her gece beyazlamış dirseklerime ve dizlerime sürerim. O yaşadıklarımdan sonra o beyaz jel bana sihirli bir keyif verir. Sanki, *Beni tenine iyice sürüp yedirirsen sana ve kırışıklarına birkaç gün daha bahşederim*, der bana.

Eski güzelliğim konusunda fikir veren ve hâlâ övündüğüm tek yerim ellerimdir. Siyah, uzun parmaklı ve her şeye rağmen pürüzsüzdür ellerim. Tırnaklarım düzgün, hâlâ yuvarlak ve pembedir. Kısacası ellerim şahanedir. Ellerimle sağa sola dokunmak hoşuma gider. Onları ağaç kabuklarına, çocukların saçlarına değdirmeyi severim. Ömrümü noktalamadan, fırsatım olursa onlarla iyi bir adamın bedenine de dokunmak isterim. Ama hiçbir şey, ne bir erkek bedeni ne bir yudum viski, hatta ana yurdumun biberli keçi yahnisi bile bana yanımda soluk alıp veren bir bebek ya da başını bana yaslamış horlayan bir torun kadar keyif vermeyecektir. Bazen küçük odamda yüzüme vuran güneş ışığıyla uyanırım. O an oturağa oturmak ve ballı çay içmek dışında canımın en çok çektiği şey, kucağımda bir çocukla o yumuşacık, eğri büğrü yatağa kurulmaktır. Bir çocuğun alçalıp yükselen sesini duymak, ne yaptığını tam olarak bilemeden yüzümde, omzumda gezinen o minik elin büyüsünü hissetmek…

Şimdilerde köle ticaretini sonlandırmaya çalışanlar bana bakıyorlar. Beni Londra'nın rutubetinden koruyacak kadar giysi verdiler. Yattığım yer çocukluğumdakinden daha rahat. O zamanki yatağım, içine bulabildiğim kadar yumuşak ot tıktığım hasır örgü bir şilteden ibaretti. Karnını nasıl doyuracağına, nerede barınacağına kafa yormamak sahiden bulunmaz nimet. Peki ama insan hayatta kalmak için savaşmazsa, nasıl vakit geçirir? Doğru ya, beni epeyce meşgul eden ve yoran şu "köle ticaretine son" hareketi var. Bir amaç uğruna savaşan o azametli beyaz adamlar arasında kaldığımda bazen hâlâ yüreğim ağzıma geliyor. Sorularıyla başıma üşüştüklerinde göğsümü dağlayan kızgın demiri hatırlıyorum.

Neyse ki zorunlu ziyaretlerimin sayısı fazla değil de okumaya zamanım oluyor. Kimileri alkol ve tütün bağımlısıdır; ben de okumaya tutkunum. Yazmaya da vakit buluyorum. Hayat hikâyemi anlatmam gerek. Kendi hayalet hikâyemi. Eğer ders niyetine bütün o yaşanmışlıkları anlatamayacaksam hayatımın ne anlamı kalır ki? Bir zaman sonra parmaklarım uyuşmaya başlıyor, boynum ya da sırtım ağrıyor, ama olsun, yazmak o kadar zor değil. Ömrüm boyunca göğüs gerdiğim şeylerin yanında yazmak oyun gibi kalır.

Bu sayfaları okuyacak olanlara bir uyarım var. Büyük denizlere güvenmeyin ve onları aşmayın. Sen, sevgili okur, eğer teninde Afrikalılara özgü siyah bir ton varsa ve kıyıları uçsuz bucaksız bir denize doğru sürülüyorsan, ne yapıp edip özgürlüğüne sahip çık. Pembe tenlilere asla güvenilmeyeceğini çevrendekilere öğret. Pembe masumiyetin, çocukluğun rengi olarak bilinir, ama sen sen ol, pembe renk batan güneşin ışığında sulara döküldüğünde sakın onun çizdiği yolu izleyeyim deme. Orada, onun tam altında çocuklara, analara ve erkeklere ait dipsiz bir mezar uzanır. Derinlerde savrulup duran Afrikalıları hatırladıkça irkilirim. Ne zaman deniz üstünde yol alsam, gömülmemişlerin üstünden kayıp gittiğim duygusuna kapılırım.

Bazıları günbatımını benzersiz bir güzelliğin sergilenişi, Tanrı'nın varlığının kanıtı olarak niteler. Ama hangi iyi güç tutup bir köle gemisinin yolunu pembeyle aydınlatarak insan ruhunu büyülemeyi hedefler? Sakın o güzel renge kanmayın, çağrısına aldanmayın.

Kralla tanışıp hikâyemi anlattıktan sonra buraya, Londra toprağına gömülmek istiyorum. Afrika benim anavatanım, ama beş ömre yetecek kadar göçebelik ettim. Bu kadarı yeter, sağ olun, artık yerimden kımıldamak niyetinde değilim.

Küçük Eller Makbuldü

{BAYO, 1745}

Kaç yaşında, hangi kıtada olursam olayım nane çayının o keskin, ferahlatıcı kokusu beni hep Bayo'daki çocukluğuma götürür. Başlarında bohçalarıyla aylarca yol tepmiş satıcılar köyümüze geldiler mi ortalığa sihirli güzellikler saçılır, bu arada sırra kadem basan da çok olurdu. Köyler ve kasabalar duvarlarla çevrilmiş, insan kaçakçılığını önlemek için her yere ucu zehirli mızraklar taşıyan nöbetçiler dikilmişti, ama tanıdık tüccarlar kapıyı çaldı mı her yaştan köylü malları görmek için koşup gelirdi.

Babam takı yapıp satardı. Bir gün altın bir kolye verip uzun ince, kıvrık ibikli, göbekli bir madeni çaydanlık aldı. Satıcı çaydanlığın koca bir çölü aştığını ve ondan içenlere uzun bir ömür ve şans vadettiğini söylemişti.

Ertesi gece babam yavaşça başımı okşayarak uyandırdı beni. Uyuyan birinin savunmasız olduğunu ve daima korkutulmadan uyandırılması gerektiğini söylerdi.

"Gel de annenle ve benimle birlikte çay iç," dedi.

Yataktan fırlayıp annemin kucağına kuruldum. Köyde bizden başka herkes uykudaydı. Horozlar susmuştu. Yıldızlar feci bir sırrı paylaşan köy ahalisi gibi gözlerini kırpıştırıp duruyorlardı.

Annemle birlikte, babamın korlaşmış üç dal üstünde kaynayan çaydanlığı katlanmış bir muz yaprağıyla tutup ateşten alışını seyrettik. Görünmez bir kancayla çaydanlığa iliştirilmiş gibi görünen kapağı kaldırdı. Yontulmuş bir çubuk yardımıyla köpüklü çaya kovandan bir parça bal akıttı.

"Ne yapıyorsun?" diye sordum fısıltıyla.

"Çayı tatlandırıyorum," dedi. Burnumu yaklaştırdım. Çaydanlığa bolca taze nane yaprağı konmuştu. Çıkan koku bilinmedik yerlerdeki yaşamları anlatır gibiydi. "Bu koku ta Timbuktu'ya kadar gitmiştir," dedi babam. Eli omzumda duran annem de derin bir soluk alıp iç geçirdi. Babama Timbuktu'nun tam olarak nerede olduğunu sordum. "Uzaklarda," dedi. Peki orayı görmüş müydü? "Evet," dedi babam. Kent, ulu Joliba Nehri'nin üstündeydi. Babam ibadet etmek, öğrenmek ve ufkunu açmak için bir kez orayı ziyaret etmişti. Bütün inananların bunları yapması gerektiğini düşünüyordu.

Bayo halkının neredeyse yarısı Müslümandı ama okuma yazma bilen ve Kuran'ı olan tek kişi babamdı. Ona Joliba Nehri'nin büyüklüğünü sordum. Bir kıyıdan bir kıyıya Bayo'nun dereleri kadar var mıydı acaba? Dere ne kelimeydi, babam eninin bir taş atımının on katı olduğunu söyledi. Bu kadar büyük bir nehri hayal etmem bile zordu. Çay arıların armağanıyla iyice tatlandığında, babam kaynar çaydanlığı havalandırdı. Su kabağından yapılmış küçük kaplara üçümüz için çay doldurdu. Tek bir damlayı ziyan etmemişti. Çaydanlığı yeniden korların üstüne yerleştirdi ve soğutmadan içmememi tembihledi.

Sıcak su kabağını avuçlarımın arasında tuttum ve "Annemle nasıl tanıştığınızı bir daha anlatır mısın baba?" dedim. Bu hikâyeye bayılırdım. Annem bir Bamana, babam da bir Fula olduğu için birbirlerine bakmaları dahi söz konusu olamazdı. Olmayacak şeyi gerçekleştirmiş olmalarına hayrandım. Evlenmek ve aile kurmak şöyle dursun, yan yana gelmeleri bile yasaktı. "O günün şartlarında şansımız varmış ki başarmışız, yoksa sen dünyada olmayacaktın," dedi babam.

Doğumumdan bir yağmur mevsimi önce, babam Bayolu başka Fulbe erkekleriyle uzak bir pazarın yolunu tutmuş. Yaptıkları karite yağını tuzla takas etmek için beş gün yol yürümüşler. Dönüşte babam kendilerine dostluk gösteren bir Bamana köyünün şefine küçük bir kese tuz vermiş. Şef geceyi geçirmek üzere onları köyde konuk etmiş ve karınlarını doyurup dinlenmelerini sağlamış. Babam yemeğini yerken bir ara gözü oradan geçen anneme takılmış. Başının üstündeki tepside üç yam[1] ve bir su kabağı dolusu keçi sütü taşıyormuş annem. Babam onun salınarak yürüyüşüne, dengeli başına, kalkık çenesine, belinin kıvrımına, uzun güçlü bacaklarına ve kırmızı boyalı topuklarına hayran olmuş.

"Onu ciddi ve güvenilir buldum," diye devam etti babam. "Ama hafife alınacak biri olmadığı belliydi. O an onun karım olacağını hissettim."

Annem çayından bir yudum alıp güldü. "Baban karşıma çıktığı gün işim başımdan aşkındı. Doğurmak üzere olan bir kadına yardıma gidiyordum."

Annem daha kendisi çocuk doğurmamıştı ama çok kadını doğurtmuştu. Babam, annemin babasını bulup araştırma yapmıştı. Öğrendiğine göre annemin ilk kocası aylar önce, evlenmelerinden kısa bir süre sonra kaybolmuştu. Aylardır kendisinden haber yoktu. Herkes onun öldüğüne veya kaçırıldığına hükmetmişti. Beşik kertmesiyle evlenmiş olan babamın eşi ise hummadan ölmüştü.

Annemi apar topar getirip babamla tanıştırmışlar. Annem bebek tam doğacakken işinden alıkonduğunu söylemiş. Babam gülümsemiş. Annem dönüp giderken onun baldırlarına bakmayı ihmal etmemiş. Kızının eksikliğini telafi için annemin babasına ne kadar başlık verileceği konusunda görüşmeler başlamış. Sonunda altı keçi, yedi çubuk

1 Okyanusya adalarında, Endonezya'da, Çin'de, Afrika'da, Güney ve Kuzey Amerika'da yetiştirilen yumru köklü, patatese benzer bir bitki. (ç. n.)

demir, on bakır bilezik ve dört yüz adet ipe dizili deniz salyangozu kabuğunda anlaşmaya varılmış.

Zor bir dönemmiş. Başlarında büyük dertler olmasa bir Fula ile bir Bamana'nın evlenmesine izin verilmesi kolay değilmiş. Ama insanlar kaçırılıyormuş. Köylüler köle tüccarlarının eline düşmekten çok korktukları için komşu köylerle ittifak yapmaya başlamışlar. Avcılar ve balıkçılar grup halinde hareket ediyorlarmış. Erkekler kasaba ve köyleri duvarlarla çevirmekle meşgulmüş.

Babam annemi kendi köyü olan Bayo'ya getirmiş. İnce altın ve gümüş tellerden bilezik yapıyor, mallarını satmak için pazarları dolaşıyor, camilerde namaz kılıyormuş. Bazen eve Kuran veya birtakım Arapça yazılarla dönüyordu. Kızların okuma yazma öğrenmesinden yana değildi ama elimde sopayla kuma Arapça sözcükler çiziktirdiğimi gördüğünde insafa geldi. Sonuç olarak, evde annemden başka kimseye belli etmeden, bana parşömen üstüne kamış ve boyalı su kullanmayı öğretti. Böylelikle *Allahu Ekber* ve *La ilahe illallah* gibi sözleri yazmayı öğrendim.

Annem yalnız olduğumuzda benimle Bamana dilinde konuşuyordu ama Fulfulde'yi de bayağı kapmış, hatta babamdan bazı dualar öğrenmişti. Annem köylü kadınlara Arapça dualar öğrendiğini kanıtlamak için arada sivri değneğiyle toprağa *Elhamdülillah* yazdığında, Fulbe kadınlarının birbirlerini dürtüp kıkırdadıklarını görürdüm. Az ötede kadınlar insan bacağı boyunda, üstü bebek teni gibi pürüzsüz, taş gibi sert, ağır tahta havanelleriyle darı döverlerdi. Tokmaklarını darı dolu havanlara indirdikçe davullar çalınıyormuş gibi olurdu. Arada bir yudum su içmek için durur, nasırlaşmış avuçlarını incelerlerdi. Bu arada annem, babamdan öğrendiği sözcükleri tekrarlardı.

Annem bana gebe kaldığında köyün saygın kadınlarından biri olmuş. Diğer kadınlar gibi o da darı ve akdarı eker, cadıfındığı toplarmış. Fındıkları ocakta ateş üstünde kavurur, havaneliyle dövüp karite yağı çıkarırmış. Annem yağın çoğunu kendi kullanır ama birazını doğumlara saklardı. Bir kadın doğuracaksa mutlaka anneme haber salınırdı. Bir keresinde zorlanan bir eşeği bile doğurtmuştu. Kendini mutlu ve güven içinde hissettiği zamanlar yüzüne huzurlu bir gülüş yerleşirdi. Ondan koparılıp götürüldüğümden beri o gülüşü her gün hatırlamışımdır.

Doğum anım geldiğinde dışarı çıkmak istememişim. Babam, bana gebe kaldığı için annemi cezalandırdığımı söylerdi. Sonunda annem babamı çağırmak zorunda kalmış.

"Konuş şu çocuğunla," demiş annem. "Yoruldum artık."

Babam avucunu annemin karnının üstüne koymuş. Ağzını onun tomurcuğu patlamamış lale gibi şişmiş göbeğine yaklaştırmış.

"Oğlum."

"Oğlan olup olmadığını bilmiyoruz." demiş annem.

"İşi bu kadar uzatırsan sonunda keçi çıkacak," demiş babam. "Konuşmamı istedin. Bana erkek olacak gibi geliyor. Neyse, sevgili oğlum, hadi çık dışarı artık. Ananın karnında bolca uyuyup keyif yaptın. Hadi çık artık, yoksa sopayı yiyeceksin."

Babam ona rahmin içinden cevap verdiğimi söyler.

"Ben oğlan değilim. Buradan çıkmadan önce seninle konuşmalıyız," demişim.

"Konuş o zaman."

"Çıkacaksam karşılığında sıcak mısır ekmeği, bir su kabağı dolusu taze sağılmış süt, bir de inançsızların ağaçtan akıttıkları o içecekten…"

"Palmiye şarabı olmaz," diye sözümü kesmiş babam. "Allah korkusu olan onu içmez. Ama dişin çıktığında söz, mısır ekmeği vereceğim sana. Şimdi annen seni sütle besleyecek. İyi çocuk olursan bir gün kola fındığı da veririm. Allah kola fındığına bir şey demez."

Nehrin kıyısından dışarı süzülen su samuru gibi, kayarak annemin içinden çıkmışım.

Çocukken devamlı annemin sırtında gezerdim. Karnım acıkıp çığlığı basınca beni göğsüne kaydırıp köylülerin arasında dolaştırırdı. Çoğunlukla o kırmızı-turuncu kumaşın içinde bohçalanmış halde otururdum. Annem pazara giderken, darı dövüp un yaparken, pınardan su taşırken ve çocuk doğurturken hep sırtındaydım. Yürümeye başladıktan birkaç yıl sonra neden hep erkeklerin oturdukları yerde çay içip sohbet ettiklerini, kadınlarınsa nefes almadan çalıştıklarını merak etmeye başlamıştım. Erkeklerin sürekli dinlenmeleri gerektiğinden, güçsüz yaratıklar olduklarına hükmetmiştim.

Yürümeye başlar başlamaz faydalı işlere giriştim. Karite fındığı topluyor, mango ve avokado, portakal ve çeşitli meyveler bulmak için ağaçlara tırmanıyordum. Bana bebek bile baktırıyorlardı. Daha üç dört yağmur mevsimi görmüş bir çocuk olduğum halde kimse bana bebeğini teslim etmekten çekinmezdi. Anne iş görürken ben de bebeğine bakardım. Köy şefinin en genç karısı Fanta, beni göğsümde bir bebeği emzirmeye çalışırken yakaladığında tokadı basmıştı.

Sekizinci yağmur mevsimini geride bıraktığımda, kulağıma işgalci savaşçılar tarafından kaçırılanların, hatta kendi köylüsü tarafından insan tüccarlarına satılanların hikâyeleri çalınmaya başlamıştı ama benim başıma böyle bir şeyin geleceği aklımın ucundan bile geçmezdi. Ne de olsa ben özgür bir Müslümandım. Arapça duaların bazılarını öğrenmiştim. Hatta elmacık kemiklerimin üstünde gurur verici birer hilal dövmesi taşıyordum. Hilaller hem güzellik amacıyla yapılmıştı hem de benim Fulbe köylüleri arasında inananlardan olduğumun işaretiydi. Köyümüzde inançsız olan üç köle vardı ama çocuklar bile bir Müslümanın diğerini esarete mahkûm etmeyeceğini bilirdi. Bu yüzden daima güvende olacağımdan emindim.

Köydeki çocukların bir akşam yatağımdan kaçırılabileceğimi söylediklerini kendisine aktardığımda babam "Olmaz öyle şey," demişti. Kimi Fulbe olduğum için kaçırılacağımı söylüyordu, kimi de annem gibi Bamana olduğum için... Hiçbirimizin görmediği, tubab[2] denen gizemli beyazlardan söz edenler de vardı. "Şu ahmak çocukların laflarını kafana takma," demişti babam. "Annenle benim yanımdan ayrılma, tek başına uzaklaşma. O zaman başına hiçbir şey gelmez." Annem o kadar kesin konuşmuyordu. Babamın mal satmak ve camilerde ibadet etmek için o kadar uzaklara gitmesine gönlü razı değildi. Kimi geceler uyuduğumu sanıp tartıştıklarını duymuştum. "Uzun yola gitme," diyordu annem. "Başına bir iş gelebilir." Babam da, "Biz grup halinde hareket ediyoruz. Okumuz, sopamız, her şeyimiz var. Sıkıysa çıksınlar karşımıza," diyordu. Annem dinlemiyor, "Böyle konuşanları daha önce de gördüm ben," diye cevap veriyordu.

Annem balon gibi şişip doğurma vakti gelmiş kadınların yanına koşarken beni de yanına alıyordu. Bebeklerin boynuna dolanmış göbek bağlarını beceriyle çözüşünü, bir eliyle dıştan sıkıca rahmin üstüne bastırırken diğer eliyle içerden bebeği çevirişini izlerdim. Ellerine yağ sürüp kadının en mahrem yerlerine masaj yapar, deriyi yumuşatır, yırtılmasını önlerdi. Bazı kadınların bir kısım cinsel organlarının kötü bir biçimde kesilip birleştirildiğini söylemişti. Bunun ne anlama geldiğini sordum. Değersiz bir seramik çanağı atıp kırdı. Parçaları dağıttı. Birkaçını attı. Sonra da bana bunu yeniden birleştirmemi söyledi. Bazı parçaları bir araya getirmeyi başardım ama ortaya parçaların tam yerine oturmadığı, kırık dökük, eğri bürü bir nesne çıkmıştı.

"İşte aynen böyle," dedi annem.

"Aynı şey bir kadının başına gelse ne olur?"

"Belki yaşar. Belki de kan kaybından ölür. Belki de ilk bebeği için ıkınırken hayatını kaybeder."

Annemin nasıl çocuk doğurttuğunu izleyerek zamanla epeyce bilgi edindim. Keçi derisinden birçok torbası vardı. İçlerine koyduğu dövülmüş yaprakların, ezilmiş ağaç kabuklarının ve otların adlarını bir

2 Tekil hali tubab, çoğul hali tubabu. Orta ve Batı Afrikalıların beyazlara verdiği isim. (ç. n.)

bir öğrendim. Oyun olsun diye annemin sancılara ne zaman müdahale ettiği konusunda kendimi sınavdan geçirmeye başladım. Sancı çeken kadının hareketlerinden, solumasından ve kokusundan, kasılmaların en şiddetli olduğu noktada genizden gelen bir haykırış koparmasından, ne zaman ıkınmaya başlayacağını tahmin etmeye çalışıyordum. Annem genellikle yanında ceylan derisinden bir tuluma doldurulmuş acımsı demirhindi meyvesi ve baldan yapılma bir içecek taşırdı. Doğurmakta olan kadın su diye inledikçe bir su kabağı kabına tulumdan biraz içecek döküp anneme uzatırdım. Bana güvenmelerinden, işe yarıyor olmaktan gurur duyardım.

Annem bir başka köyde doğum yaptırdı mı çiçeği burnunda annenin ailesi anneme sabun, çeşitli yağlar ve etler hediye ederdi. Annem ailenin sofrasına davet edilir, bu arada küçük yardımcısı olarak beni övmeyi ihmal etmezdi. Bıçağı dayanıklı kordon üstünde seri bir şekilde kullanarak ilk göbek bağını yedi yaşımda kestim. Bir yıl sonra bebekler elime doğmaya başladı. Daha sonra annem elimi ılık yağla yağladıktan sonra nasıl içeri sokacağımı, rahim ağzının yeterince açılıp açılmadığını anlamam için nereye dokunacağımı öğretti. Çok geçmeden bu işte de ustalaştım. Annem iyi ki ona yardım ettiğimi, bu işte küçük ellerin makbul olduğunu söylüyordu.

Annem bana vücudumda meydana gelecek değişiklikleri anlatmaya başlamıştı. Yakında aylık kanamalarım başlayacak, o ara bazı kadınların yardımıyla bana küçük bir operasyon yapacaktı. Annem bunu kadınlığa hazırlanan bütün kızlara yapıldığını söyledi. Ayrıntı vermesi için üstelediğimde kadınlığımın bir kısmının kesileceğini, böylelikle saf ve temiz bir şekilde evliliğe hazırlanmış olacağımı anlattı. Bu hiç hoşuma gitmemişti. Ona evlenmek için acelem olmadığını söyledim. Bedenime o tür bir müdahale yapılmasını istemiyordum. Annem evlenmeyen insanın asla saygı görmeyeceğini, zamanı geldiğinde babamla hakkımda alacakları kararı bana bildireceklerini belirtti. Ona daha önce bana dişilik organları parçalanıp sonra yeniden birleştirilmiş kadınlardan söz edişini unutmadığımı söyledim. Annemin insafa geleceği yoktu. Durum beni kaygılandırmıştı.

"Bunu sana da yaptılar mı?" diye sordum.

"Elbette. Yoksa baban benimle evlenmezdi."

"Acıdı mı?"

"Doğumdan daha çok. Ama uzun sürmedi. Küçük bir düzeltme, o kadar."

"Bende bir yanlış yok ki düzletilsin," dedim. Annem gülüp geçince başka bir yol denemeye karar verdim: "Kızların anlattığına göre komşu köydeki Salima bu iş yüzünden canından olmuş."

"Hangi kız söyledi bunu bakayım?"

"Kim olduğunun önemi yok," dedim onun tavırlarını taklit ederek. "Olay doğru, öyle değil mi?"

"Salima'yı ameliyat eden kadın beceriksizin biriydi. Eğitimsizdi. İşgüzarlık etti. Zamanı gelince bunu ben hallederim." O gün orada konuyu kapattık ve bir daha da tartışma fırsatımız olmadı.

Köyümüzde Fomba adında güçlü, iyi kalpli bir adam yaşardı. O bir *woloso* idi. Annemin dilinde bu "ikinci kuşak köle" anlamına geliyordu. Fomba, Müslüman bir ailenin çocuğu değildi. Arapça duaları doğru dürüst öğrenememişti ama bazen o da sabah vakti babam ve diğer inananlar gibi güneşin doğduğu yöne dönüp toprak üstünde secde ederdi.

Fomba'nın kolları kaslı, bacakları güçlüydü. Bir keresinde onun altmış adımdan ağaç üstündeki kertenkeleyi vuruşunu izlemiştim. Yayını gerip okunu atmış, ok kertenkeleyi tam karnından ağaca mıhlamıştı.

Köyün şefi Fomba'yı her gün ava yolluyordu. Onu ekme biçme işlerinden azat etmişti çünkü adam bir türlü tarımın kural ve tekniklerini öğrenemiyor, diğer erkeklerle birlikte ekip çalışmasına uyum sağlayamıyordu.

Çocuklar onun peşine düşüp yaptıklarını izlemeye bayılıyorlardı. Başının yana yatık tuhaf bir duruşu vardı. Bazen ona bir tepsi dolusu boş su kabağı verir, başının üstünde taşımasını isterdik. Tepsiyi dengede tutamaz, her şeyi düşürüp kırardı. Bunu izlerken pek eğlenirdik. Fomba ara sıra ona böyle şeyler yaptırmamıza ses çıkarmazdı.

Kendisiyle acımasızca alay etsek de biz çocuklara hiç kızmazdı. Bayo'daki diğer yetişkinlerin temiz bir dayakla karşılık vereceği terbiyesizliklerimize gülüp geçerdi. Bazı günler bir duvarın arkasına saklanıp Fomba'nın ateşin külleriyle oynayışını izlerdik. Bu onun en sevdiği eğlencelerinden biriydi. Kadınların yemek işi bittiğinde, bizler yuvarlak darı ekmeklerimizi sosa banıp yedikten ve muz yaprağı külünden sabunumuzla çanakları temizledikten sonra Fomba sopasını ateşe sokup külleri eşelerdi. Bir gün balık ağıyla beş tavuk yakaladı. Hepsini birer birer ağdan çıkarıp boyunlarını kırdı, yolup içlerini temizledi. Sonra demir bir çubuğa geçirip ateşin üstüne oturttu.

Şefin en genç karısı Fanta darı öğüttüğü taşın başından kalkıp geldi ve adamın kafasına bir şaplak indirdi.

Fomba'nın kendini korumayışına şaşırmıştım. "Çocukların et yemeğe ihtiyacı var," demekle yetindi.

Fanta burnundan soluyordu. "İş görecek çağa gelene kadar et yemeleri gerekmiyor." dedi. "Ahmak *woloso* seni. Beş tavuğu ziyan ettin."

Fomba, Fanta'nın öfkeli bakışlarına aldırmadan tavukları ateşte çevirmeye devam etti. Tavuklar pişince bölüp hepimize birer parça verdi. Bana ateş gibi bir but düştü. Parmaklarım yanmasın diye hemen bir yaprak bulmak zorunda kaldım. Tavuğun suyu çenemden aşağı süzülüyordu. Kızarmış eti bir güzel mideme indirdim. İliğini emebilmek için kemiği iyice dişledim. O gece Fanta'nın kocasından Fomba'ya sıkı bir sopa çekmesini istediğini işittim ama adam neyse ki hiç oralı olmadı.

Bir gün keçilerden biri tuhaf davranışlar gösterip çocukları ısırmaya başlamıştı. Fomba keçiyi yakalayıp yere çöktürdü. Kolunu boynuna doladı. Sakinleşsin diye başını okşadı. Sonra peştamalından bir bıçak çıkararak boynunu atardamarın üstünden kesti. Keçinin başı hâlâ Fomba'nın kolundaydı. Kesikten oluk gibi kan boşalırken gözlerini bir bebek gibi ona dikmişti. Fomba kendini geri çekmediğinden tepeden tırnağa kan içinde kalmıştı. Köy meydanında kerpiç evlerin orta yerinde durup sıcak su istedi. Kadınlar darı dövüyorlardı. Fanta onlara adama kulak asmamalarını söyledi. Annem Fomba'ya her zaman merhamet beslerdi. Bir gece babama Fanta'nın *woloso*'ya kötü davrandığını anlattığını duymuştum. Annemin darı dövme işlemine ara verdiğini görünce hiç şaşırmadım. Çok değerli kabul edilen teneke kovayı kaptı. İçine su kabağı maşrapayla sıcak su doldurdu. Kovayı Fomba'ya götürdü. O da suyu alıp yıkanma yerine girdi.

Ben hep o kovanın sihirli olduğunu düşünürdüm. Bir gün gizlice Fanta'nın yuvarlak kerpiç evinden içeri süzüldüm. Kovayı bulup aydınlık kapı önüne getirdim. Pürüzsüz, kıvrılmış madendendi. Güneş ışığını olduğu gibi yansıtıyordu. Maden tabakası inceydi ama bükemeyeceğim kadar dirençliydi. Ters çevirip ellerimin ayasıyla altına vurdum. Sesi boğuyordu. Metalin bir kimliği, kişiliği yoktu. Müzik aleti olarak da bir işe yaramazdı. Davulun üstüne sımsıkı gerilen keçi derisine benzemiyordu. Kovanın tubablardan geldiği söyleniyordu. Böyle bir nesneyi kimin icat etmiş olduğunu doğrusu merak etmiştim.

Kovayı kaldırdım. Metal sapından tutup salladım. O anda Fanta gelip beni suçüstü yakaladı. Kovayı elimden kapıp duvardaki çiviye astı. Başımı şöyle bir ittirdi.

"Sen benim evime nasıl izinsiz girersin bakayım?"

Şak.

"Hayır, ben yalnızca..."

"Ona dokunmak yasaktır."

Şak.

"Sen beni dövemezsin. Babama söyleyeceğim."

"Öyle bir döverim ki... Evime izinsiz girdiğini duyarsa bir de o döver seni."

Kızgın güneş altında darı ekmekte olan Fanta'nın üst dudağı boncuk boncuk terlemişti. Orada durup beni dövmekle kaybedecek vakti yoktu. Elinden kurtulup eve koştum. Arkamdan kovalamayacağından emindim.

Babam Bayo'nun en kuvvetli adamlarından biriydi. Köydeki herkesi yenebileceği söylenirdi. Bir gün yere çömelip beni yanına çağırdı. Sırtına tırmanıp omuzlarına yerleştim. Köyün en uzun boylusundan daha da uzun olmuştum. Bacaklarımı babamın boynuna dolayıp ellerimi avuçlarına teslim ettim. Ben babamın omzunda, köy duvarlarının dışına çıktık.

"Hem çok güçlüsün hem de harika takılar yapıyorsun," dedim. "Neden bir kadın daha almıyorsun? Bak, şefimizin dört karısı var!"

Babam güldü. "Ben dört kadına bakamam küçüğüm," dedi. "Annenle zor başa çıkıyorum zaten. Dört kadını ne yapayım? Kuran, dört kadın alınacaksa hepsine eşit davranılması gerektiğini söyler. Ama kim annenin eşiti olabilir ki?"

"Annem güzel kadın," dedim.

"Annen güçlü kadın," dedi babam. "Güzellik gelir geçer. Oysa güç dediğin tükenmez."

"Ya ihtiyarlar?"

"En güçlümüz onlardır, çünkü hepimizden daha uzun yaşamışlardır," dedi babam. Sonra eliyle şakağına vurarak, "Üstelik bilgedirler," diye ekledi.

"Aminata tek başına buralara kadar geliyor mu yoksa?" diye sordu babam.

"Tabii ki hayır," dedim.

"Üstünde kanoların gezindiği ulu Joliba ne tarafta bakayım?"

"Şu tarafta," dedim kuzeyi işaret ederek.

"Ne kadar uzakta peki?"

"Yürüyerek dört gün."

"Bir gün Segu kasabasını görmek ister misin?"

"Joliba'nın üstüne kurulmuş olan Segu'yu mu? Elbette. Ama omzunda gideceksem."

"Dört gün boyunca yürüyecek kadar büyüdüğünde seni götürürüm oraya."

"Böylece gezgin olurum, kafam gelişir, değil mi?"

"O konulara girmeyelim şimdi," dedi babam. "Senin asıl görevin kadın olmak."

Babam bana birkaç Arapça duanın yazılışını da öğretmişti. Keyfi yerinde olduğu bir zaman daha da öğretirdi şüphesiz.

Parmağımı doğuya doğru sallayarak "Annemin köyü o tarafta, buradan beş gün uzakta," dedim.

"Madem bu kadar akıllısın, gözlerimin görmediğini farz et, evin yolunu göster bakalım."

"Şimdi kafamı geliştiriyoruz değil mi?"

Babam kıkır kıkır güldü. "Yolu göster Aminata," dedi.

"Şuradan git, baobab ağacının önünden geç."

Dediğim yere geldik.

"Bu tarafa dön. Şu patikadan yürü. Dikkat et. Dün annemle burada üç beyaz akrep görmüştük."

"Akıllı kızım benim. Peki şimdi?"

"Dümdüz yürüdün mü köyümüze girmiş olacağız. Kalın duvarlar iki adam boyunda. Evet, şuradan. Nöbetçiye selam ver."

Babam güldü ve nöbetçiyi selamladı. Şefin dikdörtgen evinin ve dört karısına ait dört yuvarlak kulübenin bulunduğu yere yaklaştık.

"Fanta'nın evinin önünden geçtiğimizde haber ver."

"Neden baba?"

"Belki durup davul niyetine senin şu kovayı çalarız biraz."

Güldüm. Şakacıktan omzuna vurdum. Kulağına o kadından hoşlanmadığımı fısıldadım.

"Saygı nedir öğrenmelisin," dedi babam.

"Ben ona saygı duymuyorum." dedim.

Babam bir anlık duraksamadan sonra, "O halde bu duygunu gizlemeyi öğren," dedi.

Babam yola devam etti. Az sonra iki kadınla karşılaştık. Biri babama "Mamadu Diallo," diye seslendi. "Kız çocuğuna böyle terbiye verilmez. Kendi ayağı var, bırak yürüsün."

Babamın asıl adı Muhammed'di. Ama köydeki erkeklerin hepsi aynı ada sahip olduklarından onlardan ayrılabilmek için kendine Mamadu dedirtiyordu.

Babam kadınlara "Aminata ile biraz sohbet ediyorduk," dedi. "Kulakları ağzıma yakın olsun istedim."

Kadın güldü. "Sen bu kızı şımartıyorsun."

"Hiç de değil. Ben yaşlandığımda o da beni böyle taşıyacak. Onu öğretiyorum."

Kadınlar bacaklarına vurarak kahkahadan iki büklüm oldular. Onlarla vedalaşıp yola devam ettik. Babam yıkanma yerinin, gölgeye konmuş sohbet bankının, darı ve pirinç deposu olarak kullanılan kulübelerin önünden geçti. Tam o sırada karşımıza Fanta çıktı. Fomba'nın kulağına yapışmış çekiyordu.

"Ahmak herif seni."

"Selam, Şef'in Dördüncü Karısı," dedi babam.

O da "Mamadu Diallo," diye selama karşılık verdi.

"Bugün kızıma bir merhaba yok mu?"

Kadın yüzünü buruşturup, "Selam, Aminata Diallo," dedi. "Şu zavallı Fomba'yı ne diye sürüklüyorsun yine?"

Kadın Fomba'nın kulağını hâlâ bırakmamıştı. "Eşeğin birini kuyuya götürdü. Hayvan da içine düştü," diye anlattı. "Mamadu Diallo, şu şımarık kızını omzundan indir de içme suyumuz berbat olmadan önce eşeği kuyudan çıkar."

"Fomba'nın kulağını koparmadan bırakırsan ben de eşeği çıkarmanıza yardım ederim."

Babam beni yere indirdi. Fomba'yla birlikte onu izlemeye koyulduk. Babam ve birkaç adam köyden bir oğlanın beline birkaç sap sarmaşık dolayıp kuyuya sarkıttılar. Oğlan eşeği sarmaşıklardan biriyle sıkıca bağladı. Önce oğlanı sonra da eşeği yukarı çektiler. Eşeğin bir şeyi yoktu. Kulağı moraran Fomba kadar bile örselenmemişti.

Keşke babam bana da eşeği sarmaşıkla bağlamayı öğretseydi... Belki de bildiği her şeyi öğretirdi ileride. Okuma yazma bilsem bunun kime zararı olurdu ki? Kim bilir, belki bir gün bütün köyde Kuran'ı okuyabilen ve o muhteşem, akıcı Arap harfleriyle yazı yazabilen tek kadın ben olacaktım?

Bir gün darı dövme işine ara vermemiz gerekti. Annemle birlikte güneşin battığı yönde, dört köy ötedeki Kinta'da bir doğuma çağrılmıştık. Erkekler darı tarlalarında yaban otlarını temizliyorlardı ama yine de Fomba koruma olarak bize eşlik edecekti. Yayını ve zehirli oklarını yerleştirdiği kılıfını kapıp geldi. Kinta'ya ulaştığımızda Fomba'yı dinlenmesi için ayrı bir yere alıp çay ikram ettiler. Biz de işe koyulduk. Doğum sabahtan akşama kadar sürdü. Annem bebeği doğurtup, kundaklayıp anasının kucağına verdiğinde yorgunluktan kemiklerimiz sızlıyordu. Sıcak bamya sosuna bulanmış darı pideleri yedik. Bayılırdım bunlara. Yola çıkmadan önce kadınlar köye giden ana yoldan uzak durmamızı öğütlediler. Son günlerde orada komşu köylerin halkından olmayan yabancılar görülmüştü. Köylüler geceyi orada geçirmemizi teklif ettiler. Annem kabul etmedi. Bayo'da her an doğum sancısı tutma ihtimali olan bir kadın daha vardı. Yola çıkmadan köylüler bize bir tulum su, ayaklarından bağlanmış üç canlı tavuk ve teşekkür anlamında çok özel bir armağan verdiler. Bu, Fomba'nın keçiyi öldürdüğü gün kullandığı türden kocaman bir teneke kovaydı.

Başı daima sola yatık durduğundan Fomba tepesinde hiçbir şey taşıyamazdı. Annem içine tavukları tıktığı kovayı ona verdi. Fomba bu onurlu görevden pek memnun olmuşa benziyordu ama annem onu uyardı. Köye döndüğümüzde kovayı teslim edecekti. Fomba mutluluk içinde başını sallayıp önümüze düştü.

"Eve döndüğümüzde kovayı ben alabilir miyim?" diye sordum.

"Kova köye aittir. Onu şefe vereceğiz."

"Ama o zaman Fanta alır."

Annem sustu. Onun da Fanta'yı sevmediğini tahmin ediyordum, ama hiç açık vermiyordu.

Dolunayın yolumuzu aydınlatan ışığında yürüdük. Eve yaklaştığımızda arka arkaya üç yaban tavşanı önümüzden koşup ağaçların arasında kayboldu. Fomba kovayı yere bıraktı. Peştamalının altından bir taş çıkarıp eliyle pozisyon aldı. Tavşanların dönüp geleceğini biliyor gibiydi. Tavşanlar tekrar göründüğünde Fomba hazırladığı taşı en yavaş koşanın kafasına savurdu. Hayvanı almak için eğilirken annem onu durdurdu. Tavşanın karnı şişti. Annem parmağını hayvanın bedeninde gezdirdi. Fomba yavrulamak üzere olan bir tavşanı vurmuştu. Annem Fomba'ya "Güzel bir yahni olacak ama bir dahaki sefere tavşan vuracaksan, becerini en hızlı koşanı avlayacak kadar geliştirmelisin," dedi. "Bu karnında yavru taşıdığı için en arkada kalmış." Fomba başını sallayıp şiş karınlı avını omzuna astı. Doğruldu. Tam yeniden yola koyulacakken durup başını büsbütün eğerek kulak kesildi.

Çalıların arasından birtakım hırıltılar geldi. Yine tavşan mı çıkacak diye bakındım. Hareket yoktu Adımlarımızı hızlandırdık. Annem elimi tuttu.

"Aminata eğer karşımıza yabancı birileri çıkacak olursa..." diye başladı ama sonunu getiremedi.

Ağaçların arasından kocaman kolları ve güçlü bacakları olan dört adam fırladı. Ay ışığında yüzlerinin benimkine benzediğini seçmiştim ama dövmeleri yoktu. Başka bir köyden olmalıydılar. Ellerinde ipler, deri kayışlar, bıçaklar ve ucu delikli uzun, tuhaf bir sopa vardı. Bir an durup karşılıklı birbirimizi süzdük. Annemin boğazında korkunun düğümlendiğini hissettim. Koşup kaçmak istiyordum. Ağaçların arasına dalsam orman patikalarında antilop gibi öyle hızlı koşabilirdim ki o hırıltıyla soluyan hantal azmanların hiçbiri beni yakalayamazdı. Ama annemin başının üstünde su tulumları vardı. Ben de tepemde birkaç ananas taşıyordum. Ben yanlış bir hareket yapıp meyveleri düşürmeyeyim derken adamlar etrafımızı sarıverdiler.

İlk harekete geçen Fomba oldu. Bir kolunu elinde tuhaf bir sopa taşıyan adamın boğazına dolayarak kafasına tavuk kovasıyla vurdu. Adam sendeledi. Fomba tek eliyle adamın gırtlağına yapışıp boynunu kuvvetle sağa büktü. Adam boğulur gibi bir ses çıkarıp yere düştü. Fomba dönüp bana uzanırken arkadan biri yaklaştı.

"Dikkat et, Fomba!" diye haykırdım.

Fomba arkasına dönemeden sopayı ensesine yiyip yere devrildi. Yakaladığı tavşan omzundan kaydı. O kadar iri ve güçlü bir adamın bu kadar kolay düşebileceği hiç aklıma gelmezdi. Adamın biri Fomba'nın ellerini bağladı. Boynuna bir ip geçirdi ve tavşanı yerden aldı. Fomba kımıldamıyordu.

Annem meyveleri atıp kaçmam için bağırdı. Ama olduğum yere çakılmış gibiydim. Annem adamların karşısına geçip bir savaşçı gibi haykırdı: "Ölmüşlerin laneti üstünüze olsun. Bırakın da geçelim."

Adamlar bilmediğim bir dilde konuşuyorlardı. "Kız", "küçük", "çok küçük değil" sözcüklerini çıkarabildim ama emin değildim.

Annem bu kez Fulfulde dilinde, "Kaç kızım," diye fısıldadı. Ama yapamadım. Annem hâlâ doğum bohçasını elinde tutuyordu. Su tulumları da başının üstündeydi. O yükle hiçbir yere kaçamazdı. Onu bırakmadım. Hızlı hızlı soluduğunu duyuyordum. Aklından ne geçtiğinin farkındaydım. Bağırmaya başladığı an ben de bağıracaktım. Köyümüz fazla uzakta değildi. Sesimizi duyabilirlerdi. Birden iki adam annemi yakalayıp su tulumlarını yere fırlattılar. Bir başkası benim koluma yapıştı. Çırpınıp tekmeler savurmaya başladım. Sonunda adamın elini ısırdım. Acıyla elini çekince kurtuldum. Adam iyice sinirlenmiş, burnundan soluyordu. Bana doğru atılınca apış arasına bir tekme savurdum. İnleyip sendeledi ama tekmenin onu yere devirecek güçte olmadığını biliyordum. Anneme doğru koşacakken biri beni çelmeyle düşürüp yere bastırdı. Ağzıma dolan tozu toprağı tükürüp kurtulmaya çabaladım ama beni tutan adam benden çok daha kuvvetliydi.

"Bu yaptığın doğru değil," diye söylendim. "Ben özgür bir Müslümanım. Bırak beni!" Aynı sözleri hem Fulfulde hem de Bamana dilinde tekrarladım ama işe yaramadı. Çaresiz kalınca çığlığı bastım. Gece etrafta dolaşan bir köylümüz sesimi duyabilirdi. Biri ellerimi arkadan yakaladı. Bir başkası boynuma bir ip geçirdi. Düğümü öyle bir sıktı ki az kalsın soluğum kesiliyordu. Öğürerek çılgınlar gibi çırpınmaya başlayınca adamlar boynumdaki ipi soluk alabileceğim kadar gevşettiler. Hâlâ yaşıyordum. "Allahu ekber," dedim. Birilerinin bu Arapça sözleri duyup hata yaptıklarını anlayacaklarını umuyordum. Ama bana kulak veren de merhamet eden de olmadı. Yattığım yerden başımı kaldırıp bakmaya çalıştım. Annem birden kendini kurtarıp onu tutan adamı tokatladı, omzundan ısırdı, sonra kalın bir dal parçası bulup kafasına indirdi.

Adam bir an boş bulunup annemi bıraktı. Annem boğazımı iple sıkan adama şiddetle saldırdı. Boynumdaki ipi gevşetip ona doğru gitmeye çalıştım. O sırada bir başka adam annemin karşısına dikildi. Elindeki kocaman kalın sopayı annemin başına indirdi. Annem yere düştü. Ayın ışığında kanının adeta öfkeyle, kapkara fışkırdığını gördüm. Sürünerek ona yaklaşmak istedim. Kanın nasıl durdurulacağını biliyordum. Yaraya avucumu sıkıca bastırmam yeterliydi. Ama ne kıpırdayabiliyor, ne sürünebiliyor ne bir santim ileri gidebiliyordum. Beni yakalayanlar şimdi daha sıkı tutuyorlardı. Boynumdaki ipe tekrar asıldılar. Fomba'yla beni ayağa kalkmaya zorladılar. Boyun eğip onları izlemekten başka çaremiz yoktu.

Boynumu sıkan ipi gevşetmeye çalışarak dönüp anneme baktım. Yerde hâlâ hareketsiz yatıyordu. Yüzüme bir tokat indi. Önüme dönmeye zorlandım. Biri beni sırtımdan iteledi. Durmadan arkamdan dürtüyorlardı. Çaresiz yürümeye devam ettim.

Uyku dışında annemi ilk kez kıpırtısız yatarken görüyordum. Rüyada olmalıydım. Şiltemin üstünde uyanmak, annemle darı unundan bir pide yemek, su kabağı maşrapasını kil çanağa daldırıp tek damla ziyan etmeden su alışını hayranlıkla seyretmek istiyordum.

Ama bir türlü uyanamıyordum.

Ciğerlerimi doldurup uzun bir çığlık koyuverdim. Adamlar ağzıma bez tıktılar. Adımlarımı yavaşlattığımda sırtımdan dürtüyorlardı. O kadar hızlı ilerliyorduk ki nefes nefese kalmıştım. Bezi ağzımdan çıkardılar ama öfkeli işaretlerle, bağırırsam bezi yeniden ağzıma tıkacaklarını anlattılar. Yürüdük de yürüdük. Annemden gitgide uzaklaşıyordum. Havada bir duman vardı. Bizim köyün dışında bir çember çizmekteydik. Bayo'nun davulları tehlike sinyalleri veriyordu. Çıtırtılar duyuyordum. Birileri ağaç dallarını kırıyordu sanki. Davullar sustu. Ağaçların arasındaki boşluktan alevleri gördüm. Bayo yanıyordu.

Beş yabancı daha boyunlarından bağlı üç esirle birlikte bizim kafileye katıldı. Ay ışığında uzun adımlarla yürüyüşünden içlerinden birinin babam olduğunu anladım. "*Fa*," diye seslendim. "Aminata," diye bağırdı karşılık olarak. "*Ba*'yı öldürdüler!" Boynumdaki ipi tutan adam suratıma bir tokat indirdi. Ona doğru, "Sen kirpi bokundan da aşağılıksın," diye tısladım ama ne dediğimi anlamadı. Babama baktım. Diğerleri iplerini çekiştirip dururken o dimdik yürüyordu. Bileklerini birbirine sürterek sonunda bağlarından kurtulmayı başardı. Aniden parmaklarını adamlardan birinin gözüne soktu. Elindeki bıçağı kapıp boynundaki ipi kesti. O sırada bir başkası babama doğru atıldı. Babam bıçağı adamın göğsünün ortasına sapladı. Haydut iç çeker gibi bir ses çıkardı, babam bıçağı bedeninden çekip çıkarana kadar sallandı, sonra da düşüp öldü.

Fa'mın kaçıp Bayo'ya giden o patika üstünde bıraktığımız *Ba*'mı bulmasını istiyordum. Eğer henüz can vermemişse babam onu kurtarabilirdi. Bizi yakalayanlar bağrışırken babam bana doğru koştu. Bıçağını boynumdaki ipi çeken adama sallayıp kolunda derin bir yara açtı. Adam yere çöküp acıyla inlemeye başladı. İki adam babamın üstüne çullandı ama o ikisini de fırlatıp attı ve arka arkaya ikisini de bıçakladı. Şimdi üç yaralının çevresinde dönüyordu. O sırada haydutlardan biri elindeki tuhaf görünüşlü, upuzun dikdörtgen sopayı kaldırdı. Dudaklarını büzerek beş adım uzaklıktan babama doğrulttu. Babam olduğu yerde durdu ve avuçlarını gökyüzüne açtı. Sopadan ateş püskürdü. Babam sırtüstü düştü. Başını çevirip gözleriyle beni aradı. Sonra birden bakışları dondu kaldı. Göğsünden oluk gibi kan boşalıyor, kaburgalarının üstünden aşağı, ondan gelecek her şeyi yutmaya hazır bekleyen toprağa akıyordu.

Babamdan başka iki yeni esir daha vardı. Onları tanımıyordum. Başka köylerin insanı olmalıydılar. Yüzlerine yalvarır gibi baktım. Başlarını öne eğdiler. Fomba boynunu büktü. Erkek esirlerin benim için yapabilecekleri hiçbir şey yoktu. Elleri bağlıydı ve boyunduruğa vurulmuşlardı. Karşı koymak intihar demekti. Annem ve babamdan başka kim benim için ölümü göze alıp savaşırdı?

Ayaklarımı kımıldatamıyordum. Bedenim taş kesilmişti sanki. Midem bulanıyordu. Zor soluk alıyordum. *Fa*, Bayo'nun en güçlü adamıydı. Beni tek koluyla kucaklayıp kaldırabilir, çekiciyle kızgın demiri döverken yıldızları andıran kıvılcımlar çıkarırdı. Olanlara inanamıyordum. Bunun bir düş olmasını diledim ama düşün merhameti yoktu.

Fa'm ve *ba*'m bu durumda ne yapmamı öğütlerlerdi acaba? Yürümeye devam et! Tek düşünebildiğim buydu. Düşme. Annemin kırmızı topuklarıyla Bayo'da yürüdüğünü hayal ettim. Seslerini hatırımda tutmaya çalıştım. Akşam birlikte nane çayı içtiğimizi, babamın hoş hikâyeler anlattığını, annemin gülüp duruşunu hayalledim. Ama bu düşünceleri yaşatamıyordum. Her seferinde solup kuruyarak zihnimden siliniyorlar, onların yerini ağaçların arasında hareketsiz yatan annemin ve göğsünden oluk gibi kan akarken dudakları kıpırdayan babamın görüntüsü alıyordu.

Beni zorladıkları için yürüdüm. Yürümekten başka çarem olmadığı için yürüdüm. O gece yürürken kulağımda sürekli babamın ağzından dökülen son sözcük vardı. *Aminata. Aminata. Aminata.*

Ay üç kez döndü

Ben dehşet içinde bizi yakalayanların bizi döveceklerini, kazanda kaynatıp yiyeceklerini düşünürken onlar aşağılama ile işe başladılar: Bizi soydular. Üstümüzde ne başörtümüz, ne giysimiz, ne de edep yerimizi örtecek bir bezimiz kalmıştı. Sandaletlerimizi bile almışlardı. Keçiler gibi çırılçıplaktık. Bu çıplaklık her gittiğimiz yerde esir olduğumuzu ilan ediyordu. Esircileri ise eksikliklerinden tanıyabilirdiniz: Gözlerinde ışık yoktu. Zaten kötü işler yapıp da huzurla gözümün içine bakabilene bugüne dek hiç rastlamamışımdır. Bir insanın yüzüne rahatça bakabilmek iki şeyin ifadesidir: Onun insan olduğunu kabul etmek ve kendiniz için de aynı şeyi istemek. Beni evimden uzaklara götüren o uzun yürüyüş sırasında dünyada beni tanımayan, sevmeyen ve yaşayıp yaşamadığımı umursamayan insanların olduğunu öğrenecektim.

Bayo dışında yakalanmış ve komşu köylerden kaçırılmış sekiz kişiydik. Karanlıkta tek tanıyabildiğim Fomba'ydı. Düşe kalka yürümeye devam ettim. İpin saatler boyu tenime sürtünüp boynumu zedelediğinin farkında bile değildim. Anamla babam, onların başına gelenler aklımdan çıkmıyordu. Bir an geliyor onlar olmadan yaşayamayacağım hissine kapılıyordum. Sonra da benim hâlâ hayatta olduğum, ama onları kaybettiğim gerçeği karşıma dikiliyordu. *Uyan artık*, diyordum kendi kendime. *Hadi, uyan. Şiltenin yanındaki su kabağından bir yudum su iç ve koşup annene sarıl. Bu düş, kirlenmiş giysiler gibi. Onları üstünden çıkarıp at. Annenin yanına koş...* Ama kâbus bir türlü bitmiyordu.

Gece yürüyüşümüz sırasında esirlere yenileri eklendi. Gün ışıdığında başı önünde yürüyen Fomba gözüme çarptı. Sonra birden Fanta'yı gördüm. Şeften eser yoktu. Fanta da boynundan iple bağlanmıştı. Gözleri fıldır fıldır sağı solu kolaçan ediyor, ormanı araştırıyor, esircilerin niyetini anlamaya çalışıyordu. Ona seslenmek istedim ama ağzına bir bez tıkılmış, üstten de iple bağlanmıştı. Göz göze gelmeye çalıştım ama yüzüme bakmak istemiyor gibiydi. Gözlerim şiş karnına ilişti. Şefin karısı gebeydi. Beş ayını doldurmuş olmalıydı.

Ardımızda güneş doğana kadar yürümeye devam ettik. Sonunda etrafı kalabalık, kocaman bir nehre ulaştık. Nihayet iplerimizi çözüp suyun kıyısında dinlenmemize izin verdiler. Dört adam ateş çubukları ve kalın sopalarla başımızı bekliyordu.

Bu nehir Segu'nun kenarından akan ulu Joliba olabilir miydi? Babamın tarif ettiği gibi, bir taş atımından çok daha genişti. Üstünde mal ve insan taşıyan kanolar vardı. Esirciler kanocuların başıyla pazarlığa başladı. Sonunda bileklerimizi bağlayıp bizi kanoların ortasına doğru ittiler. Benim bindiğim teknede altı kürekçi vardı. Kürekçilerin tempolu kol hareketlerinin arasından su üstünde süzülen diğer kanoları seyre koyuldum. Birinde bir at gördüm. Gözlerinin arasında beyaz bir yuvarlak olan, tepeden tırnağa siyah, muhteşem bir yaratıktı. Kürekçiler küreklere asılırken at hiç kıpırdamıyordu.

Nehrin karşı kıyısına vardığımızda ellerimiz çözülerek karaya çıkarıldık. Etraf bataklık gibi kokuyordu. Sivrisinekler kollarımda ve bacaklarımda ziyafet çekiyorlardı. Yanaklarıma saldıranlar bile vardı. Esirciler kanoculara kabuklarla ödeme yaptılar. Kumda ayak parmaklarımın altında bir salyangoz hissettim. Adamlar ipi boynuma geçirmeden hızla eğilip onu avuçladım. Kıvrık dudaklarının kenarlarına minicik dişler dizilmiş gibi duran sert, beyaz bir kabuktu. Başparmağımın tırnağı kadar bir şeydi. Güzel ve kusursuz bir görünümü vardı. Kırılmayacakmış gibi bir his veriyordu. Kabuğu suda çalkalayıp dilimin üstüne koydum. Ağzımda bir arkadaşımı taşır gibiydim ve bu beni rahatlatmıştı. Onu hırsla emerken kaç adet deniz salyangozu kabuğu edeceğimi hesaplamaya çalıştım.

Esir kafilesi içinde boynundan birbirine bağlı iki üç kişilik gruplar halinde sıralandık ve yürümeye başladık. Benden en fazla dört yağmur mevsimi büyük bir oğlan yanı başımızda yürüyüp gözcülük ediyor, arada bir tulumdan bir yudum su veriyor, bazen birkaç parça darı ya da mısır ekmeği, bir mango ya da portakal uzatıyordu. Oğlan esircilere sezdirmeden arada kaçamak bakışlarla beni süzüyordu. Bamana dilinde bir şeyler söyledi ama onu duymazlıktan geldim. İri kemikli bir vücudu vardı. Sanki bütün bedeni omuz, dirsek, diz ve bileklerden ibaretti. Dengesiz, düzensiz adımlarla yürüyordu. Yüzünde hiç değişmeyen bir tebessüm vardı. Bu yüzden ona hiç güven duymuyordum. Ortada gülünecek bir durum yoktu. Arkadaş ortamında değildik. İnsanlar düşmanlarına tebessüm etmezlerdi. Bunu düşündüğüm an şüpheye düştüm. Babamın sözünü hatırladım. Babam "Akıllı insan düşmanını tanır, onu yakınında tutar," derdi. Gözlerini kocaman açıp beni masum bakışlarla süzen bu oğlan büyük olasılıkla benim düşmanımdı. Belki de neye tanıklık ettiğinin farkında olmayan, merakından kafileye takılmış, sürekli gülümseyen salağın tekiydi. Çıplakken beni böyle süzmesi hoşuma gitmiyordu. Beni kimsenin bu halde görmesini, tanımasını, dikkatini bana yöneltmesini istemiyordum. Elbette bir şekilde kendimi kurtaracaktım. Bu eziyetin bir sonu olmalıydı. Ne yapıp edip ormana kaçmanın bir yolunu bulacak, evime geri dönecektim. Ama şu an böyle çırılçıplakken beni tanıyan hiç kimseye görünemezdim. Böyle dolaşamayacak kadar büyümüştüm. Memelerimin belirginleşmesine az kalmıştı. Annem yakında kadın olacağımı söylemişti. Etrafta böyle dolaşmak olmazdı. Çıplaklığımı örtmenin bir yolunu ararken neredeyse aklımı kaçıracaktım. İnsan çırılçıplak nereye gidebilirdi?

Şu anda başımızda eli mızraklı, sopalı, ateş çubuklu on kadar esirci vardı. Bamana dilini andıran bir dil konuşuyorlardı. Müslüman olmadıklarını anlamıştım çünkü namaz kılmıyorlardı. Gece bir baobab ağacının altına serildik. Esirciler komşu köyden beş adamı, karşılığını ödeyerek başımıza nöbetçi diktiler. Boynumuzdan birbirimize bağlı olarak çalı çırpı topladık. Ateş yaktık, yam haşlayıp biber falan eklemeden öylece yedik. Un çorbası fazla sulu ve lezzetsizdi. Boğazımdan geçmedi. Gözünü benden ayırmayan oğlan bana bir muz uzattı. Alıp yemeye başladım ama hâlâ onunla konuşmamakta direniyordum.

"Hey, sen," diye seslendi Fanta. "Bayolu kız. Takıcı Mamadu'nun kızı. Ver o muzu bana. At buraya."

Muzu bitirip kabuğunu yere attım. "Yalnızca bir tane vardı." dedim.

"Sana veren oğlana sor. Durmadan seni gözlüyor."

"Başka yiyeceği kalmamış."

"Terbiyesiz çocuğu bir güzel döveceksin. Mamadu Diallo'ya seni fazla şımarttığını çok söyledim."

Kızmaya başlıyordum. Onun iğneli sözlerini dinleyecek halim yoktu.

"Benimle uğraşma," dedim.

"Hele o Bamanalı anan yok mu!" diye alaylarını sürdürdü.

"Beni rahat bırak dedim."

"Çocuk doğurtmaya giderken seyredesin diye seni de yanında götürüyordu. Saçmalığın daniskası."

"Seyretmekle kalmadım. Doğum da yaptırdım. Seni kim doğurtacak sanıyorsun?

Fanta'nın ağzı bir karış açık kaldı. Ağzının payını almıştı. Şimdi ödeşmiştik. Ama sonra bu dediğimden utandım. Babam birine saygı duymasam bile bunu belli etmemem gerektiğini söylemişti. Annem ise bir kadının gebeliğini ona karşı kullanmayı asla aklından geçirmezdi.

Fanta sesini kesmişti. Fanta'nın esircilerin bakışları altında doğum yaparken ne kadar utanacağını düşündüm.

İkişer ikişer ayak bileklerimizden bağlıydık. Baobab ağacının altına uzanıp yatabilelim diye boyunduruklarımız çıkarılmıştı. Ben Fomba'ya bağlıydım. Fomba, Fanta'nın yanına yanaşmama yardımcı oldu. Elimi kadının karnının üstüne koydum. Önce bana ters ters baktı ama göbeğinin üstünde kıpırtısız ve güvenle duran elimi hissedince yumuşadı.

"Yaklaş çocuk," dedi. "Üşümüşsün. Aç ve yorgun olduğum için öyle sert konuştum. Seni döveceğim filan yok."

Ona sokuldum. Dalmışım.

Biri omzumu tutmuş sarsıyordu. Önce Fanta muz getirmemi emrediyor sandım. Gözlerimi açınca düş sona erdi. Beni uyandıran Fomba'ydı. Uykumda bağırarak ağladığımı söyledi.

Dediğine göre inlemelerim esircileri rahatsız etmişti. Susmazsam beni döveceklerdi. Fomba uykumda delirmiş gibi tepimip durduğumu da söyledi. Sonra yavaşça yanıma uzandı. Kolumu okşadı. Yanımda olduğu sürece korkmamamı, ama uyurken ses çıkarmamamı tembihledi.

Bizi kaçıranlar Fomba'nın yaban tavşanını yüzüp temizlemiş, ateşte kızartmışlardı. Tavşan kızartmasından da tez zamanda kesilip pişirilen tavuklardan bana bir lokma vermediler. Sırtüstü yatıp yıldızları seyre daldım. Güzel günlerimizde annem ve babamla birlikte yıldızları seyretmeye bayılırdım. Büyük Su Kabağı ışıltılı sapıyla gökyüzünün orta yerinde duruyordu. O an Bayo'da onu seyreden birinin olup olmadığını düşündüm.

Fomba tekrar uykuya dalmıştı. Aramızdaki ayak bağını çekiştirmemeye çalışarak namaza durdum. Başımı örtecek bir şeyim yoktu ama tınmadım. Başımı eğip başparmaklarımı kulaklarımın arkasına koydum. *Allahu ekber*, dedim. Sağ elimi sol elimin üstüne koyup *Sübhaneke Allahumme ve bihamdike*, diye başladım ama devam edemedim.

Esircilerden biri yaklaşıp bana sopasıyla vurdu ve yeniden uzanmamı emretti. Sonunda uyudum.

Ertesi sabah ilk aydınlıkla gün doğana kadar geçen süre içinde yine namaz kılmaya yeltendim ama bu defa bir başkası bana sopayla vurdu. Ertesi akşam da bir başka dayak faslından sonra namazdan vazgeçtim. Artık annem, babam, evim yoktu. Kuran'daki duaları öğrenme şansım kalmamıştı. Okumamı sağlayacak o gizli olanakları kaybetmiştim. Duaları aklımdan tekrarlamaya çalıştım. *Allahu ekber. Sübhaneke Allahumme ve bihamdike. Euzu billahi mineş şeytanir racim.* Aynısı olmuyordu. İçten dua etmek faydasızdı. Esirden de beter bir hale düşmüştüm. Gitgide inançsızlardan oluyordum. Namaz kılmadan Allah'a doğru dürüst ibadet etmiş sayılmazdım.

Yürüyüş boyunca kaç gündoğumu gördük bilmiyorum. Sayımız giderek artıyordu. Neredeyse düşe kalka ilerleyen koca bir kasaba halkı nüfusuna ulaşmıştık. Köylerden, kasabalardan geçtik. Her yerde halk bizi seyretmeye koşuyordu. Önce bizi kurtarmaya geldiklerini sanmıştım. Bu vahşete karşı çıkacaklarından emindim. Oysa umduğum gibi olmadı. Gelenler ya bizi seyretmekle yetiniyor ya da esircilere parça tuz ve salyangoz kabuğu karşılığında kızarmış et sunuyorlardı.

Bazı akşamlar esirciler tarlalarda mola verip köylü kadınlara bedeli karşılığında yemek pişirtiyorlardı. Bize bazen vıcık vıcık biberli bir sosla birlikte yam, darı ekmeği ve mısır ekmeği veriyorlardı. Karnımızı küçük gruplar halinde doyuruyorduk. Su kabağından büyük bir çanağın başına çömeliyor, kıvırıp kaşık gibi kullandığımız sağ el parmaklarımızla sıcak yemeğe uzanıyorduk. Biz yerken esirciler köy şefleriyle pazarlığa oturuyordu. Her şef, köyünün topraklarından geçişimizin karşılığında belli bir bedel istiyordu. Esircilerin pazarlığı akşam başlıyor, gece geç saatlere kadar sürüyordu. Neden ve nereye götürüldüğümüzü anlamak umuduyla konuşulanlara kulak kabartıyordum.

Esircilerin gözcüsü olan oğlan sık sık yanıma uğrayıp su ve yiyecek getiriyordu. Onun kaç kez çocukların kafileden çıkarılıp bağlı yetişkin esirlerin yanında serbestçe yürümeleri konusunda esircileri ikna etmeye çalıştığını duymuştum. Birkaç gün sonra boynumdaki deri kayış çözüldü. Teşekkür anlamında başımı sallayarak oğlana selam verdim.

Boyunduruğa vurulmuş babasının yanında gün boyu elini hiç bırakmadan yürüyen küçük bir kız vardı. Çok küçüktü. Topu topu dört beş yağmur mevsimi görmüş olmalıydı. Bazen yalvarınca baba onu sırtına alıyordu. Bir keresinde küçük kızla göz göze geldik. Gözlerini elleriyle kapatıp bana "ce-eee" yaptı. Başımı çevirdim. Onları birlikte görmeye dayanamıyordum. Konuşmalarına kulak tıkamaya çalıştım. Her halleriyle bana yuvamı hatırlatıyorlardı.

Kafile gözcüsü çocuk yanıma sık sık gelip gider olmuştu. Adı Chekura'ydı. Ot gibi incecik, üç bacaklı keçi gibi sarsak ve dengesizdi. Yanaklarının üstünde birer yıldız dövmesi vardı.

"Hilallerin çok güzel," dedi oğlan.

"Sen Kinta köyündensin, değil mi?" diye sordum.

"Nereden bildin?"

Yanağını gösterdim. "O işaretleri daha önce de görmüştüm."

"Sen Kinta'ya hiç geldin mi?"

"Evet. Kaç yaşındasın?"

"On dördümdeyim."

"Eminim seni de annem halletmiştir." dedim.

"Neyimi halletmiştir?

"Yani seni annem doğurtmuştur, salak. Annem doğum yaptırır. Ben de ona yardım ederim."

"Yalan söylüyorsun."

Ona yeni doğum yapmış Kintalı birkaç kadının adını söyleyinceye kadar bana inanmamakta direndi.

"Anladın mı şimdi?" dedim. "Eminim senin anneni de annem doğurttu. Annenin adını nedir?"

"Annem öldü," diye cevap verdi oğlan hislerini belli etmeden.

Bir süre konuşmadan yürüdük. Oğlan yanımdan ayrılmıyordu.

Nihayet "Bunu bize nasıl yapabildin?" diye sordum fısıltıyla. Çocuk sesini çıkarmadı. "Annemle sizin köye gelmiştik," diye devam ettim. "İki yuvarlak kulübe, yüksek kerpiç duvarlar ve kulağının biri kesik, öbürü sarı çizgili o komik eşek hâlâ gözümün önünde."

"Amcamın eşeğiydi o," dedi oğlan.

"Senin hiç onurun yok mu?"

Chekura anlattı. Ana babası öldükten sonra amcası onu satmıştı. Üç yağmur mevsimi önce esirciler onu büyük suyun kenarına götürdükleri kafilelerin gözcüsü olarak çalıştırmaya başlamışlardı. Bu açıklamadan bizim de büyük suya doğru gitmekte olduğumuzu anladım. Bunun üç nedeni olabilirdi: Su içmek, balık avlamak ya da karşı kıyıya geçmek. Sonunda üçüncüde karar kıldım. Chekura'ya sormak istiyordum ama o hiç ara vermeden kendini anlatıyordu. Yakında onu salıvereceklerini söylemişlerdi ama bu arada isyankârlık yaparsa o da diğerleriyle birlikte satılacaktı. O zoraki gülümseme Chekura'nın yüzünden bir türlü silinmiyordu. O kadar çok gülüyordu ki ağız kenarlarına kırışıklar oturmuştu. Amcasının onu hiçbir zaman sevmediğini, sonunda döverek onu insan tacirlerine sattığını anlatırken bile gülümsüyordu. Bir yanım Chekura'dan nefret etmek, bu nefreti olanca saflığıyla korumak istiyor, öbür yanım ondan hoşlanıyor ve onunla arkadaş olmaya can atıyordu. Bir başka çocukla konuşabilmek büyük mutluluktu.

Fanta çoğunlukla aksi davranıyor, Chekura ile konuşmamı hoş karşılamıyordu.

"O bizim köyden değil," dedi.

"Ama köyü bizimkine yakın sayılır," diye karşılık verdim. "Alt tarafı bir çocuk işte."

Fanta "O, esircilerin adamı," dedi. "Ona bilgi verme. Onunla konuşma."

"Ama ara sıra yiyecek getiriyor," dedim. "Bazen sana da veriyorum."

"Yiyecekleri al ama onunla konuşma," dedi Fanta. "O senin arkadaşın değil. Bunu hiç aklından çıkarma."

Ertesi gün Chekura ile konuştuğumuz sırada Fanta bana taş attı.

"O kadın çok kibirli," dedi Chekura.

"Boynu ipten yara oldu." dedim. "Reislerine söyle de kadınları boyunduruktan çıkarsınlar. Merak etmeyin kaçmazlar.

Oğlan "Diğerleriyle konuşacağım." dedi. Bir gün sonra Fanta boyunduruktan kurtuldu ama ayak bileğinden iple bir başka kadına bağlanmıştı. Fanta ile yan yana yürümeye başlamıştık. Yılan ve akreplere basan ilk biz olmayalım diye önden gitmiyor, yavaşladık diye kırbaçlanmamak için en arkada da kalmıyorduk. Fanta "Ortada olmak daima en güvenlisidir," diye fısıldadı. "Kocam da olsaydı bana aynını öğütlerdi."

"Ona ne oldu?" diye sordum duyulur duyulmaz bir sesle.

"Beni kaçırdıklarında iki adamla birden dövüşüyordu." dedi Fanta.

"Ya köy?"

"Yarısı ateşe verilmişti."

Fanta dudaklarını büzüp başını öte yana çevirdi. Başka soru sormasam iyi olacaktı. Onlarca köy geçtik. Tamtamları duyuyor, gökte tembelce daireler çizen şahinleri görüyor, rüzgârla burnuma dolan keçi etinin kokusunu içime çekiyordum ama bizi kurtarmaya gelen kimse yoktu. Hatta köylüler arasında yapılanlara itiraz eden bile yoktu.

Bir gün kafilemiz bir köyden geçerken köylüler hapis tuttukları birini itip kakarak esircilerin yanına getirdiler. Adam bileklerinden iple bağlanmıştı. Peşine takılıp gelmiş bir grup çocuk, esircilerle yapılan pazarlığı dinlemeye koyuldu. Nihayet esirciler adama karşılık bakır bilezik ve tuz verip alışverişi bitirdiler. Adam kafilenin sonuncusu olarak boyunduruğa vuruldu. Çocuklar yeni esiri taciz etmeye başladılar. Bir patırtı koptu. Büyükçe oğlanlar üstümüze taş ve çürümüş meyve kabukları atıyorlardı. Fırlatılan bir tahta parçası bacağıma saplanıp etimi kanattı. Korkudan boş bulunup ne zamandır arkadaşlık niyetiyle ağzımda tuttuğum salyangoz kabuğunu yutuverdim. Kabuk mideme inene kadar az kalsın boğulacaktım. Arka tarafa koşup Fomba'nın yanına sığındım. Fomba bir yandan havada uçuşan nesneleri savuşturmaya çalışırken bir yandan da oğlanlara durmaları için deliler gibi el sallayıp duruyordu. O yamuk duruşlu başı, birbirine karışmış saçı sakalı ve kir pas içindeki çırılçıplak hali görülecek manzaraydı. Birkaç taş ve mangoya hedef oldu. Esirciler çocukları kovalayıp bizi apar topar köyden çıkardılar.

Neden köy çocuklarının alay konusu olduğumuza akıl erdirememiştim. Aslında Bayo'da da biz çocuklar Fomba'yı hep alaya alırdık ama kimse canını yakmayı düşünmezdi. Onu hiçbir zaman boyunduruğa vurmamış, aç bırakmamıştık. Köyümüzün duvarları dışından esir kafilesi geçtiğini hiç görmemiştim. Benim halkım *woloso* gibi bağlanıp yürümeye zorlanan kadın, erkek ve çocuklardan oluşan bir esir kafilesi görse, haydutlarla savaşır, onları kurtarır diye düşünüyordum.

O gece Chekura bacağımdaki yarayı temizlemem için bir kap su ve karite yağından yapılma biraz sabun getirdi.

"Ben yaparım," dedim.

"Bırak da yardım edeyim," dedi. Yaranın üstüne azıcık su döktü.

"Köylerdeki çocuklar ne diye bizimle alay edip duruyorlar?" diye sordum.

"Oğlan çocuklarını bilmez misin Aminata?" diye karşılık verdi Chekura.

"Köylüler esircilere öteberi satıyor, geceleri de başımızda nöbet tutuyorlar. Neden? Neden halk bu adamlara yardım ediyor?"

"Ben niye onlara çalışıyorsam, aynı sebepten. Başka çareleri var mı?"

"Hepsi de amcaları tarafından esircilere satılmış değil ki." dedim.

"Hikâyelerini bilmiyoruz." diye cevap verdi Chekura.

Ertesi gün bir köyden geçerken kimsenin bize taş atıp hakaretler yağdırmamasına sevindim. Meyve ve kuruyemiş satan birkaç kadın esircilerin başına toplandı. Kadınlardan biri bana dikkatle baktı, bir süre süzdükten sonra yanıma yaklaştı. Başındaki tepsiyi yere indirip bana bir muz ve bir kesecik yerfıstığı uzattı. Ne dediğini anlamıyordum ama yumuşak bir sesi vardı. Tozlu kuru elini omzuma koydu. Bu o kadar beklenmedik bir şefkat gösterisiydi ki gözlerim doldu. Kadın omzumu okşadı, telaşla bir şeyler söyledi ve bana teşekkür fırsatı vermeden uzaklaştı.

İlk kanamam uzun yürüyüşümüz sırasında başıma geldi. Bundan sonra artık fazla yaşamayacağımı, bu aşağılanmanın uzun sürmeyeceğini düşünerek kendimi sakinleştirmeye çalıştım. Karnıma sancılar saplanıyordu. Çırılçıplaktım. Bacaklarımdan aşağı süzülen kanı gizleyebilmem imkânsızdı. Chekura yanıma yaklaştığında, "Defol buradan!" diye kovdum onu.

"Hasta mısın?"

"Defol dedim!"

"Al, biraz su iç." Uzattığı tulumdan birkaç yudum su içtim ama teşekkür etmedim.

"Bir yerini mi kestin yoksa?"

"Salak mısın sen?"

"Sana yardım edebilirim."

"Git başımdan."

Bir süre yanımda yürüdü. Ben ağzımı açmıyordum. Nihayet sıkılıp uzaklaştı. Giderken arkasından "Bu akşam mola verdiğimizde bana köyden bir kadın bul," diye seslendim.

Başını sallayıp yoluna devam etti.

Gecelemek için bir köyün eteklerinde mola verdik. Chekura gözden kayboldu. Bir süre sonra esircilerin yanına yaklaşan iki kadın gördüm. Beni işaret ederek heyecanla bir şeyler söylediler. Kadınlar esircilere biraz palmiye şarabı verip yanıma yaklaştılar. Anlamadığım bir dilde konuşuyorlardı. Kadının biri elime yapıştı. Chekura'ya baktım. Bir baş hareketiyle gidebileceğimi işaret etti. Kadın beni elimden tutmuş götürüyor, diğeri de arkamdan geliyordu. Ağaç altlarına serilmiş esir kafilesinden ayrıldık. Bir nöbetçinin yanından geçip duvarlarla çevrili bir köye girdik. Köyün içinde bir kuyu, yuvarlak erzak depoları ve Bayo'dakilere benzeyen dikdörtgen biçimli kerpiç duvarlı evler vardı. Kadınlar beni küçük bir kulübenin arkasına götürdüler. Anladığım kadarıyla burası elimi tutan kadının eviydi. Bana bir kazan ılık su getirdiler. Güzelce yıkanıp temizlendim. İşim bitince beni serin kulübeye aldılar ve tahta bir sıraya oturttular. Kadınlığa adım atmış olmamdan dolayı oramı buramı kesecekler kaygısıyla etrafta bıçak ve benzeri aletler aramaya başladım. Kapıldığım dehşet duygusu o kadar baskındı ki kaçmamı engellemek için nöbetçi dikmiş olabilirler korkusuyla kapıya baktım. O sırada içeri bir kadın girdi. Elindeki mavi bezi bana uzatıp işaretle buna sarınabileceğimi anlattı. Bez karnımı ve kalçalarımı örtecek kadar genişti. Edep yerlerim örtülünce kendimi çok daha iyi ve güvende hissettim. Birden korkunç bir açlık hissettim. Demek ki utancımdan iştahım kapanmıştı. Derlenip toparlanınca kadınlar beni sofraya davet ettiler. Sürekli konuşuyor, bana bir şeyler anlatıyorlardı. *Hadi ye.* Annem ruhlar diyarından sesleniyordu. *Hadi ye çocuk. Bu kadınlardan sana zarar gelmez.*

Kadınlar bana sıcak yerfıstığı sosuna yatırılmış kırmızıbiberli keçi eti ikram ettiler. Çok lezzetliydi ama bana ağır gelmişti. Midem rahatsızdı. Pek az yiyebildim. Kadınlar elime bir torba yer fıstığı ve tuzlanıp kurutulmuş birkaç dilim keçi eti tutuşturdular. Sürekli yüzüme bakıp anlamadığım bir şeyler söylüyorlardı. Adımı ve soyadımı sorduklarını tahmin ettim. Kendi dilimde cevap verdim. Kadınlar bunu çok komik bulup kahkahayı bastılar. Nihayet beni alıp tekrar esircilerin yanına götürdüler. Adamlarla bir tür pazarlığa tutuştular. Belli ki beni almak için uğraşıyor, tekliflerde bulunuyor, dil döküyorlardı ama adamlar asla razı olmayıp sonunda kadınları kovaladılar. Kadınlar yine yanıma geldiler. Ellerimi sevip yüzümdeki hilallere dokundular. Sürekli aynı şeyi tekrarlıyorlardı ama ne dediklerini anlayamıyordum. Sonunda dönüp gittiler. Oysa onların yanında kalabilmeyi o kadar isterdim ki... Esircilerin gözetimi altında bir ağaç altına yerleştim. Aklıma dolan düşünceler uykumu kaçırmıştı. Bir sonraki köyün dostça mı, düşmanca mı davranacağını merak ediyordum.

Kafile her gün biraz daha kalabalıklaşıyordu. Her sabah uyandırılıyor, yeniden yola düşüyorduk. Her gün aramıza iki üç yeni esir katılıyordu. Yalnızca kadınlar ve çocuklar boyunduruğa vurulmadan yürüyebiliyorlardı. Geceleri uyku öncesi erkeklerin boyundurukları çıkarıldığında, nöbetçiler her hareketimizi izliyordu. Tabanlarım su toplayıp yara olmuş, sonra da nasır tutup köseleden farksız hale gelmişti. Sürekli yürüdüğümüz bir günün akşamı Fomba bana ayaklarını gösterdi. Tabanları sararıp kalınlaşmış, keçi derisinden daha sert bir hal almıştı ama kuruyan deride çatlaklar oluşmuştu. Parmaklarının arası kanıyordu. Chekura'yı bir köyden biraz karite yağı bulmaya razı ettim. Fanta'nın ayıplayan bakışlarına aldırmadan Fomba'nın tabanlarını yağladım.

"Mamadu ve Sira'nın kızı, sağ ol," dedi Fomba.

Ben onun anne babasının adını bilmiyordum. Soyadını da bilmiyordum. Yalnızca "Bir şey değil, Fomba," diyebildim. Fomba gülümseyip elimi okşadı. "Mamadu ve Sira'nın kızı, sen iyi birisin."

Fanta yine ayıplar gibi, "Cık cık cık," diye sesler çıkardı.

Fomba ona dönüp "Şefin karısı," dedi. "Kulak Çekici."

Dayanamayıp kahkahayı bastım. Uzun zamandır ilk kez gülüyordum. Fomba tebessüm etti. Fanta bile espriyi anlamıştı.

Bana, "Karite yağından kaldı mı?" diye sordu. Fomba onun ayaklarını yağladı. Fanta da bir daha onun kulaklarını çekmeyeceğine söz verdi.

Bir gün boyunduruğa vurulu bir adamın arkasına düşmüştüm. Adam önümde yürürken ansızın kendini sola attı. Ben ne olduğunu anlayıp önlem alamadan ıslak ve yumuşak bir şeye bastım. Topuğumun altında dala benzer bir şey kırıldı. Çığlık attım. Çürümekte olan çıplak bir cesedi çiğnemiştim. Zıplayarak geri çekildim. En yakın ağaç dalının yapraklarını yoldum. Aklımı kaçırmış gibi bileğime bulaşmış beyaz kurtları silmeye çalışıyordum. Titriyor, hırıltılı sesler çıkarıyordum. Fanta yaprakları elimden alıp ayağımı temizledi. Bana sarılıp korkmamamı söyledi. Ama sinirlerim boşalmıştı bir kere. Fanta bağırarak beni susturmaya çalıştı ama ben sürekli haykırıyordum.

Fanta "Sus diyorum sana." diye üsteledi. Omuzlarımdan tutup sarstı, sonra da eliyle ağzımı kapattı. Çenemden tutup yüzümü kendine çevirdi. "Bana bak," dedi. "Tam buraya. Gözümün içine. O artık yaşamıyor."

Boğulma hissim geçmişti. Soluğum düzeliyordu. Fanta elini ağzımdan çekti. Bir daha çığlık atmadım.

"Deri, kemik o kadar," dedi Fanta. "Keçi leşini düşün. Bir leş yalnızca." Bana sarılıp titremem geçene kadar beni göğsünde tuttu.

Bundan böyle o berbat yollarda tek dikkat edilecek tehlike yılanlar ve akrepler olmayacaktı demek ki. Bir zaman sonra her gün bir insan ölüsünün üstünden atlar olduk. Esirler düşüp öldüler mi boyunduruktan çıkarılıp oldukları yerde çürümeye terk ediliyorlardı.

Yürümeye devam ettik. Ay bir kez, sonra bir kez daha döndü. Artık geçen zamanı kendi bedenimle ölçebilirdim. İki âdet kanaması arasında yeni köyler gördüm. Kafilemize yeni satın alınan esirler katıldı. Geceleri bileklerimizin düğümünü sıkmakla görevli nöbetçilerin sayısı çoğaldı.

Şimdilerde memleketimi sorduklarında, en çok vahşi hayvanları merak ediyorlar. Herkes bir aslan ya da fil sürüsü tarafından kovalanıp kovalanmadığımı soruyor. Oysa ben ömür boyu en çok insan hırsızlarından çektim. Kadın veya erkek, kafileyi bozan olursa acımasızca dövülüyordu. Kaçmaya yeltenen öldürülüyordu. Vahşi hayvanlar dert edeceğim en son şeydi. Bir gece hepimiz ağaçların altına serilmişken çalıların arasından bir babun fırladı. Kollarını ve bacaklarını sallayarak dosdoğru aramıza daldı. Hepimiz olduğumuz yerde çığlığı bastık. Esirciler de korkmuşlardı. Babun iki aydır babasıyla birlikte yürüyen küçük kızı kapıp çalılıkların arasında kayboldu. Gözden kayboldukları halde kızın ağlamalarını hâlâ duyabiliyordum. Babası ayağa fırlayıp yardım istedi. Chekura adamın ayak bileğindeki ipi keserek onunla birlikte babunun peşine düştü.

Uzun süre dönmediler. İyi haberler bekleyerek keder içinde yemeğimizi yedik. Önce ağlayarak gelen babanın sesini duyduk. Sonra onun Chekura'yla birlikte bir tepeden aşağı indiğini gördük. Baba hareketsiz kızını kucağına almıştı. Kız boğazından ısırılmıştı ve açık yarası kıpkırmızıydı. Esirciler babayı bağlamadılar. Kızına fazla derin olmayan bir mezar kazmasına izin verdiler. Baba kızının üstüne toprak attı. Dizlerinin üstüne çöktü. Hıçkırarak ağlıyordu. İlk kez karşımda ağlayan bir erkek görüyordum. Bu üzüntü midemi altüst etti. Yetişkin bir erkeğin ağlayışını seyretmek doğru değildi. Belli ki kızını böyle ansızın kaybetmiş olduğuna inanamıyordu. Adamın kederi dayanılacak gibi değildi, ama ağlayışına kulak tıkamak da olanaksızdı. Gündüzleri kafilenin yanında serbestçe yürümeme izin verildiği halde geceleri beni de bağlıyorlardı. Dikkatimi başka şeylere, çevremdeki palmiyelere, kayalara, uzaktaki köyü çevreleyen yüksek kerpiç duvarlara, ay ışığında zıplayan tavşana vermeye çalıştım. Diğer esirler de acılı babayı kendi haline bıraktılar.

Sonunda herkes uykuya daldı. Ben baba ile kızı bir türlü aklımdan çıkaramıyordum. Hıçkırıklar duyulmaz olunca karanlıkta adamı aradım. Mezarın başında değildi. Sonunda onun ardımızda yükselen bir ağaca doğru yürüdüğünü gördüm. Tırmanmaya başladı. Dallara tutunup kendini yukarı çekiyordu. Ağaç belki yirmi adam boyu vardı. Baba tırmanmaya devam etti. Artık aşağı inmesini istiyordum. Aklını başına toplamalıydı. Belki karısı da ölmüştü ama hiç değilse bir gün özgürlüğüne kavuşma olasılığı vardı. O zaman kendine yeni bir eş bulur, bir kızı daha olurdu. Ayağa kalktım. Gözüm adamdaydı. Umutla bekledim. Esircilerden biri beni fark etti. Sonra babayı görüp aşağı inmesi için bağırdı. Adam hiç oralı olmadı. Esirler bağrışmalara uyandılar. Durumu fark edince bileklerinden bağlı oldukları için çifter çifter ağaçtan uzaklaştılar. Baba en tepeye vardığında gövdeden dışarı uzanmış bir dalın ucuna doğru ilerledi. Son defa haykırdı ve şaşılacak bir hızla aşağı uçtu. İlk kez bu kadar yüksekten düşen bir beden görüyordum. Yere çarpacağı anı görmemek için başımı çevirdim. Müthiş bir çarpma sesi duydum. Parmaklarımın altında yerin sarsıldığını hissettim. Esirciler ne babayı kızının yanına taşıdılar, ne de bir mezar kazma zahmetine girdiler. Adamın ölüsüne el bile sürmediler. Bu tür intihar gösterilerine karşıydılar. Emir üstüne toparlanıp yola düştük. Karanlıkta epey bir mesafe katettik. Nihayet babayla kızının ölülerinden yeterince uzaklaştığımızda başka bir ağaç topluluğunun altına serilip kaldık.

Karadaki serüvenimiz boyunca ay üç kez döndü. Bir gün esirciler çatallı bir yol ağzında durup daha önce hiç görmediğim tipte bir adamla buluştular. Teni yıkanmış domuzunki gibi çilliydi. Ağzı içine çökmüş, dişleri kararmıştı. Boylu posluydu. Şef gibi göğsünü kabartarak yürüyordu. Bu tubab dedikleri beyaz adam olmalıydı! Kafiledeki esirler adamı hayretle süzdüler ama yoldaki köylülerin ona alışık oldukları belliydi. Tubabı daha önce de görmüş olmalıydılar. Adam kafilenin başındaki esircilerin yanına geldi. Bayağı uzun boylu ve zayıftı. Dudakları incecikti. Göz kenarları kırış kırış olmuştu. Esircilerle onların dilinde birkaç kelime konuştu. Chekura ile göz göze geldim. Hemen yanıma koştu. "Bu tubab nereden gelmiş?" diye sordum.

"Büyük suyun karşı kıyısından," dedi Chekura.

"Adam mı, kötü ruh mu?"

"Adam," dedi Chekura. "Ama senin bildiğin adamlardan değil."

"Sen onu tanıyor musun?"

"Hayır ama tubabların hepsi aynıdır."

"Babam, 'Birinden korkacağın yerde onu anlamaya çalış,' derdi."

"Sen sen ol *tubabu*'dan kork."

"O kadar ince bir burunla nasıl soluk alabiliyor? O burun deliklerinden hava girebiliyor mu?"

"Adama sakın bakma."

"Çok kılı var."

"Bir tubaba doğrudan bakmak ona meydan okumak anlamına gelir."

"Chekura! Burun deliklerinden bile kıllar çıkmış."

"Önüne bak, Aminata."

"Sen esirci misin yoksa ağabeyim mi?"

Chekura başını sallayıp sesini kesti. Tubablara "beyaz" dediklerini duymuştum ama bu pek doğru sayılmazdı. Bu adamın hiçbir yeri fildişi renginde değildi. Teni daha çok kum rengine yakındı. Ömrümde hiç bu kadar kalın bilek görmemiştim. Kalçası düzdü. Fil gibi yürüyordu. Güm, güm, güm. Topukları devrilen bir ağacın sertliğiyle yeri dövüyordu. Tubab, esirler gibi yalınayak değildi. Ayağındakiler esircilerin antilop derisi sandaletlerine de benzemiyordu. Bileklerinden yukarı çıkan kaba ayakkabılar giymişti.

Tubabın boynunda bir zincir vardı. Sık sık belindeki deri kemerden camlı bir nesne çıkarıp ona bakıyordu. Elini kolunu öfkeyle sallayarak bizim iki esir başına çıkıştı. Esirciler onun emriyle kadınları ve beni yeniden boyunduruğa vurdular. Fanta kafilede tam önüme düşmüştü. Ahşap boyunduruğun bir ucu onun, diğer ucu benim boynuma geçirildi. O kadar sıkıydı ki başımı çeviremiyordum. Boynum yine yara olacaktı.

Tubab bizi izlerken esirciler kafileye üç esir daha kattılar. Biri karnı burnunda bir kadındı. Kadını Fanta ile aramıza yerleştirdiler. Bu değişiklik fena olmamıştı. Fanta'nın günleri büsbütün çekilmez kılan yakınmalarından kurtulacaktım. Yeni gelen kadının boyu daha kısa, benimkine yakındı. Onun boynuna bağlı olarak yürümek daha kolay olacaktı. O gece dinlenmek için bir ağaç altına serildiğimde, kadın da bana arkasını dönerek yere uzandı. Güçlükle soluduğunu duyuyordum. Ona iyice yanaştım.

"*I ni su*," diye fısıldadım. İyi akşamlar. Bunlar ona Bamana dilinde söylediğim ilk sözcüklerdi. Kadın da bana Bamana dilinde, "Nse ini su," diye karşılık verdi.

Doğumun yakın olup olmadığını sordum. Çok yakın olduğunu söyledi. "Çok zamansız. Keşke bekleyebilse."

"Bebek bizim dertlerimizi nereden bilsin?" dedim. "Sence kız mı olacak oğlan mı?"

"Kız. Bir an önce doğmak için sabırsızlanıyor."

"Kız olacağını nereden biliyorsun?"

"Ancak huysuz kızlar böyle olmadık zamanda doğarlar. Ancak bir kız bana kafa tutabilir. Erkek olsa inatlaşmazdı. Onu pataklayacağımı bilirdi."

İnsan bu kadının yanında zamanın nasıl geçtiğini anlamıyordu. Onu sevmiştim. "Kızın olsa dövmez misin yani?"

"Kızlar akıllı olur. Kendini dayaktan nasıl koruyacağını bilir."

"O halde ne diye sana kafa tutuyor şimdi?"

"Sen bayağı zeki birisin. Adın ne?"

Adımı söyledim.

"Benimki de Sanu," dedi.

"İyi uykular Sanu," dedim esneyerek.

"Peki, çocuk kadın. Sana da iyi uykular."

Sabah yeniden boyunduruğa vurulduk. Ben yine Sanu'nun arkasına düştüm. Kadın yürürken inliyordu. Tabanlarının yeri dövüşünden, beline binen yükü azaltmak için ağırlığını öne verişinden, elleriyle kalçalarını tutuşundan doğumun yakın olduğunu anlamıştım. Öğleden sonra kadın iyice yavaşlamış, kafilenin hızını düşürmeye başlamıştı.

Chekura'ya, "Kadın doğurmak üzere," dedim.

"Ne yapmamız gerekiyor?"

"Daha önce doğumlara girmiştim. Annemle birlikte çok çocuk doğurttum. Bizim işimiz buydu. Ekmek kapımız. Geçim kaynağımız."

"Bebek geliyor," dedi Sanu. "Ben hazırım."

Chekura, "İleride bir köy var," dedi. "Orada mola vermelerini söyleyeyim."

Chekura kafilenin en başına gidip esircilerle konuştu. Ağaçlık bir yerde mola verdik. Chekura yanında yaşlı esirci ve tubabla dönüp geldi. Boyunduruğumuzu söktüler. Yalnızca Chekura'nın yüzüne bakarak "Kadınla birlikte şu büyük ağacın altına gideceğim." dedim. "Yanımıza gelmeyin ama yardım için bir kadın daha yollayın. Bir de keskin bir bıçak istiyorum. İyice temizlenmiş olsun. Su da lazım. Köye gidip üç su kabağı dolusu su getir. Biri sıcak olsun. Biraz da bez."

Tubab ateşli çubuğunu yan tarafında tutuyordu. Gözlerini bana dikmişti. Yaşlı adama bir şeyler söyledi. O da Chekura'ya dönüp bilmediğim bir dilde konuştu. Sonunda Chekura bana "Bu işi bilip bilmediğini merak ediyorlar." dedi.

"Biliyorum. Koş, bana söylediklerimi getir."

Fanta arkasını dönüp uzaklaştı. Yardım için benden birkaç yağmur mevsimi büyük bir kız yolladılar. Neyse ki kız ne dersem yapıyordu. Sıcak su geldiğinde bıçağı iyice yıkayıp temizledi. Kadını yavaşça yere yatırdı. Başının altında katlanmış yapraklar, belinin altına vücudun hafifçe yukarı kalkmasını sağlayacak postlar ve deriler yerleştirdi.

Esirciler durmuş bizi seyrediyorlardı. Kendimi annemin yerine koyup bu durumda onun ne yapacağını düşündüm. Avucumu açıp kürek gibi onlara doğru sallayarak adamları kışkışladım. Kaşlar havaya kalktı. Tubab gözlerini yine bana dikti. Esircilerden birine bir şey söyledi. O da dönüp söyleneni bir başkasına aktardı. Sonuncusu bana Bamana dilinde bu işi sahiden bilip bilmediğimi sordu. Bir kez daha gitmelerini işaret ettim. Bu defa uzaklaştılar.

Sanu'nun sırtını ve omuzlarını karite yağıyla ovarken, "Sen iyi bir anne olacaksın," dedim. Sanu şefkatle gülümsedi ve, "Annen görse seninle gurur duyardı," dedi.

Sonra kocasıyla diğer iki küçük çocuğunu anlatmaya koyuldu. Manyok tarlalarında kök söken kadınlara yiyecek götürürken nasıl yakalandığını anlattı. Gebe olduğundan karşı koymamıştı.

Düzenli soluk almasını, sancı vurduğunda bile bundan vazgeçmemesini öğütledim. Kadın bir ara dalar gibi oldu.

Gözünü açtığında "Ben hazırım, kızım," dedi. "Eğer sağ kalırsak ona senin adını vereceğim. Aminata."

Gökte ay ışıl ışıldı ama hava ağırdı. Rutubet çok yüksekti. Şiddetli bir rüzgâr tepinen bir çocuk gibi esip geçti. Sanu hareketsizdi. Sesi de çıkmıyordu. Bebek olması gerektiği gibi baş taraftan geldi. Ardından da bedeni dünyayla buluştu. Göbek bağını göbeğin üstünde bağladım ve kestim. Bebek yaygarayı bastı. Kocaman, şişmiş kadınlık organlarını ay ışığında bile seçebiliyordum. Bebeği sarıp sıcacık bir halde anasının memesine verdim. Sonra döl eşinin çıkmasını bekledim ve onu da hallettim. Gördüğüm en hızlı doğumdu.

"Aminata, bebeğim," diye mırıldandı Sanu.

Bir bebeğe bu kadar çabuk isim vermenin, hele de benim ismimi vermenin doğru olup olmadığından emin değildim. Çocuğa başı dertte birinin adını vermek ona uğursuzluk getirebilirdi. Ama Sanu kararlıydı. Bebeği çevirip şefkatle memesine yaklaştırdığını görünce çok duygulandım.

Minik Aminata anasının memesini öyle çabuk kaptı ki gören bunu aylardır yaptığını sanırdı. Sanu ile parmaklarımızı birbirine dokundurduk. Sanu'nun gözlerinden yaşlar akıyordu. Bu içimdeki bütün hüznü tetikledi. Gözümde yaş kalmayıncaya kadar sarsılarak ağladım. Sanu bir yandan hiç kıpırdamadan bebeğini emzirirken bir yandan da sessizce gözyaşı döküyordu. Oysa, "Bebek doğduğunda ağlamak uğursuzluk getirir," derlerdi.

Sabah bizi yeniden bağladılar. Sanu Chekura'nın getirdiği bezle bebeğini sırtına astı. Lohusa haliyle dağ yollarını tırmanıp inerken, vadiler aşarken, kola fındığı tüccarlarıyla dolu ormanlardan geçerken bacaklarının arasından hâlâ kan süzülüyordu.

Tam Sanu'nun arkasında yürüdüğümden hep Aminata'yı seyrediyordum. Başı fazlaca sallanmaya başlayınca Sanu'ya onu daha sıkı bağlaması için uyardım. Bebeğin başının arkasında kıvırcık saç tutamları vardı. Saatlerce dalıp gidiyor, onun büyüyünce saçını nasıl uzatacağını, nasıl tarayacağını, nasıl öreceğini hayal ediyordum. İki gün boyunca anasının sırtına bağlı bebeği seyredip hayallere daldım.

Aminata'nın doğumunu izleyen üçüncü gün kafile bir tepede yavaşladı. Henüz erken olmasına rağmen güneş bayağı yakıcıydı. Neden sonra gözlerimi Aminata'nın başından ayırıp etrafıma bakındım.

Gördüğüm manzara akıl alır gibi değildi.

Sağ yanımda, yolun sonunda coşkuyla akan koca bir nehir uzanıyordu. Eni on taş atımından daha da genişti. Öfkeli nehrin kıyısında her birinde sekiz kürekçi bulunan birçok kano bekliyordu. Hiç bu kadar çok tekneyi ve kürekçiyi bir arada görmemiştim. Sol yanımda su sonsuzluğa uzanıyordu. Alçalıp yükseliyor, kükrüyor, sonra sakinleşiyordu. Yer yer yeşile ve maviye bürünüyor, sürekli yer değiştirip kayar gibi akıyor, renkten renge giriyordu. Ağız kısmı, ölesiye koşturulmuş bir atınki gibi köpürmüştü. Sol tarafımda su bütün dünyaya egemen olmuştu.

Esirciler bizi kıyıya götürdü. Tubab sağa sola emirler yağdırdı. Esirciler boyunduruklarımızı çıkarıp bizi kanoların ortasına doğru itelediler. Chekura'yı benimle aynı kanoya binmeye zorlamalarına şaşırdım. Kürekçilerin üstünde bellerindeki peştamaldan başka bir şey yoktu. Tuz, ter ve pislik kokuyorlardı. Adaleleri güneş altında ışıl ışıl parlıyordu. Kanolar gitgide genişleyen nehrin sularında kayar gibi ilerliyordu. Artık karşı kıyıdaki ayrıntıları seçemez olmuştum. İyice açıldığımızda yanı başımızdaki kanoya bindirilmiş esirlerden biri sendeleyerek ayağa kalktı. Avaz avaz bağırıyordu. Kanonun dengesi bozuldu. İki azman kürekçi kürekleri tutup adamın kafasına indirdiler. Adam hâlâ kıvranıp duruyordu. Yalpalamaya başlayınca kürekçiler kürekleri bırakıp adamı kaptıkları gibi coşkun nehre fırlattılar. Adam çöp yığını gibi suya gömüldü ve gözden kayboldu.

Kanocular sabaha kadar durmak bilmediler. Sudan yansıyan güneş ışığı gözlerimi kamaştırmaya başlamıştı. Nehir öylesine genişlemişti ki sol yanımda bir düzlük sağımda da dağlık bir arazi görüyordum, o kadar. Kanoda serbest olarak aramızda oturan Chekura bir ara kulağıma eğilip "Sen şanslı olanlardansın," dedi. "Dev bir tekne bekliyor. Dolmak üzere. Hepiniz satılıp çok yakında denize açılacaksınız."

"Şans bunun neresinde?"

"Diğerleri aylardır teknenin dolmasını bekliyor. Tekne dolana kadar birer ikişer ölüyorlar. Ama senin beklemen gerekmeyecek."

Birden esinti beraberinde iğrenç bir koku taşıyıp getirdi. Çürümüş yiyecek kokusuna benziyordu. Bütün bir kasaba halkının dışkı kokusu kadar kuvvetliydi. Yüzümü buruşturdum.

"Koku gemiden geliyor," dedi Chekura sesi titreyerek. "Birazdan ayrılacağız."

"Esirlere gözcülük ederken dikkatli ol Chekura. Yanında bıçak taşıyan biri olabilir. Boş bulunursan..."

"Sen de yabancılar arasında bir çiçek gibi dolaşırken güzelliğinin farkında ol Aminata."

Leş kokulu esinti yine yüzümüze çarptı. "Böyle bir koku içinde hangi bitki çiçeklenir? Yaşayamaz bile."

Chekura'nın dudakları titredi. Ayın üç dönüşü boyunca yüzünden gülüşü eksik olmayan oğlan şimdi somurtuyordu. İlk kez bir ağabeyim olduğu duygusuna kapılmıştım.

"Bizi nereye götürecekler?" diye fısıldadım.

"Suyun öte yanına."

"Ben gitmeyeceğim."

"Ya gidersin, ya ölürsün."

"O halde dönüp gelirim ben de."

"Denize çok kişi uğurladım," dedi Chekura. "Ama bir daha köyüne döneni görmedim."

"Ben gündüz uyur, gece yürürüm. İnan bana arkadaşım, geri geleceğim. Evime mutlaka döneceğim."

Kanolar bir adanın rıhtımına yanaştılar. Tepeye bir kale inşa edilmişti. Çevrede daha fazla tubab ve benim gibi yerliler vardı. Kimi mal yüklüyor, kimi sağa sola emirler yağdırıyordu. Dik bir patikadan bir binanın arka tarafına götürüldük. Chekura hâlâ yanımızdaydı. Önümüzde iki adam boyunda sivri uçlu kazıklarla çevrelenmiş, yan yana iki arsa vardı. Esirciler kapıları açıp birine erkekleri, diğerine kadınları ve çocukları doldurdular. Dönüp Chekura'ya baktım. Gitmişti. Fanta da görünürlerde yoktu. Belki Sanu'yu ve bebeğini bulabilirdim. Sonra baktım ki yirmi adım ötemdeydiler. Artık bağlı değildim. Koşa koşa yanlarına gittim.

Benim bulunduğum toplanma alanına eli ateş çubuklu iki tubab gözcülük ediyordu ama ayrıca ellerinde sopalar, bıçaklar ve ateşli çubuklarla koruma görevi üstlenmiş yerliler de vardı. Sidik ve insan pisliği kokan kumlu toprağın üstünde çıplak, yaralı ve kanlar içinde birbirimize sokulmuş duruyorduk.

Güneş ufka doğru ilerlerken öylece bekledik. Haşlanmış darı getirip bir yalağın içine döktüler. Kadınların bir kısmı hemen başına üşüştüler. Midem yemeği kaldırmadı ama kabaktan maşrapalarla su verdiklerinde kana kana içtim.

Yerli kadınlar bizi soğuk suyla yıkayıp canlı ve sağlıklı görünelim diye bedenlerimize palmiye yağı sürdüler. Daha sonra üstü başı düzgün, duygusuz bakışlı yerli kadınlardan birkaçı kadın esirlerden birini yakalayıp bir tubab ile bir yerlinin bulunduğu köşeye sürüklediler. Adamlar korların üstünde madeni bir aleti kızdırmakla meşguldüler. Başımı öte yana çevirdim ama kadının çığlığını duymamak olanaksızdı. Sanki biri kolunu koparmış gibi haykırıyordu.

Onlara acımın zevkini tattırmamaya kararlıydım ama sıram geldiğinde o hoyratlığa ve acıya boyun eğmek zorunda kaldım. Beni sürüyerek dağlama köşesine götürdüler. Damgalama aleti dev bir böcek gibi kıvrılmış bir biçimdeydi. Aleti bana yaklaştırırlarken dışkımı koyuverdim. Sağ meme başımın bir parmak üstünü nişan alıp aleti etime bastırdılar. Yanık kokusu burnuma doldu. Acı, sıcak lav dalgaları gibi içimi yaktı. Beni kıskıvrak tutanlar kollarımı bıraktılar. Tek düşünebildiğim o ısı ve o acıydı. Kıpırdayamıyordum. Ağzımı açtım ama sesim çıkmadı. Nihayet dudaklarımın arasından bir inilti çıktığını duydum. Birileri koşup beni tuttu. Kendimi kaybetmişim.

Gözlerimi açtığımda güneş ne kadar yol almıştı, daha doğrusu zaman geçmiş miydi bilmiyorum. Tekrar daldım. Uykumda Chekura elime dokunur gibi oldu. Düşümde dev yapılı adamlar onu yakalıyor, haykırarak direnmesine rağmen sımsıkı tutuyorlardı. Tekrar uyandığımda göğsüm hâlâ yanıyordu. Göğsümün üstündeki kabarmış izin altında ve üstünde dans eden bir ateş var gibiydi.

O gece uyuyamadım. Yağmur başladığında ayağa kalktım. Hiç değilse şöyle iyi bir yağmur beni yıkayıp temizlerdi. Serin suyun yüzümden aşağı süzülüşü hoşuma gitti. Çamurun bacaklarımdan akıp gidişini seyretmek çok keyifliydi. Yaramı korumak için avucumu üstüne kapamıştım. Yağmur beni huzura kavuşturmuştu ama az sonra gök gürültüsü başladı. Şimşekler gökyüzünü aydınlatıyordu. Yağmur yüzlerce kovadan akar gibi üstüme boşalıyordu. Gök gürültüsü gecenin içinde patlıyor, dağlarda defalarca yankılanıyordu. Yağmur öyle amansızca yağıyordu ki hepimizi topluca aşağıdaki koca nehre sürükleyip götürmemesi için dua ettim. Kadınlar bölümünde yirmi kişi fırtınanın göbeğinde birbirimize sarılıp kalmıştık. Bir elimle Fanta'yı, diğeriyle Sanu'yu tutuyordum. Kopan gürültü Sanu'nun bebeğinin ağlamalarını bastırıyordu. Bulutlar boşalıp tükendiğinde kendimizi bileklerimize kadar çamurun içinde bulduk. Bütün geceyi ayakta geçirdik.

Sabah, yaram hâlâ yanıyordu. Toplanma yerinin üstüne sis çökmüştü. Güneş yükseldikçe buhar tabakası aralandı ve parlak bir gün başladı. Sandaletli, giysili yerli kadınlar yalağa yine haşlanmış darı döktüler. Bitkin halde hiç kıpırdamadan yiyeceğe bakıp kaldık. Sanırım açlığımız nefretimizi bastırana kadar orada öylece dikilip duracaktık.

Birden kapılar savrularak açıldı. Hepimizi toplanma yerinden ite kaka çıkararak patikadan suyun kıyısına indirdiler. Bağlanıp teknelerin içine doğru itildik ve kanolarla genişleyen nehrin ortasına doğru yol aldık. Bulunduğum kanoya çarpan bir dalga tam yüzümde patladı. Bolca suyun bana nimet gibi geleceğini sanmıştım ama öğürüp öksürerek ağzımı yakan suyu tükürdüm. Tuz. Her dalgada ayaklarımdaki kesiklere ve göğsümdeki dağlanmış yere iğneler batıyordu.

Uzakta bekleyen ve her kürek darbesiyle biraz daha büyüyen o koca gemiyi korkuyla izliyordum. On iki kürekli bir kano yanında oyuncak gibi kalırdı. Adada kapatıldığımız o toplanma alanından çok daha beter kokuyordu. Gemi içime korku salıyordu ama tuzlu suya batmak ve ruhumun bir daha atalarıma kavuşamaması ihtimali beni büsbütün dehşete düşürüyordu. Karada bedenime istediklerini yapabilirlerdi. O zaman hiç değilse ruhum yolları aşar, ben yuvama dönmüş olur, yalnızlığımdan kurtulurdum.

Kürekler dalgalara dalıp çıkıyordu. Sonunda tubab gemisine iyice yaklaştık. Palmiye ağacı boyunda direkleri olan kocaman, acayip bir şeydi. Güverteden eğilerek bizi seyreden yüzler gördüm. Beyazlarla yerliler bir arada çalışıyorlardı. Dalgalar yükselip alçalan geminin bordasına şiddetle çarpıyor, ama tekne her nasılsa suda bir noktaya çakılmış gibi duruyor ve ilerlemiyordu.

Esirlerden biri haykırmaya başladı. Kendini sağa sola savurup çırpınıyordu ama el ve ayakları iplerle sımsıkı bağlıydı. Esirciler onu hareketsiz kalana kadar sopaladılar. Kadınlar ve erkekler korkudan tir tir titriyorlardı. Hiç sesimi çıkarmadan öylece oturdum. Babam "Birinden korkacağına onu tanımaya çalış," dememiş miydi?

Kanoya bir şey çarptı. Yanımıza küçük bir tekne yanaşmıştı. Esirler arasında Chekura'yı gördüm. Boynu büküktü. Yüzü yer yer morarmıştı. Yüzünde yenilmişliğin ifadesi vardı. Ne aptal oğlandı şu Chekura. Henüz Bayo'ya, bildiği toprağa ve insanlara yakınken, ayakları karadayken kaçması gerekirdi. Onu da esirlerin arasına katmalarından çok önce kaçmış olmalıydı. Ona seslenmedim. Dişlerimi gıcırdatarak kanolara doldurulmuş halkımın, geminin yüksek kenarından sallandırılmış uzun bir kalas üstünden itile kakıla yukarı çıkarılışlarını seyrettim. Arkama dönüp doğduğum topraklara baktım. Uzaklarda yükselen dağları gördüm. İçlerinden biri kocaman bir aslanı andırıyordu. Gelgelelim, onun borusu ancak karada öterdi. Suyun üstünde bize bir faydası yoktu.

Mezarsızların üstünden kayıp giderken...

Bir gün olur da eve dönersem, belki bir istisna yapıp benim bir celi,[3] yani hikâyeci olmama izin verirlerdi. Geceleri, köyde büyükler ateşin başında toplanıp tatlandırılmış çaylarını içerken, aralarında uzaklardan gelmiş olanların da bulunduğu topluluğa ilginç hikâyeler anlatırdım. Celi olmak için özel bir ailenin ferdi olmak gerekirdi. Atalarımızın ve köyümüzün hikâyelerini öğrenme ve aktarma onuruna sahip olabilmek için bir zamanlar böyle bir ayrıcalığımın olmasını çok istemiştim. Bir celi ailesinin çocuğu daha küçücükken, beş çocuğu kaçıran timsahın, on yedi kadın alacak kadar zengin olan ama merhametsizliğinden birer birer hepsini evden kaçıran kocanın ve köyümüze ilk kez Timbuktu'dan o gizemli Kuran'ı getiren adamın hikâyelerini öğrenirdi. Denilen o ki bir celi öldüğünde yüz insanın tarihçesi de onunla birlikte ölüp giderdi.

Merdivenden çıkarılıp tubab gemisinin güvertesine tahıl çuvalı gibi fırlatıldığımda bir celi olduğumu düşünerek teselli buldum. Her şeyi gözlemleyip zihnime yazacaktım. Amacım, olanları görüp sonra da birinci ağızdan anlatmak olmalıydı. Babamın birkaç cümle de olsa bana Arapça okuma yazmayı öğretmesi aslında geleneğe aykırıydı.

3 Batı Afrika'da halk ozanları ve hikâye anlatıcılarına verilen genel ad. Avrupa dillerinde *jeli*, *jali* ve *djeli* gibi alternatif yazımları mevcuttur. Aynı anlamda kullanılan bir diğer sözcük de *griot*'dur. (yay. n.)

Babam kuralı niye bozmuştu acaba? Belki de olacaklar içine doğmuş, benim hazırlıklı olmamı istemişti.

Gemide, sonradan ömrüm boyunca, paylaştığımız o kısacık zamanda annemle babamın bana ne çok şey vermiş olduğunu düşündüm. Bana darının tarlaya nasıl ekildiğini öğretmişlerdi. Tohum atma mevsimi geldiğinde o minicik halimle, bir yetişkin hızıyla ve becerisiyle çalışabiliyordum. Sağ topuğumla toprakta çukur açıp içine tohum atar, ayak parmaklarımla çukuru örtüp bir adım attıktan sonra aynı hareketleri tekrarlardım. Yabani ot yolmayı da, toprağı çapalamanın inceliklerini de öğrenmiştim. Bu iş öyle ustalıkla yapılmalıydı ki yağmur geldiğinde toprağı öpüp onunla evlenebilmeliydi. Aksi halde öper ve kaçıp giderdi. Evet, darı ekmeyi de biliyordum. Bana zihnimizin de tıpkı onun gibi beslenip geliştirilmesi gerektiği öğretilmişti.

Okyanus geçişi sırasında şans eseri hayatta kaldım. Tekneye son binen yerlilerden olmak işime yaradı. Çocuk olmak da şansımı artırdı. Esir gemisindeki çocukların bazı avantajları vardı. Kimse çocukları öldürmeye meraklı değildi. İnsan tacirleri bile. Ayrıca çocuk dediğiniz varlık uyum sağlayabilen, esnek bir zekâya sahipti. Yetişkinler onlar gibi değildi. Fazla zorlandılar mı akılları başlarından gidiveriyordu. Uzun deniz yolculuğu süresince dehşete kapıldığım çok zaman oldu ama her nasılsa aklımı korumayı başardım. Anne ve babamın yaşındaki yetişkinler yolculuk sırasında keçileri kaçırdılar. On bir değil de iki katı yaşta olsaydım, ben de aklımı oynatırdım.

O esir gemisinde Londralıların asla inanamayacağı manzaralar gördüm. Bazen benimle o denizi aşanların şimdi ne halde olduklarını düşünürüm. Sağ kalabilmiş olanların. Onlar da aynı dehşetin tanıklarıdırlar. Bazılarımız hâlâ gecenin ortasında haykırarak uyanır. Ama sokaklar, bizim kâbuslarımızdan habersiz gezinen bir sürü kadın, erkek ve çocukla doludur. Hikâyemizi anlatacak dinleyiciler bulamazsak, neler çektiğimizi kim bilebilir? Hikâyemi anlatırken tüfek mermileri, köpekbalıkları ve kâbuslardan kurtulamamış olanları, yaşadıklarını anlatacak kimsesi olmamış onca insanı, ömür boyu eline hokka ve kalem almamış olanları da saygıyla anıyorum.

Gemi, suyun üstünde bir hayvan gibiydi. Yükünü sırtından atmak isteyen bir eşek gibi silkiniyor, delirmiş bir maymun gibi dalgalara tırmanıyordu. Bu hayvanın sonsuz bir iştahı vardı ve kadın, erkek, bebek demeden hepimizi yutuyordu. Gemide yük olarak bizden başka yerliler tarafından ağlarla yüklenmiş fildişleri, yam çuvalları ve çeşitli mallar da vardı.

Sanu'nun bebeği, esirlerin hıçkırıklarını, tubabların ve işçi yerlilerin bağrışmalarını bastırmak ister gibi sürekli feryat ediyordu. Başımıza gelecekleri hissetmiş olabilir miydi? Haykırıyor, soluksuz kalıyor, sonra yine başlıyordu. Tüylerim diken diken olmuştu. Çığlık atmamak için kendimi zor tutuyordum. Bağırmadım ama gemideki koku yüzünden midem altüst oldu ve kustum. Kusmak beni bir süre oyaladı.

Sağ bileğimdeki demir kelepçe Sanu'nun sol bileğindeki kelepçeye bağlıydı. Onun yanında başka bir adama kelepçelenmiş olan Fomba duruyordu. Tek tek güverteye çıkarılmış ve uzayan zincire eklenmiştik. Esirlerden biri prangaya vurulmadan fırlayıp kendini azgın sulara atıverdi. Boynundaki kırmızı mendil dışında çırılçıplaktı. Adamın başını ve kırmızı mendilin suya batıp çıktığını görünce fena oldum. Bir an önce amacına ulaşacağını, hızla dibi boylayacağını ummuştum. Güvertede çalışan yerliler adamın kafasına portakal fırlatmaya başladılar. Kanodakiler de atılan portakalların peşine düştüler. Sonunda adamı sudan çıkarıp kafasına birkaç sopa indirdikten sonra geminin dış tarafında merdivende duran dev yerliye teslim ettiler. Azman yerli, zavallı adamı tekrar güverteye taşıdı ve bileğine kelepçe vurulana kadar sımsıkı tuttu.

Rüzgâr altında tir tir titriyor, bayılmaktan korkuyordum. Sağlam basıp düşmemeye çalışıyordum, çünkü yere yığılan esirleri yeniden doğrulana kadar dövüyorlardı. Kendimi, tepinen çocuğunu sakinleştirmeye çalışan bir annenin yerine koymaya çalıştım. Annemin bana, *Etrafı seyret*, dediğini hayal ettim. *Etrafı seyret ve korkma.*

Yerliler güverteye fıçı yüklüyorlardı. Biri ağdaki bir delikten güverteye düşüp parçalandı. Ayaklarımız su içinde kaldı. Bütün bu yükleme çalışmaları, bağrışmalar ve esirlerin prangaya vurulması arasında bir olay dikkatimi çekti. İyi giyimli bir tubab ve yardımcısı, uzun esir sırasında yer alanları tek tek inceliyor, sonra da aşağı, geminin pis kokulu karnına yolluyordu.

Tubab, turuncu saçlı, uzun boylu, sıska bir adamdı. Saçları başının iki yanında dümdüz sarkıyordu. Tepesi açılmıştı. Mavi gözlüydü. Görmesem böyle bir şeyin gerçek olabileceğine inanmazdım. Gözleri, güneşli bir günde nehrin rengi gibi masmaviydi. Tubabın yardımcısı ne karaydı ne de beyaz; yerli ve tubab karışımı olduğu söylenebilirdi. Teni sarımsı kahverengiydi. Yüzünde, bir gözünden ağzına kadar inen kabarık bir yara izi vardı. Bu, güzellik için yapılmış bir süs değildi. Bıçak izi olduğu apaçıktı.

Denetim sırası bana geldiğinde yardımcı kollarımı çimdikledi. Yanaklarımdan sertçe tutup ağzımı açmaya zorladı. Turuncu saçlı tubab onu durdurup bir adım yaklaştı. Ağzımı açmamı işaret etti ve kıllı işaret parmağını içeri soktu. Öğürdüm. Ellerini boynumda ve omuzlarımda dolaştırdı. Sırtıma dokundu. Dirseklerimi ve dizlerimi oynatmamı istedi. Tubab denetçi beni muayene ederken yardımcısı birden Fomba'ya bir tokat attı. Fomba'nın ağzı aralandı. Dudakları hareketsizdi. Gözleri mango kadar irileşmişti. Yardımcı Fomba'ya bir tokat daha attı ve bana az buçuk Bamana dilini hatırlatan bir dilde bir şeyler söyledi. Başını eğmesini istiyor olabilirdi. Fomba karşılık vermedi. Herhangi bir harekette de bulunmadı. Yardımcının eli yeni bir tokada hazırlanır gibi havaya kalktı.

"Fomba, başını eğ," diye seslendim.

Fomba dediğimi yapıp başını eğdi.

Denetçi ve yardımcısı dönüp bana baktılar. "Sen Maninka biliyor musun?"

"Bamana dili bilirim." dedim.

"Onun dilini de mi anlıyorsun?"

"O, Fulfulde konuşur."

Denetçi ve yardımcısı tubab dilinde konuştular. Denetçi tubabı inceledim. Bir yanına o ateşli sopalardan, öbür yanına da bir kılıç asmıştı. Burun delikleri burnuna yapışık gibiydi. Aralarında geçen garip sözcüklere kulak verdim. Birden yardımcı Maninka konuşmaya başladı. Denetçinin söylenenleri anladığını görüp hayrete düştüm.

Yardımcı, adam kolay anlasın diye basit sözcükler kullanarak "Kız onun dilini anlıyor," dedi. "Maninka biliyor."

Denetçi bir başka tubaba işaret edip benim zincirlerimi gösterdi. Adam koşarak geldi. Eğilip bileğimdeki yuvarlak demirin deliğine ince bir maden parçası sokarak ayağımı serbest bıraktı. Yardımcı beni Fomba'nın yanına götürdü.

"Ona ağzını açmasını ve ısırmamasını söyle."

Bana söyleneni Fomba'ya aktardım. Denetçi tubab parmağını Fomba'nın ağzına soktu. Dişlerini kontrol etti. Sonuç olumluydu.

Yardımcı bana, "Ona kıpırdamamasını söyle," dedi. Denetçi kaburgalarına vurunca Fomba acıyla yüzünü buruşturdu.

"Kırık mı var?" diye sordu yardımcı.

"Fomba, yüzüme bak. Kaburgaların acıdı mı?" Fomba'nın ağzından hemen bir evet cevabı çıktı, ama ben elimde olmadan cevabı değiştirerek naklettim. "İyiymiş. Kaburgaları çok acımamış."

Turuncu saçlı tubab bu defa Fomba'nın kulaklarını muayene etti. Her yerine baktı. Penisini bile eline alıp çekiştirdi. Fomba'nın ağzı açıldı ama hiç sesi çıkmadı. Denetçi yanımda durup ince bir kâğıda tüy kalemle bazı semboller çizen öbür adama bir şeyler söyledi. Adamın eli kâğıt üstünde ters yönde hareket ediyor, kalemden anlamsız işaretler dökülüyordu. İki yerli, zeminde kapalı duran kocaman kapağa asıldılar. Kapak kalkarken içerisi timsah ağzı gibi genişledi ve sonunda tamamen açıldı. Aşağıdan dalgalar halinde insan dışkısı kokusu ve yetişkin erkek bağrışmaları yükseldi. Fomba ve ona zincirli olan adam delikten içeri itildiler. Kapak üstlerine gürültüyle kapatıldı. Denetçi tubab bana döndü. Anlamadığım bir şeyler söyledi.

Yardımcısı Sanu'yla bebeğini işaret edip, "Tubab, o senin marifetin mi diye soruyor," dedi.

"Bir daha söyler misin?"

"Yani o bebeği doğurtan sen misin?"

Bunu nasıl öğrendiklerini çok merak ettim. Acaba hakkımda başka neler biliyorlardı? Başımı salladım.

Denetçi bir şey sordu. Anlamadım. Bir daha sordu. Maninka dilinde "yağmurlar" sözcüğünü seçmeyi başardım. Kaç yaşında olduğumu anlamaya çalışıyordu.

"On bir," dedim.

"Yürüyüş çok mu uzundu?"

"Üç ay," dedim.

Adam, "Anne nerede?" diye sordu. Sustum. Sanu'yu işaret etti. "Senin anne?" diye sordu bir kez daha. Başımı iki yana salladım. Bu defa Sanu'nun yanında duran Fanta'yı işaret etti. "Senin anne o?" Yine başımı iki yana salladım.

Fanta, "Ona neler anlatıyorsun?" diye seslendi. Duymazdan geldim ama kadın ısrarla o şeytan adamla konuşmamam konusunda beni uyardı. Yardımcı Fanta'ya doğru bir adım attı ama denetçi tubab onu durdurdu.

"Anne yok?" diye sordu denetçi.

Sesimi çıkarmadan öylece durdum.

Denetçi ve yardımcısı Sanu'yu muayene etti. Anne ve uykuya dalmış olan bebeği aşağı gönderildiler. Keşke ben de onlarla gidebilseydim.

Tubablar Sanu'yu götürürken yardımcı beni bu kez Fanta'ya doğru itti. Elim ayağım bağlı değildi. Prangam yoktu. Gözüm geminin kenarına gitti. Koşup aşağıya atlayabilirdim ama su korkum gemi korkumdan baskın çıktığı için olduğum yerde kıpırdamadan durdum.

Yardımcı, Fanta'ya, "Ağzını aç!" diye emretti. Denetçi durmuş bekliyordu.

Fanta, Fulfulde dilinde adama verip veriştirdi. Adam küfür ettiğini sezmiş gibi elini havaya kaldırdı. Fanta karşısında meydan okur gibi dimdik duruyordu.

Ben "O Maninka anlamaz," diye atıldım.

"Ona ağzını açmasını söyle. Isırmak yok."

Söyleneni Fanta'ya aktardım.

"Asla." dedi Fanta. "Bizi nasılsa yiyecekler."

Fanta'nın dayak yemesini seyretmek istemiyordum. Ayrıca onun dik başlılığı yüzünden beni de cezalandırabilirlerdi.

Bu defa sözcükler hesapsız kitapsız, kendiliğinden dökülüverdi: "Ağzını açmazsan adam beni dövecekmiş."

Fanta ağzını açtı. Denetçi diş kontrolünü tamamladı. Kadının yuvarlak karnını yokladı ve bacaklarını açmasını söylememi istedi.

"Bacaklarını açmanı istiyorlar."

"Asla!" dedi Fanta.

Denetçi tubaba, "Doğum yakın," diye açıkladım.

"Ne zaman?"

"Bir ayı var."

Denetçi durakladı. Hırıltıyla soluyor, ıslığa benzer bir ses çıkarıyordu. Zaten ufacık olan burun delikleri tıkanmış olabilirdi. Ağzındaki dişler simsiyahtı. Bir ara hindi gerdanı gibi kıpkırmızı dişetleri gözüme iliști. İçi de dışı gibi çürümekte olan çirkin bir adamdı, ama bakışlarında bir can yakma arzusu sezmedim. Şansımı bir kez daha zorladım.

"Bebek bir ay sonra gelecek," diye tekrarladım. Elimi Fanta'nın kocaman karnında gezdirdim. "Annenin karnı şiş. Bebek gelecek. Anne onu yemenizden korkuyor."

Denetçi, "Onu yemeyeceğiz," dedi. Sonra yardımcısıyla birlikte kasıklarını tuta tuta güldüler. "Çalışacak. Tubab ülkesinde iş görecek. Kimse onu yemeyecek." Turuncu saçlı tubab ellerini aşağı indirdi. Muayene bitmişti.

Yardımcı, durumu bir kez daha açıkladı. "Onu kazana koyup pişirecek değiliz. Kadın tubablar için çalışacak. Hepiniz çalışacaksınız."

Bu durum beni hayrete düşürmüştü. Tubablar bizi kendi topraklarında çalıştırmak için ne diye bu kadar zahmete giriyorlardı? O kocaman gemiyi inşa etmek, o azgın sularda seyretmek, bunca insanı ve malı gemiye yüklemek buna değer miydi? Kendi mangolarını toplayıp kendi tahıllarını dövemiyorlar mıydı? İşlerini kendileri görseler çok daha kolay olmaz mıydı?

Denetçi tubabı işaret edip yardımcısına sordum: "O ne iş yapar?"

"Doktor," dedi yardımcı.

Fanta, "Onlarla çok fazla konuşuyorsun," diye araya girdi.

"Seni yemeyeceklermiş." dedim ona.

"Kim söyledi?"

"Tubab."

"Ne dedi?"

"Çalışacakmışsın."

"Ne diye çalışayım ki? Nasıl olsa yerler beni. Sen beni dinle çocuk, bunlar hepimizi kazanda kaynatıp yiyecekler."

Birkaç tubab gelip Fanta'yı uzaklaştırdılar. Ben doktorun yanında kalmış, yardımcının talimatlarını esir Fulbelerin diline çeviriyordum. Birer birer hepsi geminin ambarına yollandılar. Güvertede yalnız kaldığımda içime bir korku düştü. Tubabların benimle işi bitmişti. Artık beni öldürürlerdi. Dizlerimin bağı çözülmek üzereydi. Köyün dışında bıraktığım annemle babamı hatırladım. Kendimi dik durmaya zorladım ama çişimi tutamadım. Ilık idrarım beni utanç içinde bırakarak bacaklarımdan aşağı süzüldü.

Doktor bana bir maşrapa su uzattı. "Sen bana yardım," dedi.

Suyu içtim ama cevap vermedim.

"Sen bana yardım, ben sana yardım."

Bana nasıl yardım edebileceği konusunda hiçbir fikrim yoktu. Ona nasıl faydalı olacağımı da bilmiyordum. Ben aslında Sanu ile Fanta'nın yanında olmak istiyordum. Güvertede çalışan yerli işçilerin gemiden inip kanolarına bindiklerini, küreklere asılıp uzaklaştıklarını gördüm. Onlar gelip gitmekte serbestti ama biz esirleri çok uzaklara götüreceklerdi. Bundan kesinlikle emindim.

Doktor elini omzuma koydu. Ben sözlerinden bir anlam çıkaramayınca, yardımcısı onlarla birlikte ambara inmemi istediğini söyledi. Önümüze düştü. Doktor kolumdan tutup beni leş kokulu karanlık ambara indirdi. İnsan dışkısının kokusu midemi bulandırmıştı. Memleketimin en büyük aslanını hayalimde canlandırmaya çalıştım. Kıyıdaki aslan dağı büyüklüğünde bir aslan düşündüm ama bu canlıydı, soluk alıyordu ve açtı. Sanki onun makatına giriyorduk. Köyleri darmadağın edip ahalisini canlı canlı yutan aslan şimdi de hepsini üst üste, ancak soluk alacak biçimde karanlık midesinin içine istiflemişti. Öndeki yardımcının elinde gölgeleri aydınlatan bir ışık vardı. Doktor da kap içinde bir ateş taşıyordu. Ne yana baksam birbirlerine ya da yatak niyetine üstüne uzandıkları tahtalara zincirlenmiş inleyip ağlayan çıplak insanlar görüyordum. Ayaklarım zemini kaplayan kan ve dışkıya batmıştı.

Yürüdüğümüz yer, sağlı sollu uzanmış yatan insanların arasında bırakılmış dar bir geçitten ibaretti. İnsanlar bilek, bel ve boyun hizamda olmak üzere üç kademede balık istifi gibi yığılmışlardı. Islak ahşap kalaslar yüzünden başlarını iki üç karıştan fazla doğrultamıyorlardı.

Çifter çifter zincire vurulmuş olan erkekler benim yürüdüğüm dar geçitten ancak eğilerek geçebilirlerdi. Kaba tahtaların üstünde oturacak yer olmadığından kimi sırtüstü, kimi yüzüstü uzanmak zorunda kalmıştı. Birinin sağ ayak bileği diğerinin sol ayak bileğine prangalanmıştı. Prangalar arasındaki zincirin uzunluğu, diğer eşin izniyle, sağa sola konmuş altı dar, üstü geniş dışkı kovalarına kadar birkaç adım atmayı mümkün kılacak kadardı.

İnsanlar yardım dilenerek üstüme saldırıyorlardı. Kendimi geri atıp sağımı solumu çizen tırnaklardan korunmaya çalışıyordum. Bir esir yardımcının elini dişledi. Yardımcı elindeki sopayı adamın kafasına indiriverdi.

İnsanlar bir dil karmaşası içinde haykırıp duruyorlardı. Arapça dualar yükseliyordu. Fulfulde dilinde bağıranlar vardı. Bamana dilinde ve bilmediğim daha pek çok dilde feryat ediyorlardı. İstedikleri hep aynıydı: Su, yiyecek, hava ve ışık. Biri bir ölüye zincirlenmiş olduğunu haykırıyordu. Titrek ışıkta, bileğinden bağlı olduğu hareketsiz bedeni tartakladığını görebiliyordum. Birden ürperdim. İçimden haykırmak geldi ama, *Hayır,* dedim kendi kendime. *Bir* djeli *olduğunu düşün ve öyle davran. Seyret ve aklına yaz.*

Adamın biri, "Kardeşim, kardeşim," diye seslendi.

Öyle kendinden emin bir ses tonu vardı ki duymazdan gelemedim. Ses bana babamı hatırlatmıştı. Adamın gergin, yorgun, ama kararlı bir yüzü vardı. En üst kademede bulunduğundan yüzlerimiz birbirine yakındı.

Adam boğuk sesle "Kardeşim," dedi Bamana dilinde. "Memleketin neresi?"

"Segu yakınlarında Bayo köyündenim." dedim.

"Senden söz edildiğini işittik. Sen şu çocuk doğurtan çocuk değil misin?"

"Çocuk sayılmam. On bir yağmur mevsimi gördüm."

"Senin adın ne On Bir Yağmur?"

"Aminata Diallo."

Yardımcıya on sıra arkada birinin bir ölüyle yan yana yattığını haber verdim. Adam yanına iki tubab alıp bakmaya gitti. Az sonra zincirlerin şangırtısı duyuldu. Biri öfkeyle söylendi. Zincirler yine şangırdadı. Sonunda cesedi ayaklarından çekip çıkardılar ve yerdeki pisliğin içinde sürüyerek götürdüler. Başım dönüyordu. Dizlerimin bağı çözülür gibi oldu ama beni de bu rezilliğin içinde sürüyerek götürmelerine izin veremezdim. Adamların feryatları kulaklarımdan gitmiyordu.

"Her fırsatını bulduğunda buradan geçmeye çalış," dedi adam baba gibi emir vererek. "Yardımcı konuştuğumuzu duymasın. Benim için bilgi topla. Adım Biton. Sama'nın şefiyim. Ben de bir Bamana'yım. Benimle mutlaka konuş. Bütün olup biteni anlat. Unutma. Beni duydun mu çocuk?"

Yutkundum ve başımı salladım. "Beni nasıl kaçırdılar anlamadım. Ben özgür bir Müslümanım."

"Biz hepimiz kaçırıldık," dedi adam. "Vakti gelince ayaklanacağız. Sen şimdilik bize su bul çocuk."

"Yakında kalkacağız," dedim ona verecek bir haber bulduğuma sevinerek.

"İyi," dedi. "Bazılarımız aylardır burada. Sıcaktan ölüyoruz. Sen tubab dilini konuşuyor musun?"

"Hayır, Fulfulde biliyorum. Ayrıca bazı Arapça dualar."

"Tubab dilini mutlaka öğren ama bizim dilimizi onlara öğretme sakın," dedi adam. Doktor arkamdan itiyordu. Biton son kez konuştu: "On Bir Yağmur. Aminata Diallo! Bamana şefini unutma."

Sağa sola çarparak ilerledik. Karanlıkta hareket etmek epey zordu. Az sonra bir başka el uzanıp bileğime yapıştı. Tam geri çekecekken karşımda Chekura'yı buldum.

"Aminata," dedi fısıltıyla.

"Chekura," dedim.

"Seni buraya getirdiğim için benden nefret etmiyorsun değil mi?" diye sordu.

"Burası nefret duygusu için fazla sıcak," dedim.

"Esir olmadan önce ne yaptığımı kimseye anlatmazsın değil mi?"

"Hayır. Senin hayatta kalmanı istiyorum."

Adımı üst üste tekrarladı. "Sen de söyle. Duymak istiyorum. Lütfen. Söyle. Adımı söyle."

"Chekura," dedim.

"Adımı bilen biri var hiç değilse. Seni görmek bana yaşama arzusu veriyor."

Ona su verebilmenin bir yolunu bulmalıydım. "Hepimiz hayatta kalmaya çalışmalıyız." dedim. "Kim bir aslanın kıçında ölmek ister?"

"Aslanın kıçı" deyişim esir saflarında rüzgâr gibi dolaştı. Bu tanımı duyunca gök gürültüsünü andıran gür sesiyle gülen Biton'un kahkahası ambarda yankılandı. Sözlerimi bağırarak tekrarladı. Yanındaki de aynını yaptı. Bamana dilini konuşanlar kendilerini belli ettiler. Biri soruyu sordu, diğerleri bir ağızdan cevap verdiler.

"Neredeymişiz?" diye seslendi bir adam.

"Kız kardeşimiz aslanın kıçında olduğumuzu söyledi," diye karşılık verdi içlerinden ikisi.

"Size neredeyiz diye sordum," diye tekrarladı adam.

Bu kez daha kalabalık bir koro "Aslanın kıçında..." diye karşılık verdi.

Bir başkası "Ziyaretimize gelen kız kardeşimiz kimmiş?" diye seslendi.

"Adım Aminata," dedim. "Joliba üstündeki Segu'nun yakınında bulunan Bayo köyündenim."

Erkekler karanlıkta adımı tekrarladılar ve önlerinden geçerken kendi adlarını söylediler. Varlıklarını bana duyurmak istiyorlardı. Kim olduklarını. İsimlerini. Hayatta olduklarını ve yaşamaya devam edeceklerini.

"Idrissa."

"Keita."

İsim faslı böylece sürüp gitti. Sonunda Fomba'yı görebildim. Adını söyledim. Bana boş gözlerle baktı. Ağzından tek sözcük çıkmadı. "Benim, Aminata," diye fısıldadım. Çıt yoktu. Konuşmuyordu. Yanağına dokundum, ama gözünü bile kırpmadı. O dev gibi adam sus pus olmuş, bakışları donuklaşmıştı. İçimden başımı dizine koymak geldi ama doktor koluma yapışıp ilerlememi işaret etti.

Yardımcı, ahşap bir kapının kilidini açıp kanadı yana itti. Yirmi kadın esir ve birkaç çocuğun bulunduğu yeni bir bölmeye geçtik. Kadınlar zincirli değillerdi ama hareket alanı çok dardı. Bölmenin orta kısmı daha yüksekti. Bu yüzden kadınlar oraya toplanmıştı. Yine de uzun boylu olanlar başlarını eğmek zorundaydılar. İte kaka aralarından geçtim. Kadınlar alçak sesle bana adlarını söylüyor, memleketimi soruyorlardı.

Birden bileğime bir el yapıştı. Bu Fanta'nın eliydi. "Tubablardan uzak dur, yoksa seni yiyecekler," diye fısıldadı.

Bileğimi kurtarıp gruptan uzaklaştım. O sırada bir bebek ağlaması duyuldu. Tekrar kadın kalabalığının içine daldım ve sonunda Sanu'ya ulaştım. Kadın koluma yapıştı.

"Bana su bul," dedi. "Yoksa bebeğe verecek sütüm olmayacak."

Parmak uçlarımı onunkilere değdirdim.

Doktor yanımdan geçerek merdivenlere yöneldi. Yardımcı durdu, elinde tuttuğu fenerle bana dönüp, "Sen de burada kalacaksın." dedi. "Sana ihtiyacımız olduğu zaman çağıracağız. Merdivenin yakınında dur. Bu noktadan uzaklaşırsan dayağı yersin. Yerinde durursan dayağı başkalarına saklarım."

Adama meydan okur gibi baktım. Elinin kalktığını gördüm. Bana vurduğu anı fark etmedim. Yalnızca düştüğümü hatırlıyorum.

Karanlıkta, ağzımda acı bir tatla uyandım. Sarsılıyordum. Palmiye şarabı içmiş bir eşeğin üstünde gidiyordum sanki. Midem, bulanıyor, yanıyor ve kazınıyordu. Kıpırdamamaya ve yeniden dalmaya çalıştım. Sarsılma devam ediyordu. Bir ses duydum. Gözlerimi açtım. Doktor karşımdaydı.

Sert tahta üstünde döndüm. Aynı anda kalçama bir kıymık battı. Üstteki tahtanın el verdiği ölçüde doğruldum ve yavaşça yere kaydım. Artık ayakta durabiliyordum. Kalçalarım sızlıyordu. Tabanlarıma bulaşmış dışkılar kabuk bağlamıştı. Dişlerimi kaç gündür temizlememiştim. Âdet kanamamın başladığını hissettim. Bu kıllı yabancının önünde dikilmekten nefret ediyordum.

Doktor elime yapışıp beni basamaklardan yukarı çekti. Erkek esirlerin bulunduğu bölmeyle ilgisi olmayan başka bir kapaktan kendimizi dışarı attık. Güverteye çıktığımızda ışık gözlerimi kamaştırdı. Gözlerimi yumup açtığımda açık denizde yol aldığımızı fark ettim. Görünürde tek bir kürekçi yoktu. Gemi dalgaların üstünde alçalıp yükseliyordu. Tepede uzun direklere gerilmiş bezler kanat çırparak uçan canavarlar gibi sallanıp duruyordu. Karayı göremiyordum. Yerlilerin kanolarından da eser yoktu. Dev bir su kütlesinin ortasında kaybolmuş gibiydik. Gemiyi bu sonsuz su çölünde yürütebilmek için tubabların korkunç büyüler bildiğine hükmettim.

Doktor su kovasını işaret etti. Çömelip temizlendim. Yüzüm, kalçalarım, bacaklarım ve ayak bileklerim, kısacası her yanım çizilip kanamıştı. Göğsümdeki yara o kadar acıyordu ki el sürmem ya da yıkamam imkânsızdı. Tuzlu su tenimi acıtıp yaktı. Yine de bütün o pisliği üstümden akıtabilmekten memnundum. Suyu avuçlayıp bedenime çarparken yiyecek kovalarının başına üşüşmüş yerli kadınlar gördüm. Diz çökmüş, parmaklarıyla, lapa kıvamında bir fasulye ezmesi yiyorlardı.

Doktor bana boş bir hindistancevizi kabuğu uzattı ve taze su kovasını gösterdi. Bir kap temiz su alıp dikkatle tattım. Tuzlu değildi. Kana kana içtim. Fanta yanıma yaklaştı.

"Onu bana ver," dedi kabuğu göstererek. "Bana az geldi."

Kabuğu ona uzattım. Fanta su içerken doktor bana kum rengi uzun bir bez uzattı. Onunla bedenimi örtmeye çalıştım. Bu da su içmek kadar iyi gelmişti.

Fanta hindistancevizi kabuğunu elinden bıraktı. "Örtü çocuklardan önce kadınlara lazım," deyip bezi elimden kaptı ve kendi sarındı.

Doktor çarpık dişleri arasından öfkeyle soludu ama sesini çıkarmadı. Nasıl biri olduğunu bilmiyordum ama dayak atmaya pek meraklı olmadığı belliydi. O an Fanta'ya bir tokat atıp örtüyü bana geri vermesini çok isterdim ama adam oralı olmadı. Fanta'nın davranışına göz yumdu ve peşinden gitmemi işaret etti. Güvertedeki kadınlar bölümünden çıkıp bir kapıdan geçtik.

Doktor bu defa beni erkek esirlerin tutulduğu bölüme soktu. Çoğu geminin bordasına zincirlenmişti. Bazıları bana ismimle seslendiler. Ben de her birini ayrı ayrı selamladım. Aşağıda daha önce tanıştığım Şef Biton'la karşılaştık. Omuzları ve başı dimdik duruyordu.

Beni görünce gülümsedi. "Aminata Diallo." Adımı sertçe, gururla söylemişti. Adımın bu şekilde söylenişi hoşuma gitmiş, biraz daha dik durmamı sağlamıştı.

"Şef Biton," dedim.

"Görüşmeyeli bir günü geçti. Neden arayı bu kadar uzattın?"

Uyuduğumu söyledim ama bu kadar uzun bir zaman geçtiğini fark etmemiştim.

Biton yüzümdeki morluğa baktı. "Mümkünse yukarıda kalmaya çalış," dedi. "Aşağıda ne kadar çok kalırsan o kadar çabuk ölürsün."

Doktor yarım yamalak bir Maninka diliyle bana aşağıda ceset olup olmadığını sordu. Biton'a baktım, onun soruyu anlamadığı belliydi. Soruyu ona Bamana dilinde tekrarladım. Biton bir ölü olduğunu, ona zincirlenmiş olan adamın güverteye çıkıp yeme içme imkânı bulunmadığını bildirdi.

"Bir ölü varmış." dedim doktora. Anlamadı. Bunun üzerine bir parmağımı sallayıp aşağıyı işaret ettim.

Doktor kendisine yardım edecek iki erkek istedi. Poto adlı esirle eşleşmiş olan Biton'u ve aradaki zincirleri gösterdim. Doktor pantolonunun özel keseciğinden bir dizi ince anahtar çıkardı. Birini seçti, bilekteki prangalara soktu ve açtı. Adamlar zincirlerden kurtulmuşlardı. Doktor on kadar yerlinin meraklı bakışları altında anahtarları cebine soktu. Ateşli sopa taşıyan iki tubab eşliğinde iki adamı ambar deliğinden aşağı indirdi.

Yemek yiyen Fomba'ya yanaştım. "Lezzetli mi?" diye sordum.

Başını iki yana salladı.

"Bileklerin mi acıyor?" diye sordum. Başını salladı. Yüzüme bakmıyordu. Elimi tuttu ve bırakmadı. Sallantılı güvertede sessizce yanında oturdum. Biton ve Poto ambar kapağından dışarı çıktılar. Cesedi sürükleyerek güverteye çıkardılar. Durup önce birbirlerine baktılar, sonra gözleriyle beni aradılar. Doktor telaşlı hareketlerle geminin yan tarafını işaret etti. Cesedi suya atmalarını istiyordu. Yelkenler rüzgârda öyle çırpınıyordu ki bedenin suya düşerken çıkardığı sesi bile duymadım. Kim bilir kaçımız tıpkı onun gibi derinleri boylayacaktık.

Doktorun koluna yapıştım. Fomba'yı göstererek onun güçlü kuvvetli, uyumlu bir adam olduğunu, prangaları söküldüğü takdirde istenen her işi yapacağını anlattım. Tubab neden söz ettiğimi anlamamıştı.

Biton bana dönüp Fomba'yı işaret ederek, "Onu bu işlere karıştırma," dedi.

"Neden?"

"Konuşamıyor bile. Aklını kaybetti. Tubabların işimize yarayacak adamlara güvenmesi gerek."

"O bizim köyden," dedim.

"Biz hepimiz aynı köydeniz, çocuk. Merak etme, ben onu korurum." Biton kendisini yeniden prangaya vuran doktorun işini kolaylaştırmak için hiç kıpırdamadan durdu. "En kısa zamanda beni görmeye gel, Aminata."

Turuncu saçlı tubab kolumdan çekip beni peşinden sürükledi. Bazı yerlilerin prangalarını kontrol ediyordu. Bir sonraki sıradan adımın fısıldandığını duydum.

"Aminata."

Seslenen Chekura'ydı. Saçları karmakarışıktı. İki yanağı da morarmıştı. Pislikler ayaklarına kabuk gibi yapışıp kalmıştı ama o an bunların hiçbirini umursamıyor gibiydi. Biton'un anlamaması için Fulfulde dilinde konuştu: "O adama dikkat et. Bizim liderimiz olmak istiyor. Ama onun yüzünden ölebilirsin."

Biton yetişkin bir erkek, Chekura ise henüz bir delikanlıydı. Biton güçlü, kuvvetli ve duruma hâkimdi. Yerliler onun sözlerini can kulağıyla dinliyorlardı. Chekura'ya gelince, onu esircilerin yardımcısı olarak tanımıştım ama sonradan bana çok faydası dokunmuştu. Ona hâlâ güvenmek istiyordum. Komşu köylümüzdü. Babamın dilini konuşuyordu. Gerektiğinde onun beni koruyacağından emindim. Gelgelelim, ateş sopalarının neler yapabildiğine tanık olmuştum. Esirler isyan edecek olurlarsa Chekura'nın da öleceğinden emindim. O zaman bana kim yardım ederdi? Kime güveneceğimi bilemiyordum. Babam olsa hangisini seçerdi? Chekura'yı mı, Biton'u mu? Bana verdiği cevap çare olmadı. *Gözünü kulağını dört aç. Kendinden başka kimseye güvenme*, diyordu babam.

Doktor beni kolumdan tutarak bilmediğim bir merdivenden aşağı indirdi. Burası çok kalabalık bir bölümdü. Bir sürü adam tavan kirişlerine asılmış hamaklarda uyuyordu. Kocaman bir tencerede yemek pişiren aşçının yanından geçtik. Sonunda her iki yanında kapılar olan dar bir geçide geldik. Doktor birini açtı. Küçük bir odaya girdik. Adam kapıyı kapattı. İçeride ikimizden başka kimse yoktu. Burası leş kokulu uyku bölmelerinden ve tıklım tıkış güverteden çok daha rahattı. Yine de içeride tubabla baş başa kalmak hoşuma gitmemişti.

Adam esneyip gerindikten sonra ceketini çıkardı. Gömleğinin koltukaltları sararmıştı ve oradan keskin bir koku yükseliyordu. Yatağın üstüne oturdu. Bu, yerden yükseğe konmuş tahta bir platformdu. Üstüne içi saman dolu eğri büğrü bir şilte atılmıştı. Adam oturmamı işaret etti. Yerimden kımıldamadım. Adam yatağın kenarına bir yumruk indirdi. Ürktüm ve oturmak zorunda kaldım. Yanımda başkaları olmadığı için çok hayıflandım. Benim yerimde Fanta olsa bu durumda ne yapmam gerektiğini bilirdi.

Doktor oturduğum yeri gösterip tubab dilinde bir sözcük kullandı. "Yatak," dedi. Bunu birkaç kez söyledi, sonra da benden yatağı gösterip sözcüğü tekrarlamamı istedi.

"Yatak," dedim. Bu adamın hoşuna gitti.

Göğsüne vurarak kendini gösterdi ve yeni bir sözcük dillendirdi: "Tom!" Bunu defalarca tekrarladı.

"Tom," dedim ona bakarak.

Adam bu kez beni işaret etti. İsmimi söyledim. Adam yüzünü buruşturdu.

"Aminata," dedim bir kez daha.

O beni gösterip başka bir şey söyledi. Bunu defalarca tekrarladı. Benim de tekrarlamamı istiyordu.

"Mary," dedim nihayet. Adam yine parmağıyla beni gösterdi. Aynını yaptım. Ben de başparmağımı kendime çevirdim ve "Mary," dedim yavaşça. Sözcüğü dudaklarımın arasından zorla çıkardım. Bu adı ve onun adını bir daha asla söylemeyeceğime dair kendime söz verdim.

Adam ayağa fırlayıp ellerini çırptı. "Mary," diye tekrarlayıp duruyordu.

Ben de kalktım. Yeniden kadınların yanına dönmek istiyordum. Adam elini omzuma koyup beni gerisin geri yatağa itti. Yüzünü iyice yüzüme yaklaştırmıştı. Çenesinde portakal rengi kıllar vardı. Yüzünden ve kulaklarından uzun kıllar ve tüyler fışkırmıştı. Yüzünün iki yanında kulaklarına doğru uzanan gür kıllar vardı. Gidip odadaki sandığı açtı. İçinden kırmızı bir bez çıkardı ve uzun, geniş, yumuşacık kumaşı getirip kolumun üstüne koydu. Fırlayıp örtündüm ve bezi kalçamda düğümledim. Adamın yaptığım düğüme ve hızla iş gören ellerimin ustalığına hayran kaldığı belliydi. Beni yeniden yatağa oturttu ve çıkıp gitti.

Yatağın karşısındaki duvarda küçük bir delik vardı. Yaklaşıp dışarı bakınca yüzüme hafif bir su serpintisi vurdu. Sakin sularda ilerliyorduk. Yelkenlerin hafiften çırpınışını işitebiliyordum. O anda arkamdan daha önce duymadığım garip bir ses geldi. Taş kesildim. İçeri giren olmamıştı ama birinin beni izlediğinden emindim. Kalbim küt küt atıyordu. Hızla arkama döndüm. Kimse yoktu. Hiç kimse. Sonra sesi yeniden duydum. Köşeden geliyordu. Baktım; orada üstüne demir kafes konmuş bir masa vardı. İçinde mavi ve sarı tüylü, çirkin gagalı bir papağan kanatlarını hışırdatıp duruyordu. Korkuyla birkaç adım geriledim. Oysa hayvan tüneğinde gidip geliyordu yalnızca. Kaçamazdı. Bana saldırması da imkânsızdı. Ben nasıl gemiye hapsedilmişsem, o da aynı şekilde kafese kapatılmıştı.

Beni daha iyi incelemek istermiş gibi başını yana eğdi. Birden birkaç sözcük söyleyiverdi. Şaşkına dönmüştüm. Kuş şakımıyor, konuşuyordu. Üstelik bu yerli dili de değildi. Kuş yabancıların, yani tubabların dilini konuşuyordu.

Kafesin yanında fıstık dolu bir kap vardı. Birini ısırdım. Çok lezzetliydi. Ağzıma iki tane daha atıp çiğnedim. Kuş bir fıstıklara, bir de ağzıma baktı. Sonra delirmiş gibi ciyaklamaya başladı. Fıstıkları bıraktım. Onların hemen yanında uçlara doğru sivrileşen, kalın sarı kabuklu bir meyve duruyordu. Alıp dişledim. Tadı acımsı geldi. Hemen elimden bıraktım.

Kapı aniden açılınca irkildim.

"Vay, vay, vay," dedi doktor. Yaklaşınca sarı meyvenin üstündeki diş izlerini gördü. Belindeki bıçağı çekip çıkardı. Korkudan yatağa doğru birkaç adım geriledim. Bağırmamak için kendimi zor tutuyordum. Adam bana bir zarar vermedi. Meyveyi alıp birkaç parçaya böldü. Bir kavanozdan açık kahverengi kristalcikler alıp meyve parçalarının üstüne serpti. Birini alıp ağzına götürdü. Isırdı. İçini yiyip kabuğunu bıraktı. Sonra bana da bir parça uzattı. Meyveyi ağzıma götürüp emdim. Ekşiliği yüzünden önce öğürecek gibi oldum. Doktor üstüne kristalciklerden biraz daha serpti. Meyveyi yeniden emdim. Ağzımda yeni bir lezzet dolaşıyordu. Birden aç ve susuz olduğumu fark ettim.

Adam bana iki hindistancevizi kabuğu içinde su ve palmiye yağında pişirilmiş yam getirmişti. Yemeği adeta çiğnemeden yuttum. Suyu da birinin kapıp kaçmasından korkar gibi bir solukta içtim. Aniden midem bulandı. Gemi dalgaların üstünde yeniden sallanmaya başlamıştı.

Adam yediklerimi işaret ederek "Yemek." dedi.

Sözcüğü tekrarladım.

"Açım," dedi bu kez karnına vurarak.

Onu da söylemeye çalıştım.

Adam üstünde oturduğum yüzeye bir kez daha vurdu. Sözcüğü unutmamıştım.

"Yatak." dedim.

Adam gülümsedi ve uzanmamı işaret etti. Bu hiç hoşuma gitmedi ama kaçacak yerim yoktu. Gemi tam bir sırlar ülkesiydi. Doktorun elinden kaçmayı başarsam bile yerli kadınların yanına nasıl gidileceğini bilmiyordum. Onları bulsam bile yine o leş kokulu ambarda uyumaya mahkûm olacaktım. Adam üstüme bir dokuma örtü örttü. Omzumu okşayıp, "Mary," diye fısıldadı.

Eli örtünün altına kaydı ve sırtımdan aşağılara indi. Hızla dönüp örtüye sıkıca sarındım. Yüzümü yatağa gömmüş, bacaklarımı birbirine yapıştırmıştım. Adamın eli yeniden sırtımda gezindi. Ani bir hareketle doğrulup oturdum. Adamın yüzüne tükürür gibi "Sakın bunu yapma!" dedim. "Yoksa babam ölüler ülkesinden gelip canına okur. Ben daha on bir yaşındayım."

Tubab ne dediğimi anlamadı ama korkumu ve öfkemi sezmişti. Bazı hayvanlar korkunun kokusunu aldılar mı daha beter saldırırlar ama doktor aniden bana sırtını dönüverdi. Başını elleri arasına alıp öylece kaldı. Sonra masada duran beyaz bir nesneyi kapıp göğsüne dayadı. Gayet basit bir oymaydı bu. Yatay ve dikey olmak üzere üst üste konulmuş iki çubuktan ibaretti. Yatay olan parça daha kısaydı. Adam elindekini göğsüne bastırıp bir şeyler mırıldandı, sonra da dönüp örtüyü iyice üstüme çekti. Omuzlarımı sevdi ve mırıldanmaya devam etti. Eli bir daha sırtımda dolaşmadı. Hiç sesimi çıkarmadan ve kımıldamadan sırtüstü yattım. Ne yapacağını görmek istiyordum. O şekilde dalmış olmalıyım.

Karanlıkta gözlerimi açtım. Duvara doğru, yatağın kenarına itelenmiştim. Yalnız değildim. Yanımda bir ileri bir geri sallanan, üst üste iki beden vardı. İkisi de yüksek sesle soluyordu. Biri korku dolu tiz bir sesle itiraz ediyor gibiydi. Yerli kadınlardan biriydi bu. Boğulur gibi bir sesle anlayamadığım sözcükler söylüyordu. Kadın alttaydı. Doktor onun üstüne uzanmıştı. Homurdanarak kadının üstünde bir ileri bir geri gidip geliyordu. Duvara iyice yapışıp gözlerimi yumdum. Bir erkeğin karısı olmayan bir kadına bu şekilde dokunmaması gerektiğini biliyordum. Babam bana Kuran'dan bölümler öğretmemiş olsaydı bile bilirdim bunu.

Tubab, "Ahhh," diye inledi ve yatağın sallantısı durdu.

Kadın boğulur gibi bir ses çıkarıp çığlık atarken doktorun bedeni kadınla aramızdaki boşluğa serildi. Bir süre sonra adamın soluğu düzeldi. Kadın da kendine gelmişti Uzun süre göğüslerinin alçalıp yükselişini izledim. Sonra ben de dalmış olmalıyım.

Kamaraya dolan ışıkla uyandım. Doktor gitmişti. Kadın da yoktu. Kırmızı örtüye sıkıca sarındım. Pencere kapalıydı. Hemen altındaki masanın üstünde birkaç salyangoz kabuğu ve üç madeni nesne gördüm. Kalınlıkları bir uğurböceğininki kadar bile yoktu. Başparmağımın tırnağı gibi yuvarlaktılar ama daha büyüktüler. Gümüş rengindeydiler. Bir tanesini ısırdım ama dişimi geçiremedim. Madeni yuvarlakların bir yanına bir adam kafası basılmıştı.

Sonraki günlerde turuncu saçlı tubab bana kamaradan nasıl çıkacağımı, güverteye hangi yoldan gideceğimi, erkek ve kadın esirlerin bölmelerine nereden girildiğini gösterdi. Kadınlar erkeklerin bölmesine girebiliyorlardı ama erkekler zincirliydi ve yerlerinden ayrılmaları yasaktı.

Gündüzleri güvertede özgürce dolaşabiliyordum ama akşam olduğunda doktorun kamarasına dönmek zorundaydım. Adam bana kuşuna nasıl bakacağımı öğretmişti. Geceleri kafesi örtüyor, gündüzleri örtüyü açıyordum. Kafesi temizliyor, kuşa fıstık veriyor, onu tubabın getirdiği diğer yiyeceklerle besliyordum. Muz, pişmiş et, yam, darı, pirinç. Kuş her şeyi yiyordu. Doktor ortalarda görünmediği zamanlar yiyecekleri ben yutuyordum. Fıstıklarını yediğimde kuş çığlığı bastığından birazını ona veriyordum. Eğer bir gün Bayo'ya dönersem, insanları hikâyelerime inandırmak güç olacaktı. "Tubab doktor bir kuşa tutulmuştu," diye anlatacaktım. "Onu kolunda gezdiriyordu. Onu o kadar çok sevmişti ki kendi dilini konuşmasını öğretmişti..." Ne tepki vereceklerini çok merak ediyordum. Bana öteberi fırlatacaklar, kahkahadan kırılacaklar ve iki ay bıkıp usanmadan bu konuyu konuşacaklardı. "Hadi şu adamla kuşunu bir daha anlatsana."

Doktor kuşun önünde bana asla dokunmuyor, önce kafesi örtmemi istiyordu. Bazı adamların can yakma heveslisi oldukları bakışlarından bellidir, ama bu tubabın sürekli sulanıp duran fersiz mavi gözleri vardı. Kuş örtülüyken bile kötü bakmıyordu. Ne zaman elini sırtıma ya da omzuma koysa, onu sertçe itip öfkeyle bağırıyordum. Adam tekmelenmiş köpek gibi büzülüyor, hep kamarada tuttuğu kitabını açıp okumaya başlıyordu. Yüksek sesle okuyordu. Sanki hep aynı sözcükleri tekrarlıyor gibiydi. Ne tuhaftır ki, böyle anlarda ondan ne istersem veriyordu. Yiyecek. Su. Kamaradaki sandıktan yeni bir parça bez, ya da bir tarafına bir adam kafası basılmış o gizemli madeni yuvarlaklardan bir tane daha.

Tubablar, yerli erkeklerin her gün küçük gruplar halinde gün yüzüne çıkmalarına izin veriyorlardı. Yerliler karanlıktan gözlerini kırpıştırarak çıkıyorlardı. Işık gözlerini kamaştırdığından dirseklerini bükerek kollarını gözlerine siper ediyorlardı. Güvertede onlara ayrılan daracık bölüme doluşup kendilerine verilen yemeği yiyor, su içiyorlardı. Arada yıkanmalarına da izin veriliyordu. Bir gün yaşlıca bir adamın temizlenmeye çalışırken yere kapaklandığını gördüm. Bir daha kalkamadı.

Zayıflıktan kaburgaları sayılıyordu. Eriyip gitmişti adeta. Orta yaşlı bir yerli kadın adamın imdadına koştu. Alnını ovup su kabağı maşrapayı dudaklarına dayadı. Bunun üzerine dört tubab, kadını zorla yana itip adamı karga tulumba yakaladılar. Zavallının kolları iki yana sarkmıştı. Direnecek gücü yoktu. Kadın haykırıp yalvarmaya başladı. Bir yandan da tubablar onun parmaklarını gevşetmeye çalışıyordu. Adamlar kadını kenara ittiler ve esiri geminin kenarından suya attılar.

Olayı izleyen günlerde kadıncağız öyle bir kedere gömüldü ki kimseler güvertede yanına yaklaşmak istemiyor, herkes kova başında yemek yerken onun yanına düşmekten kaçınıyordu. Bir gün Sanu kadının artık güverteye çıkmak istemediğini söyledi. İki gün sonra artık hiç kıpırdamıyordu. Onu güverteye taşıyıp erkeğinin yanına, denizin derinliklerine fırlatıverdiler. Kimse onun için mücadele etmemiş, yalvarmamıştı. Ardından da konuşmak isteyen olmadı. Fanta'ya, "Bölmeden çıkardıklarında kadın ölmüştü öyle değil mi?" diye sordum.

Fanta "Şşşt," deyip başını öte yana çevirdi.

Zaman ilerledikçe ortalarda dolanan kadınların çoğaldığını, başlarına bir şey gelme ihtimalinin arttığını görüyordum. Fanta doktorun yanında dolaşmakla aptallık ettiğimi söylüyordu. Bir tubabın yatağına girmektense bölmede dışkı kovalarının yanında uyumayı tercih edeceğini söylüyordu. Karnı iyice büyüdüğünden artık ambarda daha uzun süre kalıyordu. Bu duruma ses çıkarmıyorlardı. Benim böyle bir seçeneğim yoktu. Diğer kadınlar ise gece boyu ya da hiç değilse birkaç saat tubab şeflerinin yatağında kalmaya zorlanıyorlardı. Doktor iki günde bir kamaraya bir kadın getiriyordu. Üç dört gözdesi vardı. Kadınlarla birlikte olurken beni yataktan çıkarmıyordu. Kendimi duvara yapıştırıyor, kulaklarımı tıkayıp yüksek sesle mırıldanıyor, solumaları ve sarsılmaları duymamaya çalışıyordum. Bedeninin o son titreyişinden sonra adamın kısa bir uykuya dalacağını artık öğrenmiştim. O sırada kadınlar yavaşça yataktan dışarı süzülüyor, kamarayı kolaçan ediyor, kimi zaman dolaptan bir şey kapıp örtülerinin arasına sokuşturuveriyorlardı. Tubab birden gözünü açıyor, yatağını paylaşan kadına su, yiyecek ya da renkli bir kumaş parçası verip yolluyordu.

Kadınlar geceleri yatakta bana asla bakmıyor, benimle göz göze gelmiyorlardı. Ben de onlarla konuşmamam gerektiğinin fakındaydım. Yerli kadınların her gün doktorun kamarasına girip çıkan sandıklardan öteberi çaldıklarını biliyor ama hiç sesimi çıkarmıyordum. Bazen katlanmış bezler arasında demir eğeler kaçırdıklarını da görüyordum. Bir seferinde kadının biri doktordan bir portakal istemiş, adam arkasını döndüğü anda yerden bir çivi alarak portakalın içine gömmüştü.

Güvertede kadınların konuşmalarına kulak misafiri oluyordum. Büyük tubab şefinin eşekten farksız olduğundan, kadınlara pis terinden başka hiçbir şey koklatmadığından söz ediyorlardı. Boynunun, sırtının, hatta ayak parmaklarının bile kıllarla kaplı olduğu söyleniyordu. Fanta homurdanıp duruyor, bir gün içimizden birinin adamın kıl topaklarıyla dolu midesini boylayacağını öne sürüyordu.

On günün sonunda güverteye çıkarılan adamların bir kısmının zincirsiz gezmesine izin verilmişti. Esirler ambardaki bölmelere dönerken yeniden zincire vuruluyorlardı. Biton tubab dilinde ne kadar çok sözcük öğrenirsem o kadar iyi olacağını söylüyordu. Böylece ona bilgi taşıyabilirdim. Ayrıca doktorun kamarasında ne bulursam çalmamı öğütlüyordu.

Chekura ise beni sürekli uyarıyordu: "Biton seni bir baba gibi seviyor olsa seni asla tehlikeye atmaz. Ona çalacak bir şey bulamadığını söyle."

Fomba zincire vurulmuş bir halde suskunluğunu sürdürüyordu. Biton, Fomba için kimseden yardım dilenmememi söylemişti ama bileklerindeki açık yaraları görmeye dayanamıyordum. Fomba bana bile en küçük bir şikâyette bulunmuyordu. Doktora Fomba'nın serbest bırakılması halinde zararlı olmayacağını, onun kazanlardan kovalara yemek boşaltma işinde kullanılabileceğini söyledim. Ona bir peştamal bulmayı bile başardım. Daha sonra bazı kadınların tubablara görünmeden Fomba'ya yanaşıp ona bir şeyler verdiklerini fark ettim. Kulaklarımda babamın uyaran sesini duyar gibiydim: *Belaya bulaşma. Kendini koru.*

Doktorun kamarasından aşırabildiğim yiyecekleri Fomba, Chekura, Fanta ve Sanu'ya götürüyordum. Bir gün Chekura'ya bir portakal verdim. Delikanlı portakalı ikiye ayırdı, içini şapırtıyla yutup kabuklarını denize fırlattı. Portakalın suyu ve lifleri yüzüne gözüne bulaşmıştı ama umurunda değildi. Kendi başına yemek yemeği yeni öğrenen küçük bir çocuktan farksızdı.

"Fomba konuşmuyor ama elinden çok iş geliyor."

"Ne yaptı?"

"Aşağıda bölmedeyken çiviyle prangasını açtı. Biton bunun rastlantı olduğunu öne sürdü. Fomba prangayı kapattı ve yeniden açtı. Biton aynı şeyi yapmaya çalıştı ama beceremedi. Bütün gece çiviyle prangasını açmaya çalışıp durdu. Yapamadı. Sonunda Fomba'dan yardım istedi. O da kaşla göz arasında prangayı açıverdi."

Bir gün, ikindi vakti, esirlere yemek dağıtımından önce, tubab şefi üstü yenmiş bir tavuğun artıklarıyla çıkageldi. Elindekini erkek esir kalabalığının ortasına doğru fırlattı. Adamlar artıkları kapıştılar. Kemiklerde kalmış et arıyor, dişleyip ilik çıkarmaya çalışıyor, ellerine geçirebildiklerini yalayıp emiyorlardı. Aralarına çoğu yenmiş bir tavuk kalıntısı daha savruldu. Adamlar bir kez daha lokma kapabilmek için birbirleriyle güreşe tutuştular. Tayfalar kasıklarını tuta tuta gülüyorlardı. Adamlara bir tavuk artığı daha fırlattılar.

Biton da güvertedeki esirler arasındaydı. Birden emirler yağdırdığını duydum. Adamlar hemen itişip kakışmayı bırakıp üçüncü kemik grubundan uzaklaştılar. Biton tavuk iskeletini kapıp tubab şefine fırlattı.

"Sıkıysa öldür beni." dedi. "Ama öldüremezsin, çünkü ben çok kıymetliyim."

Tayfalar adamın söylediklerinden bir şey anlamasalar da ona kamçı cezası verdiler. Sırta on vuruş yapılacaktı. İlk darbenin eti parçaladığını gördüm. Doktorun odasına koştum. Biton'un kırbaçlanışını seyretmeye dayanamazdım.

Biton ertesi gün güvertedeydi. Kazık gibi yürüyordu ama yakındığı yoktu. O günden sonra Biton esirlerin tartışılmaz şefi oldu.

Esir yerlilerin en nefret ettikleri olay şaklayan kırbacın tehdidiyle güvertede dansa zorlanmaktı. Bir gün tubabların yardımcısı hastalanıp kamçıyı beyaz tayfalardan birine emanet edince, yaptığımız dansa bir şarkı uydurdum. Bir yandan oynuyor, bir yandan gördüğüm herkesin adını sayıyordum. Her yüzün adını ve köyünü hatırlamaya çalışıp bunları yüksek sesle söylüyordum. Bu arada bayağı çok insan tanıdığımı fark edip şaşırdım.

"Samalı Biton," diye başladım şarkıya.

"Kintalı Chekura," diye sürdürdüm. "Sirakorolu İsa, Jelibugulu Ngolo, Bayolu Fanta..." Bu oyun esirlere biraz moral olmuştu. Ben şarkıya bir isim eklediğimde doğru söylemişsem bir kadın ya da bir adam alkış tutuyor, sora hepsi aynı ismi bir kez daha tekrarlıyorlardı. İsmi yanlış söylemişsem ya da o kişiyi hiç tanımıyorsam, esir benimle bir süre dans edip şarkı yoluyla adını ve köyünü bildiriyordu. Oyuna katılmayan yoktu. Ne zaman dansa zorlansak, yerliler sırayla hatırladıkları isimleri ve köyleri tekrar ediyorlardı. Bazıları on beş kadar isim ve köy sayabiliyordu. Bir zaman sonra her gördüğümü tanır hale gelmiştim.

Biton isim dansı sırasında hepimizi öyle bir aşka getiriyordu ki tubab çevremize toplanıp bizi hayranlıkla seyretmeye başlıyorlardı. Tubab adamları belli bir düzen içinde toplanıyorlardı. Tubab şefi, onun yardımcısı, doktor ve diğer şefler önem sırasına göre diziliyorlardı. Önce Biton dansa başlıyor, sormak istediklerini ezgiler eşliğinde bizlere duyuruyordu.

"Tubabların yardımcısı burada mı?" diye soruyordu şarkıyla. "Lütfen önce bunu söyleyin dostlarım." Bir başkası yine şarkı söyler gibi "Hayır, burada yok," diye karşılık veriyordu. Biton, "İyi bakın dostlarım, emin misiniz?" diye devam ediyordu. Yardımcının orada olmadığı kesinlik kazandığında Biton dansa devam edip şarkısını sürdürüyordu: "Çenesinde kıllar olan şu adam İkinci Şef. Gemiyi o götürüyor. Onun yaşaması gerek. Şu gebe kadın gibi kocaman karnı olan adam ise Tubab Şefi. O ölmeli. Ama önce Fanta'nın doğurmasını bekleyeceğiz."

Güvertede ayın bir dönümünü tamamlamıştık. Her gün bir ya da iki yerli esir ölüp gidiyordu. Ölülere hiç saygı gösterilmiyordu. Suya çarpan her kadın ya da erkek cesedi dehşetimi biraz daha arttırıyordu. Bu davranış ölülerin ruhlarına hakaretti. Benim düşünceme göre bu onları öldürmekten daha beterdi. Beni çok korkutsa da cesedin suya çarptığı anda çıkardığı sesi duyabilmek için kulak kabartıyordum. Duymamak beni daha çok ürkütüyordu. Suya sessizce giren bedenler bende hiçliğe yol alıyorlarmış gibi bir duygu uyandırıyordu. Geceleri düşlerimde Bayo'nun kenarlarından düşen insanlar görüyordum. Hiç iz bırakmadan, sessizce, gözleri bağlı olarak kendilerini uçurumdan aşağı bırakıyor gibiydiler.

Tubab denizcilerinden de ölenler oluyordu. Doktora yardım ettiğim zamanlar ölmek üzere olan hastalar görmüştüm. Diş etleri çürüyor, çıkardıkları balgam yeşile çalıyor, tenlerini kara lekeler sarıyor ve açık yaraları iğrenç bir koku saçıyordu. Bir tubab şefi ölürse üstünde giysileriyle denizi boyluyordu. Ölen bir tubab tayfasıysa giysileri çıkarılıyor, su akbabaları gibi peşimizden ayrılmayan köpekbalıklarına çıplak olarak atılıyordu. Tayfalar her gün denize bir yığın çöp boca ediyordu. Bunların arasında kovalar dolusu dışkı, bozuk yiyecekle dolu kırık fıçılar, şişmiş sıçanlar ve daha neler neler vardı. Ne var ki, suya ne zaman bir şey düştüğünü duysam aklıma en kötüsü geliyordu.

Gemide benimle yaşıt kimse yoktu. Bir oyun arkadaşından mahrumdum. Birkaç bebek dışında esirlerin hepsi yetişkin erkekler ve kadınlardı. Diğerleriyle birlikte ambara tıkılmadığım için şanslıydım ama çoğu zaman canım sıkılıyordu. Bazen vakit geçsin diye doktorun kamarasına uyumaya gidiyordum. Arada papağana yer fıstığı atıp oyalanıyordum. Ona Fulfulde dilinde "Tubabu yaptıklarının cezasını çekecek," demeyi öğretmiştim. Oyun olsun diye annemle babam arasında hayali diyaloglar hazırlıyordum. Benim hakkımda karşılıklı konuşuyorlardı: *Ambarda kadınlar bölümünde kalmalı! Hayır, tubabın yanında kalsın çünkü o zararsız. Zararsız mı? Geceleri kadınlarla yaptığı şeylere zararsız mı diyorsun?* Bu tür çekişmeler başımı ağrıttı mı konuyu memlekete çeviriyordum: *Diğer köylerdeki kadınlara fazla zaman ayırıyorsun. Henüz yeterince darı ekemedik. Kadınlar onlarla tarlaya gitmediğin için söyleniyorlar... Ben kadınlarla eğlenmeye gitmiyorum. Doğum yaptırıyorum. Hediye diye verilen tavukları, çanakları, bıçakları evime getiriyorum. Bir keresinde keçi bile getirdim. Senin tarlada çalışan o aptal kadınların benim hiç umurumda değil. Tavukla keçi tarlada yetişmiyor!*

Bir akşam üst güvertede bulunduğumuz sırada Fanta sancısının tuttuğunu söyledi. Doğum yakındı. Diğerleriyle birlikte ambar kapağından aşağı indirilmek üzere olan Chekura'ya bir işaret yaptım. Ellerimi kepçe haline getirip karnımın altından dışarı doğru salladım. Chekura durumu anlamıştı.

Herkes her gün doktorun kamarasıyla güverte arasında mekik dokumama alışmıştı. Kimse bana karışamıyordu, çünkü onun beni sahiplendiğini biliyorlardı. Bu kez Fanta'yı da yanımda götürdüm. Tubabın yaşam alanına ilk kez adım atıyordu. Tubab şeflerine yemek pişirmek için kullanılan büyük tencereyi görünce, "Hepimizi kazanda kaynatmadan önce onları öldürmeliyiz." dedi.

Kamaradaki yatağın üstüne fazladan birkaç örtü serdim. Yanıma bir kova su aldım. Çabuk doğurması için dua ediyordum.

"İş uzarsa bütün gece burada kalmam gerekebilir," dedi Fanta. "Bak söyleyeyim ben asla bir tubabla aynı yatakta yatmam. Ya kendimi öldürürüm ya da onu!"

Elimi omzuna koyup artık bebeğini düşünmesini söyledim. Fanta yine homurdandı.

"Ben ondan çoktan vazgeçtim. Hiçbir tubabın ona bize yaptıklarını yapmasına izin veremem!" Bu söz beni tepeden tırnağa ürpertti.

Birkaç dakikalığına Fanta'nın yanından ayrılmam gerekiyordu. Kendimi toplayıp işe odaklanmalıydım. Doktorun bana öğrettiğini yaptım. Kamaradan geniş bir teneke kova aldım. Dışarı çıktım ve ocak başında iş gören genç tubaba kovaya iki kızgın taş parçası atmasını söyledim. Elimdekilerle kamaraya döndüm. İçeri girdiğimde Fanta, ağzı hayretten bir karış açılmış, kuşu işaret ediyordu. Kuş ona ciyaklayıp duruyordu. Papağana birkaç yer fıstığı attım ve susması için kafesin üstüne bir çuval geçiriverdim.

"O yaratığa yiyecek verme sakın," dedi Fanta. "Yiyecekleri kendine sakla. Başkalarına dağıt veya bana ver."

"Ona yemini vermezsem ölür. O ölürse doktor beni de..."

Fanta "Biliyorum, biliyorum," diye lafı ağzıma tıktı.

Teneke kovaya bolca su doldurdum ve Fanta'yı içine soktum. Kadın kırmızı tenekeye değmemeye çalışarak çömeldi.

"Bayo'dan ayrıldığımızdan beri sıcak suya hasretim," dedi.

"Öyle," dedim.

"Sen de yapıyor musun bunu?"

"Bazen."

"Adam seni görüyor mu?"

"Evet."

"Dokunuyor mu peki?"

"Denedi ama izin vermedim."

"Buna gücün yetiyor mu?"

"Gözünün içine bakıp kötü şeyler söyledim mi duruyor."

"Zayıf bir tubab demek ki. Güçsüzler çabuk ölür."

Fanta'nın güçsüz derken kimden söz ettiğini sormaya cesaretim yoktu. Yerlileri mi yoksa yabancıları mı kastediyordu acaba?

Fanta biraz sakinleşmişti. Sancı arada bir yokluyordu. Banyosunu bitirdi, ona verdiğim bezle kurulandı. Ürperdi. Gidip yatağa uzandı.

"Ona nasıl hitap ediyorsun?" diye sordu.

"Kime?"

"Doktora. Bir ismi var mı?"

"Olmaz mı? Tom gibi bir şey."

"Onu bu isimle mi çağırıyorsun?"

"Hayır. İsmini söylemiyorum. Yalnızca konuşuyorum. İsmini kullanmadan."

"Aferin."

Sancılar yeniden bastırdı. Fanta bir süre ağrı çekti ama sonra rahatlayıp uykuya daldı. O ara doktor kamaraya geldi. Kolları hayretle havaya kalktı. Donup kaldı.

"Bebek," dedim. "Doğum olacak." Bu sözcükleri bana kendi öğretmişti.

"Olamaz!"

Kalktım. Dosdoğru gözlerinin içine baktım. Tek yolu buydu. Bana dokunmaya çalıştığında işe yaramıştı. Belki şimdi de başarabilirdim. "Doğum olacak." diye tekrarladım. Sonra Bamana dilinde sertçe "Git buradan. Anne uyuyor." diye ekledim.

"Doğum ne zaman?" diye sordu.

"Biraz sonra," dedim.

Doktor cebinden bir portakal çıkardı. Kemerindeki fildişi saplı uzun bıçağa uzandı. Meyveyi parçalara böldü. Bıçakla portakal dilimlerini küçük bir sehpanın üstüne bıraktı. İşaretle Fanta ile paylaşabileceğimi anlattı. Gidip sandığından uzunca bir bez çıkarıp Fanta'nın ayakucuna bıraktı. Gözlerim sehpanın üstünde unutulan bıçağa kaydı. Doktor elindeki şişeden acele bir yudum alıp kalanı sandığındaki kumaşların altına sokuşturdu ve çıkıp gitti.

Yatağa ilişip Fanta'nın uyanmasını bekledim. Horluyordu. Bunu ona anlatmaya, uyurken yaban domuzu gibi sesler çıkardığını söyleyerek onu kızdırmaya karar verdim. Fanta neden sonra uyandı. Önce doğrulup oturdu, sonra da inleyerek kendini yatağa bıraktı. Soluğu hızlanıyordu. Biraz sırtını ovdum.

"Bilmen gereken bir şey var," dedi Fanta.

"Dayak yiyeceğini sanıyorsan kötü düşünceleri aklından çıkar," dedim. "Böyle bir şey olmayacak."

Fanta "Birkaç yağmur mevsimi sonra sen kocamın yeni karısı olacaktın." dedi.

Hayretle ona baktım. Elimi geri çekerek "Yalan bu!" dedim.

"Bu yüzden seni hiç sevemedim." dedi Fanta. "Çok küçüktün. Kadın bile sayılmazdın daha, ama ben bir gün senin kocamın gözdesi olacağından emindim." Alnında boncuk gibi terler birikmişti. Silmeye yeltenmedim. "Annene seni kapıya bırakıp gitmesini söyleyecektim," diye devam etti Fanta. "O gider gitmez sana sıkı bir sopa çekecektim. Böylece senden öcümü almış olacaktım."

"Sana inanmıyorum," dedim. "Annemle babam buna asla razı gelmezlerdi."

"Öyle mi sanıyorsun? Bir takıcı köyün şefine hayır mı diyecekti yani? Teklifi kabul edip iyi bir pazarlıkla anlaşma yoluna gitmek daha akıllıca olmaz mıydı?"

"Sana inanmıyorum."

"Senin için kaça anlaştılar, bilmek istemez misin?"

"Hayır."

"Gün gelecek sen de tıpkı benim gibi insanlardan nefret edeceksin. Yüzündeki o herkese sevimli gelen çocuksu bakış kaybolacak. Bir gün, 'Ufaklık nasıl da çocuk doğurtuyor!' diye gururla alkış tutmaktan vazgeçecekler. Sana bir şey diyeyim m, Aminata? Her kadın çocuk doğurabilir, her salak da çocuk doğurtabilir!"

Öfkeden dilim tutulmuştu. İçimden bıçağı kadına saplamak geldi. Saçlarını tutup yolmak istiyordum. Yüzüne yalancı olduğunu, annem ve babamın beni asla o yaşlı adama vermeyeceklerini haykırmak istiyordum. Köyün şefi bile olsa. Gelgelelim ona ne bir kötülük edebilir ne de bağırabilirdim. Annem beni böyle yetiştirmişti: Çocuk doğurtan kadın sakin olmalıdır. Anne türlü delilikler yapabilir ama onu doğurtan ses çıkarmamalı, doğum yaptırırken kendi kişiliğinden vazgeçmelidir... Boğazıma bir şeyler düğümlendi. Yutkundum. Fanta'nın söyledikleri doğru olabilir miydi? Karadaki üç aylık yürüyüş ve gemide geçen bir ay boyunca içimde birikmiş o derin keder birden taşıverdi. Gözlerimden yaşlar boşandı. Hıçkırmaya başladım. Ben çaresizlik içinde sarsılarak ağlarken Fanta yattığı yerden beni seyrediyordu. Gözlerim sımsıkı kapalı, yumruklarım sıkılmış bir halde titreyip duruyordum. Bedenim bir süre sarsılıp sallandı. Sonunda sakinleştim. Allah'a yalvarmaktan başka çarem kalmamıştı ve bunu ne zamandır yapmıyordum. *Allahu ekber*, diye mırıldandım. Allah büyüktür.

"Artık boşuna o işlerle vakit kaybetme," dedi Fanta. "Allah yok, anlamadın mı hâlâ? Her şeyi tubablar yönetiyor. Burada delilik almış yürümüş."

Belki de haklıydı. Belki Allah sadece benim memleketimde, yerlilerle yaşıyordu. Tubab gemilerine ve topraklarına karışmıyor olabilirdi. Sesimi çıkarmadım. Fanta'nın bütün söylediklerini zihnimde bir odacığa tıkmaya ve hepsinin üstüne kapıyı kapamaya çalıştım. Şimdi annemin o sakin, güven dolu sesine ihtiyacım vardı: *Doğacak bir bebek bizi bekliyor.*

Fanta'nın bedeni yine sancılarla kasılmaya başlamıştı. Elimle hazır olup olmadığını muayene etmek istedim ama izin vermedi. Sancılar sıklaşıyordu. Kasılmalar daha uzun ve şiddetliydi. Ikınmanın zamanlamasını Fanta'ya bıraktım. Ona yol göstermeyecektim. Su verecek, elini tutacak, gerisini kendi kendine halletmesini bekleyecektim.

Fanta uzunca bir ıkınmadan sonra kendini yatağa bırakıp gevşedi. Bedeni yeniden kasılınca bir kez daha ıkındı. Tekrar durdu. Sonra müthiş bir gayretle tekrar ıkındı. Öyle şiddetle itiyordu ki bağırsaklarının harekete geçtiğinin kokusu burnuma kadar geldi. "Şimdi," dedi Fanta. Üç kez daha ıkındı. Bedeninden dışarı çıkmak üzere olan saçlı bir baş göründü ama bebek gelmedi. Fanta bir kez daha ıkındı. Bebeğin başı çıkmıştı. Kan ve beyaz parçacıklarla kaplı, yetişkinlere göre daha açık renkli, morumsu mavi bir kafaydı. Fanta bir daha ıkındı. Bu kez omuzlar da çıktı. Kalanı çabucak dışarı kaydı; karın, penis, bacaklar ve ayaklar... Tubabın bıçağıyla göbek bağını kestim. Bebeği beze sarıp Fanta'ya uzattım. Bebek çığlığı bastı. Fanta meme vermeden önce bebeği bir süre ağlatıp bağırttı. Yeni bir anne olarak öfkesi gururundan baskındı. Yatağa rahatça uzansın diye yardım etmeye çalıştım ama beni itti.

Arkamı dönüp çöp kovasının üstüne çöktüm. Bebek yine yaygaraya başladı. Dönüp baktım. Fanta kalkmış, sendeleyerek karşı duvara gitmişti. Kafesin örtüsünü kaldırdı. Kapısını açıp papağanı gagasından yakaladı. Kuş pençelerini sallayıp kadının ellerini tırmaladı. Fanta bir küfür savurdu ama kuşu bırakmadı.

"Yapma!" diye haykırdım.

Fanta bana kulak asmadı. Doktorun bıçağı elindeydi. Aleti hayvana defalarca sapladı. Sonunda tenini tırmalayan pençeler ve beden hareketsiz kaldı. Fanta leşi kafesin içine fırlattı, kapısını kapatıp üstünü örttü. Bıçağı temizledi. Peştamalına sarınıp bıçağı kumaşın arasına gizledi. Sonra ağlayan bebeği göğsüne dayayıp emzirmeye koyuldu. Fanta ve bebek sonunda uykuya daldılar. Gözümde bir damla uyku yoktu. Doktor kamaraya dönüp kafesin örtüsünü kaldırdığında olacaklardan korkuyordum. Küçük pencereden havanın aydınlandığını gördüm ama doktor hâlâ ortalarda yoktu.

Şafak sökerken Fanta'yı uyandırdım. Bebeği de alıp güverteye çıktık. Gökyüzünde solgun bir ay vardı. Aynı anda ufukta bir ateş topunun tepesi belirdi. Ay ile güneşin aynı anda gökyüzünde yer alması uğursuzluk işaretiydi.

Doktor bebeği görünce sevinç ifadesi olduğunu sandığım sözler sıraladı. Omzumu okşadı. Fanta'ya doğru bir adım attı ama kadının gözlerindeki bakış yüzünden daha fazla yaklaşamadı. Fanta onca yorgunluktan sonra sapasağlam ayaktaydı. Karnında büyüyen bir bebekle üç ay yol tepmiş, çırpınıp bileğini çizen, etini kanatan papağanı bıçak darbeleriyle delik deşik etmişti. Güneş, kor gibi bir top halinde ufuktan doğdu. Ay gitgide solgunlaşıyordu. Bana kendi başımın çaresine bakmamı söyler gibiydi.

Turuncu saçlı tubab bebeği kendi doğurmuş gibi sevinmişti. Tayfaları, şefle yardımcısını bulmaya gönderdi. Üçü toplanıp aralarında konuştular. Talimat alan yardımcı bana dönüp bir şeyler söyledi. Anlamadığımı görünce sözlerini tekrarladı. Sonunda anladım ki doktorun benden ambardaki erkeklere Fanta'nın bir bebeği olduğunu müjdelememi istiyordu.

Bir tubab erkekler bölmesinin kapağını açtı. Karanlığa doğru birkaç adım attım. Gözlerim henüz loşluğa alışmamıştı.

Bamana dilinde "Fanta'nın bir oğlu oldu!" diye seslendim.

"Daha yüksek sesle," diye uyardı yardımcı.

Müjdeyi bu kez Fulfulde dilinde tekrarladım.

Erkeklerin sevinç çığlıkları atacaklarını umuyordum. İlk fırsatta bizi güvertede şaklayan kamçılar eşliğinde dans ettirirlerdi mutlaka. Ama müjdem karşılıksız kaldı. Ortalık sessizdi. Çıt çıkmıyordu. Adamların solumalarını bile duymuyordum. Birden demirin demire sürtünüşü kulağıma geldi. Yardımcının emriyle bir kez daha seslendim. Yine karşılık yoktu. Gerisin geri güverteye çıktım.

Doktor, tubab şefi ve yardımcısıyla kısa bir görüşme yaptı. Yardımcı ve iki gemici ateşli sopalar, değnekler ve fenerle ambara inmeye hazırlandılar. Kapağı açıp içeri süzüldüler. İnerken yardımcının yarı yolda seslendiğini duydum; Fanta'nın bebeği olduğunu, erkeklerin yukarı gelip kadınlarla dans edebileceklerini duyuruyordu. Bir tubab gemicisi kadınları güverteye çıkarmaya gitti.

Birden biri dirseğimden tuttu. Hızla döndüm. Karşımda, kucağında bebeğiyle Sanu duruyordu. Bebek uykudaydı. Sanu, Fanta'yı kucaklamak istedi ama Fanta'nın bakışları buz gibiydi. Sanu dönüp yanıma geldi. Bir kısmı ambardaki bölmeden, bir kısmı da tubab kamaralarından çıkan kadınlar çevremizde toplanmaya başlamışlardı.

Birden erkek esirler çığlıklar atarak ambardan dışarı çıktılar. O kadar hızlı hareket ediyorlardı ki kapak başındaki iki tubab nöbetçisinin adamların prangasız olduklarını kavramaları zaman aldı. İki nöbetçi ambar ağzından içeri, isyancıların kucağına fırlatıldılar.

Tubablar ateş sopalarıyla dehşet saçmaya başladılar. Bazı esirler yüzlerinden ve göğüslerinden vurularak gerisin geri ambardan fışkıran insan selinin üstüne düştüler. Aşağıdan gelenler kendilerine yer açarak güverteye akmaya devam ettiler. Yirmi, otuz kadar adam serbestçe dışarı çıkmayı başarmıştı ancak ateş sopaları şimdi öyle amansızca ölüm kusuyordu ki ambar deliğinden kim kafasını çıkarırsa vurulup içeri düşüyordu.

Biton bir elinde demir eğe, bir elinde prangalarla koşarak yanımdan geçti. Eğeyi bir tubabın gözüne sokarken prangayla da bir başkasının yüzünü dağıttı. Bir esir paslı çivilerle bir gemicinin gözünü çıkardı. Tubab şefleri ateş sopalarıyla ölüm kusmaya devam ediyorlardı.

Çevrem toz dumandı. Erkekler ve kadınlar hep bir ağızdan haykırıyorlardı. Sırtımı geminin borda demirlerine dayamıştım. Esir kadınlardan birinin tıpkı maymun gibi bir tubab gemicisinin sırtına atladığını gördüm. Kadın tırnaklarıyla adamın gözlerini oyuverdi. Yerli kadın ve erkekler gibi tubablar arasında da haykıranlar vardı. Tubabların bir kısmı sağa sola emirler yağdırıyordu. Ellerindeki ateş sopalarıyla attıklarını vuruyorlardı ama bunları her seferinde yeniden doldurmaları gerekiyordu. Esir yerliler bıçakları, çekiçleri, çivileri ve öfkeden kudurmuş elleriyle çok daha hızlı hareket ediyorlardı.

Birkaç adım solumda Fanta'nın yere çöktüğünü gördüm. Önce yaralandığını ya da doğum sonrası bitkin düştüğünü sandım. İki büklüm eğildi. Bebek yanı başında bir bezin üstünde tepinip duruyordu. Fanta elini örtüsünün altına attı. Bebeğin küçük bir çığlık koyuverdiğini duydum. Topukları havayı dövüyordu. Fanta kumaşın katları arasından doktorun kamarasından çaldığı bıçağı çıkardı. Bebeğin yüzünü tutup çenesini kaldırdı. Bıçağın ucunu bebeğin gırtlağına sokup boynunu yardı. Sonra bebeği altındaki mavi beze sarıp kalktı ve geminin bordasından sulara savurdu. Öğürdüm. Bayılmak üzere olduğumu hissettim ama gözlerimi kadından ayıramıyordum. Fanta ateş sopasını bir başka yöne doğrultmuş olan doktorun arkasından koştu. Bıçağı ensesine sapladı. Adam başını çeviremeden diz üstü çöktü. Gözlerinin yuvalarından fırladığını gördüm. Kollarını bana doğru, iki yana açarak yere kapaklandı. Ağzından kan boşandı. Gözleri bana takılıp kaldı. Can çekişen adamın yüzüne daha fazla bakamadım. Bir an önce ölmesini diledim.

Biri bana arkadan çarptı. *Şimdi öldüm işte*, diye düşündüm. *Allahu Ekber*, diyerek yere kapaklandım. Ama boğazımı sıkan ya da sırtımdan bıçaklayan olmadı. Fomba üstüme düşmüştü. Kolundan fışkıran kan yüzüme akıyordu. Yeniden ayağa fırladı. Kolundaki yaraya rağmen elinden bırakmadığı çekici, silahını Biton'a doğrultmuş olan tubaba savurdu ve adamın kafatasını tuzla buz etti.

Korkudan taş kesilmiştim. Fanta'nın bu kopan kıyametten korunmak için güvertenin bir köşesine çökmüş olan Sanu'ya doğru koştuğunu gördüm. Deli gibi hareketler yapıyor, Sanu'nun bebeğini almak istiyordu. Kadın yavrusuna sımsıkı yapışmıştı. Fanta bir kez daha saldırıp Sanu'yu tartakladı ve nihayet burnunun üstüne yumruğu patlattı. Sanu sırtüstü düştü. Fanta haykıran bebeği bacağından yakaladı. Yerimden kalkmaya çalıştım. Yanlarına gitmem gerekiyordu. Fanta'yı durdurmalıydım. Ben doğrulana kadar Fanta bebeğin ayak bileğine yapışıp tepetaklak çevirmişti. Ne tür bir deliliğe kapıldığını anlayamıyordum. Kaşla göz arasında geminin borda parmaklığına koştu ve bebeği kucak açmış bekleyen sulara savurdu. Sanu ayağa fırladı. Feryat ediyordu ama silahların sesinden, tubablar ile esirlerin bağrışmalarından sesini duyamıyordum. Sanu parmaklıklara çıktı ve bebeğinin ardından kendini sulara bıraktı.

Bu defa Fanta parmaklıklara tırmanmak istedi ama bir tubab onu tutup güverteye çekti ve dövmeye başladı. Yanı başımda esirin biri karnına korkunç bir kılıç darbesi yedi ve üstüme düştü. Kanı üstüme boşalıyordu. Ceset beni olduğum yere mıhlamıştı. Tamamen altında kalmıştım ve kıpırdayamıyordum. İki erkek hızla yanımdan geçip kendilerini suya attılar. Aynı anda suya çarpan iki bedenin sesiyle irkildim. İki kadın arka arkaya koşup suya atladı. Ölü bedeni üstümden itmeye çabaladım. Gücüm yetmedi. Biton, ateş sopası boşalmış olan tubab şefiyle dövüşüyordu. Tubab şefi silahını ona doğru savurdu. Biton eğildi. Şefin ayağına yapışıp çekerek adamı yere devirdi. Bir başka esir elindeki çekici tubab şefinin kafasına indiriverdi. İlk darbe adamı öldürmedi. Ama ikinci darbeden sonra adam hareketsiz kaldı. Esir kanlar içindeydi. Kim olduğunu anlayamamıştım. İki tubab ambar kapağını kapatıp üstüne kilit vurdu. Bir gemici Chekura'ya saldırıp onu bıçakla kolundan yaraladı. Chekura omzunu tutarak yere düşerken arkadan Fomba geldi. Gemicinin saçlarına asılıp başını geri çekti. Öbür eliyle de bacak arasından tutup adamı denize fırlattı. Aynı anda ensesine inen sert dipçik darbesiyle yere kapaklandı.

Esirlerden biri ahşap yiyecek kovalarından birini gemicilerden birinin kafasına indirerek beynini dağıttı. Aynı anda göğsünden vuruldu. Yarasından fışkıran kana bakamadım. İki gemici kucak dolusu yeni ateş sopası getirip tubablara dağıttılar. Ayakta dövüşen bütün isyancılar artık ateş altındaydı.

İki yerli esir daha vurulup düştü. Bir an için gözlerimi yumdum. Saldıran isyancıların naraları kesilmişti. Ayakta kalmayı başaranımız yoktu. Artık yalnızca inlemeler, hırıltılar ve ateş sopalarının patlamaları duyuluyordu. Sonra kuvvetli bir zincir şangırtısı başladı. Hepimizi yeniden zincire vuruyorlardı. Fomba'ya pranga takıldı. Chekura'nın yarası kanıyordu ama ağır değildi. Bu nedenle denize atılmayıp zincire vuruldu. Biton vahşice dövülmüş, ağzına paçavra sokuşturulup prangaya vurulmuştu. Üç tubab gemicisinin, doktorun ve tubab şefinin cesetleri ortalık yerde duruyordu. Uyuşmuş gibiydim. Kimi yaralı, kimi baygın, kimiyse çoktan ruhunu teslim etmiş o beden kalabalığı içinde kaç esirin öldüğünü, kaçının denizi boyladığını anlayabilmeme olanak yoktu.

Tubablar saçları darmadağın, giysileri paramparça, kan revan içinde ve kasılmış yüzlerle sağa sola seğirtiyorlardı. Bir tubab durmuş emirler yağdırıyor, diğerleri onun işaret ettiği yöne koşup söylediklerini yerine getiriyorlardı. Esirler bir bir yakalanıp zincirlendiler. Beni bile prangaya vurdular. Metal bilezik ayak bileğimi kesiyordu. Neyse ki yaşıyordum. Şimdi çıt çıkarmadan oturup beklemeliydim.

Prangalarımı seyretmekten vazgeçip başımı kaldırdığımda pantolonunu dizlerine indirmiş azman bir gemicinin Fanta'yı yere yatırmış olduğunu gördüm. Tek eliyle kadını iki bileğinden tutmuştu. Erkekliği uzun, sert bir dil gibi dışarıdaydı. Boştaki eliyle kadını tokatladı ve üstüne çullandı. Fanta önce adamın yüzüne tükürdü, sonra da bileğini öyle bir ısırdı ki adam kendini geri attı. Başka bir tubab gelip elindeki ahşap kovayı Fanta'nın üstündeki adamın kafasına indirdi. Saldırgan tecavüzden vazgeçip kalktı ve kadına şiddetli bir tekme savurdu. Fanta'yı da prangaya vurdular ve sesi çıkmasın diye ağzına bez tıkadılar.

Tubabların, esirlerin cesetlerini denize atışını seyre koyuldum. Feryatlar halinde yükselen itirazlara rağmen ağır yaralıları da sürükleyerek parmaklıklara götürüyorlardı. Bedenler suya fırlatıldığında bir kez daha inlemeler duyuluyordu. Yedi sekiz tubab ölümle kucaklaştıkları değişik pozisyonlarda, yüzüstü, sırtüstü, yan dönmüş, direklere ya da parmaklıklara asılı halde öylece kalmışlardı. Tubab şefi ve doktor sırtüstü, hareketsiz yatıyorlardı. Ettiklerini bulmuşlardı.

Allahu ekber, diye mırıldandım kendi kendime. Ama belki de Fanta haklıydı. Allah buraya uğramıyor olabilirdi.

Tubablar Biton'u asmadılar. Birkaç esiri ayak başparmaklarından sallandırıp kırbaçladılar. Ancak adamlar öldükten sonra cesetleri ipten aldılar. Ne var ki bu şekilde cezalandırdıkları kişiler, bundan sonra işlerine yarama ihtimali olmayan sakatlar ve güçsüzlerdi. Fanta'yı ve öteki kadınları da öldürürler diye düşünmüştüm ama buna gerek duymadılar.

İsyandan sonra prangalarımızı hiç çıkarmaz olmuşlardı. Küçük gruplar halinde güverteye çıkarılıyor, suçluların kamçılanışını izlemeye zorlanıyorduk. Yemek yiyor, su içiyor, sonra hemen ambara yollanıyorduk. Yıkanma yoktu. Giysi yoktu. İkram yoktu. Tubab şeflerinin kamaralarına artık hiçbir kadın alınmıyordu. Gemiciler yanlarında ateş sopaları ve değneklerle aşağı iniyor, cesetleri yukarı taşıyor, bulabildikleri bütün giysi ve tehlikeli aletleri topluyorlardı.

Her doğan gün yeni ölümlerin habercisiydi. Ambardan çıkarılırlarken adlarını söylüyorduk. Segulu Makeda. Kambololu Salima. Aşağıdayken hiç değilse suya çarpan ölülerin çıkardığı sesi duymuyordum. Ambar bölmesi karanlık ve pisti ama artık denizi görmek ve yukarının havasını solumak istemiyordum.

Günler sonra tubablar bizi küçük gruplar halinde yeniden güverteye çıkarmaya başladı. Yiyecek ve içinde meyve parçacıkları olan iğrenç bir içecek veriyorlardı. Yıkanmamız için leğen ve su da sağlamışlardı. Uyuduğumuz bölmelerde katran yakıyorlardı. Çıkan duman yüzünden öksürüp öğürüyorduk. Üstüne yattığımız kalasları yıkamamızı istiyorlardı ama bunu yapacak gücümüz yoktu. Kaburgalarımız sayılıyordu. Bağırsaklarımız kurumuştu. Tubab gemicileri de hastaydı. Birçok ölmüş gemicinin hiçbir tören yapılmadan sulara fırlatıldığına tanık olmuştum.

İki ayın sonunda bir gün hepimizi güverteye topladılar. Çırılçıplak yıkanmamız isteniyordu. Esirlerin üçte biri ölmüştü. Yürüyemeyenleri tutup birer birer suya atmaya başladılar. Gözlerimi yumup kulaklarımı tıkadım ama o haykırışları duymamak olanaksızdı.

Kıyamet sona erdikten bir süre sonra gözlerimi açıp batmakta olan güneşe baktım. Durgun suyun üstünde uzun, pembe bir iz bırakarak ufka dalmak üzereydi. Bir kol boyu uzaktaymış gibi duran ama asla ulaşamadığımız o pembeliğe doğru tam hız ilerliyorduk. Sanki, *Bu taraftan*, diyordu. Güneş yönünde, çok uzakta gri bir yükselti dikkatimi çekti. Belli belirsizdi ama oradaydı. Kara görünmüştü.

Ertesi sabah bizi güverteye çıkardıklarında griliği yine gördüm. Bu kez çok daha yakındı. Kara. Ağaçlar. Kıyı çizgisi. Hatta kıyıdan çok daha yakında, önümüzde yükselen bir ada. Onu artık çok daha net görebiliyordum. Ağaçsızdı. Üstünde kum ve kare şeklinde dev bir barikattan başka bir şey yoktu. Biz oraya gidiyorduk. Zincirlerimizi çözdüler. Chekura yanımda bitiverdi. Bir deri bir kemik kalmıştı.

"Çok üzgünüm, Aminata."

"Memleketimizden olduk," dedim. "İnsanlarımızı kaybettik."

"Sana yaptıklarımdan dolayı çok üzgünüm."

Boş gözlerle Chekura'ya baktım. Bir zamanlar onun esirciler için çalıştığı çoktan aklımdan çıkıp gitmişti. "Üşüyorum," dedim. "Dua bile edemez oldum. Burada Allah yok."

Chekura, "Biz hâlâ yaşıyoruz Bayolu Aminata," dedi. "Denizi aştık ve hayattayız."

Kaderin cilvesine bakın ki memleketimin sularında içimize dehşet salan gemi hiç değilse bir kısmımızı sulara gömülmekten korumuştu. Biz denizi geçmeyi başaranlar, bizi çalıp götüren hayvana sımsıkı yapışmıştık. Baştan hiçbirimiz o gemiye adım atmak istememiştik, ama zorla bindirildikten sonra ona can havliyle tutunmuştuk. Gemi bizim çürüyen bedenlerimizin bir uzantısı olmuştu. Bu hızla soluyan canavardan koparılanlar çabucak ölümün derinliklerini boylamışlardı ama gemide kalanlar olarak bizler karnımızda ve bağırsaklarımızda biriken zehirle daha yavaş ölüyorduk. Ayaklarımız yeni topraklara değene kadar bu gemiye tutunup kalmıştık. Zehir iyice kanımıza işlemeden önce uzun kalaslardan paldır küldür aşağı indik. Belki bu yeni ülkede yaşamaya devam ederdik.

İkinci Kitap

Ve dinlenen bir hayvan gibi bekler hikâyem

{LONDRA, 1803}

Küçükken babam, sinsi insanların ağzından çıkan lafların rüzgâr gibi yol aldığını söylerdi. Rüzgâr hızlanınca insanın gözüne ve kulağına kum kaçar, canını yakarmış. Fırtınalar bir girdap gibi tepende toplanır, ama sen onları duyup göremezmişsin. Babamın dediğine göre ancak korunaklı bir yerden rüzgârın yönü saptanabilir, beladan korunmak için önce soğukkanlı olmayı bilmek gerekirmiş.

Şimdi Londra'dayım işte. Bellerinde sallanan kılıçları olan on iki adamdan uzaklaşıp çay molası verdim. Ayrı bir salonda tek başıma oturmuş sıcak çayıma kaşık kaşık bal katıyorum. Köle ticareti karşıtları liderinin attığı kahkaha koridorun sonundan kulağıma kadar geldi. Kafasını kaşımak için sık sık peruğunu çıkaran bir adam. Ünlem işareti gibi güdük ve hiddetli görünüyor. Olsun, benim üstüme titriyor. Koca göbeğiyle beni rahatlatmak ister gibi kollarını iki yana açıyor. Adı Sör Stanley Hastings ama ben onu daha çok şen şakrak köle ticareti karşıtı olarak hatırlıyorum. O heyecan dolu melodik sesiyle, karısı ve çocuklarının çaylarını şekersiz içmeye yeminli olduklarını söyledi bana. Şükür ki bundan böyle ailesinin hiçbir ferdi esir kanı içmeyecekmiş. Dediğine göre asıl işimize yarayacak olan fikir –bu ticareti şıp diye sonlandıracak olan çare– bütün şeker ürünlerini kırmızıya boyamakmış. Şimdi de kürsüde vaaz verir gibi el kol sallayarak, "Kanın rengi çay fincanına düştü mü, bakın savaşlar nasıl son bulacak!" diyor.

Kafamı dinlememe izin vermiyorlar. Beni anlayışıyla boğan şen şakrak aktivist devam etmek için hazır olup olmadığımı soruyor. Alınacak kararlar varmış ve hızlı hareket edilmesi gerekiyormuş. Diğerleri, "Dinleyin, dinleyin," diyorlar yüzüme gülümseyerek. Sör Hastings buruşuk bildirilerin üstünden bana bakıp, "Planımızı destekleyip desteklemeyeceğinizi öğrenmeliyiz," diye konuşuyor.

Köle ticareti karşıtları beni kendileriyle eşit kabul ediyor ve insana yönelik bu zulme karşı birlik olduğumuzu söylüyorlar. "O halde neden..." diye başlayacak oluyorum ama bitirmeme izin vermiyorlar. Kulağıma mülk, tazminat, hukukun üstünlüğü gibi sözcükler çalınıyor. Avuçlarını ovuşturanlar, parmaklarını kenetleyenler var. Sir Hastings beni sağır bellediğinden yanındakine eğilip karmaşık ayrıntıları anlayamayacağımı fısıldıyor ve yeniden bana dönüyor.

"Sizinki bir erdem hikâyesi," diyor.

"Ölüme direnmenin erdemle ilgisi yok," diyorum.

"Sizin vakarınıza ve cesaretinize atıfta bulunmuştum," diyor Hastings. "Mücadelemizi simgeleyecek bir insan yüzü arıyorduk. İşte karşımızdasınız. Bir kadın. Bir Afrikalı. Kendi kendini eğitmiş, başkaldırıp özgürlüğünü kazanmış bir köle!" Soluk alıp devam ediyor: "Yirmi yıldır İngiliz parlamenterler köle ticaretine karşı her hareketi engelliyorlardı. Oysa bu kez sizin gibi bir kadın fark yaratabilir."

Mücadeleden korkmam ama gerilim yoruyor beni. Sesimi alçalttım mı hepsi ağzımın içine düşüveriyorlar. "Irkımın köleleştirilmesinden söz edemeyeceksem ne parlamentonuzda konuşurum, ne de kralınızla görüşürüm," diyorum.

Adamlar üstüme varıyorlar. Köle ticaretinin kaldırılmasından açıkça söz etmek, tarımla uğraşan toprak sahiplerini, nakliyecileri, ticaret erbabını ve sigortacıları tek vücut haline getirirmiş. Parlamentoda oy sahibi olanların varlıklı adamlar olduklarını göremiyor muymuşum?

Kurnazlıkla iş bitirmek için fazla yaşlıyım artık. "Köleliği lanetlemeden köle ticareti aleyhinde konuşamam," diyorum. "Siz kendi fikrinizi söyleyin, ben de benimkini!"

Sir Hastings zoraki bir gülümsemeyle İngilizlerin hâlâ Saint-Domingue'deki kanlı köle ayaklanmalarını ürpererek hatırladıklarını ifade ediyor. Beyaz adamların koyun gibi boğazlanmaları çirkin bir olaymış. Çok çok köle ticaretinin sonlandırılmasını talep edebilirmişiz.

"İsterseniz bütün köle gemilerini yakın; özgür yaşayamayan onca kadın ve erkek ne olacak?" diye soruyorum. "Ya onlardan doğan, ama başkalarının sayılan çocuklar?"

Adamlar dönüp bana kalacak yer sağlayan John Clarkson'a bakıyorlar. Clarkson'ı yüzde yüz desteklemedikleri açık. Lafını hiç esirgemeyen bir adam. Gazeteler onun görüşlerine pek yer vermiyor. Ama ben onunla uzun bir yolculuk yaptım. Kendisi, beni köle ticareti karşıtlarıyla buluşturan İngiliz. O da elinden geleni yapıyor ama beni ikna edemiyor.

Bu noktada tıkanmış durumdayız. Köle ticareti karşıtları sürekli plan yapıyorlar. Ortalıkta, parlamentoda köle ticareti konusunda görüşmeler yapılacağı haberleri dolaşıyor. Oturumlar bittiğinde de bir yasa teklifi verilecek. Bu defa kazanacaklarını söylüyorlar. Zafere ulaşmalarını bütün kalbimle istiyorum elbette. Onların yapmak istediği diğer türlü olacaklardan daha iyi, ama yeterli değil.

Aktivistler beni eşitleri kabul ediyorlar ama henüz adımı dillendirip hikâyemi dinlemiş değiller; en azından benim anlatmak istediğim biçimde. Neyse ki ben yazmayı hep sevmişimdir. Onda uyuyan aslanın gücü gizlidir. *İşte adım, işte kimliğim ve buraya gelişimin hikâyesi.* Bir dinleyicim olmadan, başımdan geçenleri yazıya dökeceğim ve soluğu yerinde, nabzı düzgün, dinlenen bir hayvan gibi bekleyecek hikâyem.

John Clarkson beni daha fazla yormamaları gerektiğini hatırlatıyor. Aktivistler hep birden ayağa kalkıyorlar. Günlük görüşmelerimiz sona erdi. Beyefendiler sırayla elimi sıkıyor, saygılarını sunuyorlar.

İçlerinden biri yeterince yiyeceğim olup olmadığını, İngiliz yemeklerinin damak zevkime ters düşüp düşmediğini soruyor. Yediklerimden memnun olduğum konusunda onu temin ediyorum. Gür bıyıklı biri can sıkıntısına karşı birkaç öneri sunuyor. Dediğine göre kentte Afrika kökenli memeli hayvanlar ve sürüngenlerin teşhir edildiği bir sergi açılmış. Bütün Londra bunu konuşuyormuş. Sergiyi görüp görmediğimi soruyor. Alkol içinde muhafaza edilen yaratıkları seyretmenin hiç heveslisi değilim ama adamcağızı gücendirmek istemiyorum. "Hayır, o tarafa yolum düşmedi henüz," diyorum.

Sözü Sir Hastings alıyor: "Tanrı aşkına söyler misiniz, bütün gün neyle vakit geçiriyorsunuz? Satıcıların, atların ve atlı arabaların gürültüsünden başınız şişmiyor mu?" Çıkan gürültünün bir köle gemisinde kopan kıyametin yanında hiçbir şey olmadığını söylediğimde ağzı bir karış açılıyor. Bir başkası Londra'nın yankesici sokak çocuklarını konu ediyor. Beni rahatsız ettikleri olmuş mu hiç? "Yankesici çocuklar bana pek itibar etmiyorlar," diyorum. "Ama Old Jewry ile Prince'in köşesinde duran, başına gemi biçimli bir şapka takmış, üstü başı perişan, kocamış bir Afrikalı var. Avuç açtığında ona birkaç peni verdiğim oluyor." Adamlar hep bir ağızdan bağrışıyorlar. Londra'nın serseri takımı tarafından kandırılmamak için çok dikkatli olmalıymışım. Biraz kaba bir deyiş olacakmış ama Londra'nın iti kopuğu, yol kesen eşkıya kadar acımasız olabilirmiş.

Kapıya doğru adım atıyorum. Israrcı bir geveze nasıl vakit geçirdiğimi anlatmam için adeta yalvarıyor. Beni kütüphaneye götüren bir dostum olduğunu söylüyorum. Adam elinde olmadan gülüyor. "Bütün başların size çevrildiğini tahmin edebiliyorum." diyor.

John Clarkson sertçe, "Gülecek bir şey yok," diye araya giriyor. "Onun sizden daha çok kitap okuduğuna bahse girerim."

Her toplantı sonunda köle ticareti karşıtları bana küçük armağanlar veriyorlar. Son toplantıda bir kitap, bir gazete, içine iki yer fıstığı konmuş sarımsı bir şeker parçası gelmişti. Bu kez Sir Hastings bana yeni bir tüy kalem ve çivit rengi helezonik halkalarla süslü camdan bir hokka hediye ediyor. Hokkanın hafifliğine ve pürüzsüz yüzeyine bayılıyorum. Camı ovalıyorum ama çivit mavisi camın derinliğinde gömülü. İngilizler bir şeyi ancak zor kullanılarak çıkartılacak şekilde bir başka şeyin içine gömmeye bayılıyorlar; fıstıkları şekere, çivit mavisini cama, Afrikalıları da prangalara.

Old Jewry Sokağı 18 numaradan çıkarken köle ticareti karşıtları etrafımı sarıp bana itiş kakış eşlik ediyorlar. Merdivenlerden inip Londra'nın bağrına adım atıyorum. John Clarkson kolunu uzatıyor. Kol kola evine doğru yürüyoruz. Aslında evi uzak değil ama son günlerde iki sokak yürümek bile beni zorlamaya başladı. Yanımızdan bir insan seli akarken biz karınca adımlarıyla ilerliyoruz. Olsun, umurumda bile değil. Hâlâ ayaktayım ve yürüyebiliyorum.

John Clarkson'ın evinde bir parça ekmekle tadı keskince olan Cheddar peynirinden yiyeceğim. Adı ses veren bütün yiyecekleri seviyorum: mango, *malagueta* biberi, ballı zencefil, rom... İlk istediğimde John Clarkson'ın karısı az kalsın hayretten düşüp bayılacaktı: "Rom mu?"

Küçük bir kahvaltı ve şekerlemeden sonra tüy kalemimi elime almak niyetindeyim. Eğer bu hikâyeyi bitirecek kadar yaşarsam, o benden çok daha uzun yaşar. Ben atalarımın ruhuna kavuştuktan sonra belki uzunca bir süre Londra Kütüphanesi'nde bekler. Bazen hikâyemi ilk kimin okuyacağı aklıma takılıyor. Bir genç kız olabilir mi? Belki de bir kadın olur. Bir erkek. Bir İngiliz erkeği. Bir Afrikalı. İçlerinden biri hikâyemi keşfedecek ve başkalarına duyuracak. İşte o zaman diyorum, işte o zaman bunca yaşamışlığımın bir anlamı olacak.

Bana "Afrikalı" diyorlar

{SULLIVAN ADASI, 1757}

Tubab topraklarının tam karşısında bir adaya getirilmiştik. Geri kalanların sayısı yüzü aşmazdı. Hepimizi etrafı çevrili dört köşeli bir alanın içine kapattılar. Tubablar kapıda nöbet tutuyor, arada ellerinde değnekler ve ateş sopalarıyla içeriyi kolaçan ediyorlardı. Biz de kara kara, "Acaba bundan sonra başımıza neler gelecek?" diye düşünüp duruyorduk.

Bana güneşin öteki yüzüne yolculuk etmişiz gibi geliyordu. Bu yüzü yıpranmıştı ve dolayısıyla bana pek güven vermiyordu. Her gece parmaklarım şişip uyuşuyor, güneş gökte yükselirken sızlamaya başlıyordu. Kulaklarım üşüyordu. Burnum buz gibiydi. Diğerleri gibi bana da kalçalarımı ancak örten kaba bir bez vermişlerdi. Geceleri kumlu toprağın üstünde titriyordum. Bir sabah uyandığımda ağzımdan duman çıktığını fark ettim. Dilimin tutuştuğunu sandım. Gece birinin bana büyü yaptığını veya dilimi dağladığını düşündüm. Yanma hissi duymaya hazırlandım. Çığlığı basmak üzereydim. Soluğumu tuttum. Duman kesildi. Solumaya başladım. Duman da başladı. İçimden geliyordu. Yanma yoktu, yalnızca duman! Güneş yükselene kadar soluğumdan duman çıkmaya devam etti. Sonradan sabahları ötekilerin ağızlarının da dumanlandığını gözledim.

Memleketlilerimin çoğu gün geçtikçe toparlanıyordu. Küçük ada bana yaramamıştı. Bağırsaklarımdan sürekli kahverengi bir su fışkırıyordu. Bedenim artık isyan ediyordu.

Biton bir sabah gelip yanıma oturdu. "Sen o koca suyu aştın çocuk. Şimdi ölme."

Gözlerimi kapayıp açtım. Cevap verecek gücüm yoktu. Bir süre yanımda kalıp elimi tuttu.

Günde iki kez hiç aksatmadan kapının iç tarafına hepimize yetecek kadar yiyecek ve su bırakıyorlardı. Fanta pirinçleri ve yamları karıştırıp içlerindeki et parçacıklarını ayırıyor, kokusundan bunların domuz eti olduğunu tahmin ediyordu. İkimiz o et parçalarına dokunmuyorduk ama diğerleri afiyetle yiyorlardı. Birkaç yudum su içsem de iştahım yoktu. Domuz eti yiyeceğime ölmeye razıydım. Yine de Biton her gün yanıma geliyor, yemek yemem gerektiğini söylüyordu. Bir keresinde pirinçleri parmak uçlarında top gibi yapıp ağzıma uzattı.

"Bak," dedi. "Pirinçlerin arasında hiç domuz eti yok. Yaşamak için yemek zorundasın çocuk!"

Fanta domuz etinin bütün kovayı kirlettiği yolunda sözler mırıldanacak oldu ama Biton onu susturup lokmayı ağzıma tıkıştırdı. İtiraz edecek durumda değildim.

Ayağa kalkamadığım günler boyunca Chekura yiyecek, Fomba da su taşıdı. Fanta kendimi toparlamazsam kulağımı çekeceğini söyledi ama hastayken bile onun bana analık taslamasına dayanamıyordum. Kimse isyandan ve katliamdan söz etmiyordu ama ben Fanta'nın yaptıklarını unutamıyordum. O uçsuz bucaksız suyu ölmeden aşanlar olarak küçük gruplar halinde yiyor içiyor, olacakları birlikte bekliyorduk. Biton, Chekura, Fomba, Fanta, Umu adlı genç bir kadın ve ben bir gruptuk.

Yıkanmamız için soğuk su, tenimizi ovmamız için çanaklarla yağ getiriyorlardı. Yiyecek kovaları günde iki öğün kapının iç tarafına bırakılıyordu. Bizden özellikle uzak duruyorlardı ama kimin yemek yediğini, kimin yağlandığını izliyorlardı. Bunları yapmayana sopa vardı. Chekura kuruyup çatlamış tenimi yağlamayı teklif etti. Fanta araya girip bu işi kendi yapacağını söyledi. Hareketleri çok daha yumuşak olan Chekura'yı tercih ederdim ama delikanlı Fanta'ya karşı gelmedi.

Fanta bacaklarımın ön kısmını yağlarken "Şimdi de bizi semirtiyorlar," dedi. "Bunun ne anlama geldiğini hepimiz biliyoruz."

Babamın yaptığı gibi dua etmek istiyordum. Allah'a bir ulaşabilsem, birinin imdadıma koşacağından emindim. Bayo'nun ve komşu köylerin halkı başıma gelenleri çoktan öğrenmiş olmalıydı. Ateş sopalı esir tüccarlarını alt edecek sayıda adam toplayıp peşime düşebilirler, beni kurtarmaya gelebilirlerdi. Güneşin doğduğu yöne dönüp secde ettim. Memleketim o yöne düşüyordu. *Gelip beni kurtarın. Ne olur kurtarın beni.* Namaz dualarını okumaya başladım. Biton elini omzuma koyup beni yavaşça engelledi. Yüzü ciddiydi. Bir gün önce adamın birini benim gibi ibadet ettiği için dayaktan geçirdiklerini söyledi. Dayak yemek istemiyorsam dua etmemeliydim. "Bu halinle dayağı kaldıramazsın," dedi. Öncelikle hayatta kalmaya çalışmamı öğütledi.

"Annenle babanı hatırla," dedi. "Onları yüreğinde taşıyorsun. Onların sesine kulak ver. Sana gerekeni söylerler."

"Gemide kendilerini suya fırlatanların anası babası yok muydu peki?"

"Gemiyi aklından çıkar çocuk. Otların arasında çürümekte olan bir leşten başka bir şey değil o. Leşin kokusu ve sinekleri seni şoka soktu, hepsi bu. Yanından geçip gittin. Şimdi yürümeye devam etmelisin."

"Bizi kurtarmaya gelirler mi sence?"

Biton ayağa kalkmama yardım etti. Beni umutsuz gözlerle süzdü.

"Kimler?"

"Memleketlimiz. Halkımız."

Biton sulara doğru baktı. Bakışını izledim. Bizi getiren gemi orada yoktu. Gece sessizce kalkmış olmalıydı.

"Hayır, çocuk," dedi Biton. "Kimse gelmeyecek."

İçimden Biton'un bu işlerden anlamadığını düşündüm. İbadet etmiyordu. Allah'tan habersizdi. Bu yüzden yanılıyordu. Belki bana farklı bir şekilde yardımı dokunabilirdi.

"Bir gün yeniden güç topladığımızda beni o koca suyun üstünden geri götürür müsün?"

Biton "Tavşan ayağının kalınlığı ne kadardır bilir misin?" diye sordu.

"Evet," dedim.

"İşte hepimiz ölüme o kadar yakındık. Daha altı ay önce köyümün çocuklarına güreşmeyi öğretiyordum. İçlerinde beni yenebilen yoktu. Şimdi bak halime, yaşlı bir adamdan farksızım. Söylediğini yapamayacak kadar kocadım. Sen de bunu düşünmek içim henüz çok küçüksün."

"Belki bir gün," dedim.

"Sen gel bugünü yaşamaya bak, çocuk. Yarın hayal kurarsın."

Namaz dualarını bir iki kez daha aklımdan geçirdim. *Allahu ekber. Eşhedü en lâ ilâhe illallah ve eşhedü enne Muhammeden abdûhu ve resûluhu.* Evdeki gibi dünya düşüncesini unutup ibadet etmeye benzemiyordu. Evdeyken ayın bir dönüşü boyunca gündüzleri oruç tuttuğumuz Ramazan'da bile namaz zor gelmezdi. Gelgelelim, tubab diyarında rahatça ibadet edemiyordum. İçimden dua etmek bana yalnızlığımı ve çaresizliğimi hatırlatıyordu. Günler geceleri kovalarken Allah düşüncesi siliniyordu.

Sullivan Adası'nda ortak kovadan yemek yiyorduk. Üçüncü gün yemek sırasında Fanta, Fomba'ya pis pis bakmayı sürdürünce adamcağız avucuna biraz yiyecek koyup tek başına yemek üzere uzaklaştı.

Biton birden ayağa fırladı. Fomba'nın peşinden itti. Onu omzundan tutup geri getirdi.

Bamana dilinde, "O da bizimle yiyecek," dedi. Ne dediğini Fanta'ya da anlatmamı istedi. Fomba ve benzerlerinin memleketimizde köle durumunda olmalarının burada bir önem taşımadığını söyledi. Burada, tubab ülkesinde hepimiz birlikte yiyecektik. Aramızdaki farklılıkları belli etmeyecektik. Hakkımızda hiçbir şey bilmemeliydiler.

Fanta kovaya bir tekme attı. "Ben köle doğmadım," diye homurdandı. "Hep özgürdüm."

Soğuk ve sert kumun üstünde uyuyabilmek için hepimiz birbirimize sokulmuştuk: Biton, Fanta, Chekura, Fomba, Umu, ben ve birkaç kişi daha. Bayo'da kadınlarla erkeklerin birlikte uyuduğuna hiç tanık olmamıştım. Böyle bir şey asla hoş karşılanmazdı. Oysa bu adada kucak kucağa uyumanın sıcaklığı hepimize iyi gelmişti.

Bir gece yıldız ışıltısının altında aniden uyandım. Umu'nun sıcak bacağının üstümde olmadığını fark ettim. Biton'un horultusu da duyulmuyordu. Chekura oradaydı. Fomba'yı da seçtim. Fanta maalesef dibimdeydi. Gelgelelim Umu ve Biton'dan eser yoktu.

Gruptan biraz uzaklaşıp soluğumu tuttum. İşte oradalardı. Biton ve Umu! Alt alta üst üste alçalıp yükseliyorlardı. Köpekler gibi birbirlerine kilitlenmişlerdi. Birbirlerine çarpan terli bedenlerin sesini duyabiliyordum. Doktoru hatırladım. Kadınları hep aynı saatlerde yatağına alırdı. Yemek ve ateş suyundan sonra ama daima uykudan önce! Evimdeyken bazen gecenin orta yerinde çişe gitmek için uyanırdım. Bazen annemle babamı tıpkı Umu ve Biton gibi soluk soluğa alt alta üst üste görürdüm. Şimdiyse kalkmaya cesaretim yoktu. Kıpırdamadan yatmak zorundaydım. Gözlerimi yumup bunun bir an önce bitmesini, bu sahneyi bir daha asla görmemeyi dilemekten başka çarem yoktu.

Sabah uyandığımda Umu'yla Biton yanımıza dönmüşlerdi. Herkes yine kendi havasındaydı.

Adaya bir gemi geldi. Tubablar bizi toparlamaya başladılar. Önce ishali devam edenleri ayağa kaldırdılar. Bedenim aşağı doğru çekiliyordu. Tek arzum şöyle boylu boyunca uzanıp yeryüzünün beşiğinde sallanmaktı. Saman. Ot. Toprak. Kum. Neyin üstüne uzandığım umurumda değildi. Her türlü yatacak yere razıydım. Ama beni zorla ayağa dikip öne doğru eğilmemi istediler. Tekrar etimi dağlamalarından korktum ama direnecek gücüm yoktu. Başımı öne itip kalçalarımı çektiler ve makatıma bir tutam ot tıkadılar. Canım yandı. Bedenime sancılar saplandı ama otu çıkaramadım. Beni tekrar doğrulttular. Üstümüzdeki kaba bezden örtüleri çıkarıp alev alev yanan ateşe atmamızı istediler. Sonunda gemiye bindirildik ve karşı kıyıya doğru yola çıktık.

Çok iyi bildiğim iğrenç bir koku rüzgârla burnuma doldu. Dönüp bakmasam bile kaynağını tahmin edebilirdim. Memleketten bir gemi daha gelmişti. Güvertede birikmiş insanları görebiliyordum. Gemi ağır ağır bizim kalktığımız adaya yaklaşıyordu. Yeni gelenlerle göz göze gelmek, acılarına tanıklık etmek zorunda kalmadığıma sevindim. Onlarla hiç karşılaşmamayı diledim.

Tubablar hepimize kaba bezden tek parçalık yeni bir giysi verdiler. Kollarımı sokup başımdan aşağı geçirdim. Sert kumaş tenimi tahriş etti ama bileklerime doladıkları beyaz urgan kadar acıtmadı. Gemiden rıhtıma uzatılan kalasların üstünden tubab ülkesine ayak bastık.

Hiç bu kadar tuhaf ve kalabalık bir yer görmemiştim. Etraf yürüyen, at binen, arabalar içinde gezinen düz saçlı, sarı dişli, genç, ihtiyar tubablarla doluydu. Kiminin üstündekiler paçavraya dönmüş, kimi ayağına kalın çizmeler giyip kat kat güzel kumaşlara bürünmüştü.

En tuhafıma giden de kan ter içinde, bağıra çağıra yük taşıyan, kendi ırkıma mensup insan kalabalığı oldu. Arada seslerinde neşe ve şakalaşmalar yakalıyordum. Elleri ayakları bağlı olmadığı halde hiçbiri kaçmaya niyetli görünmüyordu. İş gören yerli erkeklerden bazıları yalnızca pantolon giymişti. Yerli kadınlar ise renkli başörtüleriyle kırıtarak sokaklarda dolanıyorlardı. Kırmızısı, turuncusu, mavisi bol örtülerden gözümü alamıyordum. Bazı yerli kadınlar tubablar ile konuşup gülüşüyorlardı. Bir tubabın bir yerli kadının poposunu elleyişi gözümden kaçmadı. Kadın ağzı kulaklarında, adama güldü.

Tubab oğlanlar bizimle alay ediyor, bize taş atıyorlardı. Sokakta, merdivenlerde, balkonlarda, ahşap binaların çatılarında, at arabalarında herkes bizi seyredip bağırıyordu. Herkes çıldırmış gibiydi.

Gözüme bir tubab kadını takıldı. Başının üstüne yuvarlak bir gölgelik tutmuştu. Elleri kemik beyazlığındaydı. Hayır. Kemik olamaz. Mümkün değil. Elleri ovulmuş fildişi rengindeydi. Bir kez daha baktım. Hayır, bu deri değildi. Elleri narin ve yumuşacık görünen başka bir malzemeyle kaplıydı. İçimden "Keşke benim de olsa," diye düşündüm. Ben de bunlardan taksam, parmaklarım geceleri üşüyüp şişmezdi.

Tubab kadını gözümün içine baktı. Pembe, tombul yanaklar. İnce, solgun dudaklar. Gözleri bana derin, tehlikeli suları, *Atla çocuk. Hadi atla. Bir şey olmaz,* diye beni çağıran taşlı nehirleri anımsatmıştı.

Göz göze geldik. Kadının eli ağzına gitti. Kafa derimin kelleşmiş yerlerinin kaşıntısını, bacağımdaki yaranın sızısını ve kıçıma sokulmuş ot tutamını daha beter hissettim. Bir an önce, içimde büyümekte olan o kadın haline gelmek, saygınlığıma kavuşmak ve onu bir daha asla kaybetmemek istiyordum.

Ayağım çukura girince sendeledim. Chekura elleri bağlı olduğu halde koluyla düşmemi engelledi. "Aminata. Dikkatli yürü. Yürü hadi!"

Etrafta bir mal bolluğu göze çarpıyordu: Buğday çuvalları mısır çuvalları, atlar için saman balyaları, çivi yığınları, sokaklarda sürüklenen inekler ve domuzlar! Keçi yoktu ama tavuk çoktu. Beşi ya da daha fazlası ayaklarından aynı ipe bağlanmış, baş aşağı sallandırılmıştı. Bunları satanlar daha çok delikanlılar ve yerlilerdi.

Sokaklar ve su yolları atık ve çöp doluydu. Çürük meyveler, kedi leşleri, insan dışkısı, bozuk etler, havada daireler çizerek dönüp duran şiş karınlı ve koca kanatlı ölüm kuşları tarafından ayrım yapılmaksızın toplanıyordu. Alçaktan uçarken beni de gözlüyorlar gibime geldi. Sanki, *Vakti gelince seni de alacağız*, diyorlardı.

Memleketimin köyleri, herkes halka olup birlikte oturabilsin diye yuvarlak düzende kurulmuştu. Oysa bu yerde insanlar her yöne akıyor gibiydi. Tozlu yollar kimi zaman yan yana uzanıyor, bazen de birbirini kesiyordu. Ben böyle bir yerde kesinlikle kaybolurdum.

Beş yetişkin adam boyundaki ahşap yapının önünde uzanan açık alana götürüldük. Kalabalığından buranın bir pazaryeri olduğunu tahmin ettim. Kabak yığınları, tuz dağları, cadı fındığı çuvalları görmek umuduyla bakındım ama insandan başka bir şey göremedim. Hepsi de kaba giysiler giydirilmiş, elleri bağlı memleketlilerimdi. Chekura yanımdan uzaklaştırıldı. Fanta, Biton ve diğerlerinin çoğu alınıp götürüldü. Chekura'nın arkasından seslendim ama sesim bağrışan insanların gürültüsünde eriyip gitti. Sağlıklı esirler büyük bir çembere alındılar. Geri kalanlarımız, yani sakatlar, kanaması olanlar, gözlerini kaybedenler ya da yapımı bitmemiş gemi gibi iskelet görünümünde olanlar bir başka halka oluşturduk. Biri beni arkadan dürttü. Dönüp baktım. Fomba'ydı. Bakışları donuktu. Sendeleyerek yürüyordu. Başı iyice çarpık duruyordu. Tubablar Fomba'nın pek sağlam olmadığını çoktan keşfetmiş olmalıydılar.

"Fomba," dedim. Yüzüme baktı. Tırnağını yemek için bağlı bileklerini yukarı kaldırdı. Aklını yitirmişti ama onu geri getirebilirdim. "Öyle eğri durma. Başını dik tut!" dedim. Eğer para edecek gibi görünürse belki dayak yemekten ya da beterinden kurtulabilirdi.

Kurulu platform üstünde iki erkek tubab gördüm. Sağlıklı esirler sırayla onların önüne getiriliyordu. Tubablar avaz avaz bağırırken esirler boyunlarını büküp öylece bekliyorlardı. Bağırma kesilince esirler platformdan indiriliyor, kalabalığın arasından geçirilerek uzaklaştırılıyorlardı.

Biton platforma çıkarıldığında dimdik durdu. Bacağında bir kesik, yüzünde bir yara izi vardı ama boylu poslu, sırım gibiydi. Yağlanmış teni parlıyordu. O bakışlara dayanmak zorunda kalışı çok canımı sıktı. Bir tubab peştamalını kaldırıp büzülmüş penisine baktı. Kumaşı indirip bu kez pazulardan birini kontrol etti. Bağrışmalar çoğalınca Biton etrafına bakındı. Göz göze geldik. Dudakları oynadı: *Aminata Diallo.* Kalabalığın gürültüsünden hiçbir şey duyamıyordum ama ağzını oynatış biçiminden adımı söylediğini anlamıştım.

İki tubab platforma çıkıp Biton'un yanaklarını çekiştirdiler. Ağzını açtırıp parmaklarını içeri soktular. Her tarafını elleyip yokladıktan sonra platformdan indiler. Şamata arttı. Bir tubab geniz sesiyle şarkı söyler gibi bağırdı. Sonra hemen sustu. Kalabalıktan bir erkek sesi yükseldi. İlk tubab kaldığı yerden devam etti. Araya başka erkek sesleri karıştı. Bu karşılıklı bağrışma hali bir durup bir başlayarak devam etti. Sonunda Biton platformdan indirildi ve kalabalığın içinde gözden kayboldu.

Esirler birer birer platformda boy gösteriyorlardı. Chekura kalabalık önüne çıktığında ona seslendim. Sesimi duymadı. Biton gibi onurlu bir duruş sergilemesini istiyordum ama beceremedi. Tökezledi. Biri ağzını açmak için uzandığında kendini geri attı. Bunu gören tubablar kahkahayı patlattılar. Sonra yine karşılıklı bağrışmalar başladı. Sonunda Chekura da aşağı indirildi ve kalabalığın arasında kayboldu.

Erkek tubablar doktorun bana gemide gösterdiği tüy kalemlerden ve hokkalardan kullanıyorlardı. Adamlardan birinin yazı yazışını seyre koyuldum. Soldan sağa. Soldan sağa. Hepsi öyle yapıyordu. Bunlara tersten yazmak mı öğretilmişti yoksa? Adam onu seyrettiğimin farkına varmıştı. Sert bir bakış fırlatıp görmeyeyim diye arkasını döndü. Öteki adamlar birbirlerine yuvarlak maden parçaları alıp verdiler.

Bazıları parlak, bazıları mattı. Salyangoz kabuğu ya da bakır bilezik kadar güzel görünmüyorlardı.

Yerde ayağımın dibinde, başparmak tırnağımın üç katı büyüklüğünde, parlayan bir maden parçası dikkatimi çekti. Yavaşça çömelip yakından incelemek için elime aldım. Bir tarafında bir adam yüzü vardı. Doktorun odasında gördüğümün aynısıydı. Madeni dişledim. Kırılmayacak kadar sertti. Belki delmek mümkün olabilirdi. Üstünde bir delik açılabilirse sağlam bir sarmaşık ipiyle bileğe ya da boyna asılabilirdi. Yine de çirkin bir nesneydi. Kıymetinin nereden geldiğini anlayamamıştım.

Bağrışmalar başlayınca başımı kaldırıp platforma baktım. Sıra Fanta'ya gelmişti. Ağzını açmaya zorladıklarında adamlara tükürdü. Cinsel organına bakmak istediklerinde de tekmeler savurdu. Halk gülüyor, Fanta'yı taş yağmuruna tutuyordu. Bağırmaya başlayınca ağzına bir paçavra tıkadılar. Boğulur gibi olunca çıkardılar. Yine çığlığı bastı. Adamlar bezi yeniden ağzına sokuşturdular. Biri yaklaşıp göğsünü avuçladı. Fanta adamı tırmalayıp yüzünü kana buladı. Sonunda elleri arkadan bağlandı. Biri canını fena halde yakmadan direnmekten vazgeçmesi için dua ettim. Fanta diziyle adamlardan birinin yüzüne vurunca kalabalık yine naralarla inledi. Adam Fanta'yı tokatladı. Bir başkası koşup ayaklarını bağladı. O gün platforma çıkarılan yerliler arasında ağzına bez tıkanan ve eli ayağı bağlanan tek kişi Fanta'ydı. Adeta öldürülmek için uğraşıyordu ama adamların eğlenceden vazgeçmeye hiç niyetleri yoktu. Tubabların neşeli yaygarası sona erince Fanta'yı aşağı indirdiler.

Sağlıklı esirlerin hepsi gitmiş, tubabların çoğu alanı terk etmişti. Geri kalanlarımız dillerimizi bilmeyen giyinik yerlilerin gözetiminde öylece bekliyorduk. Güneş gökyüzünde bir hayli yol almıştı. Ne zamandır aç susuz, ayakta dikiliyorduk. Elli kişi kadar vardık. Bu grupta yaşlılar, çocuk sayılanlar, zayıflar, hastalar, kolu bacağı kırık olanlar, eksik dişliler, gözlerinden hasta olup görme kabiliyetini yitirmek üzere olanlar yer alıyordu. Bir kısmımız desteksiz ayakta durabiliyorduk. Geri kalanlar ya duvara dayanıyor ya da yığılıp kalıyordu. Bekleyişimiz sırasında bir yerli gelip bileklerimi çözdü. Fomba'nın elleri hâlâ bağlıydı. O şekilde yere çöküp sırtını bir ağaca verdi ve uykuya daldı. Ben de oturdum ama tubablar çevremde dolaştıkça gözüme uyku girmeyeceğinden emindim.

Genç bir yerli beni sopayla dürterek uyandırdı. Parmağıyla kalkmamı işaret ediyordu. Binanın önündeki tubab ve esirlerin sayısı iyice azalmıştı. Çevremdeki bütün esirler hasta, kanamalı ya da kördü. Fomba gibi aklını yitirmiş olup donuk gözlerle çevreyi süzen birkaç kişi daha vardı. Otuz kişi kalmıştık. Gürültü hafiflemişti. Gülüp eğlenen tubablardan eser yoktu. Esirleri seyreden kadın tubablar da ortalıktan çekilmişlerdi.

İki genç yerli ellerindeki kalın sopalarla bizi iteleyerek aramızda bir kol boyu mesafe kalacak şekilde ayırdılar. Bizler istenmeyen esirlerdik. Uzun bir kuyruk halinde sıralandık. Önümüzdeki alan boşaltıldı. Sağımıza ve solumuza tubablar ve işçi yerliler dikildi. Bizden otuz adım ötede, tam karşımızda, aralarında eşit mesafe bırakarak dizilmiş beş tubab duruyordu. Her birinin elinde bir ip vardı ve yere çekilmiş çizginin hemen gerisinde yer alıyorlardı.

Yanımızdaki tubablardan biri bağırarak bir şeyler söyledi ve ateş sopasını havaya doğrulttu. Biz istenmeyen esirler biraz daha aralandık. Ateş sopalı tubab bizi birer birer öldürecekti. İçimden, *Ne olur ilki ben olayım*, diye dua ettim.

Tubab silahını öyle bir ateşledi ki bağırsaklarımın kontrolünü kaybettim. Ot tıkacın fırlamasıyla atıklarım dışarı fışkırırken utancı falan unuttum. Tubablar ellerinde iplerle öne atılıp esirleri yakalayarak ipleri boyunlarına dolamaya başladılar. Biri beni tutup bağlamaya çalıştı. Bir başkası onu devirip kendi ipini belime doladı. Beni iğrenç kokulu göğsüne doğru çekerek ipi iyice sıktı. İp belimi kesmişti. Adam sıkı bir düğüm attıktan sonra ayak parmaklarıma bastı, bütün ağırlığıyla sağ ayağımı çiğnedi. Haykırdım. Adam kendini geri attı. Kanlar içinde kalan ayak parmaklarım kırılmış olabilirdi. Belime bağlı iple orada öylece kalakaldım.

Yaşlı bir esir kadını yere yıktıklarını gördüm. Kadının o koca suyu aşmış olması bile mucizeydi. Fomba gözüme ilişti. Yere oturmuş, dirseklerini dizlerine dayamış, kulaklarını elleriyle kapatmış, ileri geri sallanıp duruyordu. Beni bağlayan adam Fomba'nın da beline bir ip geçirdi. Onu kıpırdatıp ayağa dikmek için üç adam gerekti ama Fomba adamların kucağına yığılıp kaldı. Ölü gibi ağırdı, ama ölmemişti. Adamın biri Fomba'nın ellerini kulaklarından ayırmaya çalışarak yüzüne bağırdı. Başlarına bir kalabalık toplandı. Fomba'yı artık göremiyordum. Biz, tüm istenmeyen esirler bağlanmıştık.

Tubab erkekleri ikişer, üçer veya dörder kişilik hasta ve sakat esir gruplarıyla alandan ayrılmaya başladılar. Bir tubab Fomba'nın belindeki ipe asılıp onu yanıma çekti. İkimizi beraber binanın bulunduğu alandan çıkarıp tozlu bir yoldan aşağı sürükledi. Gözlerim Chekura, Fanta ve Biton'u aradı ama sağlam esirlerin hiçbiri görünürde yoktu.

Fomba benden birkaç adım uzakta yürüyordu. Gözleri açıktı ama beni görmüyordu. Ne beni, ne başkasını ne de herhangi bir şeyi! Tubab yine ayak parmaklarımın üstünden geçti. Haykırdım. Fomba başını bana doğru çevirdi. Gözlerine hayat geldi. Yüzüme baktı. Beni görüyordu. Onu o trans halinden geri getirebilen tek şey sesimdi. Şimdi büyük bir utanç duyuyordum. Fomba, Bayo'da bizim hizmetlimizdi. Şimdiyse benim ona yardım etmem gerekiyordu.

"İyi misin?" diye sordum.

Gülümsedi.

"Su bulursam sana da vereceğim," dedim.

Fomba ağzını açtı, ama dudaklarından ne bir ses ne bir sözcük çıktı.

Bir süre yürüdükten sonra bir at arabasının başında bekleyen bir işçi yerli gördük. Yanında elleri kolları bağlı, biri kadın, biri erkek iki esir vardı. Onları ilk kez görüyordum. Bizim gemiden değillerdi. Benden çok daha güçlü ve sağlıklı oldukları belliydi. Yüzlerine bakıp birkaç sözcük fısıldadım. Beni de, birbirlerini de anlamadıkları açıktı.

Tubab bizi yeniden sıraya soktu. Beş adım arayla hepimizi belimizden birbirimize bağladı. En önde giden Fomba at arabasına bağlıydı. Her an kaçacak gibi duran ikinci erkek onun arkasına geçti. Genç kadın benim önümde yerini aldı. Ben sonuncu olarak bağlanırken kadının sağına, soluna, arkasına bakındığını gördüm. Tubab arabaya bindi ve atına değnekle hafifçe vurdu. At arabayı çekerek yola koyuldu. Yürümekten başka çaremiz yoktu.

Gün boyu aç susuz yürüdük. İşemek için bile mola yoktu. Sıkıştığımızda çişimizi ayakta salıvermek, sidik yaralı bacaklarımızdan akıp çatlak tenimizi yakarken yürümeye devam etmek zorundaydık. Ara sıra sağımda o uçsuz bucaksız suyun gözüme iliştiği oluyordu ama geçtiğimiz yerler çoğunlukla ağaçlıktı. Sol tarafımda bataklık vardı. Patika hiç sonu yokmuş gibi uzayıp gidiyordu. Kendi memleketimde bile içinden ot ve saz fışkıran böylesine sulak bir zemin görmemiştim.

Yosunlar bol giysiler gibi ağaçlardan aşağı sarkmıştı. Arabanın arka tarafındaki tekerlekler sürekli hareket halindeydi. Gözümü ayırmadan saatlerce onları seyrettim. Kırılmadan, takılmadan sürekli dönüp duruyorlardı. Tekerlekler beni büyülemişti. Bacaklarımın onlar gibi olduğunu hayal ettim. Güneşin altında dönüyor, dönüyorlardı. İşçi yerli, dayak yemiş köpek gibi başı önünde, yanımızda yürüyordu.

Gece mola verdiğimizde belimizdeki düğümleri çözmediler ama oturmamıza izin verdiler. Ben önümde yürüyen kadının yanına iliştim. Korkusuzca birbirimizin yüzüne baktık. Dost bakışlar görmek içimi ferahlatmıştı. Tubabın emrindeki yerli ateş yakıp mısır lapası hazırladı. Lapayı su kabağından kaplara koyarken memleketim aklıma geldi ve çok fena içim sızladı. Adam bize su da verdi. Toprağın üstüne yayıldık. Oturunca bir güzel gerindim.

Kadınla yan yana yere uzandık. Koluyla beni sardı. Sıcaklığına ve gösterdiği şefkate minnettar kalmıştım. Bana kalsa böyle bir talepte bulunmaya asla cesaret edemezdim. Bilmediğim bir dil konuşuyordu. Birbirimizi işaret ederek isimlerimizi öğrendik. Adı Tala idi. Yemek kovasını işaret ederek birbirimize yemekle ilgili kullandığımız kelimeleri söyledik. Dil oyunu böyle sürdü gitti. Su. Ay. Yıldızlar. Kadının dilini öğrenmem için yanına uzanmam yetmişti.

Düşümde tubablar diyarında bir ormandan yürüyerek geçtiğimi gördüm. Tubablar ve yerli işçiler beni köyümden uzaklara götürüyorlardı. Sabah sisinde ilerliyorduk. Yolumuza çıkan tavşanlar sağa sola kaçışıyordu. "Çabuk olun," diyordum. Kaçışan tavşanlar görüyordum. "Çabuk olun," diye sesleniyordum onlara içimden. "Yoksa biri sizi tutup pişirecek!" Uyardığım tavşanlardan birinin karnı burnundaydı. Hayvan çalılığa kaçacağı yerde durdu, gözlerini bana dikip uzun uzun baktı. Birden bana annemin gözleriyle baktığını fark ettim. Bir süre hoplayıp zıplayarak önden gitti. Yoldan ayrılmamamı, doğru yolda olduğumu anlatmak istiyor gibiydi. Yürümeye devam ettim. Bir süre sonra tubablar köyümün avcılarına dönüştüler. Ormandan tamtam sesleri yükseldi. Köyün kadınları pınarın başında bağıra çağıra çamaşır yıkıyorlardı. Tavşan birden annem oluverdi. Başındaki tepside boğazlanmış bir tavşan taşıyordu. Birlikte bir bebek doğurtmuştuk ve eve dönüyorduk.

Ertesi sabah uyanıp yola koyulduğumuzda sağa sola memleketlilerimin anlaması için bir takım işaretler bıraktım. Tepilmekten zemini taşlaşmış yol boyunca, tarlalarda bir sürü yerli görüyordum. Bu hiç hesaplamadığım bir durumdu. Ben tubabların diyarında bir başıma kalacağımı sanmıştım. Oysa şimdi yanımızdan ırkdaşım olan kadınlar ve erkekler geçiyordu. Kimi zincire vurulmuş, kimi iple bağlanmıştı. Başında gözcü olmadan serbestçe yürüyenler de vardı. Irkımdan olanların sayısı tubablardan fazlaydı. Çevremde hareket halinde olan bunca memleketlim varken esaretim uzun sürmezdi. Nasıl olsa gelip beni kurtaracak biri çıkardı. Gelgelelim burası tuhaf, ama çok tuhaf bir dünyaydı. Yerliler arasında başkaldıran, mücadele eden ya da kaçan yoktu. Direniş söz konusu değildi. Sonuçta varlığımın farkına varan bir kişi bile çıkmadı.

Tala ile memleketten yerliler gördüğümüzde onlara çeşitli dillerde sesleniyorduk. Genelde karşılık veren olmuyordu. Yürümekle geçen birinci günün sonunda Tala tanıdık bir yüz gördü. Babam yaşında bir adamdı. Toprak yolun kenarında mola verip tarlaya serilmiş bir avuç prangalı zencinin arasındaydı. Başında bir tubabla bir de işçi yerli vardı. Uzun, sıska bir adamdı. Saçı yer yer dökülmüş olan başına, açlıktan feri sönmüş gözlerine, halsiz duruşuna bakılırsa o da bizim gibi gemiden yeni inmiş olmalıydı. Tala adama seslendi. Adam da ona karşılık verdi. Tala tubab şefinin uyarılarına aldırmadan adama bir şeyler söyledi. Birbirlerine isim saydıklarını fark ettim. *Wole. Yusuf. Fatima.* İki insan ancak bu kadar hızlı konuşabilirdi. Kısacık zamanda birbirlerine bütün sahip oldukları bilgileri aktarmaya çalıştılar. Yürüyüp geçtik. Adam hâlâ Tala'nın arkasından bağırıyor, o da cevap veriyordu. Sonunda adamın sesi duyulmaz olunca Tala yere çöküp hıçkırmaya başladı. Küçük kafilemiz durmak zorunda kaldı.

Tubab arabadan inip Tala'ya doğru yürüdü. Hemen öne atılıp ona dur işareti yaptım. Parmağımla önce kendimi, sonra Tala'yı gösterdim. Tala'nın yanında diz çöküp kulağına birkaç şefkatli söz fısıldadım. Elini tutup kaldırdım. Onu önümüzde uzanıp giden yola doğru çektim. Tubab arabaya döndü. Yerli yardımcısı tepemizde bitti. Ayağında yumuşacık deri mokasenler, üstünde kolsuz bir keten gömlek ve belden iple bağlı kaba kumaştan bir pantolon vardı. Kim olduğunu, nereden geldiğini merak etmiştim.

Adama "Bizi nereye götürüyorlar?" diye sordum alçak sesle.

Bana ifadesiz bir yüzle baktı ve anlamadığım birkaç söz söyledi.

Bu yeni ülkede memleketimin insanları sürekli yollarda, hareket halindeydi. Yol üstünde bir tubabın önderlik ettiği, dört erkek, beş kadın ve bir yük katırından oluşan bir kafile gördük. Kadınlar bohçaları başlarına koyup bebeklerini sırtlarına asmışlardı. Ellerinde çeşitli kap kacak vardı. Erkeklerin başları ve sırtları boştu ama her biri kocaman bir yatak kasasının ucundan tutmuş kan ter içinde yürüyordu. Kafile yolun en kenarından gidiyordu. Çok yavaş ilerledikleri için biz onları geçtik. Yükleri ağır olduğundan acele etmiyorlardı. Yanlarından geçerken tubabın en uzağına düşen kadınlardan biriyle göz göze gelmeye çalıştım.

"Fulfulde? Bamana dili?" diye fısıldadım. "Benim dilimi biliyor musun?"

Tek başına doğurmayı becerecek türden, kısa boylu, geniş kalçalı, çikolata renkli bir kadındı. Beni görmemiş gibi boş boş bakarak geçip gitti.

Vakit geçsin diye insanların yüzlerini inceliyor, fırsatını bulursam ateş sopalı tubaba görünmeden onlarla konuşmaya çalışıyordum. Yanımdan geçenlerde kabile işareti olup olmadığını, saç şekillerini inceliyordum. Kalın örgü mü, ayrık örgü mü, toplu mu, örtülü mü? Gözlerim köyümün insanlarına benzeyen yerliler arıyordu. Geçenlerin çoğunun benim insanlarımla hiç ilgisi yoktu. Nerede doğduklarını, buraya nasıl geldiklerini çok merak ediyordum.

Yola çıkışımızın ikinci günü karşıdan gelen bir kadın dikkatimi çekti. Kovayı başının ön tarafında taşımasından ve bebeğini sırtına asmasıdan bir Bamana olduğunu anladım.

Kadın yaklaştığında, "*I ni sógóma*," diye seslendim. *Günaydın.*

Kadın aniden durdu: "*Nse i ni sógóma*," diye karşılık verdi. *Sana da günaydın.* Sonra yine Bamana dilinde devam etti. "Vah kızım! Kemik torbasına dönmüşsün. Kimin kızısın sen?"

"Adım Aminata Diallo. Segu yakınlarındaki Bayo köyünden Mamadu ile Sira'nın kızıyım. Bu ülkede iki gündür yoldayız."

"Ben Sikasso'dan geldim çocuğum. Tembe'nin kızıyım. Adım Nyeba. Beş yağmur mevsimidir buradayım. Büyük suyu aştığına göre kuvvetli olmalısın."

"Bu yol bizi nereye götürecek?" diye sordum.

Tubab arabadan inip öfkeyle bana doğru yürüdü.

"Uzaklaş," dedi Nyeba. "Yoksa sopayı yersin."

"Seni nerede bulabilirim?"

"Şansın varsa balık ağı yardımıyla birilerine ulaşabilirsin."

"Balık ağı mı?"

Tubab başıma bir şaplak indirdi. Nyeba uzaklaşıp gidene kadar arkasından bağırdı. Bir şaplak daha yedim. Korkumdan dönüp arkama bile bakamadım. Kafileyle birlikte yola devam ettim. Bedenimin her noktasını dolduran o derin keder fışkırıp taşmak istiyordu ama gidecek bir yeri yoktu.

Bir taş atımı genişliğinde bir dereye geldik. Yarım gün kıyıda bekledik. Sekiz yerli, oyulmuş iki ağacın birleştirilmesiyle yapılmış uzun bir kanoyla bizi almaya geldiler. Ellerimizi çözüp hepimizi kanoya bindirdiler. Tubab da yerliyi, atı ve arabayı kıyıda bırakıp bize katıldı.

Üstü çıplak kürekçiler uzun kürekleriyle derenin tabanından güç alıp kanoyu suda kaydırarak yakındaki adaya yöneldiler. Hepsi güçlü pazulara sahipti ama sırtlarındaki çapraz kamçı izleri gözden kaçmıyordu. Fomba yerlilerin kürekleri suya daldırışını izliyordu. Büyülenmiş gibiydi. Yerlilerden birini dürttü. Homurtuya benzer bir ses çıkardı ve küreklerinden birini kaptı. İşçi yerliler Fomba'nın bir yandan küreği tutup bir yandan dengesini bulmaya çalışmasını gülerek seyrettiler. Fomba göz açıp kapayıncaya kadar tempoyu yakalamıştı. Küreği kullanmasına izin verdiler. Hep bir ağızdan alçak sesle bir şarkı tutturdular. Dertli ve yorgun gönüllerden kopmuş gibi gelen, daha önce hiç duymadığım hüzünlü bir ezgiydi. Onlar da büyük suyu aşmış olmalıydılar. Yoksa nasıl böyle içli şarkı söyleyebilirlerdi? Fomba'ya küreğini vereni dürttüm.

"Bamana dili bilir misin?" diye sordum.

"Maninka bilirim," diye cevap verdi bana bakmadan. "Annemden öğrendim. Afrikalıydı."

"Neresi dedin?"

"Afrika. Senin memleketin."

Heyecan içinde yüzüne baktım. Kollarına atılmak istiyordum. Başını benden tarafa çevirdi. Yüzünde kabile işareti yoktu. Tubabın bakmadığına emin olmak ister gibiydi.

Ona "Balık ağı nedir?" diye sordum.

"Birbirimizi bulma yöntemi," dedi. "Herkes bir başkasına mesaj iletir. Ben sana, sen bir başkasına..."

"Nereye gidiyoruz?" diye sordum.

"Adada çalışmaya. Kadınların yanından ayrılma. Nasıl olsa öğrenirsin."

"Yüzünde kabile işareti yok."

"Onlar memlekette kullanılır. Senin hilallerin pek güzel, çocuk. Ama ben istemem."

"Neden?"

"Ben burada doğdum. Bu adada kabile işareti kullanmayız."

"Diğerleri de mi burada doğmuş?"

"Evet. Bizim burada bir söz vardır: 'Büyük suyu geçenlerin kaderi iki hayat yaşamaktır,' derler."

Ben iki hayat yaşamak istemiyordum. Yalnızca gerçek hayatımı geri istiyordum. "Beni niye kaçırdılar sence?"

"Afrika'dan buraya getirmek için. Tubablar için çalışasın diye."

"Şu Afrika dediğin... Nedir o?"

"Anamın memleketi. Senin geldiğin yer."

"Oraya Afrika mı diyorlar?"

"Evet. Orada doğmuşsan Afrikalısın demektir. Ama burada hepimizi bir sayıyorlar. Hepimize zenci diyorlar. Zenci köle."

"Köle mi?"

"Evet, köle. Sahip'in malıyız demektir bu.

"Sahip kim?"

"Bizim efendimiz."

"Ben kimsenin değilim. Afrikalı da değilim. Ben yarı Bamana, yarı Fula'yım. Segu yakınlarındaki Bayo köyündenim. Senin o dediklerinden değilim. Afrikalı değilim ben."

"Tubab bize bakıyor."

"Bizi nereye götürecek?"

Adam bana hayranlıkla baktı. "Tıpkı anneme benziyorsun," dedi. "Kafan zehir gibi çalışıyor. Yemek ye, bilgi edin, işe yarayan biri olmaya çalış. Tubab hâlâ bizi süzüyor. Susalım artık."

"Ben özgür doğmuş bir müminim," dedim. "Allahu ekber."

Adam birden koluma yapışıp, "Sus dedim," diye fısıldadı.

Ödüm patladı. Adamın yüzüne bakakaldım. Gözlerinde öfke vardı. Pençe gibi parmaklarıyla kolumu iyice sıktı.

"Sakın bir daha o şekilde dua etme. Çok tehlikeli. Tubablar seni kamçıdan geçirirler. Hepimizi kamçıdan geçirirler." Afrikalı olduğumu söyleyen adam sonunda kolumu bıraktı. Küreği Fomba'dan alıp işine devam etti.

Yosunların üstünden kayarak geçip adaya ulaştık. Kanodan ilk indirilenler Fomba ile ikimiz olduk. Bataklık bir alandan geçip sonunda kuru toprağa ulaştık. Ateş sopası taşıyan bir yerli bizi önüne katıp götürmek için hazır bekliyordu.

Sözcükler adımlardan daha ötelere ulaşır

{ST. HELENA ADASI, 1757}

Robinson Appleby'nin çivit otu plantasyonuna geldiğimde on iki yaşlarındaydım. Sanırım 1757 yılının Ocak ayıydı. Hava soğuktu. Kalçama doladığım çuval bezi dışında çıplaktım. Bez tenimi tahriş ediyor, kızartıp aşındırıyordu. Sol ayağımın parmakları kan içindeydi. Tahminimce ikisi kırıktı. Zorlukla yürüyordum. Görkemli beyaz konağın önündeki büyük bahçeye sendeleyerek adım attığımda başımın üstünde tek bir tabak bile tutamayacak durumdaydım.

Yanımda Fomba'yla topallayarak ilerledim. İçerideki kadın, erkek, çocuk kalabalığı karşısında şaşkına dönmüştüm. Kimi benim gibi kapkara, kimi daha açık tenliydi. Bebekler ve çocuklar arasında teni sütlü kahverengi olanlar vardı. Hatta beyaz adam gibi rengi atmış olanları bile gördüm. Saç biçimleri ise görülecek manzaraydı: Kafa derisine yakın ince, sıkı saç örgüleri. Kuyruklar. Örgüler. Kazınmış başlar. Kısacık kesilmiş saçlar arasına kazınmış desenler. Parlak renkli örtülerle kapatılmış başlar. Kırmızı. Portakal rengi. Gözüm sarı bir başörtüsüne takıldı kaldı. Acaba bir gün benim de böyle bir başörtüm olur muydu?

Günlerden pazardı galiba. Kadınlar ateşin üstündeki tencerenin başındaydılar. Tencere yerine kazan demek daha doğu olurdu ama altında yalnızca üç parça odun yanıyordu. Hafif ateşte uzun süre pişecek bir güveçti besbelli. Rüzgâr bir koku taşıyıp getirdi. Et. Sebzeler. Kırmızı biber. Altı aydır ilk kez leziz bir yiyeceğin kokusunu duyuyordum. Adamın biri bağdaş kurup yere oturmuş, bacaklarını açarak tahta sıraya yerleşmiş bir başkasına sırtını dayamıştı. Yerdeki, başını öne eğmişti. Onun arkasındaki elinde usturayla ense tıraşı yapıyor, arada bıçağı kabaktan yapılma su dolu bir kapta temizleyip yeniden enseyi kazıyordu. Ayakta duramayacak kadar yorgundum ama elimde olmadan, *Adamın bıçağı var ama kullanmıyor*, diye düşündüm. *Bıçağı olduğu halde kaçmaya cesareti yoksa ben ne yapacağım?*

Zenci kalabalığının arasında önden düğmeli uzun bir ceket giymiş olan bir tubab dikkatimi çekti. Sivri burunlu, çıkık çeneliydi. Saçları kâğıt gibi dümdüzdü. Güneş vurdukça uzun ceketin düğmeleri ışıldıyordu. Pantolonu pürüzsüz, parlak bir kumaştandı. Bacaklarını iki yana açmıştı. Dünyanın sahibiymiş gibi duruyordu. Arkasındaki saman saçlı kadın tüy kalemini bir zencinin tuttuğu hokkaya batırarak yazmaya koyuldu. Solda sağa. Soldan sağa.

Tubab şefinin yardımcısı zenciydi. Bizim ırkımızdan olanların hepsinden daha iyi giyinmişti. Ayakta durmak için elindeki değnekten yardım alıyordu. Fomba'ya eğilmesini söyledi. Yüzünü ve göğsünü muayene etti. Elindeki değnekle Fomba'nın bacaklarına, kaburgalarına ve sırtına vurdu. Sıra bana geldi.

Yardımcı dosdoğru gözümün içine baktı. Bir emir veriyordu. Alt dişlerimin en önünde bir eksik vardı. Dediğini anlamadım. Tubab yaklaştı. Belimdeki örtüyü çekip attı. Eliyle bir hareket yaptı. Bacaklarımı ayırmamı istiyordu. Diğer zencilerin hepsi seyrediyorlardı. Kımıldamadan öylece durdum. Aynı işaret tekrarlandı ama ben en ufak bir harekette bulunmadım. Bir kontrole daha boyun eğemezdim. Tubabın tokadıyla yere düştüm. Sırtüstü uzanıp kaldım. Adamın bana vurmaya devam etmesi için eğilmesi gerekecekti. Zenci değneğini kaldırdı. Başımı kollarımın arasına alıp gözlerimi yumdum. Bir ses duydum. Tubab bağırarak bir emir verdi. Yeni bir darbe gelmeyince gözümü açtım. Zencinin değneğini yavaşça geri çektiğini gördüm. Tubab çömeldi. Gözünün içinde baktım. Masmaviydi. Gözleri bedenimde gezinmeye koyuldu. Göğsümdeki yara izine fazla takılmadı. Asıl ilgisini çeken başkaydı. Tomurcuklanan göğsümü incelediğini fark ettiğim an çıplaklığımı daha çok hissettim. Bir şeyler söyledi. Değnekli zenci de çömeldi. Şimdi ikisi bir ağızdan bana bağırıyorlardı.

Bir kadın sesi gürültüyü bastırdı. Kırmızı bir başörtüsü gördüm, sonra teni benimki kadar koyu bir boyun, basık bir burun, bembeyaz dişler... Kadın giysisinin önüne belden bağlı kısa bir örtü takmıştı. Önce ellerini o kısa örtüye silerek kuruladı. Değnekli zenciye verip veriştirdi. Dudakları makine gibi çalışıyor, ağzından karmakarışık, anlaşılmaz sözcükler dökülüyordu. Tubab ve zenci birer adım gerilediler. Şişman kadın eğilip beni kucakladı.

Kadının pazuları arasında aşağı yukarı sarsılıp duruyordum. Beni taşırken burun deliklerinden ıslıklar çalarak girip çıkan soluğunu duyuyordum ama konuşmuyordu. Bahçenin arka tarafında bir dizi kerpiç kulübe vardı. Kadın geniş bedenini ustalıkla kıvırarak bir kapıdan içeri daldı. Burası rutubetli bir odacıktı. İçerdeki iki adam ayakta eğilip gülüşerek el çırpıyorlardı. Kadın beni yere indirdi. Düşmeyeyim diye bir koluyla destek oldu. Erkekler susmuş, öylece bakakalmışlardı. Benim gibi bir yaratığı hayatlarında ilk kez görüyor gibiydiler. Toparlandıklarında geri geri giderek kendilerini dışarı attılar. Kadın beni bir saman şilteye yatırdı. Üstümü örtüp kabak maşrapayı dudağıma yaklaştırdı. Bir yudum aldım. Gözleri koyu kahverengiydi. İçini okumak zordu. Uzun bir ömür sürecek sağlam bir kadına benziyordu. Varlığı bana güven vermişti. Aylardır hasret kaldığım derin bir uykuya daldım.

Uykumun arasında su kabağı çanaklarla iş gören kadının çıkardığı sesleri duyuyordum. Sert, kaygan yüzeylerin birbirine çarpmasından doğan müzik bana oyuncak tamtamları hatırlatıyor, içimde bir yuva özlemi yaratıyordu. Kadının arada başımı kaldırıp bana su içirdiğini hatırlıyorum. Bir ara yüzümde sıcak ve ıslak bir bez dolaştı. Bir keresinde karanlığın ortasında bir kuş sesi duydum. Kime şarkı söylüyordu acaba? Bana sesleniyor olabilir miydi? Yanımda sıcacık bir beden uykuya daldı. Kadının kokusu hoşuma gitmişti. İçindeki o yaşam enerjisini seslendirir gibi derinden horlayışı bana güven veriyordu.

Uzun uykumdan uyandığımda üstümde bezden bol bir elbise vardı. Bana kol kanat geren kadın elimden tutup beni kerpiç damların altında yaşayan ahaliyle tanıştırmaya götürdü. Erkekler beni şaşkınlıkla seyrediyor, bazen bileklerime dokunuyor, anlamadığım bir dilde bir şeyler söylüyorlardı. Kadınlar omuzlarımı okşuyor, bana sarılıyor, parmak uçlarıyla yüzümdeki hilal dövmelere dokunup çılgınlar gibi gülüyor, bana maşrapalar dolusu su, haşlanmış mısır bazen de et ikram ediyorlardı. Eti koklayıp geri çeviriyordum. Domuz eti. Beni yatağında yatıran şişman kadın kümesten bir tavuk kapıp ayaklarından tuttu ve parmağıyla ağzımı gösterdi. Başımı evet anlamında salladım. Evet, tavuk yerdim elbette. Sonra çamurlu kafesteki uzun burunlu iri hayvanı işaret ettim. O olmazdı. Domuz yemezdim.

Kulübelerin birinden üç adam çıktı. Fomba da aralarındaydı. Beni görünce gözleri irileşti. Koşup sarıldım. Toparlanmış, gücünü toplamış görünüyordu. Belli ki karnı iyice doymuştu. Ağzını açıp adımı söylemeye çalıştı ama sesi çıkmadı.

Kadına dönüp "Bu Fomba," dedim. "Benim köyümün insanı. Bayolu Fomba."

Kadın gülümsedi. Ne dediğimi hiç merak etmediği belliydi. Nedenini biliyordum. Adım gibi biliyordum. O bir zenciydi. Kabile yerlilerinden değildi. O buranın insanıydı. Onun memleketi burasıydı. Onun beni anlamaya çalışması gerekmiyordu. Önemli olan benim onu anlamamdı. Bu kadınla konuşmayı beceremeden ne bir yere gidebilir, ne de olup biteni kavrayabilirdim. Hem kendim, hem de Fomba için onun dilini öğrenmek zorundaydım.

Kendi kulübemize döndüğümüze kadın beni kapı önünde bir kütüğün üstüne oturttu ve hiç acele etmeden benimle konuşmaya başladı. Elimi benimkinin iki misli büyüklüğündeki avucuna aldı. Tırnakları kırık, parmakları nasırlıydı. Derisi, kurumuş bir nehir yatağı gibi çatlamıştı. Elime hafifçe vurdu. Parmağını göğüs kafesimin üstünde gezdirdi ve elini omzuma koydu. Sonra parmağıyla kendini işaret etti: "Georgia." Adını söyledikten sonra bu kez iki elini bana doğru açtı.

"Aminata," dedim.

Georgia adımı üç kez tekrarlattı ama ancak "Meena" diyebildi. Bu yeni ülkede ben bir Afrikalıydım. Bu yeni topraklarda beni hiç tanımayan biri tarafından verilmiş yeni bir ismim vardı; büyük suyu aşabilmiş bir kız çocuğunun ikinci ömründe taşıyacağı yeni bir isim.

Aylar gelip geçti. Hava ısınıyor, rutubet artıyordu. Sivrisinekler öfkeyle kulağımın dibinde vızıldıyor, boynumu, sırtımı, bacaklarımı sokuyorlardı.

Georgia'nın deyişiyle "hep, hep, hep," çalışmak zorundaydık. Zamanla "hep" sözcüğünün yedi günün altısında iş bitene kadar, yani daima çalışmak olduğunu öğrenmiştim. Domuzlar beslenip kesiliyordu. Tavukların yumurtaları toplanıyor, kül ve küllü sudan sabun yapılıyor, yıkanan çamaşır elden geçirilip sökükler dikiliyordu. Tubab şefi Robinson Appleby plantasyona pek sık uğramıyor, karısı ise ona seyrek olarak eşlik ediyordu. Appleby'nin yokluğunda büyük evde başka bir tubab oturuyor, yaptığımız işi o kontrol ediyordu. İlk öğrendiğim sözcüklerden biri "kâhya" olmuştu. Birkaç ay sonra kâhya ölünce Appleby yine geldi. Birkaç gün kalıp artık adının Mamed olduğunu öğrendiğim değnekli zenciyi kâhya yaptı. Mamed'in de iki yardımcısı vardı. Üçünün de elinden ateş sopası, değnek ve kamçı düşmüyordu. Genelde plantasyonda yaşayanlar elli kadar zenci, bir zenci kâhya ve onun iki zenci yardımcısından ibaretti.

Georgia beni yanından ayırmıyor, sürekli konuşuyor, yaptığı her işin kendi dilindeki karşılığını tekrarlıyordu. Saz biçip sepetler örüyordu. Erkekler keseli sıçan avlayıp getirdiler mi hayvanları bir güzel yüzüyordu. Yakalanan kaplumbağalardan çorba yapıyordu. Hayvanlar haşlandıktan sonra kabuktan kolayca çıkıyordu. Georgia nereye gitse yapraklar, orman meyveleri ve kökler toplardı. Bir gün bana demetler halinde beyaz çiçekleri olan, bol yapraklı, boyluca bir bitki tanıttı. "Mürver," dedi. Eve dönünce yaprakları tenceresinde kaynatıp suyunu bir kaba aldı. Çiçekleri domuz yağında kavurduktan sonra karışımı dar boyunlu bir kabak maşrapaya doldurdu. Kulübesinin duvarlarındaki sopalarda ve çivilerde bunun gibi birçok su kabağı maşrapa asılıydı. Bana öğretene kadar defalarca, "Mürver çiçeği ve domuz yağı," diye tekrarladı. Bir gün evine bir adam geldi. Ayağında iltihaplı bir yara vardı. Georgia adamın ayağına yaptığı o karışımdan sürdü. Adam karşılık olarak ona içinde keskin bir sıvı olan bir su kabağı hediye etti. Kadın kaptan bir yudum içti, ağzını alev kusar gibi açarak "İçki," dedi.

Georgia'nın ağzından her çıkanı tekrarlıyordum. Birkaç ay sonra konuşma tarzına alışmıştım. Zamanla onu anlayıp sorularına karşılık vermeye başladığımda bana aslında iki dil öğrettiğinin farkına vardım. Maninka ile Bamana dili gibi birbirine benzer iki dildi bunlar. Ses olarak yakındılar. Georgia, plantasyondaki zencilerle "Gullahça"[4] dediği bir lisan konuşuyor, Robinson Appleby ve diğer beyazlarla ise İngilizce anlaşıyordu. "Adam domuzu çalmış", "uzun süren kuraklık mısırları mahvetti", "biz ön tarafta yemek yiyoruz, beyazlar arka ta-

4 ABD'nin Güney Carolina eyalaletinde yaşamış olan ve Gullah adı verilen Afrikalı kölelerin konuştuğu, İngilizce ile Batı ve Orta Afrika dillerinin karışımından oluşan bir dil. (yay. n.)

rafta yiyorlar", gibi sözleri hem Gullahça hem İngilizce söyleyebilmem gerekiyordu. Zencilerin dilinde beyaz adam için bukra[5] sözcüğü kullanılıyordu. Georgia beyaz adam için "Beyaz" sözcüğünü kullanmamam konusunda beni ciddiyetle uyarmıştı.

"Bir beyaz adama beyaz dersen seni dayaktan gebertir."

"Onlara ne diyeceğim peki?" diye sordum.

Georgia, çiftliğin sahibine "Sahip Apbee" diyebileceğimi söyledi. Bir bukraya ilk adıyla hitap edersem kesinlikle dayak yermişim. Kişinin soyadını bilmiyorsam "Sahip" ya da "Hanımım" demem yeterli olurmuş. Bir bukra benimle konuşurken asla gözünün içine bakmamalıymışım. Bilsem de ondan daha çok bildiğimi göstermemeliymişim. Georgia "Salak gibi de durmayacaksın elbette," diye ekledi. En iyisi efendinin sözlerine eğitimli bir köpek gibi kulak vermekmiş. Özellikle yalnızken Appleby'den olabildiğince uzak durmamda fayda varmış. Georgia son bir uyarıda daha bulundu. Bukraların Gullahça bilmediklerini asla unutmamam gerektiğini söyledi. Beyazlar yalnızca kendi dillerini anlıyorlardı. Zenci dilinin tek kelimesini bile bukralara öğretmem yasaktı. Ayrıca bukra dilini iyi anladığımı da belli etmemem gerekiyordu.

Georgia dilleri hemen kapmış olmamdan memnundu. Beni plantasyondaki diğer kadınlarla erkeklere gösteriyor, başarımla övünüyordu.

"Öyle çabuk öğreniyor ki." diye anlatıyordu. "Pat, pat, pat! Kelimeler kartal gibi fırlıyor ağzından."

Güldüm. Bu kadının konuşmalarına bayılıyordum. Ağzını her açışında beni hayrete düşüren bir şey söylüyordu. Konuşma tarzının hayatı benim için dayanılır kılan bir yanı vardı.

Bir gün bana "Tatlım," dedi. "Şu Fomba neden konuşmuyor?"

Geldiğimiz büyük gemide dilinin tutulduğunu söyledim.

"Büyük suyu beraber mi geçtiniz?"

---

5 *Buckra.* Güneydoğu ABD'deki siyahi kölelerin beyazlar için kullandığı bir argo sözcük. (yay. n.)

"Evet."

Georgia başını sallayıp ellerini omuzlarıma koydu. "Nasıl olmuş da koskoca adamın dili tutulmuş," dedi. "Bak sen de koca suyu aşmışsın ama kafan zehir gibi çalışıyor." Georgia'nın bu konu üstünde kafa yorup durumu anlamaya çalıştığı belliydi. Kollarını göğsünde kavuşturup ellerini koltukaltlarına soktu. "İyi ki yolda hepinizin dili tutulmamış."

Georgia'ya Fomba'nın bizim köyün *woloso*'su yani kölesi olduğunu söylemedim. Bunu kimsenin bilmesini istemiyordum. "Çalışkandır," dedim. "Öküz gibi kuvvetlidir."

Georgia "Farkındayım," dedi. "Dün koca bir domuzu kucaklayıp kanı süzülsün diye kızıl meşe dalına astı. Üç kişinin yapacağı işi tek başına becerdi."

Fomba'nın yaşamasını istiyordum. Konuşamaması içime dert olmuştu. Plantasyonda iki tip köle olduğunu öğrenmiştim. Birinci grup benim gibi tubabların dilini anlayıp konuşan "aklı başında zenciler"di. Bir de öteki grup vardı: Salaklar. Bunlar beyazlarla tek kelime konuşamayan, asla hafif işler alamayan, bir zanaat öğrenip bir beceri edinemeyen, fazladan yiyecek ya da ayrıcalık hak edemeyenlerdi.

Fomba'nın bir domuzu tek başına ipe asıp kanını akıtabileceğini bilirlerse, belki ona ilişmez, hayatını rahatça sürdürmesine izin verirlerdi. Fomba'nın baskı karşısında paniğe kapıldığını gayet iyi biliyordum. Kendi başına çalıştığında, örneğin göle sönmemiş kireç atıp balıkları sersemleterek avlandığında iyi iş çıkarırdı. Bağımsız çalıştığı zamanlar gücü kuvveti yerine gelir, becerisi artardı. Onun hep öyle olmasını arzuluyordum. Çevremde daima güçlüler olmalıydı.

Sivrisineklerin merhametsizce hücum ettiği bir gün Georgia ile teknelerin başında çamaşır yıkıyorduk. Mamed gelip işe ara vermemi ve kendisini izlememi söyledi.

Georgia "Kızı rahatsız etme," diye atıldı. "İşi başından aşkın."

Mamed onu itip koluma sımsıkı yapıştı. Köle gemisinin prangasına vurulmuş gibi canım yandı.

Georgia çaresiz kalmıştı. Adamın arkasından "Kızın başına bir iş gelirse seni fena yaparım." diye seslendi.

Mamed beni çekerek barınakların arka tarafına götürdü. Sağ dizini tam bükemiyor, bu yüzden de ağırlığını değneğine vererek yürüyordu. Yine de bu engeli hızını kesmemişti. Gücünün yerinde olduğu belliydi. Pantolonunun dizden aşağısı kesikti. Yürürken bacak adaleleri yılan gibi oynuyordu. Kırlaşmış saçları benimki kadar gür değildi. Plantasyondaki zencilerden daha açık bir ten rengine sahipti.

Georgia'nın görüş alanı dışına çıktığımızda Mamed bileğimi bıraktı. O önde, ben arkada ormana daldık. Sonunda bir açıklığa geldik. Karşımızda direkler üstüne oturtulmuş, duvarı ve zemini olmayan bir kerpiç dam yükseliyordu. Dam yalnızca gölgelik olsun diye yapılmıştı. Altına serviden yapılma dikdörtgen tekneler yerleştirilmişti. Üçer tekneden iki sıra olmak üzere toplam altı tekne vardı. İçlerinden sidik kokusu yayılıyordu. Yan yana duran üç teknenin her biri farklı yükseklikteydi ve borularla birbirlerine bağlanmıştı.

Mamed bana çam iğneleri ve bir fırça uzattı. Teknelere nasıl gireceğimi, fırçayı küllü suya sokup tahtaları nasıl ovacağımı gösterdi. Sonra durup talimatına uygun çalışıp çalışmadığımı inceledi. Zor bir işti ama ona çabuk öğrendiğimi ve iyi iş çıkaracağımı kanıtlamak istiyordum. Onu kızdırmak hiç işime gelmezdi.

Gece Georgia'ya bana neden tekneleri temizlettiklerini sordum.

Georgia "Çivit için," dedi.

"Çivit mi?"

Georgia bunun bukra giysilerini boyamak için kullanılan bir madde olduğunu belirtmekle yetindi. Giysilerle içi boş ahşap tekneyi fırçalamanın nasıl bir ilgisi olabileceğini kestirememiştim. Ben

Mamed'le birlikteyken Georgia da erkeklerle bir araziden kütük getirmeye gitmişti. "Yılan sokar, arı sokar, böcek ısırır, kısacası pis bir iş," diye anlattı.

Mamed her gün beni tekne temizlemeye götürüyordu. Bir gün soluk almak için başımı kaldırdığımda Appleby'nin bana doğru gelmekte olduğunu gördüm. Mamed teknede kirli bir yerin kaldığı bahanesiyle değneğini sırtıma indirdi. Appleby'nin gözleri üstümde fazlaca gezinmişti. Tenimi tahriş etse de belimdeki çuval bezine şükrettim. Appleby az sonra çekip gitti. Mamed'den bir daha sopa yemeden işimi tamamladım.

Mamed benimleyken zenci dili konuşmuyor, beyazların lisanını yeğliyordu. Bunun tipiyle bir ilgisi olup olmadığını merak ediyordum. Teni benimkinden daha açık, bukralardan daha koyuydu. Ona anne babasını sormak istiyordum ama cesaretim yoktu.

Bir zaman sonra Mamed çamur temizleme işini kavradığıma ikna olunca tepemde durmaktan vazgeçti. Teknede bir noktaya işaret koyuyor, "Şuraya kadar temizleyeceksin," deyip gidiyordu. Döndüğünde işarete gelip gelmediğimi kontrol ediyordu. Kendimi değnekten korumak için işi bir an önce bitirmeye çalışıyor, bir yandan da babamın bana moral verici sözler söylediğini hayal ediyordum. Ah, insanın başında babasının olması ne büyük nimetti. Babam olsa benimle aynı dili konuşur, kendimi sopadan nasıl koruyacağımı, bileklerimi sıkan kocaman ellere nasıl karşı koyabileceğimi, bu yeni ülkede nasıl var olabileceğimi öğretirdi. Bana yol gösterebilecek bir yakına öyle ihtiyaç duyuyordum ki... Babamın tok ve gür sesini hatırlamaya çalışıyor, parmaklarıyla koluma hafifçe dokunarak, *Sana ne yapman gerektiğini anlatayım Aminata*, dediğini hayal ediyordum. *Hayatta kalmanın yolu şu: Tavuklardan başlayalım mesela. Burada tavukları kesip kanını akıtmazlar. Şak diye kafasını koparıp içini temizleyeceksin. Mümkünse domuz eti yeme, ama bu konuyu çok da fazla dert etme. Artık yeni bir ülkedesin. Hayatta kalmak için ne gerekiyorsa onu yap. Gözüm daima üstüne olacak kızım. Yıldızlardan kendime göz yaptım. Yeni ülkende seni görebiliyorum. Sen o koca suyu aşmayı başardın ya, yaşamak için buraya da uyum sağlamayı bilmelisin.*

Mamed günde birkaç kez yaptığım işi görmek için uğruyor, gönülsüzce kafa sallıyor, arada su ve yiyecek getiriyordu. Yedi gün sonra teknelerin temizliği bitti. Mamed sonuçtan memnundu.

Gece yattığımızda Georgia, Mamed'in işimi beğendiğini söyledi.

"O nereli?" diye sordum.

"Burada Carolina bataklığı taraflarında doğmuş bir zenci."

Kadının yerin ismini söyleyiş biçimi dikkatimi çekmişti. Sözcüğü bayağı yayarak "Kağ-lağ-na" der gibi söylüyordu. Onun sözcükteki her sesi nasıl çekip uzattığını düşünürken Georgia bir ayrıntı daha verdi.

"Mamed'in annesi saf Afrikalıdır."

"Sahi mi?" diye bağırdım.

"Yavaş be çocuk!"

Kadının bileğine yapışıp, "Annesi Afrikalı, öyle mi?" diye fısıldadım.

"Hıı, evet."

"Neresindenmiş?"

"Bırak şu elimi kızım!"

Elimi çektim. "Afrika'nın neresinden?"

"Afrika'dan işte. Ötesini ne bileyim ben?"

"Annesi yaşıyor mu?"

"Öleli çok oluyor."

"Sen Mamed'in annesini tanıdın mı?"

"Hiç görmedim. Ama dahası var."

"Yani?"

"Mamed'in babası bukradır. Coosaw Adası'nda kendi plantasyonu vardı."

"Babası yaşıyor mu peki?"

"O da ölmüş."

"Peki Mamed ne diye köle olmuş?"

"O buranın kâhyası," dedi Georgia.

"Ama o da köle değil mi?"

"Evet ama sana, bana benzemez. Pek kibirlidir."

"Babası bukra demiştin, değil mi?"

"Aynen," dedi Georgia.

"Peki bu durumda Mamed nasıl köle sayılıyor?"

"Köle bir anadan doğduysan köle sayılırsın. Köle bir babadan doğduysan da köle sayılırsın. Yani kanında zencilik varsa kölesindir."

Mamed'in bizim plantasyona nasıl geldiğini sormaya hazırlanırken Georgia benden önce davrandı.

"Mamed'in anası ölünce bukra baba oğlunu Sahip Apbee'ye satmış!"

Bir süre sustum ama uyku tutmuyordu. Yaşamını bizimle paylaşmayan bir adam için ahşap tekne temizlemek, çamaşır yıkamak, tavuk boğazlamak bana saçma geliyordu. O ne hakla benim ve diğerlerinin sahibi olabilirdi? Her zaman mı, yoksa yalnızca iş saatlerinde mi sahibimdi acaba? Uyurken de onun malı mıydım? Ya düş görürken?

Georgia fena horluyordu. Kolunu dürtmekten kendimi alamadım.

"Hıh?" diye uyandı.

"Köle ne demek?"

"Saçma sapan sorularınla uykumu bölmesene!"

"Bir adam nasıl bizim sahibimiz olabiliyor?" diye sordum.

"Bal gibi oluyor işte!"

"Ya biz istemezsek?"

"Neyi?"

"Çalışmayı."

"Çalışmazsan ölürsün." dedi Georgia. "Bukranın tarlaları işlenecek, evleri dikilecek. Bu işleri görmezsen seni öldürürler."

"Biz buraya gelmeden önce, zencilerden önce, Afrikalılardan önce bütün bu işleri kim yapıyordu?"

Georgia "Ne de güzel bir rüya görüyordum," diye sızlandı. "Ne diye gevezeliklerinle kafamı şişiriyorsun gece vakti? Kimmiş, neymiş, ne zamanmış? Bak kızım, yorgunluktan ölüyorum ben. Kemiklerim kök sökmüşüm gibi ağrıyor."

Sesimi kesip uyumaya çalıştım. Belki uygun bir zamanda aynı soruları yeniden sorardım. Artık onunla konuşup anlaşabildiğim için kafama üşüşen bütün sorulara cevap arıyordum.

Georgia yatakta benden öteye kaydı. Bir an öylece kaldı. Sonra bana dönüp "Siz Afrikalıların çenesi hep böyle düşük müdür?" diye homurdandı.

"Senin aşağı kalır yanın yok ki," dedim. "Bir başladın mı kuyruğu tutuşmuş köpek gibi hiç susmuyorsun!"

Georgia güldü. Kalktı, kapının dışında duran kovaya gidip ihtiyacını giderdi. Yatağa dönünce "Senin Afrikalı çenen dörtnala giden attan beter," dedi. "Ağır ol tatlım, yoksa ağaca toslayacaksın. Şimdi izin ver de uyuyayım. Yoksa seni fena pataklarım." Sırtımı şöyle bir sıvazladı. Arkasını döndü ve anında horlamaya başladı.

Uykuya dalmam kolay olmadı ama Georgia'nın çıkardığı sesler ve yatağa yaydığı sıcaklık bana huzur vermişti.

Bir ay sonra Mamed bizi bir çiftliğe çalışmaya götürdü. İşçi zenciler grubuna Georgia, Fomba ve ben de katılmıştım. Mamed'in gözcülüğünde tarlada tohum ekmeye başladık. Bir ara kendimi memleketimde sandım. Topuğumla toprakta çukur açıyor, içine bir tohum atıyor, öbür ayağımın parmaklarıyla çukuru kapatıyordum. Mamed'in becerime hayran olduğu gözümden kaçmamıştı. Buna karşılık erkekler uzun çapalar kullandıklarından çok daha hızlı ilerleyebiliyorlardı.

Bazen yakınımızda çalışanlarla hep bir ağızdan bir şarkı tutturuyorduk. Şarkıya giren genellikle Georgia oluyordu. Toprağı kazıp, tohum atıp çukuru kapatırken sıralar halinde çalışıyor, düzeni bozmuyorduk. Birden Georgia'nın o boğuk, hüzünlü sesi duyuluyordu. Onca şarkıyı nereden öğrendiğini çok merak ediyordum. Bazen yalnızca kendi söylüyor, bazen de her dizeyi tekrar etmemizi bekliyordu. Birlikte söylerken her tekrarda bir tohum atacak şekilde ritim tutturarak çalışıyorduk.

Son iş günümüzde çukurları açarken Georgia yine bir dize söylüyordu: "*Dağ gibi babam vardı, gitti de gitti.*"

O susunca biz tohumu çukura atıp ona karşılık veriyorduk: "*Dağ gibi baba gitti de gitti.*"

Sol tarafımdaki sırada çalışan Fomba şarkıya katılmasa da tohumunu atıyordu. Çukurlarımızı kapatıp bir adım atarak bekliyorduk. Georgia, "*Kızgın güneş altında on kütük devirirdi,*" diye şarkıya devam edince, yeni bir çukur açıyorduk. Tohumumu atıyor, diğerleriyle birlikte ben de şarkıya katılıyordum: "*Güneş altında on kütük devirirdi.*"

Georgia'yı beklerken ayağımı kaldırmış yeni bir çukur açmak üzereydim. Kadının şarkıya başlamasıyla yılanın üstüne basmam bir oldu. Hayvan kıvrılıp büküldü, halkalandı, dilini çıkarıp tısladı. Çığlığı bastım. Fomba derhal yanıma koştu. Çapasını hızla indirip yılanın başını kopardı. Ben daha teşekkür edemeden bir eliyle kafayı, diğeriyle hâlâ kıvranıp duran bedeni tutup öteye fırlattı.

Georgia atılıp ona, "Köylü salak!" diye çıkıştı. Leşi bulmak için Fomba'nın yılanı fırlattığı yere koştu.

Georgia o gece yılanı bir güzel yüzdü. Soyduğu deriyi iyice yağladı. Yağlama işlemine birkaç gün devam etti. Sonunda deriyi kuruttu ve pazar günleri çamaşıra giderken giydiği yeşil ve mavi tavuskuşu tüylü hasır şapkasının etrafına iki kez dolayıp süs yaptı.

Bana, "Yılan ya da sahip, ikisi de bir," diye açıkladı. "Onların giydiklerini giymek uğur getirir."

On beş gün sonra ekinler kumlu toprağı iteleyip baş vermeye başladılar. Mamed'in gözetiminde elimde kovayla sulama yapıyordum. Artık hepsi topraktan fırlamıştı. Yapraklar irileşince Mamed günde on sıranın bakımını bana verdi. Görevim çekirge ayıklamaktı. Bunu yaparken yapraklara kesinlikle zarar vermemem, üstlerindeki hafif toz tabakasını zedelememem gerekiyordu. Böceği usulca alıp parmaklarımla ezecek ve kovaya atacaktım. Bütün bitkileri birer birer gözden geçirmek zorundaydım. Mamed her yaprağı tanır gibi inceliyor, onları böceklere kurban etme düşüncesine tahammül edemiyordu. On sıra bitkiyi günlerce tek tek temizledim. Artık hepsi iyice boylanmıştı.

Sahip Appleby'nin evinin temizliğini bir zenci kadın yapıyordu. Çalışırken bebeğini tıpkı Afrikalılar gibi sırtına asıyordu. Diğerlerinden biraz uzakta bir kerpiç kulübede yaşıyor, kimseyle kaynaşmıyordu. Gullahçayı artık rahat konuşabiliyordum. Bir gün minik bahçesinde çalışan kadını yoklamaya gittim.

"İyi akşamlar, Cindy-Lou," dedim.

Kadın homurdanır gibi bir ses çıkarıp ot yolmaya devam etti.

"Bebeğini tıpkı Afrikalılar gibi sırtına asıyorsun."

Kadın yine homurdandı ama konuşmadı.

"Fomba ile ben aynı köydeniz," diye anlattım. "Bayo'da biz de bebekleri senin gibi bağlayıp..."

"Ben buralıyım. İşim çok. Fasulyelere sırık dikeceğim. Bana Afrika'yı anlatıp durma."

Gece yattığımızda Georgia beni bir güzel azarladı. "Afrika lafı edeyim deme sakın. İster ağzı sıkı bir zenciyle ol, ister atlı bir beyazın yanında yürü, memleketinle ilgili bilgi verme sakın. Yoksa Carolinalı bukralar Afrika'nın kaç bucak olduğunu gösterir sana."

Ertesi akşam yemekte Georgia nihayet biraz toparlandığımı, o bir deri bir kemik halimin kalmadığını söylüyordu ki Appleby ansızın kulübeden içeri daldı. Uzun boylu, bakımlı bir adamdı. Dar bir pantolon, kaliteli deriden binici çizmeleri giymişti. Ona güven duymuyordum ama uzaktan olmak kaydıyla kendisini biraz tanımak istiyordum.

Appleby'nin Georgia ile yaptığı konuşmanın her sözcüğüne dikkatle kulak verdim. Adam başka bir adada sancı çeken bir kadın olduğundan söz ediyordu.

"Bu gece çalışırsam yarın tam gün izin isterim," dedi Georgia.

"Yalnızca öğlene kadar," diye itiraz etti Appleby.

Georgia geri adım atmadı. Adam razı oldu. Georgia bir dahaki gelişinde kendisine Charles Town'dan ufak boy bir havan ve havaneli getirmesini istedi. Appleby kabul etti. Georgia merhemlerini, ilaçlarını ve bitkilerini bez torbasına doldurdu. Sonra elimden tutup adamın karşısına dikildi.

"Sen tek gideceksin," dedi Appleby.

"Kız da gelsin."

"Peki, acele edin o zaman."

Georgia biraz zorlansa da Appleby'nin hızına ayak uydurmaya çalıştık. Georgia burnuna bir şey kaçmış gibi hızlı hızlı soluyordu. Mutlu Jack adındaki zenci plantasyon işçisi iki at ve arabayla bizi bekliyordu. Georgia ile ikimiz arabaya bindik. Sarsılarak yol alıp bir iskeleye vardık. Appleby eşliğinde, oyulmuş servi gövdesinden yapılma, iki yandan kütüklerle desteklenmiş bir kanoya bindik. Başka bir plantasyonun zencileri ayakta dikilip ellerindeki sırıklarla zemini iterek kanoyu su üstünde kaydırmaya koyuldular. Georgia yol boyunca kürekçileri soru yağmuruna tuttu. Çok hızlı konuşuyordu. Appleby konuşulanları anlamadığı gibi ilgili de görünmüyordu. Georgia, Koca Joe'nun nerede olduğunu sordu. Sonra Quaco'yu merak etti. St. Helena Adası'ndan götürüldükten sonra Sally'e ne olduğunu öğrenmeye çalıştı. Kanodaki adamların verdiği cevapların çoğunu anlıyordum. Nihayet başka bir adaya vardık. Kıyıda bizi bir atlı araba bekliyordu. Kısa bir yolculuktan sonra bir kulübeye ulaştık. İçeriden bir kadının bağırışları yükseliyordu.

Georgia içeri girmeden önce yeni plantasyonda karşımıza çıkan bukraya, "Sahip, senden pipo ve tütün isterim," dedi. "İki kol boyu uzunluğunda da Charles Town bezi."

Adam "İki pipo ve tütün veririm, başka zırnık alamazsın." diye karşılık verdi.

Georgia başıyla onayladı. Birlikte kulübeden içeri girdik.

Kadının biri yatağa uzanmış yatıyordu. Başucunda üç mum vardı. Georgia bukra adamdan bez ve üç kap dolusu sıcak su istedi. Sonra Appleby ile birlikte onu kulübeden kışkışladı. Torbasından ağzı sıkıca kapatılmış su kabağı içinde getirdiği yağı çıkardı.

Bana "Kadının başucuna git ve onunla konuş." dedi.

Sağ elini yağladı. Kadının bacaklarını aralayıp elini içeri soktu. Ben kadının gözünün içine bakıp adını sordum. Cevap vermedi. "Adın ne?" diye sordum bir kez daha. Yine cevap yoktu.

Georgia İngilizce olarak, "Sana adını soruyor," diye seslendi. Yine karşılık gelmedi.

Kadın korkmuşa benziyordu. Bu defa Bamana diline geçtim. Kadının gözleri irileşiverdi. Fulfulde konuştuğumda ise dili çözüldü.

Georgia dirseğiyle beni dürttü. "İyi ki buradasın çocuk," dedi.

Kadının adı Falisha'ydı. Büyük suyu aşalı birkaç ay oluyordu. Falisha birden elime yapıştı ve bedeni şiddetle kasıldı.

Georgia elimi kadının karnının üstüne koyup ileri geri gezdirdi. Herhangi bir şey hissedip hissetmediğimi sordu.

"İkiz doğuracak," dedim.

Georgia'nın ağzı bir karış açıldı. "Nereden anladın?"

"Sana daha önce anlattım ya. Bu işi bana annem öğretti."

"Keşke anan burada olsaydı," dedi Georgia. "Bu kadın ölebilir."

Falisha gece boyu sancı çekti. Sancılar dindiğinde dili çözülüyor, aylardır kimseyle konuşmamışçasına anlatıp duruyordu. İki çocuğu memlekette kalmıştı. Kocasını da onunla birlikte kaçırmışlardı ama adamcağız gemide ölmüştü. O faslı duymak istemiyordum. Hiç soru sormadım. Yorulup susacağını umut ediyordum ama Falisha durmak bilmiyordu. Çocukları üç ve beş yaşlarındaydı. Şimdi nerede olduklarını, onlara kimin baktığını bilmiyordu. Kadın konuşmayı bırakıp derinden uzun bir inilti koyuverdiğinde rahatladım.

Falisha talimat beklemedi. Kendiliğinden ıkınmaya başladı. Birkaç itişten sonra bebeğin başı çıktı. Sonra omuzlar, gövde ve minicik ayaklar göründü. Georgia bebeği kundaklayıp kucağıma verdi. Minicik basık bir burnu, çıkık bir ağzı vardı. Bu minnacık yaratığın özgürce yaşayamayacağını kavraması için uzun yılların geçmesi gerekecekti.

Falisha kesik kesik soluyordu.

"Oğlun oldu," dedim ona.

Falisha hafifçe tebessüm etti ama konuşacak hali yoktu.

"Bir bebek daha geliyor," dedim kadına.

O anda ilki çığlığı bastı.

"İyi bari, soluk almaya başladı," dedi Falisha. "Artık ölebilirim. Bebeğimi sen al Fula kızı. Ben ölüyorum."

"Öleceğin falan yok." dedim. "İçinde bir bebek daha var."

Falisha bir süre için daldı. Bebek uyuyana kadar onu göğsüme bastırdım.

"Ne garip konuşuyorsunuz," dedi Georgia.

"Fulfulde diyoruz buna."

"Fu... Ne?"

"Bizim ana dilimiz," diye açıkladım. "Fulfulde."

Bu açıklama Georgia'nın pek ilgisini çekmedi. Bir pipo yakıp tütün içmeye koyuldu. Anneyle bebeğini uyandırmaya niyetim yoktu ama günlerdir zihnimde dönüp duran soruyu sormanın tam zamanıydı. Georgia'ya, "Aradığım bir erkek var," diye fısıldadım. "Adı Chekura."

Georgia beni tepeden tırnağa süzdü. "Erkek aramak için henüz çok gençsin." dedi.

"Benim erkeğim değil," dedim. "Büyük suyu birlikte aştık. Ağabeyim gibi."

Önce, "Ağabeymiş!" diye söylendi ama yüzümdeki ciddi ifadeyi görünce yumuşadı. "Eğer bataklık tarafındaysa mutlaka balık ağına takılır."

"Balık ağı nedir?" diye sordum.

"Bizim de kendimize göre yöntemlerimiz vardır," dedi Georgia. "Zencilerin ağzı nehre benzer. Sözlerimiz bu nehirler yoluyla Savannah'tan St. Helena'ya, oradan Charles Town'a ve daha ötelere akar gider. Söylenenlerin Virginia'ya kadar gidip geri döndüğüne şahidim. Sözlerimiz yayan giden bir adamdan çok daha hızlı yol alır. Böylece aranan adam balık ağına takılmış olur."

"Henüz adam sayılmaz," dedim. "Delikanlı daha. Adı Chekura."

"Bu yakınlardaysa balık ağıyla bulurum onu. Ya da o seni bulur."

Georgia pipoya koyduğu tütünü başparmağıyla sıkıştırdı. "Sen içiyor musun?"

Başımla hayır işareti yaptım. "İnananlar tütün kullanmaz."

"İnananlar mı?"

Gökyüzünü işaret ettim: "Allah."

"Sen neden söz ediyorsun kızım?"

"Tanrı," dedim.

"Tanrı'nun bununla ne ilgisi var?"

"Tanrı tütün içenleri sevmez. Kitabımız tütünü kabul etmez."

"Sakın kitap lafı etme. Bukralar bundan hiç hoşlanmazlar."

Kafam iyiden iyiye karışmıştı. Gemide doktorun, kamarasında, lamba ışığında kitap okuduğunu gözlerimle görmüştüm.

Georgia, "Tanrı'nın bu işle ne ilgisi var anlamadım." diye tekrarladı.

"Tanrı tütünü yasaklamış," dedim.

"Hıh," dedi Georgia elleriyle bacaklarına vurarak. "Sahip Apbee'nin Tanrısı var ama o pipo içer. Plantasyonda İsa'yı dillerinden düşürmeyen iki zenci tanıyorum. Onlar da tütün kullanıyor. Kimimizin Tanrısı var, kimimizin yok, ama Carolina'da tütün sevmeyen tek zenci bulamazsın."

Palmiye şarabıyla tütünün bize yasak olduğunu ama kola fındığı yiyebildiğimizi Georgia'ya nasıl anlatacağımı bilemedim. Köyümden kaçırıldığım günden beri kola fındığına hasrettim. Ayrıca ona Kuran'ı anlatabilmek beni aşan bir işti.

Bebek ağlamaya başladı. Georgia onu kucağımdan alıp aranan ağzını Falisha'nın meme ucuna dayadı. Bebek kıtlıktan çıkmış gibi emmeye koyuldu.

"Bu onu susturur işte," dedi Georgia.

Bu arada Falisha uyandı ve bir kez daha ıkındı. İkinci bebek çabucak geldi. Kızdı. Solgundu. Kıpırdamıyordu.

Georgia göbek bağını kesti ve bebeğin solumaya başlamasını nafile bekledi. Kalbi atmıyordu. Bebeği bir beze sardı.

"İkincisi ne?" diye sordu Falisha.

"Ölü doğdu." dedim.

"Kız mı?" diye sordu Falisha.

"Evet."

"Hep bir kızım olsun istemiştim." Falisha elini gözlerinin üstüne koyup yüzünü örttü ve öylece kaldı.

Eğilip başını okşadım. Karşılık vermedi. Hiç kımıldamadan yatıyordu. Kalkıp biraz temiz hava almak için dışarı çıktım. O gece yıldızlar her zamankinden daha parlaktı. Cırcır böcekleri ötüşerek sonu gelmez şarkılarına dalmışlardı. Gökyüzü bu kadar kusursuzken, yeryüzü nasıl yanlışlarla dolu olabilirdi?

Georgia yanıma geldi. "Gitme vakti," dedi. "Birazdan bukralar gelir. İkinci bebek bizim sırrımız olsun. Bunu kimse bilmeyecek. Falisha'nın bir oğlu oldu. Duydun mu? Bunu ona da anlat."

Georgia ölü bebeği bohçalayıp giysisinin altına soktu. Oğlanı Falisha'nın koynunda bırakıp çıktık.

Appleby'nin plantasyonuna vardığımızda doğu ufku aydınlanmıştı. Kulübenin eşiğinde durakladık. Etrafta kimselerin olmadığından emin olunca Georgia ölü ikizi gömmek için beni alıp ormana götürdü. Sonra hemen geri dönüp yatmaya hazırlandık.

Georgia bir ara saçıma dokunup, "Bu kadar çabuk öğrenen bir Afrikalıyı ilk kez görüyorum," dedi. "Ama dikkat et kızım. Burada fazla bileni yaşatmazlar."

"Ben ölmem ki," dedim.

"Hah, sen öyle san." dedi Georgia. "Seni yerden kaldırıp kucağıma aldığımda yarı ölüydün. Her neyse, yaşadığına gerçekten seviniyorum şimdi."

Hava daha da ısındı. Rutubet de artmıştı. Georgia'nın deyişiyle o bir deri bir kemik halimden sıyrılıp toparlandığım için âdet kanamalarım yeniden başlamıştı. Sıcak, memleketimi hatırlatıyordu ama rutubet ıslak bir battaniye gibi üstümdeydi. Bu arada ilk yağmur fırtınasını yaşadım. Öğleden sonra şişkin bulutlar grileşmeye başlamışlardı. Vakit henüz erkendi ama hava birden akşam olmuş gibi karardı. Şimşekler çaktı, gökler gürledi ve ansızın yağmur boşanıverdi. Georgia hemen beni çamaşır teknesinden uzaklaştırdı.

"Yıldırım seni domuz pastırması gibi kızartır," dedi. Beni eve götürüp kollarıyla sardı. "Umarım dam sağlamdır."

Buna yağmur deyip geçemezdiniz. Binlerce kova su aynı anda tepemizden aşağı boşalıyor gibiydi. Fırtına iki ağacı kökünden söktü. Yıldırım da bir diğerini ortadan ikiye böldü. Bizim dam fırtınaya dayandı ama komşununki çöktü. Yıkılan kulübeden fırlayıp bir başkasına sığınmaya çalışan zencilerin seslerini duyduk. Az sonra fırtına başladığı gibi ansızın bitiverdi. Hava açtı. Bulutlar uzaklaşıp gitti. Yağmurun getirdiği serinlik yerini güneşle birlikte başlayan buharlaşmaya bırakmıştı.

Georgia ne zaman plantasyonlarda ya da komşu adalarda doğuma çağrılsa beni de yanına alıyordu. Genelde her üç bebekten biri ölü doğuyor ya da doğduktan hemen sonra ölüyordu. Hayatını kaybeden anneler de oluyordu tabii. Georgia'yla birlikte olmaya bayılıyordum ama hastalık ve ölüm görmek beni mahvediyordu. Georgia beni plantasyonda yalnız bırakmak istemiyor, onsuz güvende olmayacağımı söylüyordu ama ben önceden hastanın ümitsiz olduğu bilgisini almışsam gitmemek için yalvarıyordum.

Ölen yalnızca anneler ve bebekler değildi. Bukralar ve yetişkin zenciler arasında da ölümler oluyor, ateşli hummalar ve sıtma can alıyordu. Georgia bukraların kıyı ovalarının bataklık buharından korktuklarını söylüyordu. Appleby, Georgia'nın "hastalık mevsimi" dediği, yılın çok sıcak olan ikinci yarısında plantasyona adım atmıyordu.

Georgia, kıyı ovalarının köylerinde ve adalarda ebe ve kadın hekim olarak tanınıyordu. Bukralar ya da idareciler tarafından ne zaman başka bir plantasyona çağrılsa hizmetine bir karşılık talep ediyordu. Onu rom, tütün ve renkli örtülerden çok daha fazla memnun eden tek ödül kınakına kabuğuydu. Appleby ve diğer plantasyon sahipleri bunu Charles Town pazarından alıp getirmek zorundaydılar. Hepsi de bitkinin çok pahalı olduğundan dem vuruyordu. Bazen bir kese kabuğa karşı on doğum yaptırdığımız olurdu. Georgia bu kıymetli malzemeyi kurutup bir kısmını havanda döver, tozunu deri bir keseye koyup kulübedeki tavan kirişlerinden birine asardı. Kalanını çiğnerdi. Bana verdiğinde tadını acı bulmuş, sevmemiştim. Georgia kulübesine benden ve arada yatağına aldığı Mutlu Jack'ten başka zenci sokmazdı. Kimsenin tozlarına, merhemlerine, köklerine, hele hele "ilaçların ilacı" dediği kınakına kabuğu keselerine el sürmesini istemezdi.

Georgia'nın torbacıkları hep mavinin tonlarındaydı. Bana hepsini ezberletmişti. Lacivert kesede kekik bulunurdu. Kekik doğumu hızlandırır, plasentanın çabuk atılmasını sağlardı. Koyu mavi kesede şeytan elması vardı. Bunu gizli silahı sayardı, çünkü bu bitki deliliğe neden olurdu. Gök mavisi torbaya tutamlar halinde çam iğnesi koyar, bunları burun tıkanıklığına karşı kullanırdı. Açık mavi renkli torbacıkta ise gaz sorunlarına iyi gelen tatlı rezene tohumları bulunurdu.

Georgia arada beni sınavdan geçirir "Söyle bakalım, bu ne?" diye sorardı.

"Sinirotu ve kara ısırgan merhemi. Yılan sokmalarına karşı."

"Aferin. Ya bu?"

"Yaban fesleğeni. Böcekler için."

"Kafanın zehir gibi çalıştığını bukralara sakın belli etme kızım," derdi. "Seni hemen dereye atıp boğarlar."

Çivit otu ekimini tamamladıktan sonra bir gün Georgia bana özel bir sağlık işlemi uygulayacağını anlattı. Önce beni iyice hasta edecekti. Bunu sonradan hastalanıp ölmeyeyim diye yapacağını söylüyordu. Bu işlem için zamana ihtiyaç vardı ve o ara uygun bir dönemdi. Bütün ülkenin hastalıktan kırıldığını söyledi. Charles Town, kıyı ovaları, kalabalık yerleşimler fena durumdaydı. Salgın gelip geçiyor, bir vurdu mu pek çok can alıyordu. Georgia çiçek hastalığı dediği bu hastalığı önlemeyi kıyı ovaları tarafında yaşayan bir kadından öğrenmişti.

"Hastalık seni öldürmesin diye sana küçük bir şey yapacağım."

Ona vücudumun hiçbir yerine bıçak değdirtmeyeceğimi söyledim.

Georgia "Kolunu hafifçe çizeceğim o kadar," dedi.

Yine de direndim.

"Bak göstereyim," deyip sırtını ve omuzlarını açıverdi. Teninde küçük delikler vardı. "Hepsi bu. Birkaç delik olacak o kadar. Seni hasta edeceğim, ama ölmeyesin diye."

"Ne zaman?"

"Şimdi. Çivit hasadından önce iyileşmen gerek."

"Çalışmazsam Mamed beni döver."

"Mamed ne yapacağımı biliyor. Yıllar önce onu da çiçek hastalığına karşı güçlendirdim."

Ağlamaya başladım. Kadın beni çenemden tuttu.

"Kes şunu. Seni ailemden saydığım için yapıyorum bunu."

Georgia keskin bir bıçakla kolumu çizdi. Canımın çok yanmasından korkuyordum ama kolay oldu. Yarım parmak uzunluğunda, derin olmayan bir kesikti bu. Kesiğin içine aynı şekilde hasta ettiği bir adamdan aldığı iplik parçasını sokup kesiği kapattı ve üstüne mürver merhemi sürdü.

"Bu kadar mı?" diye sordum.

"Şimdilik evet," dedi.

"Başka bir yerimi kesmeyeceksin değil mi?"

"Hayır. Ama yakında hasta olacaksın."

"Ne zaman?"

"Yedi gün içinde."

Georgia beni eve hapsetti. Dışarı çıkmama izin yoktu. Yemeğimi içerde yemek, dışkı kovasını içerde kullanmak zorundaydım. Sıkıntıdan patlamak üzereydim. Sağlığım yerindeydi ama yapacak hiçbir iş bulamıyordum. Bütün gün o loş, rutubetli kulübeye tıkıldığım için yakınıp duruyordum ama Georgia bana kulak asmıyordu. Sonunda ateşlendim. Kemiklerim ve sırtım parçalanır gibi oldu ama çabuk geçti.

"Artık dışarı çıkabilir miyim?" diye sordum.

"Daha değil," dedi Georgia.

Ateş yeniden vurdu. Başımın ağrısından ayakta duramaz olmuştum. Gözlerim o kadar ağrıyordu ki ayakta duramıyordum. Işığa bakamaz olmuştum. Kusmak için yataktan sarktığımda bir dişim kovaya düştü. Bir gün içinde ağzımda burnumda kabarcıklar oluşmaya başlamıştı.

"Öyle kötü kokacak ki kendinden iğreneceksin," dedi Georgia. "Ama kaygılanma. Geçecek. Koku kaybolacak. Kafanı takma sakın."

İrinli kabarcıklar vücuduma yayılıyordu. En çok canımı yakanlar tabanımda çıkanlardı. Yaydıkları koku öyle mide bulandırıcıydı ki Georgia'nın yanında durmaktan utanıyordum. Kendi kokuma kendim bile dayanamaz olmuştum.

"O kokuyu bilirim. Alıştım artık. Yaraların gayet güzel."

"Güzel mi? O da ne demek?" dedim. Sesim inilti halinde çıkıyordu. Yataktan kalkamıyordum. Ölmek istiyordum.

"Kabarcıklar birbirlerinden uzak. Hepsi ayrı yerde. Bir arada değiller. Birbirlerine değmiyorlar. Yalnızca on kabarcığın var. On iyidir."

Yarım ay boyunca hasta yattım. Kabarcıklar kabuk bağladı. Kendi kendime söz verdim. Eğer iyileşirsem bir daha güneş altında çalışmaktan ya da bukraların kölesi olmaktan asla yakınmayacaktım. Gücümü toplamaya başlamıştım. Yatakta dönmek artık eskisi kadar acı vermiyordu. Bir zaman sonra doğrulup oturabilecek hale geldim. Kulübenin içinde adım atıyor, birkaç lokma yemek yiyebiliyordum. Son kabuk da düştüğünde Georgia bayağı iyileştiğimi söyledi.

"Dışarı çık da biraz temiz hava al," dedi. "Yakında çalışmaya başlarsın artık."

O yaz beni sık sık muayeneden geçirdi. "Ucuz kurtuldun. Birkaç iz kalmış o kadar. Yüzünde hiç yok."

Buna sevindiğimi söyledim.

"Yüzün çiçek bozuğu olsa daha iyi olurdu çocuk."

"Neden?"

"Seni çirkinleştirecek bir şey gerek. Şu anda tam bir çiçek gibisin. Bu hiç iyi bir şey değil."

Georgıa haklıydı. Çivit otu hasadına kadar iyileşmiştim. Hasadın başlamasından bir önceki gece Georgia ile birlikte ambardan kovalar alıp zencilerin kapılarına bıraktık.

"Bunlar ne için?" diye sordum.

"Sidik kovası." dedi Georgia.

O gece Appleby'nin plantasyonunda yaşayan elli kölenin hepsi kâh ayakta kâh üstüne çömelerek kovalara işediler. Ertesi sabah Georgia ile birlikte leş kokan kovaları baharda özene bezene fırçalayıp temizlediğim ahşap teknelere taşıdık. Taşıma işi sona erdiğinde Mamed ve diğerleri toplanmışlardı. Mamed emirler yağdırmaya koyuldu. Fomba ile benim dışımda herkes ne yapılacağını biliyordu. Mamed Fomba'ya çivit otlarını toprağa yakın yerden biçme işini verdi ama Fomba işi istenen şekilde yapamıyordu. Bunun üzerine Mamed onun yerine başkasını koydu. Benim işim çivit otu saplarıyla yapraklarını kucaklayıp teknelere doldurmaktı.

"Yavaş ol biraz," dedi Georgia bana yetişmeye çalışarak. İleride, kan ter içinde çalışanların başında Appleby'i gördüm. Birkaç aydır ortalarda olmadığı için onu aklımdan çıkarmıştım.

"Sahip Apbee bize bakıyor," dedim. "Ayrıca Mamed de hızlı çalışmamızı istiyor."

"O kadar da değil. Hava çok sıcak. Bütün gün çalışacaksın. İşi biraz ağırdan almalısın."

Çivit otları kollarımı fena çizmişti. Acıdan bir an önce kurtulmak için kucağımdakileri bir tekneye boca ettim. Aynı anda Mamed'in değneği bacağıma indi. İlkbahar boyunca bu tekneleri temizlemek için onca uğraşmışken bu vuruş iyice kanımı beynime sıçrattı. O an ondan korkmadığımı hissettim. Öfkeden hiçbir şeyi gözüm görmüyordu.

Mamed koluma yapıştı. "Düzgün yürüyeceksin," dedi. "Acele edeceksin ama koşmak yok. Çivit otu uyuyan bebek gibidir. Düzgün yürü ki uyanmasın."

Kolumu çekip kurtarmaya çalıştım ama adam bırakmadı.

Georgia'nın kollarındaki yaprakları göstererek "Bak," dedi, "Şu incecik tozu görüyor musun?" Yaprakların üstü gerçekten de toz kaplıydı. "Yaprakları sallarsan toz uçup gider. Biz o toz için çalışıyoruz. O tozu toplamaya uğraşıyoruz. Düzgün yürü. Bitkileri sarsma."

Mamed'e öfkeyle baktım. Aynı anda Appleby'nin dikkatle bizi izlediğini gördüm. Sinekler ve sivrisinekler kulaklarımı ısırıyor, saçlarımın arasında dolaşıyordu. İki zenci sedir dallarıyla Appleby'i yelpazeliyor, dört kişi de aynı yöntemle böcekleri ahşap teknelerden uzak tutmaya çalışıyordu.

"Sarsmayacağım," diye mırıldandım. "Nazik olacağım."

Mamed kolumu bıraktı. Bana öğrettiği şekilde işe devam ettim. Bir saat sonra Appleby beni kenara çekti.

"Sen. Adın Meena değil mi?"

Adımı bilmesi beni çok şaşırtmıştı. Georgia'nın daima öğütlediği gibi başımı önüme eğdim.

"Sen şu akıllı zenci kızsın."

"Evet, Sahip."

"Çabuk öğreniyorsun."

"Öğrenmeye çalışıyorum, Sahip Apbee."

"Kaç yaşındasın sen?"

"On iki."

"Elinden ne iş gelir?"

Georgia beni bu soruya hazırlamıştı.

"Sabun yaparım ve domuzları beslerim."

"Bu kadar mı?"

"Hayır, Sahip."

"Başka ne iş bilirsin?"

Georgia'nın uzaktan bizi izlediğini gördüm. "Tarla çapalarım," dedim. "Çivit teknesi temizlerim, çocuk doğurturum."

"O işi nasıl öğrendin?"

"Georgia'dan öğrendim."

"Boynundaki o izler nedir?"

"Bilmiyorum, Sahip."

"Sen çiçek mi geçirdin yoksa?"

"Bilmiyorum, Sahip."

Appleby, "İşe devam," dedi. "Georgia'nın sözünden çıkma sakın."

"Peki, Sahip."

Appleby benden ayrılıp Mamed'in yanına döndü. "Seneye iyice yetişmiş olur," dedi ve büyük evin yolunu tuttu.

Yeniden işe koyuldum. Leş kokulu sıvının ikinci sıradaki teknelere aktarılmasına yardım ettim. Teknelerin yanlarına asılı çatallı uzun sırıklar vardı. Her sopanın ucuna dibi kesilip çıkarılmış birer kova takılmıştı. Georgia sıvıyı nasıl karıştıracağımı gösterdi. Sırığı hızlı bir şekilde, hiç ara vermeden çevirecektim. Georgia ile ikimiz iki ayrı teknenin başındaydık. Kollarım artık tutmaz olmuştu ama Georgia sırığı yorulmadan çeviriyordu. Soluklanmak için durunca Georgia bir eliyle benim tekneyi, diğeriyle kendininkini karıştırmaya devam etti. Üstümdeki sivrisinekleri kovalayıp tekrar işe koyuldum. Sonunda ikinci sıradaki teknelerin sıvıları da köpürmeye başladı. Mamed ayrı bir deri kovadan yağ ilave etti. Teknelerin dibinde mavi bir çamur oluşmaya başladığında suları üçüncü sıradakilere aktarıldı.

"Biz bunun peşindeyiz işte," dedi Georgia ikinci teknenin içindeki çamuru işaret ederek.

Çamurun kurumasını beklerken sivrisinek gelmesin diye Georgia ile sedir dallarını sallayıp durduk. Mamed ve adamları çamuru çuvallara doldurup asarak fazla suyunu akıtmasını beklediler. Sonra geniş düz küreklerle çamuru bir sundurma altına yayıp kurumaya bıraktık. Çamuru kalıplar halinde tahta fıçılara yüklerken pis kokudan neredeyse boğulacaktık.

Sabah karanlığından gece yarılarına kadar çalışıyorduk. Georgia ile kulübemizin önünde koca bir kazan su kaynatıyorduk. Vakit ne kadar geç olursa olsun, ne kadar yorgun olursak olalım yatmadan önce sıcak su kovalarımızı alıp ormanın yolunu tutuyor, orada yıldızların altında güzelce yıkanıyorduk.

"Bütün o çamuru ne yapacaklar?" diye sordum.

"Beyaz adamın giysilerini maviye boyamak için kullanacaklar."

"Bu çamur onların giysileri için mi?"

"Son geldiğinde Sahip Apbee'nin üstünde mavi gömlek vardı. Farkında değil misin?"

Hatırlamadığımı söyledim.

Georgia, "Sahip Apbee'nin gömleği için elli zenci çamur temizliyor," dedi.

Georgia hasat boyunca ağır iş yükünden yakınıp durdu ama o da çivit otundan pay alıyordu. Mamed'in çıbanlarını ve yaralarını tedavi ettiği için adam onun az miktarda çivit otu yaprağı toplamasına, elde edilen çamurdan birkaç torba almasına izin veriyordu. Yapraklardan, gebe kadınlarda ıkınma sonucu oluşan basur için bir merhem yapıyor, çamuru ise kendi deneylerinde kullanıyordu.

"Şuraya bak, koskoca kadın olmuşum hâlâ çamur eşeliyorum," dedi soluk soluğa, gülerek.

Çömelip Georgia'nın kocaman kaptaki çivit çamuruna su katışını izledim. "Bu işi ne diye seviyorum bilmem. Şuncacık çocukken kör bir köpeğim vardı. Güzel bir köpekti. Kimseyi ısırmazdı. Gözü kördü. Tamamen kör. O zamanlar benim de ondan farkım yoktu. Tek bildiğim bu çamurdu. Sopayı daldırıp karıştırmaya bayılırdım."

Georgia kabın içine bir bez parçası bastırdı. Ertesi sabah bez açık mavi bir renk almıştı. Çanaktan çıkarıp güneşe doğru kaldırdı. Şimdi elinde bir parça gökyüzü tutuyor gibiydi. Biz çalışırken Georgia bezi yine sıvıya bastırdı. Tekrar çıkarıp aldığında renk daha koyulaşmış, morumsu bir ton alarak ormandaki en sevdiği çiçek olan mavi ota benzemişti. Georgia başını iki yana sallayıp bezi yine kaba yatırdı. Bu defa dolunayın aydınlattığı bir gece göğü rengi elde etmeyi başarmıştı.

"Şimdi oldu işte," deyip kumaşı ocağın yanına astı.

Georgia sonunda boyanmış bezini kurutup başına örttüğünde, gözlerinin ve ağzının kenarlarındaki kırışıkların hemen üstüne yerleşen çivit mavisini hayranlıkla seyrettim. Sanki başörtüsüyle birlikte o yüz de yeryüzünün bilgeliğini ve güzelliğini emip sindirmişti.

Haftalar boyu çivit otu biçip çivit boyası yaptık. İşin son günü çivit çamuru dolu bir çuvalı yere düşürdüm. Malın hepsi ziyan olmuştu. Mamed öfkeyle koluma yapıştı. Parmakları yorgun kaslarıma gömüldü.

Düşünmeden, "Allahu ekber," diye bağırdım. Yasak duayı ağzımdan kaçırdım diye Mamed'in beni döveceğini sanmıştım ama adam derhal kolumu bırakıp geri çekildi. Yalnızca benim duyabildiğim bir sesle, "Allahu ekber," diye mırıldandı. Ormanın başladığı yere doğru onu izlememi işaret etti.

"O sözleri nereden öğrendin bakayım?" diye sordu fısıltıyla.

"Babam öğretti."

"Baban Arapça bilir miydi?

"Duaları yalnızca." Baktım, değneği hâlâ kalkmamıştı. "Beni yine dövecek misin?"

"Niye?"

"O sözleri söyledim diye. Babamdan söz ettim diye."

"Hayır, seni dövmeyeceğim."

O bir parçacık yumuşama bütün öfkemi kusmama neden oldu. "Kolumu çekmeyi bırak. Canım yanıyor. Kollarımda parmaklarının izleri kalacak."

"Bugün ağır iş bitiyor," dedi adam. "Hasat tamam. Bu akşam yemeğini yedikten sonra beni görmeye gel."

Mamed'in kollarıma geçirdiği parmakların uyandırdığı o hissi unutamıyordum. Belki de babamın bildiği sözcükleri bilen bu adamdan öğreneceğim şeyler olabilirdi. Georgia bana bukraların diyarında nasıl hayatta kalabileceğimi öğretiyordu. Bu adam da çıkış yolunu gösterirdi belki.

Mamed en sondaki köle kulübesinde yaşıyordu. At nalı şeklindeki yerleşim düzeni içinde, merkezin en uzağında kalan kulübeydi bu. Diğerlerinden iki kat daha büyüktü. Duvarları, içine kireç, kum ve deniz kabuğu katılmış bir harçla sıvanmıştı. Georgia'nın kulübesinin toprak zeminine karşılık adamınki ahşap kaplamaydı. Bizim kapımız vardı ama penceremiz yoktu. Mamed'in evinde ikisi de mevcuttu. Bizim kulübe ancak bir yatak ve bir tabure alacak genişlikteydi. Georgia ikide bir, "İçerde ancak dönecek kadar yer var," deyip dururdu. Mamed'in ise bacalı bir ocağı, küçük bir masası, kitap dizili bir rafı ve iki taburesi vardı.

Dışarısı zifiri karanlıktı ama Mamed bir mum yakmıştı. Ahşap yatağı yerden bayağı yüksekti. Üstüne saman dolu bez şilte konmuştu. Bir değil, birkaç battaniyesi vardı.

Kulübenin etrafını kolaçan ettikten sonra ağır ağır kapıya yaklaştım.

Mamed, Appleby gibi konuşarak, "Seni buraya sohbete çağırdım," dedi. "Sana bukralar gibi konuşmayı öğretmemi ister misin?"

"Bilmem."

"Sana öğretebilirim. O dili anlıyor musun?"

"Biraz."

"Sana kızacağımdan korkuyorsun değil mi?" diye sordu.

Kendimi tutup cevap vermedim. Sahip Appleby bana baktığında gözleri bütün vücudumda dolaşıyordu. Mamed ise sanki beni anlamak ve değerlendirmek ister gibi dosdoğru gözümün içine bakıyordu. Gidip bir tabure getirdi ve bana uzattı.

"Otur," dedi.

Oturulmaktan aşınmış tabure güzelce cilalanıp parlatılmıştı. Dört sağlam ayağı vardı. Ayaklar ahşaba açılmış deliklere oturan çapraz kol çubuklarıyla birbirine bağlanmıştı. Sade ve zarifti ve bana evimi hatırlatmıştı.

"Bu nereden geldi?" diye sordum.

"Ben yaptım."

"Nasıl?"

"Servi kütüğünden."

"Çok güzel."

"Boş vaktin olduğunda güzel şeyler yaratabilirsin. Burada, bukraların memleketinde bile."

"Burası senin memleketin değil mi?"

"Yani Afrikalı mıyım, yoksa zenci miyim diye soruyorsun sanırım."

Başımla onayladım. Mamed tabureye hafifçe vurdu ve oturmamı bekledi. Babası Coosaw Adası'nda plantasyonu olan bir bukra, annesi ise bir Fula şefinin kızıydı. Mamed'in annesi okumayı sahibinden öğrenmişti. Adam bir gün onu ve Mamed'i azat etmeye söz vermişti. Annesi bukradan öğrendiklerine ek olarak memleketten aklında kalan birkaç duayı da oğluna öğretmişti.

Adamın anlattığı hikâye ve sesindeki müzik hoşuma gitmişti. Kolları yara izleriyle doluydu ama artık gözüme eli sopalı bir idareci gibi görünmüyordu. Sanki birden başka bir adam oluvermişti; öğretmek isteyen biri.

Babam hayatta olup benimle birlikte büyük suyu aşabilmiş olsa mutlaka eğitim almam konusunda beni desteklerdi. Ama Mamed'e asıl istediğimi soramıyordum. Madem bu kadar çok bilgisi vardı neden hâlâ Appleby'nin plantasyonunda çalışıyordu? Sorumu gözümden anladı.

"Gençken bacağımın üstüne bir at düştü. Topal kaldım. Artık kaçıp gitmek için çok yaşlıyım." diye açıkladı.

"Zenciler nereye kaçabilir ki?"

Mamed parmaklarını kenetleyerek dikkatle beni süzdü. Kiminin Kızılderililerin arasına karıştığını, bazılarının da güneye, İspanyolların yanına göçtüğünü söyledi. Ama o Kızılderililerin gölgesine sığınmak ya da İspanyollarla birlikte Fort Musa'da yaşamak istemiyordu. Her gece alıştığı yatakta yatmaktan ve bahçesiyle ilgilenmekten memnundu.

"Hayatı bu şekilde kabul ettin, öyle mi?" diye sordum.

Mamed huzursuzca öksürdü. "Burada kaldığım sürece iyi yaşarım. En iyi bildiğim iş bu. Çivit yapımından benim kadar anlayan yoktur. Sahip Appleby de bunu bilir."

Mamed Appleby ile bir anlaşma yapmıştı. Eğer plantasyonu çekip çevirir, düzenli olarak bolca çivit çamuru üretirse her istediğini yiyebilir, evini dilediği şekilde düzenleyebilir, canının çektiğini Charles Town'dan temin edebilirdi. Ayrıca Appleby her yıl ona kitap getirecekti. Ancak Mamed bunları evde, kilit altında tutmak zorundaydı. Kitapları başkasına göstermesi ya da zencilere okuma öğretmesi yasaktı.

Bir kez daha başımı salladım.

"Kimseye okuma öğretmeye niyetim yoktu. Ama gözlerinin nasıl parladığını görüyorum."

Hakkım olan pek çok şey benden zorla koparılıp alınmıştı; anam, babam, memleketim, özgürlüğüm... Ve şimdi bana belki ömrümce sahip olamayacağım bir şey teklif ediliyordu. Kabul etmeye çekiniyordum ama fırsatı kaçırmaktan daha çok korkuyordum.

"Okumaktan başka dileğim yok," dedim. "Büyük suyu geçtiğimden beri hep bunu düşünüyorum."

"Bukralar ona büyük su değil, deniz der. Ya da okyanus. O suyun adı Atlas Okyanusu'dur.

"Atlas Okyanusu," diye tekrarladım.

"Sana öğrettiklerimi başka kimseye anlatmamalısın," dedi Mamed.

Gözünün içine baktım ve yavaşça başımı salladım.

İlk dersimiz adımın yazılışı ve okunuşuydu. Mamed Güney Carolina'da tam adımı soran ilk kişi olmuştu. Önce doğru biri biçimde telaffuz etti, sonra da bana yazılışını öğretti. Ama plantasyonda bana Meena demeye devam etti.

Yatağa girdiğimde Georgia uyumamış, beni bekliyordu.

"O adam sana bulaşmadı değil mi?"

"Hayır."

"İstediği neymiş?"

"Konuştuk biraz."

"Erkek kısmı sırf konuşmakla yetinmez."

Georgia bir an sustu, sonra devam etti. "Bayan Meena, sen 'biraz konuşmaya' gittiğinde biri gelip seni sordu."

"Beni mi sordu?" Yataktan fırladım. Bir gün içinde mucize üstüne mucize oluyordu. "Biri beni eve götürmeye mi geldi yoksa?"

"Gir yatağa kızım," dedi Georgia. "Delikanlının biriydi gelen. Büyümüş de küçülmüş bir adama benziyor ama aslında çocuk sayılır."

Yatağa döndüm. "Nasıl bir oğlan?" diye sordum yavaşça.

"Seni o Afrikalı adınla arıyordu. Onun da komik bir adı var, neydi..."

"Chekura olmasın?"

"Tamam. Adı Chekura."

Yine çığlık çığlığa yataktan fırladım.

"Sussana kızım! Ölüleri ayağa dikeceksin. Daha da kötüsü, öbürleri uyanacak."

Georgia'nın elini bırakmadan sesimi alçalttım. "Hali nasıldı?"

"Serseri tipliydi. Belli ki aylağın biri. Gözlerindeki bakışı beğenmedim. Afrikalı yanı ağır basıyor. Sen bu çocuk için mi balık ağını sorup duruyordun?"

Heyecanım yürek sızısına dönüverdi. Birden onu ne kadar özlediğimi fark etmiştim.

"Yine gelecek tatlım. Şurada Lady's Island'da yaşıyormuş. Buraya çok yakın. Aç köpek gibi yine kokuna gelecek."

İkinci çivit otu hasadını da yaptık. İş aynı derecede zordu ama günlük çalışma bittiğinde bukralar tarafından rahatsız edilmeden dilediğimiz gibi yemek pişiriyor, bahçemize bakıyor, yırtığımızı söküğümüzü tamir ediyorduk. Bazen kimseye görünmeden yüksek ağaçlardan birine tırmanıyor, Mamed'in yazıp verdiği sözcükleri okumaya çalışıyordum. "Kedi", "köpek", "aslan", "su", "baba" ve benzeri basit sözcükleri kavradıktan sonra hemen daha zorlarına atlamıştım. Mamed ilgimi çekmeyi çok iyi biliyordu. Bana, annesinin ona öğrettiği yöntemle öğrettiğini söylüyordu. Bir gün, "Köpek kediyi yedi," cümlesini söküyordum. Sonra o cümle, "Kedi havlayan köpekten kaçtı," oluyordu. Cümleler gitgide zorlaşıyordu: "Havlayan köpek kediyi kovalayıp ağaca çıkardı ve kuşlar yuvadan uçtu." Dil, bir sırrın parçaları gibi birleşiyor, ben de her gün bir parçasını öğrenmek istiyordum.

Okuma dersinin sonunda Mamed bazen Appleby'nin plantasyonunda işlerin nasıl yürüdüğünü anlatıyor, bazen de bana sorular soruyordu.

St. Helena Adası'na geldiğinden beri Fomba'nın ağzından tek söz çıkmamıştı. Çivit otu hasadında ona emirleri bir türlü uygulatamayan Mamed bir gece sözü Fomba'ya getirdi.

"Sizin köydeyken ne iş yapardı?"

"Ava çıkardı. Hepimiz onun getirdiğini yerdik."

"İyi avcı demek?"

"Gördüklerim içinde en iyisidir. Tek taşla bir tavşanı öldürebilir."

Birkaç gün sonra Mamed, Fomba'nın yanına deneyimli bir zenci işçi verdi. İkisi birlikte bambudan bir kano yapacaklardı. Adamlar bambuları sazlarla sıkıca sardılar. Sırık olarak kullanmak üzere uzun bir fidanı kesip ayrıca selvi ağacından bir de kürek oydular. Fomba kano işini kısa sürede kavradı. Tekne adeta vücudunun bir parçası haline gelmişti. Fomba birkaç gün içinde kıyı ovalarındaki derelerde, yakın adaların akarsularında rahatça dolaşmaya, ağ atıp karides, yengeç ve balık avlamaya başlamıştı. Fomba'nın her gün ağ dolusu balık getirdiğini gören Mamed onu çivit işinden muaf bıraktı. Fomba o kadarla da kalmadı. Mamed ve çalışanlar için sincap, keseli sıçan, yaban hindisi ve kaplumbağa yumurtası bulup getiriyordu. Herkes Fomba'nın tencerelere yaptığı katkılardan çok memnundu ve kendi başına çalışmasına izin verildiği zaman çok daha verimli olacağını kavramıştı.

Georgia benim eğitim almamdan hoşlanmasa da geceleri kulübede yalnız kalma fırsatı bulabildiğine memnundu. Bazen Mamed'in evinin yolunu tuttuğumda, Georgia'yı ziyarete giden Mutlu Jack'e rastlardım. Yürürken aynı anda ıslık çalıp ağaç yontabilen birini ilk kez görüyordum. Elleri hep meşgul olduğundan, Georgia'ya orman çiçeklerinden yaptığı demetçiği daima kulağının kenarına iliştirirdi.

Bir gece dersten döndüğümde Georgia müthiş bir haber verdi. "Mutlu Jack'le yataktaydık. Soluk soluğa, alt alta üst üste yuvarlanıp keyfimize bakarken o koca dudaklı Afrikalı içeri dalmaz mı? Mutlu Jack fırlayıp kaçtı. Benim adama da bak sen! Ben kulübede o sıska Afrikalı ile baş başa kaldım. Durmadan senin adını tekrarlıyordu. İstesem onu dayaktan gebertebilirdim."

"Nereye gitti peki?"

"Bilmiyorum ama umarım uzaklara gitmiştir. O koca ağzıyla..."

Kulübenin arkasındaki ormana dalıp adını haykırdım. Sık ağaçların ardına gizlenmişti. Kendimi kollarına attım ve ona sımsıkı sarıldım. Sertleşen organını bedenimde hissedince hemen kendimi geri attım. Fulfulde dilinde bir soru yağmuruna başladım. Nerede yaşadığını, bunca zamandır nerede olduğunu, neler gördüğünü, kısacası her şeyi aynı anda öğrenmek istiyordum.

Georgia arkamdan yetişip birkaç saatliğine evden ayrıldığını, şafakta geri döneceğini haber verdi. Chekura, "Şafakta olmaz," diye atıldı. Onun zenci İngilizcesini benim kadar iyi bilmediğini anlamıştım. Georgia uzun boylu çevirilerle oyalanmak istemiyordu. Ona Chekura'nın şafaktan çok önce geldiği yere dönmesi gerektiğini belirttim. Georgia omuz silkip Mutlu Jack'i bulmaya gitti.

Chekura beni seyrediyordu. Gururla karşısında durdum. Lady's Island'daki plantasyonu yöneten beyazın "hastalık mevsimi" süresince oradan uzaklaştığını, bu yüzden Chekura'nın geceleri serbest olabildiğini öğrendim. Chekura bu mevsimde akşamları ortalıkta kalabalık bir zenci nüfusun dolaştığını, kara veya su yoluyla kolayca bir yerden bir yere gidebildiklerini, tavuk, sebze, tavşan verip pirinç, su kabağından kaplar ve rom aldıklarını, kardeşleri, eş ve çocuklarıyla ilgili haberler topladıklarını, öğrendikleriyle balık ağına katkıda bulunduklarını anlattı. Chekura kıyı ovaları ve adalardaki bütün Afrikalıları bulmuştu: Edisto'da iki Fulbe, Coosaw'da bir Bamana, Morgan'da üç Eboe vardı.

Chekura zenci dilini bu kadar çabuk öğrenmiş olmama hayret ettiğini söyledi. Ona gizlice okuma dersleri aldığımı fısıldadım gururla.

Chekura, "Sana bir şey getirdim," dedi. Gömleğinin kolundan bir parça kumaş çıkardı. Dörde katlayıp bizim memleketin âdetlerine uygun biçimde kola fındığı hediye eder gibi uzattı.

Kırmızı çizgili bir bandanaydı bu. Kumaşı kapıp kokladım. Yüzüme sürdüm, sonra da başıma bağladım.

Chekura, "Çok yakıştı," dedi.

Yine kolunu tuttum. Onu yanımda hissetmek istiyordum. Sabah uyandığımda onu yanımda bulmak için çıldırıyordum. Bu arada istediği şey için henüz hazır olmadığımı ona anlatabilmenin bir yolunu bulmaya çalışıyordum. Chekura tereddüdümü sezince beni uğraştırmadı. Gitmek zorunda olduğunu söyledi. Kimse ortadan kaybolduğunu fark etmeden plantasyona geri dönmeliydi.

Chekura ancak ayda bir kez beni görmeye gelebiliyordu. Yüzünü, sesini, bana memleketi hatırlatan kokusunu çok özlüyordum. Chekura'nın beni yakından tanıdığını, Carolina'daki yaşantımın çok daha öncesini bildiğini düşünmek beni müthiş heyecanlandırıyordu. Her gelişinde ziyareti biraz daha uzatıyor, bir türlü ayrılamıyorduk. Karnımın alt taraflarında, bacaklarımın arasında tuhaf kıpırtılar uyanır gibiydi ama onlara pek aldırmıyordum. Ben onun sesini ve o sesin içindeki köyüme ait tınıları istiyordum. O da benim kadar konuşma ihtiyacı içindeydi. Öbür konuyu oluruna bırakmıştı.

Aylar geçti. Soğuk mevsimde çivit otu ekimi ya da hasadı yoktu. Appleby artık sık sık geliyordu. Ben St. Helena'da bir yılımı doldurmak üzereyken Appleby plantasyona döndü ve büyük evi açtı. Bir zenci ordusu evi yeniden düzene koymak ve Sahip'le karısının yemeklerini pişirmek için gece gündüz çalışmaya koyuldu. Kadın evde pek az kaldı. Appleby çok geçmeden onu Charles Town'a geri götürüp döndü.

Soğuk mevsimde bir sabah Appleby bizim kulübeye geldi.

"Georgia, hazırlan. Biri geldi, seni Lady's Island'a doğuma götürecekmiş."

Georgia bir eliyle çantasını kapıp öbür eliyle de elime yapıştı.

"Hayır," dedi Appleby. "Bu defa yalnız gideceksin."

Georgia'ya yalvaran gözlerle baktım.

"O da benimle gelecek," diye üsteledi Georgia.

"Bana cevap vermeyi bırak," dedi Appleby. "Hadi, sallanma, bekliyorlar."

Georgia gidince Appleby beni büyük eve götürdü. İçerdeki bütün o tuhaf nesneleri incelemek, kitaplara dokunmak, mutfaktan gelen yemek kokularını içime çekmek istiyordum ama buna vaktim yoktu. Appleby'nin bunlara izin vermeyeceği kesindi. Yine de biraz vakit kazanırsam belki kaçmanın bir yolunu bulabilirdim. Aşçı beni tepeden tırnağa süzüp çıktı. Büyük evi paspaslayan adam da bana bir bakış fırlatıp evden ayrıldı.

Nihayet Appleby, "Sen beni aptal mı sandın?" diye söze girdi.

"Anlamadım, Sahip."

Appleby beni koridordan geçirip bir odaya soktu. Üstümdeki örtüyü yırtar gibi çıkardı. Başımdaki kırmızı çizgili bandanayı çekip alarak beni yatağa fırlattı.

"Kim o peşinde dolanıp duran oğlan?"

"Oğlan filan yok, Sahip."

Adam bana bir bakış attı. "Benimkilerden biri değil. Kim o çocuk?"

"Öyle biri yok, Sahip."

Bir eliyle ağzımı tıkayıp üstüme abandı. Öbür eliyle de pantolonunun düğmelerini çözmeye çalışıyordu. Çıplak tenini bedenimin üstünde hissettim. Ter içinde kalmıştı. Ayrıca leş gibi kokuyordu.

"Senin efendin kim?" diye soludu.

"Sahip..."

"Sana efendin kim diye sordum."

Göğsündeki kıvırcık kıllar memelerimi acıtıyordu. Pis sakalı yüzüme batıyordu.

"Sahip, ne olur yapma..."

Adam "Bana ne yapacağımı söyleme," dedi.

Çırpındım ama o ağırlığın altından kurtulamadım. Omzunu ya da parmağını ısırmayı düşündüm ama bu kez canımı daha fazla yakmasından korktum. Ölü gibi yatıp her şeyin bitmesini beklemek daha mı iyi olurdu acaba? Bacaklarımı birbirine yapıştırdım ama adam eliyle itip açtı. Emeğimin sahibi olması yetmiyormuş gibi şimdi bütün varlığımı istiyordu.

Yanımda Georgia'nın doğum yağından olsaydı bu kadar canım yanmazdı. Maalesef öyle bir imkânım yoktu ve adam içime girerken dayanılmaz bir acı duydum. Gidip gelen bedenini üstümden atamadığım için kıpırdamadan yattım. Artık bir an önce bitsin, geçip gitsin istiyordum. Yaşa ve bitsin! Adamın soluğu hızlandı. Vahşi bir inilti koyuverdi ve işini bitirdi. Kendini çektiğinde içimdeki her şeyin tamamen dışarı aktığı hissine kapıldım.

Appleby, "Afrikalı orospu," dedi soluk soluğa. Ayağa kalktı. Pantolonunu çekti ve kapıdan çıkıp gitti.

Kanım bütün yatağa bulaşmış, bacaklarımın arasından akmaya devam ediyordu. Kıpırdayamıyordum. Acım ve utancımla yatağa çivilenip kalmıştım.

Birden kapıda biri belirdi. Mutlu Jack'ti bu. Beyaz aşçı önlüğü takmıştı. Elinde bir dilim portakal tutuyordu. Bana yaklaşıp portakalı ağzıma tıktı ve beni kucaklamaya çalıştı.

Portakal dilimi yüzünden az kalsın boğulacaktım. Öğürmeye başlayınca adam çaresiz ağzımı açtı, portakalı çıkarıp attı. Beni bir baba şefkatiyle kucaklayıp dışarı çıkardı. Oraya canlı varıp varamayacağımdan emin değildim ama dosdoğru Georgia'nın yatağına gidiyordum. Yol uzun sürdü. Uçar gibi giden Mutlu Jack'ın her adım atışında sarsılıyordum. Son duyduğum sesler, aşçının soluması ve kadınların haykırışları oldu.

Emzirebildiğin kadar emzir

APPLEBY'NİN tecavüzünden sonra Georgia bana solucan otu ve öğütülmüş sedir kozalağından yapılma sıcak bir karışım içirdi. Müthiş sancılandım ve kanama geçirdim.

Georgia, "Neyse, Sahip'in pisliği içinden aktı gitti," dedi. Ona minnet duydum.

Chekura'ya ne diyeceğimi bilmiyordum ama Georgia susmamı öğütledi.

"Erkek kısmının her şeyi bilmesi gerekmez," dedi. "Hele bazı konuları hiç öğrenmemeleri daha hayırlıdır."

Georgia'nın tedavisinden sonra Appleby iki nedenle bana daha fazla bulaşmadı. Öncelikle o ortalardayken Georgia'nın yanından bir an olsun ayrılmıyordum. İkinci olarak da Appleby, Sally adında bir zenci kadın satın almıştı. İlgi alanından çıktığıma memnundum ama başka bir kadına yönelmesi gururumu incitmişti. Sally benden birkaç yaş daha büyüktü. Tatlı yüzlü, geniş kalçalı, dolgun göğüslüydü. Buna karşılık güçlü kuvvetli biri değildi. Çivit otu tarlalarında ekim ve hasat döneminde diğerlerinin temposuna ayak uyduramıyordu. Appleby yatağına Sally'i almaya başlamıştı. Sally plantasyondan sekiz işçiyle birlikte ani bir çiçek salgını sonucu ölüme yenilmeseydi bu ilişki sürüp giderdi. Beni Appleby'den bir başka kadın, kadını da ancak çiçek hastalığı kurtarabilmişti.

Aradan iki yıl geçti. Appleby'nin plantasyonunda kalan zencilerin yaşlılıktan ölmedikleri takdirde mutlaka solunum hastalıkları, humma ve çiçek hastalığının kurbanı olduklarını gözlemlemiştim. Çivit otu plantasyonundan kurtulup memlekete dönmenin bir yolunu bulmak istiyordum. Gelgelelim bu arzularıma giden kestirme bir yol yoktu. Her gün anne ve babamı düşünüyor, onların bana eğitimden vazgeçmememi, becerilerimi geliştirmemi öğütlediklerini hayal ediyordum. Robinson Appleby bedenime sahipti. Kızgın güneş altında sivrisineklerle savaşarak çivit çamurunda sırf onun için çalışıyordum ama Mamed'den çivit çamurunun nasıl hazırlandığını babam için öğreniyor, Georgia'nın yardımcılığını annemi düşünerek sürdürüyordum. Kıyı ovalarda ve komşu adalarda artık bütün bebekleri Georgia ile birlikte doğurtuyorduk.

Bukraların arasında hayatta kalabilmek için Mamed'in derslerini adeta yutuyordum. Onun kadar iyi okuyabilecek düzeye geldiğimde, öğretecek fazla bir şeyi kalmamıştı. Mamed'in Afrika'ya nasıl gidileceğini bilmemesi bende hayal kırıklığı yarattı. Oraya dönebilmiş ya da dönme girişiminde bulunmuş hiçbir Afrikalı duymadığını söylemekle yetindi. Onun kitaplarının hiçbirinde bu sorunun cevabı yoktu ama vakit buldukça kitapları defalarca yeni baştan okuyordum. Kitap okumak için en güvenli yer Mamed'in kulübesiydi. Mamed benim gelmeme ses çıkarmıyordu. Aksine birkaç gece görünmedim mi kızıyordu. Gittiğimde bir mum yakıp servi ağacı taburelerden birine çöküyor, okumaya dalıyordum.

İncil'in başlıca avantajı kalın olmasıydı. İçinde birbirinden güzel sayısız hikâye vardı. İbrahim ve Musa hakkında yazılmış olanlar bana babamın Kuran'dan anlattıklarını hatırlatmıştı. *Çiftçinin Tıp Rehberi*'ni okuduktan sonra bir hata yapıp Georgia'ya kitapta kan çıkarmanın ve akıtmanın birçok hastalığa iyi geldiğini yazdığını söyledim. Bana aklımı başıma alıp böyle şeyler okumaktan vazgeçmemi öğütledi. "Bu bukralar delirmiş kızım," dedi. "Hasta adamdan kan çıkaracakmışsın, öyle mi!" Mamed bana Fakir Richard adıyla yazan bir adamın hazırladığı almanağı da vermişti. Yazar evlerin şimşek ve yıldırımdan nasıl korunacağına varana kadar her şeyi biliyor, ama Carolina'dan Afrika'ya gitmenin yolunu göstermiyordu.

Okumak, gizemli bir ülkede hülyalara dalmak gibiydi. Oraya nasıl gidileceğini bir tek ben biliyordum. Oranın sahibi sadece bendim. Kitaplar hep bukraların yaşam biçimi üstüneydi ama bir süre sonra onlardan vazgeçemez hale gelmiştim. Bir gün sorularıma cevap verecek kitabı bulacağım umuduyla yaşıyordum. Afrika neredeydi? Oraya nasıl gidilirdi? Bazen cevap bulamadığım için utanca kapılıyordum. Nasıl oluyordu da geldiğim memleketin yerini bulamıyordum?

Çivit otu hasadının tam ortasındaydık. Sabahları erkenden, henüz Georgia uyanmadan ormana koşup kusuyordum. Bir gün tarlaya giderken Georgia kolumu tutup, "Sahip Apbee öğrendiğinde ne yapacaksın?" diye sordu.

"Neyi öğrendiğinde?"

"Sabahları mideni bulandıran ufaklığın varlığını."

Durumu Georgia'dan saklamayı aklımdan bile geçirmezdim ama karnımdaki sırrın biraz büyümesini beklemek istemiştim. Keyfimden ve gururumdan yanıma varılmıyordu. Kendi erkeğimden kendi bebeğim! Büyütüp seveceğim bebek buydu. Bu bebek bir bukradan değil, kendi seçimim olan birinden, benim dilimi konuşan ve her ay beni görmeye gelen bir Afrikalıdandı. Chekura'nın yolunu bekler olmuştum. Daima dolunay zamanı gelirdi. "Hastalık mevsimi"nde ziyaretlerini hiç aksatmazdı, çünkü bu dönemde geceleri kimseye görünmeden gidip gelmek daha kolaydı. Onun karadan ya da sudan yaptığı yolculukları pek konuşmaz, daha çok Fulfulde dilinde çocukluk anılarımızı paylaşır, sonra Gullahça'ya geçip Carolina'daki yeni dünyamıza ilişkin gözlemlerimizi aktarırdık. Konuşup gülüşür, alınlarımızı birbirine dayayıp öylece kalırdık. Chekura binbir dil dökerek Georgia'dan aldığı yağla ayak parmaklarımı, tabanlarımı ve ayağımın üstünü ovardı. Önceleri hiçbir talebi yoktu. Aylar geçtikçe elleri ayak bileklerimden, sonra da dizlerimden yukarılarda dolaşmaya başlamıştı. Sonunda içimdeki arzu bendini yıkan su gibi fışkırıp taştı. Aç dudaklarını benimkilere bastırdım ve onu içime aldım. Henüz birkaç kez birlikte olmuştuk ki aylık kanamalarım kesildi.

"Sana anlatacaktım," dedim Georgia'ya.

"Bildiğim şeyleri tekrarlamana gerek yok. Sally ölüp gitti. Sen asıl Sahip Appleby ile nasıl baş edeceksin, onu düşün."

Ona verecek cevap bulamadım.

"Sakın ona Chekura'dan söz edeyim deme," dedi Georgia sonunda.

"Zaten biliyor." dedim.

"Adını bilmiyor. Oğlanın yaşamasını istiyorsan adını söyleme. Bir şey daha var."

"Ne?"

"Bebek doğunca sütün kesilene kadar emzir."

"Neden?"

"Emzirdiğin için Appleby bebeği senden almayabilir."

"Bebeğimi niye alıyormuş?"

"Doğuracak yaşa gelmişsen, Sahip Apbee'nin sana tepeden tırnağa sahip olduğunu bilmen gerekir. Ürettiklerinin de sahibi odur."

Sustum. Georgia ile birlikte Appleby plantasyonunda iki bebek doğurtmuştuk. İkisi de hâlâ annelerinin yanındaydı.

"Hayır, Apbee bebeğimi almaz." dedim.

Georgia yüzüme baktı. "Şeytanla oyun olmaz kızım," deyip elini omzuma koydu. "Sen bebeğini emzir ve sütünün kesilmemesi için dua et. Bol bol emzir. Emzirdiğini cümle âlem görsün. Kanaman kaç ay gecikti?"

"İki."

"Yolun uzun kızım. Hem de çok."

Bir akşamüstü Georgia ile çivit otu yaprakları ve insan sidiği dolu tankları karıştırırken Robinson Appleby beraberinde iki konuğuyla çıkageldi. Mamed bağırarak daha hızlı karıştırmamızı emretti.

Appleby'nin konuklarından iyi giyimli olanı eliyle sivrisinekleri kovup duruyor, kızgın güneşten epey rahatsız olmuşa benziyordu. Diğeri yaklaşıp ne yaptığımızı daha yakından görmek istedi. Babam yaşlarında, uzun boylu bir adamdı. Tenim kadar kara bir sakalı vardı. Ben ikinci teknedeki suyu, sapları ve yaprakları dövmekle meşguldüm. Aniden dönünce adamın gözünü bana dikmiş olduğunu gördüm. Göz göze geldik. Hemen başımı eğdim. Bana hafifçe gülümsemiş olabilir miydi? İşime devam ettim. Bukraların gülümsemesine güven olmazdı. Bu mimik, "Ben senin bilmediğin bir şey biliyorum," anlamına gelirdi. Çivit otlarını dövmeye devam ettim.

Appleby Mamed'e "Bu adamın kim olduğunu biliyor musun?" diye sordu.

"Hayır efendim."

"Solomon Lindo," dedi Appleby. "Güney Carolina eyaletinin yeni çivit denetçisi."

Adının Solomon Lindo olduğunu öğrendiğim adam Mamed'e "Onun içinde ne var?" diye sordu.

"Dövme işlemi yapılan teknede mi?"

Solomon Lindo evet anlamında başını salladı.

Mamed, "Kireç, sidik ve su," dedi.

Lindo "Bu teknede tahminen ne kadar sulu çamur birikmiştir dersin?" diye sordu.

"Yedi sekiz santim kadar." dedi Mamed.

Solomon Lindo beni hafifçe dürttü. Durdum. "Lütfen yüzüme bak," dedi.

Yavaşça dönüp ona baktım. Appleby'nin aksine Lindo kahverengi gözlüydü.

"Ya sen ne yapıyorsun?" diye sordu bana.

"Çividi dövüp havalandırıyorum."

"Ne kadar süre dövüyorsun?" Adam İngilizceyi Appleby'ninkine benzemeyen, daha önce duymadığım bir ağızla konuşuyordu.

"Mavi toz yüzeye çıkana kadar."

"Peki sonra?"

"Dövmeyi bırakıp maviliğin çamurun üstüne çökmesini bekliyoruz."

"Fazla uzun döversen ne olacağını biliyor musun?"

"Boya iyi olmaz," dedim.

Solomon Lindo, Appleby'e dönüp, "Sağlam işçilerin var," dedi. Üç adam eve doğru yürüdüler.

O gece iki kadın, Georgia ve ben aşçının koca bir tencere tavuklu bamya pişirmesine yardım ettik. Appleby "Yemekte domuz eti istemiyorum," demişti. "Bir Yahudi'ye domuz yediremem. Adam ta Londra'dan kalkıp gelmiş. Ona Carolina'nın en iyi tavuklu bamyasını pişirin. Adam bizim çivit ürünümüze not verecek."

Müslümanlar gibi domuz yemekten kaçınan bu adamı merak etmiştim. On zencinin doyacağı kadar yemek yaptık. Tabaklar içinde sofraya taşıdık. Su ve içecek sunduk. Appleby ve konukları hemen hepsini yiyip içtiler. Sonunda salondaki koltuklara kurulup purolarını tüttürmeye, viskiyle kahve içmeye koyuldular. Appleby benim dışımdaki bütün zencileri eve yollamıştı. İki yıldır ilk kez yanımda

Georgia ve Mamed olmaksızın onunla kalıyordum. Salonun ortasında dikilip durdum. Üç adam beni süzüyordu.

Appleby diğerlerine dönüp, "Elimdeki en iyi Koromanti,"[6] dedi. "Buraya geleli daha üç yıl oldu. Çok akıllı kız. Yemek pişirenlere yardım ediyor. Sabun yapıyor. Çivit teknesinde nasıl çalıştığını gördünüz. En şaşırtıcısını söyleyeyim: Bu kız köle kadınların doktorluğunu yapıyor. Onu Charles Town'dan kelepir fiyatına almıştım. Sullivan Adası'na geldiğinde bir deri bir kemikti. Fazla yaşamaz diyordum. Oysa bakın, nasıl toparlandı şimdi. Şu anda onu, aldığımın yirmi katına satabilirim."

Solomon Lindo bana bir bakış atarak, "Ona ne istersiniz?" diye sordu.

"Yirmi sterlinden aşağı olmaz." dedi Appleby.

Üçüncü adam purosunu bırakıp bana yaklaştı. Kocaman göbeği kemerinden taşmıştı. Burnu kıpkırmızıydı. "Kaç yaşındasın, Mary?" diye sordu.

Bukra erkekleri adlarını bilmedikleri zenci kadınlara Mary diye hitap ederlerdi. Ben bundan nefret diyordum. Önüme bakıp sesimi çıkarmadım.

Appleby, "Buraya bak kızım," dedi. "Bu beyefendinin adı William King. Charles Town'daki köle ticaretini o yönetir. Sana bir soru sordu."

"On beş sanırım." dedim.

"Emin değilsin, öyle mi?" diye sordu King.

"Öyle efendim."

"Bana on sekizinde var gibi geldi," dedi King. "Hiç doğum yaptı mı?"

Adam, Appleby ile konuştuğundan ben cevap vermedim.

6 İngilizcesi *Coromantee* olan sözcük, Gana'nın kıyı kasabası Kormantse'nin adından gelmektedir. Bugünkü Gana olan eski Altın Kıyısı'nda yaşayan Akan kölelerine İngilizlerin verdiği eski bir isimdir.

Appleby birden elime bir kadeh tutuşturarak, "Hadi biraz Madeira iç," dedi.

Lindo bardağı elimden alıp, "Kıza bunu vermeyin," dedi. "Onu hasta edersiniz. Çocuğa şarap verilmez."

Appleby "Ben çocuktan çok kadın olduğu fikrindeyim." dedi.

Lindo sözlerini özenle seçerek, "Henüz çocuk sayılır," diye karşılık verdi.

King, "Ben bu işin ticaretini yapıyorum," diye araya girdi. "Sen çivitten anlarsın, ben zenci kadınlardan." Tekrar bana dönüp "Çivit yapmayı nereden öğrendin?" diye sordu.

"Mamed öğretti."

King beni şüpheyle süzdü. "Ne dedin bakayım?"

Birden hatamın farkına vardım. "Öğretti" demiştim. "Öğretmek" bukralara özgü bir sözcüktü. Mamed, bukraların yanında düzgün İngilizce konuşmamam için beni defalarca uyarmıştı. "Yani, nasıl yapılacağını gösterdi," diye düzelttim. "Mamed gösterdi."

Appleby evi gezdirmek bahanesiyle King'i alıp gitti. Lindo benimle kalmıştı. Sakalını kaşıdı. Uzun ince parmakları vardı. Bunlar bir çiftçinin ya da kâhyanın parmakları değildi. Kim bilir, belki de bütün çivit denetçilerinin parmakları böyle düzgün, tenleri yumuşak, tırnakları tertemizdi.

Lindo'nun başının üstünde minik bir kep vardı. Bu benim başıma bağlamayı sevdiğim bandanalara benzemiyordu. Tepesinde küçük bir bölümü örtüyordu. Adam kepi incelediğimi fark etmişti.

Elini başına götürerek "Bunun ne olduğunu biliyor musun?" diye sordu.

Başımı hayır anlamında salladım.

"Bilmek ister misin?"

Bu defa başımı evet anlamında salladım.

"Meraklı bir kızsın sen," dedi.

Yüzüne bakmaya devam ettim.

"Buna yarmulke denir. Yahudi takkesi. Ben Yahudi'yim. Bunun anlamını biliyor musun peki?"

Cevap vermedim.

Solomon Lindo salonun bir köşesinde duran masaya gitti. Kalemle hokkayı önüne çekti. Bir kâğıda bir not yazıp bana gösterdi. Notta, "Dönüp arkana bak. Anneni göreceksin," yazıyordu.

Hızla döndüm. Kimse yoktu. Tekrar önüme döndüm. Adamın yüzüne kocaman bir gülümseme yayılmıştı.

"Küçük bir numara," dedi. "Ama kimseye söylemeyeceğim."

Karşısında donup kalmıştım.

"Endişelenme," dedi. "Senin gibi bir kızın bana çok faydası olur."

Eşikte konuşmalar duyuldu. Appleby ve King ellerinde deri içki mataralarıyla geri döndüler.

King, "Demek sen safkan Afrikalısın," dedi.

Başımla evet işareti yaptım.

"Biraz Afrika dilinde konuşsana."

Bamana dilinde onun kötü birine benzediğini söyledim.

King güldü. Diğerlerine dönerek, "Hiçbir şey anlamıyorum ama o yerli dillerinden birini konuşup konuşamadıklarını duymak hoşuma gidiyor." dedi.

Birden, hiç düşünmeden, "Ben nereden geldim?" diye soruverdim.

King yüzüme bakıp gülümsedi. Sorumu gerçekten komik bulduğu belliydi. "Onu sen bize söyle."

"Memleketim neresi?"

"Geri dönmeyi düşünüyorsun galiba," dedi King.

Appleby güldü.

King masaya yaklaştı. Bir çekmece açtı. Büyük bir kâğıt rulosu çıkarıp masanın üstüne yaydı. Dalgalı çizgiler çizdi ve o kısmın deniz olduğunu söyledi. Çizgilerin bir tarafına bir daire çizdi. Burası Carolina'ydı. Çizgilerin öbür tarafına, sol üst tarafı çıkıkça duran, mantara benzer tuhaf bir şekil çizdi. Buranın da Afrika olduğunu söyledi.

Mantarın üstüne koyu renk bir yuvarlak oturttu. Solda, yukarıda bir yere çizdiği daireyi işaret ederek adamlara, "Kızın memleketi işte burası," dedi.

"Koromantiler, Afrika halkının en nitelikli grubudur. Ama sevgili Appleby, senin getirdiğin partide Koromanti yoktu. Bir bakışta onun bir Koromanti olmadığını söyleyebilirim zaten. Onlar en kaliteli olanlardır. Vücut yapıları kusursuzdur. Mağrur duruşludurlar. Diğerlerinden daha güzel olurlar. Hatta o kadar ki, siyah olduklarını bile unutursun."

Appleby King'e bakıp, "Bu da güzel," dedi.

"Kaygılanma. Bunu da iyi bir fiyata satarsın. Bak Appleby, eğer birinci sınıf bir plantasyon sahibi olmak istiyorsan, adamlarını iyi tanımalısın. En iyi köle Altın Kıyısı'ndan veya Gambia'dan çıkar. İkinci olarak, Batı kıyısından sağlam ve güçlü erkekler edinmeye çalış. Mandingolar, hah, bak işte bu kız Mandingo olabilir, uysaldırlar ama yoruldular mı kollarını kaldıramazlar. Üstelik çabuk yorulurlar. Sonra Whydahlar vardır. Hayat dolu, neşeli ve dayanıklıdırlar. Onlardan birkaç tane bulundurmakta yarar var, ama fazlasına kaçma, sonra şarkıdan, danstan başını alamazsın. Kongo'dan aldığın bir siyah oğlanın Fort Musa'yı duyduğu anda İspanyollara kaçacağını bilmiş ol. Özetle Kongo'dan, Calabar'dan köle alma. Onlar en kötüleridir. Unutma, en kötüleri."

"Bakınca kimin nereli olduğunu anlayabiliyor musunuz?"

"Ben yattığım yerden zengin olmadım," dedi King. "Benim sözüme güven. Calabar'dan bir İgbo almışsan eline bıçak verdiğin anda domuzunkini değil kendi gırtlağını kesecektir. İgbolar o kadar tembeldirler ki yaşamak bile onlara zor gelir."

Zihnimde bin bir soru kaynıyordu ama hiçbirini soramıyordum. Bütün bu insanlar nerelerde yaşıyorlardı? King bu kabileleri, kim olduklarını nasıl biliyordu? Madem bu kadar biliyordu da Mandingoların çabuk yorulduklarını nereden uyduruyordu? Onları daima havanın başında görürdüm. Gün boyu saatlerce havanda darı dövüp un yapar, cadı fındığı ezip yağ çıkarırlardı.

"Benimle gelin, Bay Lindo," dedi Appleby. "Biraz da benim çivit ürünüm hakkında görüşelim."

Kapıdan çıkarlarken Lindo dönüp alnı kırışmış bir şekilde bana baktı. Ben de çıkmaya yeltendim ama öbür adam yolumu kesti.

"Sen benim kim olduğumu biliyor musun?" diye sordu.

Başımı hayır anlamında salladım.

"William King. Charles Town'ın en zengin tüccarıyım."

Etrafından dolaşıp sıvışmak istedim ama geçmeme izin vermedi. "Zengin, anlıyor musun? Hâlâ aklın başında mı?"

Benim bir şekilde aklımı yitirdiğimi düşünüp beni döveceği korkusuyla dilim çözülüverdi. "Büyük ev, bir sürü zenci, bir sürü çivit teknesi."

"Senin efendin Appleby çivit boyası üretiyor. Ben pirinç tarımı yapıyorum. Sen çivit üretimine zor mu diyorsun?"

Gönülsüzce başımı salladım.

"Çivit otu ne ki? Sen bir de pirinç tarlalarını gör. Zencilerin bir kısmı dayanamayıp daha ilk mevsimde ölür. Suyun içinde çalışırsın. Her taraf ıslak, hava sıcaktır. Timsahlar çalıştığın yere kadar gelirler. Şak diye yutuverirler adamı." William King beni kapana kıstırmak ister gibi kollarını açıp kapayınca birden kendimi geri attım. Adam, "Akıllı köleleri severim," dedi.

Kapının kilitli olup olmadığını merak ediyordum.

"Lindo çivit üretimini denetlemeye geldi. Ben de kölelere bir göz atayım dedim. Seni buraya satan benim. Nasıl olduğunu merak ediyordum. Gördüğüm kadarıyla gayet iyisin. Ne var ki sen Koromanti değilsin. Seni Bance Adası'ndan getirdim ama o yıl Bance'tan gelen Koromanti yoktu. Şöyle yaklaş bakayım."

Adam elini uzattı ama ben yerimden kıpırdamadım.

"Bance nedir?" diye sordum.

"Hiçbir şeyi kaçırmıyorsun değil mi? Bance, Gine'de seni satın aldığım yer."

Kapı kilitli olmasa bile bu iri adamın elinden kurtulup oraya ulaşmam zor görünüyordu.

William King yeleğini çıkardı ve düğmelerini çözdü. Kendimi geri attım. Üstüme atladığı anda çevik bir hareketle yana kaçtım. Adam ikinci hamlede beni duvara yapıştırdı.

"Boşuna kıvranıp durma. Bakalım ele avuca geliyor musun artık?" Pantolonu ayak bileklerine inmişti. Organı rüzgârdaki bir dal gibi sallanıyordu.

Aynı anda kapının kilidi döndü. Lindo'nun Appleby'e bir şeyler söylediğini duydum.

King aceleyle pantolonunu çekmeye çalışarak, "Lanet olsun," diye homurdandı.

Bir ay kadar sonra Georgia balık ağından yeni bir haber getirdi. Charles Town'daki Yahudi beni satın almak istemiş ama Appleby razı olmamıştı. Habere çok üzüldüm. Appleby'nin plantasyonunda kalmaktansa Solomon Lindo'nun yanına gitmeyi tercih ederdim ama Georgia, Appleby'nin beni asla satmayacağını söylüyordu.

"Neden?" dedim iniltiyle.

"Çünkü fazla beceriklisin. Çok değerlisin. Çocuk doğurtuyorsun, çivit boyası yapıyorsun, adam seni ne diye satmak istesin?"

Göğüslerim gitgide irileşiyordu. Yakında karnım da belli olurdu. Appleby kölelerinin evlenmesine izin vermiyordu. Bazıları kurallara gizlice meydan okuyor, ya birlikte yaşıyor ya da gece ziyaretleriyle yetiniyorlardı. Ben ailemin bu konudaki tutumundan emindim. Chekura'ya evlenmek istediğimi söyledim.

Ağustosa rastlayan ilk dolunayda karar kıldık. Mütevazı bir törene hazırlanıyor olsam da heyecanlıydım. Çekirdek ailemi oluşturmak ve hep bir arada tutmak azmindeydim. Tabii ki memleketimdeki gibi bir düğün yapamayacaktık. Orada olsak bütün büyükler ve evliliği sonraki kuşaklara aktaracak celiler törende hazır bulunurlardı. Dünürler ve köyler arasında çekişmeli pazarlıklar yaşanırdı. Aileme kızlarının kaybını telafi edecek hediyeler sunulurdu. Şimdi bunlar olamasa da Chekura'yı Georgia'ya hatırı sayılır bir armağan vermeye razı etmiştim. O da hemen iki tavuk, iki başörtüsü, bir mavi cam kavanoz, bir şişe rom ve bir torba kınakına kabuğu toparlayıvermişti.

Georgia "Deli oğlan, kınakına kabuğunu da nereden bulmuş?" diye tekrarlayıp durmuş, o günden sonra Chekura Georgia'nın gözbebeği olmuştu.

Konuklar armağanlar ve yiyecekler getirdiler. Georgia ve Fomba açık alana önceden demir bir kazan yerleştirmişlerdi. Georgia nefis bir tavşan yahnisi pişiriyordu. Mamed bana bir mum ve servi ağacından cilalı bir tabure verdi. Fomba, ağaçtan kucağında bebek tutan bir kadın heykelciği oymuştu. Eserini günlerce yağlayıp parlatmıştı. Hediyesini bana sunarken mutluluğu yüzünden okunuyordu. Chekura bir tarak, kıvırcık saçı açmaya yarayan bir kavanoz mısır yağı, kırmızılı ve altın renkli bir başörtüsü ve yumuşacık pamuktan yapılma mavi bir şal armağan etti. Bu kumaşı daha önce büyük eve gelen konukların üstünde görmüştüm. Ben de Chekura'ya, bana doğum için teşekkür olarak verilmiş olan parlak sarı bir peştamal hediye ettim. Georgia aslında ona bir şey vermem gerekmediğini söylüyordu.

"Zaten kendini veriyorsun, o yeter," demişti. "O koca dudaklı Afrikalı çok şanslı."

Eğlencede flütler ve banço da vardı. Bazı kadınlar ve erkekler şarkı söyleyip dans ettiler. Bir kısmı rom içip pipo keyfi yaptı. Namaz kılmayı bırakalı uzun zaman olmuştu ama yine de alkol ve tütünden uzak duruyordum. Chekura ile düğün gecemizde bile bu kuralı bozmadım. Yemekten sonra Mamed yere bir süpürge koyup bizi üstünden atlattı. Artık karı koca olduğumuzu ilan etti. Chekura ile öpüştük. Artık evliydik. Çocuğumun babası belliydi. Kulübeye gittik. Birbirimize sarıldık. Karı koca olarak seviştik ve birbirimizin kollarında uykuya daldık. Daha doğrusu ben onun koynunda dalıp gitmişim.

Uyandığımda Chekura Lady's Island'daki plantasyona, işinin başına dönmüştü.

Robinson Appleby plantasyona aralık ayında geldi. Hemen beni çağırttı. İyice büyümüş karnımla büyük evi çevreleyen verandaya adım attım. Doğuma üç ay vardı.

Appleby karnımı işaret ederek, "Duydum," dedi.

"Bebeğim olacak," dedim. Ne kadar gururlandığımı belli etmek istemiyordum ama alt dudağım titriyordu.

Appleby hafifçe öksürdü. Derin bir soluk aldı. Ellerini ceplerine sokup çıkardı. Göğüs cebindeki saatini çıkarıp baktı.

"Babası kim?" diye sordu.

Sesimi çıkarmadım.

"Seni ziyarete gelen bir oğlan olduğunu biliyorum."

Yüzümden hiçbir şey okuyamasın diye başımı önüme eğdim. Düğünü duymamış olması için dua ettim.

Adam, "Burada çocuk doğurma konusunda ben karar veririm," dedi.

Parmağıyla yaklaşmamı işaret etti. Ona doğru bir adım attım.

"Bugünlerde pek şık giyiniyorsun. Mavi şal, kırmızı ve altın rengi başörtüsü... Bu giysilere bayılıyorsundur eminim. Gel de şu örtüne bakayım. Yaklaş."

Bir adım daha attım.

"'Giysilerimi çok seviyorum Sahip,' de."

Söyledim.

"Bahçeye gel," dedi.

Anlık bir rahatlama duydum. Dışarıda olduğumuz sürece yapamayacağı şeyler vardı. Appleby bağırarak Mamed'le Georgia'yı çağırdı. Plantasyondaki bütün kadın erkek ve çocukları toplamalarını istedi. Gelmeyenler üç öğün yemeğinden, Charles Town'dan getirtilen rom, giysi ve tuz gibi ikramiyelerden olacaktı. Plantasyon halkı meydanda büyük bir çember oluşturdu. Appleby kadınlardan ikisine küçük bir ateş yakmalarını emretti. Mamed'e ambardan bir fıçı getirtti. Bir başkasını ustura almaya yolladı. Kadınlardan biri de çamaşır teknesi ve makas getirmeye koştu. Ateşin başındaki Appleby, Georgia'ya giyecek neyim varsa toplayıp getirmesini emretti.

Çamaşır teknesi suyla dolduruldu. Ustura hazırdı. Ateş iyice harlandığında, itiraz edenin benimle aynı cezaya ya da daha beterine çarptırılacağını duyurdu.

Bana dönüp "Giysilerini çıkar," dedi. Ben duraksayınca üstümdekileri parçalar gibi çekip alarak Georgia'nın getirdiği yığına attı. "Güney Carolina eyaletinde bir yasa vardır," dedi. "Zenciler gösterişli giyinmezler."

O anda bir karar verdim. O nasıl olsa aklına koyduğunu yapacaktı. Ben Bayoluydum. Karnımda bir bebek taşıyordum. Başımı dik tutmalıydım.

Appleby yerdeki giysilerimi işaret ederek, "Onları ateşe at," dedi. Kıpırdamadım. Appleby, Georgia'ya döndü. Beni gösterdi.

"Georgia. Oyun oynamadığımı biliyorsun. Giysileri ateşe at. Yoksa kızın canını fena yakarım."

Georgia'nın yüzü taş gibi dümdüz, ifadesizdi. Eğilip giysilerimi kucakladı ve ateşe attı. İçimden ona teşekkür ettim. Giysilerimi yakmıştı ama onurumu kurtarmıştı. Bütün zencilerin gözü önünde Appleby'e meydan okumuştum. Bu biricik zaferimi asla unutmayacaktım.

Appleby bu defa çamaşır teknesini işaret etti. "Diz çök, başını içine sok," dedi. Kıpırdamadım. "Son kez söylüyorum. Başını suya sok."

Diz çöktüm ama şiş karnım başımı suya sokmamı engelliyordu.

Appleby "Doğrul o halde," dedi ve başımdan aşağı üç kova suyu boca etti. Su yüzüme, boynuma, karnıma çarparak aktı gitti.

Appleby fıçıyı önüme yuvarladı. "Fıçıya yaslan."

"Hayır," diye haykırdım.

"Dediğimi yap, hemen şimdi, yoksa kulübende ne varsa boşaltırım. Bütün eşyalarını yakarım. Giysilerini, taraklarını, her şeyini. Georgia'nınkileri de. Onun bütün giysilerini, ilaç torbalarını, saklama kaplarını ateşe atarım. Hepsini. Duydun mu?"

Fıçıya yaslanmaya çalıştım ama karnım çok büyüktü.

Appleby saçımdan yakalayıp başımı arkaya çekti. "Doğrul o halde," dedi.

Dizlerimin üstünde doğrulup dikleştim.

"Sen ve şu gizemli kocan," dedi Appleby. "Beni kandıracağınızı mı sandınız? Senin gebe olduğunu anlamadım mı sanıyorsun? Sen ve başörtülerin! Beyazlar gibi süslenmek istedin öyle mi? Sen Charles Town'daki bütün zenci kadınların yüz karası oldun."

Appleby arkama geçip saçıma yapıştı. "Bu ne?" diye bağırdı.

Acıyla haykırdım.

"Bu nedir?" diye tekrarladı adam.

"Saçım."

"Saç değil," dedi başımı daha arkaya çekerek. "Yün." İyice asılınca acıdan soluğum kesildi. "Saç değil bu. 'Yün' de."

"Yün."

"'Başımda saç değil, yün var,' de."

"Yün var, saç değil."

"Yalnızca yün. Ben izin vermezsem, ona bile sahip olma hakkın yok."

Robinson Appleby dirseğiyle kürek kemiklerime bastırarak beni zorla fıçıya doğru eğdi ve saçımı makaslamaya koyuldu. Kesilen tutamlar alnıma değip gözüme giriyor, bazısı ağzıma doluyordu. Gözlerimden dökülen yaşlar sessizce aşağı süzülüyordu.

Her pazar sabahı Georgia ile birlikte özene bezene bakım yaptığımız saçlarım gitmişti. Bütün o taramalar, yağlamalar, süslü örgüler ve rastalar bitmişti. Appleby makasla işini bitirdikten sonra başımı sabunlayıp usturaya uzandı.

"Bir santim kıpırdarsan kendi kafanı kesmiş olursun."

Zenci kadınların arasından iniltiler yükseldi. O ana kadar cesaretimi korumuştum ama daha fazla dayanamadım.

"Ne olur Sahip..."

Başımı tekrar öne ittirdi. Tamamını sabunlu suya sildi. Sonra usturasıyla kafamı alnımdan enseme tıraş etmeye başladı. Arada sabunlu su çarpıyordu. Sabun kafa derimdeki kesikleri sızlatıyor, yüzümden aşağı süzülüp gözlerimi yakıyordu. Acı tadı dilimdeki saç kırpıklarına karışmıştı. Adam dirseğiyle sırtıma bastırarak beni iki büklüm durmaya zorluyordu. Usturayı tersten sürerek kafa derimi iyice temizledi. Nihayet başıma bolca su boca edip ayağa kaldırdı. Yüzüme bir ayna tuttu.

Hayatımın en korkunç çığlığını koyuverdim. Kendimi tanıyamamıştım. Giysilerim, saçlarım, güzelliğim, kadınlığım gitmişti.

"Bu seferlik dayaktan kurtuldun," dedi Appleby. "Hemen git ve çuval bezini sarın yeniden. Bir daha beyazlar gibi giyindiğini görürsem seni yine koyun gibi kırparım ve Georgia'nın kulübesinde ne var ne yoksa yakarım."

"Georgia'nın yaşadığı yer kulübe değil," diye fısıldadım.

"Bana cevap verme."

"Orası onun evi. Yuvası."

Adam ağzı açık bakakaldı. Arkamı döndüm. Kazınmış başım, şiş karnımla çıplak olarak meydanın öbür ucuna doğru yürümeye başladım. Günlerden pazardı. Herkes çamaşır yıkayıp yemek pişiriyordu. Ben geçerken plantasyondaki her kadın, erkek ve çocuk elindeki işi bırakıp susuyordu. Fomba başını öne eğmiş yüzünü elleriyle kapamıştı. Önünden geçerken koluna dokundum. Ağlamıyor, koşmuyordum. Bunlar utancımı büsbütün arttırmaktan başka işe yaramazdı.

"Kafandaki yün gibi, bebek de benim malım," dedi Appleby. "İkisi de bana ait."

Kocaman karnımla sendelemeden yürümeye devam ettim. Yuvamda yalnız kalana kadar tek bir damla gözyaşı dökmedim.

Günüm geldiğinde St. Helena Adası'ndaki yaşantımın dördüncü yılındaydım. Tarih, 15 Mart 1761'di. On altı yaşındaydım.

Georgia "Burası artık senin de memleketin," dedi. "Sen ve bebeğin Carolinalı sayılırsınız."

İtirazım Georgia'yı kıracağından sesimi çıkarmadım. Doğacak çocuğumun memleketi neresi olacaktı sahi? Afrika mı? Çivit otu plantasyonu mu? Benim için biri imkânsız, diğeri kabul edilemezdi. Çocuğumun yuvası ben olacaktım. Beni memleketi bilecekti. Birlikte vatanımıza dönene kadar bu çocuğun her şeyi ben olacaktım. Bunları bu topraklara adım attığımdan beri bana ana gibi kucak açan kadına söyleyemezdim.

Georgia beni mehtapta büyük deri bir kovanın içinde yıkadı. Sırtımı ovdu. Cildimi ve kaslarımı iyice yumuşattı. Kısa süre sonra sancılar başladı. Büyük sancılar geldiğinde kıvranmaya başladım. Georgia elini içime sokmaya hazırlandı ama onu engelledim. Henüz hazır değildim. Daha vakit gelmemişti. Acılar, sancılar ve bedenimin içindeki isyan bir süre daha devam etti.

Annemle birlikte doğurttuğumuz o bebekleri düşündüm. Sekiz yaşında bir çocuğa göre bayağı bilinçliydim ama tabii ki acının dozunu hayal etmeme imkân yoktu. Nasıl bilebilirdim ki? Gırtlağımdan yırtıcı bir hayvanın kükremeleri yükseliyordu adeta. Vaktin geldiğini anladım. Ikın... ıkın... ıkın.

Georgia soluklanıp sonra tekrar denememi söyledi. Basuruma çivit otu yaprağından yapılma bir merhem sürdü. Arkama yaslanıp bir yudum su içtim. Georgia beni bir tahta leğene oturtup ılık suyla yıkadı. Sancılar geri döndüğünde leğenin içinde çömeldim, ıkındım ve minik oğlumu doğuruverdim.

"Mamadu," diye inledim.

"Afrikalı ismi mi?" diye sordu Georgia.

"Mamadu," diye tekrar ettim. "Babamın adıydı."

Oğluma hemen memeyi dayadım. Meme ucunu arayıp emmeye başlayınca kısacık bir süre için dünyalar benim oldu. Mamadu doyunca Georgia onu yıkayıp sardı. Bana su içirdi. Az miktarda şeker, muz parçaları, portakal ve mısır lapası yedirdi. Ardından oğlumu kucağıma verdi. Onu iyice göğsüme soktum. Birlikte uykuya daldık.

Uyandığımda kadınlar kendimiz için beslediğimiz tavukların birkaçını kesip pişirmişlerdi. Zencilerin çoğu o gece hep birlikte yemek yediler. Bebeği görmek ve beni kutlamak için sırayla Georgia'nın evine geldiler. Robinson Appleby'nin bebeği Chekura'dan önce görmesi beni çok hüzünlendirmişti. Appleby yatağa yaklaşıp bana hasır bir sepet verdi. Onun fazla yaklaşmasını, Mamdu'ya dokunmasını istemiyordum. Georgia hemen aramıza girdi. Alışkın bir tavırla bebeğe uzanarak onu kucağında güvenceye aldı. Appleby bebeğin örtüsünü aralayıp çocuğun cinsiyetine baktı, sonra da bizi daha fazla rahatsız etmeden uzaklaştı.

Chekura'yı oğlumuzun doğduğu gün göreceğimi umut etmiştim ama gelmedi. Hangi ayda doğum yapacağımı biliyordu. Bebeğimin babası oğlunu görmeye ve beni öpmeye gelmemişti. Anlatıldığına göre babam beni doğumumdan bir gün sonra kucağına almıştı. Peki benimle denize açılan, o koskoca suyu geçen, dönüp bacaklarımın arasına sokulan, nihayet içime tohumlarını bırakıp dolunayda benimle süpürgenin üstünden atlayan adam neredeydi?

"Erkekler gelip giderler," dedi Georgia. "Chekura'yı dert etme. Sen asıl şu minik adama süt ver bakalım."

Günler geçti ama kocam ortalarda yoktu.

Georgia "Boşuna telaşlanma," diyordu. "Kocan en kısa zamanda gelecektir."

Bir gece Georgia, Mutlu Jack'e yatıya gitmiş, biz de Mamadu ile birbirimize sokulup uykuya dalmıştık. Düşümde bir el boynuma doğru uzanıyordu. Düş bir anda kâbusa dönüştü. Biri bebeğimi çalmak istiyordu! Boynuma değen eli yakalayıp bütün gücümle ısırdım ve acıyla kıvranan Chekura'nın sesine uyandım.

"Tehlikeli karım benim," diye söylendi elini havada sallayarak.

"Oğlumuz doğduktan on dört gün sonra gelirsen böyle olur işte," dedim.

"Demek günleri saydın. Demek sen beni seviyorsun."

Onu şefkatle süzdüm. Kâbus bitmişti. Kocam sonunda bizi görmeye gelmişti. "Yaklaş da oğluna bir bak," dedim.

"Beni ısırdığında ona bakıyordum zaten." Chekura, Mamadu'yu almak için eğildi. Bebek hafifçe mızıldanıp uyumaya devam etti. Chekura parmağının ucunu bebeğin ağzına koydu. Mamadu uykuda olduğu halde uzanıp parmağı emmeye başladı. Chekura gülümsedi ve yanıma uzandı.

Bebek aramızda uyurken Chekura plantasyondan bir türlü kaçıp gelemediğini anlattı. Yeni bir kâhya gelmişti ve zencilerin gece yolculuklarını engellemeye çalışıyordu. Bütün plantasyona gözcüler yerleştirilmiş, tuzaklar kurulmuştu. Gece yürürken görülen erkek zenciler için vur emri vardı. Tuzağa yakalanan zencilere elli kamçı vurulacaktı. Chekura yerlilerin isyana hazırlandıklarını söyledi. Plantasyondan sıvışabilmesi için bütün becerisini kullanması gerekmişti. Ondan gün ağarmadan önce plantasyonda olmasını istedim. Ortalık duruldığunda nasıl olsa yine görüşürdük. Kocamın beni görebilmek uğruna ölmesini istemiyordum.

Birden kapıda Georgia belirdi. "Bir gürültü duydum," dedi. "Gidip yuvayı bir kontrol edeyim dedim. Bakın hele hangi kuş gelmiş."

"Keşke kuş olsaydım," dedi Chekura. "Tuzaklar gece seçilmiyor. Ay ışığında bulmak kolay olsun diye gündüzden yerlerini ezberledim."

"Aman başına bir iş gelmesin," dedi Georgia. "Seninkiler yokluğunu fark etmeden yaylan bakalım."

"Sen de mi Georgia?" dedi Chekura. "Sen de Aminata gibi beni kovalıyorsun, öyle mi?"

Chekura'nın adımı söylemesi çok hoşuma gidiyordu. Tamamını.

Georgia kocama bakıp gülerek, "Senden pek hoşlanmıyorum ama ne çare ki artık bir aile oldunuz," dedi.

Chekura yataktan kalktı. Yalancıktan kadını öpmeye çalışır gibi yaptı. "Sen ne tatlısın öyle!"

Georgia onun elinden kurtulup yeniden Mutlu Jack'in yanına yollandı.

Yalnız kaldığımızda Chekura, "Keşke isim koymak için beni bekleseydin," dedi. "Ben Sundee adını düşünmüştüm."

"Onu ikincisine koyarız." dedim kocamın elini tutarak. "Sık sık bizi görmeye gel ama sakın yakalanma. Başını derde sokmamaya dikkat et."

Bana bir haftalık doğum izni vermişlerdi. İzin sonunda tam randımanlı olmasa da plantasyondaki işlere geri döndüm. Halim olmadığı zaman benim işimi başkası üstleniyordu. Georgia evimizde değişiklik yapmamıştı ama artık geceleri Mutlu Jack'in yanında kalıyordu. Mamadu'yu portakal rengi bir örtüyle sırtıma bağlıyordum. Sesleri ve hareketleri yeni bir dili andırıyordu. Bunu en iyi şekilde öğrenip ona her istediğini verecektim. Acıkmasını beklemeden emziriyor, onu asla ağlatmayacağıma yeminler ediyordum. Gaz çıkarmak üzere olduğunu ya da kakasını yapacağını hissediyor, hemen sırtımdan indirip altını açıyordum.

Mamadu on aylık olduğunda bir gece onun ağlamasıyla uyandım. Uzanıp onu yanıma çekmek istedim. Süt dolmuş mememi ağzına verdim mi susardı. Elim yatağın hasırına dokundu. Yatak. Hava. Kendi bedenim. Başka bir şey yoktu. Gözümü açtım. Ses şimdi küçük odanın dışından geliyordu. Sersemlemiş bir halde ayağa fırladım. Şaşkındım. Sütü gelmiş göğüslerim çatlayacak gibiydi. Birden az ilerde Robinson Appleby'nin bebeğimi atlı arabada oturan bir adamın kucağına verdiğini gördüm. Onlara doğru atıldım. Sürücü kamçısını şaklattı. Araba hareket etti. Kamçı bir daha şakladı. Araba hızlandı. Bebeğim kayan bir yıldız gibi karanlığın içinde kayboldu.

Appleby'e koşup göğsünü yumruklamaya başladım. Beni iteleyip yere savurana kadar tokatladım, vurdum, vurdum.

"Bebeğimi geri ver!" diye haykırdım.

Yüzüme bakıp güldü.

"Çok geç. Onu sattım. Yalnızca beş sterline verdim ama erkek olduğu için büyüyünce sahibine bol para kazandıracaktır."

Taşlar dizlerime batıyor, göğüslerimden süt akıyordu. Daha önce birini öldürme arzusu duymamıştım ama Robinson Appleby'nin oracıkta canını alabilirdim. Yüreğim ve bedenim Mamadu için yanıp tutuşuyordu ama bebeğim gitmişti. Satılmıştı, satılmıştı, satılmıştı. Appleby onu kime sattığını söylemiyordu.

Balık ağına başvurup araştırdık. Kimseden aralarına yeni katılan anasız bir bebeğin haberi gelmiyordu. St. Helena'da ya da komşu adalarda yoktu. Lady's Island'a, Coosaw, Edisto ve Hunting adalarına da götürülmemişti.

"Onu balık ağının dışında bir yere götürmüş olmalılar," dedi Georgia. "Alan çoktan uzaklaşıp gitmiştir. Sahip Apbee onu temelli satmış."

İçimdeki bütün ateş ve direnme gücü eriyip gitmişti. Carolina'ya ilk geldiğim günlerden daha kötü bir ruh hali içindeydim. Chekura bir kez bile beni görmeye gelmemişti. Suçun bende olduğundan emindim. Kocam bana yüz çevirmişti çünkü ben yavrumuza sahip çıkamamıştım. Hasta gibiydim. Umutsuzdum. Canım elimi kaldırmak istemiyordu. Pek çok zenciyi, çok daha fazla beyazı ölüme götüren hummaya ben de yakalandım. Georgia beni tedavi edip hayata döndürdü. Ölsem kurtulurdum ama anlaşılan ölüm kapımı yokladıktan sonra çekip gitmişti.

Georgia "Eğer kocan gelmiyorsa ya satılmıştır, ya başkasına kiralanmıştır," dedi. "Gelmeyişinin nedeni budur."

Ona inanmamıştım. Çalışmayı reddediyordum. Artık doğumlara gitmeyecek, çivit teknesi temizlemeyecektim. Appleby beni yine başımı usturaya vurmakla tehdit etti ama tınmadım. Oğlum gitmişti. Kocam gelmez olmuştu. Bukra yaşamını öğrenme yolundaki bütün çabalarım felaketle bitmişti. Georgia çalışmayı reddettiğim için kızmaya başlamıştı. Mamed beni bir yere kadar idare edebildi. Appleby beni dayaktan geçirdi ama hâlâ çalışmamakta direniyordum. Ekim zamanı geldiğinde tek tohum atmadım. Yemek yemiyor, yataktan çıkmıyordum.

Bir sabah Appleby kulübeye daldı ve beni kolumdan tuttuğu gibi meydana sürükledi. Kendimi kamçı cezasına hazırlamıştım ama yanılmışım. Adam, "Seni aptal, işe yaramaz Gineli yosma," diye hakaretler yağdırıp beni Solomon Lindo'ya sattı.

Afrika'nın Şekli

{CHARLES TOWN, 1762}

Chekura'yı çok özlemiştim. O sıralar pürüzsüz tenli, güçlü, biçimli ve dolgun genç bedenim kusursuz denebilecek güzellikteydi. Tenim öpülüp okşanmaya susamıştı. Ellerim ve bedenim bir erkeği tutmaya, sarılmaya hazırdı. Geceleri bacak aramda bir ıslaklıkla uyanıyor, Chekura'nın dokunuşlarını arzuluyordum. Gelgelelim ondan hiç ses seda yoktu. Georgia'ya Solomon Lindo ile Charles Town'a gittiğime dair haber bırakmıştım. İstese beni bulabilirdi. Bir gün Bayo'ya gitmenin yolunu bulduğum takdirde, kucağımda bebeğim, yanımda kocam olmadan dönmek fikri beni kederlere boğuyordu. Kendi halkıma bukraların o tuhaf alışkanlıklarını anlatırken nasıl olurdu da canımdan parça olan bebeğim ve beni gururla dinleyecek olan kocam yanımda olmazdı?

Charles Town insan kaynıyordu. Solomon Lindo ile limana adım attığım anda çöp ve dışkı kokusundan buranın beş yıl önce geldiğim yer olduğunu anlamıştım. O anıyı zihnimden uzaklaştırmaya çalıştım. Yeni efendim olan uzun boylu adama baktım. Bir dükkâna girdiğimizde yiyecek tezgâhlarını sükûnetle incelemesi, sürekli bir şeyler mırıldanması dikkatimi çekmişti.

"Başka köleniz var mı?" diye sordum.

Adam şaşırmıştı. "Bir kişi daha var. Ancak karım ve ben 'hizmetkâr' sözcüğünü tercih ederiz. Biz hizmetkârlarımıza merhametsizlik etmeyiz. Evimizde, St. Helena Adası'nda tanık olduğun barbarlıklar yaşanmaz."

Tablalarda karidesler güneş altında ışıldıyor, yengeç yığınları ve tepeleme balık istifleri müşteri bekliyordu ama beni en çok şaşırtan zenci kadınların başlarında tepsiler, ellerinde sepetlerle özgürce dolaşmaları oldu. Türban bağlamış, parlak renkli gömlekler ve göz alıcı etekler giymişlerdi. Bazıları kürklü şapkalar takmıştı. Kiminin ayağında renkli ayakkabılar vardı. Gülüyor, şakalaşıyor, pazarlık ediyorlardı. Çeneleri hiç durmuyordu. Kimseden bir tehlike gelmeyeceğinden eminlermiş gibi son derece güvenli ve rahattılar.

"Bayım, portakallarımı size bir şiline veririm." Bir torba portakalın başında duran gebe zenci kadın Lindo'un pantolonuna yapışıp cebindeki bozuk paraları yokladı.

Lindo geri çekildi ama pek de şaşırmışa benzemiyordu. "On tane ver," dedi.

Kadın parmağını ona doğru sallayarak, "Beşi bir şilin," dedi.

"Geçen hafta o fiyata on tane vermiştin."

"Fiyatlar değişti," dedi kadın.

Lindo kadının avucuna bir madeni para bıraktı.

Kadın ona sevinçle baktı. "Portakallarım güzeldir, bayım. Hep bana gelin. Siz ve küçük kadınınız afiyetle yiyin."

"Küçük kadınınız" da ne demek oluyordu? Lindo karşılık vermedi. Kadın portakalları onun torbasına koyup uzaklaştı. Onun yeniden kalabalığa dalışını seyrettim. Bu kez yanına perişan giyimli bir beyaz yaklaşıp malına fiyat verdi. Kadın yere tükürüp başını öte yana çevirdi. Yoksullara lağım faresi kadar değer vermediği belliydi. O, Lindo gibi başı peruklu, şık giyimli müşteriler arıyordu.

Lindo bana bakıp gülümsedi. "Bu kasabada bu tür meyve satıcılarına ve işportacılara sık rastlanır," dedi. "Kazancın bir kısmını kendileri alırlar. Gerisini sahiplerine verirler."

Sokaklara daldık. Bir atlı arabadan kaçmak için kendimi yana atınca ayağıma at pisliği bulaştı. İğrenerek ayağımı yolun kum ve deniz kabuklarıyla kaplı temiz bir kısmında silmeye çalıştım.

Lindo "Evde yıkarsın," dedi. "Charles Town'da bastığın yere dikkat etmen gerek. Her zaman."

Önümde uzanan yolun temiz olup olmadığını kontrol edip başımı yine yukarı kaldırım. Kocaman akbabalar tepede sabırla ağır ağır dönüp duruyordu.

Lindo, "O kuşları öldürmek yasaktır," dedi. "Kokuşmuş leşleri topladıkları için buranın halkı onlara dokunmaz. Sokaklarımızı bedavaya temizlerler."

"Georgia olsa irice bir tanesini soğan ve tatlı patatesle birlikte tencereye atıp bir güzel çorba yapardı."

"Georgia mı?"

"Sahip Appleby'nin çiftliğinde bana bakan kadın."

"Yani sana kol kanat geren kadın, öyle mi?"

"Evet Sahip, bana daima kol kanat gerdi."

Lindo, "Düzgün konuşmaktan çekinme Meena," dedi. "Senin okuma bildiğinden ve gayet güzel konuştuğundan haberim var."

"Benim sizler gibi konuşmamı mı istiyorsunuz? Beyazlar gibi?"

"İngilizce yani," dedi Lindo. Yürürken bir an duraklayıp, "Ben beyaz adamlardan değilim," dedi. "Ben Yahudi'yim. Arada çok fark var. İkimiz de yabancıyız."

Kuşkulu bakışlarımı fark etmeyeceğini umdum. Bu adamla aramı bozmayı hiç istemiyordum. Bir meyhanenin önünden geçtik. İçerden ellerinde içkilerle yaygaracı bir grup çıktı. Biri binanın kenarına yanaşıp herkesin gözü önünde işedi. Kapıdan içeri baktığımda beyazlarla birlikte içen iki zenci gördüm. Akıl alır gibi değildi. Burada kadınlar pazarda satıcılık yapıyor, zenciler beyazlarla birlikte içiyordu. Oysa ben… hâlâ bir köleydim.

O anda kulağıma bir ses geldi: "Var mı iki sterlin veren?"

Büyük bir binanın önüne kurulmuş platformun üstünde bir beyaz adamla bir Afrikalı kadın gördüm. Kadının giysileri paramparçaydı. Korkuyla etrafına bakınıyor, ağzından beyaz köpükler sızıyordu. Gözünün önünden bir şeyler kovalar gibi eliyle boşluğu dövdü. Erkekler pazarlığa devam ediyorlardı.

"İki," diye seslendi biri.

Platformdaki adam "Var mı beş sterlin veren?" diye bağırdı. Karşılık veren olmadı. Kaba gülüşmeler duyuldu. "Beyefendiler, lütfen. Topu topu beş sterlin. Kadın iyi bir bakımla toparlanır."

Platformun hemen dibinde bir grup Afrikalı bekliyordu. Bazıları ayakta zor duruyor, bazılarının bacaklarındaki yaralardan irin akıyordu. İçlerinden beşi ölüme razı görünüyordu. Midem bulandı. Boğazım düğümlendi. Onlarla göz göze gelmemeye çalıştım. Ben toktum, onlar açtı. Benim giysilerim vardı, onlar çıplaktı. Onlara, hatta kendime bile vaat edebileceğim bir gelecek yoktu. Köle olmanın böyle bir şey olduğuna karar verdim; geçmişiniz önemsizdi, şimdiki zamanda yok sayılıyordunuz, geleceğinize ise sahip değildiniz. Düne göre daha iyi bir durumda değildim. Çocuğumun nerede olduğunu bilmiyordum. Ona başka bir ad verilmişse, bundan haberim yoktu. Onu bulma umudumu kaybetmiştim. Carolina'da geçirdiğim beş yılda kazandığımdan çok daha fazlasını kaybetmiştim.

Birden St. Helena burnumda tüttü. Chekura'nın dokunuşlarını, Mamed'le akşamları İncil okumalarını, çorba tenceresi etrafında geçen pazar ikindilerini, Georgia saçlarımı yaparken mis gibi burnuma dolan balık ve sebze kokusunu özlemiştim. *Bizi unutmayasın diye hep böyle ötüşeceğiz*, diyen atalarım varsaydığım cırcır böceklerinin sonsuz çığırışlarına hasret duyuyordum.

Sokakta başımı kaldırıp yine o perişan esirlere baktım. Kentin gürültüsünün onların çığlıklarını boğmasına ve bana geçmişimi unutturmasına izin vermeyeceğime yemin ettim. Unutmak daha az acı verirdi ama ben izleyecek ve hatırlayacaktım.

Solomon Lindo, King Caddesi'nde iki katlı büyük bir ahşap evde yaşıyordu. Güney Carolina yetkili çivit denetçisi olarak binanın giriş katını büro yapmıştı. Üst katı ve arka tarafı karısıyla birlikte ev olarak kullanıyordu.

İçeri girerken beni muayene eden, üstümü başımı arayan olmadı. Lindo beni yalnız bırakıp kayboldu. Lindo'nun bir kadınla resmedildiği tablolara, ayakları heykel gibi şekillendirilmiş koltuklara hayretle baktım. Tam üstüne gümüş vazolar konmuş ahşap masayı incelerken içeri bir kadın girdi. Uzun boylu, narin yapılı, bembeyaz tenli biriydi. Aramızda en fazla on yaş olmalıydı. Başında bir şapka vardı. Sarı bir elbise giymiş, üstüne sade bir önlük takmıştı. Burnu ve dudakları incecikti. Gözbebekleri küçücük turuncu pırıltılarla çevrili mavimsi gözleri vardı. Beyazların gözleri çok acayipti. Alışılmamış göz renkleri vardı. Kimsenin gözü bir başkasınınkine benzemiyordu. Solomon Lindo'nun karısı dost bakışlıydı. Bu kadının birini kamçılayabileceğini düşünemezdim.

"Meena," dedi. "Adını doğru söyledim umarım." Heyecanlanmış bir çocuk gibi tiz bir sesle konuşuyordu.

Yutkundum. İlk kez adımı önceden öğrenmiş biriyle karşılaşıyordum.

"Ben Bayan Lindo'yum. Sonunda seninle tanıştığıma sevindim. Bay Lindo senden çok söz etti. Genç yaşına rağmen çok akıllıymışsın."

Tekrar göz göze gelmek doğru olmaz düşüncesiyle başımı önüme eğdim.

"Lütfen otur," dedi Bayan Lindo. Dik arkalı, geniş minderli pembe bir koltuğa iliştim. "Fena bir sıcak var," dedi kadın. "İçecek bir şey ister misin?"

Ona nasıl cevap vermem gerektiğini bilmiyordum. Bana bir misafirmişim gibi davranıyordu. Evde ikram edilen yiyeceği veya içeceği reddetmek büyük terbiyesizlik sayılırdı. İnce bardağı dudaklarıma değdirdiğimde tatlı içeceğin lezzeti, *bunu sana unutturmayacağız*, der gibi damağıma yapışıp kaldı.

Bayan Lindo, "Umarım limonata seviyorsundur," dedi. Evden, yaşantısından, Charles Town'ın hareketli yaşantısından, beni nasıl dört gözle beklediklerinden söz etti. Dediklerini anlıyor ama özümseyemiyordum. O daldan dala atlayarak bir sürü şey anlatırken ben zencilerin nerede olduklarını, yatacağım yeri düşünüyordum.

Eşikte gebe bir zenci kadın belirdiğinde derin bir oh çektim. Tahminen beş ayı vardı.

Zenci kadın, "Demek benim yerime aldığınız kız bu," dedi.

Bayan Lindo "Öyle deme Dolly," diye atıldı. "Bay Lindo ile sana kaç kez söyledik. Kimsenin senin yerini aldığı filan yok."

"Gebe kaldım diye benim yerime bu güzel kızı alıp getirdiniz."

Bayan Lindo, "Meena sana bebeğin konusunda yardımcı olacak," dedi. "Bay Lindo Meena'nın birçok kadını doğurttuğunu söyledi."

Dolly inanmamış gibi dudak büktü. "Bu minik kuzu mu? Bana ebelik mi yapacak?"

Bayan Lindo'nun daha fazla alttan almayıp Dolly'i dayakla tehdit edeceğini düşünüyordum ama kadın içini çekmekle yetindi.

"Bu konuyu kapatalım artık. Lütfen Meena'yı kalacağı yere götür. Ona iyi davran, olur mu? Eğer dediğimi yapmazsan haklarını kaybedersin. Çarşı pazar gezmesine, fazladan giysilere ve cumartesi iznine veda edersin. Anladın değil mi?"

Dolly, "Evet, hanımım," dedi. Onun peşine takılıp salondan çıktım.

Evin arka bahçesine çıkıp bir manolya, birkaç meyve ağacı ve bir meşe geçtik. En ötede iki katlı ahşap bir bina vardı. Yirmi kişinin rahatça yaşayabileceği büyüklükte bir evdi. İçeri adım attığımda yerlerin ahşap zemini dikkatimi çekti. Başparmaklarım çamur, toprak ya da suya değmemişti. Alt katta mumlar ve saman şilteli bir yatak gördüm.

"Burada kim kalıyor?"

"İhtiyaç olduğunda Lindo ailesi kiralık işçi tutar," dedi kadın.

"Kiralık işçi ne demek?"

"Lindolar iş karşılığında onlara para öderler. Başka köle sahipleri arada adamlarını bu aileye kiralarlar."

Başımı salladım. Anladığımı sanıyordum.

Dolly beni ahşap bir merdivenden üst kata çıkardı. Ömrümde hiç bu kadar geniş bir mekânda uyumamıştım.

Dolly, "Burası benim odam," dedi. "Artık sen de benimle burada kalacaksın."

Yerden otuz santim kadar yükseğe iki ahşap yatak yapılmıştı. Üstlerine saman şilteler konmuş, battaniyeler serilmişti. Yataklar o kadar genişti ki insan iki kişi yattığında yalnızlık duygusuna kapılabilirdi. Böyle bir yerde Georgia gibi birlikte gülüp konuşacak, saç yapacak iki üç kadın daha olsa kim bilir burası ne eğlenceli olurdu.

Dolly, "Ben alışveriş yapar, yemek pişiririm," dedi. "Sen o işleri elimden alırsan beni atarlar."

"Atmak mı? Sen onların kölesi değil misin?"

"Beni Georgia'ya götürüp satarlar."

"Üzülme. Ben yemek pişirmeyi bilmem."

"Bilmez misin?" Şaşırmıştı. "Sen ne biçim kadınsın?" diye söylendi. Durup beni tepeden tırnağa süzdü. "Afrikalı mısın sen?"

"Evet."

"Safkan mı? Yani Afrika'dan gemiyle mi geldin?"

"Evet, Afrikalıyım," dedim.

"Bayan Lindo da safkan Afrikalı olduğunu söylemişti." Başımla onayladım. "Yemek pişirmeyi bilmeyen ve bu kadar güzel konuşan Afrikalıyı ilk kez görüyorum."

Kadına tebessüm ettim. "Yemeyi severim ama pişirmekten nefret ederim," dedim.

Dolly, "Ben pişirmekten nefret etseydim Sahip Lindo beni hemen kapı dışarı ederdi," dedi. "Belli ki senin başka marifetlerin var."

Charles Town'daki ilk haftalarım Dolly'nin işlerine yardım etmekle geçti. Dolly her sabah meyve, sebze ve ekmek almak için çarşıya gidiyordu. Alışveriş işini hava bozup fırtına kopmadan bitirmek istiyordu.

Dolly ile kasabanın tozlu sokaklarında dolaşırken atların altında kalmamak için sık sık kendimi sağa sola atmak zorunda kalıyordum. Charles Town at pisliği ve insan dışkısı kokuyordu. Her yana toprağı eşeleyip çiş yapan hayvanların, hiç yıkanmayan insanların, sokaklarda çürüyen ya da Ashley Nehri'ne savrulmuş meyve sebze atıklarının pis kokuları sinmişti. Limanı görmeseniz ya da Sullivan Adası'na doğru bakmasanız bile bir esir gemisinin geldiğini anlıyordunuz. Ölülerin ve can çekişenlerin kokusu havaya karışıyor, bazen insanı soluksuz bırakacak kadar yoğunlaşıyordu.

Lindoların işleri için çarşıda dolaşırken kokuları unutmak için dikkatimi kadınların giysilerine veriyordum. Dolly'nin giydikleri, St. Helena'da tenimi acıtan çuval bezinden değildi. Mavi ya da kırmızıya boyanmış, çoğunlukla iyi kalite pamukludan yapılma elbiseleri vardı.

Dolly önlük takmayı seviyordu ama ben Lindo'nun verdiği kumaşı belime sarıp Afrika stilinde kalçamda düğümlemeyi tercih ediyordum. Dolly, "Lindokent" dediği evde çalışırken başını bağlamaz, terlik giymezdi ama kırmızı bandanasını saçına dolamadan, turuncu şalını omzuna almadan, kocaman pirinç tokalı kırmızı ayakkabılarını giymeden öldürseler sokağa çıkmazdı. Dolly ile birbirimize renkli ayakkabıları, önlükleri, ipek başörtülerini ve beyaz eldivenleri gösterip dururduk. Dolly tokalı ayakkabıları o kadar çok seviyordu ki arka bahçedeki evimizde, yerinden oynamış bir döşeme tahtasının altındaki boşlukta, giyilmiş ayakkabılardan oluşan küçük bir koleksiyon oluşturmuştu.

Dolly bir gün kabarık ipek kostümlü bir kadını işaret edip, "Şuna bakar mısın?" dedi. "Ne güzel kadın. Tıpkı Kraliçe gibi giyinmiş."

"Kraliçe nedir?" diye sordum.

"Sen Kral ve Kraliçe'yi hiç duymadın mı yoksa?"

Duymamıştım.

"Kral George ve Kraliçe Charlotte," diye açıkladı Dolly.

"Kral ne iş yapar?" diye sordum.

"Bütün memleketin patronu odur."

"Hangi memleketin?" diye sordum.

"Bukraların yaşadığı bütün toprakların. Karısı da patroniçedir." Yürürken bir süre susup konuyu algılamaya çalıştım. Dolly hafifçe eğilip fısıldadı. "Ona Kara Kraliçe," diyorlar.

"Bu ne demek oluyor?"

Dolly, "Kanında biraz Afrikalılık olduğu söyleniyor," diye ekledi sesini yükseltmeden.

Ona inanmadım. Kimse Afrikalı bir kadını bütün memleketin patroniçesi yapmazdı.

Çarşı esnafı Dolly'nin Lindo'nun hizmetkârı olduğunu biliyordu. Dolly sebzeyi ve baharatı hep aynı zenci satıcıdan alırdı. Adam sabahları arabasıyla getirdiği kütüğün üstüne oturup satış yapardı. Adı Jimbo'ydu. Yüzü gür bir sakalın ardında görünmez olmuştu. Dolly "Çirkindir ama müşteriyi kandırmaz," dedi.

"Kıl yumağı," diye fısıldadım.

Jimbo, Dolly'e, "Bay Lindo bugün neler istedi?" diye sordu.

"En iyi sebzen neyse ondan ver."

Jimbo, "Bay Lindo'ya daima en iyi malı veririm," dedi. "O benim ekmek kapım. Onun gibi beyazları severim. Sana bamya, taze fasulye, domates ve üç adet tavuk boynu vereceğim."

"Lindo tavuk boynu yemez," diye itiraz etti Dolly.

"O halde benden sana hediye olsun. Beni daha çok sevesin diye."

Dolly gülüp şiş karnına vurarak, "Ben bir sokak köpeğini sevmişim zaten," dedi. "Artık adama ihtiyacım yok. Boyunları koy sepete. Ben kendim pişirip yerim."

Jimbo "Bu genç arkadaşın kim?" diye sordu.

"Bana Afrikalı ismini sorma. Söyleyemiyorum. Biz ona kısaca Meena diyoruz. Çok hoş. Çok tatlı. Ama doğrudan adalar tarafından, sazlık bölgeden geldiği için daha şahini şuruptan ayıramıyor."

"Kim demiş?" diye laf girdim. "Şahin dediğin, şu havadan tepene eden kuş. Şurup ise meyveden yapılan bir içecek."

Jimbo gülmekten katılıyordu.

"Peki sen söyle bakalım Meena," dedi. "Elinden ne iş gelir senin?"

"Dolly'e yardım ediyorum. Hiçbir yere sığamaz oldu."

"Aferin sana," dedi adam. Sonra Dolly'nin hesabını çıkardı.

Dolly bana, "Ben para işine karışmam," diye açıkladı. Jimbo'ya dönüp Bay Lindo'nun ertesi gün parasını ödemek için uğrayacağını bildirdi.

Çarşıdan dönerken beş zenci çocuğu peşine takmış götüren bir beyaz gördük. Çocukların teni kara değil çikolata rengindeydi. Ortalama sekiz yaşındaydılar. Hepsinin başı kazınmıştı. Oğlanlar yürürken arada dans ediyor, şarkı söyleyip el çırpıyorlardı. En arkada yaşıtım gibi duran benden uzun, iri yapılı bir çocuk vardı. Elindeki ilan tahtasında şunlar yazıyordu: "ZENCİ BEŞİZLER. EV EĞLENCELERİ İÇİN KİRALIK. BAĞLANTI İÇİN WATER CADDESİNDE WILLIAM KING'E BAŞVURUN."

Tam o sırada William King yanımdan geçti. Şık giyiminden ve kazık gibi dimdik yürüyüşünden onu hemen tanımıştım. Benim tarafıma doğru boş gözlerle bakıp uzaklaştı. Bir zamanlar beni Robinson Appleby'e satmış olan esir tüccarının kim olduğum hakkında hiçbir fikri yoktu.

King'in zenci beşizleri bileklerine zincir bağlıyor, sonra dans ederek onları çözüyorlardı. Birbirlerine portakal atıp tutuyorlar, yürümekten çok zıplayıp dans ederek ilerliyorlardı. Cepten iki portakal daha çıktı. Beş çocuk üç portakalı birbirlerine atıp tutmaya başladılar. Tekerlemeye benzer saçma sapan bir şarkı tutturmuşlardı. Müzik bana memleketi hatırlattı ama sözlerin hiçbir anlamı yoktu. "*Bokele bokele bo. Bokele bokele bo. Awa. Bokele bokele bo.*" Portakallar havada gidip gelirken çocuklar el çırpıp neşeyle dans ediyorlardı. Daha sonra portakalları bir tahta kutuya koydular. Bu kez eğilip tepetaklak dansa başladılar. Perendeler atarak havada el yerine ayak çırpıyorlardı.

On sekiz yaşlarında üstü çıplak bir beyaz, çocukların arasına karışıp naralar atmaya, küçük zencilerle oynamaya başladı.

"Beyazlar bu oğlanlara bayılıyor," dedi Dolly.

"O beyaz delikanlı niye tuhaf hareketler yapıyor?"

"Rom yüzündendir," dedi Dolly. "Kasaba asker dolu. İçki içip dans edip evlerine dönecekleri günü bekliyorlar."

"Kiminle savaşıyorlar?"

"Birbirleriyle. İngilizler ve Fransızlar birbirlerini öldürüyorlar. Bu arada Kızılderililer de canlarından oluyor tabii."

Başımı iki yana salladım. Bu, aklımın alamayacağı bir durumdu. Beyazların birbirleriyle savaştığını ilk kez duyuyordum.

Dolly, "Beyazların savaşmak için bahanesi çoktur," dedi. "Bay Lindo anlatmıştı; bir seferinde beyazlar biri diğerinin kulağını kesti diye kapışmışlar. Kulağı kesilen Jenkins yüzünden o savaş, 'Jenkins'in Kulağı Savaşı' diye bilinirmiş."

Zenci çocuk grubunu dolaştıran beyaz adam üstü çıplak sarhoşa müdahale edip onu uzaklaştırdı. Kafile sokağı geçip köşeyi dönene kadar arkalarından baktık. Dolly zenci beşizleri ev eğlencelerine kiralayan adamın bol para kazandığını söyledi. Bu bana tuhaf gelmişti. Dolly'e beyazların ne diye eğlenmek için eve zenci çağırdıklarını sordum.

"Beyazlar tuhaftır," dedi Dolly. "Onları eğlendirecek zencilerin daha açık tenli, çikolata renkli, melez ya da nesiller önce soyuna beyaz karışmış yerliler olmasını isterler. Senin anlayacağın, garip zevkleri vardır. Sevmedikleri şeyler ise daha tuhaftır."

Eve dönerken Dolly bir ara oturup soluklandı. "Ayaklarıma kara sular indi," dedi.

Dolly'nin konuşmasına bayılıyordum. Konuşma tarzı Georgia'nınkinden farklı olsa da, bana St. Helena'da kader arkadaşlarımla ateşin etrafında oturup korları karıştırarak hikâyeler anlattığımız geceleri hatırlatıyordu. Bukraların kitaplarına tutkundum ama zencilerin dilleri, bana vatanımı hatırlatan ağızlar da aklımı başımdan alıyordu.

"Ayakların o kadar şiş ki kırmızı pabuçlar dar geliyor," dedim.

"Hiç de değil. Şişlik filan yok."

"Ben kıyı ovalarda ve adalarda çok doğuma gittim. Karnın büyüdükçe ayakların da şişer."

"Bu gencecik halinle beni sen mi doğurtacaksın?"

"Beş ay sonra görürsün."

"Tanrım yardımcım olsun. Elinde ölüp kalacağım diye korkuyorum şimdiden."

Lindo ailesi günün ana öğününü öğleden sonra yiyordu. Yemek ve bulaşıklardan Dolly sorumluydu ama işi bitince kalan vakit kendine aitti. Cumartesileri çalışmıyordu. O gün Lindoların şabatı, yani dinlenme günüydü. Dolly o günün yemeğini bir gün önceden pişiriyordu. Charles Town'da yaşayan Yahudiler, kölelerden birine kendi inançlarına göre kesim yapmayı öğretmişlerdi. Dolly et ve tavuk almak için o adamın çalıştığı kasaba uğradı. Solomon Lindo ve karısı da domuz eti yemiyordu. Belki birbirimize benzediğimizi söylemekte haklıydı. Lindoların yanında kaldığım sürece ben de eti onların usullerine uygun olarak yemeğe karar vermiştim. Artan yiyecekleri evimize götürüp Dolly ile paylaşırdık. Bayan Lindo bize sık sık nar, incir ve peynir de verirdi.

Charles Town, Cooper Nehri ve Ashley Nehri arasında uzanan parmak biçimli bir toprak parçasıydı. Günde iki kez gelgit yaşanırdı. Sular çekildiğinde kızgın güneş altında çamur düzlüklerinden iğrenç bir koku yükselirdi. Bazen buralarda çürümekte olan hayvan leşleri görülürdü. Afrikalılara ait cesetler kimi zaman suyun yükselmesiyle karaya vurur, bazen de sular çekildiğinde ortaya çıkardı. Su kıyısında bir hareketlenme oldu mu hemen oradan uzaklaşmaya bakardım. Şişmiş cesetlerin görüntüsüne dayanmak imkânsızdı.

Bir cumartesi günü kasaba dışında kurulan bir panayıra gitmemiz için Lindo bize izin verdi. Ülkesinden çalınıp getirilmiş bir zenci olarak, kaçmayı aklımdan geçirmeden, Dolly ile birlikte sokağa çıkıyordum. Panayırda ayı-köpek kapışmaları, horoz dövüşleri seyrettik. Yağlı domuzlarla güreşen beyazlara baktık. Seyirciler güreşi kahkahalar atarak izliyor, arada bozuk paralar savuruyorlardı. Domuzu yenen hayvanı alıp götürmeye hak kazanıyordu. Dolly'nin keyfi yerindeydi ama ben, içip naralar atan beyaz adamların arasında kendimi huzurlu hissetmiyordum. Taşkınlıklarının hemen kavgaya dönüşmesinden korkuyordum. Böyle bir şey olur da tıpkı gemide yaşadığım gibi arada kalırım diye ödüm kopuyordu.

Dönüşte "Baküs İşareti" adlı meyhanenin önünden geçiyorduk. Kapıya bir ilan asılmıştı: GRİ GÖZLÜ, AK SAÇLI, BEYAZ ZENCİ KIZ. Salıncaklı kapının aralığından içeriye bakmaya çalıştım ama beyaz erkeklerle tezgâhta içki içen çikolata renkli kadınlardan başka kimse göremedim.

"Bukralar açık kahverengi tenli zencilerden hoşlanırlar," dedi Dolly. "Koyu sarımsı olacak, rengi atmış gibi yani. Biraz Afrikalı kanı olması yeterli."

Dolly'e pek inanmıyordum. Robinson Appleby'i unutmamıştım. Ayrıca Charles Town'da gözünü benden ayırmayan çok erkek görmüştüm.

Dolly bana eşlik edemeyecek kadar yorgun olduğunda sokağa yalnız çıktığım zamanlar, son derece dikkatli olmam gerektiğini tecrübeyle öğrenmiştim. Gündüz vakti beyaz adamın biri beni kaptığı gibi bir meyhaneye sürüklemeye çalışmıştı. Kolumu zor kurtarıp kaçmıştım. Ertesi gün ise balık pazarında uzun boylu bir zenci elini göğsüme koydu, bileğimden çekerek beni götürmek istedi. "Tekneme gel. Sana bir hediyem var," diyordu. Neyse ki ondan da kaçmayı başardım.

SOLOMON LINDO Dolly'nin günlük işlerini öğrenmem ve Charles Town'ı tanımam için bana bol zaman tanıdı. Yeni konforlu hayatıma hemen alışıvermiştim. Daha çok uyuyor, evimden ayrıldığımdan bu yana ilk kez doğru dürüst besleniyordum. Bir gün Bay Lindo beni salona çağırdı. Eşi, dostlarıyla bir müzik ve edebiyat sohbetine gitmişti ama Lindo'nın dediğine göre onun benimle konuşacağından haberi vardı. Bay Lindo bana içine üç parça buz atılmış bir bardak limonata ikram etti. Charles Town'un o kızgın, yapış yapış havasında buz en sevdiğim şeydi. Bay Lindo yüzüme baktı.

"Okumayı nasıl öğrendiğini çok merak ediyorum," dedi.

Dik arkalıklı koltukta kaskatı oturuyordum.

"Neyse, bunu bana açıklamak zorunda değilsin. Madem bu sırrı saklıyorsun, o halde ikinci bir sırrın daha olsun. Şu ankinden çok daha ileri düzeyde eğitim alabilmen için sana yardımcı olabilirim. Bunu ister misin?"

Başımı sallayıp istediğimi belirttim. Adam Bayan Lindo ile birlikte bana hesap yapmayı ve yazı yazmayı öğreteceklerini söyledi. Charleston halkı okuma yazma bilen zencileri sevmediğinden bunu evdekilerden bile gizlememi rica etti.

"Peki," dedim.

"Dolly yemek pişirmekten hoşlanmadığını söyledi."

"Doğru efendim."

"Kaygılanma. Ben sana başka iş düşünüyorum. Bu eve hizmet etmeye ne dersin?"

"Çok sevinirim, Sahip Lindo."

"Güzel. O zaman kendi giderlerini karşılamaya başlamanı istiyorum."

"Giderlerimi karşılamak mı?"

"Bu kasabada on bin nüfus var. Yarısından çoğu zencidir. Charles Town'da çocuk doğurtacaksın."

"Kimlere gideceğim?"

"Zenci hizmetkârlara. Seni çağıran Yahudiler de olabilir. Seni çalıştırmaya karar verdim."

"Çalıştırmak mı?

"Sabahları benim hesap işlerime bakacaksın. Bunun nasıl yapılacağını sana öğreteceğim. O işi öğrendikten sonra doğumlara gitmeye başlayacaksın. Oradan kazandığın paradan haftada on şilin alacağım."

Solomon Lindo uzun iş günü öncesinde sabahları erkenden iki saat bana ders vermeye başladı. Güney Carolina'nın bütün para işlerini öğrendiğimde bana bir kitap hediye etmeye söz verdi. Bir gün bana *South Carolina Gazette*'te yayımlanan ilanı gösterdi: "Evlere ebelik hizmeti. Uysal, terbiyeli Gineli hizmetçiden. Bağlantı için Solomon Lindo, King Caddesi."

"Ebelik ne demek?" diye sordum.

"Çocuk doğurtma işi."

"Peki hizmetçi ne demek?"

"Kadın işte," dedi Lindo.

"Bayan Lindo da hizmetçi mi?"

Bay Lindo dikleşti. Ellerini ovuşturarak yüzüme baktı. "O bir hanımefendi."

"Ben Gineli değilim," dedim aniden. Sesimdeki öfkeye kendim de şaşırmıştım. Masadan fırlarken hokkayı devirdim. "Ayrıca hizmetçi de değilim. Sahip Appleby çocuğumu benden çalmasaydı şimdi yanımda olurdu. Hizmetçi değilim. Bir eşim. Bir anayım. Bana kadın denmez mi?"

Lindo hokkayı kaldırıp dökülen mürekkebi bir parça kâğıtla temizledi. Yüzünde hafif bir tebessümle bana baktı. "Bu, gazete ilanlarında kullanılan bir sözcüktür," dedi. "Sakin ol. Gücendiysen bir daha kullanmam. Peki Gine dememin nesi yanlış?"

Lindo gözleri parlayarak bana bakıyordu. Sanki kızgınlığım onu keyiflendirmişti. Beni süzerkenki tavrı hiç hoşuma gitmemişti.

"Gine neresidir bilmem. Bilmediğim bir yer memleketim olabilir mi? Ben Bayoluyum. Benim köyüm orasıdır. Orayı duymuş muydunuz?"

"Orası kocaman, bilinmez bir kıtadır. Her tarafını bilemem. Kimse bilmez. Bu kadar konuşma yeter Meena. Yapacak işlerimiz var."

Hesap defteri aldığınızı verdiğinizi yazdığınız yerdi. Gelirinizi giderinizi kaydetme işine defter tutmak deniyordu. İşler işte bu noktada zorlaşıyordu. Lindo iki şekilde ödeme yapılabileceğini anlattı. Bir malın ya parasını öder, ya da onu başka bir malla takas ederdiniz.

"Georgia bebek doğurttu mu karşılığında rom ya da kumaşlar alırdı, onun gibi yani," dedim.

"Seni tam da bu yüzden satın aldım işte," dedi Lindo. "Her şeyi hemen kapacağını sezmiştim. Gözlerindeki zekâyı gördüm. Seni daha yukarılara taşımak istedim."

"Bu ne demek?"

"Tanrı vergisi yetenekleri kullanabilme şansı sundum sana."

Daha önce hiçbir beyaz bana böyle sözler söylememişti. Ona güvenmiyordum.

"Senin bir dinin var mı Meena?"

"Babam Allah'a dua ederdi," dedim. "Ben de ondan öğreniyordum."

"Demek sen Müslümansın, ben de Yahudiyim. Görüyorsun ya, birbirimize çok uzak değiliz."

Kalem ve hokkayla oynuyordum. İçimden gözlerine bakmak gelmiyordu. Solomon Lindo anlatmaya devam etti.

"Bizim dinlerimiz benzer kitaplardan gelir. Senin babanın Kuran'ı vardı. Benim de Tevrat'ım var."

Lindo'nun, babamın bana Bayo'da gösterdiği kitabın adını söylemesi beni hayrete düşürdü.

"Benim inancımda, insana özgürleşmesi ve kendi ayakları üstünde durabilmesi için ihtiyacı olanı vermek çok hayırlı kabul edilir," dedi.

O halde neden beni salıvermiyordu?

Lindo gözlerimdeki soğukluğu sezmiş olmalıydı ki aniden derslere döndü.

Lindo bir malı bir başka malla takas edebileceğimi ya da ödemelerde bakır, gümüş, altın para kullanabileceğimi söylemişti. Bu açıklamaya akıl erdirememiştim. İnsan yaptığı işe karşılık beş tavuk ya da bir çuval mısır alabilecekken, o işe yaramaz madeni yuvarlakları kabul eder miydi hiç? Lindo sol elime madeni para koydu. Sağ elimde de canlı bir tavuk olduğunu varsaymamı istedi. Bu şekilde pazara gittiğimi hayal edecektim. Dediğine göre böyle bir durumda örneğin bir portakal satıcısı madeni parayı memnuniyetle cebe indirecek, ama yalnızca tavuğa ihtiyacı olan biri onu malına karşılık sayacaktı.

"Peki ya madeni paralar değerini kaybederse?" diye sordum. "Tavuk her zaman işe yarar ama insanlar çirkin bir metal yuvarlağı ne yapsınlar? Ne bir güzelliği var ne de karın doyurur. Ben portakal satıyor olsam, tavuğu kabul ederdim."

Lindo hafifçe masaya vurdu. "Burada tartışmıyoruz, ders yapıyoruz. Devam etmeye hazır mısın?"

Başımı salladım.

Toplamaya geçtik. Bir şilinin üstüne bir şilin daha koyduğumuzda iki şilin ediyordu. İki iki daha dörttü. Lindo paraları hızla masanın üstüne yaydı. Bir şilinle on, beş şilinle elli yumurta alabilirdim. Haftada altı gün sabahları ikişer saat olmak üzere aritmetik çalışıyorduk. Toplama ve çıkarmadan sonra çarpma ve bölme oldukça kolay gelmişti. Solomon Lindo kafamın zehir gibi çalışmasını sağlıyordu. Onunla akıl yarıştırmaya bayılıyordum.

Daha sonraki derslerde Charles Town'da kullanılan madeni para çeşitlerine geçtik. Öncelikle İspanyolların "sekiz real" denen madeni parasını inceledik. Buna basitçe dolar demek mümkündü. İngiliz parası değildi ama gümüş olduğu için değeri vardı ve Carolina'da en yaygın kullanılan madeni paralardan biriydi. Lindo bana parçalara ayrılmış bir İspanyol doları gösterdi. Yeterince bozuk para olmadığı için bir yuvarlak sekiz üçgen parçaya bölünmüştü. Bir İspanyol doları altı şilin değerindeydi. Sonra peni, şilin, beş şilinlik, sterlin, gine ve bunların değerlerini öğrendim. Bakır ve gümüş paraların yanı sıra gine gibi altın olanlar da vardı.

"Gine mi? Siz benim memleketime de Gine dememiş miydiniz?"

Lindo Etiyopya'dan getirilen altından yapıldığı için bu paraya gine dendiğini anlattı.

"Nereden dediniz?"

"Senin memleketinden."

"Oraya Gine dememiş miydiniz?"

"Oraya çeşitli isimler vermişiz. Gine, Etiyopya, Negritya, Afrika; hepsi aynı anlama gelir."

"Büyük altın paranıza Afrika'nın adını mı vermişler?"

"Gine. Yirmi bir şilin değerindedir."

Ağzım bir karış açık kalmıştı. Bukralar memleketimin hem insanına, hem altınına el koyuyor, birini satıyor, diğeriyle de ödeme yapıyordu.

O gün canım daha fazla öğrenmek istemedi. Dersin bitmesine bayağı sevindim. Bürosundan çıkmadan önce Lindo dönüp, "Sen bana iyi para kazandıracaksın," dedi. "Senin güzel giyinmeni, iyi beslenmeni sağlayacağım. Memleketlin olan bütün zencilerden daha iyi muamele göreceksin. Bunu sana garanti ederim."

"Ben Bayoluyum," diye fısıldadım. "Hem de köle değil, özgür biriyim ben."

Solomon duymamış gibi, "Bir şey mi dedin?" diye sordu.

"Ben hür doğmuş bir Müslümanım."

"Bak, ben de İngiltere'de dünyaya gelmişim. Ama şimdi kolonilerde yaşıyorum."

Kollarımı göğsümde kavuşturdum.

Yüzüme bakıp, "Yeterince özgürlüğün olacak," dedi. "Ebe olarak kazanacağın paranın bir miktarı senin cebine girecek. Ben de yatırımımın getirisini almış olacağım. Senin için bir servet harcadım ben."

"Serveti madeni parayla mı, tavukla mı ödediniz?" Sözlerimdeki alay beni bile şaşırtmıştı.

Lindo hayretle baktı. Böyle cevapların hoş görülmeyeceği kesindi. Ben sıkı bir dayak beklerken Lindo başını iki yana salladı. Sakalını sıvazlayıp gülmeye başladı. İlk kez söylediklerim bir beyazı güldürmüştü. Oysa benim açımdan ortada gülünecek bir durum yoktu.

Lindo beni günlerce sınavdan geçirdikten sonra aritmetiği ve para hesabını iyice kavradığım kanısına vardı. Ödül olarak bana Jonathan Swift'in yazdığı *Gulliver'in Gezileri* adlı kitabı hediye etti. Gözlerim şu satırlarda gezindi:

> Sık ve yumuşacık çimenlerin üstüne uzanıp hayatımın en deliksiz uykusuna daldım… Kalkmaya çalıştım ama kıpırdayamıyordum. Sırtüstü uzanmıştım. Kollarım ve bacaklarım toprağa sımsıkı bağlanmıştı. Uzun ve gür saçlarım da aynı şekilde yere tutturulmuştu…

Birden kitabı okumak için sonsuz bir arzu duydum. "'Mısır'dan Çıkış' kadar heyecanlı görünüyor," dedim.

Lindo, "Onu nereden biliyorsun?" diye sordu.

St. Helena Adası'nda İncil okumaya başladığımı söyledim.

"'Mısır'dan Çıkış' hepimize anlatılmıştır, bunu biliyor muydun?"

Lafı uzatmam saçma olurdu ama yine de sormadan edemedim: "Ne demek istiyorsunuz?"

"Demek istediğim şu ki 'Mısır'dan Çıkış', Hıristiyanlarda olduğu gibi Yahudilerin ve Müslümanların din kitaplarında da yer alır. Ben İsrailoğulları kavmindenim. 'Mısır'dan Çıkış' bizim kölelikten kaçışımızın hikâyesidir."

Lindo'yu dikkatle dinledim ve neden söz ettiğini anlamaya çalıştım. Bu keşif büyüleyici olmakla birlikte kafa karıştırıcıydı. Hepimizin Tanrısı aynıysa ve hepimiz İbranilerin Mısır'dan kaçışını kutluyorsak, belki Lindo Hıristiyanlarla Yahudilerin neden Müslümanları köle olarak kullandıklarını açıklayabilirdi.

Benim için kaç para ödendiğini merak ediyordum. Buraya getirilişimin sorumlusu ve planlayıcısı kimdi? Beni Bayo'dan kaçıran siyahların Güney Carolina'da köle ticareti yapan Hıristiyanlarla ve Yahudilerle ilişkisi neydi? Bukraların dünyasını anlama yolunda adımlar attıkça aklım büsbütün karışıyor, cevaplar yeni soruları getiriyordu.

Lindo düşüncelerimi böldü. "Bana öyle geliyor ki fırsat tanındığı takdirde bir Afrikalı her şeyi öğrenebilir," dedi. "Hadi bir deneme yapalım ve ne kadar öğrenebildiğini görelim."

Lindo ellerini üst üste koydu. Gözüm işaret parmağındaki yüzüğe kaydı. *Gine*, diye geçirdim içimden. *Gine altını. Gerekiyorsa beni kullan, ama ben de senden faydalanacağım.*

Güney Carolina Bölgesi'nin yetkili çivit denetçisi olarak Solomon Lindo'nun çeşitli gelirleri vardı. Maaş almıyordu ama Kongre ona Britanya'ya ihraç edilen çivit miktarının takibi için yılda beş yüz sterlin veriyor, üreticiler de çivitlerinin kalite kontrolü ve geliştirme önerileri için ayrıca ücret ödüyorlardı. Ben defterlerini tutuyor, ödeme günlerini hatırlatıyor ve Lindo'nun *South Carolina Gazette*'te çıkardığı ilana gelen başvuruları değerlendiriyordum. Haftada birkaç kez Charles Town ve civarında doğuma çağrıldığım oluyordu. Lindo bana çarşıdan bez torbası, şifalı otlar ve diğer gerekli malzemeyi almam için para vermişti. İş gerekçesiyle dışarıda olduğumu belli etmek ve beyazlar tarafından tartaklanıp tutuklanmamak için giysime üstünde *Meena 1762* yazan altıgen biçimli teneke bir rozet iğnelemem gerekiyordu.

Çarşıdan mürver çiçeği alıp domuz yağında kavurmuştum. Bunu, meşelerden sarkan İspanyol yosununda yuvalanan bir cins pirenin ısırığını tedavi etmede kullanıyordum. Rahmin çocuk tutmasını engellemek amacıyla, el altında bulunsun diye mısır kökü almıştım. Georgia, Robinson Appleby'nin tecavüzünden sonra bana da bu yöntemi uygulamıştı. Şiddetli adet kanamalarından yakınan kadınların sorununu, sıcak suda beklettiğim yabani vişne ağacı kabuğuyla çözüyordum. Çıngıraklı yılan ısırmalarına karşı kurutulmuş Georgia ağacı kökü ve Amerikan sabır ağacı yaprakları almıştım. Bazen doğuma gittiğim yerlerde bu tür sorunları olan insanlar benden yardım isteyebiliyorlardı. Böğürtlen bitkisi mide ağrılarına ve akıntılara iyi geliyordu. Beyaz sassafras ağacının köklerinden yapılma çaylar körlüğü tedavi edebiliyordu. Kızıl çubuk, kiraz ağacı kabuğu ve kızıl meşe kabuğunun çayları rutubetli bataklıklarda çalışan zencilere musallat olan hummaların ateşini düşürüyordu.

Şifalı bitkilerimi ve köklerimi hazır edince kasabadaki esirleri doğurtmaya başladım. Köle sahipleriyle sokaktaki balıkçı kadınlar gibi rahatça pazarlık ediyordum. Solomon Lindo'ya haftada on şilin ödemek zorunda olduğum için köle sahiplerinden doğum başına on iki şilin istemeye başlamıştım. Ödeyeceğim paranın birkaç haftalığını önceden biriktirip Dolly ile paylaştığım odada yerinden oynamış bir döşeme tahtasının altına saklıyordum. Arada hiç para kazanmadığım haftalar oluyordu. Bazen aynı hafta içinde birkaç kez çağrılıyor, böylece eve bir iki dolar getirebiliyordum. Köle sahipleri bazen para vermek istemiyorlardı ama para dışında yalnızca rom, tütün ve kaliteli pamuklu kumaş kabul ediyordum. Hangisinin ne kadarının on iki şilin ettiğini hesaplayabiliyordum. Bu malları ihtiyaçlarıma karşılık kolayca elden çıkarabiliyordum.

Lindo aritmetik, para ve muhasebe derslerine son verdikten sonra karısı bana yazı sanatını öğretmeye başladı. Bayan Lindo benimle olmaktan hoşlanıyordu. Nazik bir öğretmendi. Bana okunaklı, akıcı bir el yazısı kullanmayı, alfabenin harflerini, sözcük ve cümleleri nasıl yan yana getireceğimi öğretti. Yıllar önce babamın başlattığı eğitimimin devamı için can attığımdan her gösterileni adeta yutuyordum. *Köpek. Kemik. Kedi. Ağaç. Köpek kemiği dişledi. Kedi ağaca çıktı.* Kolaydı. Heyecan vericiydi. Biraz ilerleyince Bayan Lindo kendi başıma yapmam gereken ödevler vermeye başlamıştı: *Balık pazarında on levrek bir şiline satılıyor. Gelecek yıl çivit üretimi artacak. Bir gün memleketime döneceğim.*

Bayan Lindo artık istediği düzeye ulaştığıma karar verdiğinde kocasının iş mektuplarını ben yazmaya başladım.

> *Sayın Bay William King. Carolina Bölgesi çivit üretimi denetçisi Solomon Lindo'ya yapmanız gereken ödemelerin günü geçmiştir. Borcunuz çivit üretimi danışmanlığı için 55 sterlin, denetim için 20 sterlindir. King Caddesi'nde hizmet veren Solomon Lindo'ya gerekli ödemeleri yapınız. Geciken borçlar için yıllık yüzde on faiz işletilecektir. Hizmetkârınız, Solomon D. Lindo.*

Aylar geçti. Haftada on şilinlik ödemelerimi hiç aksatmıyordum. Artık daha çok kitap okuyordum. Solomon Lindo, Charles Town Kütüphane Cemiyeti'nden eve yığınla kitap getiriyordu. Jonathan Swift'in diğer yapıtlarını da okudum. Voltaire'i keşfettim. William Falconer'ın *The Shipwreck*'ini[7] bitirdim. Dolly ile paylaştığım odada, geç vakitlere kadar yanan mumun ışığında arada *South Carolina Gazette*'i de okuyor, kaçak köle ilanlarını dikkatle izliyordum.

> Gineli gürbüz zenci kadın köle geçen çarşamba Goose Creek'ten kaçmıştır. Üstünde yeni çuval bezinden gömlek ve şal, başında siyah çizgili bandana vardır. Aklı yerinde olmayabilir. Yüzü çiçek bozuğudur. Bulup sahibine getirene on sterlin ödül verilecektir. Randolph Clark.

Charles Town'da geçen zaman zarfında kırmızı renkli güzel bir bandana, çivit mavisi bir şal, bir torba kınakına kabuğu edinmiş, üstüne üstlük on sterlinlik gümüş para biriktirmiştim. Bay ve Bayan Lindo bir kez olsun bana el kaldırmadığı halde Georgia ve Chekura'yı çok özlemiştim. Mamadu ise bir an olsun aklımdan çıkmıyordu.

Bir akşam kasabadaki birkaç özgür zenciden birine doğuma gitmiştim. Anne neredeyse benimle yaşıttı. İşim biter bitmez kocası içeri koşmuş, bebeği kapıp göğsüne bastırmıştı. Eve döndüğümde Dolly'yi eli kocaman karnında uyur buldum. Yatağıma iliştim. Ellerimle yüzümü örtüp içimdeki kederin çağlayarak akmasına izin verdim. Ben hıçkırırken Dolly gözlerini açtı.

"Neyin var senin tatlım?" Sesindeki şefkat beni daha çok ağlattı. Dolly yataktan kalkıp bana sarıldı. "Bir gün kocan dönecek. Her şeye yeniden başlayacaksınız," diye fısıldadı.

---

7 (İng.) "Gemi enkazı". İskoç şair William Falconer'ın (1732-1769) epik şiiri. (yay. n.)

Birkaç ay sonra Dolly'nin Samuel'i dünyaya geldi. Artık arka bahçedeki evde üçümüz birlikte yaşamaya başladık. Dolly gündüzleri ev işi yaparken bebeğini sırtına asıyordu. Geceleri ana oğul birlikte uyuyorlardı. Yuvamızda yeni bir hayatın varlığı bana huzur vermişti ama arada Samuel'in meme emişini ve gaz çıkarışını duydukça yüreğim sızlıyordu.

Lindolar ebeliğimle ilgili övgülerden o kadar memnunlardı ki ilk doğumu yaklaşırken Bayan Lindo benimle özel olarak görüşmek istedi: "Kasabadaki doktor hakkında hiç de iyi konuşmuyorlar. Kadınlar onun girdiği doğumlarda çok kan kaybediyormuş."

Sancısı tuttuğunda Bayan Lindo'yu ben doğurttum. David adını verdikleri sağlıklı bir oğlan dünyaya getirdi. Bizim Bayo'da yaptığımız gibi onların da oğullarını sünnet ettirmeleri beni pek şaşırttı. Birkaç hafta sonra Bay ve Bayan Lindo beni salona çağırıp hafif bir içecek ikram ettiler. Hediye olarak ne istediğimi soruyorlardı.

"Hediye mi?" dedim şaşırarak.

Bayan Lindo, "Bizim için yaptıklarına karşılık sana teşekkür etmek istiyoruz," diye atıldı.

Bir an düşündükten sonra dünya haritasını görmek istediğimi söyledim.

Bay Lindo, "Haritayı neden görmek istiyorsun?" diye sordu.

Karısı, "Meena onlarca kitap okudu," diye araya girdi. "Ne istesek yapıyor. Bu arzusunu yerine getirmenin ne zararı olabilir?"

"Öğrenmek istediğin nedir?" diye sordu Bay Lindo.

"Nereden geldiğimi bilmiyorum," dedim.

"Afrika'dan geldin. Okyanusu geçtin. Burada, Charles Town'da yaşıyorsun. Bütün bunları biliyorsun zaten."

"Evet, ama memleketim Güney Carolina'nın ne tarafına düşüyor, bunu anlamak istiyorum."

Bay Lindo içini çekti. "Bunu neden takıntı haline getirdin, bilmiyorum."

Bayan Lindo elini kocasının dizine koyarak "Solomon," dedi. "Onu Charles Town Kütüphanesi'ne götür. Haritaları görsün."

Adam bardağını devirerek kanepeden fırladı. "Ben o cemiyete kabul edilmek için kimlerin ayaklarına kapanmak zorunda kaldım, biliyor musun sen!" diye bağırdı.

"Lütfen, Solomon."

Bayan Lindo'nun verdiği bezle dökülen içeceği silmeye koyuldum. Başımı işimden kaldırmıyordum. Bay Lindo daha önce birkaç kez Yahudilerin eski Mısır'da köle olduklarını, kendi dedelerinin İspanya'dan kovulduğunu anlatmıştı. Yahudilerle Afrikalıların birbirlerini anlayabileceklerini, her iki ırkın da burada yabancı olduklarını ifade etmişti. Gelgelelim adam "köle" yerine "hizmetkâr" sözcüğünü tercih etse de Dolly, ben ve Dolly'nin bebeği onun malıydık. Lindo kocaman bir eve sahipti. Kıyı ovalarında ve adalarda iş sahibiydi. Güzel giysiler giyiyor, özgürce istediği yere gidip gelebiliyordu. Arzu ettiği gün Londra'ya kalkan bir gemiye binebilirdi.

Bay Lindo'nun ani parlayışı yüzünden utanacağını sanmıştım ama o bir türlü sakinleşemiyordu.

"Vasıflarımı çivit üretimi denetçiliği için yeterli görüyorlar ama seçimlerde oy verebiliyor muyum? Anglikanlar beni kütüphanenin yönetim kurulunda bile istemiyorlar."

Önüme bakmaya devam ettim ama Bay Lindo'nun sesinin titrediğini duyabiliyordum.

Bayan Lindo uzanıp kocasının elini tuttu. Onu yavaşça çekip yanına oturttu. Elini bırakmadan, "Kimsenin ayaklarına kapanmana gerek yok," dedi yavaşça. "Haritayı kütüphaneden ödünç istemek zorunda değilsin. Gidip orada bakman yeterli."

"Ya Meena?" diye sordu Lindo.

"Onu da götür. Senin hizmetkârın değil mi?" Bayan Lindo kıkırdadı. "Yanına bir yelpaze al Meena. Bay Lindo görüşme yaparken sen de başından sinekleri kovarsın."

Charles Town Kütüphane Cemiyeti'nin kitap ve haritaları Union Caddesi'nde bir salonda bulunuyordu. Kütüphaneci, girişte bir masaya oturmuştu. Bana şöyle bir bakıp nahoş bir şey görmüş gibi hemen yüzünü çevirdi.

"Ah, Bay Lindo. Korkarım zencileri içeri alamıyoruz."

"Bay Jackson, yanlış hatırlamıyorsam kardeşiniz çivit ticaretiyle uğraşıyordu öyle değil mi?"

Kütüphaneci önündeki kitabı dikkatle kapattı. "Peki, sanırım bu seferlik kimse bir şey demeyecektir, Bay Lindo," dedi.

"Güzel. Voltaire'in bazı kitaplarına ihtiyacım var. Bir de yeni haritalara göz atacağım."

Kütüphaneci bizi dipteki bir masaya buyur etti, Voltaire'den iki eser ve birkaç harita rulosu getirip uzaklaştı.

"Yelpazeyi sallamaya devam et," dedi Lindo.

"Bize bakmıyor ki."

"Sen yine de salla. İçerisi çok sıcak."

Ben yelpazeyi sallarken Solomon Lindo büyük bir rulonun bağını çözdü.

Çevreme bakınarak, "İlk kez bu kadar kitabı bir arada görüyorum," diye mırıldandım. Zencileri de kütüphaneye alsalar ne kadar mutlu olacaktım.

"Burada bin tane kitap var," dedi Bay Lindo. "Yarısının parasını ben verdim."

Haritayı işaret edip, "Biz neredeyiz?" diye sordum.

Lindo haritada bir kara kütlesini gösterip, "Burası İngiliz Kuzey Amerikası," dedi.

Lindo, Atlas Okyanusu adı verilen büyük maviliğin hemen kıyısında, karanın ucunda bir noktayı işaret etti. Tam üstünde Charles Town yazıyordu.

"İşte burası da Afrika." Lindo bu kez mavi okyanusun öbür tarafında garip biçimli bir kara kütlesini gösteriyordu. Tepesi geniş, ortası kıvrıktı. Aşağılara indikçe daralıyordu.

"Nereden biliyorsunuz?"

"Dikkatle bakarsan birbirinden uzak yazılmış harfleri görebilirsin. Bak. A-F-R-İ-K-A."

"Benim memleketim burası mı? Böyle garip bir şekli olduğunu kim söylemiş peki?"

"Haritaları hazırlayan haritacılar. Denizlere yelken açan tüccarlar. Afrika'ya gitmiş olan İngilizler, Fransızlar, Hollandalılar ve diğerleri. Bir aşağı bir yukarı, kıyıları dolaşıp kıtanın şeklini belirlemişler."

Haritanın kimi yerinde ok uçlarını andıran sivri işaretler gördüm. Lindo onların dağları gösterdiğini söyledi. Afrika denen kara parçasının ortasına bir fil ve aslan resmi çizilmişti. Kara parçasının hemen her tarafı suyla çevriliydi. Hâlâ haritada memleketimi görememiştim. Bayo, Segu ve Joliba'dan eser yoktu. Henüz bana evimi hatırlatan en küçük bir ipucuna rastlayamamıştım.

"Suyun bu tarafında, İngiliz Kuzey Amerikası'nda, Charles Town'u görebiliyorum," dedim. "Nerede olduğumuzu anladım. Ama Afrika'nın üstüne kasaba isimlerini yazmamışlar. Yalnızca kıyılarda birkaç isim var. Yeşil Burun, Mesurado Burnu, Palmas Burnu. Köylerin yerini nasıl bulacağız?"

"Köylerin yeri bilinmiyor," dedi Lindo.

"Ben içlerinden geçtim. Her taraf insan dolu."

"Haritayı hazırlayanlar onların varlığından habersizmiş. Bak köşede ne yazıyor. *1690.* Bu yetmiş üç yıl önce yapılmış bir haritanın kopyası. O zamanlar çok daha az şey biliniyormuş."

Kendimi kandırılmış hissettim. Artık okumayı gayet iyi bildiğim için haritada köyümü bulma fikri beni heyecana sürüklemişti. Oysa orada köyler yoktu. Ne benim köyüm ne de başkalarının köyleri.

"Başka yok mu?" diye sordum.

Solomon Lindo saatine baktı. Bir haritalık zamanımız daha olduğunu söyledi.

İkinci haritanın üstünde *Afrika Haritası, En Son ve En İyi Gözlemlere Göre Düzeltilmiş Yeni Baskı* yazıyordu. Tarihine baktım: *1729.* Bu ilkinden daha kapsamlı olabilirdi. Sapı sağa kaymış o mantar biçimli kütle yine karşımdaydı. Tepeye yakın *Berberi Çölü* ve *Zaara* sözcüklerini gördüm. Altında *Zenci Ülkesi* yazıyordu. Daha aşağıda kıvrımlı kıyıların üstünde *Köle Kıyısı, Altın Kıyısı, Fildişi Kıyısı, Tahıl Kıyısı* sözcüklerini okudum. Suyla karanın buluştuğu noktalara minicik sözcükler eklenmişti ama iç kısımda çoğunlukla fil, aslan ve çıplak göğüslü kadın resimleri vardı. Haritanın bir köşesinde bir aslanla birlikte ağaç altına uzanmış bir Afrikalı çocuk resmi gözüme ilişti. Hiç bu kadar saçma bir şey görmemiştim. Hiçbir çocuk aslanın yanına yatacak kadar aptal olamazdı. Haritanın bir başka köşesine omzuna uzun kuyruklu bir hayvan oturtmuş bir adam çizilmişti.

"Nedir bu?" diye sordum.

"Maymun," dedi Lindo.

Bu "Afrika Haritası"nın benim memleketimle ilgisi yoktu. Bu beyaz adamın fantezisiydi, o kadar.

"Ayrıntılar eksik olabilir," dedi Lindo, "ama Afrika'nın şeklini iyice gördün artık."

Gördüklerimin yeterli olduğunu söyledim. Okuduğum onca kitabın, Güney Carolina'daki beyazlar hakkında edindiğim onca bilginin ardından, bu insanların beni hiç mi hiç tanımadıklarını söyleyebilirdim. Gemilerle Afrika'ya gelmeyi biliyorlardı ama memleketimin nasıl bir yer olduğundan, orada yaşayan halklardan, bizlerin nasıl bir hayat sürdüğünden haberleri yoktu.

Eve dönerken umutsuzluğa kapılır gibi oldum. Kocamla oğlumu kaybettiğim yetmezmiş gibi memleketime dönmek de pek olası görünmüyordu. Güneydeki İspanyollara ya da Kızılderililere sığınan kaçak kölelerden olmak istemiyordum. Ormanlarda ve bataklıklarda saklanmak beni Afrika'ya yaklaştırmayacaktı. Tek seçeneğim dinlemeye, öğrenmeye ve okumaya devam etmekti. Belki bir gün beyaz adamın dünyasını, ondan kaçabilmenin yolunu bulacak kadar iyi tanımam mümkün olurdu.

Sütanneden geç gelen haber

Aradan yıllar geçti. Ebeliğe devam ediyordum ama hayatımdaki kayıplar listesi giderek uzuyordu. Lindo ailesine satılıp Charles Town'a geldikten sonra Georgia'yı bir daha hiç görmedim. Bir gün balık ağından acı haber geldi. Georgia bilinmeyen bir nedenle uykusunda ölüp gitmişti. Köylüm Fomba ise bir gece nöbetçisi tarafından öldürülmüştü. Karanlıkta teknesiyle avlanırken bukranın biri seslenip kendini tanıtmasını istemişti. Fomba, dili bir daha hiç çözülemediğinden cevap verememiş, nöbetçi de onu başından vurmuştu. Zamanla düş kırıklıklarına karşı sağlam durmayı öğreneceğim yerde her yeni acıyla daha da derinden sarsılıyordum.

Lindo ailesinin yanına gelişimden yaklaşık on üç yıl sonra, 1774 sonbaharında baş gösteren çiçek salgını Bayan Lindo, Dolly, oğulları ve Charles Town'dan iki yüz kişinin sonu oldu. Kederimizden Solomon Lindo ile konuşamaz olmuştuk. Eve çoğu zaman sinagogdan biri eşliğinde gelip gidiyor, görmeyen bakışlarla yanımdan geçiyordu.

Hüznünün sisi içinde yolunu bulmaya çalışan Solomon Lindo'nun hiç değilse onu ziyarete gelen, ona yiyecek getiren dostları vardı, ama ben kayıplarımın acısını tek başına yaşıyordum. Arka bahçedeki eve zenci ziyaretçilerin gelmesi yasaktı. Zaten yıllar içinde edindiğim dostların çoğunun yerinde yeller esiyordu. Bir bölümü efendisinin peşinde kentten ayrılıp gitmiş, bir kısmı da çiçek hastalığına yenik düşmüştü.

Dolly ve oğlu hiç aklımdan çıkmıyordu. Onlar Charles Town'da geçen uzun yıllar içinde benim kader arkadaşım olmuşlardı. Dolly bana analık ermiş, yemeğimi pişirip çamaşırımı yıkamıştı. Ne zaman ona ebelik hizmeti karşılığı aldığım kiraz ağacından bir kutucuk ya da küçük bir şişe Batı Hint Adaları romu türünden ufak tefek armağanlar verecek olsam çocuk gibi sevinirdi. Şişeyi eski tokalı ayakkabıların yanında saklıyor, arada eski dostlarıyla buluşur gibi çıkarıp bakıyordu.

Dolly okuyup yazabildiğim için benimle inanılmaz derecede gurur duyardı. Bazı geceler evimizde ona kitap okurdum. Yanıma uzanır, dinlerken eli kolumda uykuya dalardı. Kendi ömründe kitap kapağı açmamıştı ama ben oğlu Samuel'e okuma öğretirken yanımıza oturup dinlemeye bayılırdı. Samuel o gece dersleri sayesinde on yaşında geldiğinde su gibi okuyordu.

Dolly bana, "Sen ona benim asla veremeyeceğim bir şeyi verdin," demişti.

Bayan Lindo'nun kaybı da benim için aynı ölçüde acılı oldu. Onca yıllık hizmetim süresince bana hiç el kaldırdığı olmamıştı. Beyazlar arasında en güvendiğim kişi oydu. Oğlu David'in üstüne kendi oğlum gibi titrerdim.

Önce Dolly, sonra Samuel ve David, son olarak da Bayan Lindo hastalığa yakalanmıştı. Bütün vücudunu kabarcıklar kaplamış, topuk ve avuçlarındaki sivilceler dayanılmaz ağrılara neden olmuştu. Kabarcıkların birleşerek yüzüne boynuna ve sırtına yayıldığını gördüğümde fazla ömrünün kalmadığını anlamıştım.

Arkasından bir hafta boyunca gözyaşı döktüm. Yas tutanlara katılmam ve eve gelenlere Bayan Lindo'yu ne kadar çok sevdiğimi söylemem yasaktı. Onunla ancak bana yıllar içinde hediye ettiği kitapların tozunu alarak vedalaşabildim. Yıllardır bana her ay bir kitap vermeyi ve lambamı yakabilmem içim bir şişe balina yağı hediye etmeyi alışkanlık haline getirmişti. Kitapları arka bahçedeki evin bir köşesinde, her biri bir hizmet yılımı simgeleyen on üç deste halinde saklıyordum. Orası güvenliydi. Benim yaşadığım bölüme hiçbir beyaz adım atmazdı. O evde kendi minik kütüphanemi kurmuştum. Dolly ve Sam uyurken yalnızlığımı kitaplarla paylaşarak gece yarısını bulduğum çok olmuştu.

Son kez Bayan Lindo'nun yatak odasından çıkana kadar, bir beyazın yasını tutabileceğimi düşümde görsem inanmazdım. Bir beyazın ölümü yüzünden içimin kan ağlaması olacak iş değildi.

İlk bir hafta boyunca her gün sinagogdan Solomon Lindo'yu ziyarete geldiler. Taziyeler seyrelerek bir ay boyunca devam etti. Sinagogdan gelen kadın ziyaretçiler çeşit çeşit yemekler getiriyorlardı. Bay Lindo'nun Leah adlı kısa boylu, sert tavırlı ablası sık sık uğrayıp evi kontrol ediyordu.

Bayan Lindo'nun ölümünden birkaç hafta sonra nasılsa Bay Lindo ile birkaç dakika yalnız kalabildik. "Bu insan kalabalığından bıktım," dedi. "Boğuluyorum sanki."

Onun hiç değilse ekmeğini bölüşüp omzunda ağlayacağı bir sürü eşi dostu vardı. Benim hiç kimsem yoktu.

Charles Town halkı zor günler geçiriyordu. Madeni para bulmak her zamankinden daha zordu. İngiliz hükümeti Güney Carolina'da banknot kullanımını yasaklamıştı. Halk İngilizlerin çay nakliyatı ve satışında tekel oluşturması yüzünden öfkeliydi. Büyük miktarlarda çay Charles Town doklarında çürümeye terk edilmişti. Beyazlar evlerinde artık çay içmiyorlardı. Lindo ve arkadaşları doğan sorunlardan İngilizleri sorumlu tutuyor, durum düzelmediği takdirde işin savaşa kadar gideceğini ileri sürüyorlardı. Lindo bana Carolina çivit boyasının Guatemala ve Fransız Batı Hint çividinin yarı fiyatına gittiğini, plantasyon sahiplerinin farklı bir ürüne geçmeyi düşündüklerini anlatmıştı. Bunlar yetmezmiş gibi humma, frengi ve çiçek hastalığı tehdidi yüzünden insanlar sürekli korku ve huzursuzluk içinde yaşar olmuşlardı. Charles Town halkı kimseyle tokalaşmıyor, evden dışarı adım atmak istemiyordu. Kent yönetimi belirli bir süre köle gemilerinin Sullivan Adası'na yanaşmasını yasaklayarak salgınları önlemeye çalıştılar.

Çiçek salgınının üstünden birkaç ay geçtikten sonra, 1775 yılının ocak ayında Solomon Lindo iş için bir aylığına New York'a gideceğini haber verdi. İngiliz yetkilileri Carolina çividi üstündeki hükümet desteğini sürdürmeleri konusunda ikna edebilmeyi umuyordu. Boya fiyatı uluslararası pazarlarda o kadar düşmüştü ki İngiliz sübvansiyonu azaltılır ya da kaldırılırsa üretimin sonu gelebilirdi.

Lindo gidince ablası Leah eve taşındı. Yemeklerini yalnız yiyordu. Benim ne yiyeceğim konusuyla da hiç ilgilenmiyordu.

Lindo'nun gemisinin demir almasından bir gün sonra kendisine evde yiyecek hiçbir şey kalmadığını bildirdim.

"Sen kendi paranı kazanıyorsun öyle değil mi?"

"Evet."

"O halde kendi yiyeceğini de kendin temin et. Sana harcayacak zamanım ve param yok. Kardeşim burada olsaydı bu şartlar altında o da sana aynı şeyi söyleyecekti."

Bayan Lindo'dan kalan kitaplardan birkaç tane almak için eve girmek istediğimde Leah kapıyı açmadı. Ne okuyacak kitabım ne de yiyecek iki lokma yemeğim vardı. Tanıdığım satıcı kadınlardan biraz meyve, birkaç avuç yer fıstığı veya pişmiş et otlanabilmek için bütün gün sokakları arşınlıyordum. Bazı geceler beyaz erkeklerin melez kadın bulmaya gittiği meyhanenin arka tarafında pişirilen ızgara balıktan satın alıyordum.

Madeni para bulmak adeta imkânsız hale gelmişti. Çarşılarda en küçük ihtiyaçlar bile takas yoluyla gideriliyordu. Lindo'nun bana yıllar önce verdiği para derslerini hüzünle hatırladım. Sonuçta haklı çıkan ben olmuştum. Tavuklar gümüşten daha güvenilirdi. Artık pek takas edecek tavuğum olmasa da ihtiyaçlarımı karşılamak için Yahudi ve Anglikanların köle doğumlarında ebelik ücreti olarak verdikleri öteberiyi alışverişlerde kullanıyordum.

Kimi çiçeği burnunda anneler bana az miktarda rom veriyordu. Bir gün zengin bir kadın bana içinde elli adet cam şişe bulunan bir kutu hediye etti. Önce kazıklandığımı düşündüm. Bir kutu dolusu boş şişe ne işime yarardı? Eve gidip kutuyu açtığımda şişe camlarının olağanüstü bir güzelliğe sahip olduğunu gördüm. İçlerinden helezonik mavi çizgiler geçiyordu. Şişeler ancak elli altmış gram sıvı alacak büyüklükteydi ama hepsi farklı biçimlerde imal edilmişti. Aralarında silindirimsi, armut biçimli, dört köşe ve küre gibi yuvarlak olanlar vardı. Hepsine elli gram kadar rom koyup ağızlarını mantarladım.

Camları mavi helezonlu o zarif şişeleri aylarca pazar alışverişlerimde kullandım. Zenci işportacılar roma bayılıyor, ayrıca mavi camın içine üflemeyi uğur saydıklarından şişelerini saklıyorlardı. Geldiğimi görünce bana "Mavi Camlı Kız" diyorlardı. Bu arada pazara getirdiğim şişeler, alıcılar ve satıcılar arasında elden ele dolaşmaya başlamıştı.

Geceleri arka bahçedeki evde kalıyordum. Dolly ve oğlunun yokluğu yüzünden büyük bir boşluğa düşmüştüm. İnsanları yalnız uyumaya mahkûm etmek bana doğaya aykırı geliyordu. Bazen kendimi Bayo'da anne ve babamla geçirdiğim günlerin anılarıyla avutuyor, bazen Appleby plantasyonundaki yatağımızda yanımda sıcacık yatan Georgia'nın horlamasını hayal edip teselli buluyordum. Uyku tutmadığında gece geç saatlere kadar oturuyor, okuduğum kitapları tekrar okuyor, onları ilk kez okurken yanımda olan sevdiklerimi, Georgia, Chekura, Mamed, Dolly ve Bayan Lindo'yu düşünüyordum.

Bir gece alt katta ayak sesleri işittim. Yataktan fırlayıp örtümü sarındım.

"Kim var orada?" diye seslendim."

"Aminata?" Bir erkek sesi fısıltıyla beni çağırıyordu.

Kalakaldım. Afrikalı adımla bana son seslenen kişinin kim olduğunu hatırlamaya çalıştım.

Chekura son basamağa ulaştığında kollarına atıldım. Ellerimle sırtını okşayıp ayak parmaklarımı onunkilerin üstüne koydum. Teninde çocukluğum, sesinde memleketim geri gelivermişti. Nasıl bir adama dönüştüğünü görmekten korkar gibi, yüzüne bakmadan dakikalarca sımsıkı sarılıp kaldım. Afrika kıyısında sonlanan o uzun yürüyüş boyunca bana yardım edip hayatta kalmamı sağlayan o oğlan, benimle evlenip bana bir oğul veren o genç adam farklı birine dönüştüyse ne yapardım ben?

Saçları dökülmüştü. Dazlak kafası pırıl pırıl parlıyordu. Hâlâ ince sayılırdı. Benden birkaç kilo fazla, beş altı santim daha uzundu. Sol elinin orta parmağının ilk boğumu yoktu. Gelgelelim memleketteki yolculuk boyunca yüzünden eksilmeyen o gülümseme yerli yerindeydi. Gözlerindeki o ışığı ve bana bakıp dudaklarını kıvırarak gülüşünü hep sevmiştim. Daha bir gün önce görüşmüşüz gibi sohbete daldık.

"Beni nasıl buldun?"

"Yahudi Lindo'nun evini sordum."

"Charles Town'a nasıl geldin?"

"Benim Sahip kıyı ovalarına götürmek üzere Charles Town'dan tütün ve rom almaya geldi."

"Burada ne kadar kalacaksın?"

"Yalnızca bu gece. Ama bir ay içinde bir ya da iki kez gelebilirim belki."

Elini bırakıp yatağa çöktüm. "Bir ya da iki kez, öyle mi?"

Yanıma oturup elimi avucuna aldı. Çektim. Yeniden elimi tuttu. Bu kez daha kuvvetle çektim.

"Hayır," dedim. "Bunu bana yapamazsın. Seni tahmin edemeyeceğin kadar çok özledim. 'Bir ya da iki kez' gelme vaadiyle yatağıma öyle kolayca giremezsin."

"Yiyecek bir şeyin var mı?"

"Ben kasabada yiyorum. Evde yemek pişmiyor. Lindo burada yok."

Bükülmüş parmaklarını yanağımda dolaştırdı. "O halde benimle gel. Senin ortadan kaybolduğunu anlamaz."

Başımı öte yana çevirdim. "Seninle kıyı ovalarına dönmemi mi istiyorsun? Seninle ve sahibinle birlikte?"

"Sahip bana birkaç gün izin verebilir. Baş başa olabileceğimiz yerler biliyorum."

"Birkaç gün bana yetmez," dedim.

"Bazen bütün olup olacağı birkaç gündür," dedi Chekura.

Bir süre ikimiz de konuşmadık.

"Ben âşık olduğum adamla evlendim," dedim nihayet.

"Âşık olduğun adam da seninle evlendi."

"Beni hâlâ istiyor musun?"

"Hep istedim. Bu duygum hiç değişmedi."

"Mamadu'yu benden aldıklarından beri beni görmeye bile gelmedin."

Chekura yatağa uzandı, beni yanına çekip kulağıma fısıldadı. "Lady's Island'daki sahibim beni üç yıllığına Georgia'ya gönderdi. Mamadu çalındığında orada değildim."

Başımı geri atıp gözünün içine baktım. Bana gülümsedi ve eliyle saçımı okşadı.

"Senin sahibinle benimki birbirlerini tanıyorlardı. Beni olay çıkarmayayım diye önceden postalamışlar."

Ellerini tuttum. "Bunca zamandır beni suçluyor olmandan korkuyordum," dedim.

"Ne diye?"

"Çocuğumuz çalındı diye."

Chekura beni kollarıyla sarıp iyice kendine çekti. "Hangi ana çocuğu çalındığı için suçlanabilir?"

Yüz yüze yatıyorduk. Elimi beline atmıştım. "Georgia'da seni nerede çalıştırdılar?" diye sordum.

"Çeltiklikte," dedi Chekura. "Pirinç işi, çivit otu tarımından çok daha beterdir. Hep sular içinde çalışırsın. İşi ağırdan alırsan kırbaç yersin. Çok çalıştın mı da ölürsün. Ben üç mevsim ancak dayandım."

Chekura yüzümü göğsüne doğru çekip fısıldadı: "Beni Lady's Island'a geri yolladıklarında senin Charles Town'da olduğunu biliyordum. Ne var ki artık zencilerin kendi başlarına dolaşmaları ve başka yerlere kiralanmaları yasaklanmıştı. Zencilerin geceleri kaçak dolaşmalarını engellemek için her yere gözcüler dikilmişti. Ben gözcüleri atlattım ama tuzağa yakalandım."

Başımı göğsünden kaldırıp yüzüne baktım. Elini alıp okşadım. Birden kesik parmak elime geldi.

"Beni böyle cezalandırdılar," dedi Chekura.

Sağlam dokuz parmağını tek tek öptüm. Onuncuda daha çok oyalandım. Kalan kısmı okşayıp dudaklarımı üstünde gezdirdim. Tepeden tırnağa bu adamın aşkıyla doluydum. Yine benimle sevişip de giderse yokluğuna iki hafta nasıl dayanacağımı bilemiyordum.

"Gözlerin meşe palamudu gibi yuvarlak, yüzündeki hilaller de çok güzel," dedi Chekura.

Sarkıntılık eden Charles Town sarhoşlarını savuşturmaya çalıştığım yirmili yaşlarımdaki güzelliğim aklıma geldi. Zenci, beyaz hepsi bana yiyecek gibi bakarlardı. Solomon Lindo'nun bakışlarını ve eve getirdiği arkadaşlarının üzerimde göz ziyafeti çektiklerini unutmamıştım. Artık otuzumdaydım. Onca güzelliğin bana bir faydası olmamıştı. Oğlum yoktu. Ailem yoktu. Memleketim yoktu. Güzelliğim de nasıl olsa bir zaman sonra solup gidecekti.

Chekura parmaklarını kolumda gezdirerek, "Üzüntüye kapılma," dedi. "Bugüne kadar senin hilal dövmelerin kadar güzeli Atlantik'i geçmemiştir. Bunca yıl seni özleyip dururken gökte hilalin en incecik haliyle kendini göstermesini beklerdim. Böyle zamanlarda, ayda bir ya da iki kez gece berraksa seni yanımda hissederdim."

Gözyaşlarına boğuldum. Chekura beni kendine çekip göğsüne bastırdı. Hıçkırıklarım alçalıp yükselen göğsünde inceden bir ağlayışa dönüştü. Chekura horlamaya başladığında uzun bir süre gözümü kırpmadan yattım. Şafak söktüğünde onu yanımda bulup bulmayacağımı merak ediyordum. Gözünü ilk açan ben oldum. Chekura eli elimde, yanımda yatıyordu. O eli alıp göğsüme bastırdım. Bir zamanlar onunla süpürgenin üstünden atlamış, bir oğul sahibi olmuştuk. Bir zamanlar en büyük arzum ailemizin sonsuza dek bir arada yaşamasıydı.

Chekura uyandığında el eleydik. Dönüp bana baktı. "Burada eşini arzulayan bir koca var. Benimle hemen sevişir misin?"

Yüzüne yumuşacık sabah ışığı vurmuştu. Gözlerinin köşelerinde birkaç kırışık gördüm. Bu adam bir zamanlar memleketimin kıyısına kadar üç ay yanı başımda yürümüştü. Bu adam St. Helena Adası'nın çivit otu tarlalarını aşıp bana gelmek için defalarca hayatını tehlikeye atmıştı. Bir parmağının yarısı ve saçları gitmiş ama bana olan aşkı bir damla eksilmemişti. Ne zamandır içimde uyuttuğum o arzu yeniden alevlendi. Chekura'yı özlediğim binlerce gece boyunca duyduğum o ateşi ve ıslaklığı yeniden hissettim. Üstelik bu defa burada, yanımdaydı ve benimdi.

Bir daha ne zaman görüşeceğimizi bilmiyordum ve paylaştığımız her anı doyasıya yaşamak istiyordum. Dilimi ve parmaklarımı teninin her yerinde gezdirerek kokusunun ve terinin tadını çıkardım. Bana değip dokunan dili ve elleri ihtirasımı körüklüyordu. Dudaklarımız birleşti. Organının ucu içimdeydi. Bir süre o şekilde kaldık. Birlikte yavaşça sallanarak koklaşıp öpüştük. Dudakları göğüs uçlarımı gıdıklayıp başparmağı kadınlığımın sertleşmiş çıkıntısına değdiğinde bir inilti koyuverdim. Chekura bedenimin en derinlerine inerken birbirimizin soluğundaki hayatı içimize çektik. Onun solumaları ve tıkanıp kalışı beni zevkimin zirvesine taşıdı. Birkaç kez titreyip sarsıldım ve son çığlığı birlikte attık. O tükenmişliğin ardından uzun süre birbirimize sarılıp öylece kaldık. Son bir kez daha öpüşüp uykuya daldık.

Uyandığımda bir elinin parmakları yüzümde geziniyordu. Bana hafifçe tebessüm etti. Ayrılık vaktinin yaklaştığını anlamıştım.

"Sen Mamadu'nun başına ne geldiğini biliyor musun?" diye sordum.

"Onu Georgia'ya götürüp satmışlar."

"Sana kim söyledi?"

"Değişik kişiler. Haberi balık ağından aldım."

"Peki nasıl oluyor da ben duymadım?"

"Georgia'da çalıştığım dönemdi. Orada üç yılım geçti. Onun satıldığını çeltiklikte çalışırken duydum. Sonra da senin satıldığın haberini aldım. Bunun üstüne gidip kendimi denize atmayı düşündüm."

Yavaşça elini okşadım. "İyi ki yapmamışsın. Bak, karını yine görecekmişsin."

Chekura "Belki de beni engelleyen bu düşünce oldu," dedi. Kalkıp yatağın içinde bağdaş kurdu. "Bu Lindo denen adamı sevmedim. Seni burada kaderine terk etmiş. Üstelik yiyecek de bırakmamış."

"O pek çoğundan iyidir," dedim. "Bana fiske bile vurmadı. Bu bile yeter."

"Balık ağında Lindo hakkında iyi konuşmuyorlar."

"Nasıl yani?"

"Mamadu'nun satılmasından sonra kulağıma geldi. St. Helena ve komşu adalardaki dostlarının oğlanı arayıp durduklarını biliyordum. Ben de Georgia'da her gittiğim yerde onu soruşturmaya başladım. Ne zaman gelip giden yeni bir zenciyle tanışsam onunla balık ağına haber yolluyordum. Birkaç yıl sonra bir cevap aldım. Mamadu Georgia'da bir aileye satılmıştı. Savannah kentine... Mümkün olsaydı balık ağında araştırmaya devam ederdim. O aileyi bulur, oğlumu almak için gerekirse adam bile öldürürdüm. Ama kenti salgın vurmuş, bebeğimiz ölmüştü."

"Ölmüş mü?" Chekura'nın elini kapıp sıktım.

"Satıldıktan bir yıl kadar sonra."

"Aile kimmiş?" diye sordum.

"İsimlerini bilmiyorum. Ama satış işlemini Solomon Lindo ayarlamış."

"Bunu nereden biliyorsun?"

"Balık ağından öğrendim. Bebeği satın alanlar, Savannah'nın zengin beyaz ailelerinden biriydi. Evde köle bir sütanne vardı. Afrika'da doğmuş bir sütanne. Eve ana babası olmayan zenci bir bebek gelince sütanne balık ağından haberi duyurmuştu."

"Kadın tam olarak ne demiş?"

"Satışa aracılık eden kişi 'çivitçi Yahudi Lindo' imiş. Kulağıma gelen buydu. Sütanne 'çivitçi Yahudi'nin de bebekle birlikte geldiğini söylüyordu. Adam ücretini alıp ayrılmıştı."

Merdivenlerden koşarak inip kendimi tuvalete kapattım. Öksürmeye başlayıncaya kadar ağladım. Kusana kadar öksürdüm. Nihayet tükenmiş ve hissizleşmiş olarak üst kata çıktım. Chekura aynen bıraktığım gibi duruyordu.

"Bebek ölmüş mü?" diye sordum. "Bundan emin misin?"

"Balık ağından üç kez aynı haberi aldım. Birbirini hiç tanımayan üç ayrı kişi aynı şeyi söyledi. Benim Savannah'ya getirilen kimsesiz bebeğin babası olduğumu biliyorlardı. Üçü de sütanneyle konuşmuş. Kadın bebeğin 1762'de çiçekten öldüğünü söylemiş."

Uzun süre ses çıkarmadan öylece oturdum. Sonunda Chekura artık veda etmesi gerektiğini söyledi. Öğle vakti efendisiyle Broad Caddesi'nde buluşacaktı.

Kasabaya birlikte yürüdük. Sabah pazarındaki bir kadın satıcıdan mavi camlı küçük rom şişesi karşılığında iki parça pişmiş deniz levreği, iki küçük somun ekmek ve iki portakal aldım. Sabah saatlerinin hareket halindeki zenci, melez, karışık ve safkan beyaz kalabalığı içinde karnımızı doyurduk.

Chekura "Onu öldürmemi ister misin?" diye sordu.

"Appleby'i de mi öldüreceksin? Ya bizi buraya getiren diğer beyaz adamlar?"

"Ben yalnızca Lindo'yu isterim," dedi Chekura. "Bu kasabada en kolay ulaşabileceğim kişi o. Gece gelebilirim ve kimse de beni görmez."

"Seni kimse görmese de benim bilmem yeter," dedim. "Onu öldürmek bebeğimizi geri getirmez ki. Ben senin hayatta kalmanı, temiz bir insan olmanı yeğlerim."

"Temiz bir insan mı?"

"Bu hayatta yeterince ölüm gördük. Hem sen katil ruhlu biri değilsin. Saf adamın tekisin. Evden kaçıp esir tüccarlarına yardım edecek kadar saf bir oğlan. Ancak seni zincire vurup gemiye tıktıklarında aklın başına geldi."

"İsteseydim esir tüccarlarından kaçardım. Ama seni büyük suyun öte tarafına götürüyorlardı. Ben de seninle gelmek istedim."

Hafifçe gülümsedim. "Hadi bakalım, dediğin gibi olsun. Saftın ama dürüsttün. Dürüst bir adam olarak yaşayacaksan bundan sonraki gelişinde daha uzun kal. Bakarsın yine karın olmayı kabul ederim."

Chekura, "Nasıl istersen öyle olsun," dedi. Uzun, sıcacık bir bakışla benimle adeta sevişti. Tutkulu ve ateşli bedeninin yerini bu kez gözleri almış gibiydi.

Chekura'nın gitme vakti gelmişti. Ona gece iznini veren ve karşılığında kıyı ovasının sazlıklarında rehberlik bekleyen adamla buluşmaya gidiyordu. Ellerimi açıp parmak uçlarımı Chekura'nınkilere dayadım. Yan yana ellerimiz bir evin iskeletine benzemişti. Parmaklarımla onun parmak uçlarına iyice bastırdım. Bunca yıllık çalışmaya rağmen yumuşacık ve pürüzsüz kalabilmişlerdi. Chekura güldü. Dudak kenarlarındaki kırışıklıklar gözümden kaçmadı.

"Elveda sevgili karıcığım," dedi.

Sokağın karşı tarafında bir beyaz adam durmuş bizi seyrediyordu. Sahip dediği o olmalıydı.

İçimden gülümsemek gelmedi. Sözlerim de tükenmişti. Chekura'nın parmak uçlarına son bir kez daha bastırdım. Ve kocam arkasını dönüp uzaklaştı.

Solomon Lindo bir ay sonra döndü. O yokken iki doğuma gitmiştim ama bir şişe rom, bir kese tütün ve çivitle boyanmış bir metre kumaştan başka bir kazancım olmamıştı.

Lindo ablasını evine yolladı. Bütün günü muhasebe defterlerinin başında geçirdi ve sonra beni bürosuna çağırdı.

"Hesapları kontrol ettim," dedi. "Bana iki sterlin borcun var."

Yüzüne bakmadım.

"Konuştuğum zaman sözlerime karşılık verilmesini isterim."

Soğuk, tekdüze bir sesle cevap verdim. "Siz bana gümüş paralardan çok daha fazlasını borçlusunuz."

"Bana haftada on şilin ödemen gerekirdi. Oysa ben yokken ablama zırnık vermemişsin."

"Size verecek hiçbir şeyim yok. Aklımda başka şeyler var."

Lindo burnundan soluyarak, "Denetçilik görevime son verildi," dedi. "Nedenini bilmek ister misin?"

Sorusunu duymazdan geldim. Onun çivit üretimiyle ilgili sorunları umurumda bile değildi.

"Çünkü denetlemeye değecek kadar üretim yapılmıyor artık," diye açıkladı. "Eğer İngilizleri çivit üretimine desteği artırmaya razı edemezsem ve uluslararası piyasalarda fiyat yükselmezse, Carolina'nın çivite dayalı ekonomisi çökecek."

"Bunun benimle ne ilgisi var?"

Lindo yumruğunu masaya indirdi. "Seni yediriyorum, giydiriyorum!" diye bağırdı. "Burada kasabadaki bütün hizmetkârlardan çok daha iyi bir hayat sürüyorsun. Sana düşeni ödemezsen bundan böyle üst baş, yemek, ayrıcalıklar ve hiçbir destek olmayacak. Haftada on şilin. Bir peni aşağısı olmaz!"

"Bana para vermiyorlar ki size ödeme yapayım."

"O halde ebelik ve sana verdiğim işler dışında bundan böyle sokağa çıkmayacaksın."

"Yani artık bana 'hizmetkâr' yerine ' köle' mi diyeceksiniz?"

Lindo bileğime yapışıp beni kendine çekti. Soluğunu alnımda hissettim.

"Yemek pişireceksin ve ben ne dersem onu yapacaksın."

"Yapmayacağım."

Bileğimi kurtarmaya çalıştım ama sımsıkı yapışmıştı. Boştaki eliyle suratıma bir tokat indirdi ve ancak o zaman beni bıraktı.

Yanağım alev alevdi. Utanıp başını çevirinceye kadar dimdik gözünün içine baktım.

"Bağışla," dedi usulca yere bakıp. "Bana ne oldu anlamadım. Bayan Lindo öldüğünden beri aklım başımda değil."

"Her olayda acınızı bahane edemezsiniz," dedim. "Siz benim oğlumu sattınız."

Şaşırarak yüzüme baktı. "Neden söz ettiğini anlamadım. Senin oğlunu Robinson Appleby sattı."

"Siz de ona yardım ettiniz. Üstelik bunun için para aldınız. Oğlumu Georgia'nın Savannah kentinde bir aileye sattınız."

"Bunu sana kim söyledi?"

"Ne biçim insansınız siz? Bir de beyaz adamlara benzemediğinizi söylersiniz."

"Sen benim evraklarımı mı karıştırdın yoksa?"

Bana vurmasından, giysilerimi parçalamasından, üstüme çullanmasından korkuyordum. Beni kapı dışarı edebilir, Charles Town'un sokaklarında kaderime terk edebilirdi. Oysa Solomon Lindo bunların hiçbirini yapmadı. Bir koltuğa çöktü ve bana da oturmamı söyledi. Ama ben oturmadım ve kollarım bağlı bir şekilde ayakta bekledim.

"Anlamanı beklemiyorum ama işin iç yüzü başka."

Sustum. Solomon Lindo ve onun gerçekleri umurumda değildi.

Sonraki birkaç hafta boyunca Lindo hep gönülsüz ve bıkkındı. İkimizin de huzursuzluk içinde yaşadığı bir ateşkes ilan etmiştik. Bundan böyle ona ödeme yapmayacaktım ama o da bana giyecek, yiyecek ve balina yağı vermeyecekti. Bana tanıdığı tek avantaj arka bahçedeki evde barınma hakkıydı.

Artık Charles Town'un Yahudileri beni doğumlara çağırmaz olmuşlardı. Köle sahibi Anglikanlar ise küçük miktarlarda tütün ve romdan başka bir şey vermiyorlardı. Kasabada bunları ihtiyaç maddeleriyle takas etmekte zorlanıyordum. Elimde son kalan iyi cins kırmızı örtümü bedenime daha sıkı sarmam gerekiyordu çünkü o da yer yer erimeye başlamıştı.

Solomon Lindo muhasebe işlerini benden almıştı. Yemeklerini ablasının evinde yiyordu. Charles Town'a geldiğimden beri ilk kez her gün karnımın açlıktan guruldadığını duyuyordum. Çarşıda rastladığım beyazlar İngiltere Kralı'nın kölesi durumuna düşmüş olmaktan yakınıyorlardı ama ben çoktan onların şikâyetlerine kulak tıkamıştım. *Amerikalılara Özgürlük. Köleliğe Son.* Onlar benim bildiğim kölelikten ya da benim talebim olan özgürlükten söz etmiyorlardı. Her şey bana son derece komik geliyordu.

Akla mantığa uymasa da Chekura'nın bir gün çıkıp geleceğini umuyor, onun dönmesini belliyordum. Öyle ya, "Belki gelebilirim," demişti. Günler geçiyor ama bana Afrikalı ismimle seslenen olmuyor, kimse gecenin bir yarısı merdivenleri çıkıp beni kollarına almıyordu. Yollarda, dükkânlarda gözüm hep onu arıyordu ama Chekura'dan hiç haber yoktu. Belki birileri Chekura adında kaçak bir "hizmetkâr" ilanı vermiştir diye Charles Town gazetelerini bile tarıyordum. Gazetelerdeki en önemli haber güneydeki İspanyol topraklarını İngilizlerin almış olmasıydı. Kasabada husumet artmıştı. Kıyı ovaları nöbetçi ve tuzak doluydu. Plantasyon sahipleri başıboş zencileri göz kırpmadan vuruyorlardı. Böyle bir ortamda ne Chekura kazasız belasız Charles Town'a gelebilir ne de ben dikkat çekmeden Lady's Island'a gidebilirdim. Gidecek hiçbir yer, kaçacak hiçbir delik kalmamıştı.

Lindo New York'tan döndükten üç ay sonra beni salona çağırdı. Büyük eve adım atmayalı asırlar geçmiş gibiydi. O salonda en son ne zaman doyana kadar yediğimi hatırlamıyordum.

"İkimiz de mağdur olduk," dedi Lindo. "Bu soğukluğu artık noktalamak istiyorum. Tekrar New York'a gideceğim. Çivit üretimine destek talebinde bulunabilmem için bir şans daha tanıdılar." Bana bir tabak ekmek, peynir, meyve ve bir kucak dolusu da giyecek verdi. "Bu yiyecekleri ve giysileri al. Seni göz göre göre açlığa ve bakımsızlığa terk edemem."

Beni satacağını düşündüm ama beyaz olmadığını öne süren bu adam beni bir kez daha şaşırttı.

"Yarın saat onda kalkan bir gemi var," dedi. "Tam sekizde hazır ol. Seni de götürmeye karar verdim. Bir aylığına buradan gidiyoruz. Yemek masrafını ben karşılayacağım. Soğuk iklime uygun giysilerin olacak. Mektuplarımı yazacak, hesaplarımı tutacak ve hizmetime bakacaksın. Belki bu sayede aramızdaki kırgınlığı unutabiliriz. Hadi, şimdi git lütfen. Bitirmem gereken işler var."

Ertesi sabah onunla gitmeye karar verdim. Bu da benim "Mısır'dan Çıkış"ım olacaktı. Şansım yaver giderse belki bir daha Güney Carolina'ya dönmezdim.

Üçüncü Kitap

Senin kadar şanslı olmayan milletler[8]

{LONDRA, 1804}

Kölelik karşıtları günlerimin sayılı olduğunu düşünüyorlar. Ben de bunu inkâr edecek değilim açıkçası. Ciğerlerime bahşedilmiş soluk sayısı belli sanki. Sona yaklaştıkça sayıyı günbatımında bulutların aldığı şekillerde okur gibiyim. Sabahları biraz kaygılı uyanıyorum. Günbatımı günün her saatinde aklımda, ama bunun üzerinde fazla durmamaya ve her günü yeni bir armağan olarak görmeye çalışıyorum. Tanrı'yı bir Müslüman, Yahudi ya da Hıristiyan gibi kucaklayamadım ama sabahları beni, *Haydi bakalım, al sana yeni bir gün daha*, diye fısıldayarak uyandıran şefkatli bir ses duyduğumu hayal etmek bana huzur veriyor.

Artık kemiklerim ağrıyana kadar çalıştırılmadığımdan, karnım tok sırtım pek yaşadığımdan ve başımı sokacak bir dam sıkıntısı çekmediğimden her gün yeni bir keşif yapma fırsatı buluyorum. Geçen gün bir şey fark ettim: İnsanlar sizi bir daha göremeyebileceklerini kavradıklarında garip bir şey oluyor. Sizden bir hikmet bekliyorlar. Önemli anlarda sizi yanlarında istiyorlar.

---

8 "Rule, Britannia!" ("Hükmet Britanya") adlı ünlü İngiliz marşının bir dizesi. Orijinali: "*The nations, not so blest as thee*". (yay. n.)

Dün şu bizim neşeli aktivist –dünyanın bildiği adıyla Sör Stanley Hastings– beni zorla koluna takıp pazar ayinine götürdü sonunda. Ne zamandır bu konuda ısrarcı olduğundan daha fazla erteleyemezdim.

Onun hep gittiği kiliseye gittik. Ona göre burası kentteki tek saygın ibadethaneydi. Sözünü tutup o zorlu anlarda bana göz kulak oldu ve ne zaman dalıp bir yana doğru yıkılacak olsam beni dürtükleyip kendime getirdi. Zamana meydan okuyan taşlarla ve yankılarla örülü bir kemerin altından geçip binaya doğru ilerlerken, akla gelebilecek her çeşit peruk ve şapka takmış her görüşten insan benimle tanışmak için başımıza üşüştü.

"Artık halkın arasına karışacağınızı duyduk," diye seslendi biri.

Bir başkası, "Parlamento komitesinin oturum günü yaklaşıyor," diye hatırlattı.

Üçüncü bir ses, "Voltaire ve Swift'ten ezbere pasajlar okuyabildiğinizi söylediler," diye atıldı.

Ona, "Ancak kendi lafım tükendiğinde," diye cevap verdim. Bu karşılık herkesi epeyce güldürdü.

Piskopos göründüğünde nihayet ağrıyan sırtımı bir sıraya yaslayabilme olanağı buldum. Tam olarak tarif etmem gerekirse ilk sırada oturuyorduk. Sör Stanley fısıldayarak arkamızda yaklaşık bin kişilik bir cemaatin bulunduğunu bildirdi. İki bin gözün, bakışlarıyla kara tenli ensemi deldiği hissine kapıldım. O kutsal mabet içinde, o koyulukta ten rengine sahip tek kişi olduğumu söylememe gerek var mı bilmem. Kürsüye çıkarken beni süzen piskopos, arkamda sıralanmış cemaat beni yormuştu. Sessiz bir odada rahat bir uyku çekmekten başka bir şey istemiyordum. Gözkapaklarım tuğla gibi ağırlaşmıştı ama onları açık tutmaya gayret ediyordum. Beni buraya davet eden cesur dostumu rezil etmek olmazdı. O anda sıcacık bir yatağın ve kuştüyü bir yastığın hayalini kursam da Londra'nın beyaz Anglikanları gibi dimdik ve sessizce oturdum.

Büyük Britanya halkı ve diğer denizci milletler Ham'ın[9] soyu için anlatılmaz cezalar icat etmişlerdir ama o gün, orada hiçbiri kendi kendilerine ettikleri işkenceden beter olamazdı: Pencereleri açılmayan taş kemerli, mağaramsı bir salonda uyumadan ve kıpırdamadan oturmak ve ufak tefek bir adamın neredeyse bir saati bulan o monoton konuşmasını dinlemek.

Dik durmak için ne büyük uğraş verdiğimi anlatamam. Gözkapaklarımı şöyle yarıya kadar indirsem kimse başka ülkelere, başka zamanlara kaçıp gittiğimi anlamazdı. Ben çocukken gözüme yaşlı başlı ve çok akıllı görünen annemi düşündüm. İnsan hayatının son demlerini yaşıyor olsa bile hâlâ anasının onu kucağında usulca salladığı anların özlemini çekiyordu. Sallantı. Bedenim sallanıyordu. Bir anlık bir kâbus yaşadım. Anamın beni sallayan kolları bir gemi sallantısına dönüşüverdi. Oturduğum yerde düşecek gibi oldum. Sör Stanley hafifçe koluma dokundu. Hemen toparlandım. Ödüm kopmuştu. Sıcaklamış, utanmıştım ama gözüm iyice açılmıştı. Piskopos, adeta yaşlı bir kadına uyku vermek için yaratılmış o monoton sesiyle vaazına devam ediyordu.

Cemaat ayağa kalktı. Onlardan geri kalmadım. Dua ederlerken ben de ayakta dikildim. İlahi bitene kadar bekledim. Onlarla birlikte diz çöktüm. Sonunda olabildiğince zarif davranmaya çalışarak yeniden tahta sıraya yerleştim. Kilisede Afrika kökenli tek bir kadın ya da erkek olmamasına şaşmamak gerekirdi. Gelmelerine izin verilmiş olsa bile onlar bu uzun Araf işkencesine dayanamazlardı.

Şu anda buradaki bütün Anglikanlar, diriliş ve sonsuz yaşamdan söz etmeye başlayan piskoposun mırıltılarını mı dinliyorlardı sahiden? Kulağıma İsrailoğulları ve Vaat Edilmiş Topraklar sözcükleri çalınır

---

9 Nuh'un oğullarından biri. İsrail halkının atası. Hint Avrupa kavimlerinin ve Afrikalıların da Ham'ın soyundan geldiği söylenir. (ç. n.)

gibi oldu ama bedenim yatay bir pozisyon almak için adeta kıvranıyordu. Bir gün o yatağa uzanacak ve bir daha asla kalkmayacaktım. Ama henüz değil. Gözlerimi biraz daha büyük açtım. *Henüz değil, lütfen*, diye geçirdim içimden.

Parlamento grubunun önünde konuşacağım gün güce ve enerjiye ihtiyacım olacaktı. O gün bacaklarımda derman, yüreğimde az da olsa eski ateşimden bir parça bulunmalıydı. Maalesef, konuşmanın dinlemekten çok daha kolay olduğu o olgunluk çağındaydım artık. Ayinin tam bu noktasında, ömründe hiç ayıplanmamış, itilip kakılmamış, tekmelenmemiş ve paldır küldür İsa'nın kucağına düşmemiş çelimsiz bir Anglikan piskoposun başkalarına öğüt verme hakkı olmadığı fikrine kapıldım. Ne olursa olsun, yaşadığım süre içinde hiçbir Anglikan kilisesinde ağzımı açmayacaktım. Eğer Tanrı'yı selamlamak gerekiyorsa Freetown'ın ya da Birchtown'ın Baptistleri arasında olmayı yeğlerdim. Onlar İsa'ya yakarırken hiç değilse dans ediyor, haykırışlarıyla yarı ölmüşleri uyanık tutabiliyorlardı.

Çenemi dik tutmayı başardım. Gözlerimi uyanık olduğumu kanıtlayacak kadar araladım. Kilisede put gibi oturmak hiç de keyifli değildi ama bu Sör Stanley Hastings'i, eşi ve çocuklarını utandırmam için bir gerekçe olamazdı.

Ayinin sonlarına doğru bir kez daha o uyuşukluk halinden sıyrılmak zorunda kaldım. Cemaat şarkı söylemek üzere ayaklandı. Ben de kalktım. Uykum artık iyice açılmıştı. Topuklarım zonkluyordu. Tabanlarım erimiş ve kemik kemik üstüne binmiş gibi ağrıyordu. Topuklarım dahil her noktamın sızlamasına karşın usulünce ayakta dikilip ayinin sonlanmasını beklerken sıkıntımı silip götüren ve kulaklarımın pasını silen bir şey oldu. Sesler duydum. Bin kişinin sesini. İnançlı Anglikanlar hep birlikte söylemeye başlamışlardı.

Ezgiyi yakaladığımda şaşırdım. Olacak şey değildi ama bunu sanki daha önce dinlemiş gibiydim. Nerede duymuş olabilirdim acaba?

Britanya ilk kez masmavi sulardan
Tanrı'nın emriyle yükseldi;
Toprağın ayrıcalığıydı bu,
Ve koruyucu melekler şu nakaratı şakıdılar...

Şarkı sürerken hafızamın derinliklerini kurcaladım. Bunu Charles Town'da duymuş olabilir miydim? Hayır. New York'ta? Hayır, orası da değil! Nerede duymuştum peki?

Britanya hükmet! Hükmet Britanya, dalgalara:
Britanyalılar köle olmayacaklar asla, asla, asla...

Britanyalılar mı? Köle mi? Bu nasıl bir saçmalıktı böyle? Yeniden kulak verdim. Sözler dayanılacak gibi değildi. Gelgelelim benim hatırladığım sözler değil, müzikti. Sahi, bu şarkı neyin nesiydi ve ben verdiği bu coşkuyu ve iyimserliği nereden hatırlıyor olabilirdim?

Senin kadar şanslı olmayan milletler,
Bir bir zorbaların eline düşecekler
Oysa sen özgürce büyüyüp gelişeceksin
Korktuğu ve gıpta ettiği olacaksın hepsinin.

Sözleri yakalayıp zihnimde tekrarlamaya çalıştım: *Senin kadar kutsanmış olmayan milletler/ Bir bir zorbaların eline düşecekler.* Sağıma baktım. Sör Stanley Hastings ilkbahardaki çalı bülbülü yavrusu gibi ağzını büzmüş, coşkuyla söylüyordu. Ve yine o bölüm geldi. Nakarat bölümü. En çok da burasını hatırlıyordum; inançlı Anglikan kilise cemaatini aşka getiren ve bugüne dek tanık olduğum kadarıyla beyaz adamı en fazla coşturan bu bölümü...

Britanya hükmet! Hükmet Britanya, dalgalara:
Britanyalılar köle olmayacaklar asla, asla, asla...

Hah, tamam! Öyle ya! Hatırlamıştım! Ne New York'tu ne de Charles Town... Çok daha öncesiydi. Esir gemisindeydim. Güverte altında doktorun kamarasında kaldığım günlerdi. Adam bazen kendi kendine bir şarkı söylemeye başlardı. Bunu neden yaptığını hiç anlayamazdım. Hastalandı ya da keçileri kaçırdı diye düşünürdüm. Bazen gece yarısı kafayı bulduğunda ya da bizim oralı bir kadını daha kirlettikten sonra sırtüstü uzanıp gözlerini basık tavana diker, gemiyi döven dalgaların ve çırpınan yelkenlerin çıkardığı sesler eşliğinde avaz avaz bu nakaratı tekrarlardı. Yanında kaskatı uzanıp yatmış olan benden ve örtülü kafesindeki papağandan başka dinleyicisi yoktu.

Britanya hükmet! Hükmet Britanya, dalgalara:
Britanyalılar köle olmayacaklar asla, asla, asla...

O zamanlar beyazların huyunu suyunu bilmeyen, İngilizceden habersiz, kadınlığa tehlikeli bir biçimde yaklaşmış olmakla birlikte henüz ermemiş bir kızcağız olarak doktorun yanında soluk bile almaktan çekinerek yatar, ne dediğini merak edip dururdum. Aslında şarkı söylemesine itirazım yoktu, çünkü o zaman elleri üstümde gezinmezdi. O kalın kıllı parmaklardan uzakta bir gece daha geçirmek umuduyla, "Aman söylesin," derdim içimden. Memleketimin kadınlarının üstünde tükenip kalmasından utanç duyarak "Aman, tek şarkı söylesin," derdim. O kadınların bahtsızlığı benim şansım, onların ıstırabı benim kurtuluşumdu.

Britanya hükmet! Hükmet Britanya, dalgalara:
Britanyalılar.... asla, asla, asla...

Son duyduğum sözler, "Asla, asla, asla..." oldu. Bayılmış olmalıyım. Stanley son anda beni tutup yere yuvarlanmamı önlemiş olmalıydı, çünkü çevremde bağrışıp duran kadın ve erkeklerin sesleriyle kendime geldiğimde ahşap sıranın üstüne yatırılmıştım. Nihayet. Bir saattir bu pozisyonu hayal edip durmuştum. *Asla, asla, asla...* Doktorun artık yanımda olmadığını, dünyanın en soğuk mezarına altı adım uzaklıkta bir gemi güvertesinde bulunmadığımı hatırlayıp sevindim. Bir Anglikan kilisesinde sert bir tahta sıranın üstüne yatırılmıştım. İngiltere'nin en saygın kölelik karşıtı da başımı bekliyordu. Sör Stanley Hastings sıradan kayıp düşmeyeyim diye beni sıkı sıkı tutmuştu. Gözlerimi açmadan ne yapmam gerektiğini düşündüm. Anglikanların telaşı kopan yaygaradan anlaşılıyordu. En perişanları da belli ki Sör Stanley Hastings'di. "Çok rica ediyorum hanımefendiler ve beyefendiler. Lütfen açılın. Lütfen. Yaklaşmayın. Değerli konuğumuz bir baygınlık geçirdi. Bunu ibadetimizin heyecanına veriyorum elbette. Ama korkulacak bir şey yok. Kendine gelecek. Bakın, nabzı atıyor. Soluğu da düzgün. Lütfen açılın. Bizler yanındayız. Açılın da biraz ferahlasın."

Birileri beni tutup gün ışığına çıkarana kadar gözlerimi açmadım.

Kutsal topraklardan gelip gidenler

{MANHATTAN, 1775}

Solomon Lindo ile *Queen Charlotte*'a binip Charles Town'dan ayrıldık. Deniz gün geçtikçe sertleşiyor, kabarıp inen dalgalar en tepede köpüklenerek bana sanki, *bir daha karayı asla göremeyeceksin*, diyorlardı. Kapkara sular o ürpertici görünüşleriyle insanı ölümle tehdit ediyor gibiydi. Güverte altındaki küçük kamarama girmekten ödüm kopuyordu. Bana kalsa gece gündüz güvertede otururdum ama kuzey yönünde seyretmemiz nedeniyle hava gitgide soğuyordu. Lindo her gün benimle konuşmak için bir bahane uydursa da onun bu görüşme girişimlerini karşılıksız bırakıyordum.

Charles Townlı tüccarlar kendilerine yengeç haşlama ve kızarmış yerfıstığı servisi yapan beyaz pantolonlu, kırmızı yelekli zenci hizmetkârlarla açık denizde ahbaplık etmeye bayılıyorlardı ama benim beyaz yolcuların yemek salonuna girmem yasaktı. Lindo'nun, kamarasına gitmem için yaptığı davetleri de reddediyordum. Lindo belli ki gemi yolculuğunu bir tatil ve benimle sosyalleşme fırsatı gibi görüyor, ben araya mesafe koydukça güceniyordu.

Yolculuğun üçüncü günü nispeten güneşli ve ılık bir havayla karşılaştık. Tarım ve ticaretle uğraşan ailelerin mensupları güvertede koltuklara serildiler. Zenciler onlara Madeira şarabı, puro ve portakal taşıyıp duruyordu. Lindo portatif satranç takımını açıp beni yanına çağırdı. Ayakta durmaktan bitkin düştüğüm için biraz dinlenme isteğiyle teklifini kabul ettim. Herkes satranç bilmeme hayret etmişti. Lindo kolları kıpkırmızı yanmış hasır şapkalı bir adama benimle oynamasını önerdi. Kimin kazanacağı konusunda iki ginesine bahse tutuştular. Lindo yıllar önce aramız henüz iyiyken bana satrancın bütün stratejilerini öğretmişti. Öncelikle merkez kareleri kontrol et. Fillerini ateşlenecek top, atlarını casus olarak kullan. Düşmana hareket edecek yer bırakma. Şaha saldır, onu kontrol et ve sıkıştır. Bence çirkin bir oyundu ama Lindo'yla sohbet etmekten ya da onun eriyen çivit piyasası hakkındaki yakınmalarını dinlemekten çok daha iyiydi. Şah mat yapmam kolları güneşten yanmış rakibimi pek şaşırttı. Hele Lindo kazandığı iki gineyi bana verince büsbütün hiddetlendi.

Lindo aldırmaz bir tavırla adama, "Bu para onun hakkı," dedi.

Rakibimin yüzüne bakmadan altın paraları giysime sokuşturdum.

Ertesi gün sabah saatlerinde limana girdik. New York'un bir ada olduğunu ancak iyice yaklaştığımızda fark edebildim. Nüfusun çoğunun ayak kısmında toplandığı uzun bir bacağı andırıyordu.

"Oraya Manhattan derler," dedi Lindo. "Kızılderili dilindeki *manna-hata*'dan geliyor. Tepelik ada demekmiş."

Yol boyu yüzüm pek gülmemişti. Ancak binalarla dolu sokakları görüp en yükseği dev bir ağaç boyunda on beş kadar kilise kulesi sayınca, geçmişin ağırlığını üstümden atmaya başladığını hissettim. *Manna-hata*'nın huzur verici bir karmaşası vardı. Ada olsun veya olmasın, burası bana sığınabileceğim bir yer gibi gelmişti.

Rıhtımda gürültülü bir kalabalığın ortasına düştük. Zencinin biri benim valizimle Lindo'nun kocaman sandığını bir el arabasına yükledi. Lindo adamın istediği bir şilini itiraz etmeden verdi. Hamalın peşine düşüp insan, at ve araba kaynayan sokaklara daldık.

Etrafta ahşap olanların yanı sıra tuğla yapılar da dikkati çekiyordu. Keskin hatlı, dikdörtgen biçimli, derli toplu ve bakımlıydılar. Az sonra gecekondu, baraka ve çadır gibi derme çatma barınaklarla dolu bir yerleşim alanının önünden geçtik. Çadırların direkleri her bir köşeden kırık kemik parçaları gibi dışarı çıkmıştı. Çamurlu patikalarda ve ara yollarda zenci kadın ve erkekler dolanıyordu. Bazılarının elinde doklardan aşırdıkları kırık direk parçaları, yırtık yelkenler ve kaburga kemiği gibi kıvrık, uzun tahtalar vardı.

"Çadır Kent," dedi Lindo. "Aklın varsa buradan uzak dur."

"Kim bu insanlar?" diye sordum.

Lindo, "Çadır Kent zencileri," diye açıkladı. "Her an hırsızlığa hazır serseriler."

"Özgür insanlar mı bunlar?"

"Asıl sorun nasıl yaşadıkları," dedi Lindo.

Çadır bezi ve su taşıyarak barakalara girip çıkan zencilere bir kez daha baktım. Kadının biri ateşin üstüne oturttuğu tencerede yemek pişiriyordu. Karışan eden olmadan kendi işlerine bakıyor gibiydiler.

Lindo, "Buralarda fazla oyalanmayalım," deyip hamala acele etmesini söyledi.

Çadır Kent'i geçip binalarla dolu bir başka mahalleye geldik. Her sokağın adını okuyordum: Broadway. Wall Street. William. Broad ve Pearl Caddeleri. Hamal nihayet tepeye asılı FRAUNCES HANI tabelasının altından geçip bize otelimizin kapısını açtı.

Resepsiyondaki uzun boylu, yapılı, çikolata renkli zenci gülümseyerek, Amerikalı ya da Afrikalılarınkinden farklı bir aksanla, "Hoş geldiniz," dedi. Mavi bir şintz gömlek giymişti. Köstekli bir cep saati vardı. "Ben, Sam Fraunces," dedi Lindo'nun elini sıkarak. "Bana Kara Sam ya da sadece Sam diyebilirsiniz. Buraya ilk kez geliyorsunuz sanırım. Ben konuklarımı hiç unutmam." Dönüp bu kez benim elimi sıktı. "Hele sizi daha önce görmediğime yüzde yüz eminim. Sizi ne kadar uzun zamandır bekliyorum bir bilseniz... İnanın bana."

Sırıttım.

Batı Hint Adalı olmalıydı. Büyük olasılıkla Jamaikalıydı. Charles Town'da Jamaika aksanı duymuştum ama orada hiçbir zenci ya da Jamaikalı lokanta açamazdı. Burası yalnızca bir lokanta değildi. İki katlı kırmızı tuğla bina, on odalı bir otel olarak hizmet veriyordu. Yemekleri öyle ünlenmişti ki Charles Town'dan gelirken gemidekiler hep buradan söz edip durmuşlardı.

"Adlarınızı bahşeder misiniz?"

Lindo kendini tanıttı.

Sam, "Bavullarınıza bakılırsa uzun yoldan geliyorsunuz," dedi.

Lindo, "Charles Town'dan," diye karşılık verdi.

Sam'in iri dudaklı ağzının kenarlarında hafif bir tebessüm belirdi. Sağlam ve kendinden emin bir duruşu vardı. "Acaba hanımefendi ayrı bir..."

"Evet," diye atıldı Lindo, "ayrı bir oda istiyoruz. Benim odam geniş ve ferah olsun. Masa ve sandalye de isterim. Odamda çalışmam gerekecek."

"Hallederiz efendim," dedi Sam.

Lindo kayıt defterine uzandı. *Solomon Lindo ve hizmetkârı* yazdı. Birden sabırsızlanmış gibiydi. Bir an önce banyo yapıp iş yerleri kapanmadan önce kentte bazı ziyaretler yapması gerektiğini söyledi.

Sam, "Ama form yarım kaldı efendim," diye atıldı. "Ayrıca ödeme yapmanız gerekiyor. Yabancı para kabul etmem. Yalnızca gümüş geçerlidir."

Lindo bana bir kese uzatarak, "Gerisini o halleder," dedi.

Sam, Lindo'yu ve eşyaları odaya çıkaracak bir hamal ayarlarken ben de kayıt defterine adımı yazdım: *Aminata Diallo*. New York kentinde adımı özgürce yazabiliyor olmam iyi bir işaretti. Kalemi hatasız kullanarak, Bayan Lindo'nın bana sabırla öğrettiği el yazısıyla bu eylemi gerçekleştiriyor olmam bile kendi kendimle yaptığım özel anlaşmayı mühürlemiş oluyordu. Böylece adımı alenen kayda geçmiş oluyordum. Ben de bir kişiydim. Sahibim olduğunu öne süren kişi kadar benim de yaşam hakkım ve özgürlüğüm vardı. Charles Town'a bir daha dönmeyecektim. New York'ta nisan ayının Charles Town'daki aralık ayı kadar soğuk olması hiç önemli değildi. At pislikleri, bağrışan hamallar, doklardaki yaygara ve itiş kakış da umurumda değildi. Bunların hiçbirinin önemi yoktu. New York'ta birçok zencinin özgürce dolaşabildiğini görmüştüm. Bir şekilde onların arasına karışacaktım. Artık kimsenin malı olamazdım.

Solomon Lindo hamalla yukarı çıktı.

Sam kalemi alıp hokkasına yerleştirdi. "Cesaretimi bağışlayın ama ilk kez bu kadar güzel ve akıcı yazı yazan bir hanımefendi gördüğümü söylemek zorundayım."

Gülümsedim. O fıldır fıldır dönen merak dolu siyah gözlerin ta içine baktım.

Sam Fraunces ellerini kenetleyip tekrar kayıt defterine göz attı. "Çok ilginç bir isim," dedi. "A-miii..."

"Meena," diye atıldım. "Bana Meena demeniz yeterli."

"Göründüğünden kolaymış," dedi. "Bay Lindo neyiniz..."

"Sahibim olur," dedim. Durumumu ona açıkça belirtmek istemiştim. Bu adamdaki özgüven nasılsa bana bir şekilde yardımcı olabileceği duygusu vermişti. "Ama bu durum fazla uzun sürmeyecek."

Adam evrakları toparlar gibi yaparken, "New York bir fırsatlar şehridir," diye mırıldandı.

"Yardım edebilir misiniz?" diye sordum sesimi alçaltarak.

Lindo'nun eşyasını odasına çıkaran oğlan benimkileri almak için geri döndü. Sam hafifçe öksürdü. "4 numaralı oda," dedi çantamı işaret ederek. Oğlan gittiğinde Sam, "Öğle yemeği yediniz mi?" diye sordu.

"Hayır. Dört gündür gemideyiz. Hiç iştahım yoktu."

"Şimdi açılmış mıdır?" diye sordu yeniden gülümseyerek.

"Açıldı."

"O halde size ellerimle yaptığım yemeklerden sunayım."

Hamal çocuk bana odamı gösterdi. Panjurları açtım ve pencereden dışarıdaki hareketli yaşamı seyre daldım. Genç bir zenci sokağın bir köşesinde keman çalıyordu. Bir ara gözüne iyi giyimli bir beyaz kestirdi. Ona keman çalmak üzere yanına koştu. Sonunda adamdan bahşiş koparmayı başardı. Yeni bir müşteri aramaya koyuldu. Bu kez yelekli bir beyaz görüp hemen ona doğru seğirtti.

Pencereden çekildim. Gidip yumuşacık yatağa uzandım. Çalan kilise çanlarını ve nal seslerini dinlerken dalıp gitmişim.

Daha önce uzun boylu bir zencinin, elinde üstünde dumanı tüten bir tepsi yiyecekle odama girdiği hiç olmamıştı. Adam tepsiyi yatağımın yanındaki masanın üstüne bıraktı.

"Bağışlayın," dedi. "Ama aç olduğunuzu söylemiştiniz."

Üstümdekilerle uyuyakalmıştım. Biraz utanarak yataktan kalktım. Buruşan giysilerimi düzelttim.

"Yalnız mı yemek istersiniz?"

"Vaktiniz varsa buyurun oturun. Ben yalnız yemeyi hiç sevmem."

Sam gülümsedi. "Ne kadar medeni bir davranış," dedi. "Memnuniyetle kalırım." Karşımdaki sandalyeye oturdu. "Biz yemeğinizi hazırlarken Bay Lindo otelden ayrıldı," dedi. "Kendisi ne işle meşgul?"

"Çivit işi," dedim.

"Bu akşam birlikte konsere gidecekmişsiniz. Saat yedide hazır olmanız gerektiğini hatırlatmamı istedi."

Masaya oturup yemeğe başladım. Pişirdiği hafif biberli fasulye çorbası beni memleketime götürmeye yetmişti. Yanında küçük bir tabakta hindistancevizi sütü ve balla tatlandırılmış mısır ekmeği vardı. Ayrıca taze yapılmış yengeç böreği getirmişti. Yengeç böreği yapmanın en iyi yolunun yengeç etine bir avuç ekmek kırıntısı, erimiş tereyağı ve krema katarak karıştırmak olduğunu söylüyordu. O kadar lezzetliydi ki insan yemeye kıyamıyordu.

"Yengeç etine öyle baskın baharatlar katmak gerekmez. Etin dil üstünde yavaşça erimesi gerekir."

Kurt gibi açtım. Yine de ağzım doluyken ona sorular yağdırmaktan geri durmadım. Sam Fraunces Jamaika'da doğup büyümüştü. Babası köle sahibi bir beyaz, annesi ise babası tarafından azat edilmiş bir köleydi. On beş yaşına geldiğinde cebine para koyup onu iş kurması için New York'a göndermişlerdi. Parasını dikkatli kullanmış, bütün tedarikçileri tanıyana ve işin inceliklerini öğrenene kadar iki yıl lokantalarda müdürlük yapmıştı. Sonra kredi kullanarak şimdiki binayı satın almış ve "Kraliçe Charlotte" adlı bir lokanta açmıştı.

"Ona Kara Kraliçe diyorlar," dedim.

"Kimi öyle diyor, kimi de buna şiddetle karşı çıkıyor," dedi Sam. "Ama burada kimse böyle şeylere aldırmaz. Kral ve Kraliçe dahil İngilizler New York'ta pek sevilen bir millet değildir."

Sam lokanta ve otelinin İngiliz Kraliyet Ailesi ile ilişkilendirilmesini istemediğinden adını değiştirip Fraunces Hanı yapmıştı.

"Ticari açıdan böylesi çok daha iyi oldu," dedi Sam. "Şimdi İngiliz Tory Partisi[10] üyeleri de Amerikalılar da burada rahatça yemek yiyebilirler... Oo, yengeç börekleri kaşla göz arasında eriyiverdi! Bunu bir iltifat olarak kabul ediyorum. Karşılık olarak ben de size bir iltifatta bulunayım. Siz çok hoş bir kadınsınız."

---

10 İngiltere'nin Muhafazakâr Partisi. (yay. n.)

Çatalımı kibarca tabağa bıraktım. "Yemekleriniz ve dostluğunuz için çok teşekkür ediyorum," dedim. "Kabalık etmek istemem ama..."

Sam elini kaldırdı. "Merak etmeyin, sizi zor durumda bırakacak değilim," dedi. "İnsanın canı her şeyi aynı anda istemez."

"Sizin konumunuzda birinin önüne çok fırsat çıkıyordur," dedim.

Sam bunu inkâr etmeyerek sırıttı. Hemen kalkıp gideceğini sanıyordum ama o ellerini üst üste koyup biraz ciddileşti. "Yüzünüzdeki hilal dövmelerinden yolculuğunuzun Charles Town'dan çok önce başladığını tahmin ediyorum," dedi. "Kapımdan her girene yardım edecek durumda değilim ama sizin için elimden geleni yapmaya çalışacağım."

"New York'tan kaçmak kolay mıdır?" diye sordum.

"Çoğu kişi Çadır Kent'e sığınır. Ama beyazlar arada bir oraya baskın yaparlar. İster kendi kaçak köleleri ister hür zenciler olsun, yakaladıklarını alıp götürürler."

Dost canlısı bir bilgi kaynağı bulmuş olmanın coşkusuyla aklımdaki bütün soruları sıraladım.

Sam New York'ta dikiş tutturabileceğim fikrindeydi. Bana belki bir iş ayarlayabileceğini söyledi.

"Peki Afrika'ya giden bir gemi bulabilir miyim?"

"O imkânsız işte," dedi Sam.

"Emin misiniz?"

"Bunu hayal etmek bile delilik."

"Neden?"

"Gemiler New York'tan dosdoğru Afrika'ya gitmez. Önce İngiltere'ye uğrayıp şeker, rom, tütün ve sizin Bay Lindo'nun uzmanı olduğu çivit yükünü boşaltır, sonra Afrika'ya yelken açarlar."

"Yani sonuçta buradan Afrika'ya gitmek mümkün."

"Nakliyeci, tacir ve köle tüccarları için evet. Londra üzerinden gidilebilir. Ama siz gidemezsiniz. Asla. Hangi Liverpoollu kaptan sizi Afrika'ya götürmek için vaktini harcar? Sizi muhtemelen yine köle tüccarlarına satacaktır. Sonunda soluğu Barbados'ta ya da Virginia'da alırsınız. Bir şekilde Afrika'ya ulaşsanız bile köle tüccarları sizi yaka paça tekrar gemiye bindirip yine bu topraklara getirir."

Başımı önüme eğdim.

"Umudunuzu kaybetmeyin," dedi. "Bu kent sizin için yaşanacak en iyi yerdir. New York'ta saklanacak yer çoktur. Çeşitli iş olanakları vardır. Ben geldim ve başardım."

"Ama siz hür bir insan olarak geldiniz."

"Siz en önemli olan yerde, yani zihninizde özgürlüğünüze kavuşmuşsunuz zaten. Burası On Üç Koloni[11] içinde en iyisidir. Dünyada yaşanacak en iyi yerdir. Londra'yı unutun. New York tam size göre bir yer."

Zihnimde binlerce soru kaynıyordu. Nerede saklanacaktım? Ne iş yapacaktım? Karnımı nasıl doyuracaktım? Sam Fraunces'ın hepsini cevaplayacak zamanı yoktu.

"Akşama bir han dolusu müşteri beni bekliyor," dedi giderken.

Solomon Lindo o akşam beni kentin en yüksek çan kulesine sahip olan Trinity Kilisesi'nde bir çellistin Bach konserine götürdü.

"Kulenin yüksekliği elli üç metreyi aşıyor," dedi Lindo.

Basamaklarda avuç açmış zenci kadın, erkek ve çocuklar gördük. Onlara verecek bir şeyim olmadığı için huzursuzluk duydum. O aralar bir talihsizliğe uğrayıp aralarına düşmemek için dua ettim. Lindo cebinden çıkardığı altı peniyi kadınlardan birinin avucuna bırakıp koluma girdi. Bu göstermelik davranışı tepemi attırdı. Eğer bu jestine karşılık ertesi gün bana mektuplarını yazdırabileceğini düşünüyorsa

11 Britanya İmparatorluğu'nun Kuzey Amerika'nın doğu kıyısındaki on üç kolonisi. (yay. n.)

yanılıyordu. Kiliseye girdiğimizde duvara asılmış elle yazılı bir not gözüme çarptı: *Zencilere eğitim verecek gönüllüler aranıyor.*

Birinci sıraya yerleştik. Konser başladı. Çellist, genç bir zenciydi. Uzansam yayının kıllarına dokunabilecek kadar yakın oturuyordum ona. Koyu kestane rengi sakalı özenle biçimlendirilmişti. Çalarken meşe palamudu rengindeki gözlerini yüzümden ayırmıyordu. Müziği ezbere biliyordu. Programda adı Adonis Thomas olarak geçen müzisyen önündeki notalara bakacağı yerde beni süzmekle meşguldü. Enstrümanına yaklaşıp uzaklaşırken, alete doğru eğilip müzikteki değişimi başıyla vurgularken benimle konuştuğu hissine kapıldım.

Birden fazla çalgının coşkulu sesine kulak vermekte oldum olası zorlanırdım. Charles Town'dayken birkaç kez flüt, obua, boru ve keman seslerinin aynı anda yükseldiği parçalar dinlemiştim ama bunlar bende hep savaşa tutuşmuş sesler hissi uyandırmıştı. Oysa burada çellistle neredeyse ahbaplık edebiliyor, onun müziğinin içine dalabiliyor, ısrarla tekrarlanan ezgiyi fark edebiliyor, kimi zaman köyümün ihtiyarları gibi pesleşen, kimi zaman şarkı söyleyen çocuklar gibi tizleşen seslerin ve notaların etkisiyle duygulanıyordum. Adonis Thomas'ın çellosu ruhuma fısıldayıp duruyordu sanki: *Umudunu kaybetme. Sen de güzellikler yaratabilirsin, ama önce hür olmalısın.*

Lindo ertesi sabah saat sekizde onunla otelin kahvaltı salonunda buluşmamı istemişti. Biraz erken inip Sam Fraunces'i görmek istedim.

"Konser nasıldı?" diye sordu.

"Müzik moralimi yerine getirdi," dedim.

"Umarım ona da moral olmuştur."

"Kime?"

"Kime olacak, çellist Adonis Thomas'a."

"Onun ne derdi var ki?"

"Bay Lindo sana onun kentin varlıklı adamlarından birinin kölesi olduğunu söylemedi mi?"

Şaşırmıştım. "O kadar güzel çaldı ki," dedim.

"Yüreğinin bütün özlemiyle çalmıştır," dedi Sam.

Lindo aşağı inip beni kahvaltı salonuna götürdü. Halka açık bir yerde ilk kez bir beyazla birlikte sofraya oturacaktım. Buna izin vermiş olmaları beni şaşırtmıştı. Siparişlerimizi almaya gelen garson zenciydi. Bana hafifçe tebessüm etti. Lindo iki kişilik yumurta ve çörek, kendisi için içecek olarak kahve istedi.

Ben sütlü ve şekerli çay içeceğimi söyledim.

Garson "Bu sabah kahve ve bira veriyoruz," dedi.

"O halde sütlü ve şekerli kahve," dedim.

Lindo, "Vatanseverler İngilizlere diş bilediklerinden çaya pek rağbet etmiyorlar," diye fısıldadı. "Şimdi de mideye iyi gelmediği konusunda bir söylenti çıkmış. Güya midede kasılmalara neden oluyormuş. Doğrusu Amerikalıları suçlayamam. İngilizlerin kaçak çayı önleyip çay tekelini sürdürmek amacıyla Çay Yasası'nı ortaya atmaları vatanseverleri çileden çıkardı. Eğer bizim çivit desteği kalkarsa Güney Carolina da kıyameti koparacak."

Aç değildim ama zorla da olsa yemeğe çalıştım. Şu aralar güçlü ve sağlıklı olmalıydım. İçimden bir ses kısa bir süre sonra öğün aralarımın uzayabileceğini fısıldıyordu.

Lindo, çivit üretiminin neden sübvanse edilmesi gerektiği konusunda New York valisi William Tryon'a verilecek bir mektup hazırladığını söyledi. Belki vali Londra'daki üst düzey kişileri ikna etmenin bir yolunu bulabilirdi.

"Mektubun taslağı hazır. Yan taraflardaki boşluklara düzeltmeler ekledim. Sen temize çekersen yarın kendisine iletebilirim."

Dediğini yapmak istemiyordum ama şu durumda reddetmek akıllıca olmayacaktı.

"Mektup nerede?" diye sordum.

"Odamda. Sana anahtarı bırakırım. Orada büyük bir çalışma masası var. Üstünde gerekli bütün yazı malzemelerini bulacaksın."

Başımı salladım. "İşleriniz ne kadar sürer?"

"Akşama kadar toplantım var. Validen randevu alabilmek için saatlerce ikna turları atmam gerekecek. Adam bütün gün Anglikanlarla yemek yiyip golf oynuyor."

Sıcak ve şekerli sütlü kahvemi yudumladım.

"Adonis Thomas'ın da bir köle olduğunu biliyor muydunuz?" diye sordum.

"Kimin?"

"Dün geceki çellist."

"Ne sandın? Yoksa bir zencinin eğitim almadan böyle çalabilmesi mümkün mü? Başka türlü nasıl eğitim alabilir? Çadır Kent'te yaşayarak mı?"

"Ben sandım ki..."

Lindo "Şimdi konuşacak zamanım yok," diyerek masadan kalktı. "Mektup akşama hazır olsun. Londra, çivit ürününün Charles Town doklarındaki fıçılarda çürümekte olduğunu bilmeli."

Kahvaltıdan sonra canım bir türlü Lindo'nun odasına gitmek istemedi. Yatağıma uzanıp dinlendim ama sonunda beni dışarıya çağıran seslerin cazibesine yenik düştüm. Kendimi kuş gibi hissediyordum. Sanki şimdiden özgürlüğüme kavuşmuş gibiydim. Çevremde her yöne akan kalabalık içinde kimsenin benden hesap sorduğu yoktu. Bir köşeyi döner dönmez yüzüme güneş vurdu. Birden içimi sonsuz bir iyimserlik kapladı. Ne tarafa istersem gidebilirdim. Wall Street yönünü seçtim. Oraya vardığımda kulağıma birtakım bağrışmalar geldi. Dönüp Broadway tarafına baktım. İki katlı, süslü bir ahşap evin önüne toplanmış bir beyaz adam kalabalığı gördüm. Aralarında kabadayısından işçisine ve iyi giyimlisine kadar her tipte insan vardı. Kollar havaya kalkmış, bir protesto eylemi yapılıyordu.

Biri, "Kapıyı kıralım," diye bağırdı. Etrafta her an patlamaya hazır bir kalabalık vardı.

Beyaz boyalı binanın kapısından kaldırıma doğru taş döşeli bir yol uzanıyordu. Charles Town'da bu büyüklükte bir eve ana, baba, çocuklar ve birkaç köle rahatça sığardı. İçeride köleler olup olmadığını çok merak etmiştim. Bu öfkeli insanlar bir nedenle içerideki zencilerin peşinde olabilirler miydi?

Biri "Kahrolsun İngilizler!" diye haykırdı.

Bir grup adam ileri atılıp kapıyı tekmeledi. Diğerleri örtülü panjurları taşlamaya başladılar. Kapı açıldı. Eşikte beyaz bir uşak göründü. Adamın üstüne atılıp onu dışarı sürüklediler. Yumruklayıp yere devirdiler. Kalabalık ağzı burnu kan içinde kalan adamın üstünden atlayıp binaya hücum etti. Bir an bana da saldırırlar korkusuyla dönüp kaçmayı düşündüm ama kimsenin benimle ilgilendiği yoktu. Zenci ya da beyaz, evden başka çıkan olmadı. Etrafta yalnızca eylemciler vardı. Bazıları hâlâ içeri dalmaya çabalıyor, bazıları da evden kaptıkları vazo, süslü maun kutu, koltuk ve halılarla dışarı çıkmaya uğraşıyorlardı. Panjurlar kırılıyor, ipek perdeler sökülüp pencerelerden aşağı atılıyordu. Adeta büyülenmiş gibi durmuş, o çılgınca öfkeyi seyrediyordum. Çapulcular birkaç dakika sonra bir fıçı romla dışarı çıkıp avuçlarıyla içmeye koyuldular. Elimde olmadan, içeride Bayan Lindo veya Dolly olsa böyle gözü dönmüş adamlar karşısında ne büyük bir dehşete kapılacaklarını düşündüm.

Uşak güç bela ayağa kalkmayı başardı. Kaçmak yerine kenara çekilip elleriyle şakaklarını ovmaya koyuldu. Wall Street'ten yukarı bir insan akını başlamıştı. Bağıra çağıra anlayamadığım bazı sloganlar atıyorlardı.

On yedi yaşından fazla göstermeyen bir beyaz delikanlı yanımda durdu ve kalabalığa doğru avazı çıktığı kadar bağırdı: "Lexington ve Concord'da kan döküldü!"

Riski göze alıp onca kıyametin ortasında çocuğa, "Bu ne demek oluyor?" diye sordum.

"İsyancılar Massachusetts'de kraliyet yanlısı Torylerle kapıştı. İsyancılar galip geldi!"

Öyle şiddetli bağırıyordu ki bir adım geri çekildim. Amacı haberi halka duyurmaktı. Dediklerinden pek bir şey anlamadığımı fark etmişti.

"Ben isyancılardanım," dedi. "Toryler... Hey, sen Torylerden misin yoksa?"

"O ne demek oluyor tam olarak?"

"Bir zenciye göre bayağı güzel konuşuyorsun. Umarım Tory değilsindir. Savaştayız artık. Sonunda özgür olacağız."

"Özgürlük mü? Zenci köleler özgür mü olacak?"

"Ne zenci kölesi? Ben bizden söz ediyorum. İsyancılardan. Vatanseverlerden. İngilizlerden ve vergilerinden kurtulacağız. Bir daha asla onların kölesi olmayacağız. Sen isyancılardan mısın, yoksa Toryleri mi tutuyorsun?"

"Fark eder mi?"

Çocuk, "Aklın varsa isyancıları tut," dedi ve arkadaşlarıyla koşarak uzaklaştı.

Sokaklar marş söyleyen, nara atan, tüfeklerle havaya ateş eden insanlarla doluydu. Fraunces Hanı'na döndüğümde içeride tam bir kıyamet yaşanıyordu. Han körkütük sarhoş olmuş adamlarla doluydu. İngilizlere sövüp duruyor, haykırarak bir gün özgür olacaklarına yeminler ediyorlardı. Bir yandan da yemek yeniyordu. Sam ve ekibi servis için koşturup duruyordu.

"Neler oluyor Sam?"

"Şu kalabalığı doyurup postalamama yardım edersen, yardımını karşılıksız bırakmam."

Aslında kendimi o taşkın öfkenin uzağında güvenli bir yere atmak istiyordum ama teklif geçiştirilmeyecek kadar cazipti. Mutfağa koştum. Küçük fıçılardan sürahilere bira boşaltıyor, rom, limonata ve portakal parçalarıyla punç yapıyor, et, peynir ve meyve tabakları hazırlıyor, bunları servis elemanlarına veriyordum. Müşteriler avaz avaz bağırdıklarından her an arbede çıktığı endişesine kapılıyordum. Gelgelelim sokakları birbirine katan bu insanlar Sam Fraunces'i ve hanını seviyorlardı. Orayı kendi mekânları bellemişlerdi. Sarhoş ve gürültücüydüler ama etrafa en küçük bir zarar vermiyorlardı.

Nihayet kalabalık azaldı. Vatanseverler kutlama için yeniden sokaklara döndüler. Sam kolumdan tuttu. "Meena, kaçmanın tam zamanıdır."

"Şimdi mi?"

"Savaş kapıda. Britanyalılar hayatlarının şokunu yaşayacaklar. Halkın ne denli bilendiğinin farkında değiller. Şimdi kaçarsan Lindo'nun seni kovalayacak zamanı olmaz."

"Neden?"

"İngilizlerin limanı kapatmayı planladıklarını duydum. Senin efendin bir an önce evine ya da işinin başına dönmek isteyecektir. Oralarda da ayaklanmalar başlayabilir. Bugün yola çıkmazsa bir daha fırsatı olmayabilir."

Lindo'yu ömür boyu bir daha görmek istemiyordum ama ondan kaçmak fikri beni korkutuyordu.

"Nerede kalabilirim?"

"En iyisi şimdilik kuzeye yönelmen. Broadway'den yukarı, ormanlık alana doğru git.

"Gecekondu mahallesi olmaz mı?"

"Henüz değil. Seni bulması için adam tutabilir."

Taş kesilmiştim. Ormanda tek başıma ne yapardım? Fraunces o arada bir torbaya elma, ekmek, bir parça pastırma ve küçük bir battaniye sokuşturuverdi.

"Al şunu. Fırla hemen. Odana dönme. Daha fazla oyalanma. Kuzeye git. Broadway'den yukarı. Dış mahallelere gelince ormana doğru yürümeye devam et." Dışarıda Pearl Caddesi'nde isyancılar yağmaladıkları bir başka fıçıdan avuçlarıyla rom içiyorlardı. Fraunces, "Birkaç gün sonra uğra," dedi. "Hava kararınca gel. Arka sokaktan dolaş, mutfak kapısına üç kez vur."

Bütün cesaretimi toplayıp kendimi kıyametin ortasına attım. Küfredip gülüşerek itişe kakışa Wall Street'teki bütün şık binaları yağmalamakta olan sarhoş kalabalığın içine daldım. Broadway'e çıktım. Bir gece önce konser dinlediğim Trinity Kilisesi'ni geçtim. Yoluma devam ederek St. Paul Şapeli denen daha küçük bir kiliseye geldim. Sessiz bir köşede soluklanıp kafamı toplamak istiyordum. Ön taraftaki basamakları çıkıp içeri göz attım. Bir grup zenci toplantı halindeydi. Hepsi dönüp bana baktılar. Kendimi dışarı attım. Sokakta ihtiyar bir zenci koluma yapışıp, "Yerinde olsam o tarafa gitmezdim," dedi.

"Hangi tarafa?"

"Gittiğin yöne. Kutsal Toprak[12] tarafına."

"Kutsal Toprak neresi?"

"Arazi kiliseye aittir ama kötü namlı kadınlarla doludur. Kentin yabancısı olduğun belli. Bil diye söyledim."

"Nerede güvende olabilirim?"

"Bugünlerde hiçbir yer güvenli değil. Kuzeye doğru gidersen ormana varırsın. Çok dikkatli ol."

Yolumu değiştirip adamın dediğini yaptım. Kalabalık azaldı. Âlemcilerin sesleri dindi. Bir süre sonra kentin son sokağından çıkıp

12 On sekizinci yüzyılda, New York kentinin Manhattan bölgesinde bulunan ve halk tarafından "Holy Ground" olarak adlandırılan genelev mahallesi. (yay. n.)

ormanlık alana adım attım. Hiç durmadan yürüdüm. Karanlık ve ayaklarımın altında çıtırdayan kuru yaprakların ıssız sesi yüreğime korku salıyordu ama yürümeye devam ettim. Düşündüm de Solomon Lindo kaçabileceğimi hiç aklına getirmiş miydi acaba?

Açıklık bir alandan geçerken yuvarlak bir taş yığınının yemen yanında, toprağın üstüne biçimlice dizilmiş çentikli sopalar gördüm. Biraz daha ilerlediğimde yine aynı şekilde yerleştirilmiş taşlara ve sopalara rastladım. Nihayet Lindo'nun hayal bile edemeyeceği kadar uzaklaştığımdan emin olunca yere çöktüm. Sam Fraunces'in verdiği torbayı yastık niyetine bir ağaç gövdesine dayadım. Bacaklarımı uzatıp yattım. 23 Nisan 1775 tarihinin akşamüstü saatleriydi. Özgürlüğümü geri almıştım.

Şu aralar Solomon Lindo'nun Vali Tryon'a yazdığı mektubun temize çekilmiş halini hazır bulmak ümidiyle Fraunces Hanı'na dönmek üzere olduğunu düşündüm. New York sokaklarında yaşanan o kıyamet içinde beni kimseye soramazdı. Bilgi almak için birilerini durduracak olsa, Wall Street'te evi yağmalanan o zenginlerden biri zannedilebilir ve hayatı tehlikeye girebilirdi. Sam Fraunces'ın tahmini doğru çıkar mıydı acaba? Lindo New York'tan kalkan ilk yelkenliye binip evine döner miydi? Fraunces yanılmışsa, Lindo kentte beni aramaya koyulacaktı ama asla buralara kadar gelmezdi. Köle tüccarlarının beni Bayo yakınındaki ormandan kaçırmalarının üstünden yaklaşık yirmi yıl geçmişti. Şimdi bambaşka bir kıtanın ormanlarındaydım ve yeniden özgürdüm.

O gece ince battaniyeme sarınarak huzursuz bir uyku uyudum. Düşlerimde orman yollarında tavşanlar cirit atıyor, koşarken aniden durup iri gözlerle beni süzüyorlardı. Gökyüzünde iki ince hilal vardı. Bir baykuş ötüşüyle bana sesleniyor, durmadan *Aminata Diallo* adını tekrarlayarak beni çağırıyordu. Sık sık uyanıyordum. Her dalışımda karabasan kaldığı yerden devam ediyordu.

Sabah gözkapaklarıma vuran ışıkla uyandım. Yine sesler duydum. Afrika'nın sesleriydi bunlar. Beni çağırıyor olabilirler miydi? Gözlerimi açtım. Yer nemlenmişti. Battaniye hâlâ üzerimdeydi. Yiyecek torbası karnıma dayanmış duruyordu. Bu sesler nereden geliyor olabilirdi? Toparlandım. Battaniyeyi torbaya tıkıştırdım. Soğuk ve rutubetli sabah havasında titriyordum. Ağaçlığın içinden kente doğru biraz yürüdüm.

Sesler tehlike habercisi değildi. Bunlar memleketime özgü yas sesleriydi. Bir açıklığa yaklaştığımda, bir ağaç gövdesini siper alıp baktım. Bir grup zenci gece yanından geçtiğim yuvarlak taş yığınlarının ve sopaların başında Afrika şarkıları söylüyordu. Bildiğim bir dil değildi ama benim topraklarıma ait olduğu kesindi. Anlamasam da sözler içime işlemiş, yüreğimde derin bir hasret uyandırmıştı. Grup halka olmuş, bildiğim bir dansa dalmıştı. Kolları havada, ayaklarını fazla oynatmadan kalça kıvırıyorlardı. Ana kucağına koşan bir çocuk gibi özlemle aralarına karıştım.

Çemberin ortasında, kucağındaki ölü çocuğa bakıp feryat eden bir Afrikalı kadın vardı. Çocuğun başı açıktı ama bedeni çivit mavisi bir keten beze sarılmıştı. Belinde bir sıra mavi, yeşil ve beyaz boncuk vardı. Kadın çocuğun ölüsünü çukura bıraktı. Adamın biri küreğiyle çukurun üstünü örttü. Diğer kadınlar mezarın hemen üstüne taşlardan yuvarlak bir tepecik yaptılar. Bazıları da çentikli sopaları toprağa saplayıp çocuğun boyunda dikdörtgen bir çerçeve oluşturdular.

Feryatla birlikte ilerleyip aralarına daldım. Ben de onlarla birlikte hıçkırarak ağlayıp dans ediyordum. Bazı adamların ve kadınların yüzü benimkini andırıyordu ama kimse Fulfulde ve Bamana dili bilmiyordu. Nereden geldiğimi bile sormadan beni dansa kabul ettiler. Anadilimde mırıldanarak hıçkırışım onlardan biri olduğumu anlamalarına yetmişti. O ölü çocuk benim küçüklüğümdü. Benim kayıp Mamadu'mdu. Büyük suyu geçerken birer birer o merhametsiz denize savrulanlardı.

Dans bittiğinde yetişkin erkeklerden biri öne düştü. Hepsi arkasında sıra olup yürümeye başladılar. Ben en sonda bir kadınla birlikte yürüyordum.

"Sizler nerede yaşıyorsunuz?" diye sordum. Kadın İngilizce bilmiyordu. Bu kez aynı soruyu onun önündeki kadına sordum.

"Bu kentte Afrikalılara her yerde rastlanır," dedi kadın. "Bazıları Çadır Kent'te kalırlar. Orayı biliyor musun?" Başımla evet işareti yaptım. "Bazıları da sahipleriyle yaşar."

"Bazısı özgür, bazısı köle mi yani?"

"Vatanımıza dönene kadar hiçbirimiz tam olarak özgür sayılmayız," dedi kadın.

"Sizler Afrika'nın neresindensiniz?" diye sordum.

Önde yürüyenleri işaret ederek "Karışık bir grubuz," dedi. "Ama ben Aşanti kabilesindenim."

Sözcüğü ilk kez duyduğum için tekrar ettim.

"Ya sen?" diye sordu kadın.

"Ben Fula ve Bamana meleziyim."

"Hepsinden bir parça," dedi kadın. "Tıpkı buradaki herkes gibi."

"Sen Çadır Kent'te mi yaşıyorsun?" diye sordum.

"Hayır. Ben bir İngiliz'in yanında çalışıyorum. Bir gün beni azat edeceğini söylüyor. Aslında burada kimse özgür değil. Evet, karnın doyuyor, çıplak değilsin, başını sokacak bir çatı buluyorsun ama özgür olabileceğin tek yer vatanındır. Az önce gömdüğümüz yavru memlekete doğru yola çıktı sonunda. O cam boncukları gördün mü?"

"Belindeki boncukları mı?"

"Onlar onun ruhunu suyun üstünden aşırıp ait olduğu topraklara götürecek."

Kadına tebessüm edip durdum. Kente fazla yaklaşmıştık. Bundan sonrası benim için tehlikeli olabilirdi.

"Saklanmak için iyi yer bulmuşsun," dedi kadın. "Tubablar bizim mezarlığa uğramazlar."

Parmaklarını kaldırarak veda edip yürüdü. Afrikalılar ormanda güneye doğru ilerlediler. Dönüp arkamdan bakan olmadı.

Ormanda iki gün, iki gece geçirdikten sona Fraunces Hanı'na dönüp arkadaki mutfak kapısını tıklattım. Açan olmayınca bir kez daha denedim. Nihayet Sam kapıda göründü.

"Nedir bu halin?" dedi şaşırarak.

Soğuktan titriyordum. Üstüm başım ıslak ve kir içindeydi.

"O burada mı?" diye sordum.

"Ayaklanmanın çıktığı gün gitti," dedi Sam. "Sen gittikten bir saat sonra damladı. Birkaç dakika kızıp köpürdü. Sonra güneye giden ilk gemiye bindi."

"Bana yiyecek içecek bir şeyler verebilir misin?"

"Sen üstünü değiştirirken hemen hazırlarım."

"Benim eşyalarımı götürmedi mi?"

"Valizini alıp sakladım. Ona da eşyanı alıp gittiğini söyledim."

"Sana çok şey borçluyum," dedim.

Sam elini omzuma koydu. "Kolay olmayacak tabii. Ama sakın kaygılanma. Bir yolunu bulacaksın."

Sam Fraunces'le bir anlaşma yaptım. Günde altı saat mesaiye karşılık bana haftada beş şilin verecekti. Tıka basa dolu depodaki portatif yatakta yatacaktım. Yemeğimi mutfak personeliyle yiyecektim. Bulaşık yıkıyor, yer siliyor, sebze soyuyor, oturakları döküyor, fatura ve makbuz dolduruyordum ama bunun geçici bir çözüm olduğunun farkındaydım. Fraunces Hanı, Lindo'dan saklanmam için güvenli bir yer değildi.

Trinity Kilisesi'ne uğradığımda zencilere eğitim verilen yerin, altı sokak yukarıdaki St. Paul Şapeli olduğunu öğrendim. Şapel kiliseye kıyasla ufacıktı ama sıradan insanların daha rahat edebileceği sevimli bir yerdi. Beyaz papaz okuma yazma bildiğimi duyunca ellerime yapıştı.

"Sen tam aradığımız kişisin," dedi.

Derhal tanıdığı bazı zencilere haber yolladı. Salı akşamı ilk sınıfıma hocalık edecektim. Karanlık çökerken altı zenci usulca ibadethaneden içeri süzüldüler. Mumlar ve lambalarla aydınlatılmış özel bir odada buluştuk. Önce adlarını söylediler. Sonra etrafımı sarıp omzumu, kolumu, sırtımı tutarak parmaklarımın ucunda şekillenen sözcükleri seyre koyuldular.

"O ne?" diye sordu yirmi yaşlarında uzun ince bir adam.

"Senin ismin," dedim. "Claybourne Mitchell."

"İyi ama ben okuyamıyorum. Onun benim ismim olduğunu nasıl bileceğim?"

"Ben sana öğreteceğim."

"Sana istediğin büyüklükte fıçı yapabilirim ama okumayı asla öğrenemem."

"Bal gibi öğrenirsin."

"Öğrenemem. Benim sahip denedi. Bu yüzden ondan kaçtım."

"Yapabilirsin," dedim inatla.

Eli omzumda, yazışımı seyrediyordu. "Bana yalnızca Claybourne adını vermişler," dedi. "Mitchell'ı ben ekledim. Bu isimde birini tanımıştım. O kadar hoşuma gitti ki karar verdim; buraya gelince yeni biri olacaktım. Hür bir adam. İki isimli. İkisi de bana ait olan iki isim."

Claybourne ile aynı yaşlarda ama ondan iki kat daha iri bir kadın diğerlerini iterek sokuldu.

"O adama çok vakit harcadın," dedi. "Hani benim ismim? Onu ne zaman yazacaksın?"

"Burada işte," dedim.

"Hani, nerede?"

Parmağımla listeden adını gösterdim. "Bertilda Mathias."

"Evet, bu benim ismim. Claybourne gibi değiştirme heveslisi değilim ben. Ne çenesi düşük adammış!"

"Sen kime çenesi düşük diyorsun?" diye çıkıştı Claybourne.

Bertilda ona, "Afrikalı kadın sırf sana mı ders vermeye geldi?" diye cevap verdi.

Ona ne iş yaptığını sordum. Söylediklerini kâğıda yazdım. "İngiliz kışlasında çamaşırcı."

"Bana kaç para verdiklerini de yazdın mı?"

"Söylemedin ki."

"İyi. Çünkü zam istiyorum. Günde bir şilin verdiklerinde yazarsın. Annemin gündeliği buydu. Ölene kadar bu paraya çalıştı."

"'Günde bir şilin istiyorum' yazayım m?"

"İyi olur. Bakayım bunun yazılmışı neye benziyor."

"Sen de mi efendinden kaçtın?" diye sordu Claybourne.

"Hayır," dedi kadın. "Beni köle zannetme. Hiç olmadım. Bundan sonra da olmayacağım. Annem beni doğurmadan önce hürriyetine kavuşmuş. Ben bebekken İngilizlerin çamaşırlarını yıkmaya başlamış."

Birkaç sözcük daha yazdım: *Ben hür doğdum.* Altı kişi birden görmek için biraz daha sokuldu.

Herkesin adını yazıp durumuyla ilgili birkaç açıklama notu düştükten sonra harflerin seslerini çalışmaya başladık. Sonra yeni sözcükler yazdım: *New York. Çadır Kent. Tory. Vatansever. Zenci. Köle. Özgür insanlar. Beyazlar.* İki saat sonra papaz bize ekmek, peynir ve elma getirdi.

"Ekmek güzelmiş," dedi Claybourne. "Taptaze. Son yediğim ekmek rom fıçısının tahtasından daha sertti. Fare yemeye çalışsa dişini kırar." Bertilda dahil herkes güldü. Claybourne papaza benim iyi bir öğretmen olduğumu söyledi.

"O halde onu hoş tutun," dedi papaz. "Size gönüllü olarak ders veriyor."

"Gördüğüm en iyi öğretmen," dedi Claybourne.

Bertilda, "Ömründe başka öğretmen mi gördün ki?" diye bozuverdi onu.

"Doğru, görmedim, ama şimdi adımı okuyabiliyorum."

"Yakında yazmayı da öğreneceksiniz," dedim.

Claybourne "'Buraya fare giremez' nasıl yazılır?" diye sordu.

Herkes şaşırarak ona baktı.

"Kocaman bir tabela yazıp Çadır Kent'e asacağım."

Şapelden çıkarlarken hâlâ gülüyorlardı. Sokakta dağılıp karanlığa karıştılar.

İki hafta ders gördükten sonra Claybourne bana gecekondu mahallesinde kendi barakamı yapmam için yardımcı olmayı önerdi. O çekiç ve levye getirecekti. Yanıma birkaç şilin ve lamba almamı söyledi. Akşamüstü Pearl Caddesi'nde, Fraunces Hanı'nın önünde buluştuk. Claybourne omzunda bir çuvalla gelmişti.

"Nereye gidiyoruz?" diye sordum.

"Talan edilmiş bir ev bulacağız."

Birkaç saat süreyle at pisliklerine basmamaya çalışarak o sokak senin, bu sokak benim gezindik. Bu arada bir grup genç zencinin sürekli peşimizden geldiğini fark ettim.

"Onlar bizden," dedi Claybourne.

Uzun süre kentin sokaklarında turladıktan sonra yağmaladıkları iki katlı evden çıkan bir grup beyaz gördük. Elleri kolları lambalar, gümüş eşya ve içki fıçılarıyla doluydu.

Claybourne, "Arılar kovanı terk edene kadar bekleyelim," dedi.

Çevrede oyalanıp yarım saat sonra geri döndük. Hava iyice kararmıştı. Evin kapısı kırıktı. Pencerelerin panjurları sökülüp atılmıştı. Sokağın ortasında ters dönmüş iki fıçı duruyordu. Dökülmüş şarabın son damlaları mehtapta ışıl ışıl parlıyordu.

"Şimdi sıra bizde," dedi Claybourne.

"Ya içeride birileri varsa?"

"O serseri grupları sürekli gelip giderler. İçerisi tam takır kalana kadar."

Talan edilmiş olsa bile hırsızlık niyetiyle bir başkasının evine girmek istemiyordum. Annemi düşündüm. Başıma gelenleri bilse bile bu yaptığımı asla hoş karşılamazdı. Claybourne tereddüdümü fark etmişti.

"Bu iş sırayla kızım. Önemli olan zamanlamayı doğru yapmak. Hadi yürü, ya şimdi, ya asla."

Peşi sıra kapıdan içeri girdim. Evin altını üstüne getirmişlerdi. Vazolar kırılmış, şaraplıklar boşaltılıp raflar paramparça edilmişti. Duvarda şık koltuklara oturmuş bir kadınla bir erkeğin yağlıboya tablosu asılıydı. Biri tuvali yukarıdan aşağı bıçakla yarmıştı.

"Burada kim yaşıyor?" diye sordum.

"Çoktan kaçıp gitmişlerdir," dedi Claybourne.

"Ama kimdi onlar?"

"Sanırım Toryler, yani kraliyet yanlıları," dedi Claybourne. "İsyancılar Lexington ve Concord muharebelerinden beri Torylerin evlerini yağmalıyorlar."

Ben lambayı tutarken Claybourne omzundaki çuvalı indirip içinden levyeyi çıkardı. Şık masanın bacaklarını söktü. Giysileri talan edilmiş bir dolapta iki yün battaniye buldu. Kalan yiyeceklerin yerlere saçıldığı mutfakta tezgâhtan üç çekmece söktü. Hızla odaları dolaştı. Yatak kolonlarını kırdı. Bir saman şilteyi kıvırıp rulo yaptı. Köşelerinde delikler, deliklerde de toplar bulunan yeşil renkli tuhaf bir masayı parçalara ayırdı.

"Bu nedir?" diye sordum.

"Daha önce de bir tane bulmuştum," dedi Claybourne. "Bildiğim kadarıyla beyazların meraklı olduğu bir oyunun masası."

"Bütün bu yükü nasıl taşıyacağız?" diye sordum.

"Yanında beş şilin var değil mi?"

"Evet."

"Güzel."

Her şeyi ön kapıya yığdığımızda Claybourne sağ elinin işaret ve orta parmaklarını ağzına sokup kulak tırmalayan bir ıslık çaldı. Dört zenci oğlan köşeden fırlayıp yanımıza koştular.

"Bunlar en çabuk şekilde Çadır Kent'e gidecek."

Çocuklar kıpırdamadılar.

Claybourne, "Adam başı bir şilin." dedi.

Açılan dört avuca birer şilin koydum. Oğlanlar alabildikleri kadarını sırtlanıp karanlığa daldılar. Bende bir deste masa bacağı vardı. Claybourne da masanın üst parçasını sırtına vurmuştu. Karanlık sokaklarda bin bir güçlükle ilerledik. Neyse ki yüklerini bırakıp geri gelen oğlanlar imdadımıza yetişti.

Ertesi gün Claybourne'un talimatına uyarak bir şilin de bir dok işçisine tosladım. Adam yırtık yelken bezlerinden metrelerce almama izin verdi. Claybourne, St. Paul Şapeli'nde okuma yazma öğrenen üç adamın yardımıyla bana gecekondu mahallesinin arka taraflarında bir kulübecik yaptı. Çaldığımız malzeme ev inşa etmeye yetmeyince birileri kırılmış masa parçaları ve ahşap duvar kaplamaları bulup getirdi. Birkaç gün sonra Fraunces Hanı'ndan derme çatma kulübeme taşınmaya hazırdım. Köşeleri delikli, yeşil çuha kaplı masanın kırık ayakları kesilip düzeltilmiş, üstüne saman şilte yerleştirilmişti. İçeri ancak bir koltuk, bir lamba ve üst üste üç çekmece sığdırabilmiştim. Eğer birkaç kitap edinebilirsem onları bu çekmecelere koyacaktım.

Kapı niyetine şimdilik bir parça yelken bezi asmıştık ama Claybourne içerisi ısınsın diye bana bir kapı yapmaya söz verdi.

"Yine de kar yağmaya başlamadan önce kendine bir adam bulsan iyi olur."

"Ben evliyim, bir erkeğim var zaten. O gelip beni bulsa daha iyi olur."

"Şu anda nerede?"

"Tam bilmiyorum. Güney Carolina'da bir yerlerde."

Claybourne başını salladı ve daha fazla kurcalamadı.

Solomon Lindo New York'a dönmedi. Bu yüzden sık sık Fraunces Hanı'na uğrayabiliyordum. Sam yemeklerimi orada yememe izin vermişti. Artık oturak temizlemiyor, yalnızca mektuplarını yazıp hesaplarını tutuyordum. Haftalığım yedi şilin olmuştu. Bu sayede üst baş alabiliyordum. Sam müşterilerin giderken odada bıraktıkları kitapları, giysileri ve eski ayakkabıları bana veriyordu. Bu arada ebe olduğum da duyulmuştu. Çadır Kent'te bedavaya iki bebek doğurttum. Bahar bitip yaz geldiğinde ders verdiğim öğrencilerin sayısı altıdan ona, sonra da on beşe yükselmişti. Papaz bazen birkaç dakika arkalarda durup bizi seyreder, sonra dersimizi rahat yapalım diye yavaşça çekilip giderdi. Kimseden para aldığım yoktu, ama haftada ya da on beş günde bir öğrencilerimden biri hediye niyetine elinde tahta, çivi ve yelken beziyle kulübeme uğramayı ihmal etmezdi.

Bertilda "Bu kulübeyi iyice sağlamlaştırmalıyız ki Afrikalı öğretmenimiz New York kışını rahat geçirsin." diyordu.

Yetmiş yaşında ak saçlı bir zenci kadın olan Bayan Betty'e üç derste alfabeyi öğretmiştim. Kadın bir ay sonra okumaya başlamıştı. Ona özgür olup olmadığını sordum. O tür saçmalıklarla işi olmadığını söyledi. Otuz yıldır aynı beyaz adamın kölesiydi. Anlattığına göre adam koyu bir Kral George taraftarıydı ve kısa bir zaman önce

Boston'dan New York'a taşınmıştı. Bayan Betty yaşlanıp evde bir işe yaramaz olduğundan, sahibi artık onun okuma öğrenmesinde bir sakınca görmüyor olmalıydı.

Claybourne ona, "Özgürlüğünü talep etmelisin artık," dedi.

"Özgür olayım da Çadır Kent'te bir domuz ahırında mı oturayım?" diye terslendi yaşlı kadın.

"Ama biz özgürüz." dedi Claybourne.

"Pirelerle beraber özgürsünüz," dedi kadın. "Ben tertemiz bir yatakta yatıyorum. Damım akmıyor. Ayrıca St. Paul Şapeli'nin aşevinden yemek yemeğe hiç meraklı değilim."

"İyi o zaman," dedi Claybourne. "Şu elmanı bana versene."

Bertilda adama şaka yollu bir şaplak indirdi. "Sen aşağılık herifin tekisin, biliyorsun değil mi!"

"İnadına elmamı size vermeyeceğim Bay Çok Bilmiş Claybourne," dedi Bayan Betty.

Yaz ortalarına doğru Bayan Betty her derse katılmaya başladı. Akşam derslerinin sayısını haftada ikiye çıkarmıştım. Kadın hep Claybourne'un yanına oturuyordu. Onunla didişmekten pek hoşlanıyor gibiydi. Bir ara Bayan Betty üst üste iki ders görünmedi. Bertilda bir gün giyinip kuşanıp geldi ve Bayan Betty'yi görmek için efendisinin evine gitmemizi teklif etti. Onu kırmadım.

Kapıyı çaldığımızda karşımıza ak saçlı bir adam çıktı. Elindeki tüfeği bize doğrultmuştu. "Eğer çapulcuysanız, sizi kalbinizden mıhlarım."

"Biz Bayan Betty'yi görmek istemiştik," dedim.

"Kimsiniz siz?"

"Ben onun öğretmeniyim."

"Öğretmeni mi? Bu ne saçmalık böyle?"

"St. Paul Şapeli'ndeki öğretmeni."

"Ona ne öğretiyorsun?"

"Okuma yazma."

"Ahmak kadın. Bundan hiç söz etmedi bana. İbadet için gittiğini söyledi. Ben de sesimi çıkarmadım. Her neyse, kendisi hasta. Durumu pek iç açıcı değil korkarım."

Onu görmek istediğimizi söyledik. Adının Bay Croft olduğunu söyleyen adam bizi evin arka tarafında bir odaya götürdü. Bayan Betty kırmızı, ince bir battaniyenin altında yatıyordu. Sesi ancak fısıltı şeklinde çıkıyordu.

"Daha önce hiç ziyaretçim olmamıştı," dedi güçlükle soluk alarak.

"Ne oldu sana?" diye sordum.

"Ne olacak, yaşlandım. Ölüyorum."

Nabzına baktım, zayıftı. Elimi alnına koydum. Ateşi yoktu. "Bizden istediğin bir şey var mı?"

"Ders yapalım," dedi yaşlı kadın.

New Amsterdam Gazette'ten birkaç satırı işaret ettim. Birlikte okuduk. İsyancılar belediye yakınlarında bir silah deposunu soymuş, ayrıca bir İngiliz gemisinin mallarını denize dökmüşlerdi.

"Felaket geliyor," dedi Bayan Betty.

"Öyle görünüyor," dedim.

Bay Croft eşikte belirdi. Gitmemizi ister gibi bir hali vardı. Çıkmadan, tekrar ziyarete gelebilmek için adamdan izin koparmayı ihmal etmedim.

"Sağ ol yavrum," dedi Bayan Betty. "Annen iyi evlat yetiştirmiş."

Gece boyunca Bayan Betty'nin yanında kalabilmeyi isterdim. Bu dünyaya veda edene kadar yanında durup elini tutabilseydim keşke. Oysa bütün yapabildiğim koluna dokunup en kısa zamanda tekrar geleceğimizi söylemek oldu.

İki gün sonra Bayan Betty'e giderken bu kez Claybourne'u da yanımıza aldık. Bay Croft gelip açana kadar kapıyı uzun süre yumruklamamız gerekti.

"Nereden haber aldınız?"

"Ne haberi?"

"Bugün öğleden sonra öldü. Trinity Kilisesi'ne gittim ama artık mezarlıklarına zenci kabul etmiyorlarmış. Onu ne yapacağımı bilemedim."

"Biz alıp götürürüz," dedi Claybourne.

Bay Croft memnun olmuştu: "Size karşılığını öderim. Şu anda arka odada."

Bertilda ile birlikte Bayan Betty'ye kilise elbiselerini giydirdik. Claybourne eşyasının bulunduğu sandığı kucaklarken onu durdurdum. Kapağı açıp deri bir kesede sakladığı boncuğu ve şişeleri buldum.

"Bunları da onunla gömeceğiz," dedim.

Bay Croft çarşaflarını ve battaniyelerini almamıza izin verdi. En iyisini ölüyü sarmak için ayırıp diğerlerini sandığa koyduk. Claybourne sandığı Çadır Kent'te götürüp beraberinde kürek, fener ve bir grup insanla geri döndü.

Bayan Betty'nin ölüsü kuş gibi hafifti. Onu omuzlarımıza aldık. Broadway'den kuzeye yönelip Chambers Caddesi'ni geçerek ormana yollandık. Uzun yürüyüşün sonunda zencilerin mezar yerine geldik. Erkekler çukur kazarken Bertilda ile birlikte keten çarşafı açtık. Bayan Betty'nin saçlarını düzelttik. Boncukları ve şişelerin karnının üstüne koyduk.

Hiçbirimiz onu yakından tanımıyorduk ama el ele tutuşup şarkıya başladık. Bir gün başkalarının da bizi böyle uğurlaması umuduyla ona veda ettik.

Bertilda, "*Efendimiz ve Kurtarıcımız İsa,*" diye sürdürdü ilahisini, "*Bu kadını o soğuk yeşil suların üstünden aşır ve yuvasına götür.*"

Ölüyü alçak mezara indirip üstüne toprak attık. Claybourne ve diğer erkekler ay ışığında etraftan taş toplayıp yuvarlak bir küme yaptılar.

"Bunu neden yapıyorsunuz?" diye sordum.

"Ben de tam bilmiyorum," dedi Claybourne. "Bütün zenci mezarları böyle. Fena da görünmüyor."

Bu defa güneye, Manhattan'a doğru indik. Karanlıkta küçük gruplara ayrılarak dağıldık. O gece New York'a geldiğimden beri ilk kez yatağımı soğumuş hissettim. Chekura'nın bir geceliğine Charles Town'a gelişinin üstünden bir yıl geçmişti. Acaba dönüp beni aramış mıydı? Soruşturmuş olsa Charles Town'daki bütün zenci manav ve işportacılardan benim Solomon Lindo ile New York'a gittiğimi öğrenebilirdi.

Kasımda havalar serinledi. Bayan Betty'nin sandığında bulduğum şapka ve yün eldivenleri gece gündüz takıyor, otelde bile başımda şapkayla dolaşıyordum.

Bir ara tabure üstünde *New Amsterdam Gazette*'i okurken Sam, "İçeride şapkaya gerek yok, çıkar istersen," dedi.

"Bütün ısıyı iyice emsin istiyorum. Dışarı çıkınca hemen soğumasın diye."

Bana buharı tüten bir fincan kahve uzattı. Gazete Torylerle isyancılar arasında savaşın patlak verdiğini yazıyordu. İsyancılar İngilizleri New York'tan kovarlarsa zenciler ne olacaktı peki? Sam sesini iyice alçaltarak isyancıların daha iyi insanlar olduğunu söyledi. Otelin lokantasına yemeğe gelen İngilizlere bile güvenmiyordu. Aşırı dostluk gösteriyorlar, yemeklerini çok övüyorlardı ama yarısının kölesi vardı. Ben şahsen hiçbir tarafa fazla güven olmayacağına karar vermiştim.

Pekmez ve süt katılmış kahvemden bir yudum alıp gazeteye göz attım. Ön sayfada Virginia valisi Lord Dunmore'un bildirisine yer verilmişti. Vali, İngilizlerin safında savaşacak bütün zencilere özgürlük verileceğini duyuruyordu.

Dunmore bildirisinde "Barış ve düzenin en kısa zamanda tesisi için eli silah tutan herkesin Majesteleri'nin bayrağı altında toplanmasını istiyorum," diyordu. "Koloniyi en kısa zamanda kraliyet tacına ve onuruna layık şekilde dize getirmeyi görev bilip derhal Majesteleri'nin birliklerine katılan, savaşma beceri ve arzusuyla dolu bütün sahipli hizmetkârlar, zenciler ve isyancılara ait köleler bundan böyle özgür sayılacaklardır."

İngilizler onların safında savaştığımız takdirde bize özgürlük vaat ediyorlardı. Zihnime bin türlü soru üşüştü. Bizi nasıl özgür kılacaklardı? Nerede ve nasıl yaşayacaktık? Bildiri silah atına alınacaklardan söz ediyordu. Bu da çağrının yalnızca erkeklere yönelik olduğu anlamına geliyordu. Bir zenci kadının silahlanmasına asla izin vermezlerdi. Ayrıca zenciler isyancıların kurşunlarına hedef olurlarsa özgürlük ne işe yarardı?

Sam mutfağa döndü.

"Bunu gördün mü?" diye sordum.

"Çadır Kent hop oturup hop kalkıyordur şimdi," dedi. "Ben fazla ciddiye almadım. İngilizler çok kayıp veriyorlar. Savaşacak adam gerek. Bu yüzden köleleri çağırıyorlar. İsyancılar bu işe çok kızmış. Hepsi burnundan soluyor. Vatanseverlerden zenci çalmanın adil olmadığını söylüyorlar."

"Peki ya bu özgürlük vaadi?" diye sordum. "Buna ne diyorsun?"

"İngilizler eninde sonunda buradan gidecekler. Giderken seni yanlarına alırlar mı sanıyorsun?"

O gece şapelde öğrencilerime *New Amsterdam Gazette*'in haberini gösterdiğimde hepsi ayağa fırladı. Bana bildiriyi defalarca okuttular.

"Yani kısaca ne anlama geliyor bu?" diye sordu Bertilda.

Biri, "İngilizler için savaşan özgürlüğünü kazanır," diye özetledi.

Claybourne, "İngilizlerin safında çarpışmaya kalkan beynine beş mermi yiyip geberir demek bence," diye atıldı.

"Biz ne diye onların savaşına karışalım ki?" diye sordu bir başkası.

"Sen özgürlüğüne kavuşmak istemiyor musun?" diye sordu Bertilda.

"Ya ölür de özgürlüğü tadamazsam?" diye sordu Claybourne. "Teşekkürler ama benim şimdiki özgürlüğüm bana yeter."

Bertilda, "Senin şimdiki özgürlüğün, pirinç üreticisi şişman adam izini bulup boynuna halkayı geçirinceye kadar sürer," dedi. "Kıçını kaldır da silaha sarıl."

"Sen niye savaşmıyorsun?"

"Bıraksalar ben de savaşırım elbet. Versinler bir tüfek, o plantasyon sahiplerini bir bir devireyim. Kabile büyücüsünden daha hızlı öldürmezsem, ne olayım."

"Bir kurşun da benim için sık," dedi Claybourne.

Bir hafta sonra, soğuk ve rüzgârlı bir gecede Trinity Kilisesi'nden St. Paul Şapeli'ne doğru yürürken ansızın güçlü bir el arkadan uzanıp ağzımı kapattı. Dönüp bakmaya çalıştım ama boynumu çeviremedim. Güçlü biri kolunu gırtlağıma dayayarak beni bir ara sokağa sürükledi. Sokakta hiç hareket yoktu. Yalnızca beni yere savuran adamın solumasını duyuyordum. Soluksuz bir halde sırtüstü uzanıp kaldığımda karşımda pantolonunun önünü açmış genç bir beyaz adam gördüm. Kendimi yana atmaya çalıştım ama birden üstüme kapandı.

Haykırmak istedim ama bir eliyle ağzımı kapatıp öbür eliyle tokadı patlattı. Üstüme abanıp beni soğuk, ıslak çamura yapıştırdı. Yüzüne tükürdüm, elini ısırdım ama onu bir türlü savurup atamıyordum. Yırtılan kumaşın sesini duydum. Adam üstümdekileri parçalayarak çıkarmaya çalışıyordu.

Birden ayak sesleri duydum. Biri bağırdı. Öfkeli bir erkek sesi geceyi yırttı. "Hey! Sen! Hayvan herif. Bırak o kadını. Bırak, yoksa vururum!"

Saldırgan hâlâ üstümde sertleşmiş organıyla bana sahip olmaya çalışıyordu.

Ancak ateşlenen tabancanın sesiyle kendine geldi.

"İkincisi beynine geliyor."

Üstümdeki ağırlık yana kaydı. Saldırgan önce dizlerinin üstünde doğruldu, sendeleyerek ayağa kalktı, pantolonunu çekip düğmelerini iliklemeden öylece kaçtı.

"Rezalete bak," dedi tabancalı adam.

Yüzüne bakmadım ama İngiliz aksanıyla konuşuyordu.

"Bir saniye daha geçseydi onu vuracaktım. Gelin, kalkmanıza yardım edeyim."

Beni kurtaran tabancalı adama teşekkür borçluydum ama bir an önce ondan uzaklaşmak istiyordum. Yırtılan giysilerimden tenim görünüyordu. İki sokak ötedeki şapele varabilirsem orada bana yardım edecek birileri bulunurdu. Başımı kaldırıp bakmadan "Teşekkür ederim," dedim. "Ben iyiyim. Beni bırakabilirsiniz..."

"İngilizceniz çok güzel." dedi adam. "Sizden söz edildiğini duydum. Siz şapeldeki zencilerin öğretmenisiniz. Adınız Meena'ydı."

Başımı kaldırıp baktım. Karşımda İngiliz üniformalı genç bir adam duruyordu. Elini uzattı. Tokalaştık.

Elini çekerken, "Yüzbaşı Malcolm Waters," dedi. Sarışındı. Saçları kısacık kesilip yana yatırılmıştı. Kaba bir yüzü, ışıltılı gözleri vardı. "İnanmayacaksınız ama geçen gün sizden söz ediyordum." dedi.

"Teşekkür ederim. Benim hemen gitmem gerek."

"Sizi bu halde yalnız bırakamam. Şapele mi gidiyordunuz?" Başımı salladım. "O halde oraya kadar size eşlik edeceğim. Arkadaşlarınız size yardım ederken ben de bir battaniye bulurum."

Yan yana yürümeye başladık.

"Şapelin papazı sizin öğretmenlik yaptığınızı anlattı. Yanılmıyorum değil mi? Hem de ebeymişsiniz."

Papazla hakkımda konuşmalarına bir anlam verememiştim ama yine de başımla onaylayarak yürümeye devam ettim. Üniformalı adam şapelde beni arkadaşlarıma teslim etti. Herkes bana sarılıp beni teselli etmeye çalıştı. Yüzümü gözümü silip temizlediler. Bundan böyle geceleri sokaklarda yalnız başıma dolaşmamam gerektiğini söylediler. O gece Claybourne yoktu. Bir saat sonra Yüzbaşı Waters elinde bir battaniyeyle çıkageldi. Hemen alıp sarındım. Yüzbaşı bana Çadır Kent'e kadar eşlik etmeyi teklif etti.

Bertilda, "Onu sen götüremezsin," dedi. "Senin gibi üniformalı bir beyaz kesinlikle olmaz. Mahalleye girmesine girersin ama bir daha çıkamayabilirsin."

"İkinize kısa bir süre eşlik etmeme izin verin," dedi yüzbaşı.

Sonunda Bertilda ve Yüzbaşı Waters'la birlikte epey uzaktaki Çadır Kent'e doğru yola çıktık.

"Sen kimsin?" diye sordu Bertilda.

"Ben İngiliz Donanması'nda yüzbaşıyım."

"Benim Meena'mdan ne istiyorsun?"

"Kendisine soracaklarım var."

"Neymiş soracağın?"

Adam sesini alçaltarak, "Özel bir mesele," dedi.

"Hıh! Ona saldıran adam da özel bir meselenin peşinde koşuyordu."

"O tür bir konu değil. Ben itibarlı bir adamım."

Tuhaf, melodik bir ses tonu vardı. Bertilda'nın söyledikleri onu kızdırmamış, aksine neşelendirmiş gibiydi. Beni ertesi gün için Fraunces Hanı'nda yemeğe davet etti. Bizi Çadır Kent'in girişinde bırakıp karanlığa karıştı.

Bertilda, "Aptal mı bu?" dedi arkasından. "Hangi beyaz gece yarısı Çadır Kent'e girmeye kalkar?"

"Biz de bir o kadar aptal olmalıyız ki gece vakti New York sokaklarında dolanıyoruz," dedim.

"Claybourne da hep bizi uyarıp durur ama kendisi ahmağın teki," dedi Bertilda. "Ne yapacağız peki? İki ayağımızı kullanamayacaksak şuradan şuraya nasıl gideceğiz? Yolda ya da yatağımda bana eşlik edecek bir adamım yok ki."

"Benim de yok," dedim.

"Claybourne'u gözüne kestirmiş olmayasın?"

"Hayır, benim kocam var."

"Şimdi nerede?"

"Bilmiyorum," dedim. "Ya sen? Yoksa sen mi Claybourne'a göz koydun?"

Karanlıkta Bertilda'nın yüzü aydınlanıverdi. "Gecelerdir o sersemin yolunu gözlüyorum. Canı belki biraz oynaş ister de gelip teklif eder diye."

"Belki senin istediğini bilmiyordur."

"Sen onunla ilgilenmiyorsun, öyle mi?"

"Kesinlikle hayır."

"İyi. Aman fikrini değiştirme sakın."

Ördek kızartması. Haşlanmış patates. Pekmezli kahve. Yüzbaşı Malcolm Waters bana mükemmel bir yemek ısmarladı. Yemek sırasında havadan sudan konuştuk. Bir yıldır New York'ta görevliydi. Üstleri tarafından beğenilen bir subaydı. Doğru, isyancılarla başa çıkmak gitgide güçleşiyordu. Evet, Lord Dunmore onların safında savaşacak her zenciye özgürlük tanıma konusunda ciddiydi.

"Kastettiği, erkek köleler olmalı."

Yüzbaşı, kahvesinden bir yudum aldı. "Evet, genel anlamda öyle," dedi. "Muharip güçler için zenci erkekleri kastetti ama hizmet etmenin başka yolları da yok değil. Eğitimli ve güvenilir birinin yapabileceği farklı işler var."

Gözümü kahve fincanıma dikip devam etmesini bekledim.

Yüzbaşı, "Seninle çok özel bir konu hakkında konuşmak istiyorum," dedi.

Lokantada bizden başka kimse kalmamıştı. Sam Fraunces bir ara yanımıza geldi. Bir süre yüzbaşıyla baş başa kalmamızı sağlamasını rica ettim.

Sam'in kaşları hayretle havaya kalktı. *Umarım ne yaptığını biliyorsundur,* demek ister gibiydi. Yüzbaşı Waters sabırsızlanarak dönüp ona bakınca, "Elbette," deyip bizi yalnız bıraktı.

Yüzbaşı, "Böyle nazik bir durumda bu kadarcık anlayış beklerdim doğrusu," dedi.

"Nazik durumdan kastınız nedir?" diye sordum.

Adam hayretle yüzüme baktı. "Afrikalı bir kadın olarak kimse sana..."

"... evet, daha önce de güzel ve düzgün konuştuğumu söyleyenler oldu."

Adam sırıttı. "Bundan eminim." Bir an durdu. "Başımı bir derde soktum," diye devam etti.

Kahvemden bir yudum daha aldım.

"Sen ebesin, öyle değil mi?"

Başımı salladım.

"Çok doğuma girdin mi?"

Yine başımı salladım.

"Kutsal Toprak diye bir yer duydun mu peki?"

"O serserinin bana saldırdığı yere yakın olduğunu biliyorum." dedim.

"Doğrudur. Bir serseri yatağı. Kutsal Toprak'ta geceleri pek çok kadının işe çıktığını duymuşsundur."

Yüzüne sükûnetle bakıp devam etmesini bekledim. Dirseklerini masaya dayayıp çenesini avuçları arasında alarak yüzünü yüzüme yaklaştırdı. "Biriyle samimiyetin dozunu kaçırdım."

"Bir hanım arkadaşınız var ve kendisi benden hizmet bekliyor, doğru mu?" diye sordum.

"Benim değer verdiğim biri ama nasıl desem... o... kara derili. Barbadoslu. Çok hoş bir kız, çok nazik ve güzel, ama şu anda maalesef başı dertte."

"Ne kadar dertte?"

"Görüp buna sen karar verirsin diye düşündüm."

"Ücretim bir sterlindir."

"Bu küçük bir servet sayılır."

"Ücretim bu."

"Çadır Kent sakinlerinin sana doğum için bir sterlin ödediklerini sanmam."

"Ücretim bu," diye tekrarladım. "Sizin için olunca iş değişir," dememek için kendimi zor tuttum.

"On şilin," dedi yüzbaşı.

"Ücretim bir sterlin." Şimdiden satın alacağım sıcacık giysilerin hayalini kurmaya başlamıştım. Kalın çoraplarım, yün kazağım ve paltom olacaktı.

"On beş şilin."

Dimdik gözünün içine baktım.

"Pekâlâ," dedi. "Bir sterlin. Gidebilir miyiz?"

"Ne zaman?"

"Hemen olabilir mi? Gerçekten zor durumdayız."

Rosetta Walcott yüzü koyu kahverengi çillerle kaplı, esmer tenli, ince kollu, uzun bacaklı gencecik biriydi. Karnı burnundaydı. Onu sahiplenmiş olan aileyle birlikte Barbados'tan gelmişti. New Jersey'e yerleşmelerinden kısa bir zaman sonra yayan olarak evden kaçmış ve kendini Kutsal Toprak'ta bulmuştu. On üç yaşında, sekiz aylık hamileydi ve Yüzbaşı Malcolm Waters'a âşık olduğunu söylüyordu.

Kız, "Bana bir fiske bile vurmadı," diye anlattı. "Yedirdi, giydirdi ama şimdi beni yanından göndermek istiyor. Karnım indiğinde dönebilirmişim ama beni kucağımda bebekle istemiyor."

"Sen ne yapmak istiyorsun?" diye sordum.

"Bebeği denize atmak ve Yüzbaşı Waters'a dönmek."

"Bebeğini emzirirken o duygun değişebilir."

"Yüzbaşı bana âşık."

"Nereden biliyorsun?"

"Bunca zaman bana baktı. Başka subaylarla gitmeyeyim diye bana bu küçük odayı tuttu. Beni sahiplendi ve her hafta beni görmeye geldi."

"Seni sevseydi bebeğinden kurtulmanı istemezdi," dedim.

"Bebeğimi istemiyor. Zaten benim bebeğe ihtiyacım yok. Biz birbirimize yetiyoruz."

Yüzbaşı Waters bana Çadır Kent'e kadar eşlik etmek istedi. Reddettim. Israr etti ama çocuğuna ebelik etmemi istiyorsa beni sıkboğaz etmemesini söyledim.

Etrafta kimse olmadığı halde adam, "Şşşt," diye uyardı. "Benim değil, onun çocuğu. Böyle bilinmesi daha iyi."

Ondan beş sterlin istemediğime hayıflanarak beni evime götürmesine razı oldum. Solomon Lindo'nun çirkin yüzünü görmem için uzun zaman geçmesi gerekmişti ama Yüzbaşı Malcolm Waters'ın pırıltısı bir yemekte sönüvermişti.

"Siz kaç yaşındasınız?" diye sordum.

"Bu sorunun sırası mı şimdi?"

"Yardım etmemi istiyorsanız bana yaşınızı söyleyin."

"Yirmi iki."

"O kız on üçünde," dedim.

"Pek de küçük sayılmaz."

"Ne için?"

"Yaptığının bilincinde olmak için."

"Onu sevdiğinizi ve ona bakacağınızı sanıyor." dedim.

"'Kutsal Toprak'ta bebeğin işi ne?"

"Bebeği istemeyen sizsiniz."

"Kızın kalabileceği bir yer bulabilir misin?" diye sordu.

"Neden onu kollamıyorsunuz? Neden yardım etmiyorsunuz?"

Yüzbaşı sıkıntılı bir şekilde, "Ben de ondan hoşlanmıştım," dedi. "Ama işin buraya varacağını düşünmedim."

"Madem iş buraya varmış, yardım edin o zaman."

"İşte bu yüzden sana ihtiyacım olduğunu söylüyorum ya."

"Ebelik için bir sterlin, anneyle bebeği Çadır Kent'e yerleştirmek içinde de üç sterlin isterim."

"İnsafsızlık bu."

"Asıl insafsızlık kızın kucağına bir bebek verip onu defetmeniz. O üç sterlinle onlara bir baraka yapılacak."

Birkaç hafta sonra İngiliz kışlasından bir haberci geldi. Zenci oğlan kimsenin dikkatini çekmeden gecekondu mahallesindeki evimi buldu ve hemen Kutsal Toprak'a gitmem gerektiğini bildirdi. Rosetta Walcott'u doğurttum. Claybourne ve ekibi ödediğim paraya ana ile kızın başlarını sokabilecekleri büyüklükte bir baraka yapmaya giriştiler. Gerekli malzemeyi çaldılar, satın aldılar, yüklenip mahalleye getirdiler. Çekice çiviye sarılıp barakayı inşa ettiler. Bitişiğimde yer kalmamış, oraya çoktan bir kulübe dikilmişti. Benden sonra benim sırama on beş gecekondu daha yapılmıştı. Rosetta ile bebeği derme çatma barınaklarla dolu sokağın en sonuna yerleştiler.

Bunu izleyen birkaç ay içinde Kutsal Toprak'ta on kadın daha doğurttum. İngiliz subaylarını zerre kadar sevmiyordum ama benim yardımım olmadan kadınlarının daha büyük azap çekeceklerini anlamıştım. Broadway ve Chambers'da, İngiliz kışlasının askerleri arasında adım "Bir Sterlinlik Meena"ya çıkmıştı. Kazandığım parayı yiyeceğe, giyime ve uzun, soğuk bir kışı çıkarmamı sağlayacak yakacağa yatırıyordum.

New york'a gelişimden bir yıl sonra, 1776 Nisanında bir akşam St. Paul Şapeli'ndeki kurstan sonra eve döndüğümde Rosetta Walcott'u kapımda ağlarken buldum.

"Hepsi gitmiş," dedi.

"Kimler?"

"Kim olacak, İngilizler. Farkında değil misin? Günlerdir filikalarla gemilere naklediliyorlardı. Son kalanlar da dün gitmişler. Ben bebeği alıp Yüzbaşı Waters'a göstermeye gitmiştim."

"Sen ona 'yüzbaşı' mı diyorsun?"

Rosetta bana kızmış gibi baktı. "Bebeği bir defacık görmüştü. Bir de baktım ki kışla boşalmış. Bütün İngilizler gitmişler. Erler, subaylar hepsi. O da gitmiş."

İngiliz askeri New York kentinden çekilmişti. *New Amsterdam Gazette* Vali William Tryon'un bile limandaki bir gemiye sığınmak zorunda kaldığını yazıyordu. İsyancılar Broadway'e dökülmüş, sürekli havaya ateş edip cin şişelerini kafalarına dikiyorlardı.

Fraunces Hanı'nın müşterileri gece yarılarına kadar içip coşarak şarkılar söylüyorlardı. Mutfakta çalıştığıma şükrediyordum ama bundan böyle İngilizlerden iş çıkmayacağına göre yiyecek, içecek ve kulübemin ihtiyaçları için gerekli parayı nereden bulacaktım?

"Ne yani?" dedi Sam. "İsyancıların gittiği genelevler yok mu sanıyorsun? Birileri birileriyle savaştığı sürece Rosetta'ya da iş çıkar, sana da."

Zenciler ya da başka mallar

İsyancıların Manhattan'ı işgali altı ay sürdü. Daha sonra İngilizler burayı geri alıp yedi yıl ellerinde tuttular. St. Paul Şapeli'ndeki İngilizce dersleri kesilmişti. Toryler isyancı mahkûmları oraya tıkıyor ve açlıktan ölüme terk ediyorlardı. Can çekişen beyazların haykırışları esir gemisindekilerin bağrışlarına o kadar benziyordu ki şapelin yakınından geçmemeye çalışıyordum.

Zencilere okuma öğretebileceğim ve onlarla bilgi alışverişinde bulunabileceğim yalnızca üç yer kalmıştı: Kalabalık buluşmalar için zenci mezarlığı, en fazla yirmi kişi olunduğu takdirde Fraunces Hanı'nın bir odası ve sayıca azsak benim kulübemin önü.

Özellikle 1779'daki Philipsburg Bildirgesi'nden sonra Çadır Kent'e her gün iki üç kaçak sığınmaya başlamıştı. Öğrencim olan her zenci İngiliz Başkomutan Sir Henry Clinton'un yayınladığı bildirgenin sözlerini ezbere biliyordu: *İsyancı Bayrağı'na sırtını dönecek her zenci İngilizlerin güvencesinde olacak, kendisine en uygun işlerde görevlendirilecektir.*

Eli ayağı tutan her zenci İngilizler adına çalışmaya başladı. Bu defa yalnızca asker aramıyorlardı. Aşçı, çamaşırcı, nalbant ve işçi gerekliydi. Fıçı imalatçısı, urgancı, marangoz ve lağımcıya da ihtiyaç vardı.

Bir de bana.

Malcolm Waters New York'a albay rütbesiyle döndü. Kutsal Toprak'ta kendisine hakkıyla verilmiş "Kutsal Albay" lakabından dolayı terfi ettirilmiş olabileceğini yüzüne söyledim. Artık İngilizlerin metreslerine Kutsal Toprak'ta ev tutmalarına gerek kalmamıştı. Üst rütbeli subaylar kent içinde pek çok eve el koyup oralara yerleşmişlerdi. Bu arada gitgide çoğalan genelevler her zevke uygun kadın bulunduruyordu. Yalnızca zenci ve beyazların çalıştığı genelevler olduğu gibi bazılarında her ırktan kadına rastlamak mümkündü.

İşim ebelikle sınırlı değildi. Sık sık çeşitli otlar yardımıyla düşük yaptırmam isteniyordu. Kanama sonlanana kadar kadınların başını bekliyordum. Penislerindeki uçukları ve akıntıları tedavi ettirmek isteyen erkek müşterilerim de vardı. Kan otu ve öd ağacı stokum elimin altında her zaman hazırdı. Her tedavi için bir sterlin alıyordum. Paraya müthiş ihtiyacım vardı. Fiyatlar ateş pahasıydı. Herkes, fırıncılar bile işi hilekârlığa dökmüştü. İş o kadar çığırından çıkmıştı ki İngilizler kiloluk somun başına yirmi iki penilik fiyat sınırı getirmek zorunda kalmıştı. Ayrıca fırıncılar somunların üstüne ad ve soyadlarının baş harflerini koymak zorundaydılar.

Ne zaman yeni bir haber duyulsa, gecekondu mahallesi halkı kulübemin önünde toplanır, elimde *New Amsterdam Gazette*'le dışarı çıkmamı beklerdi. Bir gün onlara Thomas Paine'i ve *Sağduyu* adlı eserini tanıttım. Hepsi dudak büküp burun kıvırdılar. Kimse On Üç Koloni'de yaşayan beyazların, İngilizlerin kölesi olmaktan yakınmalarını inandırıcı bulmamıştı.

Bu okuma sırasında Sam Fraunces de aramızdaydı. O, Thomas Paine'in haklı olduğunu ileri sürüyordu. "Ne derseniz deyin. Amerikalılar, Kral George'u ve İngilizleri yenmek üzereler." Sam'in düşüncesine göre isyancılar ülkelerini kendileri yönetmek istiyorlardı ve Paine'in, Amerikalıların kendi topraklarında köle durumuna düşmüş olduklarını söylemesi bu yüzdendi.

Çadır Kent halkı yemek ve ziyafet artıklarını kendilerine yollayan Sam Fraunces'e tapıyordu. İçlerinden birinin kentin en popüler otel ve lokantasının işletmecisi olması hepsinin koltuklarını kabartıyordu. Ne var ki o gün onu konuşturmadılar.

"O isteyip de sahip olamadıkları özgürlük neymiş acaba?" diye seslendi Claybourne.

Bertilda lafı Claybourne'un ağzından alıp devam etti: "Öyle ya, istedikleri zaman buraya dalabiliyor, gırtlağımıza sarılıp bizi güneye, çeltik tarlalarına postalayabiliyorlar. Hepiniz bunu sık sık yaptıklarına şahitsiniz."

İki yüz kişi bir ağızdan onayladı.

"Kimse beni güneye götüremez," dedi Claybourne. "Önce cesedimi çiğnemeleri gerekir. Biri kafama bir demir indirdi mi iş biter. Kalbim duruverir. Ben de ona, 'Tamam arkadaş buraya kadarmış. Artık sonsuza kadar dinlenebilirsin,' der, gözümü yumarım."

Herkes kahkahayı bastı.

"Dalga geçmiyorum," dedi Claybourne. "Bunca zamandır kralcılarla isyancılar birbirilerini öldürüp dururken ben de dilime, yüreğime nasıl emir vereceğini öğretiyorum. Ben 'Dur,' dedim mi kalbim durmalı. 'İşini kaybettin arkadaş. Vakit geldi, süre bitti. Artık işsizsin sen. Şimdi kes sesini, çök şuracığa ve öl!' Emin olun, kalbim emre köpek gibi uyacaktır. Bu yüzden hiçbir babayiğit beni güneye geri götüremez."

Kalabalığın arasında biri seslendi: "Hey Claybourne, senin şu kalbinin cinsi ne?"

"Ne olacak, İngiliz av köpeği!"

Sam Fraunces yüzünü buruşturdu. Onun gözünde Claybourne şaklabanın tekiydi. Böyle adamlar hep köle kalmaya mahkûmdu.

"Amerikalılardan yalnızca şaklabanlar ve Claybournelar korkar," dedi Fraunces. "İsyancılar kendi bağımsızlıklarını talep ediyorlar. İngilizlerden daha dürüstler. Bu topraklara hürriyet geliyor. Çok geçmeden zenciler de özgür olacaklar."

1782 yılında kapımın önünde toplananlara İngilizlerin yenilgiyi kabul edeceklerini duyurdum. O gece çok gelen olmuştu. Sohbet toplantısı sona erdikten sonra herkes konuşmadan uzun süre sessizce oturdu. Philipsburg Bildirgesi'nin sözcükleri kulaklarımızda çın çın ötüyordu: *İsyancı Bayrağı'na sırtını dönecek her zenci İngilizlerin güvencesinde olacaktır...* Ben bile umuda kapılıp beni Londra'ya götüreceklerini hayal etmiştim. Yalnızca oradan Afrika'ya dönebilme şansım vardı.

26 Mart 1783'te gecekondu mahallesinde yaşam adeta durdu. İngilizlerin çamaşırlarını yıkayanlar barakalarına döndüler. Fraunces Lokantası'nda çalışmakta olan ve işten çıkarılan üç bulaşıkçı ve iki aşçı yamağı kulübenin yakınında çadır kurdular. Nalbantlar çekiçlerini, fıçıcılar malzemelerini bırakıp geldiler. Ameleler doklara veda etti. Mahallede yaşayan her erkek, kadın ve çocuk dehşet içinde birbirlerine sokulmuş bekliyorlardı.

Henüz haberleri duymamış olanlar için *Royal Gazette*'i açtım. Majesteleri'nin Koloniler başkomutanının barış anlaşmasına ilişkin duyurusunu yüksek sesle okudum.

Anlaşmanın gecekondu mahallesini ilgilendiren kısmı, VII. Bölüm'dü:

> Deniz ve Kara ortamında süregelen bütün düşmanlıklar sona erecek, esirler karşılıklı olarak serbest bırakılacak, Majesteleri Büyük Britanya Kralı en kısa zamanda, hiçbir zarar vermeden ve Amerika halkına ait hiçbir zenci köle ya da başka bir mala el sürmeksizin bütün ordularını, garnizonlarını ve donanmasını söz konusu Birleşik Eyaletler'den geri çekecektir.

New York'un beyaz halkı haberi büyük bir coşkuyla karşılamıştı ama duyuru bütün kaçak köleler için felaket anlamına geliyordu. İngilizler "zenci köle ya da başka bir mal" almaksızın çekilmeyi kabul ederek bize ihanet etmiş oluyor ve bizi Amerikalı köle sahiplerinin eline teslim ediyorlardı.

İngilizlerin silah bırakmasıyla cesaretlenen plantasyon sahipleri gecekondu mahallesine baskınlar düzenlemeye başladılar. Bizler de siyah ve beyaz yabancılara karşı aramızda bir nöbet sistemi kurduk. Herkes sırayla gözcülük ediyordu. Bizim gözcüler kaçak köle aramaya gelenleri yakalayıp dövüyor, İngilizler gelip tutuklayana kadar ellerinde esir tutuyorlardı. Yine de Virginia ve Georgia'dan gelen köle sahipleri ve ajanlar sayıca her gün biraz daha çoğalarak New York'u didik didik ediyor, ele geçirdikleri kaçakları yakalayıp götürüyorlardı.

New York'ta kalmak tehlikeliydi ama ayrılmaya kalkmak daha beterdi. Burası On Üç Koloni'nin halen İngiliz yönetiminde bulunan son parçasıydı. İngilizler tamamen çekilmediği için hâlâ bir ölçüde koruma altındaydık.

İngiliz ihanetinin herkesin diline düşmesinden birkaç gün sonra, bir pazartesi sabahı Fraunces Lokantası'nda klasik okuma dersi yaparken Waters beni görmeye geldi. Yakışıklı bir genç adam olmuştu. Hele o rütbe işaretleri, apoletler, gümüş şeritler ve parlak düğmelerle süslü üniforması içinde pek çekici görünüyordu. Ancak o gün onu "Kutsal Albay" olarak karşılamadım. Keyfim yerinde değildi. İngilizler daha önce de korumaya söz verdikleri insanları yüzüstü bırakmışlardı. Anlaşılan yine aynı şeyi yapacaklardı. Kaç para teklif ederse etsin ya da ne kadar yalvarırsa yalvarsın bu defa Waters'a yardım etmemeye yeminliydim. İngiliz subaylarının keyif olsun diye hamile bıraktıkları kadınları doğurtmaktan bıkmıştım.

Çevremdekiler de benim bu öfkemi ve umutsuzluğumu paylaşıyor gibiydiler.

Claybourne, Waters'a, "Size hizmet ettik de ne oldu?" diye sordu. "Siz ne biçim adamlarsınız? Bizi isyancılara sattınız."

"Peşin hükümlüsün," dedi Waters. "Meena, benimle gelmeni istiyorum."

"Bugün kendime izin verdim, çalışmıyorum."

"Bu kez konu farklı."

"Artık size hizmet vermeyeceğim Albay Waters."

Waters yanıma yaklaşıp yalnızca benim duyabileceğim kadar alçak bir sesle, "Konu Kutsal Toprak değil," diye üsteledi. "Başka bir mesele var. Çok acil."

"Az sonra dönerim," dedim dostlarıma.

"Siz onun lafına güvenmeyin," dedi Waters.

İngiliz kışlasında bir subayın ofisindeydik. Bana sütlü şekerli çay, elma, taze ekmek ve bir parça Stilton peyniri ikram etmişlerdi. Çayı içmiş, ekmekle peyniri yemiş, elmayı çantama atmıştım.

Waters beni Albay Baker'la tanıştırdı. Üniforması rütbe işaretinden geçilmiyordu. Azametli bir duruşu vardı. İkimizi bir lokmada yutacak kadar kendinden emin görünüyordu.

Albay Baker elimi kuvvetle sıktı. "Hemen konuya geleceğim. Vaktiniz olmadığını biliyorum. Ben sizden daha sıkışık durumdayım."

Albay oturunca ben de aynını yaptım ve dinlemeye hazırlandım.

"Albay Waters sizin Gine doğumlu olduğunuzu söyledi, doğru mudur?"

"Ben Afrika'nın Bayo Köyü'ndenim."

"Okuma yazmanız ve kusursuz bir el yazınız varmış ayrıca."

Başımla onayladım.

"Muhasebe defteri tutmuşsunuz. Yani o sistemi biliyorsunuz. Sütunlar, sıralar, doğru yerleştirilmiş sayı ve isimler… Defter tutmada bu tip ayrıntılar önemlidir."

Hakkımda edindiği bilgilerin doğruluğunu başımla bir kez daha onayladım. Bunları, yıllardır defterlerini tuttuğum Sam Fraunces'ten öğrenmiş olmalıydı.

"En önemlisi, gecekondu mahallesindeki siyahların hemen hepsini tanırmışsınız. Siyahların çoğu da sizi tanırmış. İki Afrika dili bildiğinizi duydum. Her girdiğiniz yerde çevrenizdeki kadın ve erkeklerin saygısını kazanmışsınız. Buraya kadar hepsi doğru değil mi? Güzel. Şimdi sizden Majesteleri Kral'a hizmet etmenizi bekliyoruz. Bizim adımıza çalışmanız gerekiyor ve kaybedecek bir günümüz bile yok."

Bir an bunun New York'taki en yüksek rütbeli İngiliz subaylarının metreslerini doğurtmam için oluşturulmuş incelikli bir plan olup olmadığını düşündüm.

Albay Baker Geçici Bağımsızlık Anlaşması'nın Yedinci Bölümü'nden haberim olup olmadığını sordu.

"O kısmı gecekondu mahallesi halkına ezberlettim."

"Siyah azınlığın kendisini ihanete uğramış gibi hissettiğini biliyorum," dedi Albay Baker. "Ancak paniğe gerek yok. Yedinci Bölümde biz İngilizlerin Amerikalıların hiçbir zenci kölesine ya da başkaca bir malına el koymayacağımız beyan ediliyor. Burada asıl etkili olan 'mal' sözcüğü."

Albay Baker bir an durdu ve bana doğru eğildi. "Anlıyorsunuz değil mi? Siyah azınlık Amerikalıların malı değildir. Eğer İngilizlere en az bir yıl hizmet vermişseniz özgürlüğünüzü kazanmışsınız demektir. Sizler kimsenin malı sayılamazsınız."

Onun için bunları söylemek kolaydı, çünkü gecekondu mahallesinde kaçak köle avcısı kovalaması gerekmiyordu. Yine de durduk yere üstüne gitmek istemeyip, "Yani zencilere verdiğiniz sözleri tutacak mısınız?" diye sordum.

"Planladığımız gibi sizleri Nova Scotia'ya yerleştirdiğimizde, Bağımsızlık Anlaşması'nın hiçbir maddesine aykırı davranmış olmayacağız."

"Nova Scotia mı?" diye tekrarladım. Buranın ceza olarak atılacağımız bir koloni olmadığını umdum. "Londra değil yani."

"Nova Scotia bir İngiliz kolonisidir. Amerikan elinin değmediği lekesiz bir yerdir. New York limanından gemiyle iki hafta sürer. Gerçekten de güzel bir kolonidir. Daha kuzeyde, Atlantik kıyısındadır. Ağacı, akarsuyu, hayvanı boldur. Çiftliğe dönüştürülmeyi bekleyen zengin orman alanları vardır. Bayan Diallo, Nova Scotia sizin vaat edilmiş topraklarınız olacak."

Soracak çok sorum vardı ama albay ağzımı açmama fırsat vermeden devam etti. İngiliz kuvvetleri kasım ayı sona ermeden New York'tan çekilecekti. Sekiz ay gibi az bir zaman kalmıştı ve yapılacak çok iş vardı. Binlerce kraliyet yanlısı, savaş gemisi, askeri nakliye gemisi, kraliyet gemileri ve ticaret gemileriyle Nova Scotia'ya taşınacaktı. Göçmeye hazırlanan gayrimenkul sahiplerinin sayısı zencilerinkini kat kat aşıyordu.

"Biz bu Nova Scotia dediğiniz yerde özgür mü sayılacağız?"

"Kesinlikle. Herhangi bir kraliyet yanlısından farkınız olmayacak. Ama uyarayım; işiniz zor. Sizlere toprak verilecek ve ekip biçmeniz istenecek. Tohum, alet, araç gereç lazım olacak. Bunların hepsi temin edilecek. Uçsuz bucaksız Nova Scotia'da herkese yer var."

Gecekondu mahallesindeki hemen her zenci gibi ben de Amerikalılar New York'u devralmadan, özellikle de köle sahipleri devreye girmeden İngilizlerle birlikte gitmeye can atıyordum. Albay Baker'ın vaatlerinin aslı var mıydı acaba? Yine de henüz lafta da olsa, özgürlüğüm söz konusu olunca seçimimi hemen yapıvermiştim.

"Beni neden buraya getirdiniz?" diye sordum. "Neden bunları anlatıp..."

Albay yine lafı ağzıma tıkadı. "Haberi halkınıza duyuracaksınız. Sizden onları kayda geçirmemize yardımcı olmanızı istiyoruz. En kısa zamanda isimlerini, yaşlarını ve İngilizlere ne tür hizmetlerde bulunduklarını kaydedeceksiniz. Bu fırsattan yararlanacak kişilerin en az bir yıl hizmeti olması gerekiyor. Ayrıca kaç kişinin bu yolculuğa gönüllü olduğunu bilmemiz gerek. Yolcu alımına vakit geçirmeden başlamamız gerekiyor."

Albay çıkmaya hazırlandı. Tam o sırada havaya kalkmış işaret parmağımı gördü.

"Beni bağışlayın Albay Baker, ama henüz teklifinizi kabul etmiş değilim."

Albay Waters'ın bulunduğu taraftan hırıltılı soluma sesleri geldi. Dönüp bakmadım ama gülmemek için kendini zor tuttuğunu tahmin ettim.

"Ucuza çalışmadığınızı biliyorum Bayan Diallo. Hizmetinizin karşılığını alacaksınız."

"Ben de Nova Scotia'ya gitmek istiyorum," dedim.

Albay, "Size söz veriyorum," dedi.

"O halde kabul."

"Mükemmel. Ayrıntılar için Waters'la konuşun." Albay Baker elimi bir kez daha sıkıp ofisten çıktı.

Waters'a döndüm. "Diğerleri ne olacak?"

"Bizim için en az bir yıl hizmetleri varsa ve bunu belgeleyebilirlerse onlar da gelir."

"Nasıl belgeleyecekler? Ya Kutsal Toprak'taki kadınlar..."

Waters, "Bizim safımızda çalışmış olan zenciler istenen belgeleri sundukları takdirde kolonilere gidebilecekler," diye kestirip attı.

Waters lafı ağzıma tıktığı için bunun o kadınların da gidebileceği anlamına geldiğini umut edip, "Benim ücretim en olacak?" diye sordum.

"Haftada bir sterlin. İş sürekli olduğundan bizim kışlaya taşınman gerekecek. Haftalığına ek olarak yemek ve kalacak yer de sağlanacak."

"Zencilerle ilgili bütün bu bilgiler nerede muhafaza edilecek?"

"Özel bir kayıt defterinde."

"Adı ne olacak?"

Waters sevimsiz bir gülüşle yüzüme baktı. "Kutsal Toprak'tan Çıkış nasıl olur?"

Kollarımı göğsümde kenetledim. "Bütün bunlar seni eğlendiriyor değil mi?"

Waters cep saatine göz attı. Yüzü ciddileşti. "Adı 'Zenci Defteri' olacak. Yarın sabah yedide Albay Baker'la birlikte Fraunces Hanı'nda seni kahvaltıya bekliyoruz. Gözden geçirmemiz gereken konular var. Yarın seni uzun bir iş günü bekliyor. Sekiz ay sıkı bir çalışmaya hazır ol."

"Zenci Defteri," diye mırıldandım.

Ertesi sabah görüşmek üzere kalktım ama Waters bana beklememi işaret edip ofisten çıktı. Birkaç dakika sonra dönüp elime bir bez torba tutuşturdu. İçinde elma, iki somun ekmek, peynir ve kuru incir vardı.

"Erzak deposu fazlası," dedi. "İhtiyacı olanlara verirsin."

Gecekondu mahallesine dönüşümün üstünden iki saat geçmeden haberi duymayan kalmamıştı. Dostlarım vedalaşmak için kulübemin önünde toplandılar.

Claybourne, "Kulübeni boş tutacağız," dedi. "Belli olmaz, belki beyazlardan sıkılıp dönersin."

"Sana yağ çekiyor," dedi Bertilda. "Sen gidince kaşla göz arasında bütün tahtaları söküp götürecektir."

"Tek bir parçasına dokunmam," dedi Claybourne. "O kulübeyi ben yaptım. O zamanlar hiçbiriniz yoktunuz."

Bertilda onun elini tutarak, "Gevezenin teki ama ben bu adamı seviyorum," dedi.

Yiyeceklerin yarısını onlara verdim, kalanını da Rosetta'ya ayırdım.

Claybourne ekmeği aldı ve elinde tartar gibi yaparak, "Benim kadınım da kendi somununu fırına verdi," dedi.

Bertilda onun koluna bir şaplak indirdi. "Bak şimdi!" dedi gülerek. "Hani söylemeyecektin?"

Şaşırarak genç kadına gülümsedim. Henüz karnı belli değildi.

"Fırında bir somun," dedi Claybourne. "İyi bir şey çıkar mutlaka."

O gece toparlanırken kapım çalındı. Eşikte mahalleden iki gözcü duruyordu.

"Meena," dedi bir tanesi. "Adamın biri seni arıyor."

"Adam mı?"

"Seninle görüşmek istiyormuş."

Bir el boğazımı sıkar gibi oldu. Beni bulmuşlardı. Kendi kulübemde beni kıskıvrak yakalayıp bağladıklarını düşündüm. Dışarıda olsam kaçma şansım olabilirdi. Hemen kendimi dışarı attım.

"Meena, bu adamı tanıyor musun?" diye sordu gözcülerden biri.

Mehtapsız, karanlık bir geceydi. Birkaç adım attım. Gelen bir zenciydi. Benden üç dört santim uzun, ince biri. Gözcünün biri kibriti çalıp lambasını yaktı.

Adam, "Aminata Diallo," diye seslendi.

Koşup kocama sarıldım. Omzunun üstünden gözcülere gülümsedim. "Evet, bu adamı tanırım. Onu benim kadar iyi tanıyan yoktur." Chekura'nın ellerine yapıştım. Ellerim eksik boğumlu parmağı aradı. Sonra öbür elinde iki parmağın daha eksilmiş olduğunu fark ettim.

"Parça parça kayboluyorsun." dedim. "Yanımda kal ve parmaklarına sahip ol."

"Henüz seni tutacak kadar parmağım var, onlarla idare ederim," dedi Chekura.

"Dokuz yıldır seni bekliyorum," dedim.

"Ya on üç yıldır bekliyor olsaydın?" dedi sırıtarak. "Savaşın başında buraya geldiğini duymuştum."

"Doğru. Sen nerelerdeydin?"

"Her zamanki gibi Güney Carolina'nın kıyı ovalarında. Georgia'nın her tarafını dolaştım. Sonra Lady's Island'a döndüm. İngilizler Charles Town'u alınca beni nehir rehberi yaptılar. Bölgedeki akarsularda vurulmadan gidip gelmelerine yardımcı oluyordum. Bir faydası oldu mu bilmem. Çoğu mermilerden değil, humma ve çiçekten öldü.

"Umarım bu kez bir geceliğine gelmedin."

"Kocan artık özgür bir adam Aminata Diallo. Bu akşam özgür, yarın da öyle. Artık sonsuza dek burada, yanında kalabilir."

"O günler yakın ama henüz o noktada değiliz," dedim. "On Üç Koloni'den ayrılmadıkça özgürlüğümüzü kazanmış sayılmayacağız."

Dokuz yıldır görmediğiniz bir adamla sevişmek kolay iş değildir. Son görüştüğümüzde otuz yaşındaydım. Şimdi çirkinleşmiş olmaktan korkuyordum. Göğüslerim eskisi gibi dik değildi. Gevşek karnım onu soğutur muydu acaba? Oysa o benim için her zamanki kadar cazipti. Şakaklarına düşmüş aklar ve kabak kafası umurumda değildi. O benim hayat boyu erkeğimdi. Yanında olup yaşlanışını seyretmeyi arzuluyordum. Bir günden öbürüne nasıl değiştiğini gözlemek, ellerini avuçlarımın arasında korumak istiyordum.

O gece, sabah kocamın yanında uyanacağımdan emin olarak uykuya daldım. Ertesi gün gecekondu mahallesinden ayrıldıktan sonra Albay Baker'la son bir pazarlık daha yapmam gerekecekti. Kocam için yemek ve yatak, ayrıca benimle Nova Scotia'ya gelebilmesi için izin belgesi isteyecektim.

Kahvaltıda, Çadır Kent'e yeni bir mesaj iletmem istendi. İngilizler hesabına en az bir yıl çalışmış her zenci, her sabah sekizle on bir arasında Fraunces Hanı önünde sıraya girecekti. Her kadına ve erkeğe durumunu anlatması için ikişer dakika verilecekti. Eğer subaylar üstünde iyi bir izlenim edinmeyi başarır ve en az bir yıl hizmet verdiklerini kanıtlayabilirlerse, kendilerine binecekleri geminin adı, kalkış rıhtımı ve yolculuk tarihi verilecekti. Gemilerde daha kapsamlı bir kontrol yapılacaktı. Sahtekârlık yapanlar derhal Amerikalılara teslim edilecekti.

Ertesi sabah hanın önünde dört yüz kişilik bir kuyruk oluşmuştu. Albay Baker ilk otuz kişiyi içeri alıp diğerlerine başka gün gelmelerini söyledi.

Kalabalığa doğru, "Bu iş aylarca sürecek," diye seslendi. "Hepinizi bir günde değerlendiremeyiz."

Görevim zencilerle konuşmak, onların cevaplarını subaylara aktarmaktı. Adını hiç duymadığım yerlerden gelenler vardı. Bazısının dilini anlamıyordum. Yine de çoğunlukla yeterli bilgi edinebiliyor, kendilerine biletlerin üstünde ne yazdığını anlatmayı başarıyordum. Oda sıcaktan kaynıyordu. Günler uzundu. Chekura'nın kollarına koşmaya can atsam da işimi seviyordum. Nova Scotia'ya sığınmak isteyen zencilere özel bir hizmet sunduğuma inanıyordum. Onlar da bana karşılığını veriyor, bana yalnız olmadığımı hatırlatıyorlardı.

Başıma gelen beklenmedik sürüklenişler yüzünden hep benzersiz bir hayatım olduğunu sanmıştım. Şimdi kimseden bir farkım olmadığını görüyordum. Karşıma her gelen kişinin hikâyesi de en az benimki kadar akıllara durgunluk vericiydi. Her görüşme sonunda yolculukla ilgili bilgileri vermek için sabırsızlanıyordum: geminin adı, gemiye götürülmek üzere filikaya binecekleri rıhtım ve biniş saati. Yanlarına alabilecekleri şeyler bir fıçı yiyecek, bir fıçı temiz su ve bir sandık giyecekten ibaretti. Çadır Kent halkının sandıklar dolusu yiyeceği ve giyeceği olmadığını ona söylediğim halde Albay Baker bu ayrıntıyı vurgulamamda ısrar ediyordu. İlk görüşme başarılı geçtiyse göçmen adayına biletini gösteriyor, adını okuyor ve bu adın kayda geçmiş olmasına dikkat ediyordum.

Son iki günde altmış göçmen daha listeledik. Bu noktada Baker, Fraunces Hanı önünde bekleşen kalabalığa dağılmalarını ve iki hafta sonra yeniden gelmelerini söyledi. Mayıs ortalarına kadar yeni bilet dağıtımı yapılmayacaktı.

Bana Kutsal Toprak'ın evlerinden birinde güzel bir oda verdiler. Chekura'nın yanımda kalmasına izin çıkmış, ayrıca ona da Nova Scotia sözü verilmişti.

Waters, "Ayrıca oyalanması için ona kışlada temizlik işi verebiliriz," demişti. "Hiç nazlanmasın, çünkü bu aralar seni pek fazla göremeyecek."

Asıl işim, 21 Nisan 1783 günü sabahın köründe ilk doksan zencinin Murray Rıhtımı'nda toplanmasıyla başladı. Hepsi filikalarla, East River'da demirlemiş olup Saint John'a gidecek olan *Spring, Aurora* ve *Spencer* adlı gemilere taşındılar. *Peggy* adlı gemi ise Port Roseway'e kalkacaktı. Saint John ve Port Roseway'in, Nova Scotia denen bölgede yer aldığını biliyordum. Yerlerini bana haritada göstermişlerdi.

Spring'e ilk götürülenler Baker, Waters ve ben olduk. Gemiye çıkar çıkmaz görevliler bize bir masa buldular. Göçmen statüsü dışındaki kaçakları avlamak üzere Amerikan ordusundan iki subay da bize katılmıştı. Gemiciler ve subaylar güvertedeydiler ama yolcular aşağıdaki bekleme alanında tutuluyorlardı. Gemide yolculuk edecek olan onlarca kraliyet yanlısı beyaz bizim ilgi alanımıza girmiyordu. Biz orada zenci yoklaması için hazır bulunuyorduk. Görevim subayların göçmenlerle konuşmalarını dinlemek ve ayrıntıları deftere geçirmekti.

Albay bana, "Yazı yazmadaki ustalığınızı gösterin," demişti. "Derli toplu, kısa ve öz yazın."

Bu kayıtlar ileride, savaş sonunda İngiliz kolonilerine yerleştirilen bütün zencilerin listelendiği sicil defterini oluşturacaktı. Daha sonra Amerikalılar tazminat için bastırırlarsa, New York'tan ayrılanlar bu Zenci Defteri'nden bulunacaktı.

Güverteye on kişilik bir zenci grubu alındı. Onları ilk kez görüyordum.

Waters'a, "Bunlar kim?" diye sordum.

"Köleler ve sözleşmeli hizmetkârlar," diye cevap verdi.

"İyi ama ben sandım ki..."

"Çadır Kent'ten gidecek göçmenlere de sıra gelecek. Ama önce kraliyet yanlısı beyazların mallarını kayda geçmeliyiz."

Albay çaresizce kekeleyen bir zenciyi sorguya çekmeye başladı. O sırada kraliyet yanlısı beyazlardan biri öne çıkıp, "Kendisi benimledir," diye açıkladı. Kraliyet yanlısı Yarbay Isaac Allen zenciyi sözleşmeli hizmetkâr olarak aldığını ve Saint John'a götüreceğini beyan etti.

Albayın talimatlarını aklımdan çıkarmadan kayıt tutmaya başladım. İlk sütuna *George Black* yazdım. Yanına *35* diye ekledim. Sonra sahibinin ya da işvereninin adını koydum: *Yarbay Isaac Allen.* Son sütuna da sözleşmeli personel olarak istihdam edilmeden önce kim tarafından azat edildiğinin notunu düştüm: *Lawrence Hartshorne tarafından hürriyeti bağışlanmıştır. Belgesi ilişiktedir.*

Bu defa karşıma bir kız geldi. Bu yolculuğun onun için özgürlük anlamına gelmediği dertli yüzünden ve tepesinde dikilen beyaz adamdan belliydi.

Albayın ardından ismi tekrarlayarak *Hana Palmer* diye yazdım. *15 yaşında. Sağlam, güçlü genç kadın. Hak sahibi: Frog's Neck'ten Ben Palmer.*

Adam genç kızı alıp götürdüğünde Albay'a "Hak sahibi ne demek oluyor?" diye sordum.

"Adam kızın sahibi demek oluyor," dedi Albay.

Yeni yüzlerle devam ettik. Başka sözleşmeli hizmetkâr ya da köle yoktu. Bu yüzden soruşturma iyice derinleştirildi. Hürriyetlerine nasıl kavuşmuşlardı? İngilizlere hizmet ettiklerini kanıtlayabilirler miydi? İngiliz askeri yetkililerinden alınmış, Majesteleri için çalıştıklarını kanıtlamaya yardımcı olacak belgeleri var mıydı? Albay zencilerin aksanlı konuşmalarından sıkıldığında sorgulamayı ben yapıyor, her şeyi kayda geçiyordum.

Bu kez karşıma kucağında bebeğiyle genç bir kadın dikildi. Onu Kutsal Toprak'ta gördüğümü hatırladım.

Birinci sütuna *Harriet Simpson* yazdım. *Yaş 19*. Sonraki sütuna kısa bir fiziksel tanım yazmak gerekiyordu.

"Birkaç sözcük yeterli," dedi Albay. "*Güçlü kuvvetli genç kadın* yaz gitsin."

Tanımlamadan iğrenerek *güçlü kuvvetli genç kadın* yazdım. *Önceki sahipleri: Virginia'dan Winston Wakeman, Nancy Mum.* Kadının İngilizlere verdiği hizmetin kanıtı olarak sunduğu General Birch Sertifikası'nın baş harfleri olan *GBS*'yi de eklemeyi ihmal etmedim.

Baker piposunu doldururken Harriet çocuğunun babasının bir İngiliz yüzbaşı olduğunu fısıldayıverdi. *Sara, 2 yaşında, sağlıklı bebek. Harriet Simpson'un kızı olup İngiliz sınırları içinde doğmuştur.* Harriet'in ona özgürlük tanıyan General Birch Sertifikası'na sahip oluşuna sevinmiştim. Neyse ki kimse İngiltere'ye tam olarak ne gibi bir hizmette bulunduğunu kurcalamadı.

Sırada seksen dokuz yaşında bir adam vardı. 1694, Virginia doğumlu olduğunu söyledi. Ben de aynını kayda geçtim. İngilizlere ne hizmet verdiğini anlatırken, "İsyancıların bayrağını bırakıp geldim, bu yeterli hizmet sayılır," dedi. "Köle doğdum ama özgür öleceğim." Albay ayrıntılardan bıkmış, Amerikalı gözlemciler sıkılmışlardı. Ben de aklımca münasip bir kayıt düştüm:

John Cartwright, 89. Yaşlı, bir gözünde görme kaybı var. Eski sahibi: Virginia'dan George Haskins. Beyanına göre üç yıl önce İngiliz saflarına geçmiştir.

İhtiyarın hizmet belgesi yoktu ama kimse talepte bulunmadı ve gidecekler arasında katılmasına izin çıktı.

Spring'e binecek zenciler belli olmuştu.

Waters'a, "Yalnızca on kişi mi?" diye sordum.

"Olan yerin çoğunu kraliyet yanlılarına ve eşyalarına ayırmak zorundayız."

Aurora'ya on dört zenci alındı. Gördüğüm kadarıyla İngilizler bazı kaçakları özgürlüklerine kavuşturmakla birlikte, kraliyet yanlısı beyazların kölelerini yanlarında götürmelerine ses çıkarmıyorlardı.

O gece Chekura ile yatağa girdiğimizde gördüklerimi uzun uzun anlattım. Durum pek hoşuna gitmemişti.

"Nova Scotia'da hem köleler, hem hür zenciler yaşayacak öyle mi? Vaat Edilmiş Topraklar dedikleri bu mu yani?"

East River'da demirli gemilere dört gün daha gidip geldik. Elli gemiye dağılacak yaklaşık altı yüz erkek, kadın ve çocuğun yoklamasının yapılması gerekiyordu. Baker, Waters ve ben her işe yetişemeyeceğimizden üç kişilik bir denetçi ekibi daha oluşturuldu. Her gün şafaktan günbatımına kadar çalışıyordum. Koca gün göz açıp kapayıncaya kadar geçiyordu. Zenci Defteri'ne kayıt düşmek, insanların hürriyetlerine nasıl kavuştuklarını, yaşlarını ve doğum yerlerini öğrenmek hoşuma gidiyordu. Kimi Güney Carolina, Georgia ve Virginia'da doğmuş, kimi Madagaskar, Angola ve Bonny'den gelmişti. Hepsi için daha ayrıntılı notlar yazmak isterdim ama defter dolmuştu ve Albay Baker elimi çabuk tutmam için bastırıyordu. Özellikleri kısa tutmamı istiyor, *güçlü kuvvetli genç kadın, yüzü dövmeli, güçlü kuvvetli erkek, yüzü çiçek bozuğu, işe yarar erkek, tek gözlü, topal, gürbüz genç kadın, bodur erkek, işe yarar erkek çocuğu, sağlıklı çocuk* gibi kısa tanımları yeğliyordu. Tanımlar benim umurumda değildi. Asıl hoşuma giden, ben yazarken göçmenlerin el hareketlerimi izleyişi, yazdıklarımı bir kez daha yüksek sesle okumamı istemeleriydi. Elli yıl sonra birinin Zenci Defteri'nde bir aile büyüğünün adına rastlayıp, "O benim büyükannemdi," diyebileceğini düşünmek beni heyecanlandırıyordu.

Haziranda gecekondu mahallesi halkına yeni bir mesaj iletmekle görevlendirildim. Hudson Nehri'nin kuzeyinde on yedi gemilik bir filo daha sefere hazırlanıyordu.

13 Haziran'da yoklaması yapılan *Free Briton*'a otuz dört kişi kaydettik. Hepsi de sözleşmeli hizmetkârdı. Genç kadının biri hizmetinde olduğu adamla birlikte gidiyor olmaktan dehşete düşmüş gibiydi ama Albay Baker'in yazdırdığı sözcükleri deftere aktarmaktan başka yapabileceğim bir şey yoktu:

Sarah Johnson. Bodur kadın. Dörtte bir zenci melezi. Donald Ross'un sözleşmeli hizmetkârlarından. Daha önce Lancaster County'den Burgess Smith'in kölesi olup kocası Thomas Johnson'la birlikte onun yanından ayrılmıştır. Söz konusu Donald Ross aynı gemide yanında toplam beş hizmetkâr götürüyordu.

Free Briton'dan ayrıldığımızda albaya, "Sözleşmeli hizmetkâr ile köle aynı şey midir?" diye sordum.

"Hayır," dedi. "Sen kendi rızanla hizmete girersin. Belli bir süre için. Karşılığında sana para, yiyecek ve yatacak yer verilir."

Özgürlük uğruna onca yolu göze alıp da böyle bir pozisyonu kabul etmek aklıma hiç yatmamıştı.

Temmuz ayında New York limanından sekiz yüz göçmen taşıyan elli gemi daha kalktı. Saint John'a gidecek gemide kayıt tutarken sıradakiyle görüşmek üzere başımı kaldırdığımda karşımda Rosetta ile bebeğini buldum. Rosetta'nın İngiliz kışlasında aşçı olarak çalışmaya başladığını biliyordum. Sandalyemden fırlayıp onlara sarılmak istedim ama albay ya da diğer denetçilerden biri tanıdıklarımı kayırdığımı düşünüp gitmelerini engeller korkusuyla kendimi tuttum. Gözünün içine baktım. Belli belirsiz başını salladı. Anlaşılan o da bir kazaya kurban gitmek istemiyordu. Hafifçe öksürüp işime devam ettim. Elindeki sertifikaya baktım, adını ve yaşını sordum ve kayıt defterine geçirmeye koyuldum.

"Biraz hızlı çalışın Bayan Diallo," dedi Baker. "Madem özgürmüş, 'kendinden sorumludur' diye not edin, yeter."

Rosetta Walcott, 21 yaşında, güçlü kuvvetli kadın, kendinden sorumludur. Altı yıl önce İngiliz hizmetine girdiğini beyan etti. General Birch Sertifikası mevcut.

Adriana Walcott, 8, Rosetta'nın kızı. Sağlıklı kız çocuğu.

Artık ne zaman İngiliz hizmetinden ayrılma çocuklu bir genç kadın karşıma gelse, onun Kutsal Toprak'tan kurtulduğunu varsayıp için için seviniyordum.

İngiltere, Almanya ve Quebec'e gidecek gemileri de yoklamadan geçirdik. Önce İngiltere yolcusu zencileri kıskanır gibi oldum. Ne de olsa oradan Afrika'ya kalkan gemi bulabilirlerdi. Sonradan hepsinin İngilizlerin ya da Almanlardan kiralanan Hessenli subayların kölesi olduğu ortaya çıktı. Bir bölümü yıllardır köle olarak efendilerinin hizmetinde çalışıyordu. Diğerleri güneydeki plantasyonlardan kaçırılmış ve bu kez İngilizlerin kölesi olmuşlardı. Bu durumda kıskançlığım hemen acımaya dönüşüverdi.

David, 10 yaşında, işe yarar erkek çocuğu, sahibi: Tümgeneral Kospoth, ikametgâhı Almanya. Çocuk kendisini Philadelphia'da yanına alan tümgeneralin sorumluluğundadır. Çocuk daha önce kimin yanında kaldığını beyan edememiştir.

Hind adlı gemide kayıt alıyorduk. Albay bana böyle yazdırmıştı ama ben daha önce kaşla göz arasında David'le kısaca konuşmuştum. Çocuk Tümgeneral Kospoth ve Hessenli paralı askerlerin onu ve bir grup köleyi bir tütün çiftliğinden çaldığını fısıldayıvermişti. Baker bana ne yazacağımı söylerken her zamanki gibi, "Aman, kısa ve öz olsun Meena," demeyi ihmal etmedi.

Chekura bütün bu zaman zarfında sabırlı davrandı. Haftada beş şiline İngiliz kışlasını süpürüyor, çöpleri toplayıp kovaları nehrin terk edilmiş doklarından birinden suya boca ediyordu. Her gün birbirimize sarılabilmek için şafaktan iki saat önce uyanıyor, ellerimizi birbirimizin teninde dolaştırıyor, Amerika'daki yirmi yedi yılımıza ilişkin hikâyeler anlatıyorduk. Hikâyelerimiz hiç bitmezdi. Onunla ilgili her şeyi öğrenmek, başımdan her geçeni anlatmak istiyordum. Kocamın hayat hikâyemi baştan sona biliyor oluşu gönlümü okşuyordu.

15 Ağustos 1783'te gebe kaldığımı tahmin ediyorum. Kocamın içimde çok derinlere inmesinden, ikimizin birlikte titreyip çağlayışımızdan bir bebek daha yaptığımızı anlamıştım. Sabahın ilk saatleriydi. İngiliz askerlerinin kümesindeki horozlar henüz ötmeye başlamamıştı.

Bacağımı bedenine dolamış yatarken, "En kısa zamanda seninle buradan ayrılmak istiyorum," dedim. "Birlikte gerçek bir yaşantımız olsun istiyorum, kocacığım."

Chekura ellerini yanaklarıma değdirerek parmaklarıyla hilal dövmelerimin üstünden geçti. "Şu anda yaşadığımız da gerçek," dedi.

"İngilizler Nova Scotia'da özgür olacağımıza söz verdiler," dedim.

"O deftere kaydettiğin köleleri ve sözleşmeli hizmetkârları unutma. Onları isyancılardan çalıp kendilerine köle yapmışlar. Vaat edilmiş topraklara ulaşıp ulaşamayacağımız belli değil ama nerede olursak olalım hayat kolay olmayacak. Hoş, zorluklar bizi asla alıkoyamaz, öyle değil mi?"

"Neden alıkoyamaz?"

"Bundan," dedi dudaklarını dudaklarıma yapıştırarak.

Ağustos geldiğinde limandan o kadar çok gemi kalkmıştı ki Çadır Kent nüfusundaki azalma gözden kaçmıyordu. Kaçak köle avlayanların işini kolaylaştırıyor olmasa, bu düşüşe bayağı sevinecektim. Saklanacak fazla yer kalmamış, kalabalıklar seyrelmiş, birbirine kol kanat gerecek zencilerin sayısı azalmıştı. Beyazlar iyice cesaretlenmişler, kaçak köle ya da özgür vatandaş dinlemeden yakaladıkları zencileri kapıp götürüyorlardı. Chekura ile İngiliz kışlasında oturmuyor olsak bizi de aynı tehlike bekliyor olacaktı. Yine de huzursuzdum. Başkalarını hürriyete kavuşturmak için New York'ta ne kadar çok oyalanırsak kendi hürriyetimizi kaybetme riskimiz artıyordu.

Eylülde haftalığımı alırken Albay Baker'a artık Chekura ile birlikte Nova Soctia'nın yolunu tutmak istediğimizi söyledim.

Baker başını muhasebe defterinden kaldırdı. Chekura'yı işaret ederek, "O istediği zaman gidebilir," dedi. "Ama senin sonuna kadar kalman gerek. Burada sana ihtiyacımız var Meena. Anlaşmamız böyleydi. Seni işe aldık ama sonuna kadar kalmak zorundasın."

"O son dediğiniz ne zaman gelir?"

"Bu yıl bitmeden."

Ekimde New York'tan elli kadar gemi daha kalktı. Hiç bilgi vermeden ya da açıklama yapmadan beni yeni bir yoklama ekibine dahil ettiler. İlk gün bayağı yorucu geçti. *La Aigle* ile Nova Scotia'nın Annapolis Royal kentine gidecek zencilerin kaydıyla uğraştım. Çoğunun elinde Siyah Öncüler adlı askeri bir birlikte hizmet ettiklerini gösterir belge vardı.

Joe Mason, 25 yaşında, güçlü kuvvetli erkek, Siyah Öncüler. Daha önce Güney Carolina Edisto'da ikamet eden Samuel Ash'in hizmetinde bulunmuş. Kendisinden 1780 Nisan'ında ayrılmış.

Prince, 30 yaşında, erkek, tahta bacaklı, Siyah Öncüler. Daha önce Philadelphia'da ikamet eden Bay Spooner'ın hizmetinde bulunmuş. Kendisinden 1777'de ayrılmış.

İnsanlar gruplar halinde geliyorlardı. Aralarında aileler vardı. Bazıları birlikte asker, aşçı, çamaşırcı olarak hizmet vermiş kişilerdi. Yıllar önce Charles Town, Edisto Adası ya da Norfolk'ta aynı sahibin elinden kaçanlar vardı. Doksanında ihtiyarlar, yeni doğmuş bebekler gördüm. Sapasağlam gibi askerler de başvurmuştu, ölmek üzere olanlar da... Kimileri el ele tutuşmuş, kimi bir başkasını sırtlamıştı.

Sarrah, 42 yaşında, vasıfsız kadın, görme özürlü, Siyah Öncüler. Lord Dunmore'un eski kölesi. 1776'da yanından ayrılmış.

"Gözlerini nasıl kaybettin?" diye sordum fısıldayarak.

"Sabun yapmak için suya odun külü katıyordum. Bir asker bana kırmızı ceketini uzatmış, hırpalamadan, nazik bir şekilde yıkmamamı söyledi. Sonra patlama oldu. Adam oracıkta öldü. Benim şansım varmış."

"Canın çok yanmış olmalı."

"Ben daha beterini de yaşadım," dedi kadın. "Sen zenci misin?"

"Afrikalıyım."

"Bu konuştuklarımızı yazıyorsun öyle mi?"

"İşim bu."

"Tanrı seni korusun kardeşim, Tanrı seni korusun. Ben hep okumak isterdim. Şimdi ancak şarkı söylemeyi öğrenebilirim."

"Lord Dunmore senin efendin miydi?"

"Evet."

"Şu bildirgenin sahibi Lord Dunmore mu? İngilizler safında savaşırsak özgür olacağımızı ilk söyleyen kişi?"

"Ta kendisi. Ama Virginia valisine de köle lazım, değil mi?"

"Artık özgürsün Sarrah. Annapolis Royal'a gidiyorsun."

"Neresidir bilmiyorum ama adı kulağa hoş geliyor."

"Nova Scotia'nın yukarı kesiminde. Gemiyle iki hafta."

"Çok akıllı biri olduğun belli. Bahse girerim çok da güzelsindir."

Uzanıp kocam hariç kimseye söylemediğim sırrımı onunla paylaştım. "Çocuğum olacak."

"Çocuk dediğin şey bir mucizedir," dedi Sarrah. "Kocan yanında mı?"

"Evet."

"Tanrı seni esirgesin. Sen de bizimle mi geleceksin tatlım?"

"Hayır, ben henüz buradayım. Yakında gelirim umarım."

"Yolun açık olsun kardeşim. Gözlerine dikkat et."

Soğuk bir ekim günü seviştikten sonra ellerimizi birbirine kenetlemiş yatarken Chekura bana parmak boğumlarını nasıl kaybettiğini anlattı:

"İngilizlere sazlıklarda rehberlik yapıyordum. Gördükleri her çiftliği talan ediyor, isyancıları vuruyorlardı. Kesici aletleri, tavukları, domuzları ve gümüş eşyaları yağmalıyorlardı. Kölelerin bir kısmını ganimet olarak alıyorlar, bir kısmını da benim gibi yardımcı olarak kullanıyorlardı. Charles Town'dan çekilme zamanı gelince zencilerin yalnızca bir bölümünü aldılar. Daha fazlası için söz vermişlerdi ama her zamanki gibi yalan söylüyorlardı. Orayı terk etmediğim takdirde yanmıştım. İngilizlerle kaçacağımı bilen ve Beaufort County'de tepeme binmek için bekleyen birinin eline düşecektim. İngilizler borda iskelesini kaldırıyorlardı. Ben ve biri daha giysilerimizle kendimizi suya attık. Tekne birkaç kulaç ötemizdeydi. İp merdivene atıldık ama güvertedekiler merdiveni bırakmazsak ateş edeceklerini söylediler. Onlara inanmadım. Aylarca onlara hizmet etmiştim. İki gemici güvertede kamalarını çekmiş bekliyordu ama biz tırmanmaya devam ettik. "Defolun," diye haykırdılar. Tınmadık. Bize ateş etmediler ama yanımdaki adam en üst basamağa asıldığında askerlerden biri parmaklarını uçuruverdi. Adam çığlık atarak suya düştü. Başı tekrar sudan çıktığında hâlâ haykırıyordu. İki elimle parmaklığa yapışmıştım. Gemicilerden biri kamasını sol elime doğru savurdu. İki parmağımın baş tarafı uçtu gitti. Öbür elimle asılmaya devam ettim. Sahibime teslim edilmektense suda boğulmaya razıydım."

"Bir başka denizciyle göz göze geldik. Adamı daha önce görmüştüm. Onunla sazlıklarda alışveriş yapmıştık. Adam beni tanıyınca yüzü bir anda değişiverdi. Asılıp beni yukarı çekti. Kanayan elimi sarmam için bez verdi ve beni güvertenin arka tarafına iteledi. Denizde geçen zaman boyunca ateşler içinde yandım ama aklımda hep sen vardın. New York'a vardığımızda beni Brooklyn Heights'ta bıraktılar. Çadır Kent'ten haberim olana kadar orada kaldım ve yeniden senin peşine düştüm."

Amerika'daki ilk günlerimizden beri hep Chekura'nın özlemini çekmiştim. Artık onsuz bir gün daha geçirmek istemiyordum. İş günlerim uzundu ama sabahın erken saatleri yalnızca bizimdi. Biz de o saatleri aşka ve sohbete ayırmıştık.

Ağzını göbeğime yaklaştırarak, "İzin ver de karnındaki bebekle konuşayım," dedi.

"Baban hemen oradan çıkmanı söylüyor," diye güldüm.

"Hayır, ona iki çift lafım var. Bırak da konuşayım."

Annemin karnındayken, babamın da benimle böyle konuştuğunu anlatırlardı. Bunları hatırlayıp kocama gülümsedim.

Chekura göbeğime doğru eğilip, "Annenin dizinin dibinden sakın ayrılma minik kız," diye fısıldadı.

"Sence de kız olacak değil mi?"

"Kız tabii. Sen babanı boş ver kızım, annenden kopmamaya bak."

"Baban da iyi biri," diye atıldım. "Gerçekten iyi biri."

"Babanın ömrü yollarda geçiyor," dedi Chekura.

"Bizler göçebeyiz zaten," dedim. "Hepimiz."

Ertesi gün kışlaya gittiğimde Waters ve Baker'ın gemiyle İngiltere'ye doğru yola çıktıklarını öğrendim. Benimle vedalaşmadan, bana bir teşekkür bile etmeden çekip gitmişlerdi. Haftalığımı bundan böyle kimin ödeyeceğini bilmiyordum. Kentten ne zaman ayrılacağım konusunda beni bilgilendirmeden toz olmuşlardı.

Konuştuğum levazım subayının bir an önce benden kurtulmak istediği belliydi. "Artık hizmetinize ihtiyaç kalmadı. Kışladaki odayı da boşaltmanız gerekiyor. Çadır Kent'e dönseniz iyi olur."

"Ya kocamla birlikte bineceğim gemi?"

Adam masanın üstündeki evrakı karıştırıp yüzüme bakmadan elime bir şeyler tutuşturdu. "Bunlar sizin," deyip beni gönderdi.

Biletlerimizin üstünde "*Joseph*, Kalkış Tarihi 7 Kasım, Varış Limanı Annapolis Royal" yazıyordu.

Chekura ile birlikte Murray Rıhtımı'nı dolduran iki yüz kişilik kalabalığın arasındaydık. Dondurucu yağmur altında birbirimize sokulmuş beklerken Annapolis Royal'ın bize Manhattan'ın amansız soğuğundan ve karından daha insaflı kışlar sunacağını umuyorduk. Zenci Defteri'ni tutmaya başladığımda adıma çıkarılan sertifika kalın paltomun içindeydi. Sertifika dediğim, kare şeklindeki küçük bir kâğıt parçasından ibaretti.

Üstüne işlek bir el yazısıyla şu cümleler yazılmıştı:

New York, 21 Nisan 1783. İlgili makamın ya da yetkilinin dikkatine. İşbu sertifika, sahibi Mandingo zencisi Meena Dee'nin Amerika'daki son Başkomutan Sir Henry Clinton ve Virginia Valisi Lord Dunmore'un bildirgeleri uyarınca İngiliz tarafına geçmiş olduğunun belgesidir. Adı geçen zenci, Ekselansları Sir Guy Carleton'un izniyle Nova Scotia ya da uygun gördüğü bir başka bölgeye göçme hakkına sahiptir. Tuğgeneral Birch'ün emridir.

Bizi uğurlamaya gelen Sam Fraunces'in yolluk olarak verdiği gazete kâğıdına sarılı yengeç böreği, sert peynir, iki somun ekmek, altı elma ve dört şişe bira da yanımdaydı. Bütün dostlarım çoktan Saint John, Annapolis Royal ve Quebec'in yolunu tutmuşlardı. Rıhtımda toplanan kalabalık içinde kimseyi tanımıyordum. Sam Fraunces, Chekura ile tokalaştı, sonra bana sarıldı. Ona sonsuz teşekkür borçluydum. Kışladan ayrılmamız istenince Sam bizi oteline almıştı. Gecekondu mahallesinde kalmanın artık çok riskli olduğunu, geceleri orada zenci köle avına çıkmış beyazların cirit attığını söylüyordu. Kasım ayı bitmeden George Washington'un kente girmesi bekleniyordu.

Tam Chekura ile gemiye binecekken Sam kulağıma eğilip George Washington'un savaş sonrası için kendisine iş teklifinde bulunduğunu fısıldadı. Başkomutanın Virginia'da, Mount Vernon'daki rezidansında aşçıbaşı olarak çalışacaktı.

"Kralcılar buradan son demiri aldıklarında herkes Amerikalıların aslında iyi insanlar olduğunu görecek. Sen onlara hiç şans vermedin," dedi Sam.

"Ben şansımı İngilizlerden yana kullandım," dedim.

Sam elimi tuttu. "Bana mektup yaz, 'General Washington, Mount Vernon' adresine gönder," dedi.

Yağmur altında filikayla gemiye götürüldük. Yoklama için toplandık ve sıramızı beklemek üzere aşağıya gönderildik. İki gündür gemiye kurutulmuş et, kuru bezelye, şarap ve su yükleniyordu. Nihayet üç İngiliz denetçi Zenci Defteri'ne kayıt işlemini başlattı. Hiçbirini tanımıyordum. İki Amerikalı subay her hareketimizi izliyordu. Benden önce Chekura'yı çağırdılar.

Chekura, yaşı 41, ufak tefek erkek, Charles Town'da İngiliz hizmetinde olduğunu beyan etti. Beaufortlu Bay Smith'in yanından 1779'da ayrıldı. General Birch Sertifikası sahibi.

Ne kadar az konuşursam o kadar iyi olacağını düşünüyordum. İşi basitleştirmek için İngilizce adımı verdim.

Meena Dee, 38 yaşında, Gine doğumlu, 1777'den bu yana İngiliz safında hizmet verdi. Önceki sahibi Charles Town'dan Bay Lindo'dur.

Kalemin kâğıt üzerinde yaptığı birkaç ciddi hareketin sonunda özgürlüğümüze kavuştuk. Chekura, ben ve son kayda geçirilen yolcular hep birlikte güverte altına indik. Tam *Joseph* demir almak üzereyken gür bir ses duyuldu: "Meena Dee. Lütfen buraya."

İngiliz ve Amerikalı yetkililer kafa kafaya vermişti. Amerikalılar levazım subayına bir evrak gösteriyorlardı.

Nihayet levazım subayı "Meena Dee, hakkında şikâyet var," dedi. "Şu anda ayrılmana izin veremeyiz. Bu baylarla gitmek zorundasın."

"Ama..."

"İtiraz yok."

"Ama benim General Birch Sertifikam var. Yıllarca İngilizlere hizmet ettim. Nisan ayından başlayarak bir hafta öncesine kadar Albay Baker denetiminde bu Zenci Sicil Defteri için çalıştım.

"Şikâyet sahibine cevap verme fırsatın olacak."

"Kimmiş şikâyet sahibi?"

"Baylar bu kadını götürün lütfen."

Chekura elimi tuttu. "Ben onun kocasıyım. Ben de onunla kalıyorum."

Levazım subayı kaşlarını çattı, "Bak ahbap, eğer bu gemiden inersen ikinci bir şansın olmaz. Kadın şikâyet sahibinin iddiasını çürütürse bir başka gemiye binip gelir. Ama sen şimdi onunla çıkarsan, hep New York'ta kalırsın. Peşini bırakmayacağımdan emin ol. İtirazlarla kaybedecek vaktim yok. "

"Sen gemide kal Chekura," dedim. "Ben döneceğim."

"Seni bırakamam karım."

"Sen git. Tek yol bu. Nova Scotia'da birbirimizi buluruz. Benim için sağa sola haber bırak. Ben de öyle yapacağım."

Chekura bana sarıldı. Ellerini tuttum. Ondan koparılır gibi uzaklaştırılıp merdivenden filikaya indirildim ve gerisin geri Murray rıhtımına götürüldüm. Yol boyu gözümü *Joseph*'den ayırmadım. Beni şikâyet edenin Solomon Lindo olduğuna emindim. Yirmi yıl önce beni oğlumdan koparanlara yardımcı olmuş, şimdi de kocamdan ayırmıştı. Yüreğimi yakan nefret hoşuma gitmediğinden, Lindo'yu zihnimden silip Chekura'nın beni kollarına aldığını hayal etmeye çalıştım.

Geceyi hapiste geçirdim. Birikmiş paramı ve yedek giysilerimi koyduğum çantamı almışlardı. Zenci gardiyana rüşvet verecek birkaç şilinim bile yoktu. Yine de fısıldayarak ona derdimi anlattım ve gidip Sam Fraunces'e başıma gelenleri haber vermesi için yalvardım. Bana yardım ederse, onu bir şekilde ödüllendirmeye söz verdim.

Gardiyan gülümsedi. "Zaten yapacaktım. Ben sizi tanıyorum."

"Sahi mi?"

"Siz St. Paul Şapeli'nde kızımın öğretmeniydiniz. Şimdi gayet güzel okuyor. Hatta sizden öğrendiğiyle bana bile biraz okuma öğretti."

Sam Fraunces ertesi sabah beni görmeye geldi. Her zaman iyimser olan adam bu defa hiç gülümsemiyordu.

"İngilizlere güvenmekle hata etmişim," dedim. "Bizi koruyacaklarını söylediler, ben de inandım."

Sam elimi tuttu. Bazı çiftlik sahipleri kaçak kölelerini geri alma talebiyle çıkagelmişlerdi ve bu talepleri kabul görüyordu.

"Seni buradan çıkaracağıma söz veremem ama elimden geleni yapacağım," dedi Sam. "Ancak sana kötü bir haberim var."

"Nedir?"

"Solomon Lindo New York'ta."

Yüzümü ellerimle örttüm. "İşte şimdi hapı yuttum."

Sam, "Umudunu kaybetme," dedi. "Bir yolunu bulmaya çalışacağım."

Gardiyan Sam'i dışarı çıkardı. Göbeğimi ovup çocukluğumun şarkılarını mırıldanarak karnımdaki bebeği teselliye çalıştım. Korkuya yenilmek istemiyordum. Bebeğimin benden korkuyu öğrenmesine razı değildim. Kaygıları zihnimden kovalamak için bebeğimin ağzının şeklini ve ilk ağlayışlarını hayal etmeye çalıştım.

İki gün hapis yattıktan sonra ellerim bağlanmış ve ayaklarıma pranga vurulmuş halde Fraunces Hanı'na götürüldüm. Otelin salonu mahkemeye dönüştürülmüştü.

Gardiyan ve şikâyetçinin adını bile söylememekte direnen yargıçla birlikte beklemeye koyulduk.

Birden kapı açıldı ve içeri Robinson Appleby girdi. Hayretten donakalmıştım. Appleby'i yirmi bir yıl önce St. Helena Adası'ndan ayrıldığımdan beri görmemiştim. Saçları dökülmüş, göbek bağlamıştı ama özgüveni yıllar içinde daha da artmıştı. Yüzünde kocaman bir gülümsemeyle, "Meena, ne hoş bir sürpriz bu," dedi.

"Bu ne cesaret?"

"Efendinle konuşurken daha dikkatli olmalısın."

"Nereden benim efendim oluyorsun? Sende hiç mi vicdan yok?"

"New York'ta bayağı isim yapmışsın. Seni bulmak zor olmadı."

Appleby yargıca benim hâlâ onun mülkiyetinde bulunduğumu söyledi. Solomon Lindo'ya yalnızca kiralanmıştım. Lindo beni kaçırmış, sonra da ben de ondan kaçmıştım. Appleby sonuç olarak benim hiçbir zaman salıverilmediğimi, New York'ta yasalara aykırı olarak ikâmet ettiğimi ve hâlâ onun kölesi olduğumu öne sürüyordu.

Appleby ikiye katlanmış eski bir kâğıt parçası çıkardı. "Efendim, bu belge bu kadını 1757'de Charles Town'da Bay William King'den satın aldığımın kanıtıdır."

Yargıç bana, "Bu iddiaya ne cevap vereceksiniz?" diye sordu.

"O kısmı doğru," dedim. "Ancak kendisi beni 1762'de Solomon Lindo'ya sattı." Sonra da çaresizlik içinde yalana başvurdum. "Bay Lindo beni 1775'te azat etti."

Yargıç, "Belgeleriniz nerede?" diye sordu.

"Kaybettim."

"Kendisi belgelerini kaybettiğini iddia ediyor," dedi Appleby. "Oysa ben size somut belge sunuyorum."

Yargıç, "Kendinizi nasıl savunacaksınız?" diye sordu.

"Bu adam yalan söylüyor."

Tam o sırada Sam Fraunces içeri girdi.

Yargıç, "Bay Fraunces," dedi. "Sizin bu davaya bir katkınız olabilir mi?"

Sam, "Hepiniz beni güvenilir bir iş adamı olarak tanırsınız, öyle değil mi?" diye konuştu.

Yargıç "Evet, iyi bir şöhretiniz var," diye onayladı.

"O halde sizden kısa bir süre talep ediyorum. İki saate ihtiyacım var. Bu kadının doğru söylediğini kanıtlayabilirim."

Yargıç iç geçirdi. "Bugün bakılacak üç davam var," dedi. "Bari bu arada diğerlerini halledeyim. Bu süre içinde kanıtınızı sunmamış olursanız davayı karara bağlamam gerekecek."

Ben gardiyan gözetimi altında, bileklerimde prangalarla beklerken Appleby öğle yemeğine gitti. Salonun dip tarafında görülen diğer iki davaya kulak verdim. Biri kadın biri erkek iki zenci, aynen benim gibi limandaki gemiden yaka paça aşağı indirilmişti. İkisi de efendilerine teslim edildi. Kölelerini geri isteyen Amerikalılardan nefret ediyordum ama asıl öfkem İngilizlereydi. Kendi savaşlarında bizi çeşitli şekillerde sömürmüşlerdi. Aşçı olarak. Fahişe olarak. Ebe olarak. Asker olarak. Onlara yemek pişirmiş, bedenimizi sunmuş, kanımızı ve canımızı vermiştik. Köle sahipleri mülkiyet iddiaları ve ellerinde belgeleriyle çıkageldiklerinde İngilizler bize sırt çevirmiş, sıradan bir mal gibi alınıp götürülmemize göz yummuşlardı. Hissettiğimiz aşağılanmanın ve canlarımızın onlar için hiçbir anlamı yoktu.

Appleby yanında iki güçlü kuvvetli adamla gelmişti. Beni götürmeye kararlı olduğunu sezip titredim. Salona en son Sam Fraunces girdi.

Yargıç, "Bay Fraunces," dedi. "Bir gelişme oldu mu?"

"Evet."

"Lütfen kanıtınızı mahkemeye sunun."

"Sunacağım."

Sam kapıyı açtı. İçeri Solomon Lindo girdi.

Solomon Lindo ha! Bir an çıldıracağımı sandım. Sam aklını mı kaçırmıştı? Yoksa o da mı bana ihanet ediyordu? Kaderime son noktayı o mu koyacaktı? Lindo belki de ona para teklif etmişti. Son zamanlarda kötü giden işler yüzünden Sam paraya sıkışmış olabilirdi. Yine de bu olanları hiç aklım almıyordu. Appleby öfkeyle bakarken Lindo süklüm püklüm, başı önünde yaklaştı. Yüzüme bakmıyordu.

Yargıç, "Lütfen kendinizi tanıtın," dedi.

"Solomon Lindo."

"İkamet yeriniz?"

"Charles Town."

"İşiniz?"

"Tüccarım."

"Mülkünüz var mı?"

"Evet, var," dedi Lindo. "Charles Town'da bir evim ve Edisto Adası'nda bir çivit plantasyonum var."

Savaş sırasında çivit denetçiliği işini kaybettiği anlaşılıyordu. Çaresizlikten plantasyonla uğraşmaya başlamış olmalıydı. Eğer beni yine çivit üretiminin başına dikmeye kalkar ve muhasebe defteri tutmaya zorlarsa yaşayamazdım.

"New York'a bu kadını geri almak için mi geldiniz?"

"New York valisiyle çivit üretimi konusunu görüşmeye geldim. Ama onun da burada olduğundan haberim vardı."

Yargıç, "Bu davaya nasıl bir katkı sunacaksınız?" diye sordu.

Lindo Appleby'den tarafa bakıp, "Bu adam 1762'de Meena Dee'yi bana sattı," dedi. "Belgesi burada."

"Yani bu kadının sizin mülkiyetinizde olduğunu mu iddia ediyorsunuz? Onu geri mi alacaksınız?"

"Onun sahibi Bay Appleby değil, benim."

"Bay Appleby kendi belgesini gösterdi. Siz daha yeni bir kayıt sunabilir misiniz?"

"Evet. Göstereyim mi?"

"Bay Lindo, hayli uzun bir gün yaşadık. Yüksek sesle okuyun yeter."

"Aslında düşündüm ki..."

"Okuyun Bay Lindo."

Lindo hafifçe öksürdü ve cebinden ikiye katlı bir kâğıt çıkardı. Dikkatle açtı, çenesini kaşıdı, soluk aldı ve okumaya başladı.

"'Saint Helena Adası'ndan Robinson Appleby ile Charles Town'dan Solomon Lindo arasındaki satış sözleşmesidir. Satılan mal, Meena adında Gineli genç kadındır.' Bu yeterli mi?"

"Devam edin," dedi yargıç.

"'... Solomon Lindo adı geçen Meena adlı genç kadını 60 sterline satın almayı, ayrıca..."

Lindo durakladı. Kâğıdı tutan elinin titrediğini fark ettim.

"Bütün günü bu davayla geçiremem Bay Lindo. Lütfen devam edin."

Lindo okumaya devam etti. "...Meena'nın oğlu Mamadu'nun satışını organize etmeyi kabul eder. Satış Georgia'daki Savannah'da, Robinson Appleby'nin talebine uygun olarak gerçekleştirilecektir. Çocuğun satışından elde edilecek gelirin dörtte üçü Bay Appleby'ye, dörtte biri Bay Lindo'ya verilecektir."

Gelirin dörtte üçü birine, dörtte biri öbürüne!.. Nefreti kalbimden uzak tutmaya çalıştım, çünkü içimde yeni bir bebek büyüyordu. O bebek uğruna bohçasını başında taşıyan Bayolu bir köylü kadar sakin durmak istiyordum. Elimi karnımın üstüne koydum ve adamların sözlerini bitirmelerini bekledim.

Yargıç, "Bu sözleşme imzalanıp geçerli kılınmış mıydı?" diye sordu.

"Evet."

"Ve sizler hâlâ beyefendi kişiler olduğunuz iddiasındasınız, öyle mi?"

Appleby sesini çıkarmadı ama Lindo söz almak ister gibi elini kaldırdı.

"Sayın Yargıç, yaptıklarımla gurur duymuyorum ama bir konuya açıklık getirmeme izin verin. Bay Appleby anneyle çocuğu ayrı kişilere satma kararındaydı. Kendisine karşı geldiği için kölesini cezalandırmak istiyordu. İkisini birden satın almama razı olmadı. O günün rayicinin çok üstünde bir para ödeyerek Meena'yı satın almayı başardım. Buna bile çocuğun satışı için aracılık etmem şartıyla razı oldu. Oğlanın saygın bir beyefendi tarafından satın alınması için elimden geleni yaptım. Meena'yı hizmetinden yararlanmak amacıyla satın almak istediğim doğrudur, ama Georgia'daki pirinç tarlalarında çalışacağına bana hizmet vermesinin onun için de daha uygun olacağını düşünmüştüm."

"Bay Appleby cevap hakkı kullanmak ister misiniz?"

Appleby, "Yahudi'ye verilecek cevabım yok." dedi.

Yargıç sözleşmeyi görmek istedi. Kâğıdı aldı, kat yerini düzeltti, dikkatle inceleyip geri verdi. Sonra Appleby'e dönüp, "Bay Appleby, siz beyazların adına leke sürdünüz," dedi. "New York'u terk etmek için bir gününüz var. Yarın öğlene kadar kentten ayrılmamışsanız, sizi tutuklatacağım. Ayrıca otuz saniye içinde bu salondan çıkmazsanız yarını beklemem. Haksız şikâyet ve mahkemeye yalan beyanda bulunmaktan sizi hemen tutuklatırım. Salonu derhal terk edin."

Appleby hiçbirimizin yüzüne bakmadan çıkıp gitti.

"Bay Lindo, siz mülkiyetinizdeki bu bayanı götürebilirsiniz."

Lindo, "Kendisi artık özgürdür." dedi.

"Bunca yolu kölenizi azat etmek için mi geldiniz?"

"Geçmişimle barışmaya çalışıyorum," dedi Lindo.

Yargıç gardiyana "Kadını serbest bırakın," dedi. "Artık dilediği yere gidebilir."

Bir zamanlar kızını okuttuğum gardiyan yüzünde bir tebessümle prangalarımı çıkardı. Omzuma dokundu, yargıç ve zabıt kâtibiyle birlikte çıkıp gitti.

Lindo saygı ve utançla yüzüme baktı. "Meena," dedi. "Seninle birkaç kelime konuşabilir miyim?"

O an Lindo'nun kederini kabullenmek ya da zaten benim olanı bana yeniden bahşetmesi karşılığında ona teşekkür etmek içimden gelmedi. Solomon Lindo'nun Robinson Appleby'e göre daha düzgün bir insan olduğunu görebiliyordum ama o da içinde yaşadığı ve yaşarken cebini doldurmaya baktığı o dünya tarafından kirletilmişti. Ondan nefret etmek istemiyordum ama onu affetmem de mümkün değildi.

Birden içimde yeni bir korku dalgası büyüdü ve akan lavlar gibi düşüncelerimi kapladı. Bedenimin içinde büyümekte olan bebek bu adamların şeytanlıklarını ve dalaverelerini duymuşsa ne yapardım?

Lindo, "Meena," diye tekrarladı. "Seninle..."

"Hayır, dedim. "Olmaz." Sam Fraunces'in koluna yapıştım ve onunla birlikte kendimi dışarı attım.

İngiliz işgalinin son gününe kadar New York'tan başka gemi kalkmadı. 30 Kasım 1783'te filikayla *George III* gemisine götürüldüm. Tanımadığım üç kişi Zenci Defteri'ne kaydımı yaptı ve bana On Üç Koloni'den çıkış hakkı tanıdı. Bundan böyle bu topraklara Birleşik Devletler deneceğini duymuştum ama bu isme itirazım vardı. Bir yandan her insanın eşit yaratıldığını söyleyip bir yandan da halkımı prangaya mahkûm eden bir milletin birleşik oluşundan söz edilemezdi.

Hapse atıldığımda varımı yoğumu kaybetmiştim. Port Roseway'de beni kocamın karşılaması da söz konusu değildi. Daima Chekura'nın yollandığı Annapolis Royal'a kalkan bir gemiye bineceğimi ummuştum ama bu umudum boşa çıkmış, bu konuda bana seçenek tanınmamıştı. Neyse ki hâlâ kolum bacağım sağlamdı. Ellerim ebelik becerisini kaybetmemişti. Bu arada karnımda büyüyen yeni bir can vardı. Günüm geldiğinde Nova Scotia'da beni kim doğurtacaktı acaba?

Başımda duracak kişinin Chekura olması için dua ettim.

Verdiğim son nefesle yitip gitmişler gibi

{BIRCHTOWN, 1783}

Dokuz millik körfezi geçip limana girerken kar taneleri yüzüme vuruyor, dudaklarımın üstünde ince bir buz tabakası oluşuyordu. Kayalar dik bir şekilde kıyıya inmişti. Etrafta dev çamlar, sık ormanlar göze çarpıyordu. Yeni kent yüzlerce insanla doluydu. Bana Port Roseway'e gideceğimiz söylenmişti ama rıhtımdaki tabelada SHELBURNE yazıyordu.

Kral yanlılarının tahliyesi için New York'tan kalkan son gemiye binmemin cezasını çekiyordum. Kocam ve İngilizlerle birlikte gitmesine izin verilen özgür zenciler benden çok önce yola çıkmışlardı. *George III*'den inen altı zenci kaçak oldukları için yakalanıp sahipleri tarafından götürüldüler.

Vaat edilmiş topraklar dedikleri bu muydu?

Rıhtımdan ayrılıp kenti dolaşmaya koyuldum. Her yerde Chekura'yı arıyordum. New York'tan kalkan son gemilerin varış limanları hakkında bilgi edinmiş olması mümkündü. Büyüyen karnımı okşamak, birlikte yaptığımız bebeği selamlamak üzere buralara gelmiş olabilirdi. Etrafta hiçbir tanıdık yüze rastlamadım. Çoğunluğunu beyazların oluşturduğu kalabalık varlığımdan habersiz yanımdan akıp gidiyordu.

Water Caddesi'nde karşıdan gelen uzun paltolu, başlıklı bir kadına yaklaşıp, "Burası Port Roseway mi?" diye sordum. Kadın yüzüme bile bakmadan geçip gitti.

Nova Scotia Charles Town'dan soğuk, hele New York'tan daha da soğuktu.

O anda Chekura'yı bulma fikrinden vazgeçip içimdeki ufaklığı yaşatmanın derdine düştüm. Karnımı doyurmam ve kalacak bir yer bulmam gerekiyordu.

İş ve yatacak yer sormak için Tüccar Kahve Evi'ne girdiğimde iri yarı bir adam

"Zencilere hizmet vermiyoruz." diyerek beni kolumdan tutup kapıya doğru çekti.

"Hizmet istemiyorum," dedim. "Tek istediğim..."

"Yürü git," dedi adam. "Senin gibileri Birchtown paklar."

Kendimi yeniden Water Caddesi'nde buldum. Yardım istemek amacıyla sağıma soluma bakındım. St. Helena, Charles Town hatta New York'a ilk geldiğimde bile yiyecek ve yatacak yer derdim olmamıştı. Burada param olmadığı gibi yardım isteyebileceğim biri de yoktu. Ama bütün zorluklarına rağmen özgürlüğü seçmiştim ve hiçbir şey beni ondan vazgeçiremezdi.

Birden enseme haziran böceği iriliğinde bir şey çarptı. Aylardan aralıktı. Kar taneleri uçuşuyordu. Bu mevsimde böcek olmazdı. Dönüp baktım. Aynı şey bu kez iki defa yüzüme çarptı. Yanağıma gelen bir tanesini yakalayıp baktım. Yer fıstığıydı. Sonra bir kahkaha sesi geldi. Paralanmış kırmızı İngiliz üniformaları içinde iki beyaz adam ellerindeki şişeyi sırayla kafalarına dikiyorlardı. Durup yüzlerine bakınca bana fıstık atmaktan vazgeçip tükürmeye başladılar.

İki dükkân ileride, tepede asılı SHELBURNE CRIER tabelasının altından geçip kapıdan içeri girdim. Kısa boylu bir beyaz, metal bir çubuk üstüne harfler dizmekle meşguldü.

"Günaydın," dedi gözünü işinden ayırmadan.

"Size de günaydın," dedim.

Birden başını kaldırıp baktı ve hafifçe gülümsedi. "Yanılmıyorsam buradan çok daha sıcak bir memleketin aksanı bu."

O an aksanımın dünyada kimseninkine benzemediğini fark ettim. Kimse iki kıtada benim yaşadığım köylerde, kasabalarda ve kentlerde yaşamamıştı. Aksanımdan memnundum ve her neye benziyorsa onu korumaya kararlıydım.

"Burası Port Roseway mi?" diye sordum.

"Shelburne," dedi adam. "Gemiden yeni mi indin?" Siyah ve yabancı oluşuma aldırmamış gibiydi.

"Evet ama bana Port Roseway'e gideceğimizi söylemişlerdi."

"Doğru yerdesin. Buranın adı daha yeni Shelburne olarak değiştirildi."

Başımla yaptığı işi işaret ederek, "Harfler ters duruyor," dedim. "Sanki çocuğun biri dizmeye çalışmış ama becerememiş gibi."

"Keskin bir göze sahipsin. Harfleri özellikle öyle diziyorum. Makineye girdiğinde düzgün çıkıyor. İmla yanlışları hariç tabii."

"Ben imla bilirim. Yardımcıya ihtiyacınız var mı?"

Adam tebessüm etti. "Yardım makbule geçer ama sana para veremem. Okumayı nasıl öğrendin sen?"

"Uzun hikâye," dedim.

"Benim vaktim var," dedi adam. "Shelburne'da sana sırtını dönen çok kişi olacaktır ama ben insanları marifetlerine göre değerlendiririm. Çay içer misin?"

Soğuk rüzgâr kapıyı salladı. "Teşekkür ederim ama fazla vaktim yok. Kalacak bir yer arıyorum. Ayrıca bir iş bulmam gerek."

Adı Theo McArdle'dı. İkram ettiği şekerli çayı minnetle yudumladım. Bisküvi-çay, bedava gazete ve bilgi karşılığında baskıdan çıkan ilk nüshaları düzeltmemi teklif etti. Henüz onun için parmak bile oynatmadan ilk çayla birlikte önemli bir bilgi edindim: Hür zenciler körfezin üç mil uzağındaki Birchtown'da oturuyorlardı. Tapu Sicil Müdürlüğü'nden daha fazla bilgi alabilirdim. Theo McArdle'a çay için teşekkür ettim ve hemen döneceğime söz verdim.

Tapu Sicil Müdürlüğü'nde bulduğum tek kişi, ÇAY MOLASINDAYIM tabelasının yanında bir taburede oturan yaşlı bir zenciydi. Yüzü çiçek bozuğuydu. Gözlüklerinin camı yoktu. Bir gözü bulanık, diğeri sağlamdı. Elimin üç katı iriliğindeki buruşuk derili, kalın parmaklı elinde budaklı huş ağacından beyaz bir baston vardı. Bastonunu hafifçe ayağıma değdirerek.

"Şu düşkün ihtiyara bir merhaba demek yok mu?" diye söylendi.

"O kadar da yaşlı değilsiniz canım," dedim.

Dudakları hafif bir tebessümle aralandı. "Sen ne iyi yürekli birisin böyle. Birkaç söz daha söyle de bu kör ihtiyar sesini duysun."

"Burası toprak tahsisi yapılan yer mi?" diye sordum.

"Yapıp yapmayacakları belli olmaz."

"Neden?"

Adam uzanıp elimi çatlak derili kurumuş avuçlarının arasına aldı. Ömrümde onunkiler kadar büyük avuç içi görmemiştim.

"Bu işler pek çok şarta bağlıdır. Sen New York'tan mı geldin?"

"Evet."

"Peki Afrikalılardan mısın?."

"Evet, o dediğiniz türdenim." dedim gülümseyerek.

Adam kahkahayı bastı. "Esprili kadınlara bayılırım."

"Minik bir de yolcum var," dedim. "Başımı sokacak sıcak bir yer bulsam daha esprili olabilirim."

"Sen içeri yalnız girmedin mi?"

"Yolcu yanımda değil, karnımda."

"Tanrı yardımcın olsun kızım," dedi adam. "Sabahını ziyan etme. Kaybedecek vaktin yok. Aradığın adam burada değil. Olsa da yardım etmezdi zaten. Ama şansın varmış ki bana rastladın. Adım Moses Wilkinson. Bazıları bana Vaiz der ama sen Moses Baba de. Kurtuluşa erdin mi?"

"Duruma göre değişir," dedim.

"Nasıl yani?" dedi adam gülerek.

"Kalabileceğim bir yer biliyor musunuz?"

"Elbette. Tam adamını buldun."

"Öyleyse kurtuluşa erdim, Moses Baba."

Vaizle sohbet ederken içeri kuvvetli, genç bir adam girdi. "Ben geldim Moses Baba," deyip ihtiyarı bebek gibi kucakladı.

Moses Baba bana, "Taburemi kap gel," diye seslendi.

Tabureyi alıp arkalarından dışarı çıktım. Genç adam Moses Baba'yı iki tekerlekli bir arabaya oturttu.

Moses Baba bana, "Bizimle gelebilirsin ama yürümen gerekecek," dedi.

Genç adam arabanın ön tarafına geçip Moses Baba'yı çekmeye başladı. Vaiz arabada sarsılarak giderken ben de yanında yürüyordum.

"Birchtown'a mı gidiyoruz?" diye sordum.

"Orayı hemen duymuşsun," dedi ihtiyar. "Körfezden üç mil uzaktadır. Ta cehennemin dibinde."

Moses Baba yolda bilgi verdi. Köleler ve sözleşmeli hizmetkârlar kraliyet yanlısı efendileriyle birlikte kentte yaşıyorlardı. Azat edilmiş köleler ya da hür zenciler Birchtown'da toplanmıştı. Moses Baba'ya göre Nova Scotia'da herkese yetecek kadar arazi vardı ama siyahlara kolay kolay bir şey koklatmıyorlardı.

"Ama İngilizler bize toprak vaat etmişti."

"O halde git kuyruğa gir," dedi ihtiyar. "Önünde sıra bekleyen en az bin zenci vardır. Onların da önünde birkaç bin beyaz olmalı. Bu topraklar Nova Scotia diye bilinir ama Birchtown halkı buraya başka bir isim takmıştır."

"Nedir o?"

"Nova Sıkıntı!"

Chekura'nın beni vaat edilmiş topraklar konusunda uyarışını hatırladım. O şimdi neredeydi acaba? Yatacak yeri, yiyecek ekmeği var mıydı?

"Senin için ava çıkmak gerekecek," dedi ihtiyar.

"Ava mı?"

"Sana kürk bulmalıyız. Geyik, ayı, artık ne olursa, genç hanım. Bu kralcılar ne imanını güçlendirir, ne de sırtını ısıtır adamın." Yürürken Moses bana Birchtown halkının gruplara bölünmüş olduğunu anlattı. Her grubun başında bir lider vardı. Bu lider İngilizlerin verdiği tayını bölüştürmekle ve arazi tahsisatını paylaştırmakla yükümlüydü.

Moses Baba Methodist Kilisesi grubunun lideriydi. "İsa'yı kucakladın mı hiç?" diye sordu.

"Kollarım hep doluydu. İsa'dan da böyle bir talep gelmedi."

Moses Baba, "Kolların güzelliği, kucaklamak için iki yana açmanın yeterli oluşundadır," dedi. "Ben gözlerimi kaybedeli ve kötürüm kalalı dört yıl oluyor."

"Çiçeğe mi yakalandınız?"

"Maalesef. Ama kalbim ve kollarım sapasağlam. İsa için bu kadarı yeterli. Şu oğlanı görüyor musun? Şu beni çeken oğlanı? Ben onun ruhuyla meşgul olurum, o ve onun gibiler de beni sağa sola taşırlar. İsa birbirimize sahip çıkmamız gerektiğini söyler."

Arabanın ön tarafında iki sırık vardı. Delikanlı araya girip sırıkları sıkıca kavramıştı. On altı yaşlarında boylu poslu, adaleli bir oğlandı. O kadar güç sarf etmesine karşın terlemiş gibi görünmüyordu.

Ona, "Merhaba," diye seslendim.

Sanki konuşması için izin vermemi beklermiş gibi, yüzünde kocaman bir tebessümle bana döndü: "Günaydın, hanımefendi. Nova Scotia'ya hoş geldiniz."

"Teşekkür ederim," dedim. "Vaizi taşıdığın için bravo sana."

"Moses Baba ile ikimiz birbirimizi taşıyıp durmaya alıştık," dedi delikanlı.

"Hepimiz göçmen değil miyiz zaten?" dedim. "Hepimiz gelip geçiciyiz."

"Tanrı hepimizi korusun," dedi Moses Baba.

Gözüm delikanlıya gitti. Benim oğlum da hayatta olsaydı, onun güçlü ve boylu poslu halini, bir başkasına yardım edişini görebilseydim diye düşündüm. Kim bilir ne kadar gururlanırdım... Mamadu'yu benden ayırmamış olsalardı delikanlılığında kime benzerdi acaba? Ömrü yetseydi oğlum şimdi yirmisini bitirmiş olacaktı.

Senin adın ne evlat?"

"Jason Wood. Sizinki hanımefendi?"

"Aminata."

"Aaaa... İncil'deki o kutsal isimlere benziyor."

"Adım Aminata," diye tekrarladım. "Ama sen Meena diyebilirsin."

Moses Baba bastonuyla sırtımı hafifçe dürttü.

"Hıristiyan olmadığın halde vaiz gibi konuşuyorsun," dedi. "Sözlerin beş yüz yıl önce söylenenlere benziyor. Sanki onları kutsal duvarlardan okuyorsun. Sesin kilisemde çok işime yarardı. Sesinde bir ahenk var Meena. Bizim Jason'a sorsan 'şarkı söyler gibi konuşuyor' der. Hazır vaktimiz varken bana hikâyeni anlatsana."

Kalbimi ve ruhumu On Üç Koloni'deki yabancılara hep kapalı tutmuştum ama Moses Baba'nın o içten ve istekli sesi kilidimin anahtarı olmuştu. Beni asla yargılamaya kalkmayacağını hissediyordum. Belki bunda tamamen kör oluşunun da payı vardı. Arkadaşım Georgia'dan ayrıldığımdan beri ilk kez bir yabancıya anamı, babamı, Bayo'da onlardan öğrendiklerimi anlatıyordum. Esir kafilesiyle kıyıya kadar nasıl yürüdüğümüzü, denizi nasıl aştığımızı bir bir anlattım. Moses Baba beni dinlerken arada "Tanrı esirgemiş," "Tanrı hepimize uzun bir göç, sonra da kurtuluş nasip etmiş," gibi sözler mırıldanıyordu. Güney Carolina'ya götürülüşümü, orada yaşadıklarımı, oğlum Mamadu'yu nasıl kaybettiğimi anlattım. Moses Baba benden yapamayacağım bir şeyi beklemesin diye Kuran ve Tevrat'ı pek az bildiğimi, İncil'den bölümler okumuş olmama rağmen bir Hıristiyan ruhu taşımadığımı baştan söyledim.

"Senin de pek güzel söylediğin gibi hepimiz göçebeyiz," dedi Moses Baba.

"Doğru," dedi Jason.

"Gelgelelim, fanilerin de başlarını sokacak bir yere, onları ağırlayacak bir ev sahibine ihtiyaçları vardır." dedi Moses Baba. "Karımla ben çok sade bir hayat sürüyoruz ama kendine uygun bir yer bulana kadar başımızın üstünde yerin var."

"Teşekkür ederim Moses Baba."

İhtiyar bastonun ucunu bu kez yavaşça omzuma değdirdi. "Sana İsa'yı kucaklamanı söylemiyorum," dedi. "Seninkine henüz olgunlaşması gereken bir ruh diyelim."

"Benim için o kadar çok şey yaptın ki ruhuma her istediğini söyleyebilirsin."

"Ruhunu nasıl tarif ettiğimiz önemli değil, "dedi Moses Baba gülümseyerek. "Önemli olan onun nerelerde gezindiği ve kimi yücelttiği."

Kısa bir süre sustuk. İki yanında köknarların sıralandığı uzun ince bir yoldan geçiyorduk. Sağ tarafımda balta girmemiş sık bir orman uzanıyordu. Solumda seyrek ağaçlar sıralanmıştı. Aralarından dokuz millik körfezin soğuk gri sularını görebiliyordum.

Epeyce yol aldıktan sonra Moses Baba'ya Annapolis Royal'a yürüyerek kaç saatte gidilebileceğini sordum.

"Daha üstünde kışlık giyeceğin yok, sen kalkmış gitmekten söz ediyorsun."

"Kocam orada."

"Hele kış çıksın da, sana yardım etmenin bir yolunu buluruz."

"Daha önce gidemez miyim?"

"Yürüyerek olmaz kızım."

"Kocamı bulabileceksem ben uzun yola razıyım."

"Mevsim kışsa ve karnında bir bebek taşıyorsan, o yol yürümekle bitmez. İkiniz de ölüp gidersiniz. Annapolis Royal'a ancak gemiyle gidebilirsin. Sen de bizim takımdan olduğuna göre o bileti alacak paran olmadığı kesin. Şu anda kendini ve bebeğini sağlam tutmaya bakmalısın. Buluşuncaya kadar kocan nasıl olsa kendini idare eder."

Belki duymuştur umuduyla ona *Joseph*'in Annapolis Royal'a varıp varmadığını sormak istedim ama adam, "Nova Scotia'nın başka yerlerine giden gemilerden haberim yok," diye kestirip attı. "Ben ancak kendi sürümü güdebiliyorum."

Birchtown'a vardığımızda yerler ince bir kar tabakasıyla kaplanmıştı. Buz gibi esen rüzgâr kar tanelerini sağa sola savurup duruyordu. Bölgede bin kadar hür zenci yaşıyordu. Bazılarının barakaları vardı. Bir kısmı toprakta geniş çukurlar açıp içlerine kütükler ve yaprak dökmeyen ağaç dalları sermişlerdi. Bu çukurlarda birbirilerine sokulup oturarak kışı geçirmeye hazırlanıyorlardı.

Moses Baba ve karısı Evangeline tek odalı bir kulübede yaşıyorlardı. Odayı perdeyle ikiye ayırmışlardı. Arka bölümde yatıyor, ön bölümde ise Moses Baba ile özel olarak görüşmek isteyen cemaat üyelerini kabul ediyorlardı. Benim geçici yatak odam burası olacaktı.

Theo McArdle bana ipek, tütün, pekmez, meyve, un, ördek ve rom ithal eden tüccarların ilanlarını yazdırmaya başlamıştı. Karşılığında bana yiyecek veriyor, ben de bunu Birchtown'daki ev sahiplerimle paylaşıyordum. Ancak beni en mutlu eden olay *Shelburne Crier* gazetesini okuma şansımın olmasıydı. Annapolis Royal ya da oradaki zencilerle ilgili bir haber bulurum umuduyla her yazılanı tek tek okuyordum. Gelgelelim hür zencilerden hiç ilan veren yoktu. Kendi insanlarımla ilgili duyuruların hepsi kaçak köleler hakkındaydı. Theo McArdle'ın dükkânında sattığı gazetelerden olan *Nova Scotia Packet and General Advertiser* adlı gazetenin eski bir sayısında şöyle bir ilana rastladım:

BEŞ DOLAR ÖDÜL

> Ayın 22'sinde sahibinden kaçmış genç zenci kadın aranıyor. Adı DİNAH. 25 yaşlarında. Kaçtığı gün üstünde mavi beyaz büzgülü etek, mor-beyaz pamuklu tunik ve eski bir mavi pelerin vardı. Adı geçen genç zenci kadını tanıyıp yakalayan, sahibine teslim eden kişi üstteki ödülü, ayrıca makul miktarda olmak kaydıyla masraflarının karşılığını alacaktır. Robert Sadler, Shelburne, Mowat Sokağı, 24 Temmuz, 1783. Adı geçen kaçağa yataklık eden ya da gemiyle götürenler suç işlemiş sayılacaklardır.

Daha sonra Birchtown'dakiler Dinah'ın yakalandığını söylediler. Kadın eski sahibine teslim edilmiş, o da ceza olarak kölesini kırbaçtan geçirmişti. Zamanla gerçeği apaçık görmeye başlamıştım: Nova Scotia'ya hür geldiyseniz hür yaşayabilirdiniz. Gelgelelim kent, eski kölelerini bulup geri götürmek isteyen Amerikalı köle sahiplerinden geçilmiyordu. Nova Scotia'ya köle olarak geldiyseniz burada da Birleşik Devletler'deki kardeşlerinizle aynı kaderi paylaşmanız kaçınılmazdı.

Birchtown'daki ilk ayımda iki bebek doğurttum ve Yabancı Bölgelerde Hıristiyanlığı Yayma Derneği adlı bir İngiliz grup tarafından işe alındım. Haftada üç şilin karşılığında Birchtown halkına okuma öğretecektim. Metodist Kilisesi'nde ders veriyordum. Öğrencilerimle sobanın etrafında birbirimize sokularak oturuyorduk. Vücudumu sıcak tutacak giysiler ve üstüme örtecek bir ayı postu alabilmek için var gücümle çalışıyordum. Koşullar zordu. Ömrümde en az yiyecekle yetinmek zorunda kaldığım, en zor zamanlardı. Ama olsun, artık Nova Scotia'daydım ve özgürdüm.

Moses Baba'nın ihtiyacı yoksa Shelburne'dan Birchtown'a gelirken bindiği el arabasını bizler kullanıyorduk. Biriktirebildiğim parayla üç kucak eski tahta, çivi, kereste ve yelken bezi parçaları alıp arabaya doldurdum. Jason ve üç genç öğrencimin yardımıyla bir kulübe yaptık. Yerlere sırık diktik. Aralarına çapraz kirişler çaktık. Boşlukları yosun ve tahta parçalarıyla doldurduk. Rüzgârı tutsun diye dış cepheyi yelken beziyle kapladık. İçeri koca göbekli bir soba kurduk. Yatak, masa, sandalye, soba ve ben içeriye güç bela sığmıştık. Sobam herkesin merak konusu olmuştu. Birchtown'da sobası olan birkaç kişiden biriydim. Soba aslında Theo McArdle'ın tanıdıklarından kraliyet yanlısı bir beyaza aitti. Adam İngiltere'den yeni eşya getirtince eski sobasını ıskartaya çıkarmıştı.

Moses Baba ruhumuzla, karısı Evangeline de midemizle ilgileniyordu. Kulübeme yerleşince İngilizlerin verdiği tayınlar için kapısını çaldım. Evangeline belinde baltasıyla dolaşan, iri yarı bir kadındı. Deposuna izinsiz el süren yanmıştı. Her gün stok sayımı yapardı. Bana vereceği malzemeyi tek tek yazdı: Bir testere. Bir çekiç. Bir torba çivi. Yarım kilo kuru fasulye, azıcık domuz pastırması, bir çuval pirinç ya da patates.

Tereddüt ettim. "Domuz pastırmasını almasam olmaz mı?" diye sordum. "Onun yerine başka bir şey versen." Kadın pastırmayı tuzlu balıkla değiştirdi.

Patates mi yoksa pirinç mi almam gerektiğine karar veremedim.

Evangeline, "Pirinci al," dedi. "Hem saklaması kolay hem de kolayca çeşitlendirebilirsin. Biberli yap. Yeşil sebze ilave et. İçine tavuk ciğeri, domuz kulağı doğra. Burada insanlar yerlerden ya da ağaçtan ekşi elma toplayıp pirinci onunla da pişirirler. Çeşnilendirdin mi pirinç zenginleşir ve bayağı doyurucu olur. Ama patates hep aynı patatestir. Ben pirinci al ve ona bebeğin gibi bak derim. İyice sarıp sarmala. Yağmur değmesin."

Evangeline dindar bir kadındı. Zencilerin başına gelenlerin bir ceza olduğuna inanıyordu. Kocasının her vaazını dinlemeye gider, Shelburne'da "zenci şenlikleri"ne resmi yasak getirilmiş olmasına rağmen içerken veya dans ederken yakalanan her zencinin derhal cezalandırılmasını isterdi.

Shelburne Sulh Mahkemesi Birchtownlılara ayda bir çeşitli cezalar yağdırırdı: Zenci şenliğinde dans edene şu kadar kırbaç, içki içip serserilik edene şu kadar sopa… Bir somun ekmek çalan ve kendisini durdurmak isteyen dükkân sahibine yumruk atan bir zenci, Water Caddesi'ndeki üç kavşağın her birinde yirmişer kırbaca mahkûm edilmişti. William, Charlotte ve Edward sokaklarının köşelerindeki meydan dayağı noktalarında kalabalık seyirci grupları oluşmuş, adam ibretiâlem için kırbaçlanırken seyirci tempo tutup fıstık atmıştı. Yanında çalıştığı adamın gümüş eşyasını çalan bir kadın Charlotte Sokağı'nın sonunda kurulan darağacında asılmıştı. Biz Birchtown sakinleri arananları saklayıp onları ailemizden biri gibi göstermekte ustalaşmıştık, ama kaçak köleler bir kez yakalandılar mı mahkeme kararıyla hemen sahiplerine teslim ediliyorlardı.

İlk aylarda Birchtown'da kimsenin parası pulu yoktu. Her şey karşılıklı yardımlaşmayla yürüyordu. Adamın biri karısına göndereceği mektubu yazmama karşılık göbekli sobamın paslanmış ayağına destek yapmıştı. Zenci Defteri'ne bizzat kaydettiğimi hatırladığım on sekiz yaşında bir genç kadının ikiz oğullarını doğurtmuştum. Karşılık olarak kocası ormandan dört ağaç kesmiş, kulübemi genişletip sağlamlaştırmıştı. Shelburne halkına parayla hizmet veriyor, bununla kentten diğer ihtiyaçlarımı karşılıyordum. Gelgelelim Birchtown halkı o kadar yoksuldu ki iki lokma yiyecek karşılığında giysisini verenler bile vardı. Moses Baba'yı el arabasıyla Birchtown'a getiren Jason'un annesi iki gün aç yaşadıktan sonra köpeğini kesmek zorunda kalmıştı. Kendi arzusuyla özgür olarak Nova Scotia'ya gelmekle övünen bir kadın sonradan açlığa dayanamamış, yiyecek ve yatacak yer karşılığında iki yıl süreyle sözleşmeli hizmetkârlığa razı olup özgürlüğünden vazgeçmişti. Kontratı sona erdiğinde kendisine beş sterlin ödeme yapılacaktı.

Karnımda büyümekte olan bebeğe arada bu dayanıklılık sınavlarından söz ediyordum: "Yavrucuğum, biliyorsun, bugünlerde ikimizi zor doyurabiliyorum ama sen ve ben açlık ve çaresizlik yüzünden asla yeniden köleliğe dönmeyeceğiz. Sana ilk olarak annenin nereden geldiğini ve atalarının kimler olduğunu öğreteceğim. İkinci olarak okuma yazma öğreneceksin. Acaba yürümeye başlar başlamaz, bunları da becerebilir misin?"

Ne zaman Shelburne'a Annapolis Royal'dan birinin geldiğini duysam *Joseph* gemisinden haberi olup olmadığını, Chekura'yı tanıyıp tanımadığını soruyordum. O güne dek hiçbir haber alamamıştım. Gemiyle oraya gidecek birkaç kişinin eline mektup vermiş, kraliyet yanlısı zencilerin sıkça uğradıkları lokantalara bırakmalarını rica etmiştim. Hiçbirine cevap gelmemişti. Kent yayan gidilemeyecek kadar uzaktı. Gemi bileti alacak param yoktu. Karnımda büyüttüğüm bebeğim için sağlığımı korumak zorundaydım. Chekura da önce bebeğimin sağlığını düşünmemi isterdi mutlaka.

Shelburne'den Birchtown'a uzun, çamurlu, zahmetli bir yoldan gidiliyordu. Yol en sıkı yürüyüşle en az iki saat çekiyordu. Atımız, at arabamız yoktu. Yalnızca o nasır tutmuş tabanlarımız üstünde gidip geliyorduk. Gelgelelim Birchtown kulübe, çadır ve çukurdan ibaret değildi. Kiliselerimiz müzik ve kahkahayla çınlardı. Bulabildiğimiz zaman çavdar romu içerdik. Shelburne bar ve lokantalarında içmek riskliydi ama beyazlar Birchtown'daki şenliklere karışmazlardı. Bizim bölgeye adım attıkları pek görülmezdi.

Geceleri Birchtown'da kadınlarla erkeklerin çoğu yataktan yatağa gezerlerdi. Evangeline Wilkinson'un zina aleyhinde sürekli parmak sallamasına rağmen çiftler oluşur, ayrılır, eş değiştirir, sonra yeniden bir araya gelirlerdi. Birchtown'un çamurlu sokaklarından geçerken gece barakalardan, gündüz şapellerden derin iniltiler ve tiz feryatlar duyardım. Kimse kulak asmasa da Moses Baba ara sıra kürsüsünden halkı gündüzleri edepli olmaya, geceleri ise İsa'ya daha *sessiz geceler*[13] sunmaya davet ederdi.

Nova Scotia'daki ilk kışımda Birchtown'ı hastalık vurdu. Toprak kazılmayacak kadar buz tutmuşsa, ölüler dosdoğru bataklığı boyluyordu. Yaşayanlar ölülerin giysilerini topluyor, ecelleri geldiğinde mevsimin yaz olması ve bedenlerinin toprağa rahatça defnedilebilmesi için dua ediyorlardı.

Dört kadını daha doğurttum ama bebeklerden ikisi daha birinci ayları dolmadan öldü. Bu iklimde yeni doğmuş bebeğin yaşaması neredeyse olanaksızdı. Çocuğumu ilkbaharda doğuracağım için kendimi şanslı sayıyordum. Birchtownlıların ebeye verecek paraları olmadığı için bana genellikle patatesli tavşan güveci hediye ediyorlardı. Nasıl olsa patates boldu ve gençler kar beyazı tavşanları avlamada ustalaşmışlardı.

Bir keresinde Shelburne'da bir doğuma çağrıldım. Kadın beyazdı ve iki sterlin isteyen kentli doktorun bir şarlatan olduğunu düşünüyordu. Bana hizmetimin karşılığı olarak iki somun ekmek, yirmi elma, bir torba pirinç ve eskimiş, alçak bir kızak verdiler. Yiyecekleri kızağa yükleyip Birchtown'ın yolunu tuttum. Jason kızağı tamir edip ona

13 Yazar, "Still Night" (Sessiz Gece) adlı ünlü Noel şarkısına gönderme yapıyor. (ç. n.)

sağlam bir ip bağladı. Artık Moses Baba'yı kar tabakasının üstünden dilediği yere kolayca taşıyabilirdi.

Haftada iki kez Moses Baba'nın vaazlarını dinlemeye gidiyordum. Kendi başına durabilmesi için kürsüye abanması gerekiyor, sesi kısılana kadar esip gürlüyor, feryat ediyordu. Bazen gözü kararıyor, yanı başında bekleyen iki papaz yardımcısının kollarına yığılıyordu. Tahta sıralarda ibadet edenler çırpınıp dövünmekten bitkin düşüyorlardı. Bu şekilde yeniden doğmaya aklım pek ermiyordu. Diğerleri coşku fırtınaları içinde kendilerinden geçerken ben Kuran okuyan babamı hatırlıyor, onun bu ibadet nöbetlerini nasıl yorumlayacağını düşünüyordum. Düşüncelerim babamdan anneme kaydı. Birchtown halkı birbirlerinin kollarında sallanarak İsa'ya ilahiler söylerken tahta sıranın üstünde gözyaşlarına boğuldum. Kimsenin dikkatini çekmeden, "Tanrı'ya Şükür", "Şükürler Olsun" sesleri arasında kendi gözyaşlarımla teselli buldum. O kış sık sık diz çöküp anne ve babamın, oğlumun ve kocamın isimlerini tekrarladım ve verdiğim son nefesle yitip gitmişler gibi onlar için ağladım. Kollarımı karnımın üstüne koyarak sağlıklı bir bebeğe kavuşmak için dua ettim.

Bir ilkbahar günü sancım tuttu. Birchtown halkının çoğu Shelburne'a yeni gelen gemiyi karşılamak için rıhtıma inmişti. Eli kolu tutan, sırtı sağlam her kadın ve erkek hamallık yapıp kutu ve sandık taşıyarak bir günde iki şilin kazanabiliyordu.

Bebeğimi doğururken yalnız olmak istemiyordum. Bir terslik olabilirdi. Birinden yardım istemem gerekebilirdi. Çocukken Bayo'da kadının tek başına doğurmasının bebeğe uğursuzluk getireceğini duymuştum.

Vaizin kapısını yumrukladım ama açan olmadı. Kapıyı kendim açıp paslı menteşe üstünde sallanışını seyrettim.

"Moses Baba! Evangeline!"

Kocasını her sabah giydirip tıraş eden Evangeline ön odada değildi. Arka odadan Moses Baba'nın horultusu geldi.

"Moses Baba. Evangeline!"

Perdeyi çekip açtım. Vaiz günlük giysileriyle battaniyesinin üstüne uzanmıştı. Yalnızdı. Başucunda bir fincan çay duruyordu. Soğumaya yüz tutmuştu. Evangeline'in kocasını giydirip çayını başucuna bıraktıktan sonra çalışmak üzere Shelburne'a gittiği kanısına vardım.

"Moses Baba!"

Adamcağız sıçrayarak uyanıp doğruldu. "Kim var orada?"

"Benim, Meena."

"Sabah mı, akşam mı?"

"Sabah."

"Yatak odamda ne işin var be kadın?"

"Sancım tuttu Moses Baba."

Beni ya duymamış ya da ne dediğimi anlamamıştı.

"Karım nerede?"

"Seni giydirip çayını hazırlamış Moses Baba. Kendisi yok."

"Doğru ya. O bugün Shelburne'a gidecekti. Gözlüğüm nerede?"

Sandıklardan birinin üstünde duran gözlüğünü kapıp eline tutuşturdum. Çerçeveyi özenle burnunun üstüne oturttu.

"Bir daha söyle bakayım, sabah sabah burada işin ne?"

"Doğurmak üzereyim."

Moses Baba kilisede öyle canlı ve ateşliydi ki, kürsüyü döverek Musa'nın İsrailoğullarını Mısır'dan çıkarışını anlattığında cemaat yerinde duramaz oluyordu. *Onlar Filistin diyarına yerleşmek üzere seçilmiş kişilerdi. Biz de seçilmiş insanlarız. Kardeşlerim, bizler de burada Nova Scotia'nın Birchtown bölgesinde hür olarak yaşamak için seçildik.* Gelgelelim, cemaati sözleriyle aşka getiren bu adam evde, başında karısı olmadan hiçbir iş yapamıyordu.

"Bebek geliyorsa, hemen hazırlık yapmamız gerekir." Moses Baba doğrulup bacaklarını aşağı sallandırdı. "Git beni taşıyacak birkaç delikanlı bul."

Gidip küçüklerin başında gözcü bırakılan büyükçe dört oğlan buldum. Moses Baba'yı barakadan el arabasına taşıdılar. Benim eve getirip içerip soktular ve yanımda getirdiğim taburesine oturttular.

Yeniden baş başa kaldığımızda, "Tek başına becerebilecek miyim bilmiyorum;" dedim.

"Kalbini ferah tut kızım. Hiç korkma."

Kendimi tutamayıp güldüm. "Ben doğururken kilisedeki gibi vaaz vermeyeceğini umarım."

Moses Baba bacaklarını uzatıp bastonuyla duvara dokundu. "Tabii ki hayır. Hiç merak etme kızım. Sen koca bir ağaç kadar sağlamsın."

"Kadınlar bir an önce Shelburne'dan dönseler kendimi daha güvende hissedeceğim."

"Sana ne zamandır sormak istediğim bir soru var."

"Sor bakalım Moses Baba."

Moses Baba beni görüyormuş gibi yüzüme baktı. "Bu çocuk rahmine düştüğünde evli miydin?"

"Elbette. Chekura benim kocamdır. Sana daha önce de anlattım; Annapolis Royal'a birlikte gidecektik. Ama beni apar topar gemiden çıkarıp alıkoydular. O yalnız gitti. Nerede olduğunu bilmiyorum. Annapolis Royal'a varıp varmadığından bile haberim yok. Ama bugün gelir diye umuyordum."

"Bugün mü?"

"Evet, bütün dileğim buydu."

"Gelseydi çoktan burada olurdu. Sen lafıma güven. Ben erkekleri bilirim."

"Gelecek," dedim. "İçimden bir ses öyle diyor."

"Nasıl bu kadar emin olabiliyorsun? "

"Bir şeye inanmam gerek öyle değil mi?"

"Amen," dedi Moses Baba.

"Şimdi benim sana bir sorum var."

"Haydi sor bakayım."

"Madem körsün, neden gözlük takıyorsun?"

"Burnumun üstüne oturuşu hoşuma gidiyor. Saygın bir hava kazandırıyor."

"Ama camları yok."

"Ben çiçek hastalığına tutulduğum sırada düşmüşler. Yerine yenisini taktırma zahmetine girmedim."

"Baktığında ne görüyorsun?"

"Hiç," dedi Moses Baba. "Hiçbir şey. Işık yok. Karanlık da yok. Sanki hiç gözlerim olmamış gibi. Ama dünyanın neye benzediğini hatırlıyorum."

Bir süre konuşmadan öylece oturduk. Sonra kalktım, eski bir kaba su doldurup sobanın üstüne koydum.

Moses Baba, "Su kaynadığında içine katacak iyi bir malzemen var mı?" diye sordu.

"Limon, rom ve şeker var."

"Birchtown'da biz buna vaiz limonatası deriz."

"Neden?"

"Shelburne'da bir şölen sırasında şerif bizimkilerden birinin karşısına dikilip ne içtiğini sormuş. Bizimki de, 'Vaiz limonatasından başka bir şey içmedim,' diyerek paçayı kurtarmış."

Moses Baba ile sıcak içeceğimizi yudumlayıp sohbete daldık. Saatler ilerledikçe sancılarım sıklaşıyordu. Nihayet vakit tamam olduğunda üst üste ıkınmaya başladım. Elimle yokladım ama başı henüz gelmemişti. Bebeğin çıkış anını kestiremiyordum. İçimde sıkışacağından, nefessiz kalıp boğulacağından, sonunda ikimizi de öldüreceğinden korkmaya başlamıştım.

Vaiz limonatasının kalanından bir yudum daha aldım. Birden bedenim sarsıldı.

Papazın elini tutarak bir kez daha ıkındım. Boğazımdan bir inilti yükseldi. Arkama dayanıp bacaklarımı iyice açmıştım. Son kez olanca gücümle ıkındım. Bebeğin başının bacaklarımın arasından kayarak çıktığını hissettim. Son bir gayretle bedeni de dışarı ittim.

Dünyadaki en yeni insanı almak üzere eğildim ve onu göğsümün üstüne yatırarak sırtüstü uzandım.

"Tanrı seni esirgesin kızım, söyle bakayım, kız mı oğlan mı?"

O anda Moses Baba'yı ya da bebeğin cinsiyetini düşünecek durumda değildim. Bebeğimin göğsünün altında, kalbim yerinden çıkacak gibi atıyordu. Elimi yavaşça sırtına koydum. Yatağın kenarında önceden hazır ettiğim battaniyeyi üstümüze çektim. Minicik bir kalp benimkinin üstünde küt küt atıyordu.

Hâlâ hissettiğim kopmuş uzuvlar gibiydi çocuklarım

MAYIS ayında doğduğu için kızımın adını May koydum. Meme vermekte geç kaldığımda, ya da biraz daha büyüdüğünde püresiyle taze fasulyesini vaktinde yetiştirememişsem sabırsızlanıp kıyameti koparıyordu. Böyle zamanlarda doğduğu günün anısına ona "Küçük Bir Mayıs" derdim. Kızın cadılığıyla başım dertteydi. Bazen dünyadaki bütün tersliklerin ruhunda her an patlamaya hazır beklediğine inanasım geliyordu. Daha bir yaşını doldurmadan yere bırakayım da emeklesin diye sırtımı yumruklamaya başlamıştı. Birchtown'daki kadınların, özellikle de May doğduktan kısa süre sonra imdadımıza koşan beyaz kraliyet yanlısı Bayan Alverna Witherspoon'un kucağına gitmeye bayılıyordu. Yedek annelerden bıkıp kollarıma dönmek istediğinde eğer birkaç saniye gecikirsem yeri göğü inletiyordu.

Ders vermeye, matbaaya, doğuma, kısacası nereye gidersem gideyim onu da bir metrelik çivit mavisi güzel bir kumaşa sarıp sırtıma asıyordum. Dediklerimi anlayacak yaşta olmamasına rağmen ona her şeyi anlatıyordum. Sesim hayatındaki eksiklikleri telafi eder, babasının boşluğunu, köyümün âdetlerinin yerini doldurur gibi geliyordu. Onu sırtıma astığım bohça bezini Shelburne'da zenci müşteri kabul eden birkaç dükkândan biri olan "Dünyadaki Her Şey" adlı mağazadan aldığımı bile anlatmıştım. "Nereye rahatça girebileceğini, nerelerden uzak duracağını bilmen gerekiyor." demiştim ona.

Tanışmasak da Alverna Witherspoon'u daha önceden görmüşlüğüm vardı. Theo McArdle'ın matbaasına sıkça gelip giderdi. Kocası balina ticareti yapıyordu. Bayan Witherspoon ayda iki kez onun iş ilanlarını vermeye gelirdi. Ben arka tarafta baskı öncesi yanlış yerleştirilmiş harfleri, ters konmuş p'leri ve q'ları düzeltirken onunla McArdle ilgilenirdi. Bir gün tek başıma dizgi yaparken Bayan Witherspoon içeri daldı.

"Bay McArdle yok mu?"

"Bir iş için dışarı çıktı, Bayan Witherspoon."

"Adımı nereden biliyorsunuz?"

"Buraya hemen her hafta uğruyorsunuz."

"Evet, sizi ve bebeği görmüştüm ama isimlerinizi bilmiyorum."

"Harflere el atıp oynamaya çalışan bu miniğin ismi May. Benim adım da Meena."

"Bu sabah Theo'ya bir ilan vermiştim."

"Evet, balina yağıyla ilgili. Tam da onun dizgisiyle uğraşıyordum."

"Fiyatı yanlış söylemişim. Küçük fıçı yağın fiyatı iki sterlin altı şilin değil, üç sterlin altı şilin olacak."

"Hemen düzeltirim," dedim.

"Baskıya girmeden yapabilir misin?"

"Bir dakika bekler misiniz?" Kalıptan birkaç parça çıkardım. Birini May'in tutmasına izin verdim. Parmaklarını çıkıntıların üstünde gezdirmeye bayılıyordu. Çıkardıklarımın yerine doğru parçaları koydum. "Tamamdır."

"Tamam mı? Görebilir miyim?"

"Biraz karışıktır. Harfler geniş bir zeminde baş aşağı durur. Şimdi dizgiyi baskıya yetiştirmem gerek. İsterseniz başka bir zaman gösterebilirim."

Kadın içten bir gülümsemeyle, "Olsun, önemli değil," dedi. "Bay McArdle'a selamımı söyle. İnanılmaz görünüyorsun doğrusu. O şahane Afrika kıyafeti içinde sırtında bebeğinle ilginç bir matbaa çırağı olmuşsun."

"Çıraklık dönemim geçtiğimiz yıldı. Theo artık beni usta sayıyor. Pazartesileri o olmadan da harfleri dizebiliyorum."

"Lütfen Bay Ardle'a uğradığımı ve çok iyi hizmet gördüğümü söyle, olur mu?"

May birden kayarak sırtımdan aşağı indi. Bayan Witherspoon'a koştu ve elinde tutsun diye verdiğim ters M'yi kadına uzattı.

"Aslında yabancılara pek yanaşmaz," diye mırıldandım.

Bayan Witherspoon May'e, "Teşekkür ederim canım," diyerek metal harfi aldı. Bana göz kırpıp harfi avucuma sıkıştırdı.

May bunu fark edip, "Hayır," diye bağırarak elime yapıştı.

Çaresiz boyun eğdim. May parmaklarımı aralayıp harfi geri aldı ve yine Bayan Witherspoon'a götürdü.

Bayan Witherspoon May'e bir öpücük yolladı. Arkasını dönene kadar bekledi, sonra harfi tezgâha bırakarak dışarı süzüldü.

Ertesi gün tekrar uğradı. "Bay McArdle'ın yanında kaç gün çalışıyorsun?"

"İki. Pazartesi ve salı."

"Çarşambadan cumartesiye benim yanımda çalışır mısın?"

Ertesi gün Bayan Witherspoon ve kocası beni işe aldılar. Her işi görüyordum. Charlotte Sokağı'ndaki büyük evi temizliyor, ütü yapıyor, odun ve su taşıyor, ocak ve şömineyi yakıyor, kentteki ufak tefek işleri hallediyordum. Yemek bile pişiriyordum. Şafaktan hava kararana kadar çalışmama karşılık günde bir şilin veriyorlardı. McArdle'ın matbaasındaki işi Witherspoonların evinde hizmetçilik yapmaya tercih ediyordum ama ev işinin çeşitli avantajları vardı. May'i de yanıma alabiliyordum. Yaramazlık yapmadığı sürece evde gezip dolaşmasına, etrafı incelemesine izin veriyorlardı. Witherspoon çiftinin çocukları yoktu. Sıkça konuk ağırladıklarından evde her zaman kalmış yiyecek bulunuyordu. Artanları yiyebilir ya da Birchtown'a götürebilirdim. Bayan Witherspoon atmaya niyetlendiği masa, sandalye, kova, ip türünde her tür eşya ve araç gereci önce bana gösterirdi. Benim işime yaramıyorsa Birchtown'da bir başkası bayram ederdi.

Witherspoon ailesiyle kurduğum ilişki yüzünden Birchtown'ın en kıskanılan kadını olmuştum. Pek çok zenci Shelburne'da yaşayan kralcıların yanına üç yıllığına sözleşmeli hizmetkâr olarak girmişti. Böylesi donarak ya da açlıktan ölmekten iyiydi ama o kadar işte. Kralcı beyazlar o sürenin sonunda sözleşmeli kölenin canını çıkarmış olurlardı. Hastalanan ya da sakat kalan bazı sözleşmeli köleler işe yaramadıkları için paralarını bile alamadan tekmeyi yemişlerdi.

Moses Baba beni sıkça uyarıyor, "Beyazlarla fazla samimi olma. Onlar iyi gün dostudurlar." diyordu. Öyle veya böyle, McArdle ve Witherspoon ailesinden aldığım parayla kendimi ve kızımı geçindiriyor, hatta Moses Baba gibi ihtiyaç sahiplerine destek oluyordum. Birchtown'da doğumlara gidiyordum ama ne zamandır kimsenin ödeme yaptığı yoktu.

May benimle birlikte Shelburne'a gelmeye bayılıyordu. Üç yaşına geldiğinde Bayan Witherspoon her hafta ona süt ve bisküvi vermeye başladı. Kızım ikramları mideye indirip oyun oynarken Bayan Witherspoon da yanında oturup onu seyrediyordu. Bir gün kâğıdın üstüne M-A-Y harflerini yazıp kızıma gösterdi.

"Bunların ne olduğunu..."

"May!" diye atıldı benimki.

"Nasıl bildin?" diye sordu Bayan Witherspoon.

"Benim ismim o. M-A-Y. Annem öğretti."

Bayan Witherspoon kâğıda bir başka sözcük yazdı.

May, "Anne," diye atıldı.

"Ya bu?"

"Baba," dedi May. "Birkaç parmağının ucu eksik ama beni çok seviyor."

Bayan Witherspoon başını kaldırıp bana baktı. Uzun zaman önce McArdle'ın aracılığıyla Annapolis Royal gazetelerine Chekura ile ilgili ilanlar verdiğimi biliyordu. Bütün çabalarım sonuçsuz kalmıştı. Bayan Witherspoon yaz maceramı da biliyordu. May'in bir yaşını doldurduğu yaz biriktirdiğim parayla bilet alıp Annapolis Royal'ın yolunu tutmuş, sonra da ilk gemiyle geri dönmüştük. Chekura'yı tanıyan ya da 1783 yılı sonbaharında kente gelen *Joseph* gemisi hakkında bilgi sahibi olan tek bir kişi bile bulamamıştım. Kocama ne olduğunu, şu anda nerede bulunduğunu bilmiyordum ama hayattaysa ve eli ayağı tutuyorsa bir gün mutlaka beni bulacağından emindim. Birchtown'daki her zenciye, Shelburne'da bana dostça davranan her beyaza durumu anlatmış, bir gün bir yerde Chekura'ya rastlamaları halinde buluşmamıza aracılık etmelerini rica etmiştim.

May'in üç yaşını doldurduğu yıl bir gün ona yine babasını ve vatanını anlatırken kızım, "Üzülme Anne," diye atıldı. "Bir gün oraya döneceğiz." Bunun nasıl olacağını sordum. "Uzun bir gezintiye çıkacağız. Yanımıza bolca yiyecek alacağız. Karnımız acıktığında onları yeriz. Ormanın sonuna gelince Afrika'yı bulacağız."

Bu sohbetten birkaç gün sonra kızım ateşlendi. Birchtown'daki ishal salgını onu da vurmuştu. İki gün matbaadaki işime gidemedim ama Witherspoon ailesini ihmal edemezdim. May'i de yanıma almaya karar verdim. Nasıl olsa Bayan Witherspoon ben çalışırken kızın bir köşede eski bir battaniye üstünde uyumasına izin verirdi. May'i omzuma aldım. Çocuk o kadar halsizdi ki kollarını boynuma kenetleyecek gücü yoktu. Shelburne'a kadar onu kollarımda taşıdım. Kapıyı çaldığımızda kollarım kopmak üzereydi ve kızım ateşler içinde yanıyordu.

"Aman Tanrım," diye atıldı Bayan Witherspoon. "Bizim tatlı May'imize ne oldu böyle? Bak bakayım May. Beni görüyor musun? Hadi bak yüzüme. Bak canım, buraya bak."

May gözlerini zorlukla aralayabildi. Yere bıraktım ama ayakta duracak hali yoktu.

"Doktor çağırayım mı?"

Biraz sertçe, "Hayır," dedim ve sonra da utandım. Kadının yardımına ihtiyacım vardı. Onu kırmak istemiyordum. "Affedersiniz ama ben doktorlara pek güvenmem. Ben iş görürken May biraz dinlenirse toparlanır."

May'i giriş katında çalıştığım yere yakın boş bir odaya alıp yatağa yatırdık. Üstünü sıkıca örttük. Saat başı su veriyorduk. Akşamüstü Bayan Witherspoon geceyi orada geçirmemizi teklif etti. Ona minnettardım. May'in ateşi ancak üç gün sonra düştü. İshali kesildi, iştahı açıldı. Bayan Witherspoon dördüncü geceyi de orada geçirmemiz için ısrar ediyordu. May iyice iyileşmeden Birchtown'a dönmemeliydi. Son gün May tamamen iyileşmişti. Bay Witherspoon'la oynuyor, adamın sakalını çekiştirip duruyordu. Onların keyifli oyununu izlemeye daldım. "Keşke kızım babasını görebilseydi," diye düşündüm. Chekura'nın da onunla böyle oynayacağından emindim. Kızıma tapıyordum. Onun için canımı verebilirdim ama iyi bir oyun arkadaşı değildim. Neşem yoktu. Onu büyütmüş, üç yaşını doldurmadan ona okuma öğretmiştim. Onu asla yanımdan ayırmasam da hep çok işim vardı ve onunla oyun oynayamayacak kadar yorgundum.

May'in hastalığı Witherspoon ailesiyle aramızdaki samimiyeti derinleştirmişti. Kullandığımız eski battaniyeleri Birchtown'a götürebileceğimizi söylediler. Hatta bundan böyle yerde yatmamamız için bir de eski somya verdiler. Artık her işe gelişimizde Bayan Witherspoon May'i kapıda karşılıyor, ben iş görürken o da May'i oyalıyordu. 1787 yılının yazında Bay Witherspoon bana lambalarda yakılan balina yağından hediye etti. İşler iyi gitmediğinden ticari faaliyetine son vermişti. Dükkâna kilit vurdukları gün Bayan Witherspoon akşam yemeğe kalmamız ve geceyi orada geçirmemiz için ısrar etti. Ben New York'u terk etmeden önceki uzun bekleyişimi, onlar da Bağımsızlık Savaşı sırasında Boston'daki arazilerini ve güzel evlerini bırakıp Shelburne'a gelişlerini anlattılar.

Bay Witherspoon'a, "Neden bu kadar çok iflas yaşanıyor?" diye sordum.

Adam "Bu limanı aceleye getirdiler," diye açıkladı. "Herkes buranın ikinci New York olacağından emindi. Ama o iş olanakları yaratılamadı. Halkın geliri olmayınca tüccar da malını satamıyor. Bu kent yapıldığı hızla batacak."

Temmuz ayında Shelburne ve Birchtown'u alışılmadık bir sıcak dalgası vurdu. Sivrisinekler Güney Carolina'da gördüklerimden daha acımasızca saldırıyorlardı. Ayılar kente iyice yaklaşmış çalılardaki orman meyvelerini yiyor, çöplerimizi eşeliyorlardı. Toprak tahsisinden faydalanan zenci sayısı çok azdı. İngilizler tayınımızı kesmişlerdi. Erkekler kışlık tuzlama et için geyik avına çıkıyorlardı. Eli ayağı tutan, kadın erkek her Birchtownlı her gün iş aramak için Shelburne yollarına düşüyordu ama ekmek aslanın ağzındaydı. Balina ürünleri ticaretini yürütemeyen Bay Whiterspoon, iflas bayrağını çeken birçok tüccardan yalnızca biriydi. Yevmiyeler azalıyor, özellikle zencilere ödenen gündelikler düşüyordu. Günde dokuz peniye rıhtımda hamallık yapan zenciler beyazların aldığının üçte birine çalışıyorlardı. Ayakta kalmayı başarabilen iş yerleri ucuz zenci işgücünden memnundu, ama bu durum kolonilerde İngiliz safında savaşıp sonradan Shelburne'a iş aramaya gelen beyaz asker eskilerinin ekmeğine engel oluyordu. Bu öfkeli adamlar bütün gün birahanelerde pinekleyip duruyorlardı.

Yorgun yüzlerinden ve perişan kılıklarından onların da zor zamanlar geçirdikleri belliydi. Zencileri bekleyen en büyük tehlike asıl bu adamlardı işte.

Temmuz sonlarında bir akşam Witherspoon ailesinin evinden çıkmış Charlotte'tan Water Caddesi'ne doğru yürüyorduk. May genellikle bitik düşene kadar yürürdü. Takati kalmayınca onu sırtıma alırdım ve yolun kalanını öyle tamamlardık.

Elini tutup, "Bu akşam ne kadar yürüyeceksin bakalım?" diye sordum.

"İlk biraya kadar."

"İlk birahane tabelasına kadar demek istiyorsun. Orası çok yakın. Water Caddesi'nin sonuna kadar yürümeye var mısın?"

"Hayır anne. Çok adam var. Beni kucağına al. Kucağına al anne."

Kızımı kucaklayıp yolun sonuna doğru baktım. MILLIGAN BİRAHANESİ tabelasının orada bir grup beyaz, merdiven üstünde çalışan bir zenci işçiyi taciz ediyorlardı.

"Orada ne işin var delikanlı?" diye seslendi adamlardan biri.

Çocuk kemerine asılı çekice uzanırken, "Çatıyı tamir ediyorum," dedi.

May'i derhal iki dükkân arasındaki boşluğa soktum ve binanın köşesini siper alıp baktım. Adamlar delikanlının çıktığı merdiveni tutmuş sallıyorlardı. Çocuk düşmemek için yağmur oluğuna yapıştı. Adamlar merdiveni altından çekiverdiler. Çocuk havada sallanıyordu.

Birahaneden beyaz önlüklü biri fırladı. "Hey, koyun o merdiveni yerine. Çocuğun işi var. Bırakın da çalışsın."

Adamlardan ikisi dükkân sahibini ite kaka içeri soktular. Diğerleri havada çırpınan delikanlıyı yere düşürene kadar asıldılar. Üstüne atlayıp tekme yumruk giriştiler. Sonra rıhtıma sürükleyip suya attılar.

Marangoz çocuk bin bir güçlükle başını buz gibi sudan çıkardığında bastırıp geri ittiler. Bir kez daha çıkmaya yeltenirse, öldüreceklerini söylüyorlardı. Çocuk iyice ağırlaşmış giysileriyle yeniden iskeleye tırmandı ama adamlar bu kez onu hareketsiz kalana kadar dövüp son kez rıhtımdan suya fırlattılar. Çocuk bir daha yüzeye çıkmadı.

"Anne, adamlar ne yapıyor?"

"İnsanları dövüyorlar," dedim. Bir an önce Birchtown'a gitmek istiyordum ama sağımda birahanenin önünde, solumda Water Caddesi yönünde iki ayrı öfkeli kalabalık toplanmıştı. May'i binanın yan duvarına iyice yapıştırdım.

Adamlardan biri, "Evleri ateşe verelim," diye bağırdı.

Bir başkası, "Birchtown'ı yakalım," diye bağırdı.

Bir ses, "Bu zencilere ders vermenin zamanı geldi," diye gürledi. "Şuradaki iri yarı herifle mi başlasak acaba?"

Çoğu birayla kafayı bulmuştu. Bazılarında tüfek vardı. İki grup birleşerek May'le bulunduğumuz yerden uzaklaştılar. Water Caddesi'nde karşıya geçip Birchtown halkının yakından tanıdığı birine yöneldiler. Uzun boylu, çam yarması gibi bir adam olan Ben Henson, Water Caddesi'nin kenarında her zamanki yerinde, otuz santimi bir peniden odun kesiyordu. Birchtown'da ondan kuvvetlisi yoktu ama yine de tacizciler yakasına yapışmadan kaçıp itmesi için dua ettim. Bu adamların karşısında güç gösterisine kalkışmasını istemiyordum. Kendini emniyete almalıydı. Adamlar yaklaşıyor, Ben hiç istifini bozmadan önündeki kalın kütüğü doğramaya devam ediyordu.

Kalabalığın lideri "Neden kütüklerini alıp zenci mahallesine gitmiyorsun?" diyerek Ben'e sataştı.

Ben başını kaldırmadan işine devam etti. Elebaşı, Ben'e biraz daha yaklaştı. Elindeki tüfeği onun beline doğrultmuştu. Ben, adam iyice yaklaşana kadar sabretti. Sonra birden uzanıp tüfeği kaptı. Adamı tuttuğu gibi yere savurdu. Bu kez iki beyaz saldırdı. Ben onları kedi gibi yakalayıp savurdu. Bıçak çeken bir adamı savuşturmaya çalışırken arkadan yaklaşan bir başkası tüfeğini ateşledi ve Ben'in beynini dağıttı. Koskoca Ben Henson dev bir çuval gibi yere yığıldı. Omuzlarına doğru boşalan kanın görüntüsü karşısında kusmamak için kendimi zor tuttum.

Adamlar Ben Henson'u bıraktıkları anda beni gördüler.

May'i kaptığım gibi koşarak Charlotte Sokağı'na yöneldim. Yokuşu çıkıp Witherspoon ailesinin kapısını yumrukladım.

Bayan Witherspoon içeriden, "Kim o?" diye seslendi.

"Biziz. Meena ve May."

Kadın kapıyı açtı. İkimizi telaşla içeri alıp sürgüyü yerine itti. "Sizi pencereden izliyordum. Size de bulaşacaklar diye ödüm koptu."

"İnsanları öldürüyorlar," dedim.

"Delirmişler," dedi Bayan Witherspoon. Kızı alıp mutfağa götürdü. Oyalansın diye ona pekmezli zencefilli kurabiyeler verdi. Pencereden liman tarafına baktım. Ben Henson kırık bıçkı düzeneği üstüne serilmiş yatıyordu. Uzaktan bakıldığında kestirdiği zannedilebilirdi. Beyazların çetesi çekip gitmişti.

"Gözümün önünde iki adamı öldürdüler," dedim. Bayan Witherspoon küçük bir kadeh içinde bir yudum rom uzattı.

"İç şunu. Bu delilik hali geçene kadar bizde kalın."

Bayan Witherspoon bizi üç gün evinde ağırladı. Kocasının getirdiği haberler hiç iyi değildi. Adamlar hâlâ etrafa dehşet saçıyorlardı. İşsiz beyaz saldırganlar dört zenciyi öldürmüş, birçoğunu dayaktan geçirmişti. Ortada tecavüz söylentileri dolaşıyordu. Birchtown'a saldırdıklarında dövülüp geri püskürtülmüşler ama daha sonra takviye kuvvetle gelip evleri yıkmış, bazılarını ateşe vermişlerdi. Direnenleri feci şekilde dövüyorlardı.

Witherspoonların yanında kaldığımız sürece, May oyun oynarken ben de evin işlerini gördüm. Her gece kızıma sarılarak yattığımda onun düzenli soluğuyla huzur bulmaya çalışıyordum. Evimizi yıktılarsa ona nasıl bakacaktım? Ya bütün Birchtown'ı yakarlarsa ne olacaktı? Moses Baba ve dostlarım ne durumdalardı? Bana ihtiyaçları var mıydı?

Her akşam Bay Witherspoon'dan günlük haberleri alıyordum. Saldırıların başlamasından dört gün sonra adam ortalığın sakinleştiğini haber verdi. Çeteler dağılmıştı. Artık Birchtown'dan saldırı haberleri gelmiyordu. Mahallenin güvende olduğundan emin olmadan May'i oraya götürmek istemiyordum. Önce gidip durumu kendi gözlerimle görmeliydim.

May'i iki günlüğüne Witherspoonlara bırakmaya karar verdim. Evimin hâlâ yerinde olup olmadığını görecek, zarar görmüşse elden geçirecek, Moses Baba ve diğer dostları yoklayıp Shelburne'a kızımı almaya gelecektim.

Sabah erkenden evden Charlotte Sokağı'na süzülüp aşağı Water Caddesi'ne indim. Kentte iş başı yapmış tek zenci yoktu. Rıhtımda bir gemi vardı ama doklarda yalnızca beyaz işçiler çalışıyordu. Bazıları taşıdıkları keresteleri bırakıp pis pis beni süzmeye koyuldular. Neyse ki kimse tarafından taciz edilmeden kent dışına çıkmayı başardım. Shelburne'dan Birchtown'a giderken yolda en az dört beş kişiye rastlardım. O gün tek bir zenci gördüm, o da ölmüştü. Cesedini yol kenarında bir ağaca asmışlardı. Üstünde yalnızca pantolonu vardı. Yalınayaktı. Gömleği yoktu. Ürperdim ama tanıdık biri olup olmadığını merak etmiştim. Cesede yaklaştım, ayaklarından tutup çevirdim. Kanlar içindeki yüzü dayaktan tanınmayacak haldeydi.

Moses Baba Methodist Şapeli'ni mahallenin doğusuna dikmiş olduğundan, Shelburne'dan gelen herkes önce onu görürdü. Körfezi dönüp derenin üstündeki köprüden geçerken şapelin yerinde yeller estiğini gördüm. Bina yanıp kül olmuştu. Üç kadın dış tarafta durmuş dua ediyordu. Bir başkası enkazın yakınında ateş yakmış yemek pişiriyordu. Mahalleye girdiğimde barakaların çoğunun yakılıp yıkılmış olduğunu gördüm. Bahçeler talan edilmişti. İnsanlar iki büklüm, adeta sürünerek yürüyorlardı. Moses Baba'yı mezarlıkta, arabasında otururken buldum. Gözlükleri yoktu. Yanağında bir kamçı izi gördüm. Elini avuçlarımın arasına aldım.

"Sağ salim döndüğüne sevindim kızım," dedi. "Kimse senin nerede olduğunu bilmiyordu."

Arabayı çekerek Moses Baba'yı kulübesine götürdüm. Kapı kırılmış, duvarın biri çökmüştü. Dam her an göçecek gibi duruyordu.

"Eve saldırdıklarında sen neredeydin?" diye sordum.

"İlk basamakta oturmuş gelmelerini bekliyordum. İçip şamata yaptıklarını duyabiliyordum. Bana yaklaştıklarında yüzüm onlara dönüktü. Gelenlere, 'Tanrı beni yanına almak istiyorsa alır. Öldürmek kanınıza işlemişse, haydi durmayın, vurun şu kör ihtiyarı,' diye bağırdım. Biri dipçikle vurdu. Bir başkası kaburgalarımı tekmeledi. 'Sizi göremiyorum ama hepinizi tanıyorum,' diye haykırdım. 'Her birinizin sesi hafızamda. Yaradan'ınızın huzuruna çıktığımda yaptığınız bu katliamı O'na anlatacağım. Cesaretiniz varsa vurun beni!' Vurmadılar. Hepsi de korkaktı. İçlerinden biri, 'Kör adam, mahalleliye söyle Shelburne'dan uzak dursunlar,' dedi. 'Buradan kımıldamazsanız olay çıkmaz.'"

Benim kulübemin kapısını kırıp eşyalarımı yerlere savurmuşlardı. Ben Henson'u öldüren adamları hatırladım. O tiplerin benim evimi de başıma yıkabilecekleri düşüncesiyle titredim. Moses Baba ve cemaatten bir grupla meydanda buluştuk. Fazla zarar görmeyen evleri hep birlikte onaracaktık. Evleri zarar görenler ve yeni barınağa ihtiyacı olanlar şimdilik diğerlerinin yanına taşınacaktı.

Ertesi gün öğlene kadar on kişiyle birlikte iki barakayı ve kulübemi onardık. Moses Baba'yı benim ön odaya yerleştirdik. Öğle vakti kızımı alıp getirmek için Shelburne'a yollandım. Akşam çökmeden evde olmayı planlıyordum.

Şapelin enkazını seyrederek köprüden geçip kentin yolunu tuttum. Aslında yalnız yürünmeyecek kadar ıssız bir yoldu. Rüzgâr sol yanımdaki ağaçları kamçılıyor, sağ yanımda beyaz köpüklü dalgalar kıyıyı dövüyordu. İlerdeki dönemeçten bağrışan erkek sesleri gelince hemen ormana daldım. Ağaçların arasından sessizce yoluma devam ettim. Birden Birchtown yolunda kafayı bulmuş, tüfekli, bıçaklı, kementli beş adam belirdi. Geri dönsem orada beni mutlaka yakalarlardı. İlerlemem de mümkün değildi. Çıtırtıları duyabilirlerdi. Çaresiz, bir çam ağacına tırmandım, reçineye bulanarak en tepedeki dallardan birine tünedim. Yüreğim ağzımdan fırlayacak gibi çarpıyordu. Soluk almaya bile korkarak kıpırdamadan oturdum. Neyse ki kalbimin gümbürtüsü adamların naraları ve kahkahaları arasında boğulup gitti.

Tam 'Zenci Mahallesi'ndeki evleri basmaktan söz ederlerken yolun ilerisindeki dönemeçte Jason belirdi. Adamlar hemen oğlanın çevresini sardılar.

Beyazlardan biri "Yolculuk nereye delikanlı?" diye sordu.

"Shelburne'a gidiyorum."

"Senin yerin Birchtown."

"Annem Shelnurne'da. Onu almaya gidiyorum."

"Annenin orada ne işi var?"

"Çamaşıra gitti."

"Demek bir beyazın işini kaptı, öyle mi?"

"Çamaşır yıkıyor, hepsi bu."

Bir başkası Jason'un başına dipçiği indirdi.

"Bak şimdi! Durduk yerde eğlencemi bozdun!" dedi ilki.

"Ne eğlencesi?"

"Onunla oynayacaktım azıcık. Ders verecektim. Ağır ağır öldürecektim. Vurup bayılttın ve keyfimin içine ettin."

"Onu bağlayıp bırakalım. Eğlenceye dönüşte devam ederiz."

Adamlar baygın Jason'u yol kenarına sürükleyip tırmandığım ağacın yakınında bir ağaca bağladılar ve Birchtown'a doğru yollarına devam ettiler.

Başka gelenler olabilir diye birkaç dakika bekledim. Jason yavaş yavaş kendine geldi. İnliyordu. Ağaçtan inip yanına koştum. Onu bileklerinden ağaca bağlayan ipleri çözdüm.

"İyi misin?"

"Evet. Burada olman ne büyük şans."

"Annene mi gidiyorsun?"

"Annem saldırılar sırasında öldü. Ayağa kalktı ve düşüp öldü. Kimse ona tek fiske vuramadan."

Yerden kalkınca ona sarıldım. "Çok üzüldüm," dedim. "Evde başka kimse var mı?"

"Hayır. Annemle ben vardık."

"Shelburne'a neden gidiyorsun?"

"Karnımı doyurmaya. Çalışmam gerek. Yatacak bir yer bulmalıyım. Annem öldü gitti. Evimiz zaten yaşanmaz durumda."

"Birchtown'a dönersen o adamlar seni öldürürler. Benimle gel. Belki kentte bir çaresini buluruz."

Shelburne'a doğru yola koyulduk.

"Bunca zamandır Birchtown'da beraberiz, ama beni Zenci Defteri'ne kaydedişinden hiç söz etmedin."

"Nasıl?" diye atıldım. "Seni ben mi kaydetmişim? Bağışla Jason. O kadar çok gemide çalıştım ve o kadar çok isim yazdım ki bazılarını unutup gitmişim."

"Bütün gün sıranın bana gelmesini beklemiştim. Siyahların hepsi seni tanıyordu. Tatlı diliyle yılanı deliğinden çıkaran o ufak tefek Afrikalı kadın, Manhattan'daki zenci nüfusun en az yarısının adını deftere geçmişti. Sen hepimizi tanımıyordun ama biz seni çok seviyorduk."

"Sahi mi?"

"Çünkü bizim iyiliğimiz için çalışıyordun."

"Seni de Zenci Defteri'ne ben kaydettim demek."

"Evet."

"Hakkında ne yazmıştım peki?"

"Bilmem ki. Okumam yoktu. Hâlâ da okumayı bilmem."

"Shelburne'daki okuma derslerine katılsana."

"On dokuzuma geldim," dedi oğlan. "Yaşım geçti artık."

"Bu işin zamanı yoktur," diye atıldım.

Shelburne'a vardığımızda geminin kalkmış olduğunu fark ettim. Jason daha önce yanında çalışmış olduğu bir adamı bulmaya gitti. Ben de Charlotte Sokağı'nın yolunu tuttum.

Whiterspoonların evine geldiğimde kapıyı çaldım. Açan olmadı. Bir kez daha çaldım. Ses yoktu. Pencereden pencereye, odunluğa, kuyunun başına, arka kapıya koştum. Etrafta kimsecikler yoktu. İçeriden hiç ses gelmiyordu. Tekrar ön kapıya koşup bütün gücümle yumrukladım. Sonunda en yakın evin kapısı açıldı. Dışarı fırlayan komşu kadın derdimin ne olduğunu sordu.

"Kızımı almaya geldim ama evde kimse yok!" diye bağırdım.

Kadın, "Şu gürültüyü keser misin?" dedi alçak sesle. "Son zamanlarda yeterince olay yaşadık zaten."

"Kızımı Witherspoonlara bırakmıştım. Almaya geldim ama evde yoklar. Nerede olduklarını biliyor musunuz?"

"Hey Tanrım, dur be kadın! Biraz sakin ol."

Kendimi toparlamaya çalıştım. Belki güzellikle sorarsam kadın bana bilgi verebilirdi. "Kızım nerede?" diye hıçkırdım. "Daha üç yaşında. El kadar bir çocuk. Adı May."

"O küçük şey senin miydi?"

Karşıya geçip kadının karşısına dikildim. Kapıldığım dehşet ve öfkenin etkisiyle hem kadının gırtlağına yapışmak hem de ayaklarına kapanıp yalvarmak istiyordum.

"May nerede?"

Kadın toparlanıp hafifçe öksürdü. "Witherspoon ailesi gemiye binip gitti. Ben ne seni tanırım ne de kızını."

Kapıyı suratıma çarparak kapattı. Arkadan itilen sürgünün sesi geldi.

Tekrar karşı kaldırıma koşup bir taş buldum. Panjurları kırıp camlardan birini açmayı başardım. Kendimi pencereden içeri attım. Odalar boştu. Masalar, dolaplar yataklar, hepsi gitmişti.

Defalarca, "May!" diye haykırdım. Cevap veren olmadı.

Deliler gibi koşarak Water Caddesi'ne indim. Doklarda birkaç beyaz işçi çalışıyordu. Sert adımlarla onlara doğru yürüdüm.

"Kızımı arıyorum. Üç yaşında. Adı May. Küçük bir zenci kız göreniniz var mı? Yanında beyaz bir çift olabilir."

Adamlardan biri ayağımın dibine tükürdü. Diğerleri yüzüme bile bakmadan işlerine devam ettiler.

"Lütfen. Yalnızca kızımı istiyorum. Aranızda küçük bir zenci kız gören olmadı mı?"

Hiçbiri benimle konuşmadı. Rıhtımda yürüyüp halatlarla uğraşan genç bir adama yaklaştım.

"Lütfen yardım edin," diye inledim. "Kızımı arıyorum. Küçücük bir kız. Üç yaşında."

"Etrafta hiç zenci çocuk görmedim."

"Witherspoon ailesini gördünüz mü peki? Karı koca. Charlotte Sokağı'nda oturuyorlar."

"Ben o zenginlerin hiçbirini tanımam," dedi genç adam. "Ama bu sabah kalkan gemiyle buradan gidenler oldu. Gemiye binen üç dört aile vardı. Bütün bildiklerim bu kadar."

Koşarak rıhtımı terk ettim ve fırtına gibi Theo McArdle'ın dükkânına daldım. Matbaa makinesinin başında çalışmakta olan adam bana hayretle baktı.

"Meena!"

"Kızım nerede?"

"Buraya girdiğini gören oldu mu? Burası senin için güvenli değil."

"Kızımı bulamıyorum. Witherspoon ailesi gitmiş!"

"Eğer sana iş verdiğimi duyarlarsa beni..."

Elime geçen ilk gazeteyi adamın kafasına fırlattım. Bir tomar kâğıt kaptım. Kapıyı açıp hepsini sokağa fırlattım. "Kızıma ne oldu?"

McArdle koşup kapıyı sürgüledi. Storu indirdi. Bana bir sandalye bulup oturmamı işaret etti. Sandalyeye çöktüm. Adam sırtını kapıya verip durdu.

"Witherspoonlar bir zamandır buradan ayrılmayı düşünüyorlardı," diye başladı. "Senin haberin var sanıyordum. Ayaklanmalar sona erince gitmeye karar verdiler."

"Peki ama kızım nerede?"

"Ortalık durulunca yirmi hamal kiralayıp eşyalarını rıhtıma taşıttılar. Birkaç saat içinde toparlanıp gittiler."

"Hamallar beyaz mıydı zenci mi?" diye sordum. Aralarında zenci olan varsa bana May'le ilgili bilgi verebilirdi.

"Beyaz."

"May de karı kocanın yanında mıydı?"

Adam hiç konuşmadan başıyla onayladı.

"Konuş!" diye haykırdım. "Söyle bana! Kızım da mı o gemiye bindi?"

Adam başını eğip gözünü yere dikti. "Evet."

"Nereye gittiler?" diye sordum boğulur gibi.

"Boston'a."

"Ve sen onlara engel olmadın öyle mi?"

"Denedim."

"Neler oldu, anlat bana," diye inledim.

"Dükkândan çıkıp peşlerinden rıhtıma indim."

"Kızım?.. Kızım ağlıyor muydu?"

"Hayır."

"Bayan Witherspoon onu oyalıyor muydu?"

"Evet, senin az sonra geleceğini söylüyordu. Bay Witherspoon'u bu işten vazgeçirmeye çalıştım."

"Ona ne dedin?"

"Çocuğu bana bırakmasının daha doğru olacağını söyledim. Nasıl olsa onları evde bulamayınca bana koşacaktın. Ayaklanmalar yüzünden doklarda bir sürü nöbetçi vardı. Bay Witherspoon gidip beni onlara şikâyet etti. Korkup uzaklaştım. Keşke öyle yapmasaydım. Keşke daha yüksek sesle itiraz etseydim. Ama nöbetçiler bana doğru yürümeye başlayınca telaşla oradan uzaklaştım. Witherspoonlar kızı da alıp gittiler."

"Doklarda hiç zenci var mıydı? Bana bilgi verebilecek biri?"

"Hayır."

"Kızım o sırada ne durumdaydı?"

"Bayan Witherspoon'un kucağında."

"Ağlamıyordu ve üzgün değildi öyle mi?"

"Hayır. Elinde küçük bir abaküs vardı, bir oyuncak, onun boncuklarını itelemekle meşguldü."

Aklıma başka soracak bir şey gelmiyordu. Theo McArdle'ın da verebileceği ayrıntılar bu kadardı.

"On gündür doğru dürüst yemek yemedim," dedim. "Birchtown'daki dostlarım olaylar yüzünden sokakta kaldılar. Bari biraz yiyecek ver de yakanı bırakayım."

"Bende de erzak kalmadı."

"Bir şeyler bul Bay McArdle. Zaten kızımı alıp götürmelerine göz yummuşsun, bari bana biraz yiyecek ver."

McArdle arka tarafa gidip bir kilo pirinç, bir domuz budu, bir torba bezelye ve bir somun ekmekle söndü. Erzakı alıp dükkândan çıktım.

Jason beni kent çıkışında bekliyordu. Yüzündeki kesikten, yemek yerine dayak yediği anlaşılıyordu. Ne kalacak yer, ne de iş bulabilmişti. Onu eli silahlı, yumrukları sıkılı, çizmeleriyle her an tekmelemeye hazır asker eskilerinden başka karşılayan olmamıştı. Kızımı sordu. Cevap veremedim. Sorusunu bir daha tekrarlamadı.

Çamura bata çıka Birchtown'a doğru yürüdük. Orman ürkütücü bir sessizliğe bürünmüştü. Yağmacılar ortalıkta görünmüyordu.

"Kızımı kaybettim," diye fısıldadım nihayet. "Son çocuğumu."

"Sakın son demeyin," dedi Jason. "Öyle konuşmayın Bayan Dee."

"Evet, sonuncusuydu Jason. Sözüme inan, çünkü gerçek bu. Birchtown'da artık kimseye hayrım dokunmaz benim. Ölmekten başka bir isteğim yok."

Jason omzumdaki yükü aldı, erzak torbalarını sırtına vurdu. İtiraz edecek halim yoktu. Sonraki otuz dakika umutsuzluk içinde geçip gitti. Birchtown'a vardığımızda yakılıp yıkılmış birkaç ev daha gördük ama beyaz saldırganlar sonunda çekip gitmişlerdi. Moses Baba kulübemin önünde devrik bir kütüğün üstüne oturmuş beni bekliyordu. Jason ihtiyarı kucakladı. Hep birlikte içeri girdik. Mucize eseri eve bir zarar gelmemişti. Kulübe benden çok daha dayanıklı çıkmıştı.

Sonraki birkaç hafta öyle büyük bir acıya gömüldüm ki konuşmak bile bir işkenceydi. Başlarını sokacak bir yer yapana kadar Jason'la Moses Baba'nın yanımda kalmalarına tahammül etmek zorunda kaldım. Artık ne Birchtown çocuklarına ders verebilir ne ebelik yapabilir ne de Theo McArdle'ın yanında çalışabilirdim. Canım hiçbir şey istemiyordu. Derdimi dökersem içimden fışkıracak keskin acının etkisiyle etrafa saldırıp birilerini öldürmekten korkuyordum. Boston'a kalkan gemilere bilet alacak param yoktu. Bir gün McArdle'a ve kentteki birkaç beyaz tanıdığa oraya gitme fikrimi açtığımda hepsi birden karşı çıktılar. Tutuklanabileceğimi, tekrar köle durumuna düşeceğimi söylüyorlardı. O kentte param ve beni koruyacak tanıdıklarım olmadan barınamazdım.

McArdle, "Boston'da oturduklarından da emin değiliz ki," diyordu. "Phildelphia'ya, New York'a, Savannah'ya da gitmiş olabilirler. Belki de Jamaika, Barbados, Santo Domingo veya İngiltere'ye yerleşmişlerdir."

McArdle'ın yardımıyla Boston, Philadelphia ve New York gazetelerine ilanlar verdim. Daha önce Nova Scotia'nın Shelburne kentinde yaşamış olan Witherspoon ailesi hakkında bilgi verene küçük bir de ödülüm olacaktı. Kentte benimle konuşma tenezzülünde bulunan her beyazdan bir bilgi kırıntısı edinmeye çalışıyordum ama kimse Witherspoonların nerede olduklarını bilmiyordu. Artık Virginia'da, Mount Vernon'da Başkan George Washington'un kanatları altında yaşayan Sam Fraunces'e bile yazdım. Altı ay sonra içtenlik dolu bir mektup geldi, ama o da hiçbir bilgiye ulaşamamıştı.

Çocuklarım, kopmuş olsa da hâlâ yerinde hissedilen uzuvlar gibiydi; orada yoktular ama derinden sızlıyorlardı. Artık yemek pişirmiyor, çalışmıyor, aç yaşıyordum. Ömrümde ilk kez okumaktan uzaklaşmıştım. Artık Chekura'yı bile düşünmez olmuştum. Belki Moses Baba haklıydı. Chekura'nın gelmeye niyeti olsaydı çoktan yanımda olurdu.

Moses Baba İsa'yı kalbime kabule hazır olup olmadığımı sordu. Ona küçükken bir inancım olduğunu, sonradan ondan vazgeçmek zorunda kaldığımı, hayatımda bir başka Tanrı için yanıp tutuşmadığımı söyledim. Ellerimi avuçlarına aldı ve ta içimi görür gibi yüzüme baktı. "Ne olursa olsun, sen iyilik dolu bir insansın Meena. Çok sevenin var." Doğru söylüyor olabilirdi ama ben bunu göremiyor, hissedemiyordum.

Tek bildiğim, hayatta en çok sevdiklerimin benden koparılıp alınmış olduklarıydı.

Yeniden Moses Baba'nın vaazlarını dinlemeye başladım. Bende büyük bir değişime yol açtıklarını söyleyemem. Herkes bana şefkat gösteriyor, yiyecek getiriyor, asla yalnız yemeyeceğimi anladıklarında oturup soframı paylaşıyorlardı. Fırsat buldukça kereste, dal, çivi türünde malzemeleri yüklenip geliyor, kulübenim çatlaklarını onarıyorlardı. Jason ve Moses Baba beni her gün yoklamayı ihmal etmiyorlardı. Sonunda bana yeni bir sınıf açtılar. Öğretmenliğe yeniden başladım. İçimden gelmese de okuma yazma öğrettiğim çocukları seviyor gibi görünmeye çalışıyordum.

Theo McArdle bir zaman sonra beni yeniden matbaasında çalışmaya ikna etti. Gazeteyi dizerken kendimi işe vermeye gayret ediyordum. Boş vakitlerimde McArdle'ın bulup getirdiği kitapları okuyordum. Bana bir Afrika haritası bile buldu ama içinde dağ, tepe, fil, aslan resimlerinden başka bir şey yoktu.

May'in kaçırılmasından bir yıl sonra Shelburne'da bir doğuma gittim. Hizmetime karşılık bir lamba ve dört kilo balina yağı verdiler. Kendi bebeğimi kaybettikten sonra dünyaya gelmesine aracı olduğum ilk bebekti bu. Kayıplarımın acısı asla dinmiyordu. Uzuvlarım kopmuştu. Hiçbiri bir daha yerine gelmeyecekti ama ben yaşamaya devam ettim. Nasıl becerdim bilmiyorum ama yaşamaya devam ettim işte.

Kentler yerine filler

Aradan dört yıl geçti. May'le ilgili en küçük bir bilgi edinememiştim. Yaşadığından emindim ama ne onun ne Witherspoonların ne de Chekura'nın yerini öğrenebilmiştim. Shelburne'un altın çağı sona ermiş, kraliyet yanlılarının çoğu iş yerlerine kilit vurup Birleşik Devletler'e dönmüşlerdi. Birchtown halkı aynı adreste yaşamlarını sürdürüyordu. Ben de kalanlar arasındaydım.

Kırk beşime geldiğimde başımda çoğalan beyaz saçlara aldırmaz olmuştum. Kitap, gazete okuyabilmem için vazgeçilmez hale gelen uçuk mavi camlı gözlüklerimi takmaktan utanmıyordum artık. Sap görevi gören teller sayesinde kafaya takılabiliyor, burnun üstüne oturtmak ya da şakaklara kadar çekmek gerekmiyordu. Gözlükler iki aylık tasarrufuma mal olmuştu ama paramı harcayacak daha önemli bir yerim yoktu zaten. Kocam yoktu, çocuklarım yoktu, her yaz ertesi kış için sağlamlaştırdığım Birchtown'daki kulübemden başka yuvam yoktu. Moses Baba ve bazı cemaat üyeleri tarafından iki kez Nova Scotia'daki değişik kiliseleri gezmeye davet edildiysem de kabul etmedim. Kocamla kızımın bir gün döneceklerini umut ediyor, aramaya geldiklerinde beni yerimde bulsunlar istiyordum.

1790 yazında Methodist cemaati Annapolis Royal'den gelen bir ziyaretçiyi dinlemek için Moses Baba'nın şapeline doluştu. Ziyaretçi benden birkaç yaş daha büyük, kısa boylu, tıknaz bir adamdı. O kadar monoton bir sesle konuşuyordu ki bazı dinleyiciler dayanamayıp uyuyakaldılar. Ben önemli bir mesajı olduğu duygusuyla, sözlerini daha iyi duyabilmek için ön sıraya kaydım.

Adam, "Adım Thomas Peters," diye anlattı. "On dört yıl önce Kuzey Carolina'da efendimin yanından kaçtım. Siyah Öncüler'e katılıp İngilizler için savaştım. Bana inanmayan gelip askeri evrakımı görebilir. Benim sizlerden bir farkım yok. Yedi yıldır Nova Scotia'dayım ve hâlâ bana toprak verecekler diye bekliyorum. Ama artık sıkıldım. Bu konuda bir girişimde bulunmaya karar verdim."

Thomas Peters İngiltere'ye gidebilmek için bağış topladığını duyurdu. Orada İngiliz parlamenterlerle konuşmayı, onlara topraksız zenci kral yanlılarının durumunu ve Nova Scotia'da kölelik düzeninin hâlâ sürdüğünü anlatacaktı. Hiçbirimiz bu girişimden bir sonuç alınacağını sanmıyorduk ama yine de kesemiz elverdiğince katkıda bulunduk. Peters'ın kararlılığı bende hayranlık uyandırmıştı. Ona on şilin verdim. Toplantıdan sonra "Bildiri" dediği metnin sonunu bağlamasına yardım ettim: "Koloni Yasaları zavallı kimsesiz köleleri büyükbaş hayvan ya da yaban hayvanları kadar bile korumamaktadır... Irkdaşlarımın maruz kaldığı bu zulüm ve gaddarlık, özgür siyahları şaşkınlığa sürükleyip onlarda nefret uyandırmaktadır... Onlar İngiliz hükümetinin bu adaletsizliği nasıl onaylayabildiğini, Nova Scotia'da köleliğin devamına nasıl göz yumduğunu anlayamamaktadırlar."

Thomas Peters yardımıma teşekkür ederek, "Ne yapıp edip İngiltere'ye gideceğimden hiç kuşkunuz olmasın," dedi. "Orada ırkdaşlarımın durumunu bir an bile aklımdan çıkarmayacağım."

Peters'ın azmi ve cesareti bana kendi iredemin ne denli zayıfladığını hatırlattı. Bir zamanlar İngiltere'ye gitmek, oradan da gemiyle Afrika'ya dönmek en büyük hayalimdi. Artık böyle bir amacım yoktu. Kulübemi rüzgârdan korumak için kütüklerin arasını yosunla beslemiş, geceleri ısınmak için ormandan kucaklar dolusu odun taşımıştım. Kulübemden başka bir şeyim kalmamıştı. Belki May'le Chekura çıkıp gelir diye orayı kuru ve tertemiz tutmaya uğraşıyordum. Gerçekten bir gün onları karşımda görürsem, sıcacık yuvamızın onları sonsuza dek bana bağlayacağını umuyordum. İşimle oyalanmaya çalışıyordum ama Chekura ile May'in anıları bana bir saniye soluk aldırmıyordu.

Birchtown halkı Thomas Peters'ı çabucak unuttu ama Peters bir yıl sonra geri döndü. Kilisede yaptığı konuşmada İngiltere'ye gittiğini, bazı beyazlarla görüştüğünü, onların bizi Afrika'ya göndermeye hazırlandıklarını anlattı. Durum sahiden komikti. Anlattıklarını destekleyecek hiçbir ayrıntı veremiyordu. Hiçbirimiz ona inanmamıştık. Peters en kısa zamanda bize yeni bilgiler aktarılacağına dair söz verip gitti.

Birkaç gün sonra *Royal Gazette*'i okurken Londra merkezli Sierra Leone Şirketi'nin başkanı ve on iki yöneticisinin verdiği bir ilan dikkatimi çekti. Başlıkta "AFRİKA KIYISINDA ÖZGÜR YERLEŞİM" yazıyordu. Şirket, Afrika'daki kolonisine yerleşebilecek, özellikle "dürüst, ciddi ve çalışkan" oldukları konusunda onaylı hizmet belgesi sunabilecek özgür zenciler arıyordu. Bu türden bir yazılı belge getiren her "Özgür Siyah"ın şahsına seksen, karısına kırk, her bir çocuğuna ise yirmi dönüm toprak tahsis edilecekti. Sierra Leone'de siyahlar ve beyazlar eşit yurttaşlık, askerlik, özlük ve ticaret haklarına sahip olacaklar, eşit yükümlülükler üstleneceklerdi. Sierra Leone Şirketi köle bulundurduğu ya da köle alım satımına aracılık ettiği takdirde yasaları çiğnemiş sayılacaktı.

Birchtown'dan sonra ilanı okumam konusunda başka yerlerden de talep geldi. Moses Baba'nın Methodist şapelinde, Baptist kilisesinde cemaati bilgilendirdim. İlanı duymak isteyen her yere, her mahalleye gittim. Metni artık ezbere okuyacak hale gelmiştim. Buna rağmen Afrika yolunun kimlere açıldığını, oraya nasıl gideceklerini, bu yolculuk için nasıl para bulacaklarını, projenin arkasında kimlerin olduğunu ya da neden böyle bir teklifle karşımıza çıktıklarını tam olarak anlayabilmiş değildim. Herkes bana Sierra Leone'nin yerini soruyordu ama ben biliyor muydum sanki?

Çok geçmeden projeyi uluorta tartışmanın tehlikeli olduğunu kavradık. Shelburne'da koltuğunun altında *Royal Gazette*'in bir nüshasıyla kahveye giren zenci bir fıçı imalatçısı üç kişi tarafından dövüldü.

Birchtown'da bir kısım halk Afrika'ya göç söylentilerinin, beyazların zencilere saldırmaları için yeni bir bahane yaratmaktan başka işe yaramayacağını ileri sürüyordu.

Birkaç gün sonra John Clarkson adlı bir İngiliz denizci yüzbaşı at üstünde Birchtown'a geldi. Üniformalıydı. Oldukça gençti. Ben o sıralar kırk altı yaşındaydım. Clarkson tahminen yarı yaşımda olmalıydı. Gençti ama kararlıydı. Küçük burnu, ince dudaklarıyla bir oğlan çocuğu görünümüne sahipti. Tertemiz tıraş olmuştu ama şaşırtıcı derece gür favorileri vardı. Moses Baba'nın cemaatine hitap etmek istediğini söyledi. Yüzlerce kişi şapele doluştu. Bir o kadarı da kapıda birikince hep birlikte dışarı çıktık. John Clarkson sırtını okyanusa verip gözlerine giren saç tutamlarını iteledi. Bizler körfeze dönük olarak at nalı şeklinde etrafına dizilmiştik.

Clarkson'ın tiz bir sesi vardı ama güzel konuşuyordu. Tek sözcük kaçırmamak için can kulağıyla dinlemeye hazırlandık.

"Peder Moses, hanımlar beyler, adım John Clarkson. İngiliz Donanması'nda yüzbaşıyım. Ancak buraya askeri görevle gelmedim. Sivil bir amaca hizmet etmekteyim. Sizlere bir teklifte bulunacağım. İlgilenen uygun kişilerin Afrika'nın Sierra Leone bölgesine göç etmesine yardımcı olacağım."

Öyle bir tezahürat başladı ki Yüzbaşı Clarkson gürültünün dinmesini beklemek zorunda kaldı. Bu kadar açık tenli oluşu beni hayrete düşürmüştü. Şakağındaki mavi damarı bile görebiliyordum. Buna karşılık gözleri cin gibiydi; tezahüratın dinmesini beklerken herkesi tek tek incelediğini fark ettim. Bir ara gözü bana takıldı. Başıma sarmış olduğum turuncu başörtüsüne baktığını tahmin ettim. Sarışın olan Clarkson'ın saçları seyrelmeye başlamış, tepesi şimdiden yer yer açılmıştı. Kaşlarında biriken terleri sildi. Uykuya karşı koymaya çalışan çok meşgul bir adam edasıyla avuçlarını gözlerine bastırdı.

Kalabalık sessizleşince, Londra'ya yaklaşık yüz elli kilometre uzaklıkta küçük bir liman olan Wisbech'te dünyaya geldiğini anlattı. Kendisi ve ailesi köle ticaretinin Hıristiyanlığı lekelediğine inanan insanlardı. İsyancı Kolonilerle yapılan savaşta İngiliz saflarında yer alan zencilere Nova Scotia ve New Brunswick'te toprak verilmediğini ve fırsat tanınmadığını gözlemlemişti.

"Bugün burada İngiliz resmi otoritelerini temsilen bulunmaktayım. Sadakatle hizmet etmiş zencilerin Afrika'da yeni bir hayata başlamaları yolunda bir teklif sunmakla görevlendirildim."

Clarkson Sierra Leone'de kurulacak yeni İngiliz kolonisine katılmak isteyenlere yönelik çeşitli vaatlerle devam etti. Onun deyişiyle "serüvenciler"e kendi kendilerini yönetme özgürlüğü tanınacaktı. Politik ve ırksal eşitliğe sahip olacaklardı. Tarımla uğraşabilmeleri için kendilerine tohum ve araç gereç sağlanacak, toprak verilecekti.

Biri, "Burada bir karış toprağımız bile yok," diye bağırdı.

Clarkson, Nova Scotia'daki koşulları değiştiremeyeceğini söyledi ama Sierra Leone Şirketi isteklilere koloniye ücretsiz gidiş ve toprak vaat ediyordu.

"Bu Sierra Leone dediğiniz yer nereye düşüyor?" diye seslendi Moses Baba.

Clarkson istersek bir harita çizebileceğini söyledi. Herkes istedi. Sonra Clarkson gülümseyerek, "Anlayabileceğiniz gibi, okulda sanat derslerinden hep kalırdım," dedi.

Moses Baba, "Biz de öyle," deyince kalabalık kahkahayı bastı.

Clarkson çantasından tüy kalem ve kâğıt çıkardı. Birkaç hareketle Afrika'nın dış hatlarını oluşturdu. Sol alt köşesi koparılmış gibi duran uzun, oval bir kütle çizdi. Sol tarafta Atlas Okyanusu vardı. Kuzeybatıya Wolof toprakları diyordu. Sierra Leone dediği yerin güneydoğusunda ise Buğday, Fildişi, Altın ve Köle kıyıları denen bölgeler yer alıyordu. Bitirdiğinde haritayı elden ele dolaştırdı.

Clarkson, "Sanat derslerim zayıftı ama donanmada zorunlu olarak harita çizmeyi öğrendim," diye konuştu.

"Bize bir aslan çizsene," diye bağırdı biri.

"Çizeyim ama daha çok file benzeyebilir."

Kahkahalar dindiğinde Clarkson yine ciddi yüzünü takındı. Sierra Leone'ye gideceklerin uyumlu ve dürüst kişiler olmaları gerekiyordu. Dine ve edebe aykırı davranışlardan uzak durulması şarttı. Notlarından okudu: "Haydutluk, içki alışkanlığı, şiddet, hırsızlık, hovardalık, aldatma, zina, açık saçık dolaşma, dans ve her türlü taşkınlık kesinlikle yasaktır."

Kalabalık arasında homurdananlar oldu. Yanımda duran biri, "İşe bak yahu," diye mırıldandı. "O kadar yolu gidip keyfimizce dans edemeyeceğiz, öyle mi?" Birkaç kişi kıkırdadı ama Clarkson şikâyetleri duymazlıktan geldi.

Sabıkalılar ve kötü şöhretli kişiler koloniye kabul edilmeyecekti. Tek kadınlar ancak bir erkeğin namusuna kefil olması ve geçimini üstlenmesi koşuluyla yolculuğa katılabilirlerdi.

Clarkson toplantı notlarını tutacak bir yardımcı istedi. Birçok kişi bağırarak adımı verdi.

"Meena hanginiz?" diye sordu Clarkson.

Bir adım öne çıktım. Bana da aynı soruyu sordu: "Bayan Meena kimdir, gösterir misiniz?"

"Benim. Adım Aminata Diallo."

Adam favorisini kaşıdı. Afallamıştı.

"Bana kısaca Meena derler. Not alacak birini istediniz. Ben yardımcı olabilirim."

"Öyle mi?" dedi Clarkson kaşınmayı bırakarak.

Yüzüne benzerini daha önce hiç görmediğim bir tebessüm yayıldı. *Sizinle tanıştığım için tarifsiz bir mutluluk duydum*, diyen bir gülüştü bu. *İkimiz iyi anlaşacağız galiba*, diyordu sanki. İşin ilginç yanı, ben de aynı duygular içindeydim. Adamı ilk gördüğüm andan itibaren sevmiştim.

Kalemi ve kâğıtları aldım. Verilen tabureye oturup toplantı notlarını tutmaya koyuldum.

Clarkson toplumun kanaat önderlerinin kimler olduğunu sordu. Gelecekte onların kanalıyla bilgi alışverişini hızlandırmayı umuyordu. Kendisine üç papazın adı verildi. Clarkson projeye bir itirazın olup olmadığını öğrenmek istedi. Stephen Blucke adlı bir kasabalı, zencilerin Nova Scotia'da kök salmasının daha uygun olacağını düşündüğünü söyledi. Bilinmeyen topraklar uğruna tehlikeli bir yolculuğa kalkışmak riskli olmaz mıydı?

Clarkson alınganlık göstermek yerine Blucke ve Nova Scotia'da kalmaktan yana olan bir grup kasabalıyı ikna yolunu seçti. Onlara özgürce konuşma hakkı tanıyacak kadar özgüven sahibi olması hoşuma gitmişti.

Clarkson bıkıp usanmadan bütün soruları cevaplandırdı. Her sözü ona biraz daha saygı duymama neden oldu. "Hayır," diyordu, "Hayır, bu gemiler esir gemisi olmayacak."

Önemli bir noktayı vurgulamak ister gibi parmağını kaldırdı. "Birçok millet hâlâ Afrika kıyılarında köle ticareti yapıyor. Sierra Leone'de de bu pis işle uğraşanlar var. Ama oluşturacağımız kolonide köleliğin adı bile geçmeyecek."

Söylediğine göre Sierra Leone Şirketi, yaşamlarını köleliğin kaldırılmasına adamış kişilerce yönetilecekti. Gemiler modern donanıma sahip olacak, ayrıca her kadın, erkek ve çocuğun okyanusu rahatça geçmesi için yeterli miktar ve kalitede yiyecek stoku bulunduracaktı.

Clarkson "serüvenciler"in iki ay içinde yola çıkabileceklerini bildirdi. Halifax'tan Sierra Leone'ye gitmek yaklaşık dokuz hafta sürecekti.

Sierra Leone Şirketi bizi Nova Scotia'dan İngiltere'ye götürmek için bilet ücreti talep etmeyecekti. Yöneticiler bu hizmeti görev biliyor, vatanseverlik duygularıyla hareket ediyorlardı. Bu bir görevdi, çünkü siyahların da baskı görmeden özgürce yaşama hakları vardı. En doğrusu onları Afrika'ya geri göndermekti. Böylece dönenler yerli halka okuma yazma öğretip inanç aşılayarak uygarlaşmalarını sağlayabilirlerdi. Evet, projede vatanseverlik de söz konusuydu. Sierra

Leone'nin siyah kolonicileri Büyük Britanya'nın Afrika kıyısındaki ticari çıkarlarının kurumlaşmasına hizmet edeceklerdi. İmparatorluk zenginleşmek için artık köleliğe ihtiyaç duymayacaktı. Clarkson'ın ifadesine göre toprak o kadar verimliydi ki çiftliklerimizden incir, portakal, kahve ve şeker kamışı fışkıracaktı.

Clarkson'ın dediğine göre bizden önce gidenlerle ilgili küçük bir sorun vardı. Beş yıl önce Sierra Leone'ye Londra'dan gidenler olmuş ama koloni bir türlü istenen gelişimi gösterememişti. Biz başlangıçta onların kurduğu yerleşimi kullanabilir, zamanla geliştirip büyütebilirdik.

Clarkson'ın vaatlerine inanmıştım ama onunla gidemeyeceğimi biliyordum. Afrika'ya dönersem kocamı ve kızımı görme şansını sonsuza dek kaybetmiş olurdum. Clarkson söylevine devam ederken dalıp gitmişim. Bu yüzden de birkaç soru ve cevabı kaçırdım. Hayatımın en büyük hayalini gerçekleştirebilmenin eşiğine gelmiştim ama şu noktada kendi adıma buradan ayrılmanın doğru olacağından emin değildim.

Yüzbaşı toplantıdan sonra Moses Baba'yı kucaklayıp arabasına oturttu. İki adam kulübeme beni ziyarete geldiler. Theo McArdle'ın bu ziyaret vesilesiyle bana armağan etmiş olduğu tereyağı, ekmek, peynir ve elmaları yedik. Nane, zencefil ve balla yaptığım o benzersiz içeceği yudumladık.

"Vay canına," dedi Clarkson içerken. "Gerçekten de bu iksir bütün solunum yollarını temizleyip açıyor." Hem ısınmak hem de yemek pişirmek için kullandığım sobaya, duvarda asılı kap kacağa baktı, sonra eğilip raflardaki kitapları inceledi.

"Epey yıpranmışlar."

Ona her kitabı defalarca okuduğumu söyledim.

Yüzbaşı, "Okumak, bu dünyadan uzaklaşmak için ne eşi bulunmaz bir fırsat, öyle değil mi?" dedi.

Açık sözlülüğüne şaşırarak güldüm.

"*Gulliver'in Gezileri*'ni de mi okudunuz yoksa?"

"Hem de kaç kere," dedim.

"O Liliputlular sözcüğü ne muhteşem değil mi? Swift o sözcüğü nereden bulmuş acaba?"

"Minicikler ama ortalığı duman ediyorlar," dedim.

"Aynı İngilizler gibi."

Moses Baba ile birlikte kahkahayı bastık. Kalkıp Clarkson'ın sıcak içeceğini tazeledim.

Clarkson yüzüme bakıp, "Benim asistanım olur musunuz?" diye sordu. "Not alacak, zencilerle irtibatımı sağlayacak, yolculuğu organize etmeme yardımcı olacak birine ihtiyacım var."

"Yardıma hazırım ama sizinle gelemem," dedim.

Clarkson "Sözleşmelilerdenseniz ya da borcunuz varsa size yardımcı olabilirim," diye atıldı.

"Hayır, ben özgürüm. Borcum da yok. Burada kocamı ve kızımı bekliyorum. Onlar olmadan hiçbir yere gidemem."

Clarkson bu sözlerimin ne anlama geldiğini açıklamamı istedi. Ben Chekura ve May'i anlatırken parmak uçlarını birbirine değdirip dikkatle dinledi.

"Kızınız hakkında bir tahminde bulunamam," diye konuştu sonunda. "Witherspoonlar belli ki varlıklı bir aile. Kızınızla birlikte birçok kente ya da ülkeye gitmiş olabilirler. Gelelim kocanıza. Bindiği geminin adı *Joseph*'ti sanırım."

"Evet."

"Varış limanı da Annapolis Royal'dı, değil mi?"

"Evet."

"10 Kasım 1783'te New York'tan demir aldığını söylediniz."

"Doğrudur."

"Donanma kayıtlarına bir göz atmam gerek. Halifax'a dönünce konuyla ilgileneceğim."

Üç şilin yevmiye, yemek ve yatacak yer karşılığında Clarkson'ın iş teklifini kabul ettim. Yüzbaşı Afrika gemisi kalkana kadar gece gündüz onunla çalışmam gerekeceğini belirtti. Bana Shelburne'da Su Kıyısı Hanı'nda bir oda tutacaktı. Birkaç gün çalıştıktan sonra gemiyle Halifax'a gidip işi noktalayacaktık.

Clarkson, "Şu sıcak iksirden birkaç yudum daha alabilir miyim?" diye ricada bulundu. "Gerçekten muhteşemmiş."

İçimden "Belki bir gün size Bayo'da babamla nane çayı içtiğimiz günleri anlatırım," dedim. Ama önce Sierra Leone Şirketi yöneticilerinin nasıl insanlar olduklarını iyice anlamalıydım.

John Clarkson şirkette Londra'nın önde gelen kölelik karşıtlarının da bulunduğunu söyledi. Aralarında ağabeyi Thomas Clarkson da vardı. Özgürlüklerine kavuşmuş siyahların üreterek saygın bir hayat sürecekleri, İngiltere'ye dünyanın diğer ülkeleriyle kârlı bir ticaret olanağı sağlayacak bir Afrika kolonisi kurmak istiyorlardı. Üstelik bu ticari faaliyet asla kölelik belasının sırtından yürümeyecekti.

John Clarkson uyku dışındaki her saatini kayıt işlemlerinin ayrıntılarıyla ilgilenerek geçiriyordu. Bu arada "yalnızca bir nezaket ziyareti" diyerek, projeye karşı olduğu bilinen Shelburne belediye başkanını da görmeye gitti. Başkan, zencilerin yolda telef olacaklarını öne sürüyordu. Zenciler ya yolda tropikal hastalıklardan ölecekler ya da onları Gine'ye götüren masum Avrupalıları parçalayıp yiyeceklerdi.

Yolculuk için Birchtown'da yaptığımız aday kaydı sırasında John Clarkson'a akla gelebilecek her türlü itirazda bulunuldu. İnsanlarıma her türlü isim yakıştırıldı. Bize Etiyopyalılar, karalar, siyah ırkın insanları dendi. Anavatanımız Sierra Leone, Serra Lyoa, Negritia, Negroland, Gine ve kara kıta olarak anıldı. Nova Scotia'dan ayrılmak istediğimiz için bizi nankörlükle suçladılar. Clarkson'ın yolculuğa köleleri, sözleşmeli hizmetkârları ve borçluları kabul etmediği bilindiğinden birçok zenci hakkında sözleşmeli ya da borçlu ihbarı yapıldı. Benim görevim Birchtown'dan gitmek isteyen herkesin kayıt için Su Kıyısı

Hanı'na başvurmasını sağlamak ve haklarındaki ihbarların asılsız olduğunu kanıtlamaktı.

Başımızı kaşıyacak vaktimiz olmamasına rağmen Clarkson sık sık yanıma uğruyor, yiyecek içecek, mürekkep ya da kaleme ihtiyacım olup olmadığını soruyordu. Yorulduğumda o da yorulduğunu söylüyordu. Uzun saatler sonunda birkaç lokma yemek yeme fırsatı bulduğumuzda o gün karşılaştığımız tiplerin taklidini yaparak beni eğlendiriyordu. İnsanların konuşmalarını taklit etmekte üstüne yoktu. Ancak işi söz konusu olduğunda bütün ciddiyetini takınıyordu. Benim ona yardım için çırpınışımı da büyük takdirle karşılıyordu.

Gelgelelim Clarkson geceleri son derece huzursuzdu. Onca deniz savaşından akıl sağlığı yerinde olarak çıkmış olmasına şaşıyordum. En ufak bir hakaret ve provokasyon, gün ve gece boyu onu öfkelendirmeye yetiyordu. Uykusu kaçıyor, geceleri kâbuslar görüyordu. Kaldığımız hanın duvarları kâğıt gibi inceydi. Her gece attığı çığlıklarla sıçrayarak uyanıyordum. "Hayır," diye haykırıyordu. "O kadını bırakın dedim. Hemen!" İlk nöbetten sonra bunların gecelere özgü kaygılar olduğunu kavradım. Ben de geceleri kâbus görüyordum. Bu yüzden onu yargılayacak durumda değildim.

Sabah oldu mu çayımızı içerken parmaklarıyla masayı tıklatarak akşam nişanlısına mektup yazmasını hatırlatmamı rica eder, sonra da Afrika'ya gitmeleri engellenmek istenen zencilerin derdine düşerdi. Bir gün meyhanecinin biri, bir zencinin beş sterlinlik bira ve balık borcu olduğu iddiasıyla kapıya dayanmış, Clarkson parayı cebinden ödeyip zenciyi Nova Scotia'dan ayrılana kadar lokanta ve meyhanelerden uzak durması konusunda uyarmıştı. Clarkson sıkıntısı hemen yüzüne vuran biriydi. Bazen işle ilgili tıkanmalar yaşadığımızda gözyaşlarına boğulurdu. Ne var ki bu gündüz ağlamaları ve gece kâbusları gün boyu saatlerce çalışmasını engellemiyordu. Kişisel sorunlarıyla başa çıkma azmini hayranlıkla izliyordum. Ona elimden geldiğince destek olmaya kararlıydım.

Shelburne'daki kayıt işlemleri tamamlandıktan sonra Clarkson, Afrika yolculuğuna uygun bulunan altı yüz "serüvenci" nin karşısına geçti ve Halifax'a gidip gemiler yollayarak önce herkesi oraya aldıracağını bildirdi. Moses Baba ile Theo McArdle'ı Chekura ve May konusunda uyarıp Clarkson'la Halifax'a gitmek üzere gemiye bindim.

İki günlük Halifax yolculuğu süresince bana ayrılmış özel bir kamarada kalacaktım. Sekiz yıldır yaşadığım bu yerden ayrılırken tuhaf bir rahatlama duyuyordum. Yalnız geçen uzun gecelerde düşünecek bol zaman buldum. İyi yürekli beyazların bu dünyada akıl sağlıklarını korumalarının zor olduğunu anlamaya başlıyordum. Clarkson'ın deyişiyle "zencilerin yükselmesini" isteyen beyazlar, çevrelerinde hemen mimleniyorlardı. Clarkson'ın bizi Afrika'ya kavuşturana kadar delirmemesi için dua ediyordum. Nöbetleri ve öfke krizleri beni kaygılandırıyordu. Aklını zencilere bu kadar takmış olması normal değildi.

1791 Kasımı'nda ayak bastığım Halifax yeni gelişmeye başlamış bir kentti. Shelburne kadar güzel ya da özenle planlanmış bir yer değildi. Burada siyahların Shelburne'da inşa ettiği ambarlardan ve kamu binalarından eser yoktu. Buna karşılık etrafa bir hoşgörü havası hâkimdi ve zencilere yönelik fazla bir tehdit sezilmiyordu.

Deniz kenarında işlek bir caddede sıralanmış harap ahşap binalardan biri olan Kral Hanı'nda bir odaya yerleştim. Gün içinde kendime pek zaman ayıramıyordum. Sabahları odamda tek başıma kahvaltı edip gazetelere göz gezdirmek hoşuma gidiyordu. Hanın lokantasını işleten Henry Millstone bana her sabah o günkü *Royal Gazette*'le birlikte bir kâse sebzeli balık çorbası getiriyordu. O sırada benimle ayaküstü çene çalmaya bayılıyordu.

Bir sabah, "Yüzbaşı Clarkson sizin tanıdığı en eğitimli zenci olduğunuzu söyledi," dedi bana. "Doğru mu bu?"

Beyazlar hakkında ilginç bir şey keşfediyordum. Ya beni överek göklere çıkarıyor ya da kentten kovalamaya çalışıyorlardı. Gelgelelim birinden öbürüne geçiş yapmak benim için pek kolay olmuyordu.

"İyi eğitimli zenciler elbette var Bay Millstone. Eğitim engeliyle karşılaşmadıkları Nova Scotia'da zamanla sayıları daha da çoğalacak."

"Keşke beni de yanlarına alıp okutsalar," dedi adam gülerek. "Siz de mi Gine yolcususunuz?"

"Gine değil, Afrika."

"Evet, ben de onu kastettim."

"Şimdilik yalnızca yüzbaşıya yardım ediyorum," dedim.

"Şu Afrika dedikleri yer... bayağı tehlikeli olmalı."

Çorba kaşığını elimden bırakıp gözünün içine baktım. "Nova Scotia da öyle."

Halifax'a gelişimden birkaç gün sonra bir akşam saat onda üç zenci kapıma dayandı. Saint John'dan geliyorlardı. Ormanı aşmak için on beş gün yürümüşlerdi. Geldikleri yerde başvurdukları acenta onları kabul etmemiş, gemiyle Halifax'a göndermeyi reddetmişti. Onlar da Afrika gemilerini kaçırmamak için dualar ederek çaresiz, Halifax'a karadan yayan gelmişlerdi. Clarkson Afrika için onlara onay vermekte tereddüt etmedi.

Bir hafta içinde soğuktan donmuş halde, aç biilaç, yürüyerek Halifax'a gelen zencilerin sayısı yüzü buldu. Çevremde ceketsiz erkekler, paçavrası çıkmış battaniyelere sarınmış kadınlar, çırılçıplak çocuklar görüyordum. Aralık ortalarında Shelburne ve Annapolis Royal'dan gelenlerle birlikte Afrika'ya gidecek zencilerin sayısı bini aşmıştı.

Clarkson bu insanları rıhtımdaki ambarlara yerleştiriyor, gecenin soğuğunda donmamaları için onlara battaniye sağlıyor, onlarca kadın tutup her akşam kazanlar dolusu yemek hazırlatıyordu. Bütün gün yetmediği için gece yarılarına kadar çalışıyor, çıplaklara giysi alıyor, doklarda saatlerce çalıştığı yetmezmiş gibi aradaki boşluklarda hastaların tedavisi için uğraşıyordu. Sierra Leone yolcularının yanlarında götürebilecekleri öteberi konusunda duyuru yapmak bana düşmüştü. Altı aile başına bir köpek götürme hakkı vardı. Gemiye domuz alınması yasaktı. Kümes hayvanı götürülebilirdi. Bir sandık giysiye izin vardı ama masa, sandalye taşınamazdı. Bu arada Clarkson da gemiye yüklenecek gıda ve ihtiyaç malzemesinin tedarikiyle meşgul oluyordu. Her gün yolculuğa hazırlananların sağlık durumlarını kontrol ettiriyor, güverteleri sirkeyle ovduruyor, uyumak için ayrılan bütün bölümlerin en az bir buçuk metre yükseklikte olacak şekilde yeniden düzenlenmesine nezaret ediyordu. Yolculara iyice doyacakları konusunda güvence vermek için gemilere yemek listesi bile astırmıştı. Sabah ve ikindi kahvaltılarında pekmez ve kahverengi şeker katılmış mısır lapası verilecekti. Akşam yemeklerinde gününe göre tuzlu balık, domuz ve et yemeği çıkacak, yanında şalgam, bezelye ve patates verilecekti.

Clarkson, Noel ziyafeti için iki yüz hindi kestirdi. Bunları geleneğe uygun olarak pişirtip garnitürlerle süsletti. Her kadın ve erkek bir bardak şarap ya da bira içebilirdi. Ziyafet sürerken beni de yanına alıp ambardan ambara dolaştı ve Afrika yolcularına hitaben konuşmalar yaptı. Her grupla birlikte dua ediyor, "Sierra Leone'ye Gidecek Hür Siyahlar için Kurallar"ı bir kez daha tekrarlıyordu. Bireysel ilişkilerde daima saygılıydı ama gruplara seslenirken karşısında çocuk varmış gibi konuşuyordu. Yolcu gruplarına tanrı inancına sıkı sıkıya sarılmalarını, münakaşalara yol açmamak için yumuşak olmalarını, denizcilerle iyi geçinmelerini öğütlediğinde bir hayli şaşırdım. Gelgelelim zencilerden bu uyarılara itiraz eden çıkmadı. Onları Afrika'ya kavuşturacak bu adama saygıda kusur etmiyorlardı.

Vali ve eşi, Clarkson'la ikimizi Noel yemeğine davet ettiler. Saray yavrusu eve girerken Clarkson, Vilayet Binası'nın yirmi bin sterline mal olduğunu, bunun bin zencinin bir yıllık maaşına denk düştüğünü fısıldadı. Clarkson'la birlikte yemek salonundaki diğer on altı konuğun arasına karıştık. Bayan Wentworth yüksek sesle konuşan, puro içen bir kadındı. Sofraya henüz geçmiştik ki sözü hemen göç projesine getirdi.

"Bana kalırsa zorlu bir işe kalkışmışsınız, Yüzbaşı."

Clarkson, "Bu proje zenciler için büyük anlam taşıyor," dedi.

"Tropik bölgede daha iyi bir hayat süreceklerine samimi olarak inanıyor musunuz?"

Orada yokmuşum gibi tartışmaları sinirime dokunmuştu. Hemen bir laf sokuşturdum. "Sekiz yıldır toprak tahsisi bekliyoruz. Çoğumuzun hâlâ bir karış yeri yok."

"Nova Scotia'dan her gelen bu konudaki gecikmeden şikâyetçi," dedi kadın. "Yalnızca siyahlar değil beyazlar da hâlâ toprak edinememiş."

"Konu yalnızca toprak değil," dedim. "Asıl önemlisi özgürlük. Zenciler artık kendi yaşamlarını kurabilmeyi arzuluyorlar. Burada kaldıkça cesaretimizi kaybetmeye başlıyoruz."

"Tayınları ve bağışları alırken sesiniz çıkmıyor ama," dedi kadın. "Bana pek cesaretinizi kaybetmişsiniz gibi gelmiyor..."

Vali Wentworth araya girerek, "Hazır söz özgürlükten açılmışken Majesteleri Kral'ın şerefine kadeh kaldıralım mı?"

Meyve ve peynir servisinden sonra uşağın biri konuklara Vilayet Binası'nı gezdirmeye hazır olduğunu bildirdi. Clarkson, ben ve birkaç kişi daha adamın peşine takılıp sayısız merdiven inip çıktık. Portrelerle süslü odalar gezdik. En çok ilgimi çeken yer harita odası oldu. Uşak burada dünyadaki her yerin haritasının bulunduğunu söylemişti. Grup çıktı ama Clarkson'la biz içerde kaldık. Ben kalın bir harita destesine göz atarken Clarkson ziyafet yüzünden vakit kaybetmiş olmaktan yakındı.

"Noel'de zaten fazla bir iş yapamazdınız ki," dedim.

Clarkson gemi donatma işlerinde hâlâ eksikler olduğunu söylüyordu. İkinci gemi doktorunu bulamamıştı. Halifax'taki kraliyet doktorlarından birini sefere dahil etmek için izin istemiş ama Vali Wentworth teklifi reddetmişti. Clarkson görüşmeyi anlatırken öfkesinden neredeyse boğulacaktı. On beş gemilik bir filoya bir doktorun yetmeyeceğini söylüyordu. Gemiler sefer sırasında ayrı düşerse ne olacaktı? Bir gemideki doktorun başka bir gemide ölmekte olan bir adama ne yararı olurdu?

Clarkson, "Projemin başarıyla sonuçlanmasını istemediği çok açık," dedi. "Özgür siyahların burada kalmalarını istiyor ki Nova Scotia'da gayet mutlu mesut yaşadıklarını, herhangi bir kötü muameleye maruz kalmadıklarını kanıtlayabilsin."

Clarkson'ın soluması hızlanmış, elini kolunu şuursuzca sallamaya başlamıştı. Bir süre yanında oturdum. Düzenli soluk almasına yardımcı olarak sakinleşmesini sağladım. Toparlandığında bir içki içmek üzere diğer konukların bulunduğu salona döndü. Nihayet haritalarla baş başa kalmıştım.

Biri uğraşıp hepsini sınıflamıştı: İngiliz Kuzey Amerikası, Nova Scotia, On Üç Koloni, İngiltere, Jamaika ile Barbados ve Gine.

Üstünde GİNE yazan dosyadan ilk haritayı çıkardım. Açıp üstünde iki şamdan olan masaya yaydım. Alışılageldiği gibi, haritada babunlar ve filler arasında resmedilmiş yarı çıplak Afrikalı erkeklerden, çıplak Afrikalı kadınlardan geçilmiyordu.

Yeniden Gine dosyasına el atıp süslü bir el yazısıyla yazılmış bir sayfa çıkardım: "*Şiir Üstüne*: *Bir Rapsodi*'den kopya edilmiştir. Jonathan Swift, 1733." Sonra dizeleri okudum:

Bu yüzden, Afrika haritalarında coğrafyacılar
Yaban resimleriyle doldururlar boşlukları
Ve o yaşanılmaz alt bölgelere
Filler koyarlar kentler yerine

Kentler yerine filler. Yaklaşık altmış yıl önce, ben daha dünyada yokken Swift'in şu an hissettiklerimi dile getirmiş olması bana bir teselli oldu. Bunlar Afrika haritası değildi. Fil şekillerini ve kadınların tuhaf bir biçimde havalanmış kocaman göğüslerini renklendiren her fırça darbesi, haritacıların ülkem hakkında pek az şey bildiğinin kanıtıydı.

Bir sonraki haritaya el attım. Sonra sırayla diğerlerine baktım. Hepsi bildiğim ayrıntıları taşıyan eski çizimlerdi. Buğday Kıyısı, Altın Kıyısı, Köle Kıyısı gösterilmiş, Bonny ve Elmina gibi bazı önemli limanlar işaretlenmişti. İsmime benzediğinden sonuncuyu hiç unutmuyordum. Nihayet daha önce görmediğim yeni bir Afrika haritası bulmayı başardım. 1789 tarihli olup Londra'da basılmıştı. Wydah ve Elmina gibi köle ticaretinin merkezi olan limanlar bunda da vardı. Ancak kuzeybatıda bir köle limanı daha gördüm: Bance Adası. Güney Carolina'daki köle tüccarı William King'in bana Bance Adası'ndan gemiye bindirildiğimi söylediğini hatırladım. Bance Adası'nın hangi ülke içinde yer aldığını anlayamamıştım ama "Sierra Leone" sözcükleri biraz daha güneydoğuya düşüyordu. Haritayı incelemeye koyuldum. Çocuklarını sırtına vurmuş çıplak Afrikalı kadınlar, maymunlar ve filler özellikle "Zarra" ya da "Berberi Çölü" denen bölgede yine vazgeçilmez öğeler olarak yer alırken bu kez iç bölgelerden de birkaç kent haritaya girmişti. Kıyı kentlerinin hemen hepsi sıralanıyor, arada da birkaç köy ismi dikkati çekiyordu. Çocukken babamın beni bir gün Segu kasabasına götürmeye söz verdiğini hatırlıyordum. Babam Segu'nun köyümüzden yayan dört gün çektiğini söylerdi. Şimdi Segu adının Bance Adası'nın dört beş santim kuzeyinde yer aldığını görüyordum. Santim ölçümün gerçekte ne kadarlık bir mesafe anlamına gelebileceğini çözmeye çalışırken John Clarkson tekrar yanıma geldi.

"Oturalım mı? Sizinle konuşmak istediğim bir konu var."

Karşılıklı oturduk. Kalan işler hakkında konuşacaktı besbelli.

"Benden kocanızın bindiği gemi hakkında bilgi istemiştiniz," dedi. "New York'tan *Joseph*'le ayrılmıştı, öyle değil mi?"

"Doğrudur." Ellerimi önümde birleştirdim. Çenemi parmak uçlarıma dayayarak bekledim.

Clarkson gırtlağını temizler gibi hafifçe öksürdü. "Gemi batmış."

Öylece kalakaldım.

Clarkson, "İngiliz deniz kuvvetlerinin yetkili makamlarından bilgi aldım," dedi. Öksürdü. "Biraz ileride büroları var. Gümrük beyannameleri, kayıtlar, gemi defterleri hepsi orada muhafaza altındadır."

Ne konuşabiliyor ne kıpırdayabiliyordum.

"*Joseph* batmış," diye tekrarladı Clarkson. "Kuvvetli rüzgârla sürüklenmiş. Rotadan o kadar uzağa düşmüş ki neredeyse Bermuda'ya çıkacaklarmış. Sonra korkunç bir fırtına patlamış. Gemi batmış. Kurtulan olmamış. Kaptan, mürettebat, siyah ve beyaz kraliyet yanlıları... Çok üzgünüm. Ama araştırmamı siz istediniz."

"Bunu ne zaman öğrendiniz?" diye sordum.

"Bugün."

John Clarkson uzanıp omzuma dokunmak istedi ama ben hızla fırlayıp kalktım. Koşarak dışarı çıktım. Kimsenin beni görmesini ya da bana dokunmasını istemiyordum. Yalnızca bu haberle baş başa kalmalıydım. *Chekura*. Kocam... Onca denizler aştıktan sonra... Kocam aksilik çıkmamış olsa benim de bineceğim gemiyle sulara gömülmüştü.

Gemi nasıl batmıştı acaba? Belki yıldırım çarpmış, belki de çalkalanan denizde alabora olmuştu. Hemen mi ölmüştü kocam? Yoksa su onu yutmadan beni düşünecek zamanı olmuş muydu? Bir başkasına yardım etmeye çalışmış olabileceğini düşünerek kendimi teselliye çalıştım. Belki de bir çocuğu kucaklamıştı. Deniz o kadar çok Afrikalıyı yutmuştu ki... Köle gemilerinde gide gele binlercesi yitip gitmişti. Şimdi de... başımıza bu gelmişti.

Ben de kaç kez ölümden dönmüştüm. Yine sular üstünde geçecek yeni bir yolculuğun arifesindeydim. İlki rızam dışında gerçekleşmişti. Bu seferki benim seçimimdi. Chekura ölmüştü. Mamadu ölmüştü. May beş yıl önce kaçırılmıştı. Yaşıyor olsa bile beni unutmuş olduğu kesindi. Belli ki ona da kavuşma ihtimalim yoktu. Sevdiğim bu üç insanı öyle delicesine özlüyordum ki bedenimin yarısı kopmuş gibi geliyordu bana.

Kral Hanı'ndaki odamda kederimi yastığa dökerek sabahı ettim. Sonra John Clarkson'a yardıma gittim. Bedenimden ve ruhumdan arta kalanı Afrika'ya dönüş için sürükleyecektim. Artık beni Nova Scotia'ya bağlayan hiçbir şey yoktu. Gelgelelim May'in bir gün Shelburne'a geldiğini ve beni sorduğunu düşündüğüm an soluğum kesildi. Elime bir kitap alıp sakinleşmeye çalıştım. Kapağını okşadım. Rastgele bir sayfa açıp okumaya başladım. Kitabı o kadar çok okumuştum ki bölümü ezberden okuyabilirdim. Hangi kitap olduğu hiç önemli değildi ama onu yüksek sesle okumak Birchtown'da yıllardır kabul etmeye yanaşmadığım basit bir gerçeği kavramama yardım etti: May'i bir daha göremeyecektim. Artık ileriye bakmam gerekiyordu.

Halifax Limanı rıhtımında sessizce düzgün sıralar oluşturduk. Yağmur ve rüzgâr altında birbirimize sokulup filika sıramızın gelmesini bekledik. Her üç kadın ve erkekten biri tıpkı benim gibi Afrika doğumluydu. Çocuklar da dahil toplam bin iki yüz kişiydik. Fırtına beş gün sürdü. John Clarkson, gemi doktoru, bütün hamile kadınlar ve hastalarla birlikte *Lucretia* gemisine bindim. 15 Ocak 1792'de on beş gemilik küçük filomuz demir aldı ve Sierra Leone'ye doğru yelken açtık.

Dördüncü Kitap

Kara yüzlü tubab

{FREETOWN, 1792}

Lucretia adlı gemimdeki yüz elli yolcunun yedisi okyanus geçişi sırasında öldü. Az kalsın John Clarkson da gidiyordu. Fırtına sırasında midesi altüst olan yüzbaşı kendi kusmuğunda boğulmaktan son anda kurtarıldı. Sefer sonuna kadar yataktan kalkamadı ama 9 Mart 1792'de St. George Körfezi'ne girerken kendini bayağı toplamış görünüyordu. Yemyeşil dağları aç gözlerle seyrettim. Aslanın sırtını ve başını andıran o silueti çocukluğumdan hatırlıyordum. Sierra Leone yani Aslan Dağı'nın yarımadadan öyle bir fırlayışı vardı ki içimden uzanıp ona dokunmak geldi.

Yaklaşık otuz altı yıl önce Bance Adası'ndan kalkan bir gemiyle Amerika'ya götürüldüğümü artık biliyordum. Adayı haritada bulmuştum. Clarkson orasının Sierra Leone sınırları içinde olduğunu söylemişti. Ne var ki ben aslan biçimli dağı görene kadar ayrıldığım yere döndüğümden emin olamazdım. O kadarı aşırı umutlanmak olurdu.

Nova Scotialılar *Lucretia*'nın güvertesinde birbirlerine sarıldılar. İsa'ya ve John Clarkson'a dualar ettiler.

Clarkson gülerek, "Lütfen, bu kadarı yeter," dedi ama utanmıştı.

Kadının biri "Bizi getirdiğiniz bu yeri anlatın biraz," diye seslendi.

Yüzbaşı gözlerini kıyıya dikerek, "Korkarım ben de bu konuda yeterli bilgiye sahip değilim," diye karşılık verdi. "Bu benim Afrika'ya ilk gelişim."

Clarkson'a bakakaldım. Diğerleri de hayretle onu süzüyorlardı. Nova Scotia'dan ayrılış serüvenimizi organize eden bu adamın memleketimi görmemiş olabileceği hiç aklıma gelmemişti.

Clarkson'ın adamlarından biri sessizliği bozmak için fıçılardan birini hafifçe eğdi. Bardaklara rom doldurup kadın ve erkeklere ikrama başladı. Canım gülüp neşelenmek istemiyordu. İçkimi alıp tek başıma küpeştenin yanında durdum. Elimle ahşap parmaklığı sıkıca tuttum. Yüzüme nemli bir esinti vurdu. Bundan sonra beni neler bekliyordu acaba? Mutluluktan havalara uçacağımı sanmıştım ama aksine bir boşluğa düşmüş gibiydim. Dalgalar Afrika kıyılarını dövüyordu ama gerçek yuvam hâlâ gözlerden uzaktı. Bir gün evime dönebilirsem herkesin bana şu soruyu soracağından emindim: *Kocan ve çocukların nerede?* Onlara tubabların ülkesinde yalnızca kendimi koruyabildiğimi itiraf etmek zorundaydım.

Okyanusu geçiş iki ay sürmüştü ama bekleyişimiz henüz sona ermemişti. Halifax'tan gelen on beş gemilik filomuz limanda demirleyip üç gün Afrika güneşinin altında pişerken Clarkson bizimkilerle limandaki diğer gemiler arasında mekik dokuyup durdu. Ötekilerin de kenetlenmiş siyah ve beyaz iki elin resmedildiği Sierra Leone Şirketi bayrağı taşıdığı gözümden kaçmamıştı.

Gemilerin yabancı olmayışı yüreğime su serpmişti ama Thomas Peters kimi bulursa şirketi şikâyet edip duruyordu. Peters bu göçün fikir babası olduğunu, iki yıl önce Londra'ya gidip Nova Scotia'da topraksız yaşamak zorunda kalan zenci kralcıların durumunu bizzat gündeme getirdiğini sıkça hatırlatmaya bayılıyordu.

Peters şimdi yeni bir konuya takılmıştı: "Londra'dan gelen bunca geminin burada ne işi var? Hani burası bizim kolonimizdi? Hani burada yeni bir hayat kuracaktık? Hani bütün kararları kendimiz alacaktık? Halbuki gerçekte olan ne? Yüzbaşı Clarkson beyazlarla birlikte kaderimizi tayin ederken biz burada eli kolu bağlı bekliyoruz."

Clarkson, St. George Körfezi'nde bir gemiden öbürüne gidebilmek için bir grup Afrikalı kürekçi tutmuştu. Hepimiz güvertede durmuş kürekçilerin adalelerini ve ustalıklı kürek darbeleriyle tekneyi su üstünde kaydırışlarını seyre dalmıştık. Tam o sırada Peters, Clarkson'a sorularını sıralamaya koyuldu.

"Bu adamlar kim acaba?"

"Temneler. Kral Jimmy'ye aitler." dedi Clarkson.

"O kim?"

"Buradaki kabile reisi."

Peters, "Bu adamlar genel olarak ne işle uğraşırlar?" diye sordu.

"Bunlar kürekçi. Kanolarıyla mal ve insan taşırlar."

"Hangi sınıfa giriyorlar? Köleler mi?"

Clarkson kızmaya başlıyordu.

Peters özür diler gibi elini kaldırdı. "Niyetim saygısızlık etmek değil. Bize anlatın yeter. Bu adamlar esirleri köle gemilerine mi taşıyorlar?"

Clarkson öksürdü. Cevap vermeden önce birkaç saniye kafasını toparlamaya çalıştı. O düşünürken hepimiz etrafında çember olmuştuk.

Peters'a, "Thomas," dedim. "Biraz açılalım da adamcağız soluk alsın."

"Teşekkür ederim Meena," dedi Clarkson. "Sierra Leone'de köle ticaretinin sürdüğünü size daha önce de söylemiştim."

"Burnumuzun dibinde ha?" dedi Peters.

"Pek öyle denemez. Bu iş daha çok Bance Adası'nda yapılıyor. Körfezin on sekiz mil aşağısında."

"Benim de bir sorum var Bay Clarkson," diye atıldım. Herkes Clarkson'la aramın iyi olduğunu bildiğinden bütün başlar benden yana döndü. "Nasıl olur da bizi köle ticaretinin hararetle sürdürüldüğü bir bölgenin yanı başına yerleştirirsiniz?"

"Çok seçeneğimiz olduğunu mu sanıyorsunuz?" dedi Clarkson. "Biz ticari ilişkilerimizi bu bölgeden yürütüyoruz. Yerlilerle uzlaşmaya varabildiğimiz bölge burası. Hiç değilse burada kölecilerin borusu ötmüyor."

Birkaç kişinin küfrettiğini duydum. Ben kendi hesabıma Bance Adası'nın dibine kadar sokulmuş olmaktan memnundum. Böylece kıyıyı görmüş, sökülüp alındığım yerin burası olduğundan emin olmuştum. Ama şimdi ben de hangi yönde olursa olsun buradan en az iki yüz mil uzaklaşmış olmayı tercih ediyordum.

Clarkson aklımdan geçenleri okumuşa benziyordu. "Avrupalıların Gine kıyısında yerleştikleri her yerde köle fabrikalarına rastlarsınız. Burası en güvenli yerdir. Biz buraya özel bir görevle geldik. Farklı bir koloni kuracağız. Çiftçilikte, sanayi ve ticarette büyüyeceğiz. Britanya İmparatorluğu'na hizmet için kendi yöntemlerimizi geliştireceğiz."

Peters, "Biz Nova Scotia'daki evlerimizi İngilizlere hizmet için terk etmedik," diye atıldı. "Biz özgürlük uğruna Afrika'ya geldik."

"Ve özgür olacaksınız," dedi Clarkson. "Size söz verdim. Anlaşıldı değil mi? Hiçbiriniz köle olmayacaksınız."

Peters sustu. Benim de hissettiğim kaygıları dillendirmişti ama Bance Adası'yla aramızda epeyce mesafe olduğunu kavramıştım. Gönlümce etrafı gezip dolaşsam bile önüme çıkmayacak kadar uzaktaydı.

"Gemiden ne zaman ineceğiz?" diye sordum.

"Yarın," dedi Clarkson.

Günün geri kalanını ve ertesi sabahı uzaktaki bereketli yeşilliği seyrederek geçirdik. Küpeşteye dayanmış etrafı seyrederken yeni bir geminin yaklaşmakta olduğunu gördük. Clarkson dürbünüyle bakıp homurdandı.

"Sorun nedir?" diye atıldım.

Uzattığı dürbünü açıp netlik ayarını yaptım. Gözümü merceğe yaklaştırdığımda güvertede çırılçıplak yerliler gördüm. Birden *Lucretia*'yı iğrenç bir koku sardı. Gemi yaklaştıkça koku daha da dayanılmaz oluyordu. Bazı Nova Scotialılar kamaralarına indiler ama ben taş kesilmiştim sanki. Bakmak istemesem de gözlerimi gemiden ayıramıyordum.

Clarkson kamarasına gidip denizci üniformasını giymiş olarak döndü. Yaklaşan gemi de buluşma için hazırdı. Bütün esirler ambarlara indirilmişti. Yine de geminin gerçek niteliğini gizlemenin imkânı yoktu. Leş kokusu yüzünden hepimiz öğürüp duruyorduk. Esirlerin geminin karnında nasıl zincire vurulduklarını kimse benden iyi bilemezdi. Bacaklarındaki iltihaplı yaraları görebiliyor, iniltilerini duyabiliyordum adeta. Kürekçiler gelen gemiden bir beyazı alıp bizim gemiye çıkmasına yardım ettiler.

Clarkson adamla el sıkıştı. Hal hatır sordu. Hediyeler verdi. Yüzbaşının üç fıçı kurutulmuş etine karşılık köle tüccarı da ona variller dolusu içme suyu ve portakal armağan etti. Dostça el sıkıştılar. Adam kürekçiler tarafından gemisine geri götürülürken Clarkson pür dikkat onu seyretmekte olduğumu fark etti.

"Düşmanla dost kalmak en iyi yoldur," dedi.

Peters, "O geminin gitmesine nasıl izin verirsiniz?" diye horozlandı.

"Bay Peters, bu işler benim kontrolüm altında değil."

"İnsan ticaretine göz yummuş oluyorsunuz."

"Ondan su ve portakal aldım," dedi Clarkson. "İhtiyacınız olan gıda maddeleri. Bunları kendim için mi aldığımı sanıyorsunuz?"

"Söyleyin, o gemiyi neden durdurmadınız?"

"Bay Peters, o bir savaş gemisi değil. Güvertede hiç top ya da eli tüfekli asker gördünüz mü? Köle ticaretine bütün varlığımla karşıyım ama amaçları ve savaşları birbirine karıştırmamak gerek. Biz buraya özgür bir koloni kurmaya geldik, köle tüccarlarıyla savaşmaya değil."

Daha toprağa ayak bile basmadan işlerin hiç de kolay olmayacağını sezmiştim. Her fırsatta köle ticaretine karşı çıkan Peters'a hayrandım ama şimdilik Clarkson'a hak veriyordum. Bazen savaşmak imkânsız hale gelirdi. Böyle zamanlarda en iyisi bekleyip bilgi edinmekti. Öncelikle gemiden inmek, barınak inşa etmek ve yiyecek bulmak gerekiyordu.

O gece *Lucretia*'dan dağın üstünde toplanan kara bulutları seyrettim. Gök simsiyah kesilmiş, yıldızlar kaybolmuştu. Şimşekler bulutları yırtarak limanda demirli gemileri aydınlatıyor, gök gürültüsüyle birlikte dalgalar sahili dövüyordu. Gök gürültüsü karanlıkta dağdaki mağaralardan top atışı gibi yankılanarak bize dönüyordu. Gemideki pek çok yolcunun ödü kopmuştu ama ben aradan geçen onca yıla rağmen fırtınaları unutmamıştım ve nasıl olsa dineceklerini biliyordum.

Güneş altında kavrularak geçen üçüncü günün sonunda Sierra Leone Şirketi'nin yolcuları tahliye etmeye niyetli olmadığını düşünmeye başlamıştık. Gemi başına tek filika düşerse bin kişiyi ve eşyalarını karaya taşımak aylar alırdı. Diğerleriyle birlikte güvertede durmuş *Lucretia*'nın özgürlük gemisinden çok açık hava hapishanesi olduğunu düşünürken dev bir kanonun yaklaşmakta olduğunu fark ettim. Yerlinin biri, on altı kürekçisi olan teknede saraylara layık bir İngiliz koltuğuna kurulmuştu. Arkasında bir dümenci, önünde de bir davulcu oturuyordu. Daha adamların yüzleri seçilmeden tamtam sesleri su üstünden bize ulaştı. Kral Jimmy, John Clarkson'a saygılarını sunmaya geliyordu. Clarkson gemicilere yirmi pare selam atışı yapmalarını emredip bize de kabile reisine "Ekselansları" şeklinde hitap etmemizi söyledi.

"Yok artık, daha neler," diye homurdandı Peters.

Yine de John Clarkson'la birlikte gemi merdiveninin başında dimdik durup bekledi. Ama reis Kral Jimmy onun yanından geçip kollarını açarak Clarkson'ı kucaklamaya hazırlandı. Beyaz askerleri İngilizce selamlayıp onlarla tokalaştı ama başta bizim yüzümüze bile bakmadı. Clarkson'a sulandırılmamış roma karşılık on beş ananas ve bir adet fildişi verdi.

Gözü bana ilişince yüzbaşıya, "Metresin mi?" diye sordu.

"Ben onun anası olacak yaştayım," dedim.

Kral Jimmy kahkahayı bastı. Güvertede toplanmış olan Nova Scotialıları işaret ederek, "Kral John Clarkson'ın ne çok hizmetkârı var," dedi.

Thomas Peters itiraz etmekte gecikmedi. "Bizler Nova Scotia'dan geliyoruz. Beyazlarla eşitiz."

Temne şefi ona kulak asmadı. Clarkson'a önüp beni işaretle, "Bana anlattığın kadın bu muydu?" diye sordu. "Hani İngilizlerden bile daha bilgili olan şu Afrikalı kadın?"

Clarkson kaşlarını çattı. Kral Jimmy'nin benimle dalga geçmesini hoş karşılamadığı belliydi.

Kral Jimmy beni tepeden tırnağa şöyle bir süzdükten sonra kendi Afrika dilinde bana doğru bir şeyler saydırdı. Söylediklerinden tek kelime anlamamıştım. Adam kahkahayı basıp Clarkson'ın kamarasına rom içmeye gitti. Kamaradan çıktığında beni selamladı.

"Bir gün köyüme gel. Adın ne?"

"Aminata."

"Sen belki bir gün Kraliçe Aminata olur. Kral Jimmy'nin karısı."

"Teşekkürler ama ben evliyim."

"Koca nerede?"

Ben duraklayınca Kral Jimmy yine kahkaha attı. Denizi işaret ederek, "Eğer suyun öbür tarafında kaldıysa, sen burada özgür," dedi.

Cevap beklemeden merdivenden inip kanosuna yerleşti. Kürekçiler hızla kıyıya doğru küreklere asıldılar.

Yetişkin bir Afrikalı olarak anavatanımdaki ilk konuşmayı İngilizce yapmış olmam saçmalığın daniskasıydı. Şefin yarım yamalak tubab diliyle gösteriş yapmaya kalkışması onu bir tehditten çok şaklaban olarak algılamama yol açmıştı.

Birkaç saat sonra Kral Jimmy'nin gönderdiği otuz kano Nova Scotialıları almaya geldi. Tempolu bir biçimde bize doğru yaklaşırlarken bir kürekçi ordusuna benziyorlardı. Yardım amacıyla geliyor olmalarına memnundum, çünkü düşman olarak karşımıza dikilseler fazla şansımız olmayacağı kesindi. Biniş sıram gelip de tekneye atladığımda en yakınımdaki genç kürekçiyle konuşmaya çalıştım. Çabam sonuçsuzdu. Delikanlı başını bile çevirmeden boş gözlerle ileri bakmaya devam etti. İşine odaklanmıştı. Tek düşündüğü diğerleriyle uyum içinde kürek sallayarak bizi bir an önce kıyıya ulaştırmaktı. Kadere bakın ki köleleri Bance Adası'na taşıyan adamlar, bizi de St. George Körfezi'nin suları üstünden aşırıp Sierra Leone kıyılarına götürüyorlardı.

John Clarkson, arkasında sıralanmış on iki Sierra Leone Şirketi temsilcisiyle birlikte eski yelken bezlerinden yapılma bir gölgeliğin altında duruyordu. Hepimiz çevresinde toplanmıştık. Durduğum yerde ayaklarımı indirip kaldırıyor, tabanlarımın altındaki toprağı hissetmeye çalışıyordum. Memleketimin kumları ayak parmaklarımın arasından süzülüp gitsin diye ayakkabılarımı çıkarmıştım. Bir daha ömür boyu gemiye binmesem gam yemezdim. Şimdi beni son bir serüven bekliyordu. O da karadan köyüme doğru yapacağım uzun yolculuktu.

Clarkson, "Hanımlar, beyler," diye başladı. "Yeni kolonimizin adı Freetown[14] olacak. Bana verilen ilk talimat sizi buraya getirip Londra'ya dönmem şeklindeydi ama şirket yöneticileri Londra'dan gönderdikleri yeni bir emirle bir süre daha yanınızda kalmamı istediler."

---

14 (İng.) Özgür kent (yay. n.)

Yolcuların çoğu yüzbaşıyı alkışladı. Ben de onlara katıldım. Clarkson beyazların arasında en güvendiğim kişiydi. Yeni hayatımızda bizim için elinden geleni ardına koymayacağından emindim.

Yüzbaşı arkasındaki grubu tanıttı. Şirket onları Londra'dan Freetown kolonisine yönetici olarak göndermişti.

Peters, "Biz kendi kendimizi yönetemez miyiz?" diye atıldı.

Clarkson "Elbette sonunda o da olacak," diye açıkladı. "Ama şirket sizleri buraya getirmek için bir servet harcadı. Düzeni oturtana kadar koloninin başında olmak istiyor."

Peters homurdandı. "Yine beyazların emrine girmek için mi bunca yol geldik yani?"

Moses Baba birlikte okyanusu aştığı tahta arabasının üstündeydi. "Bay Peters," dedi. "Bırak da yüzbaşı diyeceğini desin."

"Teşekkür ederim," dedi Clarkson. "Herkesin var gücüyle çalışması gerekiyor. Baştan uyarayım; şirket işten kaytarana su, yiyecek, yapı malzemesi ve benzeri ihtiyaç malları sağlamayacak." Clarkson geçici barınaklarımızı kıyının biraz uzağına kurmamız talimatını verdi. Sahil kesimine rıhtımlar, dükkânlar, ambarlar, şirket lojmanları ve ofis binaları yapılacaktı.

Peters ve yanındaki birkaç adam öfkeyle bağırarak Freetown'a İngilizlere ev dikmek için gelmediklerini söylediler.

Moses Baba bir kez daha duruma el koydu. "Kardeşlerim," dedi. "Şimdi tartışmanın sırası değil. Hepinizin gözü görüyor. Şimdi söyleyin bana bakalım, etrafta şu sızlayan kemiklerimizi dinlendirebileceğimiz beş yüz ev var mı? Bir ibadet yeri yapılmış mı? Yiyeceğimizi ve avlayacağımız hayvanları depolayıp kendi yuvalarımızı kurana kadar paylaşmamızı sağlayacak bir sistemimiz var mı?"

Kimseden çıt çıkmadı.

Sonraki haftalar ağaç ve çalıları kesip alan açmak, yanacak ocaklar için odun istiflemek, kanolarla on beş geminin yükünü boşaltmak, fazla yelken bezlerini kesip parçalamak, kil, çamur ve samandan basit kulübeler yapmakla geçti.

Her konuda şirkete muhtaçtık. Çekici onlardan istiyorduk. Birkaç parça beze ihtiyacımız oldu mu onlara koşuyorduk. Domuz pastırmasını, pekmezi, ekmeği onlar veriyordu. Gıda maddeleri, uygun barınakların yapımı için gerekli malzeme, kısacası her şey kaynakların sahibi olan şirketten geliyordu. Şirket adeta bizim de sahibimizdi. Saatlerce güneş altında çalışmaktan ter içinde kaldığımızda ya da ani patlak veren fırtınada iliklerimize kadar ıslandığımızda Moses Baba devreye girip kafa tutmayla kaybedecek vaktimizin olmadığını, burada bir hayatta kalma savaşı verdiğimizi hatırlatıyordu.

İlk zamanlar yiyecekten yana sıkıntımız olmayacaktı. Şirket İngiltere'den gemilerle gıda maddesi yollamıştı. Halifax'tan artmış erzağımız da vardı. Ne var ki peynirler bozulmuş, yağ acımıştı. Kalan pekmez çürümüş fıçılardan sızarak ambarın zeminine yayılmıştı.

Moses Baba fazla iş yapamıyordu ama biz nerede çalışıyorsak başımızda durup öneriler yağdırıyordu. Ekipler halinde çalışıyorduk. İçme suyu taşıyor, ava çıkıyor, karavana pişiriyor, geçici barınaklar dikiyorduk. Revir bile yapmıştık. İnsanlar genç, yaşlı demeden hummaya tutuluyordu. Freetown'a gelişimizi izleyen birkaç hafta içinde on Nova Scotialı ve üç şirket görevlisi hastalıktan öldü. Bir ara iki günde bir kolonide bir ölüm meydana geliyordu. Sabahları birbirimize, "Dün gece kaç kişi öldü?" diye sormak âdet olmuştu.

Clarkson kesinlikle Freetown'dan uzaklaşmamamız konusunda bizi sürekli uyarıyordu. Kent sınırları dışında şirketin bizi düşman Afrikalılardan ve köle tüccarlarından koruma imkânı yoktu. Nova Scotia'dan gelenlerin çoğu evlerini inşa etmekten ve şirket için çalışmaktan memnundular ama ben kent sınırları içinde yaşamak zorunda oluşumu, ana karanın karşısındaki bir adada ömür sürmeye benzetiyordum. Henüz memleketimin yolunu tutacak kadar özgür değildim. Kiliseler, evler, tahıl ambarları ve yol yapımı derken başımızı kaşıyacak vakit bulamıyorduk. Yine de bütün bu faaliyetler bana Sierra Leone kıyılarında yerleşik Temne halkıyla Nova Scotialılar arasında bir bariyer oluşturma temeline dayalı bir çalışma gibi geliyordu. Artık Nova Scotia'da değildik ama orada ne varsa çoğunu buraya aktarıyor gibiydik. Kurmakta olduğumuz koloninin ne hayal ettiğimize ne de planlanana uyduğunun farkındaydım. Gelgelelim Freetown Afrika'da bulmayı umduğum yer olmasa bile şimdilik Nova Scotialı kader arkadaşlarımın düşlerini desteklemek zorundaydım. Benim düşlerimin gerçekleşmesine daha zaman vardı.

Onca can alan salgınlardan kendimi korumayı başardım. Hasta bakıyor, ebelik yapıyor, arada Clarkson'a yardım ediyordum. Geceleri rutubet içinde uyuduğumdan ertesi gün yorgun uyanıyordum. Bütün kemiklerim sızlıyor, geceleri kuştüyü bir yatağın özlemini çekiyordum. Kimi zaman Nova Scotia'daki öfkeli beyazların, "Orada çok mu rahat edeceğinizi sanıyorsunuz?" şeklindeki uyarıları kulağımda çınlıyordu. İlk günlerde Freetown'da güçlüklerle karşılaştığımız bir gerçekti. Barınaklarımız, kiliselerimiz, yiyeceklerimiz ve giysilerimiz Birchtown'da sahip olduklarımızdan daha ilkel ve kaba sabaydı. Nova Scotialılar erzakın kötü kalitesinden ve İngilizlere olan bağımlılığımızdan şikâyetçiydiler. Köle tüccarlarının olası saldırılarına karşı her yere muhafız ve gözcü dikmişlerdi. Bütün bunlara rağmen kurmakta oldukları yeni yaşamlar konusunda iyimser duygular taşıyorlardı. Freetown'da güvenlikleri konusunda New York ya da Nova Scotia'da oldukları kadar tedirgin değillerdi. Şahsen bir Afrikalı için dünyada güvenli hiçbir yer olmadığı kanısına varmıştım. Pek çoğumuz hayatta kalabilmek için sürekli yer değiştirmek zorunda kalacaktık. Ben sonunda anavatana döndüğüme memnundum ve bir daha buralardan ayrılmaya niyetim yoktu ama bir köle ticareti noktasına komşu olarak yaşayamaya daha ne kadar dayanabileceğimi kestiremiyordum.

On yıl Birchtown'da Nova Scotialılar arasında yaşadığım halde artık onların yanında kendimi huzurlu hissetmez olmuştum. Birçok Nova Scotialı Temne kabilesini "vahşiler" olarak niteleyip onların koloni dahilinde alışveriş yapmalarının engellenmesini isterken ben yerlilerin yanında çok daha rahattım. Nova Scotia göçmenlerinin bir kısmı, Kuzey Amerika'da yaşadıkları aşağılanmanın acısını Afrikalı yerlilerden çıkarmaya kararlı gibiydi. John Clarkson'dan duyduğuma göre Sierra Leone Şirketi'nin emir ve kuralları altında yaşamaktan bunalan iki Nova Scotialı koloniden kaçıp Bance Adası'ndaki köle tüccarlarının yanında çalışmaya başlamıştı.

Güney Carolina'da Afrikalı sayılmıştım. Nova Scotia'da bana kralcı, zenci ya da kraliyet yanlısı zenci demişlerdi. Bu kez de geri döndüğüm Afrika'da Nova Scotialı sayılıyordum. İşin ilginç yanı, ben de kendimi bir bakıma öyle görüyordum. Temne kadınları başlarının üstünde tahıl, bağlı kümes hayvanları ve meyve dolu tepsilerle etrafımı sardığında kendimi Afrikalı'dan çok Nova Scotialı hissediyordum. Clarkson ve beyaz denizcilerle geldiğimi biliyorlardı. Elimi kolumu tutup sıkmalarından beni de İngilizler kadar yabancı buldukları belliydi.

Onlarla Fulfulde ve Bamana dillerinde iletişim kurmaya çalıştım ama karşımda gülüşüp durdular. Ne dediğimi anlamıyorlardı. Benim de Afrika doğumlu olduğumu anlatabilmek için dillerini öğrenecek vaktim yoktu. Temnelerin beni içlerinden biri olarak görmedikleri ve asla görmeyecekleri açıktı. Yine de onlarla aramda bir çeşit bağ olduğunu hissediyordum ve o yakınlığı geliştirmenin en kolay ve doğal yolu dillerini öğrenmekti. Her gün Temne dilinde sözcükler ezberlemeye başladım. Konuşmalarda bunları sürekli kullanıyordum. Alışveriş ederken onlardan aldığım portakal, su, kuş, tuz ve pirincin Temne dilindeki karşılıklarını öğrenmiştim. Bende de onlara Nova

Scotialılardan topladığım bıçak, çanak, boncuk, kumaş ve romu veriyor, bunların adlarını Temne dilinde söyleyebiliyordum.

Yüze kadar saymayı, günaydın, iyi akşamlar, iyi geceler demeyi öğrenmiştim. "Çocuklar nasıl?", "İşler iyi mi?", "Evde her şey yolunda mı?", "Sorun yok" ve "Çok teşekkür ederim" demeyi de biliyordum artık. Bunları öğrendiğime seviniyordum. Yerli halkla konuşmadan köyümün yolunu bulamayacağımı anlamıştım.

Bir yandan bu yeni sözcükleri öğrenirken bir yandan da tam olarak kim olduğumu ve otuz yıl içinde kolonilerde neye dönüştüğümü kavramaya çalışıyordum. Anam, babam, kocam, çocuklarım ya da çocukluğumun dillerini konuşabileceğim yakınlarım olmadan benim nerem Afrikalı sayılırdı? Bayo'nun yolunu bulmadan asla kendimi yuvaya dönmüş hissetmeyecektim.

Bir ay içinde içine bir kent sığacak büyüklükte bir alan açmış, bütün Nova Scotialılar için çadır ve kulübeler dikmiş, şirket için birkaç ticarethane inşa etmiş, cemaat merkezi olarak kullandığımız bir de basit kilise yapmıştık. Bir süre sırayla ibadet edildi. Baptist cemaati pazar sabahı erkenden toplanıyor, Methodistler öğlen buluşuyor, Huntingdoncular[15] öğleden sonra ayin yapıyorlardı.

İki ay sonra nehre paralel uzanan dört, dik inen üç sokak oluşturmayı başarmıştık.

Thomas Peters'ın akıl hocalığı yaptığı Nova Scotialılar ekip biçmek için sürekli toprak talebinde bulunuyorlardı. Mesele çözülemeden yetkili bilirkişi, zencisiyle beyazıyla herkesi etkileyen yeni iklim koşullarına dayanamayarak hayatını kaybetti. Şirket bunu fırsat bilerek

---

15 1783'te Huntingdon Kontesi Selina tarafından kurulmuş küçük bir evanjelik kiliseler topluluğu. (ç. n.)

Nova Scotialıları daha çok kent imarına ve şirket binaları inşa etmeye yönlendirdi.

Thomas Peters'ın Nova Scotialıları şirket aleyhine çevirme çabaları sonuç vermedi. Ama hiç değilse bu konuda çaba gösterdiği için ona hayrandım. İngilizlerin Bağımsızlık Savaşı'na katılan ve sonradan Nova Scotia'ya yerleşen kralcılara verdiği sözler boş çıkmıştı. Sierra Leone'de neyle karşılaşacağımız konusunda bir kez daha yalan söylemişlerdi. Bizi yeniden köle yapmaya kalkmamışlar ama bize özgürlük de tanımamışlardı. Freetown'da kendi hayatlarımızı kurmamızı sağlayacak toprak ya da başka olanaklar sunmamışlardı. İş bulmak, hayatımızı sürdürmek, hatta evlerimizin yapımında kullanacağımız alet edevat için bile onlara muhtaçtık. Nasıl yaşamamız gerektiğine dair kuralları onlar belirliyordu.

Peters bir gün Moses Baba'nın kilisesinde toplanan gruba, "Nova Scotia'da olduğu gibi bizi burada, atalarımızın diyarında da kandırdılar," diye yakındı.

Moses Baba "Bu işler için zaman gerek," diye karşılık verdi. "Henüz özgür değiliz ama o yolda ilerliyoruz."

Hâlâ İngiliz denetimi altında oluşumuzdan ötürü Peters'ın duyduğu düş kırıklığını paylaşıyordum ama kalbimde öfke yoktu. Moses Baba haklıydı. Zamanı gelince özgürlüğümüze kavuşacaktık. Bu arada benim aklım farklı konularla meşguldü. Freetown'ı yalnızca bir basamak gibi görüyordum.

Halifax'tan yola çıkarken Freetown'da kuracağımız koloninin Afrika'daki yerleşimlerle yakınlaşacağını, bundan sonra Avrupalıları ender olarak göreceğimi sanmıştım. Oysa Temne halkı bize alışveriş yapmaya geliyor ama bizi köylerine davet etmiyorlardı. Askeri gemiler, nakliye ve ticaret gemileri Afrika kıyılarına düzenli olarak sefer yapıyor, Freetown'a her hafta bir sürü gemici uğruyordu. Erzak almaya gelen, alışveriş yapmak isteyen, yiyip içip dinlenmek için yer arayan çok sayıda müşteri vardı. Böylelikle Sierra Leone, Nova Scotialılar, Afrikalılar, İngiliz devlet erkânı ve izin kullanan gemicilerden oluşan tuhaf bir kalabalığı barındırır olmuştu.

Ayrıca Bance Adası'na köle satın almaya gelen köle gemisi kaptanları ve mürettebatı da işten vakit buldukça Freetown'a kafa çekmeye ve gönül eğlendirmeye geliyordu. İlk kaygım kente keyif çatmaya gelen köle tacirlerinin Freetown'da Nova Scotialıların peşine düşmeleri ihtimali olmuştu. Konuyu Clarkson'a açtım:

"Bırakın gelip burada kurtlarını döksünler. Onların kente gelişini engellemeye kalkarsak yıldırımları büsbütün üstümüze çekeriz."

"Nova Scotialılar bu durumdan rahatsız." dedim. "Benim de hiç hoşuma gitmiyor."

"Ne yapalım peki? Gemisine göre gemicilere giriş kartı mı verelim?"

"Bu gemiler köle ticareti yapıyor."

"Freetown'da bunu yapamazlar."

"Nasıl bu kadar emin olabiliyorsunuz?"

"Bance Adası'nda diledikleri kadar köle bulabilirler," dedi Clarkson. "Buradan adam çıkarmaya çalışmak sorun yaratır. Asla başlarına iş açmak istemeyeceklerdir. Onların tek istediği kafayı bulup âlem yapmak. Bance Adası onların iş yeri. Buraya eğlenmeye geliyorlar."

Freetown'da bir süre Debra Stockman adlı bir kadının yanında kaldım. Debra Halifax'tan hamile olarak gemiye binmiş, kocasını yolculuk sırasında kaybetmişti. Gelişimizden birkaç ay sonra doğurdu. Ona bebeğini Afrikalılar gibi sırtına asmayı, bacak ve popodaki kasılmalardan çişinin geldiğini anlayıp altını nasıl açması gerektiğini öğrettim.

Debra kısa bir zaman sonra kendi işini kurdu. Kente gelen gemiciler için bir hediyelik eşya dükkânı açtı. Beni tercüman olarak kullanıp Temne yerlilerinden heykeller, maskeler, tören bıçakları, küçük ahşap oyma filler, kolyeler ve fildişi bilezikler satın aldı. Üstüne kâr koyup İngiltere'ye incik boncuk türü armağanlar götürmek isteyenlere satmaya başladı. En hızlı müşteri bulan parçalar kızıl keresteden oyulmuş heykelciklerdi. Koyu kızılımsı renk denizcilerin çok hoşuna gidiyordu. Debra fil, timsah ve maymun heykelciklerini palmiye yağıyla parlatıyordu. Gemiciler çıplak göğüslü genç kadın heykelciklerinden almadan gitmiyorlardı. Çoğunlukla para kullanmayıp Debra'ya rom, demir kap kaçak, küçük kazanlar, demir çubuklar, İngiltere'de imal edilmiş giyim eşyası veriyorlardı. Debra da bunları Temne yerlilerine verip karşılığında yiyecek ve yakacak alıyor, bazen de onları inşaat işlerinde kullanıyordu. Temneler yeni yerleşimcilerin pek hoşuna giden yüksek tabanlı ahşap ev yapımını çabucak öğrenmişlerdi. Debra ve kızı Caroline çok geçmeden kendi evlerine yerleştiler ve mutlu bir yaşam sürmeye başladılar.

Temne kabilesi ve gemicilerle yaptığımız alışveriş dışında, Freetown'la İngiltere arasında sefer yapan *Sierra Leone Packet*'tan da mal temin edebiliyorduk.

Bir gün rıhtımda birkaç yüz kişi toplanmış, bir gemi dolusu yükün boşaltılmasını seyrediyorduk. Biz çekiç ve çivi beklerken sandıklardan üç yüz tane süzgeçli testi çıkınca hayrete düştük.

Birini Moses Baba'nın avuçlarına bıraktım. Adamcağız, "Bu nedir?" diye sordu.

"Süzgeçli testi," dedim.

"Ne dedin?"

"Süzgeçli testi. Bunlardan üç yüz adet geldi ama ne çekiç var, ne çivi."

"Kızım, sen şu beyazlara bir mektup yaz. Henüz bahçemiz olmadığını söyle. Üstelik bu yağmuru bol ülkede sulama için süzgeçli testiye hiç ihtiyacımız olmaz."

Şirkete yazmadım ama Clarkson İngiltere üstünden Amerika'ya mektup gönderebileceğimizi duyurduğunda, Sam Fraunces ve Theo McArdle'a çok şey yazdım. Sözcüklerimin denizleri aşacağı fikri hoşuma gitmişti. Belki bir gün karşılık olarak ben de oralardan bir mektup alırdım.

Şirket beni öğretmen olarak işe aldı. Çocuklara ve yetişkinlere okuma yazma öğretecektim. Yazarken başına ağrı girmesinden yakınan Clarkson'ın da fazladan angaryaları oluyor, Londra'daki yöneticilere gidecek raporları bana yazdırıyordu. Filikayla gemiye gidiyor, ofis haline getirilmiş büyük bir kamarada arada ona sekreterlik yapıyordum.

Bir gün ona, "Canınız hiç karada yaşamak istemiyor mu?" diye sordum.

"Ben bir deniz kuvvetleri mensubuyum," dedi. "Suyun üstünde olmak beni daha huzurlu kılıyor. Burada düşünecek zaman bulabiliyorum. Bir konu üstünde yoğunlaşmışken çat kapı gelen olmuyor."

"Eğer şirket koloni sorumlusu olarak sizi görmek istiyorsa neden diğer yöneticilere göz yumuyorsunuz?"

"Böylesi işime geliyor," dedi Clarkson. "Şirketin kurallarını ben dayatacak olsam Nova Scotialılarla aram bozulur."

"Böyle kurallar beklemiyor muydunuz?"

Clarkson ellerini iki yana açtı. "İnsan her şeyi öngöremiyor."

İş bittiğinde Clarkson çaya kalmamı rica etti.

"Burada, nişanlınızdan uzakta yalnızlık çekiyor olmalısınız." dedim.

Parmaklarını çıtlatması aynı görüşte olduğumuzu kanıtladı.

Londra'dan gelen gazeteleri uzatıp onlara göz atabileceğimi söyledi. Ben okurken o da kitabına daldı. Sırf aynı yerde oturup birlikte okuyor olmaktan dolayı, ömrümde ilk kez bir başkasıyla aramda bir bağlılık olduğu hissine kapılmıştım. Fazla konuşmasak da onunla bu güzel anı paylaşmaktan büyük keyif duyuyordum. Yüreğimin halini sormayışına ayrıca memnundum. Afrika'ya dönmüş olmak kaybettiklerimi geri getiremezdi. Sierra Leone'de kızıma duyduğum özlem içimi eskisi kadar yakmaz olmuştu. Belki artık her çocuğa, "Acaba benim kızım mı?" diye bakmaktan vazgeçmiş oluşumdandı bu. May her neredeyse Afrika'da olmadığı kesindi.

İlk aylarda kolonicilerin tek geçim yolu şirketin işlerinde çalışmak, erzakı ve parayı oradan temin etmekti. Şirket ilk zamanlarda bedava tayın sözü verdiği halde, ilk birkaç ay içinde parasız dağıtılan erzak yarıya inmişti. Çok geçmeden karnımızı doyurmak için şirkete çalışmak zorunda olduğumuzu kavradık. Ama kolonide her gün herkese iş yoktu. Vasıflı bir işçi günde iki şilin kazanıyordu ama haftalık yiyeceği dört şilin tutuyordu. Şirketin tuzlu balık ve kümes hayvanlarını fahiş fiyatla satması, alkole su katması Nova Scotialıları deliye döndürmüştü. Bununla beraber kolonimizde içki kadar ibadet de rağbetteydi.

Gelişimizi izleyen birkaç ay içinde altı değişik mezhep, cemaatini önce çadırlar ve kulübelerde, sonra da ahşap kiliselerde toplamaya başladı. Geceler ilahi ve dualarla çınlıyordu. Freetown halkı uyku nedir bilmez olmuş, isteyen o kıyamette uyumaya alışmıştı. Akşam oldu mu Kral Jimmy'nin tamtamları bir kilometre uzaktan duyulmaya başlar, sokaklardan yalpalayan sarhoş gemicilerin sesleri yükselir, kapı önleri ise kolonicilerin kim kimin ördeğini vurmuş, kim kimin kadınına göz koymuş türündeki dedikoduları ve atışmalarıyla şenlenirdi. Erkeklerin birbirleriyle dövüştüğünü, adamların kadınları sopaladığını ve evet, bazen de kadınların erkeklere hadlerini bildirdiğini duyardık.

Cummings Shackspear adlı bir Nova Scotialı Halifax'tan yanında yedi fıçı rom getirmişti. Sefer öncesi o kadar romu nereden temin ettiğine, nasıl edip de Halifax'ta bunları gemiye yükletebildiğine bir türlü akıl erdirememiştim. Gelgelelim fıçılar Halifax'ın en usta fıçıcıları tarafından mühürlenmişti. Adam sahilden iki sokak geride meyhane açtığında dev içki stoku hâlâ el sürülmemiş halde bekliyordu. Kimi cemaat üyesi ter içinde, bitkin bir halde kiliseden çıkar ve dosdoğru içmeye giderdi. Kiliseye devam ettiği için içkiyi bırakana pek rastlanmıyordu.

Cummings de aynen şirketin yaptığı gibi romunu sulandırıyor, bardak hesabı satıyordu. Daima stok bulunduracak kadar bol para kazanıyor, artık şirketten mal almak istemiyordu. Adamdan fahiş gider vergisi kesmeye çalışan şirket zaten ona mal satmaya hevesli değildi. Aslında Cummings'in mal bulmaktan yana sorunu yoktu. Köle gemisi, yük gemisi veya askeri gemi olsun, limana o kadar çok uğrayan vardı ki Cummings kimi zaman Temne yerlilerinden edindiği fildişi, kızılağaç, bol miktarda ananas, fıçılar dolusu içme suyu, keçi, kümes hayvanı ve benzeri mallara karşılık birkaç fıçı romu nereden olsa buluyordu. Meyhanesinin altında mallarını muhafaza edebileceği büyük bir depo yaptırmış, başına da Temnelerden bir gece bekçisi dikmişti. Meyhane, Shackspear'ın Kitabı adını taşıyordu. Mekânın ününü duyan gemiciler filikalardan iner inmez adresini soruyorlardı.

Cummings işi çok ilerletti. Artık şirketin eline bakmıyordu. Kolonicilerle şirketin arasındaki mücadele siyasetinden sıyrılmayı başarmıştı. Pek az kimse böyle bir lükse sahip olabilirdi.

Ben hiçbir zaman tüccar kafalı olamamıştım. Yaptığım iş de pek öyle kazanç getiren cinsten değildi. Evimin arka odasında akşamları okuma yazma öğretiyor, hastalara sağlık hizmeti veriyordum. Hastaların bana özellikle ihtiyacı vardı, çünkü şirketin doktorları ya sarhoş geziyor ya da hastalık yüzünden yatağa düşüyorlardı. Sonuç olarak fazla kazanmasam da geçinebilmek için tamamen İngilizlere muhtaç durumda değildim. Bu arada sabahları şirketin okulunda ders vermeyi sürdürüyordum.

Kral Jimmy ve kabilesi iki üç kilometre ötede yaşıyordu. Freetown'da geçen bir yılımın sonunda onun Clarkson'dan, Temne topraklarının kullanımına karşılık para koparmaya çalıştığını fark etmiştim. Sierra Leone'ye gelmeden önce bu konular hakkında kimse bizi bilgilendirmemişti ama zamanla Kral Jimmy'nin adamlarının daha önce kurulmuş olan İngiliz kolonisini yağmaladıklarını, İngilizlerin hak iddialarını dayandırdıkları satış anlaşmasının şartlarını kabul etmediklerini anlamaya başlıyorduk. Kral Jimmy'nin en sevdiği baskı yöntemi, geceleri kıyılarımıza baykuş gibi uluyan, haykıran ve tamtam çalan savaşçılarla dolu düzinelerce kano göndermekti. Nova Scotialılar bu yüzden sabahlara kadar uyuyamıyor, Clarkson'ın kendilerine daha fazla silah vermesi için yalvarıyorlardı. Ben davulların sesini seviyordum. Yerlilerin St. George Körfezi'ni şarkılarla çınlatarak tüm bedenimi titretmeleri hoşuma gidiyordu. Böylece kendimi memleketime daha yakın hissediyordum. Sanki bana, *Git köyünü bul, halkına kavuş*, diyorlardı.

Kumsallarla iç kesimdeki dağlar arasındaki yamaçlara kurulmuş olan yeni yuvamız Freetown, çoğu Nova Scotialının sonsuza dek kalmak isteyeceği bir yerdi. Yalnızca burada kendilerini güvende hissediyor, yalnızca burada refaha kavuşacaklarına inanıyorlardı. Oysa Freetown benim için bir köprüden ibaretti. Temnelerle alışverişte bulunup onların dillerini öğrendikçe asıl vatanım büsbütün aklımdan çıkmaz oluyordu. Kara serüvenimi çoktan planlamıştım. Köyüme ulaşmak için üç ay yürüyecektim.

Haftada birkaç kez Fatima adlı genç bir Temne kadınıyla mal takası yapıyordum. Önce çok ister, sonra inerdi. Başta yirmi beş portakalı en son üç metre kumaşa vereceğini söyler, pazarlık sonunda bir metreye razı olurdu. Alışveriş tamamlanana kadar uzun uzun çekişirdik. Ben Temne dilini ilerlettikçe kumaş-portakal takası vesilesiyle yaptığımız sohbetler uzamaya başlamıştı. Bir gün yine böyle ayaküstü laflarken Fatima bana kocam, çocuklarım ve onları nasıl kaybettiğim hakkında bir sürü soru sordu. Hepsine dürüstçe cevap verdim. Sonunda ben de Fatima'ya cevabını en çok merak ettiğim soruyu sordum.

"Bacakların sağlamdır değil mi?"

"Şükür ki öyle."

"Uzun yol yürümekten korkmazsın yani."

"Asla."

"O zaman mutlaka bilirsin. Söyle bakalım, karanın iç taraflarına, Joliba nehrine doğru nasıl gidebilirim?"

Fatima kalan portakallarını toplayıp yeniden tepsisine dizmeye başladı.

"O bizim sırrımız."

"Neden?" diye sordum.

Tepsiyi kaldırıp başının üstüne yerleştirdi. "Sizi topraklarımıza sokamayız."

"Beni de mi?"

"Gemiden inen tubabların hiçbirini."

"Beni tubab mı sayıyorsun? Kocamla çocuklarımın hikâyesini sana anlatmadım mı? Ben de bu topraklarda doğdum."

"Anlattığın alt tarafı hikâye. Akla yatkın bir hikâye. Çok meraklıysan ben de sana bir tane anlatırım, olur biter. Ama sen şu an hikâye peşinde değilsin. Bana memleketimi soruyorsun."

"Ben kendi memleketimi soruyorum. Kendi vatanımı."

"Buralılara benziyorsun ama tubablarla geldin. Sen kara yüzlü bir tubabsın."

"Ben burada, Bayo köyünde doğdum. Takıcı Mamadu Diallo ile ebe Sira Kulibali'nin kızıyım. Beni kaçırmasalardı hâlâ o köyde yaşıyor olacaktım."

"Portakallara karşılık bir metre kumaşı ver de gideyim. Hikâye faslı bitti."

O konuşmadan sonra, kolonilerdeki ilk günlerimde hissettiğime benzer bir yalnızlık duygusu günlerce yakamı bırakmadı. Şu anda doğduğum kıtadaydım ama okyanusun karşı kıyısında duyduğum kadar derin bir kaybolmuşluk hissi yaşıyordum. Sonunda Fatima'nın beni reddetmesinin önemli olmadığına karar verdim. Ben kim olduğumu, nereden geldiğimi biliyordum. Temnelerin benim hikâyeme inanmamaları hayatımın gerçeklerini değiştiremezdi. Bu durumda yeni bir bilgi kaynağı aramam gerekiyordu. Aklıma yine Jonathan Swift'in dizeleri düştü:

Bu yüzden, Afrika haritalarında coğrafyacılar
Yaban resimleriyle doldururlar boşlukları
Ve o yaşanılmaz alt bölgelere
Filler koyarlar kentler yerine

Doğru; haritacılar haritalarına kentlerin yerine filler koymuşlardı ama onlar için Afrika'nın derinliklerine ulaşmanın ne zor olduğunu şimdi çok iyi anlıyordum.

Freetown'ın yağmuru başka yerlerinkine benzemezdi. Su, gökten fıçılarla yeryüzüne boşalırdı adeta. Çamur deryasından korunmak için evlerimizi kazıklar üstüne kurmuştuk. Kıymetli erzakı tavanlara asardık. Çatı, evlerimizin en önemli bölümü olmuştu. Temnelerden sazdan çatı yapma tekniğini öğrenmiştik. Yeterli malzeme bulursak çatıyı ahşapla da kaplıyor, hatta üstüne katran sürüyorduk. Yemeğimizi mütevazı evlerimizin dışında pişiriyorduk. Paylaşmayı, sıra beklemeyi, yağmura karşı korunaklı ortak ocaklar yapmayı, Temneleri aşçı olarak çalıştırmayı öğrenmiştik. İlk yağmur mevsimi mayısta başladı ve eylüle kadar sürdü. Fasulyeniz ya da manyokunuz sağlam bir şekilde kök salmadıysa o rüzgâra ve yağmura dayanması olanaksızdı. İlk yağmur mevsimi sonlanıp güneşli havalar geri döndüğünde köle gemileri Sierra Leone Nehri'nde daha sık görülmeye başladı. Köle fabrikası gibi çalışan Bance Adası iyice hareketlenmişti.

Ekimde bir gün Debra ile biberli tavuk güveci pişirirken kulağıma ayak sesleri, homurtular, boğuk hırıltılar ve hızlı soluma sesleri geldi. Koca bir köy halkı yola düşmüş yürüyor gibiydi. O anda Bayo'daki çocukluğumun son gününü yaşar gibi oldum. Hızla dönüp baktım. Çoğu yarı çıplak ya da anadan doğma yaklaşık otuz yerli boyunduruğa vurulmuş olarak nehre doğru ilerliyordu. Kafileye, dalgalanıp duran başlıklı kaftanlar giymiş, elleri sopalı ve kırbaçlı, uzun boylu siyahiler öncülük ediyordu. Kafiledeki her kadın başının üstünde iri bir parça kaya tuzu ya da içi muhtemelen pirinç ya da darı dolu bir torba taşıyordu. Erkek esirler tüccarların yüklerini sırtlamışlardı. Gözleri boş bakan, ağzı sarkmış bir yerli bir kucak mızrak taşıyordu. Boynundan kıstırılmamış olsa belki o mızrakları kullanırdı. Ama halinden haftalardır boyunduruğa bağlı olarak yürüdüğü belliydi. Boynunda açık yaralar bulunduğundan adım gibi emindim.

Elimdeki kaşığı tencereye fırlatıp onlar varmadan önce koşarak King Caddesi'ne yollandım. Karşıdan gelişlerini seyre koyuldum. Aralarında her yaş ve ebatta insan vardı. Onları kurtarmanın bir yolunu bulmalıydım. Kafiledeki kızlardan biri yalvarır gibi gözlerini yüzüme dikmişti. Henüz bir kadın değildi ama olma yolundaydı. Yaklaştığında yanaklarının üst kısmında iki mavi çizgi şeklinde dövmelerinin bulunduğunu gördüm. Gözümün içine bakıp bir şeyler mırıldandı. Sesli yaşlı bir kadınınki gibi kısık çıkıyordu. Aralanmış dudaklarının arasından bembeyaz dişlerini gördüm. Ne istediğini biliyordum. Su, yiyecek, en çok da ana babasının kucağına dönmek istiyordu. Boynunda gırtlağını sıkan ahşap bir halka vardı. Halkadan çıkan zincirler onu öndekilere ve arkadakilere bağlıyordu. Köle tüccarlarını saymazsak sahipsiz olduğu belliydi. Yaklaşıp kızı elinden tuttum. Derisi kuruyup çatlamıştı. Ona su verebilmek isterdim ama yanımda üstümdeki giysilerden başka hiçbir şey yoktu. Yine üç sözcük mırıldandı. Söyledikleri duaya benziyordu. Belki *yemek, su, yardım* diyordu. Belki de *lütfen beni kurtar* diye yalvarıyordu. Boyunduruğu tuttum ama çıkarmam imkânsızdı.

Yavaşça, "Dayan çocuğum," dedim. Olabildiğince yumuşak bir anne sesiyle konuşmaya çalışmıştım. Tek harekette başımdaki kırmızı bandanayı çıkarıp kızın bileğine bağladım. Ona birkaç güzel söz daha söylemeye hazırlanırken kafile gözcülerinden biri arkalardan koşup geldi ve keçi kovalar gibi beni yana iteledi. Gözcü artık kızın yanı başında yürüyordu. Bütün gözcüler esirlerini sıkı bir göz hapsine almışlardı. Beş, on, on beş adım. Kız yürüyüp uzaklaştı. Artık ona yetişemezdim.

Yardım istemek için etrafıma bakındım. Birçok Nova Scotialının rıhtımda toplandığını gördüm. Bir Nova Scotialı Moses Baba'yı arabasına bindirip kafile öncülerinin karşısına çıkarmaya çalıştı ama adamlar ona bakmadan yürüyüp geçtiler. Thomas Peters arkadan koşarak geldi. Koluma girip beni sürükledi. Kafilenin peşine takılıp kıyıya doğru yürümeye başladık.

Peters, "Tam ihtiyacımız olduğu anda Clarkson ortada yok." diye söylendi.

"Kral Jimmy ile iş görüşmeye gitti." dedim.

Debra, Clarkson'ın sağ kolu olan Neil Park adlı şirket yetkilisini kolundan tutmuş kıyıya götürüyordu. Hepimiz rıhtımda toplandık: Otuz esir, altı esir tüccarı, sayıları hızla artan Nova Scotialılar ve bir grup silahlı şirket nöbetçisi... Ne var ki içinde kürekçi Temnelerin bulunduğu altı büyük kano esirleri almak için hazır bekliyordu.

Moses Baba arabasıyla suyun tam kenarına ulaşamamıştı. Kan ter içinde debelenirken Peters'ın öfkeli sesi duyuldu.

Kaftanı rüzgârda dalgalanan uzun boylu Afrikalı kafile başına, "Bu insanları derhal serbest bırakın!" diye bağırdı.

Kafile başı Peters'ı duymazlıktan geldi ve kanolardan sorumlu dümenciyle pazarlığa başladı. Hiçe sayıldığı için deliye dönen Peters birden kafile başına saldırdı. Üç kafile gözcüsü Peters'ı anında kıskıvrak yakaladı. Biri bıçağını çekip gırtlağına dayadı. Yanakları mavi çizgi dövmeli kız önce Peters'a, sonra bana, sonra da arkamdaki Nova Scotialı kalabalığına baktı. İstersek onu kurtarabileceğimize inanmış gibiydi.

Neil Park, yanında Temne çevirmeniyle kavgaya müdahale etti. Köle başları Temne dilini bilmiyorlar ama kendi çevirmenleri yoluyla iletişim kurabiliyorlardı.

Park bize, "Geri çekilin. Başınıza bir şey gelmesin," diye emretti. Kimse kımıldamadı. Çevirmenimiz Park'ın bizim kralımız olduğunu anlattı. Kafile başı döndü, gülümsedi, hafifçe eğilip selam verdi. Kaftanının iç cebinden bir torba kola fındığı çıkarıp Park'a uzattı. Park torbayı tek eliyle beceriksizce tuttu. Sürekli konuşarak sonunda adamların Peters'ı serbest bırakmalarını sağladı. Peters'a uzaklaşmasını emretti ama adam ona aldırmadı. Kafile gözcüleri yeniden bıçaklarına davrandılar. Peters birkaç adım geriledi.

Çevirmenlerden biri Park'a, "Bu iş sizi ilgilendirmez," dedi. "Kafile başları bu bölgeden geçmek için ödeme yaptılar. Geçişe bizzat Kral Jimmy izin verdi."

Park "Biz Freetown'da köle ticareti yaptırmayız." diye direndi.

Park'a buranın Temne bölgesi olduğu söylendi. Bu topraklar beyazlarla ortak kullanılıyordu ama sahibi onlar değildi. Ayrıca Bance Adası'ndaki diğer beyazlar kafilenin yolunu beklemekteydiler.

Park çaresizlik içinde bize dönüp, "Gitmelerine izin vermek zorundayız," dedi. "Bu Kral Jimmy ile halletmemiz gereken bir konu."

Peters, "Bu esirleri nakletmelerine izin vermeyeceğiz," diye bağırdı.

Park şirket nöbetçilerine işareti çaktı. Sierra Leone Şirketi'nin beş muhafızı silahlarını çektiler. Park "Emrediyorum," diye gürledi. "Aksi halde zor kullanırım."

Peters "Hiçbir yere gitmiyoruz. Onlar da gidemezler!" diye üsteledi.

"Geri durun," diye bağırdı Park. "Bu esirleri serbest bırakamazsınız. Burada sorun yaratacak olursanız Temneler bize savaş açar."

"Buna cesaret edemezler," diye atıldı Peters.

"Bal gibi ederler. Daha önce de yaptılar."

Temne kabilesinin Londra'dan gelenlerin burada kurduğu ilk koloniyi talan etmiş olduklarını hatırladım.

Kafile başı ilk esirin boyunduruğunu çıkardı. Bu on beş yaşlarında bir çocuktu. Esircilerden korktuğu kadar Nova Scotialılardan da ürktüğü belliydi. Kafile gözcülerinden biri onu kanolardan birine bindirmeye hazırlandı. Tam o sırada Peters atıldı, oğlanı kapıp geri çekmeye çalıştı. Şirket muhafızları tüfeklerini doğrulttular. Park elini kaldırıp ateş etmelerini engelledi. İki köle taciri Peters'ın üstüne atıldı. Adam silkinip kendini kurtararak çocuğu yeniden kaptı. Tam Peters'ın duruma hâkim olup ilk esiri kurtararak ardından gelecek Nova Scotialılara örnek olacağını düşünüyordum ki köle tüccarlarından biri kılıcını çekip Peters'ın göğsüne sapladı. Peters hırıldayarak sendeledi, ağzından köpüklü kanlar fışkırdı, yere kapaklanıp kaldı. Nova Scotialılar suya doğru hamle ettiler ama Park ve adamları havaya ateş açtı.

Park "Son uyarı!" diye haykırdı.

Kolonicilerden biri silahını Afrikalı köle tüccarlarından birine çevirdi. Park'ın adamları anında ateş ettiler. Kolonici vurulup düştü. Artık kimse yerinden kımıldamıyordu. Kıyıda kanolara bindirilmekte olan esirlerden birkaç adım uzakta yatan Peters'ın yanına koştum. Yanına çöküp elimi omzuna koydum. Kahverengi gözleri kaybetmekte olduğu hayatın kalanını özümsemek ister gibi iri iri açıldı.

Elimi omzundan çekmeden, "Sen iyi bir adamsın Thomas," dedim. "Ve iyi bir öndersin."

Peters ölmek üzere olduğunun farkında değil gibiydi. Elini birkaç santim kaldırdı, uzanıp tuttum. Sonra soluğu kesildi. Parmakları gevşedi. Gözündeki ışık söndü. Onunla konuşmaya devam ettim. Ruhunun ona söylediklerimi duymasını istiyordum. "Sen özgürlük yolunda önderimiz oldun Thomas Peters. Sen Afrika'ya gelişimize öncülük ettin."

Birden haykırışlar ve emirlerle kendime geldim. Temne yerlisine silah çeken Nova Scotialı Scott Wilson birkaç metre ötede cansız yatıyordu. Park'ın adamları diğerlerini silah zoruyla zapt etmeye çalışıyorlardı. Park işler daha kötüye gitmeden köle tüccarlarını esirleriyle birlikte bir an önce oradan uzaklaştırmaya uğraşıyordu. Kanolar kıyıdan ayrılıp Bance Adası'na doğru yola çıktı. Köle tüccarlarından bakan olmadı ama kız dönüp gözleriyle bizi aradı.

Ona el salladım. Dünyada hâlâ birinin ona iyilikler dilediğini bilsin istiyorum. Karşılık olarak o da elini kaldırdı. Kırmızı bandanam hâlâ bileğine bağlıydı.

Azizlerin Yardımı

Peters ve Wılson'ın kaybı halkı yasa boğmuştu. Onların anısını onurlandırmak için ne yapabileceğimizi düşündük. Sonunda Peters'ın mezar taşındaki kitabeyi bana yazdırdılar: *Thomas Peters, Nova Scotialı göçmenlerin önderi. Özgürlük için savaştı ve sonunda özgürlüğe kavuştu.*

Moses Baba yalnızca Nova Scotialıların çağrılacağı bir "aile toplantısı" için hazırlıklara başlayınca, Clarkson bana özel olarak içini döküp İngilizlerle aramızda set çekmekte olduğumuza işaret etti.

"Ama Nova Scotialılar da şirket toplantılarına katılamıyorlar," dedim.

Clarkson, "Şirket yönetimi ve toplum yönetimi farklı konulardır," dedi.

O konuda kafalarımızın uyuşmadığına karar verdik. Yine de Clarkson'ın ricası üzerine Moses Baba'ya, Nova Scotialıların önce kendi aralarında toplanmalarını, devamında oturuma şirket yöneticilerini de davet etmelerini önerdim. Moses Baba itiraz etmedi.

Kilisede toplandık. Söz alan her konuşmacı üst üste Freetown'da köle tüccarlarıyla işbirliği yapan şirketi kınadı. Silahlı isyan çağrısı yapanlar oldu. Nasıl olsa otuz kırk şirket muhafızı bin göçmen karşısında direnemezdi. Şirketin bundan böyle köle tüccarlarının Freetown'dan geçişine göz yummasına ben de karşıydım ama sorunu daha fazla şiddet kullanarak çözemezdik. Ne zaman bir ayaklanma olsa isyancılar yeniliyor, masum insanlar ölüyordu.

Moses Baba özel toplantıyı silahlı isyan kararı almadan tamamlamayı başardı. Kilise kapıları şirket yetkililerine açıldığında Clarkson'la birlikte Freetown kolonisinin yöneticilerinden biri olan Alexander Falconbridge de aramıza katıldı. Falconbridge arkada durup gelişmeleri izlemeyi yeğlerken Clarkson kürsüye çıktı.

Sözün başında Clarkson'ın "iki saygın Nova Scotialının ölümüyle sonuçlanan korkunç ve trajik olaylar"ı bir kez daha tekrarlamasından sıkıldım ama şirketin cenaze masraflarını karşılayacağını ve dul eşlere destek olacağını duyurması hoşuma gitti.

Moses Baba esirlerin Freetown'dan geçmemesi konusunu gündeme getirdiğinde, Clarkson daha önce söylediklerini yinelemekle yetindi: "Freetown'da köle ticareti yapılmasını onaylamıyoruz. Londra'daki bütün yöneticiler bu konuda fikir birliği içindedir."

Clarkson'ın sözleri bizi büsbütün tedirgin etmekten başka bir işe yaramadı. Köle tüccarları Freetown'a saldırıp hepimizi Bance Adası'na götürmeye kalksa şirket nasıl karşı koyacaktı? Yirmi şirket muhafızı tüfeklerine davransa bile dalgalar halinde gelecek Temne yerlileri karşısında ne kadar etkili olabilirlerdi?

Kiliseden çıktığımızda Alexander Falconbridge yanıma yaklaştı. Elini uzatarak "Hakkınızda çok şey duydum Meena," dedi.

"Merhaba, Doktor Falconbridge," dedim. Onun bir zamanlar bir köle gemisinde doktorluk yaptığını duymuştum. Bu deneyim sonrasında köle ticaretine karşı çıkanlar arasına katılmıştı. İri göbeğinden dolayı güçlükle nefes alan, uzun boylu, geniş omuzlu bir adamdı. Gür kaşlarının kılları kıvrılarak dışarı uzanmıştı. Gözbebekleri irileşmişti ve soluğu rom kokuyordu ama gözlerinde şefkatli bir bakış vardı.

"Kayıplarınız için üzgünüm," dedi bana. "Peters ve Wilson halkı adına en iyisi için çabalayan iyi adamlardı."

"Bizler Peters'ın sayesinde buradayız." dedim. Sokağa çıkmıştık ama Falconbridge hâlâ yanımda yürüyordu. Adam eve kadar bana eşlik etmeye mecbur kalmasın diye durdum.

Falconbridge, "Çok çekişirlerdi ama Clarkson'ın ona saygısı vardı," dedi.

Başımla onayladım.

"John Clarkson size de hayran."

"Clarkson iyi biri," dedim.

"İyi tubabların sonuncusu," dedi Falconbridge kıs kıs gülerek.

Falconbridge'in Clarkson ve bizlerden çok önce Sierra Leone'ye geldiğini ve buranın eskisi olduğunu biliyordum. "Yüzbaşı Clarkson sizin de bir zamanlar köle ticaretine bulaşmış olduğunuzu söylemişti," dedim. "Muhalefete sonradan başlamışsınız."

"Doğrudur. Sizi Amerika'ya götüren geminin doktoru da olabilirdim."

"O gemide tek bir doktor vardı. Gözlerimin önünde öldü."

"Doktorlar esirler için ellerinden geleni yaparlar. Onlar diğerlerinden bir gömlek iyidir." Bir an durakladı. Sonra duyulur duyulmaz bir sesle devam etti. "Gelgelelim onlar da işin içindedirler tabii. Günahtan paylarını alırlar. Bunları ben de yaşadım. Neyse ki artık hiçbir ilgim yok."

Clarkson'ın onun hakkında epey bilgi vermiş olduğunu söyledim.

"Evli olduğumu da biliyorsunuzdur o zaman. Karım şu anda gemide bulunuyor."

Biliyordum.

"Bu durumda iyi niyetimden şüphe etmezsiniz umarım. Buyurun, bu akşam *King George*'da konuğum olun. Uzun uzun konuşalım."

Falconbridge, *King George*'da birkaç kamarayı birden tutmuştu. O akşam Temne aşçısına emir verip tavuk güveci pişirtti. Bu arada bana bir bardak rom ikram etmeyi ihmal etmedi.

"Az olsun lütfen."

"Size az, bana bol olsun," dedi gülümseyerek.

Oturup arkasına dayandı. Derin bir oh çekti. Romundan bir yudum alıp yine bir oh çekti. "Hayat kısa. Biraz da keyfimize bakmak lazım."

Başımı salladım.

"Nasıl olsa ölümüm buralarda olacak. O yüzden kendimi içme zevkinden mahrum bırakmak istemiyorum."

Nova Scotialıların Sierra Leone'ye yerleşmeden önce memleket belledikleri değişik yerlerden söz ettik. Bunların başında Afrika, Georgia, Güney Carolina, Virginia, New York, Nova Scotia ve New Brunswick geliyordu.

Falconbridge, "İngilizler denizci millettir ama siz Nova Scotialıların gördüğü kadar yer gören yoktur," dedi.

"Bizler göçebeyiz," dedim.

Sohbetin ortasında yemek servisi yapıldı. Yemeklerimiz bittiğinde Falconbridge kucağındaki peçeteyi masaya bıraktı, sandalyesini arkaya itti ve içini çekti.

"Benden nefret ediyor musunuz?" diye sordu.

"Etmeli miyim?"

"Zaten ayrım yapmaksızın bütün beyazlara nefret beslemiyor musunuz? Eğer öyleyse haksız olduğunuzu söyleyemem."

Bardağıma sürahiden su doldurdum. "Eğer vaktimi nefretle harcasaydım, duygularım çoktan tükenmiş olurdu. Şu anda boş bir deniz salyangozu kabuğundan farkım kalmazdı."

Falconbridge dirseğini kaşıdı. Sular seller gibi ter döküyordu. Artık yelken açamayacak kadar köhnemiş bir gemide beyazların nerede yıkandığını merak ettim. Biz Nova Scotialılar hiç değilse Freetown'da rahatça yıkanabiliyorduk. Kadın ve erkekler için ayrı banyolar kurmuştuk. Kolonide yaşayanlar haftada en az bir kez banyo yapmayı ihmal etmezdi. Afrika'da doğmuş olanlarımız daha sıklıkla, örneğin her gün yıkanırdık. Bazı geceler uyku tutmadığında bir kova su alıp ormana giderdim. Yıldızların ve ağaçların atlında kuytu bir yer bulur, başımı kaldırıp çocukluğumdan beri hayran olduğum o parlak, büyük su kabını seyrederdim. Gecenin serinliğinde ılık suyu bedenime çarparken bazen Bayo'da kaçırıldığım akşamı düşünür, o gece köyde sağ kalan kimsenin olup olmadığını merak ederdim.

Falconbridge'in sesiyle hayallerimden silkindim. "Benden nefret etmek için çok nedeniniz olurdu. Kefaret ödemeye inanır mısınız?"

Beyazların dobralığı beni bazen şaşırtıyordu. "Bilmiyorum," dedim. "Ben buraya yürüyerek üç aylık mesafede olan bir köyde doğdum. Köyümde her türlü inanç vardı. Babam Müslümandı. Kuran'ı öğrenmişti. Köyümüzde hayvanların, hatta sebzelerin ruhu olduğuna inananlar bile vardı. Hasat zamanı hiçbir ayrım gözetmeden herkes birbirine yardım ederdi. Birlikte çalışır, birlikte karnımızı doyurur, birlikte darı döverdik. Öldüğümüzde hep bir araya geleceğimize, bize hayat vermiş olan atalarımıza geri döneceğimize inanırdık. Ama kimse kefaret ödemekten söz etmezdi."

"Kefareti yaratan günahkârın kendisidir," dedi Falconbridge." Ben günah işledim ama sonra pişman oldum. Görevim ambarlara inmek, o insanların soluk alıp almadıklarını kontrol etmekti. Korkunç canavarlıklara tanık oldum. Ruhumu o köle gemilerinde tükettim."

"O gemilerin ambarlarında neler yaşandığını iyi bilirim," dedim.

Falconbridge parmak uçlarıyla şakaklarına bastırdı. "O adamlara hiçbir faydam dokunmadı, düşünebiliyor musunuz? Bir bant yapıştıracak olsam çıkarıp atıyorlardı. Yaralarını tedavi etmeye çalışsam mikrop kapıp iltihaplanıyordu. Tedavi etsem de etmesem de ölüp gidiyorlardı. Tek yapabildiğim iyilik, kaptanla mücadele edip daha temiz su, daha iyi gıda verilmesini, kölelere ait bölümlerin daha sık temizlenmesini sağlamaktı."

Falconbridge de ben de okyanusu sağ salim aşanlardandık ama işi bıraktıktan sonra onun acıları katlanmışa benziyordu.

Kırıcı olmamaya çalışarak, "Huzursuz olduğunuzu görüyorum," dedim. "Bana o günlerde yaşadıklarınızdan biraz söz eder misiniz?"

"O rahatsızlığı atlattım," dedi adam. "Ne yaşadıysam yazdım."

"Sahi mi?"

"İyi bir yazar sayılmam. Clarkson sizin güzel yazı yazdığınızı söyledi."

Başımla onayladım.

"Benden çok daha eğitimlisiniz, bu yüzden size hayranım. Evet, yazdım, İngiltere'deki o azizlerin yardımıyla köle gemilerinde doktorluk yaptığım günleri anlattım."

"Hangi azizler?"

"Sizin şu John Clarkson'ınız gibi adamları kastediyorum. Londra'da onlardan bir sürü var. Bir kilisede dünyadan habersiz bir cemaat buldular mı hemen var güçleriyle azizlik borularını çalmaya başlıyorlar."

"Ne diyorsunuz?"

"Köle ticaretinin feshine çalışıyorlar. 'Fesih' sözcüğünü bilir misiniz?"

"Dağıtma. Sona erdirme. Kaldırma. Kökünü kurutma. Böyle bir anlamı var değil mi?"

"Siz İngiltere'de doğmadığınızdan emin misiniz?"

Gülümsedim. "İngiltere'de doğmuş birine benziyor muyum?"

"Ülkemde ne çirkin ördek yavruları doğuyor, bir bilseniz."

"Bana çok değişik isimler takıldı ama ördek diyen çıkmamıştı."

Falconbridge güldü ve romunu yudumladı. "Köyünüze gitmek istediğinizi duydum."

Başımı sallayıp devam etmesini bekledim.

"Size yardım edebilirim ama bunun için Bance Adası'na gitmeniz gerekebilir."

"Neden?"

"İçerilerdeki orman yollarını bilenler yalnızca Bance Adası'na gidip gelen köle tüccarlarıdır. Kalede çalışanlar düzgün adamlardır."

Ona bakakalmıştım.

"Demek istiyorum ki," diye açıkladı Falconbridge, "onlarla yüz yüze gelirseniz, hele de takdimi ben yaparsam, size uygarca davranacaklarını garanti ederim. Elinizi sıkar, içki ikramında bulunur, bir iki gülümser, romu gıdayla, gıdayı romla takas eder, size Londra'dan gelmiş gazeteler verirler."

İçimi çektim. Nasıl olur da Bance Adası'ndaki köle fabrikasına kendi arzumla giderdim?

"Pis bir işle uğraştıkları doğru," dedi Falconbridge. "Ama bakarsınız sizi iç taraflara götürebilecek biri ile irtbata geçmemi sağlarlar. O zaman hayalinize kavuşursunuz."

Temne kabilesiyle aramda bir yıldır süren alışverişe rağmen Bayo'ya nasıl gidebileceğim konusunda en ufak bir bilgi edinememiştim. Şimdi bir beyaz bu olasılığın kapısını aralıyordu.

"Düşüneceğim," dedim.

O sırada Falconbridge'in karısı Anna Maria yemek yediğimiz kamaraya girdi.

"Aaa, siz mi geldiniz? Benim için sürpriz oldu."

"Ben de tam kalkıyordum," dedim.

"Kocamın işine akıl sır ermez," dedi kadın. "Öyle değil mi hayatım?"

"Öyle ya, fiyaskolarıma hiç akıl sır ermez," dedi Falconbridge. Bunu söylerken de İngiltere'deki kölelik karşıtları için hazırladığı broşürü elime tutuşturdu. Adamlar köle ticaretinin kaldırılması için uğraşmış ama başarılı olamamışlardı.

Bana verdiği şey kırk sayfalık bir kitapçıktı. Kapağına göz attım: *Afrika Kıyılarında Köle Ticaretinin Hikâyesi. Yazan Alexander Falconbridge. Eski köle gemisi doktoru. Londra, 1788.*

"'Eski köle gemisi doktoru' ile tam olarak neyi kastediyorsunuz?"

"Midem daha fazlasını kaldırmadığı için artık bu görevi yapmadığımı söylemek istedim."

Anna Maria, "Kocam sizi sevmiş, belli," dedi.

"Başlama yine," dedi Falconbridge.

"O kıymetli kitapçığını verdiyse sizi sevmiş demektir. Karşılığında sizin de onu sevmenizi ister," dedi kadın. Sonra da açık duran sayfayı işaret ederek okumamı istedi.

Kitapçığı aldım, gözümden on beş santim kadar uzakta tuttum. İki üç mum daha yakılmasını rica ettim. Dediğimi yaptılar. Mavimsi camlı gözlüklerimi taktım. Nova Scotia'da bazı beyazlar bunları ancak yalnızken kullanır, asla başkalarının yanında takmazlardı. Gelgelelim ben Anna Maria ve kocasına kendimi beğendirmeye çalışacak yaşı geride bırakmıştım. Gözlüklerim olmadan yazıların tek kelimesini göremezdim zaten.

Kitapçığı açtım ve yüksek sesle okudum: "'Avrupalılar tarafından satın alınan zenciler arasında akıl kaybı olaylarına sık rastlanıyor. Çoğu, özellikle de kadınlar delirerek ölüyor.'"

Kitapçığı elimden bıraktım. Tecrübelerime dayanarak onlara erkeklerin daha çabuk delirdiğini anlattım. Erkekler kendilerini bir şeyler yapmak zorunda hissettiklerinden, düştükleri çaresizlik karşısında keçileri kaçırıyorlardı. Kadınlar ise öncelikle başkalarına yardım etmeye çalışıyorlardı. Koşulları değiştirmek mümkün olmasa bile sağa sola el uzatmak mümkündü.

Anna Maria başka bir sayfa daha açıp bana uzattı. Okudum: "Zencilere gemide çoğunlukla bakla ezmesi, ayrıca haşlanmış tatlı patates ve pirinç veriliyor. Bazen küçük miktarlarda da olsa sığır ve domuz eti de çıktığı oluyor..."

Kitapçığı kapattım. Ölümün ta kendisi gibi kokan bir gemide hayatta kalmak için o yiyecekleri daha dün yemiş gibiydim. O hayvan yeminden beter lapayla dolu yemek kovalarının başına çökmüş esirler, doktorun kamarasından çaldığım yer fıstığı ve bisküvilere aç gözlerle bakıyorlardı.

Anna Maria dirseğimden tuttu: "Okurken zorlandığınızın farkındayım," dedi. "İsterseniz bunu başka bir güne bırakalım. Sizi daha yakından tanımak isterim. Yarın çaya gelir misiniz?"

Anna Maria Falconbridge ile ahbap olduk. Şirkette kafasına göre dostluk edebileceği kimse olmadığını söylüyordu. Bazen bir kadeh rom içmek için beni gemiye davet ediyor, bazen de o beni ziyarete geliyordu. Yönetici takımından evime adım atmış tek kişiydi.

Bir gün şirketin Kral Jimmy'e durmadan gösterişli hediyeler yağdırmasından şikâyet edecek oldu.

"Afrika'da küçücük de olsa hediye vermek saygı işaretidir," dedim.

"Hadi bir şişe olsa neyse. Bir fıçı romdan bahsediyorum."

Sesimi çıkarmadım.

Yüzüme dikkatle baktı. "Bunca eğitim ve tecrübeye sahipsiniz. Bence hayatınızı yazmalısınız," dedi. "Bu yolla çok popüler olan insanlar var. Olaudah Equiano adını duymuş muydunuz? Afrikalı eski bir köle. Tıpkı sizin gibi. Hayatını anlatan bir kitap yazdı ve büyük ün kazandı. Anlattıkları doğru mudur bilemem. Ama önemli değil. Kitabı İngiltere'de çok sattı. Şu anda birçok beyaz İngilizden daha zengin."

"Okuma fırsatım olmadı," dedim.

Anna Maria gemide mütevazı bir kütüphanesi olduğunu söyledi. "Kitapları paylaşacak kimsem yok, Meena. Şirketin adamları, kitap ve edebiyattan eşeğin astronomiden anladığı kadar anlıyor ancak. Bendeki nüshayı memnuniyetle ödünç veririm."

Dışarıda Temne yerlisi işçiler, bitişikte oturan arkadaşım Debra'nın çatısını yeniliyorlardı. Anna Maria'nın adamların terli göğüslerine gözünü diktiğini gördüm. "Köle kanosunda kürekçi olacaklarına inşaatlarda çalışsınlar daha iyi," dedim.

Anna Maria kıkırdadı. "İnsanlık değerleri, özgürlük, tamam hepsi kabulüm ama benden çok daha kafası çalışan insanlar ne diyorlar biliyor musunuz? Köle ticareti Afrikalıları barbarlıktan koruyormuş. Bu açıdan baktınız mı hiç?"

"İngilizler bunları kendi şeytanlıklarını örtmek için söylüyorlar," dedim.

"Ya sizin düşünceniz? Siz okumuş, zeki, görgülü birisiniz."

"Benim okuryazar oluşum, insan hırsızlığını mazur gösterebilir mi?"

"Hırsızlık mı? Bance Adası'ndaki tüccarlar bu insanlar için avuç dolusu para ödüyorlar."

"Benim gözümde hırsızlık yine de."

"Yapmayın Meena, bu kıtada hırsızlığı başlatanlar birbirlerini yakalayıp kaçıran Afrikalılar."

"Birbirlerini kimin hesabına kaçırıyorlar dersiniz?"

"Afrika'da, Amerika kıtasına ilk yollananlardan önce de köle ticareti vardı."

"Bizim köyde bir söz vardır. 'Eğriyi doğru gösteren uyanıklara dikkat et,' derler."

Anna Maria "Liverpoollu işadamlarının buna ne cevap vereceklerini tahmin edebiliyorum," dedi.

"Liverpool mu?"

"Birçok İngiliz köle tüccarı işi buradan yürütür. Sizi duyacak olsalar benimle laf olsun diye münakaşa ettiğinizi söylerlerdi. Sizi kaçırıp köle yapmasalardı, yüzlerce kitap okuyabilir miydiniz? Sizi kurtaran bu olmadı mı? Siz Hıristiyan değil misiniz?"

Konunun değişmesine sevinerek, "Pek sayılmam," dedim. "Dostlarımla olmak için kiliseye gidiyorum ama Hıristiyan olduğumu söyleyemem."

Anna Maria huzursuz bir sessizliğe gömüldü. Onun Anglikanizm'in uygarlaştırıcı etkisi üstüne nutuk çekmeye başlayacağını sanırken birden eğilip elime dokundu: "Burada Afrikalı metresi ya da metresleri olmayan tek bir şirket yöneticisi yoktur. Bance Adası'ndaki subaylar da aynı durumda."

"Farkındayım," dedim.

Kadın başını omzuma doğru eğerek duyulur duyulmaz bir sesle, "Şirket görevlilerinin eşleri için böyle bir olay söz konusu olamaz elbette," diye mırıldandı. "Bu ne karışık bir iştir bilemezsiniz."

"Yazık ki başkalarını anlamak için hayal gücümüzü zorlamak zahmetine katlanmıyoruz," dedim.

Anna Maria içini çekerek koluma dokundu.

Onunla sık sık ters düşeceğimizi anlamıştım ama açık sözlü oluşu ve bana fikrimi soruşu hoşuma gidiyordu.

Anna Maria Falconbridge bana bir karşılık veremeden şirketten bir haberci gelip kendisini *King George*'a götürecek kürekçinin hazır beklediğini bildirdi. Konuğum çıkıp giderken yan çatıda çalışan Temnelerin olduğu tarafa son bir bakış fırlatmadan edemedi.

Grant'ın G'si, Oswald'ın O'su

Bir yıl boyunca bana karanın iç taraflarında rehberlik edecek bir Temne yerlisi bulmak için boşuna uğraştım. Sonunda Alexander Falconbridge'in beni Bance Adası'na götürme teklifini kabul etmek zorunda kaldım. Bütün bu zaman zarfında hep Bayo'yu hayal etmiştim. Köle gemisindeki günleri, kolonilerde geçirdiğim yıllardan daha net hatırlıyordum. Yuvama kavuşmak için her şeyimi verecek haldeydim.

Ziyaret için özenle giyindim. Başıma üstünde tavuskuşu tüyü bulunan sarı bir şapka taktım. Afrika usulü örtü yerine İngiliz stili bir elbise seçip altına parlak gümüş tokalı kırmızı ayakkabılarımı giydim. Bu yeni tarzım, kendimi kırk yıl önce esir kafesinde damgalanan o sıska, çıplak kızdan çok farklı hissetmeme neden olmuştu.

Ziyaret için en uygun zamanın yağmur mevsiminin hemen sonrası olduğunu söylemişlerdi. Bu dönemde esirciler iç taraflardan topladıkları malları pazara getirmeye başlarlardı. Falconbridge bizi adaya götürecek kano ve kürekçileri ayarladı. Nehrin akışına karşı ters yönde on sekiz mil gitmek neredeyse öğlene kadar sürdü. Su cam gibiydi. Kürekçiler bizi hiç sallayıp sarsmadan bir daha asla görmek istemediğim o yere götürüyorlardı. Yolda pek konuşmadık. Güneş iyice yakıcı olmaya ve kürekçiler akıntıya karşı ter dökmeye başladığında Falconbridge tek bir cümle söylemekle yetindi: "Bazen şeytanla pazarlık, hiç alışveriş etmemekten iyidir."

Tepenin üstündeki beyaz kaleyi seçebildiğimde adanın ne kadar küçük olduğunu fark ettim. Birkaç yüz metre uzunluğunda ve ovaldi. Tepeden tırnağa beyazlar giymiş koca göbekli, favorili bir adam bizi iskelede karşıladı. Sol elinde, uçlarında kalın kıvrık bir parça bulunan, masif ahşaptan iki cilalı değnek tutuyordu. Değnekler dayak aletine benziyordu ama adam onları oyuncak tutar gibi tutmuştu. Aynı elinde bir de yumruğumdan daha küçük tahta bir küre vardı.

Serbest olan eliyle Falconbridge'le tokalaştı. Ben de elimi uzattım. Anna Maria'dan ödünç aldığım eldivenleri takmayı ihmal etmemiştim.

Adam, "William Armstrong," dedi kendini tanıtarak. Sıkı bir tokalaşması vardı. Göğsümü kızgın bir demirle dağlayacak birine benzemiyordu.

Falconbridge bana dönüp, "Armstrong kalenin komutan yardımcısıdır," diye açıkladı.

"Ben de Aminata Diallo," dedim. Resmi adımla kendimi daha güvende hissetmiştim.

Falconbridge, "Dostum Armstrong, işte mesajımda sana söz ettiğim kadın. Müthiş zeki. Afrikalı, Amerikalı ve Nova Scotialı. Çok gezip görmüş ama çoğu kendi tercihiyle olmamış maalesef. Ayrıca söyleyeyim, okuma yazmada on İngiliz'den dokuzunu yaya bırakır."

Falconbridge'in Bance Adası ziyaretini bir angarya olarak göreceğini sanmıştım. Armstrong'la samimi olması hoşuma gitmemişti.

Armstrong gülümsedi. "Gizemli kadınları severim. Çocuklar öğle yemeği hazırladılar. Aç mısınız? Akıntıya karşı gitmek yorar insanı."

Falconbridge, Armstrong'a bir şişe Barbados romu armağan etti. Armstrong onun sırtını sıvazlayarak, "Sağ ol dostum" dedi. "Golfe var mısın? Yemeğe oturmadan önce biraz oynayalım mı?"

"Neden olmasın?" dedi Falconbridge.

"Gelip seyretmek ister misiniz?" diye sordu Armstrong.

Fazla seçeneğim olmadığını biliyordum. Üstelik şimdilik Falconbridge'in yanından ayrılmamakta yarar vardı.

Kaleye çıkan basamakları tırmandık. Denize çevrili duran altı top vardı. İngiliz bayrağı rüzgârda dalgalanıyordu. İskelelerde, çatıda, kapıda nöbetçiler davetsiz konukları ve ufukta görünecek gemileri kolluyorlardı.

Kalenin ardında erkekler bir oyun tutturmuş, ellerindeki sopalarla küçük tahta bir topu iki delikten birine yollamakla meşguldüler. Top ne zaman deliklerden birine girse bir oyuncu koşup onu çıkarıyor ve öbür deliğe gönderiyordu. İngilizlerin eğlence anlayışı bir tuhaftı. Aklım köle gemisindeki günlerime gitti. Doktor papağanına nasıl da düşkündü... Şansım varmış ki Armstrong ve Falconbridge oyundan çabuk sıkıldılar. Sopalarını kep, gömlek ve pantolon giymiş genç bir Temne yerlisine teslim ettiler. Üçümüz birlikte kaleye girdik.

Büyüklük ve gösterişlilik açısından Bance Adası kalesi Halifax'taki vilayet binasıyla yarışabilirdi. Ana binanın mermer merdivenlerini çıkıp ikinci kattaki yemek salonuna girdik. İçeride kızıl ahşap bir yemek masası, aynı ahşaptan yapılmış cilalı sandalyeler, duvarlarda Kral III. George ve Kraliçe Charlotte'un portreleri vardı. Bir an kraliçeyi seyretmek için durakladım. Ona ne diye kara dediklerini anlayamamıştım; teni kara değildi, daha çok beyazlara benziyordu. Yürüdüm. Salonun her tarafında gümüş şamdanlarda mumlar yanıyordu. Karşılıklı iki duvarda panjurlu kocaman pencereler vardı. Panjurları açık olan tarafın pencerelerinden Sierra Leone Nehri görülüyordu. Karşı duvarın panjurları sıkı sıkıya örtülü olduğundan o tarafta ne olduğunu anlayamamıştım.

Armstrong Falconbridge'e şeri ikram ederken, "Konuğumuz da içer mi?" diye sordu.

"Kendisine sor. O ne istediğini bilir."

Armstrong bana dönüp, "İçki?" diye sordu.

Ben ne cevap vermem gerektiğini düşünürken iki adam kadeh tokuşturdular. O çınlama bana birbirine çarpan zincirlerin sesini hatırlatmıştı. Bir an dehşete kapıldım. Bance Adası'ndaydık ve bu iki adam isteseler bana her türlü kötülüğü yapabilirlerdi. Gelmekle delilik mi etmiştim acaba? Bir nedenle bana cephe alacak olsalar birkaç gün hatta birkaç saat içinde kendimi bir köle gemisinde bulabilirdim.

Armstrong, "İyi misiniz?" diye sordu.

"Evet, evet, iyiyim," dedim. "Ben de bir içki alabilirim."

Armstrong İngiliz uşak kıyafeti giymiş bir Temne yerlisine başıyla işaret etti. Adam koşup bana bir kadeh şeri getirdi. Kadehi parmaklarımın arasında hissetmek iyi gelmişti. Önce derin bir soluk, sonra da minik bir yudum aldım.

İçtiğimin tadını ancak pekmezle sidik karışımı bir şey olarak tarif edebilirim. Yüzümü buruşturmamaya çalışarak kadehi sarsmadan elimde tuttum. Sakin görünmek için büyük bir çaba harcıyordum. Armstrong'un karşısına, Falconbridge'in yanına oturdum. Afrikalı hizmetkârlar ekmek, peynir, meyve, şarap, su, buharı tüten manyok, balık ve domuz eti servis ettiler. Yiyecekler tazeydi ve leziz bir koku yayıyorlardı ama ben tabağımdakilere neredeyse dokunmadım. Birden iştahım kaçmıştı. Bir an önce işimi halledip adadan uzaklaşmak için can atıyordum ama iki adam içmeye devam ettiler.

"Şuna bir baksanıza!" Armstrong bize bir gümüş para uzattı. Bu, sekiz real olarak da bilinen bir İspanyol dolarıydı.

Bu paraları Charles Town'da Solomon Lindo'nun yanında çalıştığım günlerden gayet iyi hatırlıyordum. Gelgelelim bu para biraz farklı görünüyordu. Arka yüzünde İspanya Kralı III. Carlos'un başı vardı ama boyun kısmına Kral III. George'un minik bir sureti basılmıştı.

Armstrong'a baktım. Onunla biraz konuşursam güvenim yerine gelebilirdi. Sesimi duyup kafamın çalıştığını anlarsa beni bir köle adayı olarak görmekten vazgeçebilirdi.

"Sekiz real. Bunları iyi bilirim," dedim sonunda. "Gümüş paralar yetmeyince İspanyol parası kullanıyorlar."

"Hem de İngiliz parasına dönüştürerek," diye ekledi Falconbridge.

Armtsrong bununla ilgili komik bir mani duyduğunu söyledi. Falconbridge duymak isteyince o da okudu:

Sırf parası geçerli sayılsın diye, banka,

Bastı bir delinin başını, bir eşeğin boynuna.

Falconbridge güldü ama hemen kuşkusunu aktardı: "Sen onun sahiden deli olduğuna inanıyor musun? Savaş ilan etmeyip Amerikan Kolonileri'nin bağımsızlık ilanını seyretmekle mi yetinseydi yani?"

"İşi uzattı," dedi Armstrong. "Evet, bence delinin teki. Oğluna yaptığını duymadın mı?"

"Biliyorum, biliyorum," dedi Falconbridge başını sallayarak. "Delilik nöbetlerinden birinde prensin başını tutup duvara çarpmış. Söylediklerine göre ağzından yarış atı gibi köpükler saçıyormuş."

"Ben fikrimde ısrarlıyım," dedi Armstrong. "Eşeğin boynunda delinin başı."

Adamlar tütün içip kralın gerçekten deli olup olmadığı konusunu tartışırlarken izin isteyip yeniden Kral'la Kraliçe'nin portrelerini seyretmeye gittim. Şamdanlara dokundum. Rahat bir koltuğa kuruldum. Gazetelerden birinde besteci Mozart hakkında bir makale okudum. Nihayet salonun arka tarafına bakan panjurları örtülü pencerelere gittim. Adamlar hâlâ tütün ve içki içip gülüşmekle meşguldüler. Panjurlara dokundum. Sürgülü olmadıklarını fark edince yavaşça iterek açtım. Önce masmavi gökyüzünü gördüm. Aynı anda kulağıma insan iniltileri geldi. Aşağı baktım. Taş kalenin dışında kalan alanda, çitle çevrili bir bölümde kırk çıplak adam gördüm. Kimi oturmuş, kimi çömelmiş, kimi de ayaktaydı. Her tarafları kan içindeydi. Öksürüyorlardı. Birbirlerine ayak bileklerinden zincirlenmişlerdi. Bir an Bayo'dan bu yana geçen onca zamanı unutup adamların arasında tanıdığım olabilir mi diye bakındım. Sonra kendi ahmaklığıma şaştım. Yine de gözümü esirlerden alamıyordum.

Eli sopalı, düzgün giyimli bir Temne yerlisi bir kazan sulu yulaf lapası getirip yalağa boca etti. Esirlerden bazıları topallayarak yemeğe koştular. Çamurun içinde diz çöküp başlarını eğerek yalağın içinden yemeğe koyuldular. Erkeklerle, zincirsiz dolaşmalarına izin verilen on kadar kadın esir arasında yaklaşık iki metrelik bir taş duvar yükseliyordu. Erkekler tarafında iki kişi çamurun içine yığılıp kalmıştı. Herkes etraflarından dolanıp geçiyordu. Öbür yanda, yerde hareketsiz yatan bir kadın vardı. O an onların o iğrenç kapandan kaçmalarına yardımcı olamadığım için kendimden nefret ettim. Kendimi bunu yapacak gücüm olmadığına inandırmaya çalıştım, ama aslında gördüğüm manzara bende suçluluk duygusu ve işbirlikçi olduğum hissi yaratmıştı. Tek ahlaki davranış, bu insan hırsızlığının sona ermesi için hayatımı feda etmem olabilirdi. Peki ama hayatımı ortaya koysam bile bu işi nasıl durdurabilirdim?

Omzuma bir el dokundu. Döndüğüm an karşımda Falconbridge'i buldum.

"Kendinize boşuna işkence etmeyin," dedi. "İkimiz de burada neler olup bittiğinin farkındayız."

Armstrong gelip panjurları yavaşça kapattı. "Affedersiniz," dedi. "Bu tabloyu görmenizi istemezdim."

Söyleyecek söz bulamayıp sustum.

"Falconbridge sizin kitaplara ve haritalara çok meraklı olduğunuzu söyledi," diye devam etti Armstrong. "İsterseniz çalışma odama geçelim." Adam beni kitap raflarıyla kaplı bir odaya götürdü.

"Çay?" diye sordu. "Uşağı çağırayım mı?" Cevabımı beklemeden zili çaldı.

Az sonra karşımızda bir Temne yerlisi belirdi. Yüzüme bakmıyordu. Armstrong'un emirlerine kulak verip kayboldu. Birkaç dakika sonra elinde bir tepsiyle çıkageldi. Çayı da ikramları da o kalede bir saniye daha kalmayı da istemiyordum ama kapana kısılmıştım bir kere. Çayı aldım. Fincan tabağını elimden düşürmeden kucağımda dengelemeye çalıştım.

Armstrong, "Falconbridge bana sizden biraz söz etti," diye başladı. "Umarım kızmıyorsunuzdur."

"Ne münasebet?"

"Şu anda iyisiniz değil mi?"

"Evet," dedim ama ellerim titriyor, fincan tabağa çarpıp zıngırdıyordu. "Şey yani, pek değilim ama birazdan toparlanırım."

"Esirlerin durumuna mı üzüldünüz?"

Dimdik gözünün içine baktım.

"Falconbridge sizin çocukken iç taraflarda bir köyden kaçırıldığınızı söyledi."

"Doğru."

"Sahiden çok şaşırtıcı. Oradaydınız, sonra denizler aştınız ve yeniden geri döndünüz... İnanın, pek alışılmış bir durum değil bu."

Cevap vermeyip durumu iyice kavramasına zaman tanıdım.

"Falconbridge sizin köyünüze dönmek istediğinizi söylüyor."

"Öyle."

"Sizinle açık konuşabilir miyim?"

"Elbette."

Armstrong çayını yudumladıktan sonra porselen kupasını cilalı sehpanın üstüne bıraktı. "Bu size hiçbir yarar sağlamaz."

"Yarar sağlayıp sağlamaması önemli değil. Ben evime dönmek istiyorum."

"Yine köle olarak satılırsınız," dedi Armstrong.

"Bundan nasıl emin olabilirsiniz?"

"Çünkü insanlar kötüdür."

Yerimde daha fazla oturamayıp kalktım. Kitap raflarına yaklaşarak birinden bir kitap çektim: *Bir Köle Tüccarının Günlüğü (John Newton), 1750-1754*. Kitabı yerine koyup Armstrong'a döndüm: "Ben bu topraklarda doğdum. Burada değil, kuzeydoğu tarafında bir yerlerde. Yayan gidilmesi zor bir bölgede. Ben yuvama kavuşmak için koca okyanusu geçtim. Tehlikeli diyerek beni caydırabileceğinizi mi sanıyorsunuz?"

"Buradan nakledildiğinizi nereden biliyorsunuz?"

"Güney Carolina'da bir köle sahibi söyledi. Zaten burayı hatırladım."

"Hatırladığınız nedir?"

"Geceleri fırtına koptuğunda, şimşeği izleyen gök gürültüsü dağlardaki mağaralardan yankılanırdı."

"Burada kıyı boyunca her yerde fırtına kopar," dedi Armstrong.

"Bu kaleyi ve esir kafeslerini hatırladım. Sopalar ve topla oynadığınız o saçma oyunu da hatırladım."

"Golfü mü?"

Başımı salladım.

"Bance'tan kalktıktan sonra nereye gittiniz?"

"Charles Town'a."

"Charles Town'da tam olarak nereye yanaştınız?"

"Şullivan Adası'na. Orada bir iki hafta karantinada kaldık.

"Verdiğiniz ayrıntıların hepsi doğru."

"Bir kadını kendi hayatından imtihan edemezsiniz," dedim.

"Bütün bunlar kırk yıl önce yaşandı, öyle mi?"

"Charles Town'a 1757'de gittik. O zamanlar on iki yaşlarındaydım."

"Ve şimdi evinize dönmek istiyorsunuz."

"Tek arzum bu oldu. Kaçırıldığım günden beri."

"Ama neden?"

"Siz ölmeden önce İngiltere'yi görmek istemez misiniz?"

"Bineceğim gemi beni nasıl olsa İngiltere'ye götürecektir. Ama siz karanın içlerine dalarsanız, köyünüze kavuşacağınızın garantisi yok. Yolu bulamazsınız. Bulsanız bile köyün yerinde yeller esiyor olabilir. İç kısımlardan binlerce esir götürüldü. Kabileler dağılıp gitti. Köyünüzü bıraktığınız gibi bulacağınızı sanmam. İnanın bana."

"Size inanamam. Kendi gözlerimle görmem gerek."

"Tüccarlar acımasız adamlardır."

"Orman yollarını en iyi bilenler onlar."

Adam içini çekerek çayından bir yudum aldı. Geceyi orada geçirmemde bir sakınca olup olmadığını sordu. Hayretle yüzüne baktım.

"Bugün burada hiç tüccar yok ama yarın gelenler olacak."

Armstrong geceyi rahat geçirmem için gerekli bütün talimatları vereceğini söyledi. Köstekli saatine göz atıp kalktı. Gitmek ister gibi bir hali vardı. Kendimi tutamayıp sordum:

"Bunu neden yapıyorsunuz?"

"Neyi?"

Pencereleri, kitap raflarını, tavanı işaret ettim. "Bunları. Bütün hepsini."

Armstrong hafifçe öksürüp kollarını göğsünde kavuşturdu. Sonra sertlikten arınmış yumuşak bir sesle, "Bildiğim tek iş bu," dedi. "Afrika'ya âşığım. Keşke böyle olmasaydı, ama burada biz olmasak kaşla göz arasında Fransızlar bölgeye egemen olurlardı. Bunu herkes yapıyor. İngilizler. Fransızlar. Felemenkler. Amerikalılar. Afrikalılar bile yıllardır işin içindeler."

"Bu, yanlışı doğru yapmaz."

"Biz bu insanları köle olarak götürmesek başka Afrikalıların kurbanı olacaklar. Hepsi birbirini canlı canlı doğrayacak. Hiç değilse böyle bir piyasa oluşmuş. Bu sayede canlarını kurtarıyorlar."

"Siz bu ticareti bitirseniz ortada piyasa kalmaz."

"Siz İngiltere'de yaşamadınız. Size şöyle anlatayım. Yüz İngiliz'in doksan dokuzu çayını şekerli içer. Biz çayımız, kurabiyemiz, böreğimiz ve şekerlerimiz için yaşarız. Onlara bağımlıyızdır, onlardan yoksuz kalamayız."

"Ama şeker yapmak için köle gerekmez." dedim.

"Batı Hint Adaları'nda şeker kamışı tarlalarında yalnızca siyahlar çalışır. Yalnızca siyahlar o koşullara dayanabilirler."

"Bu kaleyi başka bir amaçla kullanabilirdiniz."

"Nasıl? Freetown'da sevgili John Clarkson'ınızın yaptığı gibi mi?"

Başımı salladım.

Armstrong yumruğunu masaya indirdi. "Freetown'daki koloni bugüne kadar tek bir mal ihraç edebildi mi? Hani şeker kamışı? Kahve nerede? İngiltere'ye gemiler dolusu fildişi ve kızıl kereste mi yolluyorsunuz? Siz daha mısır ve pirinç ekmeyi bile beceremediniz. Ekili çiftliğiniz yok. Daha kendinize bile yetemiyorsunuz."

Bu tartışmaya hazırlıklı değildim. Zihnimde acele bir cevap aradım.

"Hayırseverlik kâr bırakmaz," dedi Armstrong. "Tek kuruş kazandırmaz. Freetown'daki koloni Afrika hakkında en ufak bir fikri olmayan zengin köle karşıtlarının dolu ceplerinden finanse edilen bir çocuk eğlencesi."

Bu adama ne diyeceğimi bilemiyordum. Koloninin henüz bir ihraç malı yaratamadığı doğruydu ama bu köle ticaretinin gerekçesi olamazdı.

"Kendinize bir bakın," dedi Armstrong. "Kim bu tecrübenin sizi mahvettiğini söyleyebilir? Karşımda bir sağlık abidesi gibisiniz. Güzel giysileriniz var. Karnınız tok. Başınızı sokacak bir eviniz var. Köle ticareti karşıtları Freetown'da size siper olmuşlar. Dünyada milyonlarca insan böyle bir konfora sahip değil."

Susuyordum. Nereden başlayacağımı bilemiyordum. Bitkindim. Birden bana teklif edilen yatağa koşmak, yalnız kalıp Armstrong'un öne sürdüğü tezlere karşı kafamı toplamak istedim.

"Biz burada esirleri güzelce besleriz," diye devam etti Armstrong. "Bize kâr bırakacak bu insanları açlığa terk etmeyiz. Ayrıca bizi esirleri damgalamakla suçlayan kölelik karşıtlarından bıkıp usandım. Bunca yıldır böyle bir olaya asla tanık olmadım. Bu, sosyete kadınlarını amaca yönlendirmek için kullanılan bir propagandadan başka bir şey değil."

Bir an tereddüt yaşadım. Onun bir köle kalesinin komutan yardımcısı olması umurumda değildi. Bance Adası'dan onun izni olmadan çıkamayacağımı bilsem de artık sabrım taşmıştı. "Bir saniye arkanızı döner misiniz?"

"Anlayamadım?"

"Lütfen arkanızı dönün. Bir saniye için."

Döndü. Bir kopça ve üç düğme çözdüm. Elbisemin üst kısmını göğsümdeki yara izi görünecek şekilde aşağı indirdim. "Şimdi bakabilirsiniz."

Adam döndü ve bir çığlık attı.

"İşte Bance Adası'na ait anım." dedim.

William Armstrong bir adım yaklaştı ve açılmış göğsüme dikkatle baktı. Dudaklarından mırıltı halinde birkaç sözcük döküldü: "Bunun ne olduğunu biliyor musunuz?"

"On bir yaşındayken sizin şu arkadaki köle kafesinde göğsümü dağlayarak vurdukları damga," dedim.

Armstrong kıpkırmızı kesilmişti. Geri çekildi. "İki harf," diye mırıldandı. "Neyi temsil ettiklerini biliyor musunuz?"

"G ve O harfleri," dedim. "Ne anlama geldiklerini hiç öğrenemedim."

Armstrong "Grant, Oswald," diye mırıldandı sakin bir sesle.

"Ne?"

"Bance Adası'nı işleten şirket. *Grant, Oswald.* Richard Oswald İskoçyalıdır. Şirketin sahibi odur. Ortakları..."

William Armstrong dönüp koltuğuna oturdu. Elini kaşlarının üstünde gezdirdi. Bu arada ben de arkamı dönüp elbisemi düzelttim. Kopçamı ve düğmelerimi ilikledim. Toparlanınca adamın yanına gidip tepesine dikildim.

"Siz benim neler yaşadığımı tahmin bile edemezsiniz. Şu anda dışarıda, o taş duvarların ardında tuttuğunuz esirler her uyandıklarında yeni bir kâbus görmeye başlıyorlar. Hayatta kalmayı başarsalar bile o gemilerde nelere göğüs gereceklerini bilemezsiniz. Varacakları limanlarda maruz kalacakları zulüm ve aşağılanmayı, yaşayacakları dehşeti hayal bile edemezsiniz.

"Bazen o tür şeyleri düşünmemek daha iyidir."

"Bunu esirlerinize söyleyin o zaman."

Armstrong yerinden kalktı. Bütün taleplerimin yerine getirilmesi için talimat vereceğini söyledi. Ertesi gün beni köle tüccarlarıyla buluşturacaktı.

Ertesi sabah suya yoğun bir sis inmişti. Odamda tek başıma kahve içip birkaç lokma ekmek yedim. Sonra Armstrong'la birlikte ana binadan çıktık. Aşevini, Afrikalı işçilerin kaldığı saz damlı kulübeleri geçip iki katlı bir yapıya girdik. İçeriye üç oda dolusu ithal mal yığılmıştı: Maldiv Adaları'ndan deniz salyangozu kabukları, İngiltere'den çubuk demir, Hollanda'dan parfümlü sabun ve rom. Ayrıca tabanca, tüfek ve tüfek saçması gelmişti. Armstrong'un Londra'daki Doğu Hindistan Şirketi'ne ısmarlandığını söylediği değişik renklerde top top kumaş vardı. Mal yığınları arasında bıçaklar, kılıçlar, demir kaplar ve kazanlar, başörtüleri, pantolonlar ve elbiseler de gördüm.

Güneş yükselmeye başladığında Afrikalı köle tüccarları Palaver House'a gelmeye başladılar. Armstrong'la el sıkışıyor, kölelere karşılık talep edebilecekleri mal örneklerini inceliyorlardı. Beyaz takkeli ve entarili Fulbeler, kendi yerel giysileri içinde Temne yerlileri ve iç kesimlerden gelmiş Maninka tüccarları gördüm. Temne, Fulfulde, Maninka dilleri, İngilizce ve Arapçanın yanı sıra hiç duymadığım çeşitli yabancı diller konuşuluyordu.

Armstrong, adı Alassane olan Fula şefiyle pazarlığa girişti. Alassane Temne dili konuşuyor, bir başkası Armstrong'un anlaması için bunu İngilizceye çeviriyordu. Alassane her sağlıklı erkek esir için yirmi çubuk demir, bir fıçı rom, bir top kumaş, altı tüfek, iki kutu saçma, iki demir kazan ve iki kılıç talep ediyordu. Armstrong ise bunun yarısını vereceğini söylüyordu. Sonunda ikisinin arasında bir fiyatta anlaştılar. Kadınlar için erkeklere ödenenin yarısı uygun görüldü. Sağlıklı bir çocuğun bedeli ise erkeğe verilenin dörtte biriydi. Erkekler fildişi, kızıl kereste, rom ve silahların piyasa değeri üstünde uzun tartışmalar yaparken ben ayrıntıları dinlemekten vazgeçip aynen bu şekilde, mal karşılığı satıldığım günü hatırladım. Bugünkü hesapla ederim beş çubuk demir, çeyrek fıçı rom, birkaç tüfek ve diğer mallardan küçük birer parça olmalıydı. Kuşkusuz Bayo'ya giderken beni kaçıran adamlar ne kadar edeceğimi tahmin etmiş olmalıydılar. Belki o zamanlar ancak birkaç tavşan ve bir keçi değerindeydim. Güney Carolina'da elde kalmışlardan biri olarak ilk satılışımda birkaç sterlinden fazla etmiyordum. Belki de satılabildiğim için şükretmeliydim, çünkü para etmediğim anda beni öldürmeyi yeğleyebilirlerdi. Güney Carolina'da son satıldığımda Solomon Lindo bana altmış sterlin fiyat biçmişti. Bütün bu şeytanlıkların suçlusu kimdi? Bu kötülüğü kim başlatmıştı? Bayo'ya, köyüme dönmeyi başarırsam yine kaçırılıp satılma riskiyle karşı karşıya mı olacaktım? Kendi köylüm, çocukluğumda olduğu gibi yine *woloso* yani ikinci kuşak köle edinmeyi sürdürecek miydi? Bana öyle geliyordu ki birilerinin diğerlerini mal edinme özgürlüğü sürdükçe, insan ticareti yeryüzünden silinmeyecekti.

Birden William Armstrong'un bana seslenmekte olduğunu fark ettim. Herkes durmuş bana bakıyordu. Adam adımı birkaç kez tekrarlamış olmalıydı. Artık Alassane ile görüşme vaktinin geldiğini bildiriyordu.

Alassane ve yardımcılarının aralarında babamın dili olan Fulfulde dilini konuştuklarını duymuştum ama şu an benim bu dili bildiğimi keşfetmelerini istemiyordum. Bu yüzden Temne dilinde söze girdim. Karanın iç taraflarında Bayo adlı bir köye gitmek istediğimi anlattım. Bayo'nun bulunduğumuz yerin kuzeydoğusuna düştüğünü, yayan üç ay çekeceğini, Joliba Nehri üstündeki Segu kasabasının yakınlarında bulunduğunu söyledim.

Uzun boylu Fula kaşlarını kaldırarak, "Ben kadınlarla pazarlık etmem," dedi.

"Beni köyüme götürürsen bir fıçı rom veririm." dedim.

"İstersen bin fıçı ver," dedi.

"Bir fıçı rom," dedim. "Hem de tek damla su katılmamış cinsinden."

"Erkek gibi pazarlık ediyorsun," dedi adam. "Bir gün tekrar görüşürüz."

"Ne zaman?"

"Bir dahaki gelişimde."

"Ne zaman gelirsin?"

Alassane gülümsedi. "Ne zaman gelirsem, o zaman. Ben burada tanınan bir adamım. Bana büyük Fula tüccarı Alassane derler."

Büyük Fula tüccarı bende güven uyandırmamıştı ama tek umudum oydu.

John Clarkson'la ancak üç hafta sonra konuşabildim. Kral Jimmy ile toprak pazarlığı yapmaya gitmişti. Freetown'a dönünce evime ziyarete geldi. Ona sıcak bir içecek ikram ettim. Birchtown'da naneli zencefilli çayımı içtiği günden beri evime gelmeye can attığını söyledi.

"Zihnimi şirketin işlerinden sıyırabilmenin en keyifli yolu sizi ziyarete gelmek Meena."

Çaylarımızı alıp koltuklara geçtik.

"İki haftalığına İngiltere'ye gidiyorum." dedi Clarkson.

Az kalsın elimdeki fincanı ve tabağı düşürüyordum. "Nova Scotialılar mahvolacaklar," dedim. "Şirkette tek güvendikleri kişi sizsiniz."

"Eve dönmemin zamanıdır. Nişanlımı daha fazla bekletmek istemiyorum."

Bunu elbette anlayabiliyordum. Ben de olsam kocama kavuşmak ya da onun beni bulabileceği noktaya ulaşmak için okyanusları aşardım.

"Bir teklifim var," dedi Clarkson. "Benimle İngiltere'ye gelin. Gemide size yer ayarlarım."

Güney Carolina'daki kölelik günlerimde İngiltere'ye gitmenin hayalini sıkça kurmuştum. Bunu isteyişimin tek nedeni oradan Afrika'ya geçmenin bir yolunu bulmaktı.

"Koloniden ayrılayım, öyle mi?" diye sordum.

"Evet."

"Ne kadar sürer bu?"

"Sonsuza dek," dedi Clarkson. "Ya da dilediğiniz kadar."

"İyi ama artık memleketime dönmüşken ne diye durduk yerde Afrika'dan ayrılayım?"

"Size ihtiyacımız var Meena. Kölelik karşıtı harekete faydalı olabilirsiniz. Sizin hikâyeniz ve anlatacaklarınız işimize çok yarayacaktır."

Hiç görmediğim bir ülkede birilerinin bana ihtiyaç duyuyor olması aklıma yatmamıştı. Ondan açıklamasını rica ettim.

"Ağabeyim Thomas ve onunla aynı kafada olan Anglikanlar ve Quakerlar Parlamento'yu bu barbarca uygulamayı sonlandırması konusunda ikna etmek üzereler."

"Falconbridge bana köleliğin kaldırılması için çalışanlar olduğundan söz etmişti." dedim.

"Kölelik değil. Köle ticareti. Arada büyük fark var. Ticaret derken esirleri Afrika kıyısından alıp okyanus aşırarak Amerika'da satmayı kastediyorum. Yapabileceğimizin en iyisi değil ama hiç değilse ilk adım sayabiliriz. Evet, kölelik yine sürecek ama hiç değilse artık erkeklerin, kadınların, çocukların köle gemilerine bindirilip götürülmeleri önlenmiş olacak."

"İngiltere'deki bu kavganıza nasıl bir katkım olabilir ki?"

"Köle ticareti karşıtlarının yolun sonuna yaklaştıklarını söyledim size Meena. Yaklaştılar ama henüz başarmış değiller. Hep eksik kalan bir parça olduğunu düşünüyorduk. Siz köle ticaretine tanık oldunuz ve bizzat içinde yaşadınız. İngilizlere başınıza gelenleri anlatabilirsiniz. Sesiniz binlerce insanı harekete geçirebilir. Konu Parlamento'da tartışılmaya başladığında sesiniz oyların yönünü değiştirebilir."

Clarkson'ın benden medet umması karşısında duygulanmıştım ama İngiliz kamuoyunun düşüncesini etkileyebileceğimi hiç sanmıyordum. Bugüne kadar ikna etmeyi başardığım beyazların sayısı bir elin parmaklarını geçmezdi.

"Yüzbaşı Clarkson..." diye başladım.

"Bana John deyin."

Ömrümde ilk kez bir beyaz benden kendisine ilk adıyla hitap etmemi istiyordu. Beyazların birbirleriyle konuşurken adlarının önüne "Bay" veya "Sayın" gibi sözcükler koyduklarını da fark etmiştim.

"Bay Clarkson," dedim.

Gülümsedi.

"John..." diye devam ettim. "Benim de hayatıma ilişkin planlarım var. Geçenlerde Bay Falconbridge'le Bance Adası'na gittim."

"Nasıl? Neden?"

"Beni iç kısımlara götürecek bir Afrikalı bulabilmek için."

"Bir esirci! Bir köle taciri yani!" Clarkson yerinden fırladı. "Ciddi olamazsınız." Bağırmaya başlamıştı. "Thomas Peters'ı köle tüccarlarının emrinde çalışan o adamlar öldürdü. Sizi ailenizden çalıp satan haydutlar da onlardandı. Bunu aklınızdan geçirmeniz bile saçmalık. Kime sığındığınızın farkında mısınız siz?"

"Armstrong bu yolu önerdi." dedim.

"William Armstrong gibi bir köle tüccarının ipiyle kuyuya inilir mi? Size bunun tehlikeli olacağını söylemiş olsa bakın o zaman ona inanırdım işte."

"Hayatımı tehlikelere göre yönlendirmiyorum," diye karşılık verdim. "Yoksa New York'ta sahibimin elinden kaçmazdım. Aralık ayında tek dostumun bulunmadığı, evimin, işimin, toprağımın olmadığı Nova Scotia gibi bir ülkeye gitmeyi göze almazdım. Sizin şu Freetown projenize de katılmazdım."

Clarkson başını iki yana sallayarak yerine oturdu. Gülümsüyordu.

"Tehlike sizi İngiliz donanmasına katılmaktan alıkoydu mu?" diye sordum. "Tehlikeli diye yapabileceklerinizden vazgeçip sevdiklerinizin kucağına döner misiniz?"

Clarkson ellerini ovuşturup yüzüme baktı. "Bakın Meena, en doğrusunu elbette yine siz bilirsiniz. Başkası sizin yerinize karar veremez. Siz bana çok yardımcı oldunuz. Bu durumda ben de size elimden geldiğince yardım etmek isterim."

Ona köle tüccarına bir fıçı rom vaat ettiğimi ama adamın çok daha fazlasını talep edeceğini söyledim. Clarkson kullanmaya yetkili olduğu bir fondan yararlanarak sırf benim hatırım için üç fıçı rom temin edebileceğini söyledi. Bu bana armağanı olacaktı. Ona uzun süre en iyi şekilde hizmet verdiğimi söyledi. Bu rom beni evime kavuşturacaksa varsın bedeli ondan çıksındı.

"Bir fıçılık ilk teklifinizde olabildiğince direnin," dedi Clarkson. "Nasılsa miktarı arttıracaktır. Afrikalılar sıkı tüccar olurlar."

"Yüzbaşı Clarkson, lütfen bir Afrikalıyla konuştuğunuzu unutmayın."

Clarkson gülümsedi ve elimi tuttu. "Bir İngiliz olarak size gönülden şans diliyorum," dedi. "Eğer bu yolculuğu gerçekleştirip geri dönerseniz, İngiltere teklifimin daima geçerli olduğunu unutmayın."

"Evime gidersem bir daha dönmem," dedim.

Allah'a şükür

1800 YILININ Eylül ayında, yağmur mevsiminde yoğunlaşan kasırga ve hortumların kesilmesinden bir ay kadar sonra, karanın içlerine doğru uzun yolculuğuma çıkmaya hazırdım. Keçi bağırsağından yapılmış bir matarada bir litre kadar suyum vardı. Matarayı antilop derisinden daha büyükçe bir torbaya koyup boynuma asmıştım. Böylece her tatlı su kaynağına rastlayışımda mataramı doldurabilirdim. Bir başka deri torbaya şilte niyetine kullanabileceğim bir örtü, bir çift rahat sandalet, bir değişimlik kıyafet ve şirketin dükkânından aldığım Hint işi on adet parlak renkli başörtüsü koymuştum. Bunları gerektiğinde hediye olarak verme niyetiyle aldığım için yolda birkaçına veda etmem gerekebilirdi. Ateşlenme ihtimaline karşılık hemen kaynatıp içmek üzere torbama bir kese kınakına kabuğu atmıştım. Ayrıca Temnelerin *tooma* dedikleri bitkiden de götürüyordum. Bu bitki ezilip kaynatıldıktan sonra misket limonunun suyuyla karıştırılarak belsoğukluğu tedavisinde kullanılırdı. Büyük serüvenim sırasında bu hastalığa tutulmuş erkeklerle karşılaşacak olursam hekimliğimle itibar kazanabilirdim. Kıtanın iç kesimlerinde madeni paranın geçip geçmeyeceğinden emin değildim ama yine de yanımda her biri yirmi bir şilin değerinde olan beş altın ginem vardı. Yürürken birbirlerine çarpıp şıngırdamasınlar diye paraları torbadaki giysilerin arasında serpiştirmiştim.

Bance Adası'na ilk ziyaretimden sonra birkaç ay içinde iç kesimlere doğru yola koyulacağımı ummuştum ama bunun için altı uzun yıl beklemek zorunda kaldım. Bu zaman zarfında koloni Fransız savaş gemileri tarafından bombalandı. Kolonide yeni bir zenci göçmen dalgası yaşandı. Yüzlerce Jamaika Maroon'u Halifax yoluyla gelip koloniye yerleşti. Hâlâ topraksız yaşayan ve yönetimde söz sahibi olamayan hoşnutsuz Nova Scotialıların tam o sıralar başlattığı silahlı isyan yeni gelenlerin sayesinde bastırıldı. Her şeye rağmen Freetown varlığını sürdürüyor, başta Temneler olmak üzere sayısı git gide artan Afrikalı halk için bir çekim merkezi oluşturuyordu. Yeni gelenler önce kentin hemen dışında yerleşiyor, kentte iş buluyor, sonra da merkeze taşınıyorlardı. Freetown'ın Nova Scotialılarından hiçbiri köle olarak satılmamış, ama yıllar içinde kafile ve kanolardan kaçmayı başaran birkaç esir aramıza sığınmayı başarmıştı.

Fula yerlisi tüccar Alassane Bance Adası'na iki yılda bir uğruyordu. Yıllar süren pazarlıktan sonra anlaştık. Alassane üç fıçı rom karşılığında beni Joliba Nehri üstündeki Segu kasabasına götürmeye razı oldu. Oradan Bayo yaya olarak topu topu birkaç gün çekerdi.

Şirket yöneticisi beni adaya küçük bir şalupayla gönderdi. Uğurlamaya gelen dostlarım da yanımdaydı. Körfezden nehrin içine doğru uzayan yolculukta bana Debra, kızı Caroline, Moses Baba, Anna Maria ve Alexander Falconbridge eşlik ediyordu.

Anna Maria şalupada bana bakıp, "Her hafta sana yeni bir gazete ve kitap sözü versem bu fikirden vazgeçer miydin?" diye sordu.

"Hayır," dedim gülümseyerek.

"Orada ne bulursun bilemem ama İngiliz ölçülerinde bir uygarlık bekleme."

"İngiltere'yi arıyor olsaydım John Clarkson'la giderdim," dedim. "Ben kendi insanlarımı, memleketimi arıyorum."

Debra ile Caroline bana sarıldılar. Yedi yaşına gelen Caroline'i gördükçe hep kaybettiğim çocuklarımı hatırlıyordum. May yaşıyor muydu acaba? Gülüşü neye benziyordu? Ona sarılabilmek, yüzünü görebilmek için ömrümü, geleceğimi, bu yolculuğu bile feda edebilirdim. Ancak artık böyle bir ihtimal olmadığına göre bundan sonra gidebileceğim tek bir yer vardı.

Şalupadan inmeden önce Moses Baba beni kucakladı.

"Benim fazla ömrüm kalmadı Meena. Sana memleket yolunda iyi yolculuklar dilerim. Ben de yakında yuvama kavuşacağım. Sanırım benim yolculuğum seninkinden daha olaysız geçecek."

"Benim için dua et," dedim.

Tekneden inerken Caroline, şapka ve başörtülerine olan düşkünlüğümü bilen bütün dostlarım adına bana dimdik, mavi bir tavuskuşu tüyüyle süslü hasır bir şapka hediye etti.

Debra, "Yolculuğun boyunca başın hep böyle dik dursun," dedi.

Caroline kulağıma bir şey söylemek isteyince ona doğru eğildim. "Annemle ben şapkanın arka iç kısmına beş gine diktik," diye fısıldadı. "Belki ihtiyacın olur diye."

Şalupadan indim. Tekne gözden kaybolana kadar onlara el salladım. Onları bir daha görebileceğimi sanmıyordum. Bir an orada öylece durup bu göçler sırasında zorla ya da isteyerek veda etmek zorunda kaldığım onca insanı düşündüm. Sonra kırk üç yıl önce iskelesinden gemiye bindirildiğim köle adasına doğru yürüdüm.

Alassane on kano ve elli esirle çıkageldi. Esirleri indirdi, Armstrong'la pazarlığını yaptı. Birlikte çay içtiler. Alassane, Armstrong'la tokalaşıp kalktı.

Bana dönüp Temne dilinde, "Gidiyoruz," dedi.

"Şükürler olsun, evime kavuşuyorum," dedim.

"Elhamdülillah," dedi. "Allah'a şükürler olsun."

Karnıma bir ağrı saplandı. Yirmi yaş genç olmayı arzuladım.

Alassane kendi bindiği öncü kanoya geçmemi işaret etti. Kürekçiler nehrin yukarısına doğru akıntıya karşı kürek sallamaya başladılar. Bance Adası'nın ileri karakolları olarak hizmet veren iki esir toplama merkezi geçtik. On kanoda toplam seksen kürekçi, her kanoda bir dümenci bulunuyordu. Kafilede bir davulcu, bir de Alassane'nin emrinde bir rehber vardı. Karanlık basmadan kanoların rom, silah, saçma, çubuk demir, pamuklu kumaş ve Hint ipeklilerinden oluşan yükü boşaltılmıştı. Alassane'nin adamları yolculuk bedeli olarak verdiğim rom fıçılarını bizimle kıyıda buluşan bir yerli şefine aktardı. Alassane ve şef rom için pazarlığa tutuşup nihayet ikisini de memnun eden bir anlaşmaya vardılar. Alassane'nin Bance Adası'ndan yüklediği rom daha küçük kaplara bölünüp baş üstünde taşınabilen, ufak, altı düz fıçılara kondu. Yolda bunların hamallığını yirmi kürekçi yapacaktı. Adamlar başlarının üstüne elde örülmüş hasırlar koyup fıçıları bunların üstüne oturttular. Silah, saçma, ipek kumaş ve diğer mallar ise ya iple sımsıkı bağlanmış ya da dev yapraklara sarılmışlardı. Bunları da yirmi kişilik ikinci bir kürekçi grubu taşıyacaktı.

Alassane ince, uzun, ciddi duruşlu bir adamdı. Benim gibi onun da yaşını tahmin etmek kolay değildi. Torunum olacak kadar genç, örneğin yirmili yaşlarında olsa dürüstlüğünden kuşkuya düşerdim. Ama çok daha büyüktü, en az kırkında vardı. Verdiği sözü tutmayı bilecek kadar hayat tecrübesi edinmiş olmalıydı.

Alassane tunik şeklinde uzun, dökümlü bir gömlek, beyaz Hint ipeğinden bol bir pantolon giymişti. Başında ince kumaştan sıkı bir kep vardı. Alışveriş sırasında ya da önemli kişilerle görüşeceği zaman sandalet giyiyor, onun dışında yalınayak geziyordu. Turuncu bir renk almış olan tozlu ayak derisi yer yer çatlamış, kösele gibi sertleşmişti.

Alassane kafileyi kuzeydoğu yönünde, sık ağaçlı yamaçlara yönlendirdi. Bir grup iz sürücü ve avcı, yılan, leopar ve düşman kabileler gibi tehlikelere karşı önden gidiyorlardı. Alassane'yi beş silahlı adam koruyordu. Üçü önünde, ikisi arkasında yürüyordu. Alassane beline asılı kaması ve deri kılıf içinde omzundan sarkan Kuran dışında hiçbir şey taşımıyordu. Benim, arkasındaki iki silahlı adamın peşinden yürümemi istemişti. Böylece baştaki yolcu grubunun son kişisi oluyordum. Benim arkamda yaklaşık seksen hamaldan oluşan bir kafile vardı. Hamallar da silahlıydı. Çoğu bıçak ve kılıç taşıyordu, hatta bazısında tüfek bile vardı.

Birinci gün Alassane'nin benimle konuşacak vakti olmadı. Ara sıra dönüp adamlarına bir şeyler söylüyordu. Bir keresinde onlardan birine Fulfulde dilinde benden söz ettiğini işittim.

"Köyüne gitmek istiyor," dedi Alassane. "Segu yakınlarındaymış."

Sonrasını duyamadım ama az sonra yine kulak kabarttım.

"Aptal mı?" dedi Alassane. "Hayır. Çok akıllı. Erkek gibi hesap yapıyor, fikir yürütüyor ve tartışıyor. Dikkatli ol. İngilizceden başka Temne ve Bamana dillerini de konuşuyor."

Fulfulde bildiğimi ondan saklamıştım. Bu sırrımı açık etmeye de hiç niyetim yoktu.

Karanlığın basmasına iki saat kala, yokuş yukarı tırmandığımız aşınmış patikadan ayrıldık. Bir mola yeri bulup çember şeklinde bir kamp kurduk. Üçü kamçılı ve sopalı, üçü bıçaklı altı kişilik bir ekip karşımıza çıkabilecek yılanları kaçırmak için önce otları dövdü. Birden çalıların arasında tıslayıp kıvrılan uzun bir yılan göründü. Adamlar keyifle nara atıp derhal yılanın kafasını uçurdular. Sekiz kişilik bir grup yakacak toplamaya gidip kucaklar dolusu çalı çırpıyla geri döndüler. Çok geçmeden kamp ateşleri yandı.

Orman yerlileri bir keçi sürüyüp getirdiler. Alassane keçiyi önce dikkatle inceledi. Daha sonra adamları hayvanı sıkıca yakalayıp şah damarını kestiler. Kanını akıtıp ölmesini beklediler. Derisini yüzüp parçalara ayırdılar. Bu kadar hızlı çalışan bir mutfak ekibini ilk kez görüyordum. Alassane'nin adamlarının kasaplıkta ve aşçılıkta usta olduğu anlaşılıyordu. Köylüler mango, portakal, darı unu, soğan, *malagueta* biberi ve demir kazanlar getirdiler. Kazanlar sağlam ayaklı demir ızgaraların üstünde ateşe kondu. Güveçler bir saatte pişti. Bir ara Alassane'nin yardımcılarından birinin küçük bir rom fıçısının üçte birini yerli şefin uzattığı su kabağından yapılma büyük kaba boşalttığını gördüm. Verdiği romla tahminimce kafilenin yiyecek ve geçiş bedelini ödüyordu.

Alassane ve baş yardımcıları dahil erkeklerin neredeyse yarısı akşam yemeğinden önce doğuya dönüp o tozun toprağın içinde ibadet ediyorlardı. Hamalların çoğu namaz kılmıyordu ama dua sırasında çıt çıkarmıyorlardı. Erkeklerin toplu namaz kıldığını son kez Bayo'da görmüştüm ve babamın dindaşlarının hayatlarını esir ticaretiyle kazandıklarını görmek midemi bulandırıyordu. Bir süre, kendini iyi bir Müslüman sayan birinin nasıl olup da diğer insanlara bunu yapabildiğini anlamaya çalıştım. Sonra düşündüm ki aynı soru Hıristiyanlara ve Yahudilere de sorulabilirdi.

Alassane ve adamları namaz kılarken ben de vaktimi değerlendirmek için bir ağaca tırmandım. Bir dala oturup yanımda getirdiğim tek kitap olan Olaudah Equiano'nun otobiyografisini okumaya daldım. Yemek öncesinde Alassane çıktığım ağaca yaklaşıp beni aradı. Hemen aşağı inip karşısında dikildim.

"Oraya git," dedi. Adamları piramit biçiminde küçük bir bez çadır kurmuşlardı. Üstünde yemek yemem ve uyumam için çadırın içine ve arka tarafına iki ayrı yaygı serilmişti. "Şurada yersin. Şurada yatarsın. Bu her gece böyle olacak."

Alassane'nin bu emredici tavrı hoşuma gitmiyordu. Acaba memlekete döndüğümde bizim köyün erkekleri de mi bana böyle davranacaklardı?

Uzun zamandır bağımsız olarak kendi kurallarımla yaşadığımdan Bayo'ya uyum sağlamakta zorlanacak mıydım?

O gece ve kamp kurduğumuz on gece yemeğimi tek başıma yedim. Erkekler on kişilik gruplar halinde büyük kazanların çevresinde çember oluyorlardı. Payımı bol tutuyorlardı ama yediğim tek öğün buydu. Ara sıra yerli kadınlar ve çocuklar başlarında meyve tepsileriyle kafileye yanaşıyorlardı. Portakal ve ananas geldi mi mutlaka bana da ikram ediyorlardı. Sık ormanlar içinde ilerliyorduk. Kafilenin on birinci kişisi olduğuma memnundum. Böylece ben geçerken yol bütün yılan ve kemirgenlerden temizlenmiş oluyordu. Dağlara doğru ilerliyorduk. Yolda yanımızdan geçen çok oluyordu ama Alassane ve adamları durup çene çalmayı pek sevmiyorlardı.

İlk rastladığımız esir kafilesinde kırk sekiz esir saydım. Erkekler boyunduruğa vurulmuş, bileklerinden zincirlenmişlerdi. Kadınlar ve çocuklar serbesttiler ama başlarının üstünde kilolarca yük ve tuz taşıyorlardı. Erkek esirler fil dişleri, kızıl kereste, fildişi heykelcikler ve su tulumlarını yüklenmişlerdi. Tepesinde ya da kucağında ağır bir yük taşımayan esir yok gibiydi. Bazılarının gözleri yere dikili, bakışları bomboştu. Diğerleri sürekli etrafı kolaçan ediyor, hâlâ bir kaçış olanağı arıyorlardı. Gözlerimi onlardan ayıramıyor, denize doğru çıkılmış bu bitmez tükenmez yürüyüş sonunda ana babalarını, karılarını, kocalarını ve çocuklarını bir daha göremeyeceklerini düşünmekten kendimi alamıyordum. Şimdiden dehşet içinde oldukları görülüyordu. Kovaya atılan balıklar gibi gemi ambarlarına dolduruldukça, denizler aşıp kimi zaman açık artırmayla pazarlarda satıldıkça o dehşetin nasıl bir isteriye dönüşeceğini, hatta bazılarının nasıl delilik aşamasına gelebileceğini görür gibiydim. Çocukken yetişkinlerin esir kafilelerine asla izin vermeyeceğine inanırdım. Oysa şimdi elim kolum bağlı geçişlerini seyrediyordum. Okyanus yolculuğu öncesinde, daracık patikalardan omzuma değerek geçen o erkek, kadın ve çocuklara söyleyebilecek tek bir teselli sözcüğüm yoktu.

Esirlerle ve esircilerle Fulfulde dilinde konuşmaya cesaret edemiyordum. Alassane bu dili bildiğimi öğrenmemeliydi. Adam gayet hızlı ve tempolu yürüyordu. Ayaklarım su toplamış, bir iki yerim çizilmişti ama ilk on gün boyunca tepelere tırmanırken bile hiç sesim çıkmamıştı.

Uzun yürüyüş sırasında hayal kuracak bolca zamanım oldu. Köyüme dönünce neler yapacağımı düşünmeye başladım. Kırk yılı aşkın zamandır Bayo'yu hayal ederek yaşıyordum ama oraya vardığımda neyle karşılaşacağımı bilmiyordum. Beni kim karşılayacaktı acaba? Adımı, anamı babamı hatırlayan çıkacak mıydı? Bayo halkı tubablar arasında yaşadıklarımı anlatmak üzere döndüğüm için belki de beni onurlandıracaktı. Kuşkusuz böyle bir hikâyeyle köye dönen ilk kişi olacaktım. Birden orada ne yapacağımdan çok salt orada olmayı önemsediğimi fark ettim. Bütün arzum yaşamımın başladığı yere dönebilmekti.

Gün içinde ara sıra hamalların dinlenip su içmeleri, Müslümanların namaz kılmaları için mola veriyorduk. Bir gün, dinlenme ve namaz faslından sonra kuzeydoğuya doğru yeniden yola koyulduğumuzda, Alassane yanında yürümem için işaret etti.

Bana, "Sen Allah'a ibadet ediyor musun?" diye sordu.

"Hayır," dedim. Alassane'in daha önce Müslüman olduğumu bilmesini istemiyordum. İnancımdan vazgeçtiğim için beni yargılamasından, hatta cezalandırmasından korkuyordum. Babamın inancını kalbimden bütünüyle söküp atmamış olsam da, bu duyguları ruhumun derinlerinde uyutmaya alışmıştım.

"Hiç mi ibadet etmezsin?"

"Ben de kendimce ibadet ederim."

"Kime dua edersin?"

Bance Adası'ndaki İngilizlerle aramda güçlü bir bağ olduğunu göstermek istercesine, "Tubablar arasında yaşarken keşfettiğim Tanrı'ya," dedim.

"On iki gündür erkek gibi yürüyorsun. Yorulmadın mı?"

"Arada bacaklarımın ağrıdığı oluyor," dedim. "Ama memleketime bir an önce varmak istiyorum."

"Memleketin. Nehrin üstündeki Segu kasabası."

"Bayo," diye düzelttim. "Segu'nun yakınında."

"Bayo kaç nüfuslu bir yer?"

"Ben oradayken yirmi aile yaşıyordu."

"Ve sen oraya memleketim diyorsun öyle mi?"

"Evet."

"O zaman nasıl oluyor da yerini bilmiyorsun?"

Ona bir zamanlar kaçırılıp köle olarak satıldığımı anlatmamak için sustum.

"Yaşlı bir kadının bu kadar yol yürümesi doğru değil. Senin kocan yok mu? Çocukların, torunların neredeler?"

Ailem olmadığını söylesem inanmayacaktı besbelli. "Beni Bayo'da bekliyorlar," dedim.

Güldü. Bu gülüş beni kaygılandırmıştı. Bana inanmadığı açıktı.

"Artık kafiledeki yerine dönebilirsin."

Alassane'nin peşindeki korumalarla yük taşıyan hamallar arasındaki yerimi aldım. Uzun yıllar önce denize doğru yürürken nasıl arkadaşlık edecek bir çocuğa ihtiyaç duymuşsam, bu defa da kafilede bir başka kadının eksikliğini hissediyordum.

Kuzey yönünde on beş gün süren yolculuk sonunda bütün kemiklerim ağrımaya başlamıştı. Üşüyordum. Kendimi var gücümle sürüklerken ileride kollarını açmış bekleyen babam karşıma dikiliyordu. Bayo halkı için tavşan ve keçi yüzen Fomba'yı görüyordum. Aslında cismen orada olmadıklarını biliyordum ama gözümün önündeydiler.

On altıncı gün, artık adım atmakta zorlanır olmuştum. Dağları aştıktan sonra ağaçlar seyrelmeye başlamıştı. Ovaya inmiş, otlağa benzeyen açıklık bir alanda ilerliyorduk. Buralar memleketime daha çok benziyordu ama o zamanlar dağlara ulaşmadan önce aştığımız yollar bana bitip tükenmez gibi gelmişti. Sabah iki saat daha yürüdükten sonra aniden yere yığılıp kaldım. Bağrışmalar işittim. Tepemde ayak sesleri duydum. Biri beni kucaklayıp bir ağaç altına yatırdı. Ağzımdan içeri su dökmeye çalıştılar. Az kalsın boğuluyordum. Sonra beni kaldırıp bir çadıra taşıdılar. Yavaşça yere yatırdılar. Sesinden kızgın olduğu anlaşılan Alassane birileriyle hararetli bir tartışmaya girmişti. Adamın birine biraz kınakına kabuğu verdim ve çay gibi demleyip getirmesini söyledim.

Ertesi gün yürüyebilecek gücü toplamıştım ama hâlâ halsizdim. Başımın üstünde yük taşımak zorunda olmadığıma şükrettim. Alassane düzgün yürüyüp yürümediğimi kontrol etmek için arada dönüp bakıyordu. Hareket ettikçe vücudum kendini toparladı. Bacaklarım açıldı. Çocukken kafileye ayak uyduramayan yetişkinlere içerlediğimi hatırladım. O zamanlar içimden, "Biraz hızlansalar ne olur sanki," diye düşünürdüm. Şimdi eski gücümün kalıntısıyla yürümeye gayret ederken o uzun yolu bitirmeyi başaran zor durumdaki onca insanı, gebe kadınları ve yaşlıları takdirle anıyordum. Kolonilerde tanıdığım Afrika kökenli olmayan pek çok insan, esirlerin yalnızca kıyı bölgelerinden toplandığını sanıyordu. Çizdikleri Afrika haritalarına fil ve aslan resimleri koyanları bir kez daha andım. Onlar bizim gerçekte kim olduğumuzu, nasıl yaşadığımızı, yalnızca güçlü bünyelerimiz sayesinde kolonilere ulaşabildiğimizi nereden bileceklerdi?

Yirmi birinci günün sonunda Alassane'ye Segu'ya ne kadar yolumuz kaldığını sordum.

"Daha çok var," demekle yetindi.

On gün daha geçti. Bir gece münakaşa eden erkeklerin sesiyle gözümü açtım. Alassane ve yardımcıları kamp ateşinin çevresinde toplanmışlardı. Yattığım yerde hiç ses çıkarmadan konuşulanlara kulak kabarttım.

Adamlardan biri Temne dilinde, "Kadın uyuyor," dedi.

Alassane, "Fulfulde dili konuş. Daha güvenli olur," diye uyardı.

Bir başkası, "Bizimle yola çıkması aptallık," dedi. "Onun yüzünden yavaşlamak zorunda kalıyoruz."

"Kesinlikle aptal değil ama sonuçta kadın işte." Konuşan Alassane'ydi.

"Tamam, kesin artık."

Alassane iki gün sonra esir pazarı kurulan Kassam köyüne varacağımızı, oradan güneye, Bance Adası'nın doğusunda uzakça bir noktaya inen bir yol olduğunu söyledi.

Alassane, "Oraya gidince kadını satacağım." dedi.

"Karşılığında ne isteyeceksin?"

"Önemli değil. Bakacağız. Belki beş top kumaşa veririm. Kadın yaşlı ama çok dil biliyor. Bance Adası'ndaki tubablar iyi ebe olduğunu söylediler. Henüz sağlamken onu satıp kurtulmalıyız. Yakında hava aşırı ısınacak. Sağlığı o sıcağı kaldırmaz. Hastalanırsa onu kimse almaz."

Bir an duyduklarıma inanamadım. Alassane'nin anlaşmamızdan dönmesi olanaksızdı. Ona üç fıçı rom vermiştim.

Çadırdaki adamlar güldüler. Alassane de onlara katıldı. Kulaklarıma inanamıyordum. Tüylerim diken diken olmuştu. Onca yıllık özgürlük ve vatan özlemim çocukluğumda takılanlar gibi boyunduruk ve prangalarla son erecekse yaşamamın bir anlamı yoktu.

Elimi ağzıma götürdüm. Amacım hem kendi soluğumun sıcaklığıyla sakinleşmek, hem de farkında olmaksızın ağzımdan çıkabilecek bir çığlığı engellemekti.

İnsan hırsızları beni satmayı akıllarına koymuşlardı.

O an bir daha eve dönmemin mümkün olamayacağını anlamıştım. Hemen bir kaçış planı yaptım.

Ertesi gün kuzeydoğu yönünde yürümeye devam ettik. Bir parça tuz emip sık sık su içtim. Önünden geçtiğimiz her kulübe topluluğunu, uzaktan gördüğüm her köyü hafızama işlemeye çalışıyordum. Yolda yerliler, avcılar, kafilelerini götüren esircilerden oluşan çeşitli gruplarla karşılaşıyorduk. Hepsini dikkatle inceliyor, konuştuklarına kulak kabartıyordum. Hangi dili konuştuklarını saptıyor, dost olup olmadıklarını anlamaya çalışıyor, civarda yaşayıp yaşamadıkları keşfetmeye uğraşıyordum.

Titremeler yeniden başlamıştı. Humma tekrarlıyordu. Su içmek için verilen bir mola sırasında ormana daldım. İhtiyaç gidermek için çömeldiğimde bedenimin yarısı dışarı akıp gitmiş gibi hissettim. Her şeye rağmen planıma odaklanmaya çalışıyor, asla renk vermiyor, bir an önce günün sona ermesi için dua ediyordum. Her zaman olduğu gibi güneş batmadan iki saat önce mola verip kamp kurduk. Bir daha ne zaman yemek yeme fırsatı bulacağımı bilmediğim için zorla birkaç lokma yuttum. Kimse yemeğimi bitirmediğimi Alassane'ye gammazlamasın diye kalanları çadırımın arka tarafında açtığım çukura gömdüm.

Karanlık çöküp erkekler uykuya daldığında birkaç parça eşyamı toparladım. Hava kararmadan doldurduğum su tulumumu, hummaya karşı kullandığım kınakına kabuğumu, başörtüsü ve paralarımı koyduğum deri torbayı yüklenip çadırımın arkasındaki sık ormana daldım.

O gün geldiğimiz yoldan geri dönüp güneybatı yönünde yürüdüm. Öğleden sonra gördüğümüz dereye geldiğimde suya girip taşlar üstünde yalınayak gidebildiğim kadar gittim. Şimdi kuzeybatı yönünde ilerliyordum ama adamlar geri dönüp beni güneybatı yönünde arayacaklardı. Ayak izlerimi inceleyecek, patikanın yanındaki ormanlık alanı tarayacaklardı. Kaçmak saklanmaktan iyiydi. Onları en iyi bildikleri oyunda yenemezdim ama kurnazlıkla alt edebilirdim.

Gece boyu yürüyüp onlardan olabildiğince uzaklaşmaya çalıştım. Sık sık durup bağırsaklarımı boşaltıyordum. Her seferinde su içiyor, tuz yalıyor ve yola devam ediyordum. Şafak sökerken karşıma çıkan bir mağaraya daldım. Mağaranın derinliklerinde ilerledim. Karşıma insan değil hayvan çıkacak diye korkuyordum. Bütün bir günü mağarada uyuyarak geçirdim. Uyandığımda kava kararıyordu. Yeniden dışarı çıktım. Sonraki üç günü geceleri yürüyüp gündüzleri saklanarak geçirdim. Sonunda hastalık ve açlıktan bitkin düştüm. Ayağıma sivri bir dal batmıştı. Sık sık akan suda temizlediğim halde yaranın çevresi kızarıp iltihaplanmıştı.

Bir gün ikindi vakti tepede keçi güden bir çoban gördüm. Sendeleyerek ona doğru tırmandım. Adam kıpırdamadan durmuş beni seyrediyordu. Yarı yolda ayağım kaydı. Yere kapaklandım ve uzanıp kaldım. Bitkinlikten kalkamıyordum. Adam sopasıyla otları döverek temkinli adımlarla yaklaştı. Önce Bamana dilini denedim. Adam anlamadığım bir şeyler söyledi. Doğrulmaya çalıştım ama adam orada kalmamı işaret etti. Gidip bir tulum su getirdi. Kana kana içtim, sonra kustum. Bu defa Temne diliyle hitap ettim. Cevap yoktu. Son çare olarak Fulfulde'yi denedim. "Bana yardım et. Beni sakla. Ne olur beni sizin kadınların yanına götür." Adam dediklerimi anlamıştı.

Genç, incecik biriydi ama beni kucaklayıp kaldıracak kadar güçlüydü. Beni bir ağaç gölgesine taşıdı, su tulumunu elime tutuşturdu ve beklememi söyledi. Az sonra üç erkek ve dört kadınla geri döndü. Yanlarında ince dallar ve ipten örülmüş bir sedye getirmişlerdi. Yaralı savaşçıları taşıdıkları türden bir yataktı bu. Beni kaldırıp üstüne yatırdılar. Kadınlar başıma üşüşüp beni soru yağmuruna tuttular.

Kimdim, hangi köydendim? Saatlerce yol gittik, ya da bana öyle geldi. Taşa takılıp sendelediklerinde kemiklerim acıyla sızlıyordu. Boynum, sırtım, dizlerim ve ayak bileklerim ateş gibi yanıyordu. Sonunda saz damlı, çamur duvarlı kulübeleri olan bir köye ulaştık. Küçücük bir yer oluşuna sevinmiştim. Esirciler bu kadar az nüfuslu yerlere uğramazlardı. Beni gölgeli bir kulübeye taşıdılar. Doğrulup oturacak hale gelene dek günlerce yalnızca su içip uyudum.

Yavaş yavaş kendime gelirken odaya girip çıkan küçük bir gölge fark ettim. Gözlerimi kırpıştırdım. Katırın biri eğilmiş yüzüme bakıyordu. Sonra şen şakrak ince bir ses katıra çıkıştı. Eli sopalı küçük bir kız içeri daldı, katırı dürtüp dışarı kovaladı. Kız bana su getirdi. Yedi sekiz yaşlarında olmalıydı.

Fulfulde dilinde "Senin ismin ne?" diye sordum.

"Aminata," dedi.

Elimle göğsümü işaret edip, "Benim ismim de Aminata," dedim.

Kızın yüzü parlak bir gülüşle aydınlandı.

"Aminata," dedi. Parmağıyla ikimizi gösterip ismimizi bir kez daha söyledi.

"Yemek," dedim.

"Sonra," dedi.

Bir süre beni süzdükten sonra, "Sen tubab mısın?" diye sordu.

"Benziyor muyum?"

"Ben hiç tubab görmedim ki."

"Tubablar pembe beyaz olurlar," dedim. "Tıpkı solgun su kabağı gibi."

"Biz nasıl oğlak yiyorsak tubablar da insan yermiş," dedi kız.

"Benim tanıdıklarım yemiyor." dedim.

"Sen onları tanır mısın?"

"Aralarında yaşadım. Onların ülkesinde."

"Yalan söylüyorsun." dedi kız. Sonra da hoplaya zıplaya kulübeden çıkıp gitti.

Tekrar dalmışım. Uyanınca su içtim, tuz yaladım ve bir mango yedim. Bir daha ne zaman kursağıma iki lokma gireceğini bilmeden lifli büyük çekirdeği emip yalarken birden bundan sonraki yaşamımda ne yapmam gerektiğini keşfettim. Alassane ve adamlarından kurtulmayı başarırsam bir daha kimsenin onun ya da onun gibilerinin eline düşmemesi için çalışacaktım.

Bayo'yu son görüşümden bu yana neredeyse bir ömür geçmişti. Şimdi görsem tanır mıydım acaba? Köyü çevreleyen çamurdan duvar hâlâ ayakta mıydı? Şefin dört karısı yine eskisi gibi küçük yuvarlak kulübelerde mi yaşıyordu? Köye girerken darı dövenlerin ya da Karite yağı çıkaranların seslerini işitecek miydim? Köy aynen duruyor muydu? Yoksa çoktan tarihe mi karışmıştı? On kat büyümüş de olabilirdi. Bayo hâlâ yerinde duruyor olsa bile beni tanıyan birine rastlayacağımı sanmıyordum.

Kaçırıldığım günden beri Bayo'yu düşünüp durmaktan kendimi hiçbir yere ait hissedememiştim. Kocam ve çocuklarımla yerleşik bir yaşam kurabilmiş olsam belki bulunduğum yeri vatanım sayabilirdim. Ama ailem hiçbir zaman bir yuvada buluşamamıştı. Bizim hiç yuvamız olmamıştı. Gelgelelim Alassane'nin konuşmalarını duyduktan sonra Bayo'ya olan hasretim uçup gitmişti. Artık özgür kalabilmekten başka düşüncem yoktu. Tanımadığım insanlara ait bu küçük kulübede gücümü toplamayı beklerken en büyük hayalime veda ettim. Bir daha memlekete dönmeyecektim.

Falconbridge, köle tüccarlarıyla kurduğum ilişkiye "şeytanla pazarlığa oturmak" demişti. Tanımı doğruydu ama bunun hiç yoktan iyi olduğunu söylerken yanılıyordu. Canımı, insanları keçi satar gibi satan bir adama emanet etmiştim. Adam beni de diğerlerini alıp sattığı gibi pazarlamaya karar vermişti. Hatta onun bu işi yapmasına bizzat katkı sağlamıştım. Kendimi ona sunmuş, bu ayrıcalık için üstüne de bedel ödemiştim. Benim üç fıçı romumla kim bilir kaç esir satın alınırdı? İster Afrikalı ister tubab olsun, bir yirmi yıl daha bir başkasının malı olarak yaşamaktansa zehir içmeyi yeğlerdim. Bayo yerine bir başka yerde de yaşamam mümkündü, ama özgürlüğüm olmazsa ölürdüm.

Birkaç gün sonra iştahım yerine geldi. Yerliler beni meydana götürüp başka bir köyün şefiyle tanıştırdılar.

"Tubab kanosuyla okyanusu geçtiğin, onların arasında yaşadığın doğru mu?" Adam herkesin ortak sorusunu dillendiriyordu.

"Evet."

"Kanıtlayabilir misin?"

"Bunu nasıl yapabilirim ki?" diye sordum.

"Tubabların dilinde konuş da duyalım."

Olaudah Equiano'nun kitabını açıp içinden bir paragraf okudum:

"'Köle ticaretinin sürdüğü Afrika'nın Gine adıyla bilinen bölümü 3400 millik kıyı boyunca Senegal'den Angola'ya uzanır. Bu coğrafya içinde birçok krallık yer alır. Bunlar arasında en dikkate değer olanı Benin Krallığı'dır… Ben 1745'te (bu krallığın sınırları içinde) dünyaya geldim. Buradan kıyıya olan mesafe hayli uzun olmalı ki beyazlardan, Avrupalılardan hatta denizden söz edildiğini hiç duymamıştım…"

Kalabalıktan mırıltılar yükseldi. Yerliler bana biraz daha sokuldular. Adam elini kaldırdı.

"Şimdi bize bu okuduğunun ne anlama geldiğini anlat."

Onlara Equiano'nun kaçırılıp tubabların ülkesine götürülen bir Afrikalı olduğunu açıkladım. Yaşadığı onca zorluğa rağmen hayatta kalmayı başarmış, sonunda özgürlüğüne kavuşmuş ve başından geçenleri bu kitapta anlatmıştı.

Biri "Sonunda memlekete dönüp kendisini kaçırıp satanları öldürmüş mü peki?" diye sordu.

"Hayır," dedim.

"Ne biçim adammış bu!"

"Zorluklar içinde ömür tüketmiş biri. Okyanuslar ve kıtalar aşıp durmaktan, çok uzaklarda kalan düşmanlarını öldürecek vakti olmamış. Dönüp öç alacak zaman bulamamış."

Şef kendi kendine mırıldandı. Bunun bir memnuniyet işareti olduğunu biliyordum. Çocuklar itişip bana biraz daha yaklaşmaya çabaladılar.

Kocamın ve çocuklarımın nerede olduğunu sordular. Alassane'ye Bayo'da olduklarını söylemem inandırıcı olmamıştı, bu yüzden bu defa gerçeği söyledim. Çocuklarımı tubablara kaptırdığımı, kocamın da boğularak öldüğünü açıkladım.

"Şu deniz dediğin tam olarak neye benziyor?" diye sordu şef.

"Sonu olmayan bir nehir gibi."

"Çocuklarının ve kocanın isimler neydi?"

"Chekura, Mamadu ve May," diye saydım.

"Ya Bayo dediğin yerde yaşamış olan ana babanın isimleri?"

"Takıcı Mamadu Diallo ve ebe Sira Kulibali."

İsimleri duyunca hepsi gülüştüler. Önce şaşırdım ama sonra memnuniyetten güldüklerini anladım. Kulaklarına yabancı olmayan bildik isimler duymak hoşlarına gitmişti.

Şef bir sürü soru sıraladı. Tubabların hepsinin şeytan olmadığını söylerken ne demek istemiştim? Onlarda en küçük bir iyilik kırıntısı görmek mümkün müydü?

Soruya bir başka soruyla cevap verdim: "İnsan yüreği nasıldır, bilmez misin?"

Gece boyu süren sohbet sonunda bitkin düşmüştüm. Buna rağmen köyün saygın büyüklerinden Yusuf adlı adamla konuşabilmek için biraz daha dayandım. Ona kıyıya ulaşmak istediğimi anlattım.

"Hayır," dedi Yusuf. "Sen burada kalmalısın. Bana iyi karı olursun."

"Ben artık ihtiyarlamış sayılırım."

"Ama cesur ve akıllı kadınsın. Senin gibi bir karım olursa herkes bana saygı duyar."

"Kaç karın var?" diye sordum adama.

"Dört," dedi.

"Ben beşinci olamam," dedim. "Ben ilk ve tek eş olurum."

"Tek mi? Gücü kuvveti yerinde bir erkeğe bir kadın yeter mi hiç?"

"Babama yetti. Kocama yetti. Bazı tubablar da tek eşlidir."

Adam yere tükürüp, "Tubabların hayvandan farkı yok," dedi. "Kadınlarımızı, erkeklerimizi, çocuklarımızı çalıp götürüyorlar. Onları ya yiyor ya da öldürene kadar çalıştırıyorlar."

"Onları öldürene dek çalıştırdıklarını, dövdüklerini, aç bıraktıklarını gördüm ama yediklerine hiç tanık olmadım," dedim.

"Burada bizimle kal. Bundan onur duyarız. Yakın köylerden senin hikâyelerini dinlemeye gelirler."

Yusuf ve kabilesi hayatımı kurtarmıştı. Onlar olmasaydı köle tüccarlarına izimi kaybettiremezdim. Ama gideceğim başka bir yer, yapacağım işler vardı. Eski gücüme kavuşana kadar onları elimden geldiğince eğitip bilgilendirmeye çalışacaktım. Sonra köye veda etmem gerekiyordu.

"Bana yiyecek verip beni insan hırsızlarından saklarsanız bir ay kadar kalırım. Karşılığını, köyünüzü onurlandırarak öderim. Evlenme işine gelince, bunu yapamam çünkü beni bekleyen başka biri var."

"Başka biri mi? Bunu niye daha önce söylemedin?"

"Şimdi söylüyorum ya," diye kestirip attım. Ona adamın Afrikalı değil bir tubab olduğunu, koca adayı değil, köle ticaretinin sona erdirilmesi için uğraş verenlerden biri olduğunu uzun uzadıya anlatmama gerek yoktu. Dostum ve koruyucum Georgia'nın yıllar önce St. Helena Adası'nda bana söylediği o sözü hatırladım: "Erkeklerin her şeyi bilmeleri gerekmez. Hatta bazen en iyisi onlara hiçbir şey söylememektir."

"Karım olmayacaksan beni nasıl onurlandıracaksın?" diye sordu Yusuf.

"Bana iyi bakın. Eski gücümü toplamama yardımcı olun," dedim. "Ben de size bir ay boyunca her gece gittiğim yerleri, tubablar diyarında gördüklerimi anlatırım. Bütün köy halkı, hatta dışarıdan davet edeceğiniz herkes beni dinlemeye gelebilir."

Bir ay boyunca her gece dinleyicilerime hikâyelerimi anlattım. Beni dinlemek için uzak köylerden gelenler, saatlerce yol yürüyenler vardı. Bazıları hediye olarak kola fındığı ve yiyecek getiriyor, hepsi kafalarında yeni düşüncelerle, aralarında fikir alışverişinde bulunarak memnun bir halde evlerine dönüyorlardı.

Beni can kulağıyla dinleyip bana sorular soran bu insanlara gece yarılarına kadar hikâyelerimi anlatıp duruyordum. Bazen yalnızca erkek dinleyicim oluyor, bazen yalnızca kadınlar ve çocuklar geliyordu. Bazen halk tamtamlarla coşup telli saz ve balafon[16] eşliğinde şarkılar söylerken beni dinlemek için gelmiş olanlara kaç kişi olurlarsa olsunlar hikâyemi anlatıyordum.

Gençlik günlerimi, Bance Adası'na giderken başımdan geçenleri, ebelik maceralarımı bir bir sayıp döküyordum. Her yeni hikâyede bana kahramanların isimlerini soruyorlardı.

---

16 Sert ağaçtan yapılmış tuşlardan meydana gelen bir Afrika ksilofonu. (ç. n.)

Yine bir akşam, "O uzun yolu bebeğiyle yürüyen kadının ismi neydi?" diye seslendi biri.

"Adı Sanu'ydu. Çok tatlı bir kadındı."

"Çocuğunun adı neydi?"

"Aminata."

"Ama bu senin adın."

"Evet öyle."

"Ona senin adını mı vermiş?"

Gülümsedim. Kadın da gülümsedi. Dört dinleyici seslenip devam etmemi istedi. Gemiyle okyanusu geçişimizi, denizde yaşadığımız isyanı, gemilerdeki yaşam koşullarını, Sullivan Adası'nda yaşananları anlatmaya koyuldum. Çivit otu ekimini, çivit hasadını, nerede doğmuş olurlarsa olsunlar siyahların Amerika'da nasıl köle muamelesi gördüklerini anlattım. Tubabların gümüş paracıkları tavuğa ya da roma yeğlediklerini söyledim. En çok ilgi çeken konular zengin beyazların evleri, beyaz kadınlar, onların tutum ve davranışları, nasıl doğurdukları, nasıl yemek pişirdikleriydi. Zengin beyazların Afrikalı aşçı tutmadan edemediklerini duyunca gülmekten katılıyorlardı. Gemideki doktorun evcil hayvan niyetine kuş beslediğini, ona leziz şeyler yedirdiğini ve tubabların dilini öğrettiğini anlattım. Kahkahalar atarak yerlerde yuvarlananlar oldu. Amerika'da beyazlar arasında kopan savaştan, Nova Scotia'da uğradığımız ihanetten, nihayet Sierra Leone'ye doğru yola çıkışımızdan ve köyümü umutsuzca arayışımdan söz etmeyi de ihmal etmedim.

Asıl vatanım olan Bayo'yu bir daha görmek kısmet olmadı ama o küçük köyde yabancı yerliler arasında geçirdiğim bir ay içinde hiç değilse bir hayalim gerçekleşti. Sonunda bir celi, yani hikâyeci olup çıkmıştım.

Artık gücüm kuvvetim yerine gelmişti. Kadınlarla darı tarlalarına gidiyor, havanlarda tahıl dövüyordum. Bir zamanlar benim St. Helena Adası'nda yaptığım gibi ahşap teknelerde çivit üreten kadınları seyrediyordum. Bezlerini daima mavi ve mor tonlarına boyuyorlardı. Veda zamanı geldiğinde anı niyetine onlardan bir miktar kumaş aldım ve tıpkı onlar gibi sarınıp örtündüm. Bu defa beni kıyıya götürecek bir rehber bulmakta hiç zorlanmadım. Böylece son bir keşif daha yapmış oldum:

Afrika'nın içine girmek neredeyse imkânsızdı ama oradan alınıp götürülmek kolaydı.

Akademinin büyük celisi

{LONDRA, 1802}

İngiltere'ye yaklaştıkça gökyüzü gri bulutlarla kaplandı. Rüzgâr sert esiyordu. Hırçın sular gemiyi ve yolcularını kamçılayıp duruyordu. İştahım kaçtığından günlerdir yemek yememiştim. Cesaretimi yitirmiş gibiydim. Belki de gidecek yerimin kalmayışındandı bu. Artık kendimi gerçekten yaşlı ve yorgun hissediyordum.

Aslında istesem Freetown'da kalabilirdim. Gerçi kendi topraklarını korumak ve bağımsız bir yönetim kurmak adına şirket yönetimine karşı ayaklanan bazı Nova Scotialılar olmuştu ama hiç değilse havası sıcaktı ve orada bana göz kulak olacak dostlarım vardı. Ne var ki bu kez köle ticareti karşıtlarına yardım için son bir kez daha okyanus aşıyordum. Amerika'dayken Londra'ya gitmeyi arzuladığım çok olmuştu ama orayı yalnızca Afrika'ya gidebilmek için bir atlama taşı olarak kullanmak istemiştim. Günün birinde Afrika'dan Londra'ya geçeceğimi düşümde görsem inanmazdım. Bindiğim *Sierra Leone Packet* gemisinin yolcuları arasında Hector Smithers adlı bir de botanikçi vardı. Smithers Londra'ya rom içinde muhafaza edilen kutular dolusu böcek, sürüngen ve benzeri hayvan örneği, ayrıca kafes içinde bir yılan, iki fare, kum ve beyaz karınca dolu bir kasa, bir antilop, bir erkek domuz ve bir leopar yavrusu götürüyordu.

Seferin sonuna doğru yataktan kalkamaz olmuştum ama Smithers'ın kafesteki yolcuları benim kadar bile idare edemediler. Sonunda beyaz karıncalar dışında canlı olanların hepsi Atlantik Okyanusu'nu geçerken Yaradan'larına kavuştular. Smithers beş gemiciyi zorla işe koştu. Hep birlikte içlerini temizledikleri ölü hayvanları dev fıçılar içinde roma yatırarak muhafaza altına aldılar. Botanikçi elinde kalanları Londra'daki sergi açılışına kadar korumaya çabalarken içimden, vakit geldiğinde beni usulünce toprağa vermeleri için dua ettim. Okyanus suyuna ya da roma yatırılmak hiç hoşuma gitmezdi doğrusu.

Yoksul beyazları tamamen unutmuştum. Nedeni, Sierra Leone'de geçirdiğim uzun yıllardı. Freetown'ın beyazları, şirket görevli kişiler ve eşlerinden ibaretti. En güzel evlerde oturuyor, yüksek maaş alıyor, en leziz gıdalarla besleniyorlardı. Ama ya İngiltere? Ah o İngiltere! Önüme topal bir adam çıkıp avuç açtı. Koltuk değneği niyetine iki kaba sopa kullanıyordu. Körler sağda solda dileniyor, her köşe başında yanında sümüklü çocuklarıyla sakat kadınlar gelene geçene avuç açıyordu. İnsanlar incecik giysiler içinde soğuktan titriyor, öksürüyor, hapşırıyor, balgam çıkarıyor ve düşüp ölüyorlardı. Üstü başı perişan serseriler üstlerine gelen at ve arabalardan kaçabilmek için kimi zaman telaşla kendilerini yol kenarlarındaki leş kokulu su kanallarına atıyorlardı. Çığlıklar, şikâyetler, karşı şikâyetler kulaklarımı sağır ediyordu. Hava odun dumanına karışan çürük sebze artıkları ve dükkâncıların dışarı döktüğü bozuk etlerin kokusuyla iyice ağırlaşmıştı. Sokaklar gazete, tütün, pipo, çay, enfiye, şarap ve parça halinde ham şeker satıcılarından geçilmiyordu.

Gravesend'de beni John Clarkson ve ağabeyi Thomas karşıladı. John'u sekiz yıldır görmemiştim. Kardeşler hararetle elimi sıktılar. Atlı bir arabaya bindirildim. Londra'ya doğru yola çıktık. Yolda bana rom, ekmek, biraz da peynir ikram edildi. Daha sonra sıcak bir şeyler içmek ve gazetelere göz atmak için bir kahvehanede mola verdik.

Kahvehaneyi kaplayan yoğun tütün dumanı gözlerimi yaktı. Kahvemizi balla içtik. Kahvehanenin sahipleri köle ticaretine karşı çıkan gruptan oldukları için şekeri boykot ediyorlardı. Kahve, çay ve tütün içip gazete okuyan erkeklerin arasında ben de içeceğimi yudumladım. Birbirleriyle itişip kakışmadan sohbet ediyor, arada gazetelerin üstünden bana kaçamak bakışlar fırlatıyorlardı. İçlerinde kabak kafalı yaşlı bir adam bir türlü gözünü benden ayırmıyordu. Sonunda dayanamadım. Kalkıp yanına gittim. "Galiba gazetenizi okumuyorsunuz. Acaba birkaç dakikalığına ödünç alabilir miyim?" diye sordum.

"Nasıl?"

Ricamı tekrarladım.

Adam kahkahayı bastı. "Ne, sen okuma biliyor musun? Bana şu gazeteden birkaç satır bir şeyler okursan sana ve seni buraya getiren baylara cebimden kahve ısmarlarım."

Gazeteyi aldım. Sierra Leone'de üç, hatta altı aylık gazeteleri okumaya alışmıştım ama elimdeki o günün tarihini taşıyordu: 4 Ekim 1802. Sayfalara şöyle bir göz atıp sonunda ilginç bir habere rast geldim.

Habere "Kölelik Oturumları Gündemde" başlığı atılmıştı. Yüksek sesle okudum: "William Wilberforce Parlamento'dan köle ticareti konusunun soruşturulması için bir komisyon oluşturulmasını talep ediyor."

Beni getirdikleri Köle Ticaretinin Yasaklanması Komitesi'nin merkez binası Old Jewry Sokağı, 18 numarada bulunuyordu. Burası kentin kalabalık semtlerinden biriydi. Oğlan çocukları bağıra çağıra gazete satıyor, kahvehane sahipleri sokağa çıkmış avaz avaz müşteri topluyor, esnaf ufacık dükkânının önünde sattığı kuzudan ya da ham şeker topağından bir parça kesmek için her an hazır bekliyordu. Burası Shelburne ya da New York'un her yerinden daha hareketli ve gürültülüydü. Freetown'da geçen yaklaşık on yıldan sonra duyularım saldırıya uğramış gibi olmuştu. Küçük dar bir binaya girdik. Üst katta sobayla ısıtılıp mumlarla aydınlatılmış bir odaya alındım. İçeride hevesle elimi sıkıp bana "İngiltere'ye hoş geldiniz" demeye hazırlanan on iki adam vardı.

John Clarkson'ın ne yapıp edip sonunda beni Londra'ya getirmesinden son derece memnun olduklarını belirttiler. John Clarkson konuşmuyordu. Sözü büyüklerine bırakmıştı. Halbuki ben onu Nova Scotia ve Freetown'da ön planda görmeye alışmıştım. Burada ağabeyinin ve diğerlerinin gölgesinde kalışı şaşırtıcıydı.

Uzun boylu bir adam kendini Stanley Hastings olarak tanıtıp hararetle elimi sıktı ve benim için yaptıkları büyük planları sıralamaya koyuldu. "Sizinle söyleşi yapıp hayat hikâyenizin bir özetini hazırlamak istiyoruz," dedi. "Köle ticareti sırasında gördüğünüz zulmü bütünüyle kapsayan çok özenli bir çalışma olacak bu."

Hafifçe öksürdüm: "Benim hayatımı mı yazacaksınız?"

"Bu bizim için o kadar önemli ki, projeye bizzat talip olabilirim," dedi Hastings. Parmak eklemlerini çıtırdattıktan sonra piposuna tütün doldurmaya girişti. "Anlatacağımız her şey gerçek olmalı. En küçük bir tutarsızlık ya da gözden kaçan küçük bir hata amacımıza büyük zarar verebilir."

Hastings'in hayat hikâyemi yazma projesine temkinli yaklaştım. Adam beygir gibi enerji yüklüydü ama böyle bir azmanın özel alanıma dalıvermesi hoşuma gitmezdi.

On iki adam ellerini kenetleyip gözlerini dikkatle bana dikmişti ama ben kendimi hiç iyi hissetmiyordum. Adamların yüzleri gözümün önünde fırıl fırıl dönmeye başlamıştı. Ateşim çıkıyordu. Titreme ve nöbetler arka akaya geldi. Komite üyeleri ateşi körükleyip duruyorlardı ama oda bana soğuk ve sevimsiz gelmişti. Burada memleketimin sıcaklığından eser yoktu. Kocam, oğlum ve kızımdan yana umudum kalmadığına göre bari Afrika güneşine sarınıp ısınabilseydim. Oysa burada içim üşüyordu. Dişlerim birbirine vuruyor, o bildik ıstırap kemiklerimi sızlatıyordu.

Daha fazlasına gücüm olmadığından ancak parmağımı kaldırabildim. Yalnızca üç istekte bulunmaya hazırlandım: Bir battaniye, bir bardak su ve kendi yaşam hikâyemi kendim yazabilmek... Gelgelelim bunları dillendirmeye fırsat bulamadım. Sonrasında tek hatırladığım üstüme eğilmiş kocaman gerdanlar, favoriler ve kaygılı gözlerdi.

Hastings, "İyi misiniz?" diye sordu.

Gözlerimi kapattım ve John Clarkson'ın sesini duydum.

"Tabii ki değil. En başında size bunun vakitsiz bir toplantı olacağını söyledim. Korkarım yine aynı şeyi tekrarlayacağım. Kendisi benim konuğumdur ve benim gözetimim altındadır. Evimde dinlenip tamamen iyileşene kadar komite üyeleriyle görüşmesini istemiyorum."

Old Jewry Sokağı 18 numaradaki binanın bir odasından aşağı taşınarak Clarkson'ın aynı sokaktaki evine götürüldüm. Kapıda bizi zenci bir uşak karşıladı. Atılıp tutmasaydı, o anda yere yığılıp kalmıştım. Bana içinde yatağıyla, battaniyesiyle özel bir oda verdiler. Sıcak et suyu ve çay getirdiler. Ateş iliklerimi sardığında Betty Ann adında bir başka zenci hizmetçi bana banyo yaptırıp alnıma ıslak bezler koydu.

Bir süre sonra kendimi toparladım. Kendi başıma ayakta durabiliyor, oturağımı boşaltabiliyordum. John Clarkson ve karısı Susannah ile ilk kez birlikte yemek yedik. Daha sonra üçümüz soğuk bir odada battaniyelere sarınarak çay içtik. Dışarıda kar atıştırıyordu. Hava rutubetli, soğuk ve rüzgârlıydı. Berbat İngiltere iklimine rağmen biraz hareketlenmeye karar verdim. Ömrüm biraz daha uzasın istiyorsam kendimi dışarı atmalıydım.

Sürekli kayba uğramaya alışıktım ama İngiltere'de içine düştüğüm yalnızlık öncekilere hiç benzemiyordu. Yazacak, yürüyecek, Londra sokaklarını keşfe çıkacak, komite üyeleriyle görüşecek halim yoktu.

Nihayet kış bahara dönerken Londra'nın rutubeti beni üşütmemeye başladı. Bu kışı da çıkardığıma sevinip sağa sola gitmeye başladım.

Londra'nın dipsiz griliğinde memleketimin renklerini ve tatlarını çok özlüyordum. Buranın eti de ekmeği de bana yavan geliyordu. Okyanuslar aşıp dünyayı yöneten bu milletin yemekten ve aşçılıktan anlamayışını aklım almıyordu.

İngilizler hemen hemen hiç meyve yemiyorlardı. Sierra Leone'nin muzunu, misket limonunu, portakalını ve ananasını özlemiştim. Özellikle *malagueta* biberi burnumda tütüyordu. Sonunda Debra'ya bir mektup döşenip bana bolca yemeklik baharat göndermesi için yalvardım.

Clarkson ailesinin uşağı ve hizmetçisi dışında siyah halktan görüştüğüm kimse yoktu. Onlar da havayla ilgili bir iki söz söyleyip sağlığımı sorduktan sonra toz oluyorlardı. Dante adlı başı usturaya vurulmuş, kısa boylu uşağa Londra'nın siyahlarını ne zaman göreceğimi sormaya çalışıyordum ama adam her seferinde sıvışmanın bir yolunu buluyordu. İyice toparlanıp evin içinde gezinmeye başladığımda bir gün onu mutfakta kıstırdım.

"Biraz konuşabilir miyiz?" diye sordum.

"Bağışlayın hanımefendi, ama şu anda çıkmak üzereydim."

"Adım Meena," dedim. "Bana Meena diyebilirsin."

Adam hafifçe öksürüp kapıya doğru bir bakış fırlattı.

"Ne diye benden kaçıyorsun?" diye sordum.

"Kötü bir maksadım yok, hanımefendi."

"Ama hiçbir soruma cevap vermiyorsun."

"Bana verilen emir böyle."

"Emir mi?"

"Bay Clarkson sizinle konuşmamamı emretti."

"Nedenmiş o?"

"Bir an önce sağlığınıza kavuşmanız için iyice dinlenmeniz gerekiyormuş. Ayrıca komite için yazacağınız hayat hikâyesine müdahale edilmemeliymiş."

"Müdahale mi?"

Dante şapkasını çıkardı, tepesinde bir yeri kaşıyıp yeniden başına yerleştirdi.

"Vakit geç oldu, hanımefendi."

"Bana kim müdahale edecekmiş?" diye üsteledim.

"Londra'nın siyahları."

"Hayatımı ben kaleme alacaksam kim bana müdahale edebilir?"

"Ben de aynı fikirdeyim hanımefendi. Ama onlar sizden tertemiz bir hikâye bekliyorlar. Bay Clarkson bunu 'doğrudan Amerika'yı anlatan' diye tarif ediyor. Komite üyeleri kimsenin hikâyenizi Londralı siyahların uydurduğunu düşünmesini istemiyor."

"Bak Dante, asla başının belaya girmesini istemem ama lütfen bari şu kadarını söyle bana: Burada sayıca çok muyuz?"

Adam duyulur bir şekilde içini çekti ve gülümsedi: "Binlerceyiz."

"Sierra Leone'deyken Londra'da yaşayan bir Afrikalı'nın kaleme aldığı bir kitap okumuştum."

"Olaudah Equiano'dur," dedi Dante.

"Onu sen de mi tanıyorsun?"

"Onu hepimiz tanırız," dedi Dante gülümseyerek. "Londra'da yaşayan siyahlar, İngilizler arasında sivrilebilen ırkdaşlarımızı dillerinden düşürmezler."

"Onunla tanışmam mümkün mü?"

"Öleli birkaç sene oluyor."

Birden omuzlarım çöküverdi. Hep Equiano ile tanışmayı hayal etmiştim. Hayat hikâyesini okuduktan sonra kendisini yakından tanıdığım hissine kapılmıştım. Bir gün onunla konuşup kitabını nasıl yazdığını sormayı planlıyordum.

Aynı hafta içinde köle ticareti karşıtları komitesiyle buluştum. Stanley uzun bir giriş konuşması yaptı ve sağlığıma kavuştuğum için duyduğu büyük mutluluğu dile getirdi.

Üyeler, "Duydunuz mu, ne güzel konuştu," diye coştular.

Onlara nereye gittiğime, ne yaptığıma, kiminle görüştüğüme karışılacaksa en kısa zamanda Londra sokaklarında ruhumu teslim etmeye hazır olduğumu söyledim. Kalbimin teklediği kaygısına kapılmış olmalılar ki, on ikisi birden ayağa fırladı.

"Oturun yerinize. Şu anda çakı gibiyim."

Hepsi gönülsüzce koltuklarına çöktüler.

"Ben bir karar aldım," dedim.

"Lütfen devam edin," dedi Hastings.

"Hayatımın hikâyesini yazacağım."

Hastings "Harika, ama bu konuda bizim rehberliğimizi…"

"Teşekkür ederim ama kimsenin rehberliğini istemiyorum," dedim. "Bu benim hayatım. Benim sözcüklerimle yazılacak. Benim kalemimden çıkacak. Yazma işinin üstesinden gelebilirim."

İnce yapılı iyi giyimli biri ayağa kalkıp kendini tanıttı. Adı William Wilberforce'tu. Parlamento üyesiydi. Bir konuya açıklık getirmek istediğini söyledi.

"Buyurun lütfen," dedim.

"Konu sizin okuryazarlığınız değil," diye açıkladı Wilberforce. "Daha çok, ilk ağızdan yapılacak orijinal anlatımı güvence altına almak."

"Tam da bu sebepten hikâyeyi kendim yazmak istiyorum ya."

"Çocukluk yıllarıyla başlanmalı," diye atıldı Thomas Clarkson. "Kıyıya kadar yaptığınız yolculuk, gemide yaşadığınız esir hayatı ve Güney Carolina yılları, bunların hepsi kitapta yer almalı. Bana kalırsa..."

John Clarkson elini ağabeyinin omzuna koydu. "O kitapta ne anlatacağını gayet iyi biliyor."

Hemen başlayabileceğimi söyledim ama kimse, John Clarkson'ın uşağı da dahil istediğimle konuşabilme hakkıma müdahale etmemeliydi.

John Clarkson, "Meena," diye atıldı. "İnanın Dante ile ahbaplık etmenizi engellemek gibi bir niyetim yoktu."

Wilberforce bana doğru eğilerek "Ben bu konuda suçlanmaya hazırım," dedi. "Ama lütfen anlamaya çalışın. Kimsenin hikâyenizin Londralı siyahların etkisi altında yazıldığını düşünmesini istemeyiz. Burada onlara iyi gözle bakılmaz. Böyle bir yanlış hüküm amacımıza zarar verir."

"Ben yazacaksam içinde hepsi olur zaten. Ama salt benim sözcüklerimle anlatılmış olacak. Londralı siyahlardan ya da sizlerden gelebilecek hiçbir renklendirme girişimini kabul etmem."

"Eğer bu yöntemde anlaşırsak, yazdıklarınızı bizimle paylaşacağınıza söz verir misiniz?" diye sordu Hastings. "Bunu Parlamento görüşmelerinde kanıt olarak sunmak için izninizi talep ediyoruz. Ayrıca o zamana kadar kamuoyuna bu konuda hiçbir bilgi vermeyeceksiniz."

Başımı kabul anlamında salladım.

"Fevkalade," dedi Wilberforce. "Muhteşem. Artık işe koyulmamız gerekiyor. Ne kadar sürede tamamlarsınız?"

"Şimdiden bir tarih veremem," dedim.

"Gazeteleri bize bırakın, olur mu?"

"Ne demek istiyorsunuz?"

"Tamam, hikâyenizi bizzat kaleme almanız konusunda anlaştık ama izin verin de haberin gazetelere ne zaman ve ne şekilde yansıyacağına biz karar verelim."

İtiraz etmek için bir nedenim yoktu.

Ertesi gün Dante gelip maaşına zam yapıldığını haber verdi. "Bu köle ticareti karşıtlarına ne yaptınız kuzum?"

"Afrika büyüsü," dedim gülümseyerek.

O gece işi bittiğinde Dante beni evin arka tarafında bulunan hizmetkârlar bölümüne götürdü. Hastalığım boyunca başımdan ayrılmayan Betty Ann de oradaydı. Birlikte olduklarını o zaman öğrendim. Betty Ann Jamaika doğumlu genç bir kadındı. Londra'ya getirilip zengin bir çiftçinin evine hizmetçi verilmiş ama bir fırsatını bulup kaçmıştı.

"Seni geri almaya çalışmadılar mı?" diye sordum.

"Cesaret edemediler. Mahkemeler izin vermiyor. Bugünlerde Londra'da bir zenci köle efendisini terk ederse, özgürlüğüne kavuşmuş sayılıyor."

Evet, Londra büyük bir kentti, hele dünya uçsuz bucaksızdı ama yine de Witherspoon soyadlı zengin bir aile tanıyıp tanımadıklarını sormadan edemedim. Tanımıyorlardı. Biraz utandım. İmkânsızı düşleyerek sınırlı enerjimi tüketmemem gerektiği konusunda kendime telkinde bulundum. Sırf Londra'da bir milyon kişi yaşıyordu. Kızım hâlâ hayattaysa Atlantik Okyanusu'nun her iki yakasındaki köy, kasaba ve kentlerden birinde olabilirdi.

Dante ve Betty Ann beni Londra'nın zenci mahallesine götürmeyi teklif ettiler ama öyle uzun boylu gezinecek halim yoktu. Kalan gücümü parlamento komitesi için hazırlayacağım rapora ayırmak istiyordum.

Atıştırmalıklarım, kalemlerim, kâğıt ve mürekkep hazırdı. Bacaklarımın üstüne sıcacık battaniyeler örtülmüştü. Üstünde mumlar yanan rahat bir masada hayatımın hikâyesini yazmaya koyuldum. Kalemi alış o alış, artık durmak bilmeden yazıyordum. Çocukluğumu sayfalara döktüm. Arkasından gençlik yıllarım geldi. Ebelik yaptığım günleri, kendi çocuklarımı dünyaya getirişimi anlattım. Yazıyor da yazıyordum. Noktayı ne zaman koyacağım belli değildi.

Köle ticareti karşıtları sabırsızlanıyorlardı.

Thomas Clarkson diğer üyelerle toplandığımız bir gün "Dağarcığınızın dolu olması pek hoş Bayan Dee ama parlamento komitesi bu konuda bilgi sahibi olamazsa emeğiniz hiçbir işe yaramaz." dedi.

Wilberforce, "Thomas haklı," diye atıldı. "Köle ticaretini savunanlar komiteye başarılı sunumlar yaptılar. Gazeteler köle ticaretinin sürdürülmesini haklı gösterecek gerekçeler sunmaya başladılar bile."

Masa başındaki adamlar yerlerinde huzursuzca kıpırdandılar. Haberleri ben de okumuştum. Köle ticaretinin destekçileri bunun Afrikalıları anavatanlarındaki barbarlıktan kurtaran insani bir uygulama olduğunu ileri sürüyorlardı. Afrikalılar Amerika kıtasına götürülmemiş olsalar, kabile savaşlarından nasıl olsa birbirlerini öldüreceklerdi. Halbuki yeni kıtada Hıristiyanlığın uygarlık öğreten nimetlerinden yararlanabiliyorlardı. Gazeteler gemiyle nakliyatın mümkün olduğunca temiz ve güven içinde yapıldığını, Afrikalıların aynı gemilerde yolculuk eden Avrupalılara kıyasla deniz yolculuğuna çok daha dayanıklı olduklarını yazıyorlardı.

Hastings söz aldığında gayet sakindi. "Baylar, dedi. "Bayan Dee ne zaman isterse o zaman bitirir. Ama noktayı koyduğunda bütün İngiltere ondan söz edecek."

Wilberforce parlamento komitesi karşısına çıkacağım tarihi biraz erteledi. O arada köle tüccarlarının basına anlattıklarını dikkatle izlemelerini önerdi. Yakında bu ifadeleri çürütecek bir tanıklık sunacaktı. Sonra gelip tepeme dikildi ve parlamentodaki konuşmamla ilgili olarak benden elli sayfalık bir bölüm koparmayı başardı.

Parlamento komitesine hitap edeceğim gün *Times* birinci sayfasını botanikçi Hector Smithers'ın cansız ama özenle korunmuş kemirgen, yarasa, kelebek, beyaz karınca, leopar ve timsahlarla dolu sergisine ayırmıştı. Açılış günü sergi öyle büyük bir ilgi görmüştü ki, salon aşırı kalabalığı önlemek için kapılarını kapatmak zorunda kalmıştı. *Times* haberi "Afrika'nın kara bağrındaki hayvan egemenliğinin renkli, bereketli ve korkutucu vahşetini gözler önüne seren benzersiz bir gösteri" olarak vermişti. Giriş ücretinin altı peni olduğu da özellikle belirtilmişti. İç sayfalarda yer alan küçük bir haberde ise "Ayağının tozuyla Afrika'dan yeni dönmüş" eski bir kadın kölenin parlamento komitesi önünde konuşacağı duyuruluyordu.

Parlamento komite odasının önünde Hastings'le dikilmiş bekliyorduk. Neyle karşılaşacağımı, bana nasıl davranılacağını bilmiyordum. Kalbim güm güm atıyordu. Takı ya da çay yaparken ellerini büyük bir özgüvenle kullanan babamı hatırlayıp sakinleşmeye çalıştım. O gür, etkili sesi okyanusu aşıp kulaklarıma doldu: *Yalnızca kendin ol ve ne yaşadıysan onu anlat.*

Kapı açıldı ve içeri alındım. Dikdörtgen odanın duvar diplerine gazeteciler için on, ziyaretçiler için otuz sandalye konmuştu. Bütün yerler doluydu. Tek başıma, uzun masanın bir tarafına sıralanmış komite üyelerinin karşısına geçip oturdum. William Wilberforce'la birlikte toplam on kişiydiler. Wilberforce tebessüm edip zaten bildiğim prosedürü resmen açıkladı. O soracak, ben cevap verecektim.

Wilberforce adımı, doğum tarihimi ve doğum yerimi sorarak başladı. Hepsini cevapladım.

"Bayan Dee, komiteye çocukluğunuzla ilgili bazı ayrıntılar sunabilir misiniz?"

Bana on bir yaşında nasıl kaçırıldığımı, iç kısımlardan denize ulaşana dek aylarca nasıl yürüdüğümü anlattırdı. Mümkün olduğu kadar ayrıntı vermeye çalışıyordum. Esir kafilelerinde erkeklerin nasıl boyunduruğa vurulduklarını, ölülerin, can çekişenlerin ve isyancıların nasıl geminin bordasından sulara fırlatıldığını özetledim. Gemicilerin Afrikalı kadınları özgürce yataklarına aldıklarını, küçücük bir çocuk olduğum halde benim bile gemi doktorunun yatağında yatmaya zorlandığımı açıkladım.

"Afrika kıyısındaki esir fabrikalarında kadın ve erkeklerin damgalandıkları iddiasının yalan olduğu ileri sürülüyor. Siz ne diyorsunuz?"

"İddia doğrudur."

"Nereden biliyorsunuz?"

"Ben o yerlerden birinde bulundum. Beni de damgaladılar."

"Hangisinde ve ne zaman?"

"1756 olmalı. Sierra Leone kıyısı yakınlarındaki Bance Adası'nda damgalandım."

Etraftan mırıltılar yükseldi. Wilberforce tutanaklara geçmesi için ayrıntıları tekrarlamamı istedi. Dediğini yaptım.

"O sıralar İngilizce konuşmadığınıza göre adanın adını nasıl bilebilirsiniz?"

"Birkaç yıl önce oraya tekrar gittim. Sierra Leone Şirketi'nin bir yetkilisi bana yardımcı oldu."

"Eğer kabalık olarak görmezseniz komite nasıl damgalandığınızı öğrenmek istiyor."

"Etimi kızgın bir demirle dağladılar."

Kadının biri dayanamayıp komite odasını terk etti.

"İzini göstermemi ister misiniz?" Köle ticareti karşıtları mutlaka bu teklifi yapmamı tembihlemişlerdi.

Wilberforce "Nerenizde bulunuyor?" diye sordu.

"Sağ mememin üstünde efendim."

Hep bir ağızdan bir hayret nidası koyuverdiler. Kalemlerin kâğıtları tırmalarcasına gidip geldiklerini işittim.

"Göstermem gerekli mi efendim?"

Kâtip, "Yemin etmiş olduğunuza göre buna gerek yok," diye açıkladı.

Charles Town'da nasıl satıldığımı, oğlumun benden nasıl koparılıp alındığını anlattım. 1784'te doğan May ve onun Nova Scotia'nın Shelburne kasabasında kaçırılışı hakkında bilgi verdim.

İfadem iki saat sürdü. Komiteye incelemeleri için herhangi bir belge sunup sunmayacağımı sorduklarında, hayat hikâyemin bir kopyasını masaya bıraktım.

Toplantı bittikten sonra köle ticareti karşıtları beni özel bir odaya aldılar ve gazetecilere göğsümdeki damgayı göstermemi söylediler. On kişi sırayla yanıma gelip göğsümdeki kanıtı yakından inceledi. Soru sormak istiyorlardı ama Wilberforce o gün daha fazlasını kaldıramayacağımı belirterek ifadem sırasında aldıkları notlarla yetinmelerini önerdi.

Nihayet her şey bitmişti. Wilberforce ve Hastings'le birlikte arabaya bindiğim an üstüme bir yorgunluk çöktü. Daha birkaç yıl önce, Sierra Leone'nin iç kesimlerinde uzak bir köyde, her gece üst üste hikâye anlatıp dinleyicimi büyülüyordum. Onlar arada kahkahalarla sözümü keserken, zorla elime yiyecek içecek bir şeyler tutuştururken hep ailem ve dostlarım arasında olduğum hissine kapılmıştım. Oysa burası farklıydı. Komite üyelerine hitap ederken arada duyulan homurdanmalar ve kalemlerin kâğıt üstünde çıkardığı hışırtı dışında duvarlara konuşuyor gibiydim. Parlamenterler baykuş gibi kıpırdamadan oturdukları ve yalnızca soru yönelttikleri için hakkımda ya da anlattıklarımla ilgili olarak ne düşündüklerini anlayamamıştım.

Ertesi gün John Clarkson *Times*, *Morning Chronicle*, *Gazette*, *Morning Post* ve *Lloyd's List* gazetelerini getirdi. Hepsi konuşmamı haber yapmış, konuya damga hikâyesiyle girmişlerdi. Sonraki haftalarda anlattıklarım haber olmayı sürdürdü. Benimle görüşmek isteyenlerin sayısı günbegün artıyordu. Gazeteci tufanı dinince okullardan, edebiyat ve tarih kurumlarından özel konuşma talepleri gelmeye başladı. Çoğunu kabul ediyordum. Bu tip dinleyici gruplarıyla çok daha anlamlı bir iletişim kurabildiğim sonucuna varmıştım.

Bir gün yatak odamın kapısı vuruldu. Gelen John Clarkson'dı.

"Size bir mektup var," dedi. "Ayrıca, kamuoyunda tanınırlık açısından William Wilberforce dışında köle ticareti karşıtları komitesinin bütün üyelerini gölgede bıraktığınızı söylemeliyim."

Gülümseyerek mektubu uzattı. Ben açarken yanımda bulunmak için izin istedi.

"Elbette Yüzbaşı," dedim.

"John," dedi.

Başımı sallayıp zarfı inceledim. Üstünde Kral III. George'un mührü vardı. Mektubu açtım. Sarayda çaya davet ediliyordum.

Clarkson, "Müthiş, muhteşem," deyip duruyordu. "Kral, Olaudah Equiano'ya böyle bir davet yapmamıştı. İşler umduğumuzdan da iyi gidiyor."

Kral ve Kraliçe'nin ilk kez bir Afrikalıyı kabul edecekleri duyulduğunda gazeteciler konuyla ilgili bir dizi haber daha yaptılar. *Morning Post*'ta ressam James Gillray'in, benim Kral III. George'un elindeki küp şekeri kapıp alışımı gösteren bir karikatürü yayınlandı. Karikatürde Kral iskelet gibi sıska, ben de obez olarak gösterilmiştim. Benim dudaklarıma iliştirilmiş baloncuğa "Onu ben alayım" sözcükleri yerleştirilmişti.

Kral'ın çay davetinde bana köle ticareti karşıtları komitesindeki tek parlamenter olan William Wilberforce'un eşlik etmesi uygun görülmüştü. Benimle tanışmak isteyenler komite ofisleri önüne sıralanmışlardı. Haftalardır her gün yeni bir kuyruk oluşuyordu. Londra nüfusunun yarısı benimle tanışmaya can atıyor gibiydi. Bekleyenler arasında Hector Smithers'ı gördüm ama duramadım. Sonra dönüp tekrar o tarafa doğru baktım.

Beyazlar denizinin içinde siyah bir yüz dikkatimi çekmişti. On sekiz yaşlarında, güzeller güzeli bir Afrikalı kızın yüzüydü bu. O kalabalığın ortasında mağrur ve dimdik duruyordu. Göz göze geldik. Onu daha önce gördüğüm hissine kapılmıştım. Dudaklarının oynadığını fark ettim ama gürültüden ne dediğini duymam mümkün değildi.

"Sen kimsin?" diye seslendim ama o da beni duyamadı.

Ne aptalım değil mi? Bunca yıl sonra hâlâ kalabalık içindeki yüzleri tarıyor, imkânsızı umut ediyordum.

Bu hayatta bütün sevdiklerimi kaybetmiştim. Hiçbiri bana geri dönmemişti. Yine de o gencecik kızın niye zahmet edip beni uzaktan da olsa görmek için yağmur altında o kalabalıkta beklediğini merak etmiştim. Konu üstünde daha fazla kafa yormaya fırsatım olmadı. Bindirildiğim fayton hızla Buckingham Sarayı'nın yolunu tuttu.

Kral ve kraliçeyle baş başa olacağımı sanmıştım ama Wilberforce'la ikimizi ev büyüklüğünde bir salona aldılar. İçerde bir düzine uşak, bir o kadar da peruklu ve kostümlü kadın erkek kalabalığı vardı. Peruklu parlamenterler sırayla yanıma gelip elime sarıldılar. Hepsi de, "Sahi, ayağınızın tozuyla Afrika'dan geldiğiniz doğru mu?" diye soruyorlardı. Sorulardan bunalmamam için Wilberforce koluma girip beni hizmetçi kızın çay ve bisküvi servisi yaptığı bir masaya götürdü.

Wilberforce "Farkında mısınız, size duydukları saygıdan masaya şeker koymamışlar," diye fısıldadı.

Haklıydı. Masada şeker yerine üç kavanoz bal vardı. Hizmetçi çayıma yoğun sıvıdan bir miktar koydu. Beyaz birinin bana hizmet etmesini yadırgamıştım. Fincanı sıkı sıkı tutup elimin titremesini belli etmemeye çalıştım.

Kendisini Kraliyet Ailesi'nin yaverlerinden biri olarak tanıtan görevli konuk defterini imzalamamı rica etti. Adamın meraklı bakışları altında şu cümleleri yazdım: "Özgürken köleliğe mahkûm olup sonra yeniden hürriyetine kavuşan bir kadın olarak Kral ve Kraliçe'nin huzurunda bulunmaktan gerçek bir onur duymaktayım. Umudum, herkesin özgürlüğüne kavuşmasıdır."

Yaver kitap okuyan bir zebra görmüş gibi ağzı bir karış açık beni seyrediyordu.

Wilberforce beklediği işareti alınca yaverden izin istedi, fincanımı elimden alıp masaya bıraktı ve beni bir başka salona sürükledi.

Kral ve Kraliçe geniş kırmızı koltuklara kurulmuşlardı. Etekleri yerleri öpen kıyafetlerdeki kumaş bolluğu yüzünden mobilyalar pek görülmüyordu ama Kral'ın oturduğu koltuğun kollarının cilalı kızıl keresteden yapılmış olduğu gözümden kaçmadı. Kral o kolların benim memleketimin kızıl kerestesinden yapılmış olduğunu biliyor muydu acaba?

Wilberforce, "Kendinizden emin davranın, acele etmeyin," diye fısıldadı. "Reverans yapın ama elinizi uzatmayın."

Önce Kraliçe Charlotte Sophia'ya yaklaştık.

En çok görmek istediğim oydu. Sahiden "Afrika'nın kızı" olup olmadığını merak ediyordum. Gördüğüm portrelerde yüzü adeta porselen hissi verecek şekilde, büyük bir zarafetle resmedilmişti. Oysa karşımda oturan kadın basık burunlu ve kalın dudaklı, ten rengi de bütün ressamların tuvale yansıttığından daha koyuydu.

Kraliçe Charlotte eldivenli elini bana uzattı. Tokalaştık.

"Hoş geldiniz, Aminata," dedi Kraliçe. "İngiltere'ye hoş geldiniz."

"Majesteleri," dedim.

Gerçek adımı öğrenme zahmetine girmiş olması beni duygulandırmıştı. Kendisi ilk karşılaşmada bana adımla hitap eden ilk beyaz oluyordu. Öte yandan tam olarak beyaz olduğu da söylenemezdi. O gün orada karar verdim: İngiltere Kraliçesi adımı telaffuz edebilmişse, aynı şeyi bütün İngiltere yapabilirdi.

"Onur duydum," dedim. "Yıllar boyu hakkınızda o kadar çok şey işittim ki..."

"Ne kadar çok memleket dolaştığınız göz önüne alınırsa bu sözünüzü yabana atmamak gerek."

Yüzüme bakıp kibarca gülümsedi. Sohbeti bir an önce noktalamayı istediğimi sezer gibi oldum.

"Size kütüphanemden küçük bir armağan vermek istiyorum," dedi.

"Teşekkür ederim," dedim. Kraliçeye insan ticaretinin sonlandırılması için ülkesinin önderliğini bütün kalbimle arzuladığımı söylemek istiyordum ama olmadı. Bir emir eri beni nazikçe ama kararlı bir biçimde birkaç adım yana çekti ve arkamdan Kraliçe'yle sohbete hazırlanan Wilberforce'a yer açtı.

Şimdi Kral III. George'un karşısında duruyordum. Reverans yaptım. O da başını salladı. Tembihlere uyarak İngiltere Kralı'nın bana elini uzatmasını ya da hitap etmesini bekledim ama o ikisini de yapmadı.

Başını defalarca salladı. Bir şey söyleyecekmiş gibi ağzını açtı. Sonra başını hafifçe yana çevirdi. Gözkapakları biraz daha aralandı. Ne diyeceğini unutmuş gibi baktı. Benim kim olduğumu, nerede bulunduğumuzu bilmiyor gibiydi.

Dünyanın en geniş çaplı köle ticaretini yöneten ülkenin başındaki adamın geniş, yuvarlak, pembe tenli yüzüne ve donuk bakışlı gözlerine şöyle bir baktım ve aramızda bir konuşma geçemeyeceğini anladım. Hemen huzurdan uzaklaştırıldım ama buna pek de üzüldüğümü söyleyemem. Kral her zamanki nöbetlerden birinin eşiğinde olabilirdi. O konuda epeyce haber okumuştum. Yıllar önce İngiltere Merkez Bankası Kral'ın yeniden akıl sağlığına kavuşması anısına madeni para bile çıkarmıştı. Halkım *tubabu faama* yani İngiltere'nin büyük şefiyle tanıştığımı duysa acaba bana ne sormak isterdi? Onun bir tür akıl hastalığının pençesinde olduğuna ve kendine kraliçe olarak Afrikalı bir kadın seçtiğine inanmaları çok zordu.

Buckingham Sarayı'ndan ayrılırken bana konuk defterini imzalatmış olan yaver elime deri ciltli bir kitap tutuşturdu. İngiltere Kraliçesi bana Jonathan Swift'in *Şiir Üstüne: Bir Rapsodi* adlı eserini hediye etti.

Parlamenterlerin karşısına çıkmak ve Buckingham ziyareti beni tüketmişti. Başımı dinlemek, yalnız kalmak ve en büyük keyfim olan edebiyata dalmak istiyordum. Swift'in kitabını yeniden okurken John Clarkson hafifçe kapımı tıklattı.

"Yanımda sizinle görüşmek isteyen biri var."

"Bu akşam kılığım müsait değil, kimseyle görüşemem," diye seslendim.

"Bu hanımefendinin giyiminizi sorun edeceğini sanmam. Kendisi sizi görebilmek için çok uzun zamandır beklediğini söylüyor."

Ve birden Afrikalı bir kadın odama dalıverdi. Genç bir kız demek daha doğru olur. Yanakları abanoz gibi pürüzsüzdü. Yüzünde ne dövme, ne de bir iz ardı ama bana köyümden, Bayo'dan birini hatırlatmıştı.

"Affedersin," dedim zihnim karışmış bir halde. "Sen bugün yağmur altında, kalabalığın arasında bekleyen o kız değil misin? Durup selam veremedim, kusura bakma."

"Yağmur umurumda bile değildi. Birkaç saat ayakta beklemişim ne çıkar? Ben seni yıllardır bekliyorum anne!"

Kızım kollarıma öyle bir coşkuyla atıldı ki az kalsın düşüyordum. On beş yıldır hayalini kurduğum kucaklaşma buydu işte. Birbirimize sarılmış usul usul sallanıyorduk. Konuşamıyordum. Adalelerim tutmaz olana kadar onu kollarımda sıktım.

Sonunda ellerimizi bırakmadan hafifçe geri çekilip yüz yüze baktık.

May'le iki gün boyunca hiç ayrılmadık. Aynı yatakta uyduk, aynı masada yemek yedik, el ele tutuşup Thames kenarında gezindik. Kızımı uzaktan seyretmek bile bende biraz daha yaşamak arzusu uyandırıyordu. Beni her dakika öpüp kokluyordu. Onu daha çok görebilmek, güzelliğini içime çekebilmek, kendi etimden ve kanımdan olanı biraz daha sevebilmek için ömrümün uzamasını istiyordum.

Başımdan geçenleri ona anlatmama gerek kalmamıştı. Gazetelerde hakkımda çıkan bütün haberleri okumuştu. Birkaç gün geçmeden ben de onun başından geçenleri öğrendim.

Witherspoon ailesi May adını hiçbir zaman değiştirmemiş, onu Nova Scotia'nın Shelburne kentinden getirdiklerini asla saklamamışlardı. Ama ötesi yalandı. Ona Afrikalı annesi tarafından terk edildiğini, bu durumda hayatı kurtulsun diye onu "evlat edindiklerini" söylemişlerdi.

Gelgelelim May benimle olduğu günleri hatırlıyordu ve ilk başından itibaren anlatılanları sorgulamaya başlamıştı. Witherspoon ailesi onu Shelburne'dan Boston'a götürmüş, sonra da hiç vakit geçirmeden İngiltere'ye giden bir gemiye binmişlerdi. İlk başta kızın üstüne titriyorlardı ama May'in sürekli beni sorması sabırlarını taşırmıştı.

"Çok inatçıydım," diye anlattı May. "'Annemi isterim' diye tutturmama çok sinirleniyorlardı."

Karı koca Witherspoonlar May'e evde hizmetçilik yaptırıyorlardı. Geceleri kapısına kilit vuruluyordu. Londra'da yalnız gezmesine izin yoktu. Ona okuma yazmanın yanı sıra servis yapmasını ve ev işlerini de öğretmişlerdi. Evde asla köle olarak nitelenmemişti ama hizmetine karşılık herhangi bir ödeme de yapmıyorlardı.

May on bir yaşındayken aileden kendisini azat etmelerini istedi, ama karı koca bu teklifi reddettiler. O da bir gece yatak odasının penceresinden atlayıp kaçtı ve yolda zenci bir papaz tarafından durdurulana kadar koştu. Papaz kollarını açıp onu tuttu ve böyle yalınayak kaçışının sebebini sordu. Papazla karısı May'i evlerine kabul edecek bir cemaat üyesi bulana kadar onu yanlarına aldılar. Sonunda May iki çocuklu bir ailenin yanına verildi. Anne bir çamaşırhanede çalışıyor, baba gazete satıyordu. May'i de çocukların odasına sıkıştırıverdiler. May üç yıl kadınla birlikte çamaşırhanede çalıştı. Sonunda Londra'da bir öğretmenlik işi bulmayı başardı. Yoksul siyahlara okuma yazma öğretecekti.

"Demek sen de okuma yazma öğrendin ha," dedim.

May çalışsın diye ona örnek sözcükler yazdığımı hatırlıyordu. "Sözcükleri ne kadar sevdiğini unutmadım anne. Ben de onları sevmek istedim."

"Witherspoonlara ne oldu?" diye sordum.

Karı koca sonunda May'i arayıp bulmuştu. Bunun üzerine May'i yanına alan aile, Granville Sharpe adında bir kölelik karşıtından yardım istemiş, adam karı kocaya meydan okuyup, kaçan bir köleyi zorla geri alma hakkına sahip olmadıklarını hatırlatmıştı. Israr edecek olurlarsa onları mahkemede rezil edeceğini söylüyordu. Sonunda Witherspoonlar deniz nakliyatı konusunda şirket açmak bahanesiyle Montreal'e taşınmışlar, May de hayatına Londra'da devam etmişti.

Ertesi gün kızım beni ders verdiği okula götürdü. Peşimizdeki muhabirler okuma yazma öğrenen otuz Afrikalı çocukla geçirdiğim günü anbean izlediler. Koşullar zor, imkânlar kısıtlıydı ama May başkalarının bu kadarına bile sahip olamadığını söylüyordu. Okul yüzü görmeyen beyaz çocuklar vardı. Okul ziyaretim gazetelere haber olunca her hafta bir okul, kütüphane ya da kiliseden konuşma yapmam içim teklif yağmaya başladı. Hem beyazlara, hem de siyahlara hitap ediyordum. Dinlemek isteyen herkese hayatımı anlatmaya hazırdım. Gerçeği bilenler ne kadar çoğalırsa, köleliğin kaldırılması konusunda baskı yapacak grupların sayısı da o kadar artardı.

Titreme nöbetlerim yeniden başladığında Londra'da hiçbir yerde kınakına kabuğu bulamadık. Yüksek ateş yüzünden az kalsın ölüyordum. May bana aylarca özenle baktı. Çorba-ekmek, çorba-ekmek, çorba-ekmek derken, birkaç lokma et ve haşlanmış pirinç yutmayı başardım. Tam anlamıyla iskeletim çıkmıştı. Ama yaşamak için çok büyük bir nedenim vardı ve bir kez daha pençelerimle hayata yapıştım.

May'le birlikte kölelik karşıtlarının bizim için tuttuğu bir eve yerleştik. Yıllık kirası on beş sterlin olan iki odalı bir yerdi. Ayrıca yemek için de bir aşçı tutulmuştu.

1805'te John Clarkson bizi yeni evimizde ziyarete geldi. Hediye olarak bana bir Afrika haritası getirmişti. Köle ticaretinin sonlandırılması ile ilgili çalışmaların iyi gittiğini, komitenin katkılarımdan dolayı bana minnettar olduğunu söyledi.

"Herhangi bir ihtiyacınız var mı?" diye sordu.

May'den birkaç dakikalığına bizi yalnız bırakmasını rica ettim.

Kızım çıkınca, "Benim fazla ömrüm yok, size uzun süre yük olmam, ama kızıma göz kulak olmanızı isteyeceğim," dedim. May'e yirmi beş yaşına kadar bakacakları ve öğrenimine devam etmek istediği takdirde ona destek olacakları konusunda söz aldım.

"Kendisi pek becerikli bir genç hanıma beziyor," dedi Clarkson. "Merak etmeyin, ona iyi bir gelecek kazandırmaya çalışacağız."

"Güzel," dedim.

"Anlaştığımıza sevindim," dedi Clarkson. "Doğrusu sıkı pazarlık ediyorsunuz."

"Bu benim kanımda var," dedim gülümseyerek.

Kölelik karşıtları May'in okuluna bağış taleplerimi asla geri çevirmiyor, yoksul siyahlar için haftada bir kez kilisede aş dağıttığımızda gıda desteğini eksik etmiyorlardı ama Parlamento'da köleliğin kaldırılması konusunda önerge verilmesi gerektiğinde, köleliği değil, yalnızca köle ticaretini konu ediyorlardı.

John Clarkson, "Adım adım gitmek zorundayız," diyordu.

"Zıplayıp iki adım atsanız ne olur sanki!" dedim. "Bunu çocuklar bile yapıyor."

May'in okulu kontenjanı genişletmiş, öğrenci sayısını kırktan elliye çıkarmıştı. Çalışmalar o kadar iyi gidiyor, kölelik karşıtlarından o kadar bol malzeme yardımı ve bağış topluyorlardı ki, okula beyazlar da devam etmeye başlamıştı. May okulun ismini "Aminata Akademisi" olarak değiştirmişti. Ben de okulun "Büyük Celi"si olarak şöhret yapmıştım. Bütün öğrenciler bu sözcüğün "anlatıcı, masalcı, hikâyeci" anlamına geldiğini biliyor, cuma sabahlarının hikâye faslını iple çekiyorlardı. Başlama cümlelerim hiç değişmiyordu. Önümüze bir dünya haritası açıyor, bir parmağımı Bayo'yu simgeleyen noktanın, diğerini Londra'nın üstüne koyarak "Ben şurada doğmuşum," diye başlıyordum. "Ve şu anda buradayız. Şimdi size arada neler yaşadığımı anlatacağım."

Evet, işim nihayet bitti. Hikâyemi anlattım sonunda. Kızım bitişik odada uyuyor. İlk başta geceleri yalnız bırakılmak zoruma gitmişti. Ama May alıştıra alıştıra bana hayatında biri olduğunu, çocuk sahibi olmak istediklerini anlattı. Ona, "Kendine iyi bir ebe bul, son günlerde ellerim çok titriyor," dedim. May de, "Sen o konulara kafa yorma, hepsi halledilir," dedi bana.

May hayat hikâyemi basacak yayıncıyı bulmuş. Kölelik karşıtları ise kendi yayıncılarıyla çalışmak istiyorlar ve kanıtlanamayan iddiaların kitaptan çıkarılması konusunda ısrarlılar. May iki seçenek arasında kararsız kaldı. "Senin bulduğun adam bizim hikâyemizi biliyor mu?" diye sordum ona. May bildiğini söyledi. "O zaman gözünün içine bak ve iyi biri olup olmadığını anlamaya çalış," dedim. Dediğimi çoktan yapmış, öyle dedi bana, adamın iyi biri olduğundan emin. Meğer buldum dediği yayıncı, nişanlısıymış! Gelgelelim, kölelik karşıtları hikâyeyi basma hakkının kendilerinde olduğunu iddia ediyorlarmış. Ayağımı sinirle yere vurdum. Acıdı. Ateşli nöbetler tekrarlamış durumda. Kemiklerim yanıyor. Bir daha sefere, ikinci bir sefer olursa tabii, ayağımı daha yumuşak vuracağım. Kızıma kendimin bile zor işitebildiği bir sesle fikrimi söylüyorum: "Kölelik karşıtlarına bize baktıkları, gözettikleri, senin okuluna katkıda bulundukları için teşekkürlerimi ilet. Çünkü eğitim olmazsa, çocuklarımızın umutları yok olup gider. Ama onlara bunun benin hikâyem olduğunu ve anlattıklarımı tek sözcüğünü atmadan basacak birini tercih ettiğimi söyle."

Sonra soruyorum ona: "Şu evleneceğin adam... Onunla ne zaman tanışacağım ben?"

"Tanıştın ya anne. Hep unutuyorsun."

May'e, "Freetown'daki arkadaşım Debra'ya mektup yaz," diyorum. "Ona buraya gelmesini söyle. Caroline'i senin okuluna versin." May Debra'nın Sierra Leone'de kalmasının daha doğru olacağını söylüyor, "Orada daha faydalı olabilir," diyor. "Sen yine de Debra'ya yaz," diyorum. "Ona sevgilerimi yolla."

Bir harita çizmek isterdim. Haritaya Bayo'yu koyar, oradan denize kadar olan uzun yürüyüşümü kırmızıyla işaretlerdim. Mavi çizgiler okyanus seyirlerini gösterirdi. Yanlardaki boşlukları kabartma resimlerle süslerdim. Ben haritama kent yerine fil resmi koymazdım. Benim haritamda Afrika altınından yapılma 'gine' resimleri, başındaki tepside meyve götüren bir kadın, mavi keselerde şifalı ot ilaçları taşıyan bir başkası, okuyan bir çocuk, kavuşmalarımın ve vedalarımın toprağı Sierra Leone'nin yeşil tepeleri olurdu.

Artık dışarı çıkmadığımdan ballı çayla birlikte gazetelerimi odama getiriyorlar. Sürekli uyukladığım için günleri de karıştırır oldum. May yayıncıdan ve haritacıdan haber geldiğini söyledi. Birlikte çalışıp anılarıma bir de harita eki koyacaklarmış. May'le nişanlısı içerde giyiniyorlar. Birazdan William Wilberforce'un Parlamento'ya önergesini sunuşunu izlemeye gidecekler. "Bu defa kabul ettirecek," diyorlar. Ettirsin tabii. Ben onun için elimden ne geliyorsa yaptım.

May alnımdan öpüp çıkıyor. Bacakları sağlam, fırtına gibi esiyor ortalıkta. Bense şu ağrıyan kemiklerimle ayakta bile duramıyorum artık. Bundan böyle ne köprü geçerim, ne gemiye binerim... Burada, ayağım karada oturup ballı çayımı içer, saman şiltemde keyfime bakarım. Hiç de kötü bir yatak sayılmaz benimkisi. Ben ne beter yataklar gördüm. Yeni haberlerle döndüklerinde gelip beni uyandırırlar nasıl olsa.

SON

Tarih üstüne birkaç söz

Zenci Defteri benim hayal gücümün ürünü olmakla birlikte kraliyet yanlısı siyahlara ve onların tarihçesine bakışımı derinlemesine yansıtan bir eserdir.

Gerçek Zenci Defteri, salt kayda geçmiş insan sayısı ve tanımlar bakımından, on sekizinci yüzyıl sonuna kadar Kuzey Amerika'daki siyahlar üstüne eldeki tek kapsamlı doküman kabul edilmiştir. Bu belgede Amerikan Bağımsızlık Savaşı'nda İngilizler safında yer aldıktan sonra New York'tan çeşitli İngiliz kolonilerine göçmen olarak götürülen üç bin kadın, erkek, çocuğun isim ve ayrıntılı bilgileri yer almaktadır. Aralarında İngiltere, Almanya ve Quebec'e gidenler de bulunmakla birlikte defterde adı geçenlerin çoğu Nova Scotia'ya göçmüş, Birchtown, Shelburne, Port Mouton, Annapolis Royal, Digby, Weymouth, Preston, Halifax, Sydney ve daha birçok bölgeye yerleşmiştir. Bu arada bir kısım Kraliyet yanlısının Güney Carolina'dan deniz yoluyla, birçoğunun da Zenci Defteri'ne kayıt düşen denetçilerin meraklı bakışlarına maruz kalmadan farklı yollardan İngiliz kolonilerine kaçmış oldukları unutulmamalıdır.

Romandaki Zenci Defteri alıntılarının bir bölümü gerçek, bir bölümü hayal ürünüdür. Bir kısmının üstünde de oynamalar yapılmıştır. Zenci Defteri'ni ya da bazı bölümlerini incelemek isteyen okurlar Nova Scotia Devlet Arşivleri, Amerika Birleşik Devletleri Arşivleri ve

İngiltere'de Kew'de bulunan Ulusal Arşivler'e (Kamu Sicil Bürosu) başvurabilir. Belgelere mikrofilm olarak Kanada Ulusal Arşivleri'nden, internet üzerinden ise *http:// epe.lac-bac.gc.ca/100/200/301/ic/can_digital_collections/blackloyalists/index.html* adresinden ulaşılabilir. Zenci Defteri, *Kraliyet Yanlısı Siyahlar Rehberi: Amerikan Devriminden Sonra Sürgündeki Afro Amerikalılar* adlı yayın kapsamında da yer almıştır. Bu çalışma Graham Russell Hodges editörlüğünde ve onun önsözüyle, 1996'da Garland Publishinc Inc. tarafından basılmıştır.

1783'te Nova Scotia'ya üç bin Kraliyet yanlısı siyah geldi. Bunlardan bin iki yüzü İngiliz kolonisinde gördükleri kötü muameleden şikâyetçiydiler. Halifax kıyılarından Amerika kıtası tarihinin ilk büyük Afrika'ya dönüş göçünü gerçekleştirdiler ve deniz yoluyla Sierra Leone'ye gelip Freetown kolonisini kurdular. Bugün Nova Scotia'nın Kraliyet yanlısı zencilerinin bir bölümü modern Sierra Leone devletinin kurucuları olarak anılmaktadır. Romanımın kahramanı Aminata Diallo gibi "serüvenci" olarak isimlendirilmiş bazı Nova Scotialılar Afrika doğumludurlar. 1792'deki ana kıtaya toplu dönüş, Amerikalı kölelerin Liberya'yı kurmalarından onlarca yıl, Jamaikalı Marcus Garvey'nin Amerika kıtasındaki siyahları Afrika'ya dönmeye teşvik etmesinden yüz yıl önce gerçekleşmiştir.

Okurların bilmesinde fayda var; İngiliz Parlamentosu 1807'de çıkardığı bir yasayla bir yıl sonra köle ticaretinin sonlandırılması kararı almıştır. Köle ticareti Amerika Birleşik Devletleri'nde de aynı tarihte, yani 1808'de yasaklanmıştır. Kanada ve Büyük Britanya İmparatorluğu'nun tamamında köleliğin yasaklanış tarihi ise 1 Ağustos 1834'tür. Köleliğin Amerika Bileşik Devletleri'nde yasaklanması ancak otuz bir yıl sonra gerçekleşebilmiş, 1865'te Anayasaya eklenen On Üçüncü Madde ile resmiyet kazanmıştır.

Kitabı tarihi temeller üstüne kurmakla birlikte, romanın ana fikrini vurgulamak amacıyla bazı gerçekler üstünde kasıtlı oynamalar yaptım. Başlıca dört örnek sunmak isterim. Birincisi şu; kitapta kahramanım Aminata Diallo 1783'te New York'ta binlerce siyahı Zenci

Defteri'ne kaydetmek için İngiliz hükümeti tarafından maaşlı olarak işe alınır. Oysa anladığım kadarıyla İngilizler Zenci Defteri için özel kâtip tutmamış, bu iş için kendi subaylarını kullanmışlardır. İkinci örneğe gelelim: Kanada'nın ilk ırk temelli ayaklanması gerçekte Nova Scotia'da 1783'te olmuştur, ama ben bunu 1787 tarihiymiş gibi gösterdim. Üçüncü örneğim şudur: Nova Scotia'da siyahlara reva görülen kötü muameleyi şikâyet için İngiltere'ye giden ve Halifax'tan Freetown'a göçün başlıca hazırlayıcısı olan Kraliyet yanlısı Thomas Peters gerçekte Sierra Leone'ye gelir gelmez ölmüştür ve ölümü kitapta kurguladığım şekilde köle tacirlerinin elinden olmamıştır. Son örneğim de şöyle: Halifax'tan Sierra Leone'ye göçü İngiliz denizci Yüzbaşı John Clarkson organize etmiş ve kendisi de siyah "serüvenciler"le birlikte Freetown'a gelmiştir ama orada romandaki kadar uzun bir süre ikamet etmemiştir.

John Clarkson ve Thomas Peters aynı adı taşıyan gerçek kişilerden yola çıkılarak kurgulanmış roman karakterleridir. Bu listeye Clarkson'ın ağabeyi Thomas Clarkson'ı, eski esir gemisi doktoru köle ticareti karşıtı Alexander Falconbridge'i, karısı Anna Maria Falconbridge'i, Kral III. George ve Mecklenburg Strelitzli Kraliçe Charlotte Sophia'yı, Nova Scotia valisi John Wentworth'u, Bağımsızlık Savaşı'ndan sonra başkana aşçı olan, George Washington ve diğer vatanseverlerin lokantacısı Sam Fraunces'i de ekleyebilirim.

Moses Lindo 1756'da Londra'dan gelip Güney Carolina'ya yerleşmiş bir Sefarad Yahudisi'dir. Lindo Charles Town'da, ABD'deki en eski Yahudi cemaatlerinden biri olan Kahal Kadosh Beth Elohim'in üyeleri arasına katılmıştır. Zaman içinde Güney Carolina Bölgesi çivit üretimi denetçisi olmuştur. Romanı yazarken Lindo'nun soyadını ve çivit uzmanlığını ödünç aldım ama Solomon Lindo karakterinin geri kalanı tamamen hayalimin üründür. *Zenci Defteri*'ndeki Solomon Lindo dahil diğer bütün karakterlerin oluşumunda diyalog, hal, durum ve olayları kurgularken bir yazarın özgürlükleri çerçevesinde hareket ettiğimi belirtmek isterim.

İlave Kaynaklar

Zenci Defteri'nin tarihsel geçmişi hakkında daha geniş çaplı okumalar yapmak ve bilgi edinmek isteyen okurlar için, araştırmalarım sırasında yararlandığım bazı yapıtlardan söz etmek isterim. Okurlar "Teşekkür" bölümünde de bazı kitap isimleri bulacaklardır.

Romancılar denizaşırı köle ticaretini anlamlandırabilmek için yıllardır kalem oynatmaktadırlar ama kanımca bu olayın sıradan insan üzerindeki etkisini anlamaya çalışmanın en iyi yollarından biri, özgürlük savaşçılarının anılarını okumaktır. Örneğin editörlüğünü Henry Louis Gates Jr.'ın yaptığı *Classic Slave Narratives* adlı kitap, Frederick Douglass, Olaudah Equiano, Harriet Jacobs ve Mary Prince'in anılarını içermektedir.

George Elliott Clarke'ın *Fire On the Water: An Anthology of Black Nova Scotian Writing, Vol 1* adlı kitabında İngiliz yanlısı siyahların birinci ağızdan deneyimleri yer almaktadır. Antolojide David George, Boston King ve John Marrant'ın anıları dikkat çekicidir.

Avrupalılar arasında da, İngiliz yanlısı siyahlarla yaşadıkları deneyimleri, Batı Afrika gezilerini ya da on sekizinci yüzyıldaki köle ticaretiyle ilgili izlenimlerini yazıya dökenler olmuştur. Bu konuda John Clarkson'a büyük minnet borçluyum. Charles Bruce Fergusson tarafından *Clarkson's Mission to America, 1791-1792* adıyla yayımlanan ve Clarkson'ın 1792'de Kraliyet yanlısı İngilizlerin Nova Scotia'dan

Sierra Leone'ye göçünü nasıl organize ettiğini anlatan günlükleri bana geniş çaplı bir kaynak sağlamıştır. Eski köle gemisi doktoru Alexander Falconbridge'in *An Account of the Slave Trade on the Coast of Africa*'sı ile eşi Anna Maria Falconbridge'in kaleme aldığı *Narrative of Two Voyages to the River Sierra Leone During the Years 1791-1792-1793* de vazgeçilmez kaynakçalarım olmuştur. Bu iki anlatıya kütüphanelerde ayrı ayrı ulaşabileceğiniz gibi, Christopher Fyfe'ın önsözü ve açıklamalarıyla, aynı başlıklarla tek bir kitapta toplanmış olarak da bulabilirsiniz. Yararlandığım diğer iki kitap ise Bernard Martin ve Mark Spurrell imzalı *The Journal of a Slave Trader (John Newton), 1750-1754; With Newton's Thoughts Upon the African Slave Trade* ve editörlüğünü Eveline Martin'in yaptığı *Journal of a Slave Dealer: A View of Some Remarkable Axcedents in the Life of Nics. Owen on the Coast of Africa and America from the Year 1746 to the Year 1757* olmuştur. İsveçli botanikçi Afzelius'un tarihçi Alexander Peter Kup tarafından yayına hazırlanmış olan *Adam Afzelius: Sierra Leone Journals, 1795-96* adlı eserini de unutmamak gerekir. Dr. Thomas Winterbottom'ın *An Account of the Native Africans in the Neighborhood of Sierra Leone* adlı kitabı da pek çok ayrıntı vermesi bakımından ilgi çekicidir. İskoçyalı doktor Mungo Park da *Travels in the Interior of Africa*' da 1795-1797 yılları arasında Gambia'dan bugün Senegal ve Mali'nin bulunduğu bölgeye yaptığı geziyi anlatmıştır.

Afrika halkları üstüne pek çok kitap buldum. Sierra Leone hakkında olanlar Christopher Fyfe'ın *A History of Sierra Leone* ve Alexander Peter Kup'un *A History of Sierra Leone 1400-1787* adlı kitaplarıydı. Mali hakkında bilgi edinmek için Bokar N'Diaye'nin *Groupes ethniques au Mali*'den, ayrıca Harold Courlander'ın Ousmae Sako ile birlikte hazırladığı *The Heart of the Ngon* ve Sundiata D. Djata'nın *The Bamana Empire by the Niger: Kingdom, Jihad and Colonization 1712-1920* adlı tarihçesinden yararlandım.

Deniz aşırı köle ticareti konusunda yazılmış pek çok kitap bulunuyor. Benim en çok yararlandıklarım Daniel P. Mannix ve Malcolm Cowley imzalı *Black Cargoes: A History of the Atlantic Slave Trade 1518-1865*, David Hancock imzalı *Citizens of the World: London Merchants and the Integration of the British Atlantic Community, 1735-1785* ve Hugh Thomas'ın kaleme aldığı *The Slave Trade: The Story of the Atlantic Slave Trade: 1440 - 1870* oldu.

Eski Afrika haritalarını incelemem gerektiğinde J. F. Ade Ajayi ve Michael Crowder'ın *Historical Atlas of Africa*'sından, John Goss'un *Blaeu's The Grand Atlas of the 17 th Century World*'undan, Jeffrey C. Stone editörlüğünde düzeltilerek yayınlanan *Norwich's Maps of Africa: An Illustrated and Annotated Carto-bibliography*'sinden yararlandım.

Köle gemileri ve on sekizinci yüzyılda gemilerde yaşam konusunda bilgi edinmek için Stephen R. Bown'un *Scurvy: How a Surgeon, a Mariner and a Gentleman Solved the Greatest Medical Mystery of the Age of Sail*'ini, George Francis Dow'un *Slave Ships and Slaving* adlı derlemesini, N.A.M. Rodger'ın *The Wooden World: An Anatomy of the Georgian Navy*'sini ve The Journal for Maritime Research'te Jane Webster'ın "Looking for the Material Culture of the Middle Passage" adlı makalesini dikkatle inceledim.

Güney Carolina tarihini özellikle Deniz Adaları'nda ve Charleston'da (Amerikan Bağımsızlık Savaşı öncesinde burası Charles Town olarak anılmıştır) yaşamış siyahi halkı çeşitli kaynaklardan araştırdım. Birkaçını saymak sterim: *Slave Badges and the Slave-Hire System in Charleston, South Carolina, 1783-1865* (Harlan Greene, Harry S. Hutchins Jr. ve Brian E. Hutchins), *Charleston in the Age of the Pinckneys* (George C. Rogers Jr.) ve *A Short Story of Charleston* (Robert N. Rosen).

Güney Carolina tarihi çok geniş çaplı bir yazın kapsamında karşınıza çıkabilir ama benim özellikle yararlandıklarım Philip Morgan'ın *Slave Counterpoint: Black Culture in the Eighteenth-Century Chesapeake and Low Country* adlı eseri ve Lorenzo Dow Turner'ın *Africanisms in the Gullah Dialect* adlı çalışması oldu. Ayrıca *Pox Americana: The Great Snmallpox Epidemic of 1775-82* (Elizabeth A. Fenn), *Masters, Slaves and Subjects: The Culture of Power in the South Carolina Low Country 1740-1790* (Robert Olwell) ve *Black Majority: Negroes in Colonial South Carolina from 1670 Through the Stono Rebellion* (Peter Woods) da okumalarım arasında yer aldı. Bunlara ek olarak *Reminiscences of Sea Island Heritage: Legacy of Freedmen on St Helena Island* (Ronald Daise), *Gullah Fuh Ooonuh (Gullah For You): A Guide to the Gullah Language* (Virginia Mixson Geraty) ve *The Gullah People and Their African Heritage* (William S. Pollitzer) adlı yapıtlar da çalışmalarımda bana yardımcı oldu.

Kölelerin saç biçimleri ve giyimleri hakkında bilgi veren kitap ve makalelere de rastladım. Shane White ve Graham White'ın *Stylin': African American Expressive Culture from Its Beginnings to the Zoot Suit* adlı kitabından ve *Journal of Southern History* dergisinde yayımlanan "Slave Hair and African American Culture in the Eighteenth and Nineteenth Centuries" makalesinden yararlandım. *Journal of American History* dergisinde "To Look upon the 'Lower Sort': Runaway Ads and the Appearance of Unfree Laborers in America, 1750-1800" adlı makalesi de bana faydalı oldu.

South Carolina: A History (Walter Edgar), *The History of Beaufort County, South Carolina, Volume 1, 1514-1861* (Lawrence S. Rowland, Alexander Moore ve George C. Rogers Jr.) adlı kitaplarda ve BASF Wyandotte Corporation tarafından yayınlanan "Indigo in America" adlı kitapçıkta Güney Carolina tarihi ve çivitle ilgili ayrıntılar buldum.

Güney eyaletlerde bitkisel tedaviler ve gebelik sağlığı konusunda ayrıntılar sunan şu iki kitap bana çok yardımcı oldu: *Hoodoo Medicine: Gullah Herbal Remedies* (Faith Mitchell) ve *Southern Folk Medicine 1750-1820* (Kay. K. Moss)

On sekizinci yüzyılda Güney Carolina'da yaşayan Yahudi toplumunu anlatan birçok kitap bulmak mümkündür. Ben çoğunlukla *This*

Happy Land: The Jews of Colonial and Antebellum Charleston (James William Hagy), *The Jews of South Carolina Prior to 1800* (Cyrus Adler Hühner) ve Theodore- Dale Rosengarten tarafından yayına hazırlanan *A Portion of he People:Three Hundred years of Southern Jewish Life*'tan yararlandım.

On sekizinci yüzyılda New York yaşamıyla ilgili ayrıntılar için de şu kaynaklara başvurdum: *New York Burning: Liberty, Slavery and Conspiracy in Eighteenth Century Manhattan* (Jill Lepore); *The Epic of New York City* (Edward Robb Ellis); *The Battle for New York: The City at the Heart of the American Revolution* (Barnet Schecter); *Gotham: A History of New York City to 1898* (Edwin Burroughs ve Mike Wallace); *The Loyal Blacks* (Ellen Gibson Wilson) ve *Somewhat More Independent: The End of Slavery in New York City, 1770-1810* (Shane White). Manhattan'daki Afrikalı Mezarlığı hakkında bilgi edinmek için Amerika Birleşik Devletleri Milli Parklar Hizmet İşleri'nin *Draft Management Recommendations fort he African Burial Ground* adlı yayınından bir bölüm okudum.

Nova Scotia'daki İngiliz yanlısı zencilerin yaşamı konusunda şu eserlerden yararlandım: *King's Bounty: A History of Early Sherburne, Nova Scotia* (Marion Robertson); *The Life of Boston King: Black Loyalist, Minister and Master Carpenter* (yayına hazırlayanlar Ruth Holmes Whitehead ve Carmelita A. M. Robertson) ve Ruth Holmes Whitehead tarafından hazırlanan "The Shelburne Black Loyalists: A Short Bibliography of All Blacks Emigrating to Shelburne County, Nova Scotia after the American Revolution, 1783" başlıklı Nova Scotia Müzesi kuratörlük raporu.

İngiltere'deki köle ticaretinin sonlandırılması hareketini anlamak ve on dokuzuncu yüzyıl başlarında Londra'da yaşayan zencilerin yaşamı hakkında bilgi edinmek için şu kaynakları kullandım: *Hogarth's Blacks: Images of Blacks in Eighteenth Century English Art* (David Dabydeen); *Staying Power: The History of Black People in Britain* (Peter

Fryer); *Black England: Life Before Emancipation* (Gretchen Gerzina); *Bury the Chains: Prophets and Rebels in the Fight to Free an Empire's Slaves* (Adam Hoshchild); *Reconstructing the Black Past: Blacks in Britain, 1780-1830* (Norma Myers).

Bütün bu günlükler, anılar ve tarih kitapları olmasaydı *Zenci Defteri*'ni asla yazamazdım. Ancak, romanda kasten oluşturulmuş ya da yanlışlık eseri meydana gelmiş tarihi sapmalardan yalnızca şahsımın sorumlu olduğunu belirtmek isterim.

Teşekkür

Bu kitap için teşekkür borçlu olduğum pek çok kişi var. Kimi halen hayatta; kimi de tuttuğu günlüklerle, anlattığı gezilerle, aktardığı köle hikâyeleriyle iki yüzyıl öncesinden bana ışık tuttu. Yazık ki hepsini tek tek sayamıyorum ama bana büyük yardımı dokunmuş kişi, kaynak ve kurumları bir kez daha anmak istiyorum.

Zenci Defteri'ni yazma fikri, çaldığım bir kitabı okurken doğdu. Bu yüzden önce o kitapla ve onu nereden yürüttüğümle başlayayım. Kitabın adı *The Black Loyalists: The Search for a Promised Land in Nova Scotia and Sierra Leone, 1783-1870* idi. Ontario'daki Waterloo Üniversitesi tarih profesörlerinden James W. St. G. Walker tarafından yazılmıştı. Kitabı annem Donna Hill ve babam Daniel G. Hill'in Toronto'daki evlerinden almıştım. Ben kapıdan çıkarken babam kapak içine adını karalayıvermişti ama ne fayda; aradan yirmi yıl geçti ve kitap hâlâ bende duruyor.

Dr. Walker annemle babamın yakın dostuydu. Üçü de Kanadalı zencilerin tarihi üstüne kitaplar yazmışlardı. Dr. Walker sonradan benim de yakın dostum ve daimi danışmanım oldu. *Zenci Defteri* için araştırma yaparken ona çok soru sordum. Beni ilgili bilim insanlarıyla tanıştıran ve ilk tasarı üstünde fikir beyan edenlerden biri de odur.

Dr. Walker'a ve bana danışmanlık yapan bütün bilim insanlarına olan saygımdan ötürü, romandaki kasıtlı ya da yanlışlıkla oluşmuş tarihi tutarsızlıkların tek sorumlusu olduğumu bir kez daha vurgulamak isterim.

Transformation in Slavery: A History of Slavery in Africa gibi pek çok kitabın yazarı, York Üniversitesi Tarih Bölümü'nün değerli araştırmacılarından Profesör Paul E. Lovejoy bana önemli katkılarda bulunmuş, dövmeler, kölelik ve Batı Afrika Müslümanları konularında bilimsel makalelerini benimle paylaşmıştır. Dr. Lovejoy romanımın Afrika'da geçen bölümlerini incelemiş, yeni kitap ve makaleler önermiş, İngiliz Parlamentosunda gerçekleşmiş köle ticaretinin sonlandırılması oturumları hakkında kapsamlı bilgi sağlamıştır.

Dillerle ve şimdi Mali olarak bilinen Batı Afrika ülkesindeki etnik gruplarla ilgili pek çok sorumun cevabı, St. Petersburg Antropoloji ve Etnografya Müzesi Afrika Bölümü başkanı ve Mandingo-İngilizce Sözlüğü'nün yazarı Valentin Vydrine'den gelmiştir.

Sinema sektörüne danışmanlık yapan gemicilik uzmanı Gordon Laco romanla ilgili birtakım önerilerde bulunma inceliğini göstermiş, bilimsel araştırmalar amacıyla yıllarını gemilerde geçirmiş olan dostum Chris Ralph da büyük katkı sunmuştur.

Charleston County Halk Kütüphanesi Özel Koleksiyonlar Müdürü Nicholas Butler Charleston'un koloni dönemini anlatan birçok yayın ve kitap önermiş ve bunlara ulaşmama yardımcı olmuştur. Dr. Butler yazdığı mektuplarla kölelerin taktığı kimlik kartları, kıyı ovalarındaki su yollarında ulaşım, Gullah dili, madeni para kullanımı, kölelerin giyimi, köle açık arttırmaları, sokak yaşamı vb. gibi konularda bana yardımcı olmuş, çeşitli düzeltmeler yapmıştır. Kendisine yönelttiğim yüzü aşkın soruyu nezaketle ve sabırla cevaplamıştır.

Burada St. Helena Adası'ndaki Penn Center'a da teşekkürlerimi sunmak isterim. Azat edilmiş Amerikalı köleler için yapılmış en eski okulların bulunduğu bölgede yer alan Penn Center bir müze ve Deniz Adaları'nda yaşamış Gullah halkının tarihini ve kültürünü araştıran bir kültür merkezidir. Gullah halkı ve onların Sierra Leone'deki ataları arasındaki ilişkiyi belgeleyen South Carolina ETV yapımı *Family Across the Sea* adlı video filmine Penn Center çalışanları sayesinde ulaştım.

Nova Scotia Müzesi onursal küratörü ve müzenin *Remembering Black Loyalists, Black Communities in Nova Scotia* adlı dijital formattaki sergisinin iki sorumlusundan biri olan Ruth Holmes Whitehead, romanın son şeklini almasına kadar geçen süre içinde bana öneriler akışı sağlamakla kalmayıp yaptığı düzeltmeler ve verdiği moralle de büyük destek oldu. Doktor Whitehead son on yılını Güney Carolina'nın Kraliyet yanlısı siyahlarını anlatan son kitabının çalışmalarına vakfetmiş bulunuyor.

Burada *Epic Journeys of Freedom: Runaway Slaves of the American Revolution and their Global Quest for Liberty*'nin yazarı ve Sydney Üniversitesi Avustralya Araştırma Konseyi tarih profesörlerinden Cassandra Pybus'u da anmak isterim. Pybus on sekizinci yüzyıl Manhattan'ında yaşamış siyahlar hakkındaki pek çok sorumu cevaplamış ve beni çeşitli bilimsel makalelere yönlendirmiştir.

Nova Scotia'da Kraliyet Yanlısı Siyahların Mirası Derneği'nden Elizabeth Cromwell ve Debra Hill, Shelburne'da bana geniş kaynak sağlayan merkezin kapılarını açmış, Debra Hill beni Nova Scotia'nın güney sahilindeki Birchtown adlı eski zenci yerleşim bölgesinde tura çıkarıp bizzat rehberlik etmiştir. Kraliyet yanlısı siyahların Nova Scotia'daki ilk on yılını araştırırken Nova Scotia Siyahlar Kültür Merkezi'nden Henry Bishop'un da büyük yardımını gördüm. John Clarkson'ın *Clarkson's Mission to America 1791-1792* adlı günlüklerinin bir baskısını bana o sağladı. Ayrıca Shelburne County Müzesi görevlileri Finn Bower, Doris Swain ve Betty Stoddard da bana çeşitli kitaplar ve eski gazete kupürleriyle yardımcı oldular.

Kanada Merkez Bankası Para Müzesi küratörleri David Bergeron ve Sophie Drakich hem Afrika hem de Avrupa'ya ait on sekizinci yüzyıl madeni paraları ve diğer alışveriş araçları hakkında kâh kaynak metinler sağlayarak, kâh sorularımı cevaplayarak bana büyük yardımlarda bulundular. Yann Girard'ın rehberliğindeki müze turu da benim için çok yararlıydı.

Toronto Üniversitesi Robarts Kütüphanesi çalışanları atlaslar, haritalar ve diğer kaynaklar konusunda bana büyük destek sağladılar. Burlington Halk Kütüphanesi memurları da kölelerin Güney Carolina'daki yaşantıları konusunda bilimsel makalelere ulaşmama yardımcı oldular.

Bu arada sağladıkları maddi destekten ötürü Kanada Konseyi ve Ontario Sanat Konseyi'ne de teşekkürlerimi sunmak isterim.

Temsilcilerim Dean Cooke (Kanada) ve Denise Bukowski'ye (uluslararası yayın piyasası), romana verdikleri destekten ötürü, ayrıca kitabı büyük bir istek ve ustalıkla okurla buluşturdukları için teşekkür borçluyum.

Editörüm Iris Tupholme ve Harper Collins Canada'daki bütün iş arkadaşlarına minnetlerimi sunarım. İris daha roman ortada yokken düşünü kuruyordu. İlk taslağı sabırla bekledi. Düzeltmeler konusunda akıl hocam oldu. Bazen notlarla, bazen sohbetlerimiz sırasında daima yönlendirip yüreklendirmenin bir yolunu buldu. Yayına hazırlama konusunda ayrıca katkıda bulunan Lorissa Sengara'ya ve titiz redaktörüm Allyson Latta'ya da teşekkür etmek isterim.

Bu kapsamlı projede dostlarımdan büyük yardım gördüm. Agnès Van't Bosch otuz yıl önce Canadian Crossroads International gönüllüsü olarak Batı Afrika ülkelerinde bir gezi dizisine başlamam konusunda teşvikçim olmuştu. Afrika kültürleri konusunda yürüyen bir ansiklopedi olarak niteleyebileceğim Agnès roman konusunda değerli önerilerde bulundu ve bana huzurlu bir çalışma ortamı sağladı. Charles Tysoe ilk taslakları okudu, dini konularda önerilerde bulundu, beni sağlam kaynak kitaplara yönlendirdi ve sunduğu bir fikir "Nations Not So Blest as Thee / Senin Kadar Şanslı Olmayan Milletler" başlıklı bölümü yazmamı sağladı. Toronto Üniversitesi sosyoloji profesörlerinden eski dostum Jack Veugelers işime yarayacak birçok bilimsel makale buldu ve uzun yazım sürecinde teşvikini asla esirgemedi. Judith Major, Rosalyn Krieger ve Sandra Hardie ilk taslaklara önerileriyle katkıda bulundular. Barbara ve John McCowan, Debıorah Windsor ve Ran Argyle, Micheal ve Cara Peterman, Laura Robinson ve John Cameron, Conny Steenman-Marcusse, Al ve Mary Lou Keith bana kahvesi bol, dolapları tıka basa yiyecek dolu, sessizlik içinde rahatça çalışabileceğim evlerinin anahtarlarını sundular. Randy Weir on sekizinci yüzyılda İngiliz kolonilerinde kullanılmış madeni paralar üstüne derin bilgisini ve kitap koleksiyonunu benimle paylaştı. Hikâyenin son biçimlenişi aşamasında romancı Lauren B. Davis ve kocası Ron Davis görüş ve teşvikleriyle bana ufuk açtılar.

Sıra aileme geldi. Bu, babam Daniel G. Hill'in önerileri olmadan yazdığım ilk kitaptır. Babam maalesef ben daha başlangıç aşamasındayken aramızdan ayrıldı ama roman aşkı ve tarih tutkusu devam konusunda ilhamım oldu. Annem Donna Hill nihayet sevgili kocasının müdahalelerini savuşturmak durumunda kalmadan sezgilerini kitaplarımdan birine aktarma fırsatını buldu. Eşimin annesi Sandy Hawkins düzeltmelerde ve kaynak araştırmalarında bana çok yardımcı oldu. Yoğun çalışma dönemlerinde çocukların bakımını eşimin babası William Hawkins üstlendi, hatta yoğun odaklanmaya gerek duyduğum dönemlerde evlerinin kapısını ardına kadar açtı. Kız kardeşim Karen Hill araştırmalarıma yardımcı olurken erkek kardeşim Dan Hill taslakları okuyarak ve önerilerde bulunarak katkı sundu. Romanın ilk taslağı üstünde ilk görüş bildiren kişi henüz on yaşında ben dahil hayatındaki bütün yetişkinlerden daha çok kitap okumuş olan üvey kızım Evie Freedman'dı. Evie, Aminata'nın Bayo'daki çocukluğuna ayrıntı katmamı istedi, ben de isteğini yerine getirdim. Bir kitap aşığı olan en büyük çocuğum Genevieve Hill de romanın gelişim safhasında bana değerli öneriler sundu.

Yuvamız dediğimiz bu sevgi dolu deliler evinde diğer çocuklarım Beatrice Freedman, Andrew ve Caroline Hill uzun saatler *Zenci*

Defteri ne dalıp gitmeme katlanmak zorunda kaldılar. Sofrada bir araya geldiğimizde hem mükemmel birer dinleyici, hem de birer sohbet ustası olduklarını kanıtladılar. Çocuklarımın yaşantıma kattığı enerjiye hayranım ve benim tutkularımın da onlara ilham vermiş olmasını diliyorum.

Karım Miranda Hill'in her konuda sunduğu sevgi dolu desteği olmasa, bu romanı bitirecek gücü, cesareti ve zamanı bulamazdım. İnsanın zihninde yıllarca kitaba dönüşme garantisi olmayan bir roman projesiyle dolaşması, tarifsiz bir yalnızlık duygusu yaratabilir. Miranda kitabın nasıl ilerlediği, ilerleyip ilerlemediği ya da nasıl tıkanıp kaldığı konusunda her an konuşabildiğim tek kişiydi. Miranda romanla uğraştığım her bir yılın her bir günü beni sevdiğini söyledi. Ben parmaklarımla tuşları döverken o çocuklarımızı büyüttü. Taslaklar paylaşılacak hale geldiğinde her sayfada yararlı eleştirilerde bulundu. Miranda benim ilk editörüm, ilk eleştirmenim, en büyük destekçim ve şahane kadınımdı... Bu nedenle ona bütün varlığımla teşekkür ediyorum.

Yazar Hakkında

Lawrence Hill, insan hakları savunucusu Donna Hill ve Amerika'da köleliği yaşamış Afrikalı bir aileden gelen sosyolog Daniel G. Hill'in oğludur. Gençlik yıllarını 1960'ların Toronto'sunda geçiren Hill, Kanada'daki insan hakları hareketinin başını çeken anne babasının çalışmalarından etkilendi. Bu aile ortamı, Kanadalı siyahların tarihini yazmasında da önemli bir rol oynadı.

Hill yazarlığa *The Globe and Mail*'de muhabir olarak adım attı. *Winnipeg Free Press*'in parlamento muhabiri oldu. Fransızca ve İspanyolca bilen Hill Kanada'nın hemen bütün bölgelerinde görev yapmış, ayrıca İspanya ve Fransa'da çalışmıştır. Canadian Crossrodas International gönüllüsü olarak Nijer, Kamerun ve Mali'de bulunmuştur. Quebec City'deki Université Laval'de ekonomi, Baltimore'daki John Hopkins Üniversitesi'nde yazarlık eğitimi görmüştür.

Lawrence Hill eşi ve beş çocuğu ile Ontario'nun Burlington kasabasında yaşamaktadır. Yazarla bağlantı için: www.lawrencehill.com